치유와 회복

HEALING AND RECOVERY
by David R. Hawkins, M.D., Ph.D.

HEALING AND RECOVERY

의식은 어떻게
몸과 마음의 고통을 이기는가

치유와 회복

데이비드 호킨스 지음 | 박윤정 옮김

David R. Hawkins

몸과 마음, 영혼이 가장 건강한 상태를 위해

Dedicated to the Highest Good:

Physical, Mental, and Spiritual

이 책은 일련의 대중 강연을 녹취한 것이다. 원래 비디오테이프로 만들었으나 대중의 편의를 위해 다시 편집해서 책으로 묶었다. 이 작업은 1980년대 미시간 주 디트로이트 시에서 대규모 연석회의가 열린 후에, 『기적수업A Course in Miracles』을 처음으로 발간한 출판사의 요청으로 시작됐다. 이 회의에는 익명의 알코올 중독자협회AA와 기적수업 모임ACIM, 태도치유센터Attitudinal Healing Centers와 같은 여러 자기계발 그룹 일원들과 수많은 임상의학자, 회복 관련 그룹 관계자들이 참여했다.

본문은 책의 형식에 걸맞게 다듬되 본래의 강연 내용을 최대한 살렸다. 또 임상학적이고 영적인 전제들, 의식 연구에서 이루어진 발견들에 대한 언급도 포함시켰다. 각각의 강연이 그 자체로 완결성을 지니고 있기 때문에 기본적인 내용이 반복되기도 한다. 하지만 이런 반복 덕분에 정신적인 노력을 일부러 기울이거나 암기를 따로 하지 않아도 내용을 수월하게 흡수할 수 있을 것이다. 또 본질적으로는 간단한 내용이므로 내용 안에 내재하는 진실들도 분명하게 인식하고 쉽게 받아들일 수 있을 것이다. 마지막으로, 이 책에 실린 정보들은 포괄적인 성격을 지녔으므로 특정 사안을 해결할 때 의사의 의학적 조언을 무시하거나 이 정보로 대체하지 않길 바란다.

차 례

| 머리말 |

우리는 정보를 나눠서 받아들이는 경향이 있다. 특히 임상과 실전 대 학문의 영역으로 분리해서 받아들인다.(「패러다임이 유발한 맹목성Paradigm Blindness」, 데이비드 호킨스, 2006) 이렇게 분리된 영역은 영적인 원리나 실제와 다시 나뉘고, 심층심리학이나 심리분석, 집단역학으로부터도 고립되었다. 신경정신약리학 연구도 앞서 이야기한 모든 영역들에서 분리되어 스스로의 발전 과정을 따라 나아가고 있다. 고급 이론물리학이나 동역학, 카오스 이론의 창발도 마찬가지다.

각각의 분야들은 영역 자체가 지닌 한계 내에서 발달했다. 의식을 연구하는 임상 학문이 발달하기 전까지는 이 모든 학문을 수용할 만큼 충분한 역량을 지닌 콘텍스트가 없었기 때문이다. 이런 상황에서 의식을 연구하는 임상 학문은 현재 널리 알려져 있는 '의식 지도(『의식 혁명』)'를 통해서 실제에 대한 포괄적인 패러다임과 공통적인 참조 콘텍스트를 제공했다.

전통적인 학문들은 선형적인 차원에 갇혀 있다. 원인과 결과에 대한 뉴턴식 개념에 주로 갇혀 있는데, 이것은 400대의 의식 수준에 해당한다.(1장에 나오는 의식 지도를 보라.) 반면 경험적인 실제는 비선형적이고 주관적이다.(그리고 500의 단계에서부터 위로 나아간다.)

현상은 잠재력이 현실로 나타난 결과다. 그리고 이런 과정에서 내용은 전체적인 콘텍스트의 지배를 받는다. 그러므로 치유는 임상적 치료의 결실일 뿐만 아니라 전반적인 생물학적 잠재력이 낳은 결과이기도 하다. 그러나 이 잠재력은 영적인 조응이 불러오는 보이지 않는 힘이 없으면 구체화되기 어렵다. 요컨대 화학작용은 뉴턴식의 예측 가능한 과학적 기대(선형적 콘텍스트) 영역 안에 존재하지만 건강 회복을 눈에 띄게 촉진시키는 것은 의식 자체(비선형적 콘텍스트)의 영적인 의도가 지닌 보이지 않는 힘이다.

영혼의 콘텍스트가 지닌 이런 영향력과 임상학적 힘은 의학적으로 가망이 없는 병들이 회복된 수많은 사례에서 쉽게 드러난다. 익명의 알코올 중독자협회나 기적수업 모임처럼 믿음에 바탕을 둔 세계적인 단체의 회원들이 보여 준 회복이 그 대표적인 예다.

물론 믿음에 기초한 회복의 근본원리는 학문적 측면의 과학에서 생각하는 실제의 패러다임에서 벗어나 있다. 그래서 그 중요성을 아직 충분히 이해하거나 연구하지 못하고 있는 실정이다. 학문적 측면의 과학은 콘텍스트가 아닌 내용에만 관심을 기울이기 때문이다. 그러나 하이젠베르크의 불확정성의 원리가 등장하면서, 의식 자체의 영향력과 실제를 존중해야 한다는 점이 드디어 받아들여졌다. 나아가 잠재력을 자극해서 현실로 구체화하는 일에 영적인 의도의 힘이 결정적인 요소로 작용한다는 점도 인정받게 되었다.(양자이론과 의식, 의도의 상관성은 스태프가 쓴 『유심한 우주 Mindful Universe』를 참고하라.)

치유와 회복에 대한 강연에서 나는 전인적인 건강과 정신의학, 심리학, 정신분석, 신경정신약리학, 의학 같은 다양한 영역을 수용한 50년 이상의 임상 경험과 여러 분야의 정보들을 통합하고 융합했다. 또 임상학적 의식 연구에서 새로 등장한 여러 개념들과 발견들은 물론 영혼의 법칙들까지 적용했다.

의식 연구의 발전상은 여러 번의 연속 강의와 일련의 저서들, 「인간의 의식 수준에 대한 양적, 질적 분석과 계량화Qualitative and Quantitative and Calibration Levels of Human Consciousness」, 『의식 혁명』, 『호모 스피리투스』, 『진실 대 거짓』, 『의식 수준을 넘어서』, 『내 안의 참나를 만나다』, 『실재와 영성 그리고 현대인Reality, Spirituality and Modern Man』에서 이미 설명했다. 강연 슬라이드와 포괄적인 측정 지표도 준비 중이다.

위의 모든 자료들은 14쪽에 나오는 의식 지도가 보여 주듯 진실과 의식의 수준을 측정하는 분명하고도 구체적인 기준을 적용해 이론을 상세하게 서술하고 설명한다. 의식 수준 200 미만은 고통의 영역이며, 200 이상은 발전적인 진실의 단계다.

학문은 400점대에 존재하며, 영혼의 실재는 500(사랑)에서 시작해 540(무조건적인 사랑)과 570(성스러움)을 지나 기쁨과 빛비춤의 단계를 넘어 궁극적으로 깨달음에 이른다.

200 아래는 병을 심화하고, 200 위쪽은 병의 치유를 돕는다. 400대로 측정되는 의학도 마찬가지다. 500대의 의식 수준이 지닌

영적인 힘은 더욱 깊은 회복을 촉진시킨다. 이런 힘이 없으면 진정한 회복은 불가능하다.

모든 병은 몸과 마음 그리고 영혼과 관련되어 있다. 그러므로 가장 높은 차원의 회복에 이르려면 이 세 가지 영역을 동시에 보살피고 똑같이 중요하게 받아들여야 한다. 영혼의 의도와 맥락화 contextualization는 순전한 의학적 치료에 긍정적으로 반응할 가능성을 높인다.

그러나 진화의 과정에서 인간은 본질적인 한계를 안고 태어난다. 이 한계 중에는 초월할 수 있는 것도 있지만 초월할 수 없는 것도 있다. 그러므로 고차원적 의지를 받아들이고 이에 순응하면서 희망과 믿음을 잃지 말아야 한다. 우리의 연구가 입증해 주듯 생명은 파괴되지 않는다. 단지 제한적이고 물리적인 선형적 실재에서 무제한적이고 비선형적인 영적 실재로 그 형태가 달라질 뿐이다.

의식 지도

신에 대한 관점	자기에 대한 관점	수준	측정기록	감정	과정
큰나	존재	깨달음	700~1,000	형언할 수 없는	순수의식
전존재	완벽한	평화	600	지복	빛비춤
하나	완전한	기쁨	540	평온	변모
사랑하는	온건한	사랑	500	경외	드러남
현명한	의미 있는	이성	400	이해	추상
자비로운	조화로운	수용	350	용서	초월
영감을 주는	희망적인	자발성	310	낙관주의	의도
할 수 있게 해 주는	만족스러운	중립	250	신뢰	풀려남
허락하는	실행할 수 있는	용기	200	긍정	힘의 부여
▲ ▼					
무관심한	요구가 많은	자부심	175	경멸	팽창
복수심을 품은	적대적인	분노	150	미움	공격
부정하는	실망스러운	욕망	125	갈망	노예화
벌하는	겁나는	두려움	100	불안	위축
냉담한	비극적인	슬픔	75	후회	낙담
선고하는	희망 없는	무감정 증오	50	절망	포기
보복하는	악	죄책감	30	비난	파괴
멸시하는	가증스러운	수치심	20	치욕	제거

의식 지도

이제부터 스트레스나 알코올 중독, 여러 가지 병, 우울, 두려움, 커다란 상실 같은 인간의 다양한 문제들을 의식 차원에서 접근하는 방법을 이야기하겠다. 이 과정에서 의식 지도를 되풀이해서 언급할 것이다. 특히 몸과 마음, 영혼의 관계를 설명하는 과정에서 빈번하게 언급할 텐데, 이는 자기치유와 관련해 의식 지도를 이해하는 것이 매우 중요하기 때문이다.

특정한 문제와 상관없이 의식 지도 자체의 가치를 이해할 수 있도록 인간의 모든 문제에 의식 지도를 적용했을 때 이것이 어떤 효용과 의미를 지니는지 먼저 설명하겠다. 의식 지도는 다양한 분야에서 이루어진 수십 년간의 연구 결과를 종합해서 만든 (10을 밑으로 하는) 지수모델exponential model이다. 다양한 에너지 장을 수치로 측정한 것은 의식 지도가 처음이다.

의식을 말할 때 우리가 의미하는 것이 이 에너지 장이다. 의식 지도에는 의식의 일반적인 장들이 표시되어 있는데, 화살표가 가리키는 것처럼 의식의 장이 향하는 방향은 물론이고 그 힘까지 측정해서 보여 준다. 200대인 용기 아래에 있는 장들은 아래로 향하고 용기 위의 장들은 위로 향한다.

에너지 장이 향하는 방향에는 중요한 의미가 있다. 부정적인 방향의 에너지 장은 삶을 지지해 주지 않기 때문에 '삶에 반하는anti-life' 장이라고 할 수 있다. 반면에 진리의 긍정적인 방향을 향하는 장들은 삶을 지지하고 보살펴 준다. 지도 위쪽으로 올라갈수록 진리와의 합일에 가까워지며 수치가 높아질수록 에너지 장의 힘도 더욱 강해진다.

에너지 장의 수치는 0에서 시작되며, 소위 말하는 깨달음의 상태는 600에서 1000에 이른다. 깨달음은 이원성과 개인적인 나와의 동일시를 초월한 상태를 의미한다. 의식 지도에서 개인적인 나personal self의 단계들은 우리가 '나를me'이나 '나 자신myself'에 대해 말할 때 일반적으로 의미하는 것들을 가리킨다. '나를'이나 '나 자신'은 지도의 맨 위에 있는 '큰나Self'와는 다른 것으로서 '작은 나self', 즉 에고를 의미한다.

에너지 장의 오른편에는 각 단계와 관련 있는 감정들이 기록되어 있다. 오른쪽 맨 끝은 의식 속에서 일어나는 과정이다. 지도의 왼편은 의식의 각 단계에서 개인이 신과 삶을 바라보는 시각을 나타낸다.

(200을 넘는) 보통 사람이라면 근육 테스트(부록 B에 자세히 설명해 두었다.)라는 간단한 방법으로 이 수치들을 확인할 수 있다. 예를 들어 누군가 여러분의 팔을 누르면서 "두려움이 50을 넘나요? 아니면 60? 70? 80? 90? 100을 넘나요?" 하고 묻는다. 그러면 팔의 힘이 100에서 약해진다. 수십 년 동안 전 세계의 많은 사람들이 이 측정법의 타당성을 입증해 보였다. 덕분에 근육 테스트는 임상은 물론 연구에서도 실제적으로 아주 유용하게 쓰이고 있다.

　지도 맨 아래는 수치심(20)과 죄책감(30)의 에너지 장이다. 이 단계에 동반되는 감정은 자기혐오이며, 의식에서는 자기파괴의 과정이 진행된다. 이 에너지 장과 관련된 세계관은 죄와 고통이다. 그러므로 이런 세계의 신은 궁극의 잠재적 파괴자로서 인간에게까지 분노를 느끼고 인간이 지닌 불멸의 영혼을 지옥으로 영원히 던져 버린다. 신을 이런 식으로 인식하면 사실상 악마가 필요 없기 때문에 '신에 대한 관점'에 악마를 넣지 않았다. 이런 인식 자체가 신을 악마처럼 보는 것이기 때문이다.

　지구상의 많은 사람들에게 죽음은 수동적인 자살의 문제로 다가온다. 무의식적인 죄의식과 자기혐오 때문이다.(이 문제는 나중에 중독증과 관련해 다시 설명하겠다.) 자살은 자신을 돌보지 않거나 마주 달려오는 버스를 피하지 않거나 차를 타고 구르거나 돌발적으로 약물을 과다 복용하거나 위험성이 큰 행동을 저지르는 등의 형태로 나타난다.

　무감정(50)도 부정적인 에너지 장이다. 무감정과 관련된 감정은 무기력과 절망, 포기, 우울이다. 이런 감정들은 에너지를 상실한 결과다. 무감정은 세계를 희망 없는 곳으로 보고, 신이 죽거나 존재하지 않는다고 여긴다. 수많은 회의론자들과 무신론자, 철학자들은 실재를 부정하는 특정한 입장을 무의식적으로 정당화하거나 논리적으로 설명하고 변호해서 합리화시키려 한다.(『진실 대 거짓』을 보라.) 신이 죽었다거나, 삶의 조건과 인간이 절망적이라는 생각은 삶을 무가치하게 느끼도록 만들기 때문에 파괴적이라고 할 수 있다.

무감정은 아들이 전사했다는 오보를 받고 절망적인 눈빛으로 창밖을 응시하면서 앞뒤로 움직이는 흔들의자에 앉아 있는 노파와도 같다. 대륙은 물론 아대륙까지 세계의 많은 지역이 무감정 상태에 빠져 있다. 이곳 사람들은 희망과 기회도 없기 때문에 허공을 멍하니 응시할 뿐이다. 세계의 약 삼 분의 일이 두려움과 슬픔, 무감정의 하위 단계에서 살아가고 있다.

흔들의자에 앉아 있는 노파의 머릿속에서는 부정적인 변화가 일어난다. 의식 지도에 '두뇌의 화학작용' 항목도 첨가할 수 있다. 무감정의 에너지 장이 신경전달물질을 이동시켜 '무기력' 상태에 빠지게 하기 때문이다.(이 장 끝에 있는 '두뇌의 기능과 생리학적 지표'를 보라.)

흔들의자에 앉아 있는 노파가 울면서 감정을 표현하기 시작하면 노파의 상태는 슬픔(75)이라는 에너지 장으로 상승한다. 이 에너지 장의 정서적인 특징은 후회와 상실감 그리고 낙담이다. 이때 의식에서는 우리를 의기소침하게 만드는 과정이 일어난다. 우리는 슬픔 때문에 삶의 의지와 영혼, 생기를 상실한다. 삶의 의지를 상실하면 우주가 주는 에너지를 받지 못해 결국 우울증에 빠진다. 슬픔에 빠진 사람들은 세계를 슬픈 곳으로 보고, 신이 자신을 무시한다고 생각한다.

두려움도 부정적인 에너지 장이다. 그러나 점수가 100이기 때문에 이 상태는 에너지가 좀 더 크다. 두려움이 있을 때는 더욱 멀리 달릴 수 있다. 두려움은 전 세계에서 넓은 범위를 지배하고, 모두의 삶에서 매우 중요한 역할을 한다. 광고업체들은 두려움을 이용해 제품을 팔아먹는다.

슬픔은 과거와 연관이 있지만 일상적으로 경험하는 두려움은 미래와 관련이 있다. 보통 사람들은 걱정이나 불안, 공포 등의 형태로 일상에서 두려움을 경험한다. 이때 의식에서는 기가 꺾이는 과정이 일어난다. 동물들이 겁먹을 때 움츠러드는 것도 한 예다.

초등학교 때 선생님이 한 학생에게 질문을 하면 나머지 아이들도 덩달아 몸을 움츠리며 그 학생 뒤에 숨던 장면이 기억나는가? 두려움은 미래와 관련이 있으며 우리를 위축시키지만 에너지가 큰 감정이다. 두려움의 대상이 무엇인지 알면 두려움이라는 에너지는 사실 유익하게 작용할 수도 있다. 미리 주의를 기울일 수 있기 때문이다.

의식 지도의 낮은 상태에 머물러 있다는 것은 위쪽의 에너지 장을 직시하지 못했음을 의미한다. 우울에서 벗어나는 길은 우울의 저변에 깔린 두려움을 들여다보고, 그 두려움이 어떻게 "나는 행복의 원천을 잃어버렸어."와 같은 형태로 나타나는지 알아차리는 것이다.

용기 아래 단계들은 모두 부정적인 에너지 장을 갖고 있다. 이런 에너지 장들은 전부 행복은 외부로부터 주어진다는 생각에서 비롯된다. 자신의 생존을 외부의 무언가에 의존하면 힘의 원천을 외부에 투사해 결국 나약함과 피해의식, 무력감에 빠진다.

우울의 저변에는 무언가를 잃어버릴지도 모른다는 두려움이 깔려 있다. 슬픔은 상실과 연관되어 있기 때문이다. 그러므로 이 두려움을 직시하고 해결하려 노력하면 우울을 빠르게 극복할 수 있다. 의식이 두려움을 어떻게 바라보는지는 나중에 다시 살펴볼 것이다. 또 두려움을 소진시켜 우울한 감정이 사라지게 만드는 방법, 두려움의 에너지 장에 대한 저항을 내려놓는 구체적인 방법도 나중에 설명할 것이다.

두려움 위의 에너지 장은 욕망(125)이다. 욕망 역시 부정적인 에너지 장인데 일상에서는 '갈망'으로 경험한다. 열망과 갈망의 일반적인 느낌들은 중독이라는 에너지 장의 일부이기 때문에 강박적이고 충동적인 형태로 변할 수 있다. 의식에서는 노예화의 과정이 일어난다. 욕망의 지배를 받고, 행복의 근원이 외부에 있다고 여긴다. 광고는 이런 심리를 이용한다. 무의식적인 연결을 통해 욕망을 창조하는 것이다. 요컨대 광고는 욕망을 창조하는 무의식의 원형적인 무언가를 기호화한 것이다.

욕망은 전 생애를 지배할 수 있다. 성공이나 명성, 부나 유명세, 특별한 관계처럼 행복을 줄 듯 보이는 것이라면 무엇이든 원하도록 만든다. 그러나 바람과 갈망은 충족이 불가능하다. 충족이 불가능한 에너지 장에서 비롯된 것이기 때문이다. 이 에너지 장은 끊임없이 움직이면서 더욱 많은 욕망을 창조해 낸다. 하지만 이 에너지 장은 잠재력과 내적인 목적을 실현하려는 동기나 의도처럼 긍정적으로 활용할 수도 있다. 반면에 목적을 내면화하는 데 실패하면 좌절과 분노가 일어난다.

분노(150)는 큰 에너지를 동반한다. 화난 사람이 이 에너지를 파괴적으로 쓰는 대신 건설적으로 활용하는 법을 터득하면 진보를 불러올 수도 있다. 텔레비전 덕분에 다른 나라 사람들이 누리는 것들을 목격하게 된 제 3세계 국민은 욕망에 불이 붙으면서 좌절감과 분노를 키웠다. 극에 달한 감정들은 총체적인 사회운동과, 입법부의 개혁, 사회의 발전적인 변화를 불러일으키는 데 이용되었다. 이처럼 분노는 결의와 결단력을 강화하기도 한다.

매일의 삶에서 목격하고 경험하는 분노는 보통 미움의 형태로 나타난다. 더 심각하게 발전하면 분노는 증오나 불만, 불평으로 이어지고 종국에는 살인이나 전쟁을 일으키기도 한다. 이때 의식에서는 일종의 확장 과정이 진행된다. 동물이 화났을 때 몸을 부풀리는 것이 한 예다. 고양이도 화가 나면 보통 때보다 두 배 가까이 꼬리를 부풀려 위압적인 존재처럼 보이려고 애쓴다. 이런 확장의 생물학적인 목적은 적으로 보이는 상대를 위협하는 것이다. 분노의 에너지를 긍정적으로 활용해서 더 나은 무언가를 추구하면 자부심의 단계로 상승할 수 있다.

자부심(175)은 하위 단계들보다 훨씬 큰 에너지를 갖고 있다. 그래도 부정적인 방향을 향한다는 점은 변함이 없다. '적을 얕보면 반드시 패한다.'라는 뜻의 '경적필패輕敵必敗'라는 말을 들어 봤을 것이다. 자부심이 상당히 취약한 정서 상태(자만심hubris도 마찬가지다.)임을 보여 주는 유명한 예들은 역사적으로 많다. 그러나 낮은 단계의 의식들보다 많은 에너지를 갖고 있다는 점에서 유용할 수도 있다. 자부심은 일상에서 오만이나 경멸, 냉소 등으로 나타난다. 자부심의 부정적인 면은 부정denial이며, 의식 속에서 팽창의 과정을 일으킨다는 문제를 안고 있다.

자부심이 강한 사람은 거만하고 주제 파악을 하지 못하며 배우려 하지 않는다. 또한 사람들이 하는 말을 귀담아 듣지 않으며 마음이 닫혀 있다. 이런 의식 상태는 편중된 견해를 갖게 만든다. 따라서 그들은 '올바른' 것을 끊임없이 변호한다. 세상이 잘못된 게 틀림없다고 보기 때문이다. 자부심의 근원은 저변의 두려움과 관련이 있다. 그러므로 자신의 두려움을 직시하면 자부심도 내려놓을 수 있다.

부정적인 장들은 서로를 강화시키는 경향이 있으며, 혼자서는 거의 일어나지 않는다. 하나의 장이 지배하기만 해도 사실상 모든 장들이 서로를 키워 준다. 그래서 분노로 인해 괴로움을 느끼고, 자부심으로 인해 분노를 느끼며, 슬픔으로 인해 두려움을 느낀다. 이처럼 모두가 서로를 강화시켜 주는 경향이 있기 때문에 정서적인 혼란은 대개 모든 부정적 에너지 장의 결합에서 생겨난다. 부정적인 에너지 장의 극복과 이에 필요한 기법은 『의식 수준을 넘어서』에서 자세히 설명해 두었다.

부정적인 에너지 장들은 에고의 나르시시즘적인 성향에서 비롯된 정서적 결과다. 이 부정적인 에너지 장들을 기꺼이 내려놓으면 진정한 힘의 첫 단계인 용기(200)의 단계로 나아갈 수 있다. 이 단계에서는 아주 중요한 일이 일어난다. 용기에 어마어마한 힘이 숨어 있기 때문이다. 미합중국을 안정시킨 것도, 온갖 위대한 산업체들을 만들어 낸 것도, 달 탐사의 발판이 된 것도 모두 용기였다. 해병대원들도 자부심의 단계에서 시작해 가장 안정적인 용기의 단계로 올라간다. 그 이유는 무엇일까? 큰 차이이긴 하지만 단순히 25점이라는 수치가 증가해서 그런 것만은 아니다. 결정적인 요인은 에너지 장이 긍정적인 것으로 변화했기 때문이다. 거짓보다는 진실에, 일시적인 이득보다는 진실성에 가치를 두게 됐기 때문이다.

200 이상의 단계에서는 더 이상 희생자가 되지 않는다. 에너지 장이 긍정적이기 때문이다. 에너지 장을 안테나로 본다면 용기 아래에서는 안테나가 부정적인 것에 맞춰져 있어서 고난을 에너지 장 속으로 끌어당긴다. 200 단계에서는 에너지가 긍정적으로 변하기 때문에 우주로부터 더 이상 부정성을 끌어당기지 않는다. 그래서 그때부터 전혀 다른 조건 속에 놓인다. 상황을 직면하고 이겨 내고 다스리며, 처음으로 적합한 존재가 된다.

용기의 단계에서도 약하지만 부정적인 감정들을 경험한다. 하지만 이제는 이런 에너지들을 처리할 힘이 있다. 힘을 부여받는 중요한 과정이 일어나기 때문이다. 진실을 말함으로써 힘을 다시 얻는 것이다. 이런 과정은 회복 과정에서 확실히 중요한 역할을 한다. 이는 익명의 알코올 중독자협회 회원들의 회복 과정에서도 분명하게 확인할 수 있다. 이들이 회복을 위해 거쳐야 할 첫 단계와 모든 기본적인 과정은 진실을 인정하는 것이다.

어떤 문제에 자신이 무력하다는 사실을 인정하면 근육 테스트에서 약한 반응을 보이기는커녕 갑자기 강한 힘을 드러낸다. 하지만 자부심에서 생긴 오만을 버려도 다른 부정적인 감정들은 여전히 존재할 수 있다. 용기의 단계에 있는 사람도 상사에게 연봉 인상을 요구할 때는 긴장할 수 있다. 분노를 느낄 수도 있고, 연봉 인상이 가망 없는 일이라고 체념할 수도 있다. 또 거만하게 굴 수도 있다. 하지만 지금처럼 용기의 단계에 이르면 이 모든 것을 처리하고 적절하게 대응할 힘이 충분해진다. 문제를 직시하고 이겨 내세상에서 효율적으로 제 몫을 한다.

다음의 주요 단계는 중립(250)이다. 이 단계의 에너지 장은 긍정적이며 진실과 훨씬 크게 부합한다. 중립 단계의 주요 감정은 자기 신뢰다. 예를 들어 취직을 하건 못 하건 '괜찮다.'라고 생각한다. 이때 의식에서는 풀려나는 과정이 진행된다. 특정한 결과에 집착하지도 않고 더 이상 희생자가 되지도 않는다. 훨씬 많은 힘을 갖게 되며 혐오나 열망에 지배당하지도 않는다. 이 단계의 좋은 면은 삶을 긍정적으로 대하는 것이다.

반면에 '무애착unattached'의 부정적인 결과로 냉담해지거나 권태를 느낄 수도 있다. 하지만 고통스런 감정들 때문에 더 이상 힘들어 하지 않으며 자유를 만끽한다. 그럼으로써 훨씬 강력한 상태에 존재한다. 또 세상을 만족스러운 곳으로 보며 신도 자유를 주는 존재로 여긴다. 중립 단계의 좋은 점은 저항을 내려놓음으로써 더욱 큰 힘을 얻는 것이다. 하지만 이후에는 새로운 에너지를 받아들여 자발성의 단계로 올라가야 한다.

자발성(310)의 단계는 훨씬 강력하다. 이 단계의 감정은 긍정적인 생각을 동반한다. 삶도 긍정적으로 받아들여 결합하고 공감하며 참여하고 어울린다. 이 단계에서는 목적을 갖게 되기 때문이다. 중립 단계의 사람에게 오늘 밤 영화를 보러 가지 않겠느냐고 물으면 아마 이렇게 답할 것이다. "글쎄, 가도 좋고 안 가도 좋아." 열정과 활력이 부족하고 풍요와도 거리가 멀다. 하지만 집착이나 두려움, 비통, 무감정, 분노에 빠져 있는 것보다는 훨씬 편안한 상태임은 확실하다. 반면에 자발적인 사람은 활기와 목적을 가지며 긍정하고 참여하고 공감한다. 진정한 힘은 자발성에서 시작한다. 저항을 놓아 버렸기 때문이다.

다음은 수용(350)의 단계다. 수용은 능력과 적합성, 자신감을 얻을 수 있는 아주 강력한 에너지 장이다. 의식의 변화도 이 단계에서 시작된다. 이런 변화는 행복의 원천이 자신이며 자신 안에 그 힘이 있음을 재인식하는 것과 관련 있다. 이 단계의 사람에게는 큰 기업체에서도 믿고 일을 맡긴다. 현실적인 데다 자신의 긍정적인 면과 부정적인 면을 스스로 인정할 줄 알기 때문이다.

이들은 부정을 의미하는 자부심에 지배당하지 않는다. 그래서 자신의 약함과 단점들을 고려할 줄 안다. 이 단계의 직장인이라면 이렇게 말할 수도 있다. "아시다시피 아르헨티나에 있는 그 직원하고 저는 사이가 별로 안 좋습니다. 제이크를 보내는 편이 더 나을 거예요. 훨씬 잘해 낼 겁니다." 자신의 한계를 알려 주고, 세상이 돌아가는 방식을 인정하며, '옳고 그름'을 따지는 일에 휘말리지 않음으로써 일을 효과적으로 처리한다.

변화는 자신의 힘을 다시 인정하는 것에서 시작된다. 이 단계의 사람들은 어디에 있든 자신이 행복을 가져다주는 상황을 창조하리라는 것을 안다. 자선을 목적으로 하는 공익단체들도 마찬가지다. 릭 워렌의 『목적이 이끄는 삶』도 이 단계를 잘 설명해 준다. 이 단계에서 주어지는 기회들을 활용하면 레몬을 레모네이드로 만들 수 있다. 이것은 어떤 위치나 존재 방식, 자신의 힘을 다시 인정하는 태도에서 비롯된다. 그러고 나면 태도가 대체로 느긋해지기 때문에 쉽게 당황하지 않는다. 자신의 힘을 다시 인정하고 에너지를 우주 속으로 되돌려 보내는 (이타적인 봉사를 통해) 일을 지속하다 보면 이성(400)의 단계로 나아갈 수 있다.

이성, 논리, 지력은 인류의 주요한 진화적 특성들이다. 이 특성들은 상징적인 생각과 추상화를 가능케 하는 지성의 산물이다. 이 단계는 관찰 가능한 세계 및 그 흐름들과 조화를 이루는 정비된 체계를 나타낸다. 그래서 욕망과 혐오를 포함한 감정들을 비인격적인 사실들에 비해 의미가 작은 것으로 경시한다.

이성은 자기애적·감정적 왜곡의 한계들을 초월하게 해 준다. 이런 왜곡은 어디에나 영향을 미치는 호불호나 끊임없는 갈망 같은 개인적 정서와 유치함의 특징이다. 이런 정서가 만들어 내는 시끄러운 잡음들을 잠재우면 차분한 계산도 가능해지고, 일을 처리할 때도 주로 사실과 확실한 자료들에 근거한다. 추상적인 상징들과 이성 간의 연관성을 통해 방대한 양의 정보들이 지닌 의미와 중요성을 이해하고 분류하며 깨닫고 흡수하는 능력도 생겨난다.

지력과 이성은 의미와 가치, 중요성을 해석하는 데도 필요하다.

이때 해석을 돕는 것이 바로 '철학'과 철학의 지류인 형이상학, 인식론, 존재론, 과학이다. 지력의 진화사를 다룬 책으로 『그레이트 북스The Great Books of the Western World』가 있다. 이 책을 보면 고대 그리스의 고전주의 시대에 지력의 진화가 정점에 달했음을 알 수 있다. 이후 종교개혁과 그 영향으로 지력이 다시 부활하고 현대과학이 태동했다. 철학적 태만을 '수사rhetoric'라고 하는데, 이것은 이성의 진실성 없는 조작을 나타낸다. 최근 몇십 년 동안 학계에 나타나고 있는 철학의 수준 격하와 상대주의적 이론들의 등장(190), 이로 인한 사회적 불화 등이 '수사'의 좋은 예다(『진실 대 거짓』 12장 참조).

가장 순수한 단계의 이성과 지력은 현실검증력reality testing(자아와 비자아, 외계와 내부를 정확하게 인지하고 평가하는 힘 — 옮긴이)을 증가시킨다. 또 진실과 진실을 분별하는 수단을 객관적으로 존중하게 만들어 준다. 이런 상태에서 한층 더 진화하면 진리 자체를 위해 진리를 사랑하는 단계에 이른다. 그리고 종국에는 500점의 의식 수준(사랑)에서 패러다임의 비약을 경험한다. 이성이 선형적이고 객관적인 반면 사랑은 비선형적이고 주관적인 에너지로 완전히 다른 차원의 것이다. 그래서 이성은 정신(두뇌)의 문제이며 사랑은 존재(심장)의 문제라고들 한다.

사랑이 싹틀 때 그 사랑은 선별적이고 조건적이다. 그러나 시간이 흐르면서 사랑은 모든 생명과 관계 맺는 하나의 태도와 생활방식으로 차츰 변화한다. 사랑은 큰나 안에서 뿜어져 나오며 행복의 표현이기도 하다. 또 생명을 부양하고 지지해 주며, 드러남revelation

의 시작이 되기도 한다.

엔도르핀의 분비로 두뇌의 신경전달물질들도 변한다. 이를 계기로 지금까지 사랑의 에너지 장이 활성화시켜 주기만을 기다리고 있던 수백만 개의 뉴런들도 움직이기 시작한다. 현재 과학자들은 엔도르핀의 모든 활동영역을 연구하고 있다.(예컨대 옥시토신은 타인을 염려하는 마음, 사회화와 연관이 있다고 한다.)

무조건적인 사랑(540)은 치유의 에너지 장이다. 12단계 프로그램 그룹들의 에너지 장도 이와 같다. 이 단계에서는 생기의 에너지 장이 강렬해지기 때문에 이 단계의 사람들과 어울리는 것은 바람직한 일이다. 이들이 에너지 장 자체에 기운을 불어넣어서 사람들을 더욱 활기차게 만들기 때문이다.

의식의 맨 아래 단계에서는 서로에게 실패를 불러들일 게 분명한 부정적인 상황이 전개된다. 이런 상황과 연관 있는 사람들도 실패를 경험한다. 또 이들은 실패의 관점을 지니고 있기 때문에 흔히들 이렇게 말한다. "사방의 문이 닫혀 있어. 이쪽으로 가도 실패할 거야." 이런 사람들은 삶을 손해가 뻔한 사업처럼 여긴다.

한편 중간 점수대의 사람들은 삶을 이기지 않으면 지는 문제로 본다. 자부심과 극단적인 분노로 인해 세상을 경쟁과 갈등의 장소, 이기지 못하면 지는 곳으로 본다. '내가 이기고 너는 질 거야.'라고 생각하는 것이다. 당연히 이들은 무의식적으로 보복을 끊임없이 두려워한다. 적을 격파하는 것을 성공이라 여기기 때문에 보복을 예상하는 것이다. '이 게임에서 이겨도 영원히 이기는 것은 아니야. 언젠가는 그가 친구들을 데리고 나를 찾으러 올 테니까. 그

러니까 한시도 마음을 놓아선 안 돼.'

500 단계의 사람들은 서로에게 이익이 되는 상황으로 삶을 개념화하고 그렇게 살아간다. 자신이 이기면 가족이나 회사 등 다른 모든 사람들도 이기는 것이다. 그래서 회사가 돈을 많이 벌수록 직원들도 좋다. 회사들도 500 단계의 사람들을 채용하고 싶어 하기 때문에 이들은 일자리를 찾을 필요도, 초대장이나 관계에 연연할 필요도 없다. 고용주들이 전화를 걸어서 이렇게 말할지도 모르기 때문이다. "저희 회사에서 일해 보지 않겠습니까? 마케팅 담당 부사장으로 오시는 게 어떨까요?" 이렇게 고용주는 물론이고 다른 사람들도 높은 단계의 사람들을 찾는다.

의식 수준과 사회적 문제의 상관관계

의식 수준	비고용률	빈곤율	행복률 (Life is OK)	범죄율
600 이상	0퍼센트	0.0퍼센트	100퍼센트	0.0퍼센트
500–600	0퍼센트	0.0퍼센트	98퍼센트	0.5퍼센트
400–500	2퍼센트	0.5퍼센트	70퍼센트	2.0퍼센트
300–400	7퍼센트	1.0퍼센트	50퍼센트	5.0퍼센트
200–300	8퍼센트	1.5퍼센트	40퍼센트	9.0퍼센트

100-200	50퍼센트	22.0퍼센트	15퍼센트	50.0퍼센트
50-100	75퍼센트	40.0퍼센트	2퍼센트	91.0퍼센트
50 이하	97퍼센트	65.0퍼센트	0퍼센트	98.0퍼센트

540대를 향해 가면서 내면의 기쁨과 고요, 내적인 이해 knowingness가 생겨나기 시작한다. 이 에너지 장에서 우리는 영원히 현존하는 단단한 무언가와 연결된다. 의식의 변형이 일어나고, 내면이 고요해지기 시작하며, 연민의 마음도 열린다. 560 단계에 이르면 황홀경을 경험한다. 황홀경은 내면의 정교한 이해와 의식의 변형 상태이며, 600에 가까워질수록 빛비춤(성스러움은 570 단계다.)의 상태로 우리를 인도한다.

연민의 에너지 장은 선택할 수 있다. 사랑이라는 하나의 존재 방식에 헌신할 수 있다. 그렇기 때문에 신에 대한 믿음이나 신학적이고 영적인 체계가 없어도 연민은 가능하다. 사랑을 향한 이런 헌신은 온갖 표현을 통해 생명을 부양하고 지지해 준다. 만물 속에서 신성을 보고, 더욱 높은 단계로 올라가면 모든 생명이 완벽함을 깨닫기 시작한다.

연민은 타인의 마음을 이해하고 들여다보는 방식이기도 하다. 이 드러남과 변형의 단계에서는 엔도르핀이 분비된다. 이로 인해 자각이 일어나고, 자신과 또 다른 자신 사이의 분리도 사라지기 시작한다. 마음이 하나가 되고, 생각이 아닌 존재 방식으로서의 이해knowingness가 싹튼다.

500대 후반에 경험하는 드러남의 단계에서는 변형과 연민에 이르는 길이 열린다. 이 변형과 연민은 황홀경과 600에 가까운 상태로 우리를 인도한다. 기쁨의 상태, 빛비춤과 깨달음이 시작되는 상태가 바로 그것이다. 이런 상태들은 흔히 빛의 느낌을 동반한다.

가령 익명의 알코올 중독자협회의 빌 윌슨은 영적인 체험의 순간 무한한 현존Infinite Presence에 의해 방 안이 환하게 밝아지는 느낌을 받았다고 했다(575). 600의 에너지 장에 다가간 것이다. 이 빛은 12단계 프로그램의 형태를 띠고 세상으로 퍼져나갔다. 익명의 알코올 중독자협회는 이 프로그램으로 수백만 명의 사람들을 회복시켰다.

지복의 에너지 장은 중독과 관련해 대단히 중요하다. 이 장이 개인의 삶을 변화시키기 때문이다. 우연히 삼매에 빠진 사람은 600이나 그 이상에 도달할 때 초월적인 상태로 들어간다. 보통 이런 경험을 하고 나면 이후의 삶이 완전히 달라진다. 임사체험을 하는 사람들도 600 너머의 장들과 고차원적인 자신을 경험한다. 이 단계들은 세계적으로 유명한 영혼의 스승들이 존재하는 영역이기도 하다. 이 단계들에서 계속 올라가면 무한Infinity에 이른다.

크리슈나와 그리스도, 부처의 에너지 장은 1000이며, 이 장은 무한까지 계속 이어져 있다. 이 단계에 존재하는 사람들은 어마어마한 에너지를 지니고 있다. 그래서 우리는 이들을 아바타avatar라 부른다. 예수 그리스도는 3년 동안 아바타로서 복음을 전했다. 이를 통해 이후 수천 년 동안 인류의 의식을 완전히 변화시켰다. 삶을 수직은 물론 수평의 차원에서도 변화시킨 것이다. 두 차원 모두 엄청난 힘을 지닌 장이다.

상대적으로 낮은 에너지 장은 태양을 가리는 구름과 같다. 구름을 거둬 내면 언제나 빛나는 태양을 체험한다. 그러나 중독에 빠진 사람들이 생각하는 것처럼 구름을 거둬 냈기 때문에 태양이 빛을 발하는 것은 아니다. 이 점에 대해서는 중독증을 다룬 장에서 더욱 상세하게 설명할 것이다.

어떤 것에든 중독되어 있는 사람들은 A가 B를, B가 C를 유발한다고 생각한다. 이런 좌뇌형의 사고방식과 선형적인 인과관계를 제거하는 것이 영적인 작업의 온전한 목적이다. 다시 말해 큰나의 빛을 체험할 수 있게 구름을 거둬 내는 것이 영적인 작업의 목표인 것이다.

에너지 장들은 우리의 지각을 지배할 정도로 아주 강력하다. 이 에너지 장은 우리가 세계를 내다보는 문과도 같다. 흔히들 이 세상은 거울들의 세계에 불과하며, 우리가 경험하는 모든 것은 인식과 경험의 형태로 우리를 되비추는 우리 자신의 에너지 장에 지나지 않는다고 말한다. 우리의 인식이나 세계관, 삶을 바라보는 시각도 이런 다양한 에너지 장에서 나온다.

처음에 말했듯이 자기혐오와 파괴적인 에너지의 장에서 죄책감(30)에 사로잡혀 있으면, 세상을 고통과 죄가 가득한 곳으로 본다. 그래서 이 단계의 사람들은 거리를 걸으면서도 주변에서 고통만을 목격한다. 신문을 펼쳐 들고도 인간의 끊임없는 고통만을 확인한다.

가망 없음과 절망의 에너지 장(50)에 있는 사람들은 말 그대로 세상을 희망이 없는 곳으로 본다. 신문을 펼치면 인간의 절망적인 상태와 끊임없는 전쟁, 빈곤, 범죄들을 확인한다. 실제로 지각과 시각, 청각 등 모든 감각을 통해 가망 없는 세계를 경험한다. 그리고 이런 세계에서 신은 죽었다고 생각한다.

슬픔과 후회, 상실감, 낙담 등 의기소침한 상태에 빠져 있는 것은 삶을 향한 의지를 상실했기 때문이다. 이런 사람들은 거리를 걸을 때도 세상을 슬프게 보고 실제로 그렇게 경험한다. 마음에 슬픔이 가득하기 때문에 거리에서 아이나 노인들을 마주쳐도 '슬프기 그지없다.'라고 느낀다. 건물들을 바라보면서도, 신문에서 여러 소식들을 확인하면서도 삶이 너무나 슬프다고 생각한다. 부정적인 에너지 장이 모든 것에 색을 입히고 있는 것이다. 이것은 색안경을 쓰고 있어서 모든 것을 색안경과 같은 색으로 보는 상태와 같다.

두려움에 지배받는 사람들은 세상이 위험하고 위협적이며 언제나 위기가 도사리고 있는 곳이라고 생각한다. 그래서 거리를 걸을 때도 사방에서 위험을 감지한다. 도처에 강도 같은 위협적인 존재들이 있다고 믿으며 침대 밑에 강간범이 있을지도 모른다고 생각한다. 신문을 읽을 때도 위험과 위기로 점철된 무서운 소식만을 확인한다. 그래서 집 안에만 틀어박혀 지내며, 차를 차고 안에 처박아 두고 차고의 문을 잠가 버린다. 담장 문은 물론이고 담장 안에 있는 집의 현관문까지 전부 잠근다.(두려움은 신중함처럼 긍정적인 방향으로 전환할 수도 있다.)

이런 사람들에게는 경찰도 별 도움이 되지 않는다. 집에 강도가 들었을 때 경찰이 어디 있을지 알 수 없고, 도시의 반대편 끝에 있어서 도움이 전혀 안 될 수도 있다고 생각하기 때문이다. 세상을 바꾸려 애써도 두려움의 에너지는 누그러지지 않는다. 두려움은 우리 자신의 에너지 장에서 생겨나기 때문이다.

두려움의 위에는 욕망의 에너지 장(125)이 있다. 욕망의 에너지 장은 끊임없는 결핍감이 지배하는 불만스러운 세상을 만들어 낸다. 이 장에 지배받는 사람들은 '태양신경총solar plexus' 고착에 걸려 있다고 한다. 그래서 거리를 걷기만 해도 갖고 싶은 온갖 것들에 시선을 빼앗긴다. 탐나는 차, 예쁜 물건들, 지위나 위치, 살아보고 싶은 건물에 눈길을 돌린다. 그러나 이런 끝없는 욕망과 갈망, 많은 돈은 행복을 가져다주지 않기 때문에 결국 좌절하고 만다. 5000만 달러라는 거금이 있어도 소용이 없다. 더 강한 힘을 향한 욕망과 허기는 결코 충족되지 않기 때문이다.

이 에너지 장의 사람들은 만족을 모르기 때문에 좌절하고 분노한다. 분노에 빠진 사람은 세상을 '너와 내가 대립하는' 경쟁적인 곳, 갈등과 투쟁이 지배하는 곳으로 본다. 숲에 가서도 큰 나무들과 작은 나무들이 햇살을 놓고 경쟁을 벌인다고 생각한다. 문화적 가해자·희생자에 대한 정치사회적 시각의 기본 바탕에는 이런 생각이 깔려 있다. 이런 생각은 경쟁 같은 것이 일어날 기미조차 보이지 않는 영역에도 고스란히 투사된다. 이런 사람은 투쟁과 갈등의 가능성이 끊이지 않는 세계에 살며, 모든 것을 협력이 아닌 경쟁의 시각에서 바라본다.

자부심의 단계에 고착되어 있는 사람은 세상을 사회적 계급이 지배하는 곳으로 본다. 그래서 거리를 걸을 때도 명품 신발이나 옷의 브랜드, 상대방의 지위, 갖고 싶은 차, 살고 싶은 집 같은 것들을 눈여겨본다. 모든 것을 신분의 관점에서 분류하며, 자신의 사회적 이미지를 어느 위치에 두어야 할지에 사로잡힌다.

진실과 용기의 단계(200)에 이르면 세상은 이제 기회의 장소처럼 보인다. 세상을 성장과 확장을 위한 신나는 도전의 장소로 생각한다. 이런 사람은 신문을 읽으면서도 인간이 성장할 수 있는 무수한 기회들을 본다. 도전을 직면하거나 이겨 내고 그 과정에서 배움의 기회들을 확인한다. 이런 사람은 당연히 삶에 흥미를 느낀다.

중립의 단계(250)에서는 삶과 세상이 만족스럽다. 집착이 없기 때문이다. 모든 것이 그저 만족스러울 뿐이다. 세상을 느긋한 시각으로 보게 되므로 이렇게 말한다. "음, 그게 인간의 본성이고 삼라만상이 돌아가는 이치야. 궁극의 어떤 목적을 섬기는 거지."

자발성의 단계(310)로 올라간 사람들은 세상을 호의적인 곳으로 경험한다. 이들은 거리를 걸으면서도 무수한 호의를 목격하고, 무엇을 갖고 있건 우주가 호의적이라고 생각한다. 세상은 조화롭고 자애로우며 언제나 힘을 준다.

수용의 단계(350)로 올라간 사람들은 삶의 조화로움을 진정으로 경험하기 시작한다. 또한 동시성을 깨닫고 모든 것들이 어떻게 함께 흐르는지 이해한다. 또 이들의 에너지 장에 협동심을 지니고 있기 때문에 세상을 협력적인 곳으로 경험한다. 이런 경험은 열정(390)과 사랑(500)의 단계로 올라가는 데 도움이 된다. 더불어 우주 속에서 끝없이 따뜻한 지지를 경험하고, 우주 속에 사랑의 에너지가 무한히 존재함을 느끼게 해 준다.

빛비춤의 상태(600 이상)는 믿을 수 없는 아름다움과 삶의 완전함, 창조의 절대적인 완벽성을 드러내 주고, 모든 생명의 본질과 신성한 정수를 실제로 경험하게 해 주며, 이 본질이 지닌 믿을 수 없는 아름다움도 보여 준다. 그것은 오감을 즐겁게 하는 미학적 아름다움인 동시에 창조의 본질적인 아름다움이기도 하다. 이 단계의 사람은, 깨닫지 못한 사람에게는 추하게 보이는 골목을 걸을 때도, 삶의 활력이 만들어 내는 아름다움과 삶의 믿을 수 없는 완벽함을 경험한다. 그래서 모든 삶이 활짝 펼쳐지고 있는 모습을 보기 시작한다. 불완전성이 아닌 과정을 보는 것이다. 이런 사람은 온 우주가 완벽하게 펼쳐지고 있다고 본다.

신에 대한 시각과 묘사도 다양한 에너지 장과 연관되어 있다. 예를 들어 무감정과 절망의 에너지 장에 있는 사람은 신을 무심한 존재로 보거나 아예 존재하지 않는다고 여긴다. 그래서 흔히 '신을 믿기는 하는데 나와 아무 상관이 없는 것 같아. 난 벌레 같이 무가치한 존재거든. 너무 하찮아서 신도 나를 무시하기만 해.'라고 생각한다.

또 두려움 속에 사는 사람은 벌을 내리는 두렵고 끔찍한 신의 이미지를 투사한다. 좌절감 속에 사는 사람은 신과 동떨어져 있다고 느낀다. 자신을 행복하게 만들어 주는 사람들을 신이 끊임없이 빼앗아 간다고 생각한다. 신을 비협조적인 존재로 보는 것이다.

한편 분노 속에 사는 사람은 신을 복수와 징벌을 일삼는 존재로 본다. 분노와 복수는 함께 붙어 다니기 때문에 인간을 증오하며 지옥에 던져 넣겠다고 협박하는 악마적인 존재가 신이라고 생각한다. 신을 궁극의 파괴자, 처벌자, 복수심과 질투에 가득 찬 존재로 여긴다. 발작적으로 질투심에 불타기도 하며, 죄인들을 증오하고, 파괴성이라는 극단적인 감정을 드러내기도 하는 존재로 신을 의인화해서 생각하는 것이다.

자부심의 단계로 올라가면 부풀려진 에고의 오만으로 두 가지 성향이 나타난다. 한편에는 무신론자가 있고, 균형을 잃은 다른 극단에는 괴팍한 광신자가 있다.

진실의 차원인 용기로 올라가면 신은 주로 의문의 대상으로 여겨진다. 진실의 단계에 다가가고 있기 때문에 처음으로 열린 마음을 갖고 이렇게 말할 수 있다.

"사실 난 신을 잘 몰라. 내가 아는 신은 그동안 읽고 듣거나 수많은 종교적 스승들이 가르쳐 준 내용들이 만든 소문 같은 것인지도 몰라. 다른 시공간에서 이루어진 다른 사람들의 경험인 거지. 증인대에 서면 신에 대해 전혀 모른다고 솔직히 말해야 할 거야."

이렇게 신은 의문의 존재로 남는다. 구도자는 사실 이런 단계에서 생겨난다. "스스로의 힘으로 그 진실을 찾아내고 싶어." 이렇게 말하고는 자신의 내적인 경험과 이해가 만들어 낸 신 안으로 자유롭게 이동한다.

중립의 단계에서는 만족스러운 세계를 경험하고, 신도 자유의 의미로 받아들인다. 처벌을 하거나 증오심에 불타는 부정적인 신 같은 건 없음을 깨닫는다. 부정적인 에너지 장에서 이미 벗어났기 때문이다. 그 대신에 확장과 탐험, 되어 감을 허용하고 잠재력을 실현하게 해 주는 절대적이고 무한한 자유의 의미로 신을 받아들인다.

자발성이라는 호의적인 단계에서는 믿음직하고 희망적이며 긍정적이고 간혹 도움을 주기도 하는 존재로 신을 경험한다. 의식지도의 아랫부분에서는 부정적이었지만 이 단계에서는 솔직함과 자유를 받아들이면서 세상을 낙관적으로 보기 시작한다. 이 단계의 사람은 삶을 조화로운 것으로 경험하고 신도 더없이 자애로운 존재로 받아들인다. 사랑이 가득한 사람은 무조건적인 사랑의 신을 만나며, 언제나 현존하는 신의 사랑이 행복과 삶의 근원임을 안다.

기쁨의 단계로 올라가면 아름다움과 완전성이 신의 일체성과 통일성 속에서 나타나는 삼라만상의 신성한 본질임을 자각하면서 지도의 가장 높은 곳으로 이동한다. 이때의 신은 존재Beingness, 존재성Isness, 실재Reality, 진리Truth, 존재의 영원한 근원Eternal Source of Existence이다.

이 단계에서는 개인의 영적인 작업과 진보를 새로운 시각에서 볼 수 있는 길과 바탕을 제시해 주는 맥락을 지닐 수 있다. 또 자아라는 커다란 수수께끼에 다가가는 방법과 치유를 새로운 시각으로 바라볼 수 있다. 연민의 에너지 장은 540 이상에 있으며, 이 단계의 사람들은 너그럽고 자애롭다.

영적인 작업을 수행하는 학생들은 흔히 400대의 단계를 완성하고 있는 사람들이다. 이 단계에서 영적인 문제들에 관해 지식과 헌신적인 배움을 얻는다. 그런 후에는 500대에 이르기 위해서 습

득한 원리들을 실행에 옮긴다. 기적수업이나 12단계 프로그램 그
룹 같은 모임에 참여하기도 하고, 사랑의 능력을 완성하는 일에
전념하기도 한다. 이들은 상승을 통해 에고라 불리는 것을 초월하
고 돈과 부, 권력, 성욕, 세속적인 성공 등에 대한 집착도 버린다.

　요약하자면, 의식 지도의 하위 단계는 소유havingness의 세계다.
소유물을 중시하고, 이 소유에서 지위도 파생된다. 이 단계의 사람
들은 타인이 무엇을 갖고 있는지 알고 싶어 하며, 가진 것에 따라
타인을 평가한다. 지도의 중간은 행위doingness의 세계다. 이 단계
의 사람들은 타인이 세상에서 무엇을 하는지, 타인의 입장과 역할
이 무엇인지 궁금해한다. 이들에게 소유는 더 이상 인상을 남기지
않는다.

　낮은 단계에서는 소유를 갈망하고 높게 평가한다. 그러나 의식
의 진화 과정에서 발전을 거듭할수록 소유는 더 이상 영향을 미치
지 않는다. 두 가지 직업을 갖고 일주일 내내 일하면 누구나 원하
는 걸 가질 수 있음을 알기 때문이다. 그래서 더 이상 소유를 중요
하게 여기지 않는다.

　지도의 맨 꼭대기로 올라갈수록 소유나 행위가 아닌 존재의 차
원으로 옮겨 간다. 타인들은 이제 이들의 존재를 보고 이들을 알
아본다. 존재 자체야말로 이들이 자신을 알리는 진실이기 때문이
다. 우리가 이런 사람들을 찾아내는 이유도 이들의 존재 때문이며,
이들이 갖고 있는 것에는 관심이 없다. 나도 이런 사람들을 오래
전부터 알고 있는데 실제로 이들의 직업조차 모른다.

　이런 인식을 활용하면 많은 것을 이해할 수 있다. 먼저 편협한

자아를 치유하는 길은 옳지 않으면 틀리다는 식의 이분법적인 시각을 거부하는 것이다. 이런 시각은 편협한 자아를 우리의 적으로 만들기 때문이다. 또 사랑과 연민의 눈으로 삶을 바라보고, 어린아이 같은 본질적인 순수성을 발견하는 것이다. 먼저 어린아이 같은 의식의 순수성을 보고, 그다음에는 이 위에 덧입혀진 프로그램을 본다.

이런 프로그램이 가능한 이유는 우리에게 어린아이 같은 사랑과 신뢰가 있기 때문이다. 그래서 더없이 혐오스러워 보이는 사람의 내면에서도 순수성을 발견할 수 있다. 이처럼 모든 존재의 마음을 연민의 눈으로 들여다보면 자아 안에 숨어 있는 본질적인 순수와 만난다. 그리고 이런 사랑과 연민이 우리의 자아를 치유해준다. 자신과 타인들의 뜀뜀이를 사랑하고, 자신의 인간성을 비난하는 대신 '당시에는 그게 타당한 것 같았어.'라고 말하게 된다.

이를테면 분노와 화를 부끄러워하는 대신 '음, 당시에는 화를 낼 수밖에 없었어.'라고 생각한다. 미움을 가져 보지 않은 사람은 사랑으로 나아갈 수 없다. 삶에 그토록 열의를 쏟아 본 적이 없기 때문이다. 실제로 분노하거나 증오를 느낄 정도로 삶에 충분히 관심을 기울이지 않으면 무감각의 하위 단계에 눌러앉는다.

용서와 연민의 관점에서 인간성을 바라보면 우리의 인간성도 우리의 위대성greatness으로 사랑하고 품어 안을 수 있다. 어린아이를 바라보듯 우리의 편협함smallness을 받아들이고, 이해와 연민을 통해 그 편협함을 치유하기 시작할 수 있다. 그렇게 하면 매우 강력한 치유의 에너지 장이 우리에게서 퍼져나간다. 연민과 사랑의 눈으로 자신을 바라볼 때 치유가 시작되는 것이다. 타인의 어떤 부분을 용서하면, 그러한 부분이 우리 안에서도 용서되고 세계에 대한 우리의 인식에서도 사라진다. 그리고 세계에 대한 인식이 변하면 완전히 다른 세계를 경험하기 시작한다. 색깔이 전혀 다른 색안경을 쓴 것처럼 세계가 이전과 달라 보이면서 완전히 다른 식으로 세계를 경험하게 된다.

의식 지도의 목적은 세계를 인식하고 경험하는 맥락을 창조해서 저절로 열리는 완전히 새로운 길들을 보게 만드는 것이다. 그렇게 되면 타인은 물론 자신까지 치유하는 능력과 의도를 지닐 수 있으며, 진실을 깨달으면서 앞으로 나아가는 과정에서 자신의 잠재력도 실현하게 된다.

다음 페이지에 나오는 '두뇌의 기능과 생리학적 지표'는 의식의 단계가 두뇌의 생리현상과 이에 수반하는 신경전달물질에 중대한 영향을 미친다는 것을 말해 준다. 중요한 점은 200 이상에서는 엔도르핀이 분비돼 즐거움과 행복의 감정이 동반되지만, 200 아래에서는 아드레날린과 동물적인 본능에 따른 생존 반응이 지배한다는 것이다. 200 이상의 의식 단계들은 '행복한 감정들welfare emotions'로 명명할 수 있다. 영적 에너지의 발생과 궁극적인 우세를 알려 주는 자애로운 감정들이기 때문이다.

두뇌의 기능과 생리학적 지표

저차원 의식(200 아래)

고차원 의식(200 위)

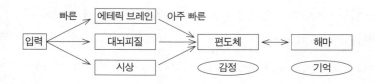

200 아래	200 위
좌뇌 우세	우뇌 지배
선형적	비선형적
스트레스 – 아드레날린 싸울 것이냐 도망칠 것이냐	평화 – 엔도르핀 긍정적인 감정
경고 – 저항 – 소진 (샐리-캐논의 투쟁·도피 반응)	가슴샘에 도움
킬러 세포와 면역력 저하	킬러 세포와 면역력 상승
가슴샘 스트레스	

경혈의 혼란	치유
병	조화로운 경혈
부정적인 근육 반응 신경전달물질들 - 세로토닌 저하	긍정적인 근육 반응
전전두엽을 지나 감정들로 나타나기까지 두 배는 빠르게 감정들을 추적한다	감정들을 더 느리게 추적한다
동공이 확장된다	동공이 수축된다

• 중요한 점

영적인 노력과 의도는 두뇌의 기능과 신체적 변화를 가져오고, 오른쪽의 전전두엽 피질, 그리고 이것과 조화를 이루는 에테릭(에너지) 두뇌 속에 영적인 정보를 위한 특정한 공간을 만들어 준다.

치유의 촉진

앞장에서는 의식 자체의 본질에 대한 연구에서 얻은 지식을 활용하여, 고통 같은 인류의 문제 해결에 적용하는 것에 대해 탐구해 보았다. 이제는 병의 근원과 그 근원을 놓아 버리는 방법을 살펴보겠다.

이것은 철학이나 신학과 관련된 문제가 아니다. 그보다는 개개인의 경험 속에서 임상학적으로 입증할 수 있는 문제들, 우리 스스로 정당성을 확인할 수 있기 때문에 진실인 문제들에 관한 것이다. 개개인의 사적인 경험 속에서 관찰을 되풀이하고 그 진실 여부를 확인한 다음, 각자의 문제들에 실제로 적용해서 효과가 있는지 살펴보는 것. 이것이 바로 임상의 기본이다. 임상의학은 본질적으로 경험적인 실용주의를 표방한다. 경험을 통해 진실이라 증명할 수 있는 것을 믿는다.

몸과 마음, 영혼의 관계를 다시 탐구하는 것은 중요하다. 이것은 유용한 모델이며, 경험을 통해 봐도 실제적이다. 영혼의 본질은 무엇일까? 영혼은 그저 하나의 개념에 불과한 걸까? 형이상학적인 추론물이나 철학적인 견해에 지나지 않는 걸까? 아니면 확신할 수 있는 실재일까? 몸과 마음, 영혼의 정확한 본질은 무엇일까?

치유를 촉진하려면 몸과 마음, 영혼의 관계를 꼭 이해해야 한다. 몸이 스스로를 경험할 능력이 없음을 깨닫는 것도 중요하다. 몸에는 의식이 없기 때문이다. 팔은 자신이 팔임을, 다리는 자신이 다리임을 경험할 수 없다. 몸의 감각들을 경험하고 몸이 공간 속에서 어디에 있는지를 아는 것은 바로 우리다.

매우 흥미로운 사실은 감각에도 자신을 경험하는 능력이 없다는 것이다. 감각은 자신보다 더욱 큰 어떤 것, 즉 마음속에서 경험되어진다. 감각의 경험과 이 경험이 몸에 대해 알려 주는 것들을 우리는 실제로 마음을 통해 경험한다.

더 놀라운 사실은 마음도 자신을 경험하지 못한다는 것이다. 생각은 자신의 생각thoughtness을 경험하지 못하고, 느낌도 자신의 느낌feelingness을, 기억도 자신의 기억memoryness을 경험하지 못한다. 이것들은 모두 마음보다 큰 어떤 것 속에서 경험된다. 여기서 다음과 같은 법칙을 알 수 있다. 우리는 이것들 모두를 덜 제한적이고 한정적인 에너지 장을 통해 경험해야만 한다는 것이다. 이것들은 언제나 더욱 큰 어떤 것 속에서 경험할 수밖에 없다. 예를 들어 마음은 의식 자체의 에너지 장을 통해 경험할 수 있다.

의식은 형체도 없고 무한하다. 움직이는 영상을 볼 수 있는 영화의 화면에 비유할 수 있다. 우리가 마음속 무언가를 경험할 수 있는 것은 이 의식 덕분이다. 마취의 기본도 바로 이것이다. 의식을 제거해서 몸이나 마음의 경험이 사라지게 만드는 것이 다름 아닌 마취다.

의식 자체는 자각awareness이라는 무한한 에너지 장에서 경험할 수 있다. 의식 속에서 일어나는 일을 자각 덕분에 알 수 있는 것이다. 또 오감이 몸에 대해 보고해 주는 내용들은 마음 덕분에 알 수 있다. 그러므로 몸에서 여러 단계를 벗겨 냈을 때 우리의 진정한 본질이 나타나며, 몸이 우리가 아님을 더욱 분명하게 알 수 있다. 의식의 무한한 장 속에서 인식하는 존재가 바로 우리인 것이다. 이것은 대단히 중요하므로 반드시 깨달아야 할 문제다. 명상 상태에서는 실재의 이 모든 차원들을 인식하는 주체가 우리라는 진실을 비교적 더 쉽게 확인할 수 있다.

이 책에서 우리는 치유에 도움이 되는 실질적인 기법들에 초점을 맞추려 한다. 이 기법들의 작용과 적용 방식을 알아볼 것이다. 또 억압된 감정이 강화시킨 구체적인 믿음체계에 무의식적 죄책감이 더해진 것이 병의 흔한 근원이라는 기본적인 원리에도 초점을 맞출 생각이다. 아울러 기존의 전통적인 의술로는 전혀 고칠 수도 없고 효과도 나타나지 않은 스무 가지 이상의 만성적 난치병들을 치유하는 데 이런 기법과 이해들을 어떻게 이용했는지도 설명할 것이다. 나아가 병이 어떻게 집단적인 의식을 통한 프로그래밍과 믿음체계의 결과로 나타나는지도 단계적으로 살펴볼 것이다.

카르마에 의한 유전의 범위 안에 있는 병도 고칠 수 있다. 아무리 심각한 병처럼 보여도 어려움에 경중은 없다. 또 자연Nature의 형태로 우리 모두의 내면에 존재하는 자기치유자를 활성화하는 방법도 알아보고, 다중인격 현상도 살펴볼 것이다. 다중인격 현상은 아래 정보의 많은 부분이 진실임을 입증해 준다.

과학과 정신의학에서는 다중인격이라는 임상학적 상태를 갈수록 흥미롭게 연구하고 있다. 다중인격으로 설명할 수 있는 현상들이 아주 많기 때문이다. 다중인격에서는 몸을 통해 하나 이상의 인격이 표출된다. 임상학적으로 하나의 인격은 천식이나 알레르기, 통풍 같은 여러 병들을 갖고 있을 수 있다. 그런데 이 인격이 떠나고 다른 인격이 들어오면 이런 병들을 하나도 앓지 않을 수 있다. 두 번째 인격은 이렇게 말한다. "난 이런 병들 따위 안 믿어. 병에 좌우되지 않는다고!" 이를 통해 우리는 정신이 몸에 미치는 영향력을 확인할 수 있다.

무의식적이라 해도 마음속에 품은 생각은 우리에게 영향을 미친다. 이것이 치유의 기본 원리다. 신비롭거나 당혹스럽게 들린다면 이것을 이해할 수 있도록 의식 지도를 참고한다. 여기서 기억해야 할 점이 있다. 에너지 장의 방향을 보면, 그 에너지가 파괴적인 영향력을 지닌 부정적인 에너지 장인지 아니면 긍정적인 에너지 장인지를 알 수 있다는 점이다. 이것을 알면 자신이 합당하고 확실하며 이해 가능한 것에 따라 움직이고 있는지 아닌지를 분명하게 느낄 수 있다.

나의 개인적인 경험도 여기서 이야기하고 있는 기본적 진실들을 입증해 준다. 여러분도 이런 진실들을 직관적으로 이미 알고 있다. 하지만 이것들을 의식적인 것으로 만들면, 부정적인 믿음체계에 프로그램되거나 부정적인 사고 체계의 일부가 되지 않는 법 같은 방식들을 치유의 도구로 이용할 수 있다.

《뇌-마음 회보Brain-Mind Bulletin》1987년 1월호에 「기대: 믿는 대로 이루어진다.Expectancies: What You See Is What They Give You」라는 제목의 흥미로운 연구논문이 실렸다. 프린스턴 대학에서 실시한 연구 결과 자기충족적 예언은 실제로 이런 영향을 미친다고 한다. 우리의 적극적인 믿음이 자신과 타인의 행위를 통해 그대로 나타난다는 것이다. 연구자들은 이것을 '창조적인 사회적 실제'라고 불렀다. 이것은 매일의 상호작용과 건강의 세부적인 부분들, 주가에서부터 무기 경쟁에 이르기까지 모든 것에 영향을 미치는 아주 중요한 문제다.

모든 현상을 우리는 의식 속에서 경험한다. 따라서 모든 현상은 의식 자체의 수준과 마음속에서 의식이 어떻게 나타나는지를 알려 준다. 우리가 출발로 삼는 전제가 바로 이것이다. 그러므로 우리는 결과 대신에 원인의 차원에서부터 시작할 것이다. 마음속에 들어 있는 것들은 몸에 영향을 미친다. 마음속에 무엇이 들어 있는지 알고 싶으면, 몸 안에서 벌어지는 일들을 살펴보고 몸의 행동을 관찰하면 된다. 그러면 자신이 무엇을 믿고 있는지 알 수 있다. 물론 기억을 다시 더듬어 봐도 자신이 그런 믿음체계를 갖고 있었다는 것도, 그 믿음체계를 자신에게 적용했다는 것도 생각나지 않을 수 있다. 하지만 이것은 분명 우리 삶에 영향을 미치고 있다. 이 사실은 개인이나 집단의 무의식 어딘가에 이런 믿음체계가 자리 잡고 있음을 말해 준다.

가장 일반적인 예로 알레르기 환자들을 들 수 있다. 이들은 흔히 이렇게 말한다. "글쎄요. 저는 알레르기를 전혀 안 믿어요. 제 삶에 알레르기를 의식적으로 받아들인 적도 없고요." 그러나 이들의 유년 시절로 돌아가 보면, 대개 아주 어린 두세 살 무렵부터 알레르기에 대한 믿음체계를 갖고 이 병을 앓아 왔음을 알 수 있다. 예외가 거의 없다. 식구 중 누군가가 "알레르기는 우리 집안 내력이야."라고 한 말을 어릴 때 받아들인 것이다. 아이의 정신이 이런 말을 듣고 받아들이고 믿는 순간, 이것이 하나의 프로그램으로 작동한 것이다.

이처럼 성인의 신체에 나타나는 많은 현상은 텔레비전에서 우연히 들은 말이나 책에서 잘못 받아들인 정보, 교사가 던진 말 한마디를 통해 아주 어린 시절에 아이에게 입력된 것이다. 이런 정보들이 암시적인 프로그래밍과 일반적인 믿음체계를 형성한다. 그리고 이런 정보들에 집중하기 시작하면 이 정보들은 의식적인 것으로 우리 몸에 자리 잡는다.

이처럼 마음속에 품은 것들은 우리에게 영향을 미친다. 이것은 무엇을 의미할까? 병의 본질은 무엇일까? 병의 본질은 무엇보다도 고통과 아픔에 있다. 고통과 아픔의 표현이 병이라는 것은 분명하고도 단순한 상식이다. 의식 지도를 보면 고통과 아픔은 낮은 에너지 차원에 위치해 있으며, 이때 에너지 장도 부정적인 방향으로 흐른다. 이것은 고통이나 통증이 삶에 좋지 않은 영향을 미친다는 사실을 의미한다. 그러므로 죄책감의 본질과 무의식적인 죄책감, 이것이 표면화되는 방식을 살펴봐야 한다.

믿음체계는 마음속 생각의 패턴들을 가리킨다. 죄책감은 판단을 중시하는 태도Judgmentalism와 부정적인 견해들에서 생겨난다. 자만심이나 분노, 욕망, 두려움, 슬픔, 냉담함, 죄책감을 포함한 모든 부정적인 감정들은 함께 작용하는 경향이 있으므로 한데 모여 병을 유발한다.

자만심이나 분노에 찬 생각, 결핍감, 갈망, 두려움에 사로잡힌 생각, 슬픔, 무감각, 죄책감에서 비롯된 생각처럼 용기보다 에너지 차원이 낮은 생각들을 마음속에 품으면, 근력 테스트에서 근육의 힘이 약하게 나타난다. 후회나 상실감, 무력감, 절망, 자기증오, 근심, 걱정, 불안, 불만, 오만이나 경멸 같은 감정들도 근육의 힘을 곧바로 약화시킨다. 그리고 동공도 확장시킨다.

근력 약화와 동공 확장은 대뇌 반구가 비동기화desynchronization 되고 몸의 에너지 장이 급격히 약해졌다는 의미다. 더불어 삶에 해로운 무언가가 있음을 가리키기도 한다. 이렇게 부정적인 생각이나 느낌이 몸의 경혈에너지체계acupuncture energy system를 비동기화한다는 것은 누구나 증명할 수 있다. 이 경혈에너지체계는 중추신경계보다 훨씬 민감하며, 자율교감신경계보다도 빠르게 반응한다.

몸의 경혈에너지체계는 열두 개의 주요 경락을 통해 모든 부정적인 것들에 즉시 반응한다. 용기(200) 이하의 모든 에너지 장들은 진실이 아닌 것을 나타내기 때문에 희생자의 사고체계와 에너지 장을 받아들인다. 아픈 사람이 자신을 병의 희생자로 여기는 것이 그렇다. 그러므로 병과 병을 받아들이는 사람은 별개라는 점을 분명하게 인식해야 한다. 그래야 병을 받아들인 사람이 변화해야 병이 사라진다는 점도 이해할 수 있다.

이제 특정한 병에서 회복하는 방법에 대해 알아보겠다. 더불어 몸과 심리, 감정, 정신의 차원에서 일어나는 실제의 사건들을 다루는 방법 그리고 치유가 저절로 일어나게 하려면 우리 존재가 어떻게 변해야 하는지도 살펴보겠다.

의식 지도는 모든 부정적인 감정들이 병을 촉진시키는 반면 긍정적인 감정들은 병을 치유하는 경향이 있음을 보여 준다. 일단 진실을 구분할 줄 알아야 넘을 수 있는 용기의 차원 위로 올라가면, 편견이 없는 사람으로 변한다. 그러고 나면 자발적이고 수용적이며 따뜻한 사람으로 변할 여지도 생겨난다.

의식 지도를 보면 사랑은 500에서 생겨나고 치유는 540에서 일어난다. 그렇다면 몸에서 치유가 저절로 이루어지게 하는 사랑은 어떤 종류의 사랑일까? 물론 무조건적인 사랑이다. 판단하지 않고 용서할 줄 아는 사랑, 이해와 연민의 마음이 함께하는 사랑이다. 사랑은 모든 생명을 이해하고 보살피고 지지하며, 생명의 신성함을 존중한다. 그래서 치유의 에너지 장을 자연스럽게 만들어 내는데, 이 에너지 장은 540에서 측정된다.

그렇다면 의식의 전체적인 성격과 단계 덕분에 치유가 저절로 일어나는 사람이 되려면 어떻게 해야 할까? 동시에 특정한 질병의 치유는 어떻게 촉진시킬 수 있을까? 먼저 병의 특질들을 살펴보고 나서 의식의 일정한 메커니즘을 이야기하겠다. 또 이 장과 이후의 장들에서 제시하고 있는 몇몇 기법들을 활용하는 방법도 알려 주겠다.

먼저 자신이 경험하는 감각들에 대한 저항을 버리고, 감각들에 이름 붙이는 일을 그만두어야 한다. 예를 들어 '십이지장궤양'이나 '천식'은 경험할 수 없다. 이것들은 단지 명칭이나 정신의 구조물, 정교한 프로그램, 믿음체계일 뿐이다. 그러므로 '천식'을 경험할 수는 없다. 그렇다면 우리가 경험하는 것은 무엇인가? 바로 이 지점에서 근본적으로 확실하고 진실한 기법들이 생겨난다.

먼저 감각의 내적인 경험 속으로 들어가서 이것들에 대한 저항을 내려놓아야 한다. 감각의 내적인 경험을 기꺼이 받아들이고 이 경험과 함께함으로써 종국에는 감각들을 실제로 사라지게 만든다. 동시에 마음속으로는 모든 명명을 철회한다. '궤양'이라고 부르기를 멈추고, 궤양의 내적인 감각 속으로 들어가는 것이다. 내적인 감각은 압박감이나 피로일 수도 있다. 그러나 이 '압박감'이나 '피로' 같은 말도 꼬리표고 명칭이다. 이런 명칭들을 철회하고 다시 몸이 경험하는 것의 핵심 속으로, 절대적인 본질 속으로 들어간다. 그런 다음 이 경험에 대한 저항을 내려놓는다.

병이 불러일으키는 신체적 증상들을 실제적으로 치유하려면, 증상에 의식적으로 어떤 명칭도 부여하지 말고 병의 내적이고 구체적인 경험들도 내려놓아야 한다. 의식적인 명칭들을 철회시켜 버리고 그 자리를 진실로 대체한다. 긍정화가 이런 철회를 가능하게 해 준다. "난 더 이상 그것을 믿지 않아. 난 무한한 존재니까 그것에 휘둘리지도 않지. 내가 마음에 품은 것만 내게 영향을 미쳐."

"무한한 존재이므로 그것에 휘둘리지 않는다."는 것은 무슨 의미일까? 믿음체계만이 우리를 제한한다는 의미다. 그럼 이 믿음체계를 내려놓으면 그 자리에는 무엇이 들어설까? 의식에서 형체 form를 제거하고 나면 무엇이 남을까? 형체가 없는 것이 남는다. 그러면 이것에 대한 내면의 경험도 무한해진다. 경계도, 시작도, 끝도 없다. 형체 없음이야말로 의식 자체의 핵심적인 본질이다. 그리고 형체가 없는 것은 무제한적이다.

제한을 두거나 형체를 부여하기 시작하면 마음속에 머무는 것들에 휘둘린다. 그러나 다음과 같은 말로 형체를 제거해 버리면 의식을 원래대로 돌려놓을 수 있다. "나는 십이지장궤양이든 천식이든 다른 어떤 병이든 이 병에 대한 모든 믿음을 철회한다. 내게 영향을 미치는 것은 나의 생각뿐이다. 나는 무한한 존재이므로 병에 대한 믿음에 영향 받지 않는다. 이것은 사실이다."

근력 테스트를 해 보면 이것이 진실임을 확인할 수 있다. 피실험자가 "철회한다. 나는 그것에 영향 받지 않는다. 나는 무한한 존재이므로 내가 마음속에 품은 것만 내게 영향을 미친다."라고 말하면 실제로 근육의 힘이 강해진다. 이런 결과는 이 말이 진실임을 말해 준다. 요컨대 거짓을 진실로 대체하는 순간 치유가 일어나는 것이다.

그렇다면 진실과 거짓은 의식 속에서 에너지 장에 어떤 영향을 미칠까? 거짓은 본질상 우리를 200 아래로 끌어내려 그 자체로 병을 유발하는 부정적인 에너지 장 속으로 던져 넣는다. 그러나 진실을 말하는 순간 용기의 에너지 장이 우리를 즉각 200 위로 상승시킨다. 여기서 진실을 말한다는 것은 우리가 '무한한 존재이므로 마음에 품은 것만 우리에게 영향을 미친다.'라는 사실을 받아들인다는 의미다. 진실을 받아들이는 이런 자발성 덕분에 자신의 몸을 '안 좋게 만드는' 대신 존중하며, 삶을 '나쁘게 만드는' 대신 사랑하고, 존재에 대한 비판 대신 사랑을 선택하는 상태로 상승한다.

그러므로 비판이나 '공격적인' 생각들, 비판하고 판단하는 생각들은 모두 내려놓아야 한다. 자신은 옳고 타인은 틀렸다는 견해도 내려놓는다. 이런 식의 '옳고 그름'은 180 정도의 에너지 차원에 있으며, 이런 에너지 차원에서는 부정적인 생각들이 형성되기 때문이다. 그리고 이런 부정적인 생각들은 건강과 생명 에너지에 해로운 영향을 미친다. 병에서 벗어나려면 병을 불러오는 태도를 기꺼이 내려놓아야 한다. 삼라만상을 바라보는 습관적인 방식과 태도의 표현 결과가 바로 병이기 때문이다.

요컨대 병을 치유하는 구체적인 방법은 다음과 같다. (1) 병의 감각 경험에 대한 저항을 놓아 버린다. (2) 병에 이름이나 딱지를 더 이상 붙이지 않는다. (3) 말을 일체 사용하지 않고, 자신의 경험을 근본적인 차원에서 기꺼이 받아들인다. (4) 생각이라는 형체와 믿음체계를 철회한다. (4) 치유를 불러일으키는 사랑의 에너지 장을 선택한다.

관련 에너지들의 기본적인 작용을 살펴보면 사랑(500)이 왜 두려움(100)을 압도하는지 알 수 있다. 두 에너지의 힘은 기하급수적으로 커지는데, 사랑의 힘은 10^{500}으로, 두려움은 10^{100}으로 나타난다. 둘 사이에는 아주 큰 차이가 있는 것이다.

540의 에너지 장에 들어가면 치유가 저절로 일어난다. 사랑의 생각은 치유를 가져오는 반면 부정적인 생각은 병을 일으키기 때문이다. 사랑이 가득한 사람이 되기로 마음먹으면 두뇌에서 엔도르핀이 분비된다. 이런 작용은 몸의 건강과 행복에 깊은 영향을 미친다.(1장에 나오는 '두뇌의 기능과 생리학적 지표'를 참고하라.)

행복은 부정적인 것을 내려놓고 그 자리에 사랑을 받아들이는 자발성에서 생겨난다. 의식이 손상된 경우가 아닌 한, 사랑을 하는 것이 바로 의식의 핵심적인 본질이기 때문이다. 이것은 순진무구한 어린아이를 봐도 알 수 있다. 사랑하는 것이야말로 인간 본성의 핵심적인 표현이다. 아이는 아직 두려움이나 의심, 한계를 갖도록 프로그래밍되지 않았다.

우리 안의 모든 병을 완화시키고 부정적인 믿음체계를 놓아 버리려면, 사랑이라는 본성의 표현을 반드시 이해해야 한다. 그렇다면 부정적인 믿음체계는 어떻게 생겨나는 것일까? 텔레비전이나 의도가 선한 사람들을 통해 부정적인 믿음체계를 습득하기도 한다. 이들의 의도는 물론 병에 대한 교육으로 우리 안에 병이 생기지 않게 막는 것이다. 그러나 우리의 마음은 오히려 특정한 믿음체계를 받아들이도록 프로그래밍된다. 그러면 무의식적인 죄책감이 일어나 이런 믿음체계를 이용한다. 그리고 열두 개의 경락을 통과하는 에너지 장에서 에너지가 흐르는 데 장애가 발생한다.

단적인 예로 검사를 해 보면 200(용기) 아래로 내려갈 때마다 에너지 체계가 불균형적으로 변함을 알 수 있다. 특이하게도 대부분의 경우 어느 하나의 경락이 다른 것들에 비해 푹 '꺼진다.' 이를테면 부정적인 믿음체계로 부정적인 생각이나 감정을 가질 때마다 심장 경락에 장애가 발생할 수 있다. 이렇게 오랜 세월이 흐르면 분노에 휩싸이거나 자기연민에 빠지거나 누군가를 비난할 때마다 에너지에 혼란이 일어나고 심장 경락이 아래로 처진다. 그러면 심장의 생명 에너지가 점점 줄어든다. 이런 일이 지속적으로 반복되면 심장의 생리작용이 아주 미묘하게 달라진다. 심장이 자율신경계의 이상을 통해 자신을 표현하기 때문이다. 이런 이상은 신체기관들의 기능에 당연히 영향을 미친다.

그 결과 심장동맥의 내벽을 포함한 심장 자체의 생리작용에 장애가 일어나기 시작한다. 시간이 흐르면서 심장 경락의 습관적인 혼란이 신체적인 차원의 장애로까지 이어진다. 마음에 품은 것이 구체적인 현상으로 나타나는 것이다. 요컨대 몸은 마음에 들어 있는 것을 그대로 표현해 낸다. 하지만 그 반대는 그렇지 않다. 이것이 바로 기본 전제다. 몸은 개인의 습관적인 사고방식을 그대로 표현해 낸다.

부정적인 사고체계와 움직임은 경혈에너지체계와 자율신경계를 망가뜨린다. 그러면 다시 세포 속에서 일어나는 민감한 전기적·화학적 작용에서도 변화나 장애가 발생한다. 그 결과 조직 내에서 병적인 변화와 기능 장애가 발생하고, 이것은 관상동맥의 질환이나 심장병, 심부전으로 이어진다. 실제로 심부전은 오랜 기간 동안 부정적인 정신 자세를 취하는 데서 일부 비롯된다. 물론 사람들은 콜레스테롤이나 스트레스, 생활방식, 유전자, 가정사 등에 원인을 돌리고 싶어 할 것이다. 하지만 이것은 모두 명확하게 규정하기 힘든 것을 이해하고 넘어가려는 설명이나 변명, 합리화에 불과하다.

이처럼 정확한 작동원리를 들여다보면, 마음속에 있는 것이 몸의 차원으로 드러남을 알 수 있다. 힘을 지닌 것은 바로 마음이기 때문이다. 비교적 중립적인 생각도 주요한 영향을 미칠 수 있다. 한 예로 '나는 하와이에 갈 거야.'라는 생각을 했다고 하자. 이 생각이 재원을 확보하는 일에 활력을 불어넣고, 이후 6개월 동안 여행 준비를 위해 해야 할 일도 결정하게 만든다. 나아가 돈을 어떻게 쓸지 결정하게 하는 등 행위 전반에 영향을 미친다. 그러고는 결국 짐을 꾸려 수천 킬로미터를 비행하게 만든다. 생각 하나가 이후 6개월의 삶에 영향을 미치는 것이다.

마음이 얼마나 강력한지 이제 알 것이다. 자기치유에서 극복해야 할 어려움 중 하나는 마음의 위대한 힘을 기꺼이 받아들이는 자발성을 갖는 일이다. 부정적인 생각이 걸림 없이 흐르도록 내버려 두어서는 안 된다. "나는 당뇨병에 걸렸어."라는 말로 병을 의심 없이 받아들이면 안 된다. 당뇨병이 있다고 믿기만 해도 그 증세가 더 심해질 정도로 믿음체계가 강력하기 때문이다. 그러므로 이런 믿음체계를 버리고 이렇게 말해야 한다. "한때 내게 당뇨병이 있다고 생각했어. 하지만 내게 영향을 미치는 것은 내 마음속에 있는 것뿐이야. 나는 무한한 존재이기 때문에 당뇨병에 휘둘리지 않아." 어떤 증상이든 이렇게 벗어던지고 지워 버릴 수 있다. 그리고 증상 대신 진실을 받아들이면 주어진 병의 세부적인 증상들을 뛰어넘을 수 있다. 이런 방식으로 내가 어떻게 나의 많은 병들을 제거해 버렸는지는 차차 설명할 것이다. 설명을 읽으면 내가 말하는 원리를 더욱 분명하게 이해할 수 있을 것이다.

나는 많은 병을 앓았다. 일일이 적어 봐야만 내가 걸린 병들을 기억해 낼 수 있을 정도다. 몇 년이나 고생했는데도 앓았던 병들을 이미 반이나 잊어버렸다. 예를 들어 난치성 십이지장궤양을 앓은 적이 있다. 전통적인 치료법들을 다 써 보고 정신분석까지 받아 봤다. 의대 시절부터 이런저런 방법들을 모조리 시도해 봤지만 20년이 지나도 궤양은 사라지지 않았다. 거기다 다른 종류의 궤양 때문에 십이지장에 구멍까지 났다. 구멍이 생겨 출혈을 하는 것은 꽤 위험한 일이었고, 이로 인해 췌장염이 재발하기도 했다.

이뿐만이 아니었다. 대장염에 출혈성 게실염까지 있었다. 사실 게실염은 증상이 악화되는 바람에 입원해서 여러 차례 수혈까지 받아야 했다. 거의 죽을 만큼 출혈이 심했기 때문이다. 게다가 고치기 힘든 편두통까지 앓았다. 정신분석으로 어느 정도 도움을 받기 위해 신경학자나 세계적으로 유명한 전문가들까지 만났을 정도였다. 하지만 여러 가지 알레르기와 연관 있는 듯한 편두통을 치료하는 데 사실상 아무런 도움도 얻지 못했다. 나는 또 공기를 통해 흡입하는 것들에도 민감했다. 살충제를 뿌리고 몇 주가 지났어도 그곳을 지나갈 수가 없었다. 소량으로 남아 있는 살충액에 노출되기만 해도 편두통이 일었기 때문이다.

여기에 레이노병까지 앓았다. 이 병 때문에 사지의 혈액 순환에 장애가 생겼다. 손가락 끝에 심각한 괴저가 발생했으며 손발에 피가 잘 통하지 않았고 언제나 추웠다. 설상가상으로 통풍에 요산 수치도 높았다. 물론 이것 때문에 식이요법도 했다. 또 통풍성 관절염 때문에 차 뒷좌석에 언제나 지팡이와 약을 비치하고 다녔다. 끔찍하게 고통스러운 통증과 더불어 느닷없이 찾아오는 통풍에 대비해 차 뒷좌석에 지팡이를 싣고 다니는 기분이 어떤지 상상이 안 될 것이다. 지팡이는 몇 년 동안이나 내 차 안에 있었다.

동시에 심각한 저혈당증도 있었다. 하지만 설탕이나 사탕, 전분을 먹을 수도 없었다. 온갖 알레르기에 궤양, 게실염을 포함한 여러 위장 관련 질환과 췌장염, 간헐적인 담낭염도 앓고 있었기 때문에 먹을 수 있는 것이 극히 적었다. 이따금 식당에 가도 샐러드에 있는 상추 말고는 안전하게 먹을 음식이 없었다. 토마토 씨를 먹으면 게실염이 악화돼 입원해서 수혈을 받아야 할지도 모르기 때문에 토마토도 먹을 수 없었다. 그런데도 몸무게는 50파운드나 과체중이었다.(이 문제를 해결한 방법은 나중에 이야기할 것이다.)

한쪽 끝에서 다른 쪽 끝까지 위장관 전체에도 문제가 있었다. 또 순환계와 소화계, 호르몬의 균형도 깨져 있었다. 혈액의 화학작용에도 문제가 있어 혈중 콜레스테롤과 요산 수치도 높았다. 거기다 편두통도 심했다. 이 모든 병들은 중추신경계가 스트레스와 압력에 시달리고 있으며 자율신경계에도 장애가 발생했다는 신호였다. 여기에 모소낭병까지 있었다. 일반적으로는 수술이 필요한 병인데 오랜 시간에 걸쳐 저절로 사라졌다.

나중에는 진단이 되지 않는 갑상선기능항진증으로 심각한 심부전증에 시달리기도 했다. 의사는 수술이나 방사선 치료를 권했지만 거절했다. 흉부 엑스선 촬영을 해 보니 오른쪽 폐 맨 위에 종양이 보였다. 그런데 폐 생체검사 때문에 폐 기흉(폐를 둘러싼 공간에 가스와 공기가 모이는 것)과 허탈이 발생했다. 생체검사 결과 인간에게는 감염되지 않는 조류성 결핵균이 병소였다. 의사가 한 달에 1만 달러짜리 가격의 다섯 가지 항생제를 처방해 주었지만 거절했다. 약의 치료 효과가 낮았기 때문이다.

이후 어떤 치료도 하지 않았는데 폐의 병소가 천천히 사라졌다. 기흉처럼 심부전도 말끔히 나았다. 수술이나 방사선 치료도 받지 않았는데 갑상선 기능도 드디어 정상으로 돌아왔다. 이뿐만이 아니었다. 목공일을 하던 중에 왼쪽 엄지손가락이 절단됐지만 마취제도 쓰지 않고 접합 수술을 받았다. 또 오른쪽의 재발성 서혜부 탈장도 마취제 없이 치료했다. 만성적으로 재발하던 난치성 십이지장궤양도 침 치료 세 번만에 사라져 버렸다.

위의 병들과 수술들을 잘 이겨 낼 수 있었던 것은 매 순간 저항을 내려놓고 믿음체계를 지워 버리면서 신성한 의지에 전적으로 순응했기 때문이다. 덕분에 마취제나 진통제 없이 모든 치유를 이루어 냈다.

일련의 모든 병들은 카르마가 낳은 기질 때문이었다. 이런 기질은 내면의 강도 높은 영적 작업으로 표면화시킬 수 있는데, 처음에는 카르마에 의한 기질들이 더욱 빠르게 표출되는 것처럼 여겨진다. 하지만 결국은 이런 작업이 기적 같은 치유와 병의 근절을 촉진시킨다.

자신의 몸에서 일어나는 현상들을 분명히 파악하려면 심리체계부터 살펴봐야 한다. 병이 많은 사람들은 확실히 갈등에서 자유롭다고 말할 수 없기 때문이다. 나의 완벽주의적인 성향을 관찰하기 시작하면서 나도 이런 성향 탓에 자신의 인간적인 면을 스스로 포용하지 못하고 있음을 깨달았다. 완벽주의적인 성향으로 타인들은 잘 용서하면서도 정작 자신에게는 그렇지 못했던 것이다. 알다시피 자기 안의 모든 것을 포용하지 못하고 비난하거나 공격하면, 자신의 인간적인 한계들에 대해 무의식적으로 죄책감을 품게 된다.

이런 심리적 경향은 도덕적인 엄격함과 죄에 대한 두려움의 형태로 어렸을 때부터 시작됐다. 나는 변화를 통해 나의 인간적인 면들을 기꺼이 받아들이고 사랑하고 용서해야 했으며, 불완전한 감정들을 느끼는 것이 인간적인 일에 불과하다는 사실을 인정해야 했다. 또 나약하다고 스스로를 공격하는 태도도 버려야 했다. 그래서 인간성의 내적인 본질과 핵심을 들여다보는 작업을 시작했다. 덕분에 의식 자체 안에 본질적인 순수가 있음을 자각하고, 의식의 본질을 들여다보았다.

순진무구할 뿐 부정성은 없던 아이가 그토록 많은 프로그램들을 받아들여 병들을 만들어 내는 이유는 무엇일까?

순수의 본질을 살피고 어린 시절 이 순수에 가해진 일들을 더듬어 보면 그 답을 찾을 수 있다. 아이의 순수함은 컴퓨터의 하드웨어와 같다. 하드웨어는 순수하며, 이 하드웨어를 통해 출력물을 만들어 내는 것은 소프트웨어다. 하지만 하드웨어는 소프트웨어 자체에 영향 받지 않는다. 아이들을 보면 그들의 의식이 얼마나 순수한지 알 수 있다. 그런데 어떻게 온갖 부정적인 프로그램들이 아이의 순수한 내면에 깔리는 것일까? 이유는 바로 순수함 때문이다. 순수하기 때문에 들은 것을 무엇이든 믿어 버리는 것이다.

아이가 프로그래밍되는 이유는 부모와 스승에 대한 사랑과 신뢰, 텔레비전, 상업적인 광고들, 사회 때문이다. 근본적인 순수함 때문에 받아들이게 된 온갖 프로그램들이 작동하면서 아이의 순수함은 서서히 빛을 잃어 간다. 그리고 부모나 놀이친구의 편견을 믿기 시작한다. "우리는 이런 애들하고는 안 놀아."와 같은 사소하고도 교활한 말이 그 예다.

다시 말해 부정적인 프로그램을 받아들이는 이유는 바로 아이의 순수함 때문이다. 이런 순수함은 우리의 의식 속에 평생 남아 있으며 언제나 작동한다. 순수함 때문에 잘못된 것도 받아들인다. 그러나 내면의 순수 자체는 더럽혀지지 않는다. 타인은 물론 자신까지 용서하려면 이 내면의 순수를 다시 인식해야 한다.

새로운 무언가를 배울 수 있는 것도 이 내면의 순수함 덕분이다. 아이의 순수함은 결코 변하지 않는다. 사실 지금 이 순간 이 글을 읽는 것도 여러분 내면의 아이 같은 순수함 덕분이다. 이 순수함은 결코 변하지 않는다. 언제나 한결같이 믿고, '진실을 들으며 받아들이고 싶어' 한다.

지금 읽는 내용을 못 믿겠다면 그 이유는 내면의 상반된 프로그램이 "믿지 말라."고 말하기 때문이다. "누구도 믿지 말라."는 이 프로그램을 받아들인 것도 바로 순수함 때문이다. 믿지 않는 사람도 믿음 때문에 믿지 않는 것이다. 이들은 "믿지 말라."는 말이 진실이라고 믿는다. 아마도 어느 날 아버지에게 "바깥 사람들은 누구도 믿으면 안 돼."라는 말을 들었을 것이다. 그 순간 순수한 의식은 이런 불신을 받아들였을 것이다. 그러나 순수 자체는 오염되지도 않고 영향을 받지도 않는다. 순수함은 결코 변하지 않기 때문이다.

순수함은 의식 자체의 내재적 본성이며 컴퓨터의 하드웨어와 같다. 부정적인 생각을 아무리 많이 들어도 마음에서 돌아가는 프로그램은 하드웨어에 영향을 미치지 않는다. 하드웨어는 언제나 더럽혀지지 않은 순수하고 청정한 본래의 상태를 유지한다. 이 본래의 순수성은 우리 모두의 내면에 여전히 존재한다.

이런 순수성은 우리를 연민의 마음으로 이끌어 준다. 청소년기나 사춘기에 부정적인 프로그램들을 어떻게 받아들이게 되었는지 이제 알았기 때문이다. 예를 들어 자신에게 부정적인 생각이나 감정, 심지어는 두려움까지 있다는 것을 우리는 인정하고 싶어 하지 않는다. 욕망이나 상실감, 후회, 무력감이 있다는 것도 인정하지 않으려 한다. 받아들일 수 없는 것들이기 때문이다. 그러나 자신의 인간적인 면모들을 지속적으로 부정하면 자기혐오와 죄책감이 쌓인다. 그러므로 자신을 받아들이고 치유해 주는 긍정적인 태도를 가져야 한다. 이것은 어려운 일이 아니다. 그냥 연민과 용서의 마음을 선택하기만 하면 된다.

나는 나 자신도 타인들에게 하는 것처럼 대하리라 결심했다. 자신에게 연민과 용서의 마음을 가지면 타인들에게도 자연히 그렇게 할 것이기 때문이다. 타인에게서 용서한 점들은 자연히 내 자신에게서도 용서할 수 있다. 외부에서 보는 모든 것들은 결국 세상에 투사시킨 나 자신의 모습이기 때문이다.

모든 부정성을 버리고 낮은 차원의 부정적인 에너지를 긍정적인 에너지로 교체하면, 세상과 자신 그리고 삶과의 관계를 다르게 경험하기 시작한다. 자신과 타인에 대한 비난을 기꺼이 버림으로써 내면의 기쁨을 경험한다. 그러면 이것이 세상을 살아가는 하나의 태도나 습관으로 정착된다. 자신과 타인에게 치유의 원천이 되려는 의도가 하나의 환경context이 되는 것이다.

그렇다면 이 환경은 무엇을 의미하는가? 환경을 만드는 것은 의도다. 치유의 원천 같은 사람이 되겠다는 의도를 가지면, 이런 의도가 의식의 전체 에너지를 구축하면서 의식과 화합한다. 그러면 모든 것을 그렇게 바라보게 된다. 다시 말해 지각의 실제적인 변화가 일어나는 것이다. 그 결과 실제로 세상을 용서와 치유, 연민의 눈으로 바라보기 시작한다. 여기서 말하는 연민은 낮은 에너지 차원의 동정이 아니다. 자신과 타인을 치유와 연민의 눈으로 바라보는 사람이 되겠다는 내적인 결심으로서의 사랑을 의미한다. 비난하는 마음을 자발적으로 내려놓는 것이다. 더불어 "내 견해는 옳지만 네 생각은 잘못됐어."라는 식의 말로 자신을 타인과 갈라놓으면서 '옳고 그름'을 따지는 훈계적인 태도도 버린다.

몸은 마음이 믿는 것을 그대로 표현하기 때문에 이런 결심은 몸에도 영향을 미친다. 이것의 작동원리는 근육 테스트로 확인할 수 있다. 자애로운 생각을 품거나 누군가의 모습을 애정 어린 마음으로 떠올릴 때 근육 테스트를 해 보면 팔의 저항력이 강하게 나타난다. 반면 미워하는 생각을 품으면 팔의 저항력은 약해진다. 마음이 믿는 것을 몸이 즉시 반영하기 때문이다.

용서와 연민의 마음을 지닌 사람이 되기로 마음먹고, 다시 말해 삶을 부정하거나 도덕적으로 무시하면서 '안 좋게 만드는' 시나리오에 가담하는 대신, 삶을 지지하고 가꾸는 사람이 되기로 마음먹고 '안 좋게 만드는' 것들을 기꺼이 내려놓으면, 병 때문에 자신을 비난하는 일도 멈출 수 있다. 영적인 작업을 수행하거나 형이상학을 공부하는 사람들 중에는 병에 걸려 스스로를 망가뜨리는 이들이 있다. 이런 태도는 문제를 더욱 크게 만든다. 이럴 때는 몸의 차원에서 어떤 현상이 나타나든 이것을 기꺼이 받아들이고, 자신의 의식을 들여다보면서 주의를 기울여야 할 부분을 찾아보는 것이 좋다. 또 삶의 모든 일들은 치유가 필요해서 표면화된다는 점도 이해해야 한다.

진정한 구도자는 몸에 병이 있음을 부끄러워하는 대신 감사하는 마음으로 말한다. "아하! 뭔가 낫기 위해 표출되고 있구나." 우리에게는 치유해야 할 여러 가지를 끌어내는 능력이 필요하다. 그러므로 이것은 퇴보가 아니라 발전의 신호다. 이런 것들을 치유할 기회가 생긴 것에 기뻐해야 한다. 역설적으로, 중요하거나 근본적인 영혼의 진화(즉 카르마)가 있어야 실제로 이런 문제들이 표면화된다. 역사상 위대했던 신비주의자들도 대부분 몸에 여러 가지 병을 갖고 있었다.

병은 살펴보아야 할 무언가에 주의를 기울이도록 요구하는 의식consciousness일 뿐이다. 병에 걸렸다는 것은 죄책감이나 두려움 같은 부정적인 감정을 느끼는 무언가가 있다는 말이다. 내려놓고 지워 버려야 하는데도 부여잡고 있는 믿음체계가 있다는 것이다. 용서해야 할 어떤 것, 사랑해야 할 어떤 것이 내면에 있다는 의미이므로 그것이 무엇이든 의식 위로 떠오른 것을 고맙게 받아들이며 말해야 한다. "고마워, 궤양. 덕분에 나를 사랑하는 대신 비난하는 태도를 들여다보게 됐어. 정말 고마워, 저혈당증. 내가 얼마나 두려움 속에서 살아왔는지 알게 해 줘서." 이렇게 병에 감사하는 마음을 갖는다. 이 병들 때문에 연민에서 사랑의 장으로 기꺼이 옮겨 가고 깨달음의 기쁨을 받아들이게 되었기 때문이다. 몸은 이런 식으로 자기치유를 가능케 한다.

통증에도 목적이 있다. 이제 우리는 다른 식으로 이 목적에 충실할 것이다. 레몬으로 레모네이드를 만드는 것이다. 병으로 자기연민이나 분노에 빠지는 대신 '자신을 불쌍히 여기며', 스스로 희생자가 되는 대신 물어 본다. "병이 내게 전하려는 말은 무엇일까? 내가 배워야 할 것은 무엇일까?" 이처럼 흥미롭게 의식의 본질을 배우며 병의 저변에 숨어 있는 원인을 발견한다. 더욱 큰 이해를 통해서 병을 치유하는 것이다.

우리에게 필요한 첫 번째 도구는 자발성과 열린 마음이다. 치유를 위해 살펴봐야 할 무언가를 기꺼이 들여다보겠다고 자발적으로 말해야 한다. 몸의 치유는 마음의 치유와 더불어 일어나기 때문이다. 내가 모든 병을 놓아 버릴 수 있었던 것도 생각의 형태들을 변화시켜서 궁극적으로 병의 근원까지 치유해 버렸기 때문이다. 모든 치유는 자신과 타인에 대한 비난을 놓아 버리고 비판과 자기연민, 분노, 후회나 걱정, 불안, 슬픔, 자기비난, 자기혐오 같은

200 이하의 부정적인 감정들을 놓아 버리는 자발성에서 비롯된다. 부정적인 것들을 놓아 버려야 에너지 장의 특징도 치유를 불러오는 것으로 변한다.

나는 저혈당증과 통풍의 믿음체계를 지워 버리면서 계속 내려놓는 작업을 했다. 각각의 믿음체계가 나타나면 곧바로 지워 버리면서 말했다. "난 그것을 더 이상 믿지 않아. 그것에 더 이상 휘둘리지 않아. 그것은 믿음체계 때문에 생겼어. 내게는 그것을 철회할 힘이 있어." 이렇게 자신에게 거부와 거절, 부정의 힘이 있음을 인정해야 한다. "내게는 그것을 거부할 힘이 있어. 나는 그것을 받아들일 필요가 없어."

우리 문화 속에는 부정적인 믿음체계가 널리 퍼져 있다. 그래서 순진하게도 이런 믿음체계들에 나름의 실체가 있을 것이라고, 그렇지 않다면 모두들 그것을 믿을 리가 없다고 생각한다. 그러나 이것들은 오로지 생각의 차원에서만 실재한다. 어떤 생각의 형태에 사람들이 동의한다고 해서 그 생각이 실재가 되는 것은 아니다. 그래서 나는 온갖 다양한 병에 대한 집단적인 믿음체계를 거부하며 이런 프로그램들이 들어오는 것을 경계했다. 또 선의로 만들어진 것이라 해도 저혈당증이나 통풍, 심장병, 콜레스테롤 등의 병들을 둘러싼 온갖 교육 프로그램들에 대한 믿음도 거부했다. 각각의 병들이 생겨나는 순간 영향을 받기 때문이다. 요컨대 믿음이 우리를 지배하는 것이다.

달걀을 먹으면 콜레스테롤 수치가 올라가고, 콜레스테롤은 심장에 문제를 일으킨다는 생각을 갖고 있다고 하자. 그렇게 생각하면 달걀은 실제로 콜레스테롤 수치를 높이고, 콜레스테롤은 심장에 문제를 일으킨다. 마음의 힘 때문이다. 이처럼 마음은 생각을 몸의 차원에서 구현시켜 구체적인 실재로 만들 정도로 아주 강력하다.

그러므로 자기치유를 실제로 좌우하는 것은 원인과 결과에 대한 보통의 믿음체계를 역전시키는 일이다. 마음속에 들어 있는 것은 몸의 차원에서 구현된다. 하지만 이 반대는 아니다. 콜레스테롤을 높이는 음식을 먹는다고 심장에 반드시 문제가 일어나는 것은 아니라는 말이다. 콜레스테롤을 많이 섭취했을 때 심장에 문제가 일어나는 것은 믿음 때문이다. 이것은 분명하게 이해해야 할 중요한 점이다.

병의 전체적인 그림을 분명하게 설명해 주는 것은 믿음체계다. 믿음이 없으면 병은 몸에서 사라진다. 무의식적 죄책감의 근원을 내려놓고, 병에 딱지를 붙이고 증식시켜서 강화하는 행위를 멈추면 우리의 주의와 자기예언은 드디어 실현된다.

그러므로 믿음체계에 의문을 제기하지도 않고 그저 떠오르게 내버려 두어서는 안 된다. 마음이 무의식적으로 우리에게 불리한 쪽으로 작용할 수도 있고, 그 힘이 얼마나 강한지 미처 의식하지 못할 수도 있다. 그렇지만 이 힘의 방향을 돌려서 자신을 위해 쓸 수 있다. 마음의 힘을 의식적으로 사용할 줄 알면 부정적으로 작용하던 힘이 자신을 위해 움직인다. 그래서 '나는 저혈당증이 있어.'라는 생각이 들면, 생각을 멈추고 지워 버리면서 진실을 말한다. "난 그것에 더 이상 영향 받지 않아. 나는 순수한 존재야. 그것에 더 이상 종속되지 않는다고."

저혈당증은 아주 좋은 예다. 나 자신이 저혈당증에서 회복하는 데 상당히 많은 시간을 필요로 했기 때문이다. 덕분에 나는 몇 년 동안 이 병에 대해서 강의를 하기도 했다. 저혈당증은 임상학적으로 내 안에서 하나의 실재적이고 물리적인 현실로 작용하고 있었다. 나는 영양에 많은 신경을 썼는데, 저혈당증과 중독, 특히 알코올 중독과의 관계를 연구했다.

이것은 아주 중요한 문제였다. 저혈당증에 대한 단단한 믿음이 내 몸 안에서 작동하고, 몸이 이런 믿음을 표현하고 있음을 이해하고 깨닫기까지 나는 저혈당증을 확고하게 믿고 있었다. 그래서 나는 이런 믿음을 계속 지워 버리면서 진실을 말했다. 그러자 심각한 저혈당 증상들이 사라져 버렸다. 비정상이던 혈당도 저절로 돌아왔다. 몇 년이나 이 병을 앓다가 저혈당증에 대한 믿음을 놓아 버리고 비로소 병에서 회복된 것이다. 치유기법을 실천하고 약 2년 만의 일이었다.

회복 기간은 천차만별이었지만 이런저런 다른 병들도 사라졌다. 며칠 만에 사라진 병이 있는가 하면, 한 시간도 안 돼 치유된 병도 있고 몇 달이 걸린 증상도 있었다. 2년 동안 유스타키오관이 막혀 있던 것을 빼면(내가 앓았던 병 목록에 이 병을 포함시키는 걸 깜빡 잊었다.) 가장 길게 앓은 병이 저혈당증이었다. 덕분에 몸무게도 늘어나지 않았고 저혈당 증세도 더 이상 나타나지 않았다. 저혈당증은 내 삶에 더 이상 존재하지 않게 되었다.

치유 과정에서 잊지 말아야 할 것으로 경계watchfulness의 원칙이 있다. 마음이 아주 강력하므로 부정적인 믿음체계를 한 번이라도 그냥 넘겨 버리면 안 된다는 것이다. '나는 알레르기가 있어.'라는 생각이 떠오르면 즉시 이 생각에 제동을 걸고 떨쳐 버려야 한다. 알다시피 한 번이라도 강력한 생각이 일면 이 생각은 물리적 차원에서 충분히 실현될 수 있다. 그러므로 이런 작업에 게으름을 피우면 안 된다. 마음속에서 부정적인 믿음체계가 일어나지 않는지 주의 깊게 경계해야 한다.

다양한 병들을 치유할 때 난이도가 정해져 있는 것은 아니다. 사람들이 심각한 병이라고 여기는 것도 가벼운 병만큼 쉽게 털어 버릴 수 있다. 함께 작업했던 사람들이나 친구, 동료, 환자들 중에 여러 가지 심각한 병에서 말끔하게 회복된 이들이 있다. 의사들도 이들을 죽은 목숨이나 다름없을 정도로 가망 없는 환자라 여기고 포기했다. 그러나 나의 친구가 된 이 사람들은 병의 흔적도 없이 아주 건강하고 활기차게 잘 살아 있다.

이것은 전혀 어려운 일이 아니다. 어디까지나 진실은 진실이고 거짓은 거짓이기 때문이다. 거짓의 형태도 상관없다. 거짓된 것은 모두 거짓이고, 마찬가지로 진실된 것은 모두 진실이기 때문이다. 마음이 창조할 수 있는 것은 마음으로 지울 수 있다. 이렇게 자신을 위해서 마음의 힘을 사용할 수 있다.

이처럼 자기치유 작업은 아주 구체적인 차원에서 이루어진다. 병의 경험에 대한 저항을 내려놓고, 생각의 형태들을 지워 버리는 것이다. 모든 비판과 공격을 자발적으로 내려놓고 자신과 타인의 인간적인 면모를 사랑하면, 자신의 순수성을 다시 자각하면서 더 강력하고 전체적인 방식으로 치유를 일으킬 수 있다.

그럼 세 번째 단계, 즉 기존 의학의 치료 단계에서는 어떤 일이 벌어질까? 자기치유에서 기존 의학의 치료법은 어떤 역할을 할까? 기존 의학의 치료법도 이제는 놀라우리만치 효과를 발휘한다. 자신의 인간적인 면모에 대해 연민이 부족하여 생긴 죄책감을 내려놓으면, 쓸모가 전혀 없던 치료법들도 효과를 발휘하기 시작한다.

예를 들어 편두통부터 궤양, 게실염 같은 온갖 병을 앓는 동안 나는 20년 넘게 기존 현대의학의 치료를 받았다. 식이요법을 쓰기도 하고 약물치료를 받기도 했으며, 진경제와 제산제를 복용하는 등 온갖 치료법들을 다 써 보았다. 하지만 효과가 없었다. 물론 증상 악화를 막아 주는 것 같기는 했다. 위와 결장을 떼어 내지는 않았으니 치료법이 효과가 있었다고 할 수도 있다. 그러나 이 치료법들은 내 마음속에서 계속 작동 중인 부정적 프로그램들과 싸워야만 했다.

모든 부정적인 프로그램들을 내려놓기 시작하면, 전에는 잘 듣지 않던 온갖 치료법들이 효과를 나타내기 시작한다. 나도 마찬가지였다. 진경제로도 거의 통제할 수 없던 경련이 완화되었다. 치유가 일어난 것이다. 진경제와 제산제, 침술과 함께 식이요법도 필요할 것 같아 시행한 결과, 드디어 궤양이 완치되었다. 약물치료도 아주 강력한 효과를 발휘했다. 알레르기를 완화시키는 약물치료법도 놀랄 만큼 잘 들었다. 나중에는 약물치료를 받아야 할 필요성도 점차 줄어들었다. 이 온갖 개선책들이 드디어 필요 없게 되면서 나는 환자식이나 규정식이 아닌 보통의 음식들을 다시 먹기 시작했다.

높은 콜레스테롤 수치에 저혈당증, 게실염, 활동성궤양, 편두통, 무엇보다도 알레르기에 시달리는 동안 내가 어떤 음식을 먹고 살아야 했는지 아마 상상이 안 될 것이다. 기억나는 일이 하나 있다. 언젠가 식당에 들어가서 메뉴를 살펴봤는데 먹을 수 있는 건 샐러드와 시금치뿐이었다. 다른 음식들을 먹으면 그 안의 씨앗들이 게실염을 악화시키고, 산은 궤양을 악화시킬 게 분명했기 때문이다. 나는 토마토든 그 비슷한 것이든 전혀 먹을 수 없었다. 물론 설탕이 든 음식도 일절 못 먹었다. 파스타도, 제과점에서 파는 빵도, 디저트도, 고기도 먹을 수 없었다. 통풍으로 요산 수치가 높았기 때문에 이런 음식들을 피해야 했다. 지구상에서 먹을 수 있는 음식이 몇 가지 안 됐다.

그러나 병이 완화되면서 음식도 믿음체계의 하나임을 깨달았다. 특정 음식들이 해롭다는 믿음체계는 건강에 전체적으로 불리하게 작용한다. 특정 음식들이 해롭다는 생각을 갖고 있기 때문에 그 음식이 몸에 좋지 않은 영향을 미치는 것이다. 그러나 '진실'의 세계에 그런 것은 없다.

그래서 나는 당분이나 콜레스테롤, 지방이 적게 들어 있는 규정식을 더 이상 고집하지 않았다. 그런데도 콜레스테롤과 혈당은 정상이었다. 규칙적인 식사를 했으며 통풍에도 걸리지 않았다. 모든 증상들이 결국은 믿음체계의 결과였던 것이다.

통풍에 대한 믿음체계를 갖고 있으면 이것에 부합하는 믿음들도 전부 갖게 된다. 내가 좋아하는 청어절임(지금은 거의 매일 먹는다.) 같은 생선이나 이런저런 육류들이 통풍을 일으킨다고 믿는 것이다. 통풍이 매우 심했을 무렵엔 크래커 위에 간 파테(간이나 고기를 갈아 지방에 섞어서 밀가루 반죽에 감싸 구운 요리 ― 옮긴이)를 약간만 얹어 먹어도 통풍 증상이 일어나곤 했다.

내가 사람들에게 항상 들려 주는 이야기가 있다. 새끼 고양이가 좋아할 것 같아서 프라이팬에 간과 콩팥을 요리한 적이 있다. 그러나 고양이는 먹기는커녕 냄새도 맡지 않았다. 프라이팬 한가득인 요리는 냄새도 좋았다. 양파에다 베이컨도 약간 넣었기 때문이다. 거기다 개박하도 살짝 뿌렸는데 고양이는 관심을 전혀 보이지 않았다.

그런데 그 순간 식이요법에 따른 제약이 전부 터무니없는 믿음 체계에 불과하다는 생각이 불현듯 스쳤다. 나도 모르게 입에서 이런 말이 튀어나왔다. "나는 무한한 존재야. 나는 이런 제약에 영향받지 않아. 이런 제약은 말도 안 돼." 그러고 나서 그 자리에서 한 냄비나 되는 간과 콩팥을 거의 다 먹어치워 버렸다. 말할 필요도 없는 일이지만 이렇게 먹었는데도 통풍은 일어나지 않았다. 지금까지도 통풍은 한 번도 재발되지 않았다. 이것은 하나의 농담이었다. 슬프지만 농담은 분명 농담이다. 의식적으로든 무의식적으로든 마음속에 품고 있는 것만 우리에게 영향을 미친다.

힘의 원천을 다시 획득하고 이것을 세상에 넘겨주지 않으면 통풍의 원인이 콩팥이나 간에 있지 않음을, 스트레스나 요산 수치, 퓨린 대사에 있지 않음을 알게 된다. 통풍은 우리가 마음에 품은 것과 관련이 있다. 마음의 힘을 되찾고 이 힘을 부정하는 일을 그만두면, 건강이나 병의 근원이 바로 우리 자신임을 깨닫는다. 그러면 '우리 자신이 근원이다.'라는 말은 어떤 의미일까? 우리의 의식, 우리의 무한한 존재가 근원이라는 뜻이다.

이제 이런 현상을 설명해 주는 에너지 장에 대해 생각해 보자. 본질적인 물리학과 에너지 장, 에너지 수준은 무엇일까? 진실(200)보다 낮은 곳에 자신을 두고 거짓된 힘을 세상으로 내보내는 대신, 자신에 대한 진실을 인정해야 한다. 이 진실을 기꺼이 들여다보면 이것이 진실임을 경험하고 깨닫게 된다. 이것이 바로 우리가 말하는 경험적 순수다. 우리 스스로 실험을 통해 이 진실을 재확인할 수 있다. 자신의 개인적 자아는 자기 자신이 만들어 내는 것이다.

자신이 근원임을 다시 인정하고 상위의 의식 차원으로 올라가면, 마음에 품은 모든 것이 자신에게 영향을 미친다는 사실을 깨닫기 시작한다. 그리고 우리가 받아들인 믿음체계와 생각의 형태들이 경험의 근원 혹은 '원인'이라는 점도 알게 된다. 세상에는 어떤 것도 창조할 힘이 없다. 콩팥 요리 한 조각에 힘이 있을까? 물론 없다. 그렇다면 우리의 마음에는 병을 창조할 힘이 있을까? 있다. 이것은 사실이자 진실이다.

이제 '버블 인간bubble person(직접적인 이해를 넘어서 있는 모든 문화와 사람, 개념을 의도적으로 차단하고 사는 사람. 자칫 세상을 제대로 이해하지 못하는 무지하고 무관심한 사람이 되기 쉽다.─옮긴이)' 신드롬을 파헤쳐 보자. 버블 인간에게는 어떤 일이 일어나는가? 그는 어린애 같은 순수한 마음으로 전인적인 건강과 영양에 대한 주장들을 전부 받아들인다. 그리고 관련 책자들도 모조리 읽어 나간다.

하지만 이런 책들만 너무 오래 읽다 보면 세상의 모든 것과 경험, 환경 등 우주의 모든 것들이 자신을 죽일 것처럼 여겨진다. 이것이 이런 책들에서 버블 인간이 받는 메시지다. 마그네슘도, 칼슘도 자신을 죽여 버릴 것 같다. 깔개와 페인트에서 발산되는 에너지와 공기 중의 모든 것들도 해로운 듯하다. 담배를 피우는 사람 옆을 지나면 폐암에 걸릴 것 같은 생각이 든다. 자신도 모르는 사이에 이런 강력하기 이를 데 없는 부정적 사고체계를 전부 받아들인다. 하지만 이런 것들도 하나하나 지워 버릴 수 있다. 나도 그렇게 했다.

친구 한 명이 내게 달걀이 몸에 좋지 않다고 말했다. 그래서 달걀을 끊었다. 콜레스테롤이 나쁘다고 해서 콜레스테롤을 멀리했다. 물도, 유제품도, 고기도 좋지 않을 것 같았다. 과일은 괜찮다고 했다. 좋아, 그런데 과일은 살충제 덩어리 아닌가? 이런! 과일을 좋아했지만 계속 먹지는 못했다. 살충제 이야기를 듣는 순간 과일과도 이별을 했다. 그 후에는 야채로 옮겨 갔다. 오, 이런! 야채도 살충제 뒤범벅이었다. 캘리포니아 주의 밭에서는 전부 살충제를 뿌렸다. 그리고 물고기에는 수은이 들어 있었다. 대체 먹을 만한 게 뭐야?

우리는 갈수록 피해망상증 환자가 되어 간다. 갈수록 건강해지기는커녕 피해망상만 커진다. 그래선지 피해망상증을 잘 아는 의학계에서 주로 종사했던 나의 '누런 종이 봉지brown-bag' 친구들도 전부 죽었다! 이들은 음식에 대한 믿음체계를 너무 많이 받아들여서 유기농으로 지은 쌀이나 곡류 한두 가지만 먹었다. 지구상에 안전하게 먹을 만한 것이 몇 안 된다고 하면서 갈색 봉투에 자신이 먹을 걸 싸 들고 다녔다.

버블 인간이 연회장에 갔다고 하자. 그가 보기에 사람들은 전부 독으로 가득한 음식을 먹고 있다. "완두콩과 과일, 상추에 묻은 살충제와 고기로 자신을 죽이고 있는" 것이다. 그래서 그는 누런 종이 봉지에 먹을 것을 준비해 온 사람들로 북적대는 테이블 뒤쪽 구석에 앉아서 역시 누런 종이 봉지에서 음식을 꺼내 먹는다. 대규모 연회장에 가면 실제로 이런 장면을 볼 수 있다.

이런 사람들은 단식도 자주 하고, 달리기처럼 '몸에 좋은' 운동도 많이 한다. 그러나 이런 친구들도 지금은 죽었다. 매일 달리면서 건강하게 살던 사람이 왜 일찍 죽었을까? 버블 인간이 되어 피해망상적인 시각으로 세상을 바라보았고, 이런 시각이 그들을 궁지로 몰아갔기 때문이다. 그들은 공기조차 믿고 호흡할 수 없었다. 심지어는 카펫도 의심했다. 카펫에서 숨 막히는 섬유질 조각 같은 알레르기성 물질이 나올지도 모른다는 이유에서였다. 페인트에서 뿜어 나오는 가스나 절연제, 폐암을 유발할 수도 있는 담배 연기 입자 같은 것들도 삶의 환경을 갈수록 협소하게 만들었다.

이런 상황에서는 자신에 대한 진실을 차츰 부정하게 된다. 더불어 자기 존재의 힘을 세상에 존재하는 인과관계의 힘에, 사실은 존재하지도 않는 힘에 서서히 내주게 된다. 진실과는 반대로 향하는 것이다. 이로 인해 상처를 잘 받는 희생자가 된다. 그러다 결국은 '환경 알레르기'에 시달리는 버블 인간, 피해망상증 환자가 되어 버린다. 이런 사람은 자신을 보호해 주는 순수한 공기, 즉 버블 안에서만 살아갈 수 있다.

이 모든 일은 마음 안에서, 의식 안에서 일어난다. 현실의 어디에서도 일어나지 않는다. 이 모든 증상을 털어 버리려면 자신이 내린 결정의 힘이 진실하다는 점을 다시 받아들여야 한다. 우리는 '그것that'에 영향 받지 않는다. 영향을 미치는 것은 우리 마음에 품은 것뿐이다. 또 우리에게는 믿음체계를 무효화할 힘이 있다. 집단적인 부정적 믿음체계들을 거부하고, 이것들에 '아니오'라고 말할 수 있는 힘이 있다.

우리는 가족에게서 비롯된 믿음체계에 '아니오'라고 말할 수 있는 힘도 가지고 있다. 사실 우리 집안사람들은 몇 가지 알레르기를 앓아 왔다. 할머니와 어머니, 누나 모두 알레르기 환자였다. 모두 꽃가루 알레르기가 있었으며, 돼지풀과 먼지, 건초, 말에 민감했다. 나도 이런 알레르기 증상을 전부 갖고 있었다. 눈이 붓고 가려운 것을 포함해서 온갖 증상들에 시달렸다. 식구들 모두 항히스타민제를 달고 살았다.

게다가 나는 덩굴옻나무에도 심각한 알레르기가 있어서 나중에는 중증의 덩굴옻나무 피부염으로 병원 신세까지 졌다. 그러나 어떤 치료법도 효험이 없었다. 효과가 있는 것은 위스콘신 델스에 사는 어느 아메리카 원주민 주술사에게 받은 갈색 고약뿐이었다.

그로부터 몇 년 후 기적수업 모임에 참가한 나는 살충제를 맡아도 머리가 아프지 않아 깜짝 놀랐다. 이제 막 살충제를 뿌린 어느

집에 들어간 순간, 내가 더 이상 믿음체계에 영향 받지 않음을 불현듯 '알았다.'

이 놀라운 발견이 있고 얼마 후였다. 어느날 아침 잠이 깬 나는 덩굴옻나무에도 더 이상 영향 받지 않음을 깨달았다. 그래서 밖으로 나가 덩굴옻나무 가지를 몇 개 꺾어 도기 항아리에 꽂았다. 그러고는 오, 이런 기적이! 가지를 갖고 돌아다니면서 가족과 친구들에게 보여 주었다. 그들은 내가 '맛이 간' 것 같다고 생각했다. 하지만 이후 나의 삶은 완전히 달라졌으며 부정적인 믿음체계도 차례차례 떨어져 나갔다. 그 후로 22.6킬로그램을 감량해 과체중에서도 벗어나면서 내 몸에 대해 전체적으로 훨씬 편안해졌다. 삶을 통제할 힘이 스스로에게 있음을 인식하면서 불안도 전반적으로 줄어들고 새로운 평온과 활력이 생겨났다.

모든 병은 몸과 마음, 영혼 전부와 관련되어 있다. 그러므로 회복에 도움을 주는 모든 방법들을 전부 적용하는 것이 가장 좋다. 회복에 영향을 미치는 요인들 가운데는 카르마적 성향처럼 알려지지 않은 것들도 있다. 그래서 더욱 깊은 내면의 발견이나 개인적인 의식의 진화로 병의 근원을 밝힐 때까지 집요하게 계속되는 병들도 있다. 그러므로 영혼을 위해 영적인 작업을 계속하되 치유는 신에게 맡겨야 한다. 광대한 근원을 발견하고 밝혀내는 일이므로 성공적인 치료와 치유는 다른 차원의 문제다.

그렇다면 겸허와 내맡김이 충분한지 어떻게 알 수 있을까? 치유가 일어나고 있는지 어떤지 그 상황 자체에 무심하다면, 두 가지 모두 충분한 것이다. 이것은 신에게 아주 깊이 자신을 내맡기고,

상황을 통제하거나 바꾸려는 욕망을 버린 결과다.

• 주의할 점

언제나 다른 의사에게 진단 결과를 확인받는 것이 좋다. 큰 실
수가 드물지 않게 일어나기 때문이다. 나도 여러 차례 심각한 오
진을 받은 적이 있다. 알아차리지 못했다면 아마 치명적인 결과
가 빚어졌을 것이다. 예를 들어 갑상선기능항진증 때문에 생긴 심
부전의 원인을 초기에 완전히 잘못 진단받았다. 또 전립선 장애는
수술이 필요 없었으며 코막힘 제거제 사용을 중단하기만 하면 해
결되는 문제였다.

healing and recovery

03

스트레스

50년 넘게 내과의사와 정신과의사로 일하면서 정신분석과 정신 치료, 그룹치료, 다양한 학파의 정신역동학 분야에서 작업을 이어 왔다. 또 영양과 두뇌의 화학작용, 정신병, 감정 사이의 관계를 몇 년간 연구하기도 했다. 그 결과로 노벨상 수상자인 라이너스 폴링 과 함께 쓴 『분자교정 정신의학Orthomolecular Psychiatry』이라는 교재 가 탄생했다. 또한 유효성이 입증된 대체요법들을 광범위하게 연 구하고 적용해 보기도 했다.

지난 35년은 의식 자체의 본질을 파고 들어가면서 여기에서 얻 은 지식을 적용해 영성을 이해하는 작업을 해 왔다. 영성 속에는 몸과 마음, 영혼 그리고 정말로 중요한 것과의 관계도 포함되어 있다. 그런데 영성은 임상학적으로 증명할 수 있는 과학적인 것일까? 아니면 모종의 환상에 불과한 것일까?

나는 스트레스와 그 예방이라는 문제에 역점을 두고, 스트레스가 우리의 몸과 마음, 심리적 건강에 미치는 영향과 산업체나 산업계에서 작용하는 방식에도 관심이 많다. 우리 문화에서는 스트레스를 아주 중요하게 인식하고 있다. 더불어 이 장애가 미치는 영향도 잘 알고 있다. 지금부터는 스트레스에 대한 몸의 반응과 마음, 영혼과의 관계에 대해서 면밀히 살펴보도록 하겠다.

스트레스는 우리의 시각, 즉 우리가 마음에 품은 것과 태도, 믿음에서 비롯된다. 정서적인 스트레스는 단순히 세상에서 비롯되는 것이 아니라 주로 우리 내면에서 생겨난다. 그러므로 스트레스로부터의 탈출 같은 것은 있을 수 없다. 스트레스의 근원이 일반적으로 믿는 것처럼 세상에 있는 것이 아니라 우리 내면에 있기 때문이다. 따라서 마음이 평상시에 원인과 결과를 바라보는 방식을 뒤집어야 한다.

관찰을 해 보면 알 수 있다. '원인'이 세상에 있어서 '결과'가 마음에 있는 것이 아니다. 그 반대도 마찬가지다. 힘의 차원, '원인'의 차원은 마음에 있다. 세상에서 일어나는 일들을 경험하게 해 주는 것도 바로 이 마음의 차원이다. "어떤 사람에게는 고기인 것이 다른 사람에게는 독이 된다."라는 말이 있는 걸 보면, 우리 전통문화에서는 이 점을 직관적으로 알고 있었던 것 같다. 이 말 속에는 지금 내가 말하는 비밀이 고스란히 담겨 있다. 힘은 어떤 사건이나 '저기 바깥'에 있는 것이 아니다. 삶의 온갖 사건들에 대한 경험을 창조하는 힘은 개개인의 내면에 있다. 그러므로 스트레스를 예방하는 법을 배우려면 자신의 힘부터 다시금 인정해야 한다.

스트레스의 여파를 치료하는 대신 스트레스를 미리 예방하는 방법들이 있다. 요즈음 우리 사회에서 흔히 사용하는 스트레스 완화 프로그램은 사실 스트레스가 이미 일어난 후에 그 결과들을 다루는 방법이다. 예를 들어 이완 프로그램은 몸 안의 긴장을 완화시키는 방법이다. 말이 이미 마구간을 떠난 상황이라고 말할 수 있다. 그러나 이런 상황을 되돌려 몸이 절대로 긴장하지 않게 만드는 방법들도 있다. 그러면 의학적 모델을 토대로 스트레스를 다루는 다양한 방법들을 쓸 필요도 없어진다.

얼마 전에 「스트레스와 심장질환」이라는 제목의 소책자를 받았다. 전체적인 믿음 프로그램을 소개하는 책자였는데, 이 책의 내용은 스트레스가 '저기 바깥'에 있는 어떤 것이라는 생각을 더욱 부추기고 있었다. 또한 스트레스는 실제로 삶에 내재하는 어떤 것이며 스트레스의 결과가 온갖 상징적인 의미들을 지닌 채 심장에도 영향을 미친다는 생각을 강조하고 있었다. 책자에 실린 다양한 논문들은 생리작용을 통해 몸 안에서 발생하고 드러나는 스트레스의 결과들과 심장질환을 다루고 있었다. 그러나 모든 것은 의식 안에서 경험되는 것이므로 몸과 마음, 영혼의 관계를 다시 들여다보는 작업은 대단히 중요하다.

이제부터는 우리 자신의 경험들로 증명할 수 있는 것, 임상학적으로 반복할 수 있고 내면의 경험을 통해 증명할 수 있는 것만 믿는 임상학자의 시각에서 증명 가능한 임상 경험들에 대해 이야기해 보겠다.

몸의 특성 중 하나는 지각력이 없다는 것이다. 다시 말해 몸에는 스스로를 경험할 수 있는 능력이 없다. 팔은 자신의 존재 즉 자신이 '팔임armness'을 스스로 경험할 수 없다는 의미다. 팔은 자신이 어디에 있는지, 크기가 어떤지, 무엇을 하는지는 고사하고 자신이 현재 '존재한다'라는 것조차도 경험할 수 없다.

그럼 우리는 몸에서 일어나는 일들을 어떻게 아는가? 오직 오감을 통해서만 알 수 있다. 몸 자체는 경험하지 못하지만 몸에 대한 오감의 보고는 경험한다. 그러나 여기서 또 주목해야 할 점은 오감 자체에도 자신을 경험하는 능력이 없다는 것이다. 예를 들어 귓속에서 청각 신경을 지나 고막을 자극하는 진동은 스스로를 소리로서 경험할 수 없다.

그렇다면 몸의 경험은 어디에서 일어나는 것일까? 몸의 경험은 먼저 뇌 속에 등록된다. 하지만 이 경험에 대한 인식은 뇌 자체보다 훨씬 더 큰 어떤 것, 즉 우리가 '마음'이라 부르는 것 속에서 일어난다. 마음의 에너지 장 덕분에 뇌와 몸을 경험하는 것이다. 하지만 아주 흥미롭게도 마음 자체에도 자신을 경험할 수 있는 능력은 없다.

잘 들여다보기 전에는 이상한 생각처럼 여겨질 것이다. 그러나 생각 자체에도 자신이 '생각임thoughtness'을 경험할 능력이 없다. 기억 자체에도 '기억임memoryness'을 경험할 능력이 없다. 마찬가지로 미래에 대한 어떤 환상에도 그런 능력은 없다. 마음속에서 일어나는 모든 것들, 예를 들어 상상력과 감정 같은 것들을 경험할 수 있는 이유는 의식이라는 더 크고 거대한 에너지 장이 있기 때문이다.

이 에너지 장은 훨씬 광범위하고 형태가 없으며, 모든 현상은 물론 변화까지 경험할 수 있다. 우리가 마음속에서 일어나는 일들을 인식할 수 있는 것은 의식 덕분이고, 감각에서 일어나는 일을 인식할 수 있는 것은 마음 덕분이다. 그리고 몸에서 일어나는 일은 감각 덕분에 인식할 수 있다.

그러나 흥미롭게도 의식 자체도 의식 안에서 일어나는 일은 보고할 수 없다. 무한하고 차원이 없는 더 큰 장이 없으면 불가능하다. 우리는 이 장을 주관적 인식의 경험적 앎이라 부른다. 이처럼 인식이 실존existence과 존재beingness를 동반하는 성질을 갖고 있기 때문에 우리는 인식을 할 수 있다. 의식 안에서 일어나는 일에 대한 앎은 이런 인식에서 생겨난다.

의식은 마음 안에서 일어나는 일들을 알려 주고, 마음은 몸에 대한 감각에서 일어나는 일들을 알려 준다. 그러므로 가장 고차원적이고 커다란 의미에서, 주관적 인식의 능력이 곧 우리의 존재임을 알 수 있다.

모든 경험은 오로지 의식 안에서만 경험된다. 그러므로 경험의 장소와 근원에 직접적으로 말을 걸면 스트레스를 근원적으로 예방하는 능력을 얻을 수 있다.

1장에서 설명했듯 의식 지도는 에너지 장과 의식 단계에 근거한 수치 모델이다. 에너지 장의 상대적인 힘에 점수를 매기고 보편적인 인간으로서의 경험에 따라 이름을 붙였기 때문에 쉽고 빠르게 이해할 수 있다. 예를 들어 지도 아래쪽에 '죄의식'이 있는데 이것은 자기혐오의 형태를 띠는 파괴적이고 부정적인 감정이다. 죄의식이 있을 때 세상은 고통의 장소로 보인다. 죄의식은 30의 에너지 장을 지니며 이보다 더 낮은 상태는 죽음에 가깝다. 0에서는 죽음을 맞이하지만 600 이상에서는 깨달음에 이를 만큼 높은 의식 상태에 달한다.

죄의식과 무감정, 슬픔, 두려움, 분노, 자만심은 모두 해롭고 파괴적인 영향을 미치는 부정적인 에너지 장이기 때문에 점수가 낮다. 예를 들어 50의 무감정은 100의 두려움보다 에너지가 적다. 100의 두려움은 200의 용기보다 에너지가 적고, 125의 욕망은 중립적 상태 혹은 초연한 상태보다 에너지가 훨씬 적다.

간단한 근육 테스트 같은 매우 일반적인 방법들을 사용해 봐도 에너지 장의 수치는 똑같이 나온다. 이런 방법들은 에너지 장의 상대적인 힘과 방향을 확인시켜 준다. 피실험자가 분노나 후회, 슬픔, 두려움을 불러일으키는 무언가를 생각하면 에너지 장의 수치가 낮아진다. 이런 생각을 지닌 피실험자의 팔을 측정해 보면 힘이 약해졌음을 곧바로 알 수 있다. 대뇌반구가 비동기화되고 경혈 에너지체계가 혼란에 빠지면서 힘과 에너지를 즉시 잃어버린다.

진실을 말하는 용기의 차원에서는 에너지 장이 긍정적인 방향으로 상승하며, 삶을 지지하고 강화시켜 준다. 이 살아 있는 에너지는 진실성 그리고 정직과 잘 어울린다. 이 땅에 살아 있는 위대한 지혜의 스승들은 600 이상의 에너지 장에 있다. 위대한 아바타와 인류의 구원자들, 신비가나 성인들은 700에서 1000에 이르는 에너지 장에 있다. 진실은 200의 에너지 장에서 시작해 위로 올라가면서 영원히 증가하는 사랑 속으로 확장되다가 진리Truth와 만난다고 할 수 있다.

흥미롭게도 건강 역시 같은 양상을 띤다. 에너지 장이 위로 올라갈수록 몸도 자연히 더욱 건강해진다. 덕분에 즐거운 활동과 활력 속에서 기쁨을 느낀다. 무조건적인 사랑과 치유의 에너지 장(540)에서는 몸이 개인과 인간 전체의 카르마에 의한 한계와 타고난 기질에 따라 질병을 스스로 고치기 시작한다.

스트레스와 관련해서는 의식 안에 이미 존재하는 조건들을 살펴보는 것이 중요하다. 이런 조건들 탓에 스트레스를 받는 방식으로 삶을 경험하기 때문이다. 낮은 에너지 차원의 태도에 공감하는 사람은 확실히 세계를 부정적인 곳으로 인식한다. 무력감이나 절망의 낮은 에너지 장에 공명하는 사람은 세상을 절망적인 곳으로 경험하고, 삶의 모든 경험들도 이런 생각으로 인해 왜곡된다.

슬픔의 에너지 장에서는 후회가 가득하고, 과거의 상실에만 관심을 기울이며, 이 세상을 슬픈 곳으로 인식한다. 신이 있다면 우리를 사랑하거나 좋아하지 않고 무시만 한다고 여긴다. 두려움의 에너지 장에서는 억압되어 있던 에너지가 드러난다. 무서움의 형태로 평생 품고 있던 에너지다. 불안에 사로잡히기도 하고 미래를 끊임없이 걱정하기도 한다. 세상을 무서운 곳으로 보고 모든 것을 두려움의 형태로 경험한다. 당연히 신도 인간을 응징하는 두려운 존재로 여긴다.

언제나 욕망과 결핍감을 느끼는 이들은 세상을 불만스러운 곳으로 경험한다. 분노에 찬 사람은 갈등과 투쟁에 휘말리기 쉬우며,

자부심이 강한 사람은 도전처럼 여겨지는 것에 쉽사리 상처를 입기 때문에 방어적인 태도를 취한다. 우리가 어떤 과정으로 스트레스를 저절로 받아들이는 상태가 되었는지 의식 지도를 기반으로 자세히 이야기해 보겠다.

"어떤 사람에게는 고기인 것이 다른 사람에게는 독이 된다."라는 말이 있다. 이 말은 스트레스를 받아들이는 방식이 삶에 대한 자세와 믿음체계, 내면의 가치 등에서 생겨날지도 모른다는 점을 알려 준다. 그리고 이것들은 의식 안에서 작동 중인 프로그램들에서 비롯한다. 그러므로 스트레스의 근원을 세상이 아니라 의식 안에 있는 것들에서 찾아야 한다. 어떤 사건의 경험에 스트레스를 부여하는 것은 바로 의식 안에 있는 것들이기 때문이다. 누구나 공감할 만한 예들을 보면, 삶의 태도와 방식이 스트레스를 경험하는 체계를 어떻게 만들어 내는지 알 수 있다.

결혼한 딸 집에 종종 들르는 할머니가 있었다. 딸은 뉴욕 시에서 50킬로미터나 떨어진 시골의 12만 평이나 되는 숲 한복판에 살고 있었다. 적막하기 이를 데 없는 곳이었다. 실제로 들리는 소리라고는 나뭇잎 부스럭대는 소리와 새들의 노랫소리뿐이었다. 할머니는 뉴욕 동남부 지역에서만 평생을 살아온 사람이었다. 그래서 딸 집에 가는 게 내키지 않았고, 가끔 가더라도 가능한 한 짧게 머물렀다. 할머니가 견딜 수 있는 기간은 이삼일이 한계였다. 숲속의 평화와 고요가 '미칠' 것 같아서 도시로 가 안도의 한숨을 내쉴 때까지 오래 견디질 못했다.

할머니의 아파트는 거리를 면하고 있었기 때문에 창문을 열면 누구하고든 이야기를 나눌 수 있었다. 번잡한 도시의 소음도 그대로 들려왔다. 하지만 온갖 소음과 폭력에도 할머니는 '고향'인 뉴욕 동남부 한복판에 있을 때 안정감을 느꼈다. 다른 사람이라면 스트레스를 받을 법한 환경인데도 말이다. 사실상 많은 사람들이 뉴욕의 이 지역을 두렵게 여길 것이다. 그러나 할머니는 북적대는 사람들과, 새벽 다섯 시면 들려오는 쓰레기 수거차 소리의 한복판에서 안정감을 느끼고 안도했다. 12만 평이나 되는 숲의 고요와 평화 속에서는 오히려 스트레스를 받았다.

프랑스의 범죄자 식민지인 악마의 섬Devil's Island도 비슷한 예다. 프랑스 정부는 시민들의 항의를 받아들여서 이 섬에 있는 감옥의 상당 부분을 폐쇄했다. 그리고 죄수들이 섬에서 자유로이 돌아다니도록 허용했다. 끔찍한 감방에서 나와 섬을 마음대로 걸어 다니게 해 준 것이다. 죄수들은 어떻게 됐을까? 놀랍게도 죄수들은 밤에 다시 감옥으로 돌아가 잠을 잤다. 죽음까지 불사하면서 몇 년 동안 그토록 소리 높여 요구하던 자유를 간신히 얻었는데도 두려움과 외로움, 불안을 감당하지 못한 것이다. 이들은 다시 감방 안에 들어간 후에야 안정감을 되찾았다.

대부분의 사람들에게 감방은 더없이 위협적으로 여겨질 것이다. 감옥보다 끔찍한 곳은 상상할 수도 없다. 그런데 사람들은 감방에서 무엇을 했나? 감옥에서 쓴 소설로 퓰리처상을 받기도 하는 등 경이로운 문학 작품을 남긴 사람도 있다. 좋은 쪽이든 나쁜 쪽이든 감옥에서 탄생한 작품들이 인류 역사의 흐름을 바꾸기도 했다. 아돌프 히틀러도 감옥에 있는 동안 『나의 투쟁』을 썼다.

악마의 섬과 대비되는 흥미로운 예로 「잃어버린 지평선」이라는 영화가 있다. 영화 속에서 로널드 콜만을 포함한 비행기 탑승객들은 히말라야 산맥에 임시로 착륙한다. 그들은 위기를 극복하고, 천국 같은 샹그릴라에 정착한다. 이곳의 에너지 장(540~600)은 매우 높다. 무조건적인 사랑과 무한한 평화의 장소인 것이다. 콜만이 연기한 등장인물은 이 경험을 받아들일 준비가 돼 있는 인물이라 환경의 도움을 받아 의식을 확장한다. 반면에 다른 탑승객들은 다르게 반응한다. 콜만 역을 제외한 여섯 명의 인물들이 어떤 식으로 다양하게 반응하는지를 살펴보는 것은 꽤 흥미롭다. 전혀 준비가 돼 있지 않은 몇몇은 낯선 상황에 스트레스를 받는다. 다른 몇몇 사람들은 얼마간 스트레스를 느끼다가 곧 적응을 하고 천국 같은 상태를 받아들인다. 이렇듯 콜만이 연기한 인물과 대조적으로 나머지 사람들은 낯선 경험에 극심한 혼란을 느낀다. 로널드 콜만의 형으로 나오는 인물은 불안을 느끼다 못해 거의 편집증적으로 변해 '현실 세계'로 돌아가기를 갈망한다. 이처럼 모든 인물들이 현재의 자리가 아닌 자신의 개인적인 상태에 따라 다르게 반응했다. 이들의 경험은 환경이 아니라 각자의 의식 수준과 관련이 있었던 것이다.

에콰도르를 떠날 때 있었던 일이다. 당시 키토를 출발하는 비행기는 일주일에 두 편뿐이었다. 나는 목요일에 출발하는 비행기를 타기 위해 공항에 도착했다. 티켓은 몇 달 전에 미리 예약을 해 두었다. 탑승 수속을 밟으려고 보니 예약자 명단에 내 이름이 없었다. 게다가 그 주에는 비행기가 목요일이 아닌. 토요일이나 돼야 출발한다고 했다. 그런데 어찌된 영문인지 이런 상황이 웃기고 유쾌하게 여겨졌다. 고도 1만 피트 이상의 에콰도르 문화 속에 있다 보니, 비행기가 사흘 늦게 뜬다는 사실이 그리 대수롭지 않게 다가온 것이다. 누구도 이 문제로 화를 내지 않았다. 더 재밌는 사실은 공항의 천정 한가운데에 매달려 있는 시계가 여러 해 전부터 멈춰 있었는데도 누구도 고칠 생각이 없어 보인다는 것이었다.

이런 받아들임의 태도에서 좌절감 같은 것은 생기지 않았다. 스트레스도 받지 않았다. 태평한 사회 분위기 탓인지 물질계의 정확함이 하찮게 여겨졌다. 그보다는 인간적 가치들이 더욱 중요하게 다가왔다. 인간적 가치 때문인지 승무원들의 편의가 출발일보다 더욱 중요하다는 생각이 들었다. 누구도 이런 상황을 언짢게 받아들이지 않는 듯했다. 이런 환경과 기대, 키토의 문화적 태도를 전혀 스트레스로 받아들이지 않았다. 하지만 뉴욕에 있는 라구아디아 공항 같은 환경에서 이런 일이 일어났다면 달랐을 것이다. 목요일에 떠야 할 비행기가 토요일까지도 출발하지 않으면 보나 마나 스트레스를 꽤 많이 받았을 것이다.

실제로 토요일 11시 45분에 이륙 예정인 비행기를 타기 위해 공항에 도착해 보니, 활주로에 유일하게 서 있는 비행기는 자리에서 움직일 줄을 몰랐다. 정오가 되자 모든 사람들이 시에스타를 위해 활동을 멈췄다. 그래서 목요일 비행기는 토요일 오전 11시 45분에도 출발하지 않았다. 결국 오후 3시가 돼서야 출발했다. 모든 사람들이 시에스타를 즐기는 동안 비행기는 활주로에 그대로 대기하고 있었다. 시에스타가 끝나자 모두들 소지품을 챙겨 들고 비행기에 탑승했다. 그제야 비행기가 출발했다. 혼란스러워하는 사람은 한 명도 없었다. 모두들 완벽하게 이완된 상태로 느긋하게 앉아 있었다. 비행기 출발 시간이 사흘이나 늦어져도 다들 평화를 유지했다.

이런 경험들에 스트레스를 이해하는 열쇠가 들어 있다. 스트레스를 이야기할 때 우리가 가리키는 것은 의식 안에서 스트레스를 불러일으킨 것에 대한 경험이다. 몸을 스트레스 반응의 한 부분으로 여긴다는 것은 마음속의 것에 몸이 반응하기만 할 뿐이라는 의미다. 그러므로 마음에 품은 것들, 기대나 삶의 태도를 바꾸면 스트레스를 예방할 수 있다. 비행기가 사흘이나 늦어져 생긴 스트레스를 다스리기 위해 이완 프로그램에 참여하지 않아도 된다. 심장을 스트레스로부터 지키기 위해 심장동맥 운동 프로그램에 가지 않아도 된다. 어떤 스트레스도 없기 때문이다. 결론적으로 스트레스를 해결하는 진정한 방법은 예방이다. 스트레스가 어디서 어떻게 일어나는지를 파악해서 미연에 방지하는 것이다.

스트레스를 예방하기 위해 가장 먼저 이해해야 할 것은 우리가 스트레스로 받아들이는 것의 근원이 우리 안에 있다는 사실이다. 스트레스는 '저기 바깥'에 존재하는 것이 아니다. 비행기 시간표나 감옥에 존재하지 않는다는 말이다. 스트레스는 우리의 의식 속에 존재한다. 의식 지도를 더 자세히 살펴보면 이 문제에 대한 인식이 급격하게 향상될 것이다. 쉽게 이해할 수 있는 문제이기 때문이다. 아니, 이미 알고 있는 문제이므로 의식 안으로 받아들이기만 하면 된다.

의식 지도 아래쪽에 있는 에너지 장은 파괴적이고 삶을 해롭게 한다. 이 에너지의 본질적인 성격이 스트레스로 가득한 방향을 향하고 있기 때문에 스트레스 그 자체라 해도 무방하다. 그러나 중립의 단계로 이동하면 우리는 스트레스가 없는 긍정적인 방향으로 움직인다. 540의 의식 단계에서는 모든 것을 아름다움과 완벽성, 생명의 일체성, 무조건적인 사랑, 사랑스러움 속에서 경험한다.

의식 지도에서 각 에너지 장의 상대적인 힘이 적힌 오른편을 보면 삶을 대하는 태도나 입장에서 생겨나는 감정들을 알 수 있다. 예를 들어 죄책감의 단계에서는 비난이나 자기혐오의 감정을 겪는다. 삶을 파괴적인 것으로 경험하고 세상을 고통의 장소로 본다. 삶에 무감정한 태도를 가진 사람들은 절망의 감정을 겪는다. 이들은 절망 속에 있기 때문에 당연히 에너지도 없다. 이런 세계에서 신은 죽은 것이나 마찬가지다.

무감정의 상태에 있는 사람이 충분한 에너지를 받으면 슬픔의 단계로 올라가 감정을 표현한다. 여기엔 분명한 생물학적 목적도 있다. 아이의 울음처럼 슬픔을 표현하는 행위는 감정을 끌어올려 준다. 이 에너지 장에 있는 사람들은 과거를 돌아보면서 자신의 삶이 상실과 후회로 가득 차 있다고 생각한다. 그래서 이 세상을 슬픈 곳으로 경험하고 낙담한다. 신도 자신을 무시한다고 느낀다. 반면에 두려움의 억압된 에너지 장에 있는 사람들은 극심한 불안과 걱정을 안고 삶을 바라보기 때문에 삶을 두려운 것이라 여긴다. 과거에 집착해 후회가 생겨나고 미래의 삶에 두려움이 일어난다.

삶이란 무엇일까? 삶은 세상과 자신, 타인을 바라보는 시각, 신성에 대한 기대를 모두 포함한다. 그렇다면 실제로 삶 자체는 무엇일까? 사건에서 생겨나는 것이 삶일까? 에너지 장들은 사실 둥근 창과 같다. 이 창은 우리가 세상을 바라보는 방식이라 할 수 있다. 우리가 쓰는 안경의 색과도 같다. 슬픔의 에너지 장이라는 회색 안경을 쓰면 모든 것이 슬프게 보인다. 이 에너지 장에 지배당하면 거리를 걸을 때도 모든 것이 절망적으로 보인다. 인간이나 인간이 지닌 조건을 생각해 봐도, 신문을 펼쳐 봐도 모든 일이 절망적이다. 거리에서 노인이나 아이들을 보면 가망 없는 세계에서 살아야 하는 그들 삶의 여건이 너무나 절망적이라고 생각한다.

요컨대 슬픔의 에너지 장에 있는 사람들은 거리를 걸으면서 자신이 인식한 슬픔을 경험한다. 신문을 펼쳤을 때도 이들이 보는 것은 세상의 가슴 아픈 사건들과 인간이 지닌 조건의 슬픔뿐이다. 거리에서도 쓰레기통이 눈에 먼저 들어온다. 노인을 보면 늙는다는 게 참으로 서글픈 일이라는 생각을 하고, 아이들을 보면 이들이 살아갈 세상이 참으로 슬프다며 안타까워한다. 이들은 삶의 고통을 안다. 그러나 너무 많은 고통을 안고 있는 탓에 동정심이 저절로 드러난다. 그래서 아이들을 몹시 안타깝게 바라보는 것이다.

두려움의 에너지 장에 있는 사람은 두려움을 불러일으키는 조건을 자신들의 세계에서 보고 경험하고 창조해 낸다. 신문을 읽으면서도 살인이나 강도, 전쟁, 폭파 등의 사건들 때문에 세상이 참으로 무서운 곳이라고 생각한다. 거리를 걸을 때도 무엇이든 두렵게 받아들인다. 사고의 위험성을 보고, 사람들이 거리에서 어떻게 발목을 접질리는지 본다. 그러면서 모든 곳에 경고판을 설치해야 한다고 생각한다.

이처럼 세상을 두려운 곳으로 받아들이는 이들은 모든 것에 이중자물쇠를 채운다. 강도가 한 번도 든 적이 없는 집인데도, 이중자물쇠를 채운 마당의 이중자물쇠를 채운 차고 안에 이중자물쇠를 채운 차를 숨겨 둔다. 이처럼 내면에서 생겨난 두려움이 세상을 향해 두려운 모습을 투사시킨다. 두려움으로 물든 안경을 쓰고 있어서 모든 것이 두렵게 보이는 것이다. 신을 찾아도 두려운 신만 보인다. 두려운 세계의 신은 두려운 존재일 수밖에 없기 때문이다.

두려움의 에너지 장에서 벗어나면 이런저런 욕망과 갈망의 에너지 장으로 옮겨 간다. 욕망과 갈망은 사회교육을 통해 일어난다. 제3세계 사람들이나 경제적으로 낮은 집단에 속해 있는 사람들 중 의식 지도 아래쪽에서 절망과 감응하는 이들은 텔레비전이 보급되면서 다른 사람들은 무엇을 소유하고 있는지 보게 되었다. 이로 인해 이들의 욕망이 커져 갔다.

이런 욕망은 갈망이나 바람이라는 감정 형태나 중독으로 표현된다. 이때 의식 속에서는 구속의 과정이 일어난다. 이들은 무언가를 원하거나 갈망하면서 이 세상을 불만스러운 곳으로 경험한다. 그리고 이런 끊임없는 좌절로 스트레스를 받는다.

갈망은 결코 만족할 줄 모르는 사람을 만들어 낸다. 무엇을 갖고 있건 언제나 더 많은 것을 원한다. 바람이 충족되지 않으면 더욱 많은 바람들이 생겨나고, 결국은 끊임없는 통제 욕구에 시달린다. 당연히 세상을 대단히 불만족스러운 곳으로 보며, 길을 걸을 때에도 자동차나 이런저런 물건, 집 등 갖고 싶은 온갖 것들에서 눈을 거두지 못한다. 신문을 보면 원하는 것들이 더욱더 눈에 띈다. 이들은 세상을 바꾸고 싶어 하고, 무언가를 '갖고' 싶어 한다. '획득'에 대한 이들의 멈추지 않는 중독은 내면에서 끊임없이 스트레스를 불러일으킨다. 무언가를 향한 끝없는 갈망이 문제인 것이다.

욕망의 단계에서 분노의 에너지 장으로 올라가면 분노로 가득 찬 세상을 경험하기 시작한다. 이들은 분노로 가득 차 있으며, 증오와 비난, 불평으로 들끓는다. 어떤 사건이든 일어나기만 하면 억압된 분노의 에너지를 터뜨릴 준비가 되어 있다. 이들은 세상을 경쟁적인 곳으로 본다. 또 분노의 안경을 쓰고 있기 때문에 신문을 읽을 때도 이들의 내면은 보도된 사건들이 불러오는 분노와 격분 등으로 뒤틀린다.

거리를 걸을 때도 화나는 것들이 무수히 눈에 들어온다. 도로 표지판의 상태나 거리 전체 모습, 사방에 널려 있는 신문지들……. 아이나 노인들을 볼 때도 그들의 상황을 생각하면 화가 치솟는다. 그들이 불의와 분노, 경쟁의 세계에 살고 있기 때문이다. 또 내가 중고차 매장을 운영하는데 길 아래편에 중고차 매장이 또 생기면, 그 가게를 경쟁 상대로 보고 내 가게의 매상이 줄어들 것이라고 생각한다. 이기지 않으면 지는 세상에 살기 때문에 이들의 내면은 언제나 긴장돼 있다. 아직 조화와 협력이라는 높은 차원으로 올라가지 못했기 때문에 중고차 매장이 한데 모여 생길수록 모두의 사업이 더 잘되리라는 점을 깨닫지 못한다.

분노의 차원에 있는 사람은 세상을 위협적인 장소로 여기고, 신도 싸움을 일으키는 존재로 받아들인다. 이들은 분노로 인해 원한을 품으며 매사 호전적이고 기꺼이 싸울 태세가 되어 있다. 항상 분노를 폭발시킬 준비가 돼 있는 것이다. 억압된 분노로 세상도 스트레스가 극심한 곳이라 여긴다. 누군가 주차장에서 내 자동차 범퍼를 들이받기라도 하면 욱하고 분노가 치솟는다. 분노를 참지 못하고 욕설을 퍼붓고 고소를 하겠다고 위협한다. 이런 사람들은 적에게 '보복'을 하거나 응징하는 일에 사로잡혀 있다.

자부심의 단계로 올라가면 이용할 수 있는 에너지가 더욱 많아진다. 더불어 부정적이고 파괴적인 감정들도 늘어난다. 사람들은 자부심을 건설적인 것이라 흔히 생각한다. 하지만 자부심은 부정적인 감정과 관련돼 있기 때문에 본질적으로 파괴적이다. 그리고 의식 속에서 팽창의 과정이 일어나기 때문에 자부심은 오만이나 경멸 등으로 표출되기도 한다. 자부심이 강한 사람은 상당히 극단적이고, 자신의 입장에 방어적인 태도를 취하며, 분노에 찬 사람처럼 변해 간다. 옳음과 그름, 승과 패가 분명하게 갈리는 세계에 살기 때문에 자신의 입장만 '옳다'고 생각한다. 내면에는 항상 스트레스가 자리한다. 자신이 생각하는 지위의 중요성이나 소유와 관련해서 모든 관계와 상호작용, 거래를 승패의 관점에서 바라보기 때문이다.

이런 사람들은 신문을 읽을 때도 모든 관련자나 보도된 인물들의 신분을 먼저 본다. 또 거리를 걸을 때도 옷에 붙은 상표나 주소처럼 신분을 상징적으로 드러내 주는 것들을 주로 눈여겨본다. 타인의 모습을 포함해서 삶의 모든 것을 신분의 관점에서 평가하는 일을 흥미로워한다.

이 모든 태도들은 희생자적 사고방식이 낳은 나약한 자세다. 진실의 단계 아래에서는 행복의 근원이 자신의 외부에 있다고 보는데, 이런 태도를 버리지 못하면 결국은 자신의 힘까지 잃어버리고 만다. 그러면서 삶의 의미와 행복의 근원, 가치를 외부의 어떤 것으로, '저기' 어딘가에 있는 것으로 여긴다. 이런 태도는 결핍감에서 비롯된다. '저기 바깥에 그것이 있다면 그걸 꼭 얻어야 해. 그걸 얻어야 한다는 건 내게 그것이 부족하다는 의미니까. 그걸 얻는데 어떤 방해가 있을 수도 있어.' 하는 생각 말이다.

이러한 세계에서는 언제나 위험과 위협감 속에서 살 수밖에 없다. 외부의 무언가가 중요한 것을 얻지 못하게 방해하거나 앗아갈지도 모른다고 생각하기 때문이다. 또 자신의 힘을 세상에 넘겨줘 버린 탓에 희생자적인 시각에서 세상을 바라본다.

흔히들 '저기 바깥'에 행복과 스트레스의 근원이 있다고 말한다. 그러므로 '세상을 바꾸면' 스트레스에서 벗어나리라 기대한다. 그러나 스트레스는 외부에 존재하지 않는다. 의식 자체에서 일어나는 내적인 경험일 뿐이다. 세상을 근본적으로 바꿔 스트레스에서 벗어날 방법은 사실 없다. 그렇다면 어떻게 해야 할까?

먼저 스트레스와 관련된 진실을 인정하고 사실을 직시할 용기를 가져야 한다. 이렇게 하는 순간 우리의 에너지 장은 달라진다. 중립의 더욱 긍정적인 장으로 들어가게 된다. 상황을 자발적으로 직면하고 이겨 내고 다룸으로써 힘을 다시 얻는다. 자신의 힘을 되찾아 진실에 더 가까운 삶을 살아가는 것이다.

용기의 단계에 있는 사람은 세상을 도전과 성장, 기회의 장소로 본다. 살아 있음을 기쁘게 만드는 신나고 즐거운 일이 일어나는 곳으로 세상을 받아들인다. 이런 사람은 신문을 펼칠 때마다 인류에게 온갖 기회들이 열려 있음을 본다. 문제를 풀고 해결할 수 있는 많은 기회들을 확인한다. 그리고 시도해 보고 싶은 다양한 해결 방법들도 떠올린다. 이처럼 세상이 성장과 기회로 가득한 신나는 곳으로 여겨지면 다음과 같이 자문해 보게 된다. "나는 어디에 적합한 존재일 수 있을까? 나를 표현하고 이 기회들을 경험하려면 어디서부터 시작해야 할까?" 기회의 세상에서 경험하는 신은 마음이 열려 있다. 이런 열린 마음이 스트레스를 일으키는 것들을 변화시키기 시작한다. 자부심의 단계에서 스트레스를 주던 것이 용기의 단계에 있는 사람에게는 성장을 위한 기회와 호기심의 대상이 된다.

다음의 중립 단계(250)로 올라가면 더욱 많은 힘을 가지며 이 힘을 건설적인 방향으로 사용할 수 있다. 낮은 단계에서 부정적인 것들에 맞춰져 있던 안테나가 중립의 단계에 이르러 드디어 긍정적인 것을 향하게 된다. 그러고 나면 삶을 긍정적인 방향에서 경험하기 시작한다. 우리가 곧 경험자이기 때문이다.

경험은 바깥에 있는 것이 아니다. 경험은 우리의 의식 안에서 이루어진다. 그러므로 많은 입장들을 기꺼이 내려놓으면 더 이상 방어할 필요가 없다. 방어는 자부심과 중요한 존재이고 싶은 욕구, 언제나 '옳고' 싶은 욕구의 결과이기 때문이다.

무신론자나 고집불통, 광신자적인 태도는 결국 갈등을 유발한다. 이런 태도들의 바탕에는 '내 입장이 옳으므로 너의 입장은 틀리다.'라는 오만한 믿음이 깔려 있기 때문이다. 그러나 이런 태도를 기꺼이 버리면 어느 정도 초연한 사람이 될 수 있다. 그렇게 되면 상처 받기 쉬운 성향을 초월하고, 의식 속에서 일어나는 과정 덕분에 더욱 자유로워진다. 세상이 긍정적으로 보이기 시작하며 신도 자유를 선사하는 존재로 여겨진다.

그렇다면 이런 '긍정'은 어떻게 표출될까? 이 단계의 사람은 취업 면접을 받으러 갈 때도 이렇게 생각한다. '취직이 되면 정말 좋을 텐데. 하지만 안 돼도 괜찮아. 즐겁게 찾아볼 수 있는 기회들이 또 있을 테니까.' 그래서 이런 사람은 고착되지 않는다. 특정한 어느 하나에 생존의 기반을 두지 않기 때문이다.

자발성의 단계로 들어가면 의식의 과정에 의도가 더해진다. 삶과 어우러지고 조응하며 하나가 되는 '긍정성$_{yesness}$'을 갖는다는 의미다. 이런 사람은 세상을 우호적으로 바라보기 시작한다. 신도 영감을 주는 희망적인 존재로 여긴다. 신문을 보면서도 문제를 풀기 위한 인간의 모든 투쟁과 협력의 증거들을 발견한다. 다른 사람들이 파괴로 인식하는 것을 이들은 단지 힘의 균형을 위한 하나의 과정 혹은 작업으로 본다.

거리를 걸으면서도 세상을 우호적인 장소로 느끼고, 사람들도 따스한 존재로 받아들인다. 이렇게 인식이 바뀌었기 때문에 더 이상 '성공해야 할' 필요가 없는 노인들까지 더욱 다정한 존재로 생각한다. 그래서 노인들에게 쉽게 다가가 말을 붙인다. 이처럼 자발성의 단계에 있는 사람들은 더 이상 피해망상적인 불신의 마음으로 타인들을 바라보지 않고, 오만한 세상에서 어디에 서 있는지를 알기 위해 타인들을 판단하지도 않는다. 젊은 사람들뿐만 아니라 이방인이나 노인들도 다정하게 바라보고 이들과 쉽게 관계를 맺는다.

수용의 단계로 올라가면 경험의 근원이 자신임을 받아들이기 시작한다. 이런 자각의 단계에 이른 사람은 삶에 대한 통제력을 되찾고, 어떤 상황에 놓이든 견딜 수 있음을 안다. 이들은 무인도에 떨어져도 1년 후면 나무집을 짓거나 코코넛으로 조각을 할 것이다. 감옥에 갇히면 소설을 쓰거나 가부좌를 틀고 앉아 명상에 잠길지도 모른다. 실제로 죄수들 중 교도소 출입 변호사가 되거나 법학 학위를 따는 사람들이 종종 있다. 이처럼 삶의 경험을 창조하는 힘은 내면에 있다.

수용의 단계에서 힘을 되찾은 사람들은 신도 영감을 불어넣어 주는 희망적이고 자비로운 존재로 인식한다. 더 이상 신을 두려움의 대상으로 바라보지 않는다. 스스로를 충분한 존재로 느끼고 자신감을 갖는다. 기업체에서는 이런 사람을 채용해서 큰 계약을 성사시키고 싶어 한다. 이런 사람은 자신의 한계는 물론이고 현실의 부침들까지 받아들일 줄 알기 때문이다. 하지만 자부심에 지배받는 사람은 한계를 인정하지 못한다. 예를 들어 회사에서 "베네수엘라로 가서 계약을 마무리 지으세요."라고 했다고 하자. 그러면 수용의 단계에 있는 사람은 스스로 충분하다고 느끼고 자신감도 있기 때문에 이렇게 말한다. "저는 사실 그 회사하고는 일을 잘

못해요. 담당자하고도 사이가 썩 좋지 않고요. 벨기에라면 훨씬 더 잘할 수 있어요. 거기 가면 두 배는 더 팔 수 있습니다. 그러니 제가 아닌 짐을 베네수엘라로 보내시는 게 어떨까요?"

세상이 돌아가는 방식을 기꺼이 인정하고, 분노에 휩싸이는 어리석음도 알아서 피하는 것이다. 국세청도 나름의 존재 방식이 있다고 생각하며, '옳고 그름'을 따지는 일을 피한다. 그것이 그저 세상에 존재하는 방식임을 인정하고 더불어 잘 살아간다. 이런 수용은 수동성과 물론 다르다. 이와 같은 의식의 변화는 경험의 근원이 자신임을 인식하는 데서 출발한다. 이 인식으로 세상을 더욱 긍정적이고 조화로우며 희망적이고 따스한 곳으로 보기 시작한다.

힘을 회복하고 나면 다음 단계인 사랑의 에너지 장으로 올라간다. 여기서 사랑이 의미하는 것은 무엇일까? 집착에서 생겨나는 감상적인 정서의 표출은 물론 아니다. 할리우드 영화에서 묘사하는 사랑도 아니다. 타인을 향한 소유욕에서 생겨나는 감정의 흔들림이나 밀고 당기기, 힘의 다툼, '날 떠나면 죽여 버릴 거야.' 하는 식의 노래 역시 사랑의 요소들이 아니다. 이것들은 진정한 사랑이라기보다 집착의 결과에 불과하다.

무조건적인 사랑은 생명과 함께하는 하나의 방식이다. 생명은 보살피고 지지해 주며 본질적으로 너그럽다. 무조건적인 사랑으로 인해 생명의 진모 가운데 일부가 드러나기 시작한다. 뇌 안에서 엔도르핀이 분비되면서(1장에 나오는 두뇌의 기능과 생리학적 지표를 참고하라.) 내면의 어떤 상태, 즉 자신의 신체 및 자아와 함께하는 방식이 생겨나기 때문이다. 이로 인해 세상도 사랑스럽게 보인다. 거리를 걸을 때도 마음이 편안하다. 이들의 눈에는 겉으로 드러난 삶의 비루함 밑에 흐르는 사랑이, 모든 인간을 한데 묶어 주는 사랑이 보인다. 덕분에 이들은 더욱 고차원적인 에너지 장으로 옮겨 간다.

삶을 조화롭고 따스한 것으로 바라보면 스트레스도 줄어들고 상처를 받을 위험도 낮아진다. 이 단계의 사람은 용서의 마음과 감응하고 있기 때문이다. 이 에너지 장의 의도는 사랑인데, 모든 존재들에게 언제나 따스한 사람이 되는 것으로 이런 사랑을 경험한다. 타인에게 애정을 갖는 것은 물론이고 자신도 보듬는 사람이 되는 것이다.

이 단계의 사람들이 자신을 바라보는 시각은 완벽주의자들의 냉혹함과는 대조를 이룬다. 완벽주의자들은 인간의 본성에 항상 스트레스를 느낀다. 판단하고 비난하는 성향 탓에 용서를 할 줄 모르므로 자기혐오와 죄의식을 품고 다닌다. 숨을 들이쉬고 내쉬는 것조차도 이들에게는 스트레스다. 아침에 늦게 일어나기만 해도 자신을 미워한다. 이런 완벽주의와 고집, 자신을 비난하는 성향에서 스트레스가 생겨난다. 요컨대 스트레스는 내면에서부터 일어나는 것이다.

반면에 마음이 열린 사람들은 자신과 더욱 편안한 관계를 유지하고, 자신의 인간적인 약점들을 너그럽게 받아들인다. 용서의 마음은 타인의 인간적인 약점을 기꺼이 받아들이도록 북돋아 주고 더불어 자신의 인간적인 면모도 인정하게 해 준다.

점진적인 내면의 작업을 통해 기쁨의 고차원적인 에너지 장으로 올라가면 실제에 대한 초기적인 자각에 다가간다. 자신은 경험자이지 경험 자체가 아님을 자각하는 것이다. 그러고 나면 세상에 휘둘리는 대신 세상을 경험하는 방식을 자신이 결정할 수 있음을 깨닫는다.

이런 내면의 고요에서 모든 생명을 향한 연민이 일어난다. 생명이 지닌 믿을 수 없는 아름다움과 완벽함에 대한 자각이 커지면서 생명의 일체성과 통일성도 경험한다. 이렇듯 한층 진화한 단계에 오른 사람은 신문을 읽을 때도 인간이 지닌 사랑의 전체성을 경험한다. 인간 본성의 한계에도 불구하고 신문에 온갖 기사거리를 만들어 내는 바로 그것이야말로 인간 의식의 진화와 진보적인 움직임의 표현이라고 본다. 거리를 걸을 때에도 믿기지 않는 아름다움만을 인식하며, 생명의 아름다움이 온갖 형태로 멋지게 드러나고 있음을 본다. 완벽한 모습으로 자신을 한껏 드러내고 있는 장미를 볼 줄 아는 것이다.

반면 덜 진화한 사람은 반쯤 피어난 장미를 보고 이렇게 말한다. "난 저런 장미 싫어. 저건 불완전한 장미야." 그러나 진화한 사람은 생명 자체의 진화 속에서 완벽함을 보기 때문에 반쯤 피어난 장미도 같은 방식으로 바라본다. 미래의 모습을 그려 보고 활짝 핀 장미의 모습과 그 믿기지 않는 아름다움을 떠올리며 모든 생명의 내적인 신성함을 깨닫는 것이다.

의식의 단계를 보여 주는 에너지 장들에 관한 설명을 읽으면서 이 에너지 장들이 우리 삶의 경험들을 결정짓는다는 점을 확실히 이해했을 것이다. 우리가 표현하는 감정은 물론이고 이 우주에 존재한다고 여기는 신의 종류까지 이 에너지 장이 모두 결정한다. 이 모든 표현은 의식 안에서 일어나는 하나의 과정이다. '저기 바깥'에는 스트레스를 일으킬 만한 것이 하나도 없으며, 우리 자신의 입장이나 태도가 스트레스를 만들어 내는 것이다.

마음이 열려 있어 편안한 사람은 누군가 주차장에서 차의 범퍼를 들이받아도 스트레스를 심하게 받지 않는다. 여러분도 이미 경험한 적이 있겠지만 '좋은 기분'일 때 사건은 다르게 받아들여진다. 스트레스를 불러올 만한 일도 기분이 달라지면 전혀 그렇게 다가오지 않는다.

누군가 내 차의 범퍼를 들이받으면 대부분 크게 흥분한다. 하지만 마음이 평화로운 사람은 흥분한 사람을 걱정해 주며 이렇게 말한다. "흥분할 것 하나도 없어요. 그래 봤자 범퍼에 불과한데요, 뭐. 둘 다 보험을 들어 뒀잖아요. 큰 문제 아니에요. 정비소까지 차를 끌고 가서 수리를 하는 게 약간 성가시겠지만 정말로 심각한 문제는 아니에요." 진화한 사람은 이처럼 의식의 장에서 일어나는 상대의 혼란을 치유해 주고 싶어 한다.

누군가 내 차의 범퍼를 들이받았을 때 부당한 세상을 향해 분노나 자기연민을 느끼는 것은 사건 때문이 아니다. 상대의 코에 주먹을 날리고 싶은 욕구는 내면에 도사리고 있는 많은 분노 때문이다. 초연한 사람은 특별한 감정 없이 이 사건을 해결한다. 타인의 감정을 염려하는 마음이나 타인의 불안과 두려움을 덜어 주고 의지가 되어 주려는 욕망은 내면의 변화에서 비롯된다. 저기 바깥세상에 존재하는 것이 아니다. 그러므로 움푹 꺼져 버린 범퍼는 우리의 삶에 아무런 힘이 없다. 감정의 '원인'은 내면에 있는 것이다. 이런 사실을 이해하면 힘과 자율성을 회복해 자신이 희생자라는 망상에서 벗어날 수 있다.

타인을 판단하거나 자신은 옳고 타인은 '틀리다'라는 특정한 입장을 기꺼이 내려놓으면, 내면의 평화는 저절로 생겨난다. 이런 자발성은 용서하고 이해하는 태도에서 비롯된다. 타인에 대한 부정적인 판단은 어떤 것도 해결해 주지 못한다. 오히려 문제를 더욱 악화시킨다. 타인을 부정적으로 판단하면 모두가 지는 세상이 된다. 이런 세상에서는 자신도, 회사도 잃기만 한다. 주어진 상황에 스트레스만 받는다. 설령 이긴다 해도 잃을지도 모른다는 불안감을 견뎌 내야 하므로 진정으로 이긴 게 아니다.

예컨대 돈이 많으면 좋겠다는 이들이 있다. 그런데 갑자기 많은 돈이 생겼을 때 이들에겐 어떤 일이 벌어질까? 거액의 복권에 당첨돼서 수백만 달러를 얻은 사람들을 대상으로 실시한 흥미로운 연구가 있다. 당첨자들을 추적하여 연구해 보니, 이들의 행복도가 5년도 채 지나지 않아 형편없이 낮아졌음을 알아냈다. 원하던 바로 그것을 얻었지만 자살과 이혼, 병, 약물중독 비율이 현저하게 증가했던 것이다. 이기기 위해서 복권을 샀는데도 말이다.

어느 한쪽이 이기거나 지는 게임에서 이긴다는 것은 본질적으로 상대를 패배시킨다는 의미다. 타인을 패배시키면 죄책감이 생겨난다. 그러므로 이긴 사람도 행복감을 느끼기 힘들다. 어느 한쪽만 이기거나 지는 상황에서는 내가 이기면 상대는 패배하므로 이런 상황이 죄책감을 불러일으키기 때문이다.

경쟁 속에는 무의식적인 두려움이 존재한다. 적을 향한 두려움도 한 예다. 많은 돈이 갑자기 생기면 친구에게 빼앗길지도 모른다는 두려움이 생긴다. 이로 인해 우울이나 피해망상적인 태도가 나타날 수도 있다. 요컨대 가장 낮은 의식 단계에서는 모든 사람들이 진다. 이 단계는 희망 없는 음울한 세계이기 때문이다. 어느 한쪽만 이기거나 지는 상황에서는 당연히 스트레스도 일어난다.

모두에게 유리한 관점에서 생각할 줄 아는 사람들은 세상에서 엄청난 성공과 힘을 지닌 위치에 저절로 오른다. 이들의 마음속에 타인들과 도움을 주고받는 삶의 방식이 분명하게 자리 잡고 있기 때문이다. 모든 것을 서로에게 도움이 되는 쪽으로 생각하는 사람이 어떻게 스트레스를 경험하겠는가? 이런 사람은 친구가 집에 놀러 와도 좋고, 놀러 오지 않아도 좋다. 친구가 온다고 하면 둘의 우정과 친구의 존재로 얼마나 즐거울지 생각한다. 동시에 친구가 오지 못해도 좋다. 따라서 상황이 어떻게 되든 잃는 것이 없다. 저녁을 먹으러 가면 함께 즐거운 시간을 보내서 좋고, 저녁을 먹으러 가지 못해도 자신의 삶을 향상시킬 다른 일을 할 여가를 가질 수 있어서 좋다.

사업을 할 때도 서로에게 도움이 되리라는 기대를 품으면 성공할 수 있다. 그리고 이런 성공은 삶의 향상으로 이어진다. 회사가 잘되면 고용인들도 더 잘 살 수 있다. 회사가 잘 돌아가면 사회에 더 많이 돌려줄 수 있고, 사회에서 쓸 수 있는 제품의 질이 좋아지면 사회는 회사를 더욱 잘 뒷받침해 준다. 이렇게 사회가 회사를 잘 뒷받침해 줄수록 회사는 경제에 더욱 큰 보탬이 된다. 또 고용인들은 지원을 잘 받을수록 가족을 더 잘 부양하고, 회사가 가족을 잘 살펴 줄수록 가족들도 회사를 더욱더 지지해 준다.

그러므로 우리가 성공하는 길은 상사를 성공하게 만드는 것과 같다. 경쟁하는(즉 누군가를 패배하게 만드는) 대신에 상사를 성공하게 만들면, 상사는 사다리 위로 올라가 우리가 승진할 기회를 만들어 준다. 그러나 상사를 이기려는 의도로 경쟁적인 자세를 취하면 무의식적으로 불안과 고통, 보복에 대한 두려움이 생긴다.

적대적인 태도를 자발적으로 버리고 편안한 마음가짐을 가지면 스트레스를 경험하는 일도 줄어든다. 수용의 단계에서 마음 편하게 살아가는 사람은 인간의 본성과 세상을 있는 그대로 받아들이고 어떤 대안이든 생겨나는 대로 수용할 준비가 되어 있다.

국세청 직원이 방문하기로 하면 많은 사람들이 두려움에 빠진다. 스스로 적대적인 태도를 취해서 온갖 스트레스를 불러들인다. 앞에서 이야기했듯 스트레스는 바깥 세계에 존재하는 것이 아니다. 외부에 대한 우리의 태도에 존재할 뿐이다.

어느 해인가 회계 감사 대상으로 뽑힌 적이 있다. '음, 내가 얼마나 잘해 오고 있는지 확인할 기회가 왔군.' 나는 이렇게 생각하면서 감사 받을 날을 행복하게 기다렸다. '내가 제대로 하고 있는지, 아니라면 어떻게 해야 하는지 알아낼 기회가 생긴 거야.' 나는 몇 주 동안 감사 받을 준비를 했다. 멋진 공책을 사고, 특별한 자료들을 셀룰로이드 시트 사이에 끼워 넣은 후 전부 딱지를 붙여 두었다. 국세청 직원이 흥미를 가질 거라고 회계사가 귀띔해 주었기 때문이다.

국세청 직원이 도착하자 나는 그를 귀한 손님으로 대접해 주었다. 서재로 안내한 후 가장 좋은 자리를 내주고, 최고급 커피를 최고급 받침과 최고급 잔에 따라 주었다. 환심을 사기 위해서가 아니라 존경심이 저절로 우러나서 한 행동이었다. 회계 감사 일이 얼마나 힘들지 잘 알기 때문이었다. 이렇게 마음을 쓰자 그가 정말로 즐거운 하루를 보냈으면 좋겠다는 생각까지 들었다.

국세청 직원은 진심으로 즐거워했다. 시간이 흐르면서 나는 나만의 방식으로, 그도 그만의 방식으로 상황을 바라보게 되었다. 우리는 다정하게 대화하면서 교감을 나누었다. 그는 정말로 멋진 하루를 보냈다. 그럴 수 있게 돕고 나니 나도 하루가 유쾌했다. "오후 3시면 일어나야 하는데 정말로 가기가 싫군요. 하지만 솔직히 말씀드리면 할 일은 이미 다했습니다." 국세청 직원은 내게 다정하게 도움을 주었고 태도도 아주 긍정적이었다. 그의 의식 속에 이런 태도를 품고 있었기 때문이다.

마음을 편안히 가지려면 위험부터 보는 버릇에서 벗어나야 한다. 마음이 편안한 사람은 정말로 자신감과 능력이 있기 때문에 인간 본성의 부정적인 면이나 이것이 불러일으킬 수 있는 일들을 받아들일 줄 안다. 그래서 그것을 굳이 부정하지 않는다. 다른 면이나 기회들이 생겼을 때 제대로 대응할 수 있도록 삶에서 일어날 수 있는 '혹시 모를 문제들'을 대비하고 기회를 창조한다. 막히는 차들을 뚫고 출근해야 할 때 스트레스를 줄이는 간단한 방법 중 하나는 책을 한 권 가져가는 것이다. 그러면 교통이 정체된 시간도 유쾌하고 반가운 기회로 만들 수 있다. 차량들 사이에서 기다릴 때도 즐거운 경험을 창조해 낼 수 있는 능력이 생겨난다. 책을 읽으며 상황을 파악하고 삶을 즐기게 된다.

이웃집에 갔는데 '아이나 애완동물 출입금지'라는 표지판이 있다고 하자. 무엇을 의미하는 문장일까? 이웃 사람이 아이나 애완동물을 스트레스 요인으로 생각한다는 의미일 것이다. 하지만 아이나 애완동물이 없을 때 오히려 스트레스가 생긴다고 여기는 이들도 있다. 또 집 안에서 텔레비전과 라디오, 전등을 전부 켜 놓고 부산하게 움직이는 이들도 있다. 다른 이들에게는 이런 상황이 극심한 스트레스를 불러올 수 있다. 침묵을 좋아해서 텔레비전이나 라디오를 아예 켜지 않는 이들도 있다. 끊임없는 '소음'이 집중을 방해하기 때문이다.

예상치 못했던 것들도 스트레스를 일으킬 수 있다. 물론 마음이 열린 사람은 어떤 상황에서든 여러 가지 다른 일들이 발생할 수 있음을 알기 때문에 대처 방안을 미리 짜 둔다. '계약이 체결되지 않으면 어쩌지?', '만나기로 한 사람이 나타나지 않으면 어쩌지?' 처럼 상황이 예상과 달리 불리하게 돌아갈 경우를 감안해 대응책을 미리 세워 두면, 스트레스는 극소화되거나 아예 일어나지 않는다.

'초기값의 법칙Law of Initial Value'에 따르면, 우리가 받는 영향은 자극 속에 있는 것이 아니라 유기체의 구조나 기존의 조건과 관련돼 있다. 자극의 강도뿐만 아니라 상호작용을 하는 유기체의 입장도 반응에 영향을 미친다는 것이다. 예를 들어 진정제 중 하나인 토라진 25밀리그램의 효과를 묻는 것은 약리학적으로 무의미한 일이다. 토라진 25밀리그램이 어떤 효과를 낼지는 환자의 조건에 따라 달라지기 때문이다. 환자가 무딘 상태나 무감정의 단계에 있으면 25밀리그램의 진정제는 약간의 안정 효과를 낼 것이다. 하지만 환자가 상당히 흥분해 있는 상태라면 25밀리그램의 토라진은 아무 효과가 없을 것이다. 한편 어느 정도 불안한 상태의 사람에게서는 커다란 반응이 나타날 것이다. 자극이 같아도 억압된 에너지와 태도, 믿음체계 같은 환자의 현재 상태에 따라 결과가 달라진다는 말이다.

또 어떤 이들은 시끄러운 음악을 들으면 미칠 것 같다고 한다. 반면에 이어폰을 끼고 볼륨을 높여야 신이 나는 청소년들도 있다. 시끄러운 음악은 과연 스트레스를 불러올까? 원하지 않을 때의 특정한 자극이나 상황이 스트레스를 일으킨다는 것은 기본적으로 맞는 말이다. 시끄러운 음악이 즐거움을 선사하고 기쁨과 살아 있음의 상태를 더욱 북돋아 줄 때에나 이런 음악을 듣고 싶어진다. 반대로 사무실에서 온종일 힘들게 일하고 나서 피곤하거나 지쳐 있을 때라면 시끄러운 음악은 스트레스를 불러온다. 어떤 자극이 스트레스를 불러올지 아닐지는 욕망이 결정하는 것이다.

원치 않는 것에 저항할 때는 스트레스가 일어나지만, 원하는 것을 얻을 때는 스트레스가 생기지 않는다. 문제는 내면에 있다. 그러므로 해결책은 간단하다. 삶에 대한 사랑으로 우리의 태도를 바꾸기만 하면 된다. 삶에 대한 사랑은 유머라는 에너지 장을 포함한다. 유머에는 자신은 물론이고 삶 자체의 본질까지 웃어넘길 수 있는, 삶의 모든 희극성을 사랑하고 포용할 수 있는 능력이 들어있다. 이것이야말로 위대한 익살꾼들의 미덕이며, 이들은 대개 장수하는 경향이 있다.

마음이 어지러운 사람은 돈키호테와 같다. 세상에서 자신의 투사물과 싸움을 계속 벌이기 때문이다. 그러나 삶의 모든 특질을 웃어넘기고 역설을 드러내는 방식으로 삶을 받아들이면 삶의 모든 희극적 요소로 유머의 토대를 만들 수 있다. 역설을 꿰뚫으면 그 속에서 유머를 얻는다.

삶을 기쁘고 조화롭고 편안한 것으로 경험할지 아니면 적으로 경험할지는 자신의 내면이 어떻게 결정하느냐에 달려 있다. 능력 있고 평온한 사람들을 부러워하기보다는 우러러볼 수 있다. 이런 것이 바로 수용이고, 온전한 존재가 되는 길이다. 삶을 경험하는 태도의 근원이 자신임을 깨달으면 자신감과 확신이 생긴다.

요컨대 우리는 주인이 될 수 있다. 관리인이 나타나지 않아도 사실 심각한 문제가 아니다. 삶의 경험을 받아들이는 의식의 본질이 바로 우리 자신이기 때문이다. 행복은 자신의 존재를 경험하고 내면의 생기를 즐기는 데서 비롯된다.

'저기 바깥'의 사건들과 동일시하면서 이것들이 우리의 삶을 지배하도록 허용하지 않을 때, 세상을 초월한 결과로 내면의 고요를 경험한다.

건강

건강 문제가 많은 이들의 관심을 받고 있다. 내과의사와 정신과 의사, 영적인 문제를 탐구하는 연구자로 살아오면서 나 역시 건강과 자기치유 영역에 초점을 맞춰 왔다. 몸과 마음, 영혼의 관계에서 매우 중요한 사실은 몸은 스스로를 경험할 수 없다는 것이다. 몸은 오로지 마음속에서만 경험된다. 마음속에 있는 것을 몸이 표현하는 것이다. 그리고 마음도 자신을 경험할 수 없다. 의식이라는 더욱 큰 에너지 장을 통해 경험될 뿐이다.

인간은 조밀하고 단선적인 형태에서 영원히 팽창하고 증가하는 비선형적인 무정형으로 진화한다. 그러다 종국에는 자각의 장에 이르러 경험 자체를 경험한다. 건강이라는 문제를 생각할 때 몸과 마음, 영혼의 관계는 아주 중요하다. 모든 경험이 의식 안에서 진행되므로 의식 자체를 이해해야 한다. 밝혀진 바에 의하면, 치유는 마음의 믿음체계와 태도에서 비롯된다. 에너지 장들이 지닌 힘 때문이다. 그러므로 건강은 상당 부분 의식 수준의 표현이라 할 수 있다.

논리적인 사람들이 더 잘 이해할 수 있도록 에너지 장들 사이의 수학적 관계를 토대로 통합적인 의식 지도를 만들었다. 그리고 이 관계를 파악하기 위해 태도와 느낌, 인식, 믿음 등을 포함한 많은 것들의 핵심이 뿜어내는 에너지들을 측정했다. 에너지 장들의 상대적인 힘을 측정한 이 지도에서 무감정(50)은 두려움(100)보다, 두려움은 용기(200)보다 훨씬 약하다.

에너지 장들은 상대적으로 서로 다른 차원의 힘을 지니며, 특정한 방향으로 움직인다. 용기의 단계에서부터 위로 이동해 중립과 자발성, 수용, 사랑의 에너지 장으로 올라간다. 이 장들은 생명과 진실을 보살피고 지지해 줄 뿐만 아니라 에너지까지 부여해 줌으로써 생기를 높인다. 의식 지도 아래(200 이하) 단계에서는 인간 내면의 진실이 드러나지 않는다. 진실은 200의 의식 단계에서부터 우위를 차지하기 시작한다.

지도의 아랫부분에서 600의 단계로 올라가면 이원성과 환영의 장들을 떠나게 된다. 작은 나, 혹은 에고라 부르는 것과의 동일시에서 벗어나 깨달음의 장으로 들어가는 것이다. 영혼의 위대한 스승들이나 아바타 같은 깨달은 존재들의 에너지 장은 600대에서 시작해 1000의 단계까지 계속 상승한다.

건강은 살아 있음을 의미하며 에너지 장의 표현이기도 하다. 몸은 마음속 요소들에 영향을 받고 이것을 표현한다. 마음속에 부정적인 것들이 많을수록 부정적인 에너지가 몸의 건강에 미치는 영향은 커진다. 반대로 마음속에 긍정적인 것들이 많을수록 생명의 에너지 장은 더욱 긍정적이고 강력하게 변한다. 이런 사실은 생명의 표현과 건강을 지지해 주는 것이 무엇인지를 파악하는 도구를 제공해 준다.

지도의 아래쪽에는 병을 부추기는 에너지 장들이 존재하는 반면, 200 위의 에너지 장들은 생명을 지지해 준다. 그리고 이 각각의 에너지 장들은 감정과도 연관되어 있다. 반생명적인anti-life 에너지 장은 자기혐오나 무기력, 절망, 후회, 우울, 걱정, 불안, 갈망, 분노, 증오, 오만 같은 부정적인 감정들을 지니고 있다. 이런 부정적인 감정은 건강의 악화를 동반한다. 또 파괴적인 감정 상태나 에너지와 영혼의 상실, 의기소침, 덫에 걸린 듯한 느낌, 지나친 팽창과 확장, 힘의 상실은 의식 안에서 일어나는 작용에도 영향을 미친다.

영적인 면에서 볼 때 이런 부정적인 마음 상태에 사로잡혀 있으면 죄와 고통, 절망, 슬픔, 두려움, 좌절, 경쟁, 서열 등의 시각에서 세계를 경험한다. 신도 부정적인 존재로 개념화한다. 저급한 에너지 장에 존재하고 있기 때문이다. 그래서 신을 인간의 궁극적인 적과 같은 부정적인 존재로 묘사하거나 부인한다. 인간에게 벌을 내리고 심지어는 지옥 속에 영원히 내던져 버리는 존재, 인간을 무시하는 비정한 존재, 보복을 일삼는 존재가 신이라고 생각한다. 이런 생각을 불러일으키는 에너지 장은 부정적인 감정과 부정적인 방향을 향하고 있으며, 의식 속에서도 파괴적인 작용을 불러온다. 신에 대한 부정적인 시각은 (200 이하의) 저열한 의식 단계와 상관있는 것이다.

건강은 이 모든 부정적인 것들을 포함한 장애물들을 제거했을 때 생겨나는 거침없는 생기의 발현이다. 한계와 분리의 느낌들을 뛰어넘을 때 비로소 건강이 주어지는 것이다. 우리에게는 거부할 힘이 있으므로 삶의 부정적인 것들도 부정해 버릴 수 있다. 부정적인 방향으로 프로그래밍되어 있는 마음도 긍정적인 방향으로 다시 프로그래밍할 수 있다.

건강은 자기존중의 표현이기도 하다. 그렇다면 자기를 진정으로 사랑하는 법은 어떻게 터득할 수 있을까? 몸은 어떻게 경험되며, 몸과 나는 어떤 관계일까? '몸을 경험하지 않는' 지고의 상태에 이르면, 몸이 거의 존재하지 않는 것처럼 느껴진다. 곁눈질로 슬쩍 봐도 되는 어떤 것처럼 몸은 경험의 중심이 전혀 되지 못한다. 몸과 자신과의 동일시를 내려놓았기 때문이다. 의식 지도 아래쪽에서는 자신을 몸과 동일시하지만, 위로 올라갈수록 이런 동일시가 점차 약해진다. 그러다 종국에는 몸과의 동일시를 넘어서 영혼으로서의 큰나를 깨닫는 단계로 이동한다.

몸과 마음의 관계를 들여다보는 일은 꼭 필요하다. 분명하게 이해하기 힘든 어떤 것과 건강의 영역에서 몸과 마음의 관계는 매우 중요하기 때문이다. 임상을 통해 드러난 기본 법칙은, 우리의 내면만이 우리를 지배한다는 것이다. 이것이 치유와 건강의 법칙이며, 이 법칙은 동전의 양면처럼 한 면은 병으로, 다른 면은 건강으로 우리를 인도한다. 치유와 건강을 불러오는 이해, 즉 우리의 내면만이 우리를 지배한다는 똑같은 이해에서 두 가지 상반되는 결과가 나타나는 것이다.

임상학적으로 좋은 예를 들자면 다중인격을 꼽을 수 있다. 최면도 마찬가지다. 최면에 든 환자에게 책상 위의 장미꽃에 알레르기 반응을 일으키라는 암시를 준다. 그러면 환자는 눈을 뜨자마자 두드러기에 발진을 일으키고 재채기를 한다. 그런 후 환자에게 이 암시를 잊어버리게 해도, 환자는 트랜스 상태에서 깨어나는 순간 숨을 쌕쌕거리고 두드러기나 발진 증상을 보인다. 마음이 믿는 것에 몸이 그대로 반응하는 것이다. 최면을 통해서 프로그램이 사실임을 환자에게 각인시킨 후 이 프로그래밍 과정에 대한 기억을 상실하게 해도, 거의 모든 병의 증상을 보여 준다. 이것은 일상의 삶에서 흔히 의식하지 못하는 믿음체계나 프로그램 때문에 병이 야기되는 과정을 잘 보여 준다.

실험실에서는 심리 실험을 할 때 이런 일이 일어난다. 그러나 일상에서는 수도 없이 프로그래밍된다.(최면에 빠진다.) 이것은 반드시 기억해야 할 점이다. 텔레비전 앞에 멍하니 앉아 있을 때도 이런 일이 일어난다. 이때는 프로그래밍 과정을 의식적으로는 기억하지 못한다. 그러나 프로그램이 흡수되면 남은 생애 동안 이것에 지배받으며 살아간다.

아동기 기억상실증 때문에 많은 사람들이 다섯 살 이전의 일들을 기억하지 못한다. 개중에는 아동기 전체의 기억이 아예 혹은 거의 없는 이들도 있다. 아동기를 기억하는 이들이라 해도 기억이 텅 빈 영역들이 있다. 이 영역 속에 많은 프로그램들이 숨어 있다가 이런저런 다양한 형태의 좋지 않은 증상으로 모습을 계속 드러낸다.

"심장병은 우리 집안 내력이야."와 같은 말도 이런 프로그램 중 하나다. '비만은 집안 내력이야.'나 '알레르기도 집안 내력이야.' '우리 집안사람들은 전부 꽃가루 알레르기가 있어.'와 같은 생각들이 하나의 프로그램으로 마음속에 뿌리를 내린다. 이런 과정은 마치 최면에 빠지는 것과 같은데, 이 프로그램들을 의식의 차원으로 끌어올려 지워 버리지 않으면 무의식 속에서 계속 작동한다. 한기나 외풍을 맞으면 감기에 걸린다는 생각도 이런 프로그램의 한 예다.

다중인격 사례에서도 마음이 몸에 미치는 영향력을 확인할 수 있다. 요즈음 정신의학 분야에서 이런 사례들에 큰 관심을 보이고 있다. 덕분에 다중인격이 과거에 생각했던 것보다 훨씬 흔한 질환이라는 사실이 밝혀졌다. 환자가 어느 한 인격의 의식을 받아들이면 이 의식은 몇 분에서 몇 시간, 며칠, 몇 주, 심지어 몇 년에 이르기까지 환자의 몸 안에서 작용한다. 이 인격이 지배하는 동안 환자는 이 인격의 모든 믿음체계에 영향을 받는다. 이 인격이 궤양이나 비만, 알레르기, 게실염, 대장염, 요통 등을 앓고 있다고 믿으면, 실제로 이런 병들의 증상이 몸에서 나타난다. 그러다 감정이나 삶의 환경이 변하거나 무언가에 중독되면, 이 인격이 떠나면서 흔히 역전 현상이 일어난다. 다른 인격이 몸에 들어오고 새로운 인격에는 그런 믿음들이 없기 때문에 몸이 즉시 과거의 모든 병들을 치유하는 것이다.

마음이 몸에 이런 힘을 발휘할 수 있는 이유는 무엇일까? 이와 관련된 물리학을 생각해 보면 쉽게 이해할 것이다. 지구 자체가 그러하듯 몸의 에너지는 약 200에 달한다. 반면에 마음의 에너지 장은 훨씬 강해서 흔히 499까지 이르며, 400대의 에너지 장에는 지력과 이성, 논리, 마음, 믿음 등이 들어 있다. 그러므로 딸기 씨나 캐러웨이 같은 온갖 종류의 씨앗들이 게실염을 일으킨다는 생각을 갖고 있으면, 300에서 400의 에너지 장에서 나온 이 생각의 힘이 200의 에너지 장에 있는 몸을 압도한다. 믿음의 패턴이 지닌 영향력에 몸이 압도당하는 것이다.

모든 생각은 형태를 지니고 있다. 개인이나 집단의 무의식 혹은 집단이나 사회의 의식 안에도 생각이 아주 세세한 형태로 존재한다. 이런 생각을 받아들이거나 공감하면 우리의 의식 안에도 이 생각이 들어와 몸을 통해 표현된다. 마음이 믿는 대로 몸이 행하는 것이다. 그러므로 몸을 치유하고 건강을 얻으려면, 몸은 물론 마음도 집중적으로 치료하면서 의식의 장으로 들어가야 한다. 그리고 의식 안에 있는 것을 몸이 표현하면 이것을 주의 깊게 살펴보아야 한다.

의식 안에 무엇이 들어 있는지 우리는 대부분 자각하지 못한다. 이런 상태를 흔히 '무의식적'이라고 부른다. 하지만 어떤 생각을 갖고 있었는지 전혀 기억하지 못해도 몸은 이 생각을 드러내준다. 생각이 몸을 통해 자신을 드러내므로 몸은 우리가 마음속에 품고 있던 것을 알려 주는 엑스선과 같다.

예를 들어 당뇨병에 걸린 사람 중에 이렇게 말하는 이가 있다. "집에서 당뇨병 얘기가 나온 적이 한 번도 없어요. 가족 중에 당뇨병 걸린 사람도 없고요. 그런데 도대체 제 마음속 무엇 때문에 당뇨병이 생겼는지 알 수가 없네요." 이런 경우 아마 집단적인 무의식 어딘가에 당뇨병에 대한 믿음이나 당뇨병과 관련된 모든 것이 들어 있었을 것이다. 환자를 오랜 기간 관찰해 보면 당뇨병을 일으킨 프로그램의 기원을 발견할 것이다. 이것은 프로그램이 엄연히 존재한다는 것을 확인시켜 준다. 그러므로 환자가 특정한 병에 영향을 받고 있다고 생각한다면 환자의 믿음체계도 치유해 주어야 한다. 병의 근원을 없애 주어야 한다는 의미다.

건강을 불러오는 것은 긍정적인 마음가짐이다. 그리고 이런 마음가짐은 의식의 장에서 생겨나 낮은 물리적 차원에서 구체화되는 의식의 단계를 반영한다. 건강은 중립 위의 장들인 자발성과 사랑, 내면의 기쁨, 내적인 평화의 상태에서 시작된다.

정신적인 것은 400대의 점수를, 사랑Love과 관련된 것은 500 이상의 점수를 보여 준다. 영혼Spirit은 500의 단계를 지배하는데, 영혼에 대한 의식적 자각은 위로 올라갈수록 높아진다. 그러므로 지력이 인간의 가장 고차원적인 능력이라고 할 수는 없다. 지력이 인간의 가장 고차원적인 특성이라고 믿는 지식인들이나 여러 학문적 작업들에 드러나 있는 것처럼 지금이 이성의 시대라는 사실은 맞다. 그러나 지력은 기껏해야 400대에 있다. 의식이라는 비선형적인 에너지 장은 정신과 논리, 이성을 넘어서 있으며, 정신화mentalization를 초월해 전혀 다른 패러다임과 존재 방식을 드러낸다.

병을 이해하면 병의 반대인 건강도 이해할 수 있다. 병 속에는 언제나 무의식적인 죄책감이 자리 잡고 있다. 측정을 해 보면 이것이 사실임을 알 수 있다. 연구 결과도 이것을 재확인시켜 준다. 그러나 자발적인 용서의 과정을 통해 무의식적인 죄책감을 내려놓고, 생명을 지향하는 태도로 비판과 판단, 옳고 그름도 내려놓고 연민의 마음으로 삶을 이해하려는 갈망을 통해 용서로 나아가게 해 주는 완전한 체계가 있다. 이렇게 부정성을 해결하려면 인식을 재맥락화recontextualization시켜야 한다. 『기적 수업 워크북』을 실천했을 때 일어나는 변화가 그 예다.

무의식적인 죄책감이나 정신적인 믿음체계를 포함해 여러 가지 요인들이 병을 불러온다. 어떤 병에 잘 걸리는 것은 마음속에 특정한 믿음체계를 지니고 있기 때문이다. 무의식적인 죄책감이 스스로를 정당화할 무언가를 찾는 것이다. 유명인이 텔레비전에 출연해서 투병기를 소개한 탓에 악명을 얻는 병이 있다. 그러고 나면 암시 때문에 이 병이 유행처럼 번진다. 마음이 이 병의 특이성과 믿음체계, 프로그램을 받아들이기 때문이다. 무의식적인 죄책감도 자율신경계와 호르몬의 균형, 체내의 모든 스트레스 작동구조, 경혈에너지체계를 통해 병에 힘을 싣는다.

긍정적인 태도를 지니면 경혈에너지체계가 균형을 잡고, 건강하고 생기 넘치는 에너지가 모든 에너지 통로를 순행하면서 인체 기관들을 자극한다. 그러나 부정적인 생각을 지니면, 열두 개의 주요 경락을 관통하는 에너지의 흐름이 방해를 받는다. 이런 일이 반복되면 영향을 받은 기관에 병이 생긴다. 이처럼 부정적인 감정은 병의 과정을 강화시키고, 무의식적인 죄책감은 병에 에너지를 부여한다. 몸이 우리의 믿음을 표출하므로 정신의 작동구조에 따라 병의 형태가 결정된다.

그러므로 우리의 경험이 실제로 어떻게 이루어지는지도 살펴보아야 한다. 신기하게 여겨지겠지만 몸 자체에는 지각력이 없다. 몸 자체를 경험하는 능력이 몸에는 없다는 의미다. 몸의 오감을 통해 경험이 일어날 뿐이다. 이처럼 우리는 몸 자체를 경험하지는 못하고 몸의 감각을 경험한다. 그런데 오감 자체에도 자신을 경험할 능력이 본래 없다. 오감은 마음을 통해 경험될 뿐이다. 몸에서 일어나는 일을 오감이 보고해 주므로 우리는 실제에서 여러 단계 떨어져 있게 된다.

하지만 마음 자체도 자신의 경험을 경험할 수 없다. 마음보다 훨씬 큰 에너지 장, 즉 의식의 장 속에 있어야 한다. 의식 덕분에 우리는 마음속에서 일어나는 일들을 인식한다. 몸 안에서 일어나는 일을 오감을 통해 마음이 우리에게 전달해 주므로 우리의 인식은 신체적인 몸에서 몇 단계 떨어져 있다.

의식도 자신보다 더욱 큰 어떤 것, 즉 자각awareness을 필요로 한다. 자각은 의식 안에서 일어나는 일을 알게 해 주며, 마음 안에서 벌어지는 일도 보고해 준다. 그리고 마음은 몸에서 일어나는 일들을 오감을 통해 알려 준다.

우리가 '나 자신'이라고 부르는 것은 물질적인 몸에서 여러 단계 떨어져 있다. 이 사실을 분명하게 이해해야 한다. 그래야 마음이 몸을 지배한다는 것을 이해할 수 있다. 또 400대의 에너지 장들이 갖는 물리적 특성을 이해하고, 이 장들의 순전한 힘이 몸의 에너지보다 더욱 강하다는 것도 알아야 한다. 물질적인 몸(200)은 마음이 시키는 대로 한다. 마음이 '난 이런 병이 있어.'라고 말하면 몸이 그대로 순응하는 것이다.

따라서 부정적인 프로그램들을 받아들이지 않는 것은 매우 중요한 일이다. 이런 프로그램들은 진실을 제한하기만 한다. 제한하는 프로그램들을 의식적으로 취소하고 진실을 말하는 것이 중요함을 깨달아야 한다. 진실은 '나는 무한한 존재이므로 부정적인 프로그램에 지배당하지 않는다.'라는 것이다. 그런데도 "달걀에 가득 들어 있는 콜레스테롤은 심장병을 일으켜."와 같은 말을 들으면 사람들은 흔히 이 말을 진실로 여긴다. 달걀의 콜레스테롤이 혈중 콜레스테롤 수치를 높인다는 믿음체계를 받아들이기 때문이다. 그러면 몸도 이런 믿음에 따라 달걀이 들어 왔을 때 혈중 콜레스테롤 수치를 높인다.

나도 콜레스테롤 수치가 높았던 적이 있다. 그때 나는 이런 믿음체계를 철회하고 스스로에게 되풀이해서 말해 주었다. '나는 무한한 존재이므로 이것에 지배당하지 않아. 내게 영향을 미치는 것은 내 마음에 들어 있는 것뿐이야. 그러니까 이런 믿음체계는 내게 적용되지 않아. 지금부터 나는 이것을 철회하고 거부할 거야.'

마음이 부정적인 믿음체계로 우리를 프로그래밍할 수 있다면 그 반대도 가능할 것이다. 그렇지 않은가? 그러므로 부정적인 믿음체계는 우리에게 영향을 미치지 못한다고, 그것은 하나의 믿음체계일 뿐이므로 받아들이거나 공감할 필요가 없다고 자신에게 끊임없이 말해 주어야 한다.

어떤 믿음체계에 공감하면 그것의 집단적인 에너지가 지닌 힘이 강화된다. 반면 그 믿음체계를 거부하면 그것의 집단적인 에너지에서 벗어날 수 있다. 그러므로 건강과 관련된 부정적인 믿음체계에 공감하지 않는 태도를 지녀야 한다. 이 점은 유행병의 암시나 히스테리 문제에서 특히 중요하다. 정서적인 프로그램이 밀려들어 프로그래밍을 돕고 부채질할 수 있기 때문이다.

예를 들어 에이즈에 관한 이야기는 요즘에도 자주 들려온다. 이런저런 두려움과 분노, 죄책감까지 이용하는 대중매체에서 에이즈 이야기를 끊임없이 되풀이하기 때문이다. 인간의 온갖 수치심과 죄책감을, 특히 우리 문화뿐만 아니라 모든 문화권에서 보편적으로 나타나는 성에 대한 수치심과 죄책감을 에이즈만큼 잘 불러일으키는 병이 있을까?

이런 감정들은 부정적인 에너지를 띠다가 가장 저열한 에너지로 변모한다. 유행을 만들어 부정적인 믿음을 확고히 하기에 에이즈보다 더 좋은 영역은 없다. 에이즈에는 자신의 성에 대한 의식적인 죄책감과 슬픔, 고통은 말할 것도 없고, 무의식적인 죄책감과 병 자체에 대한 두려움도 있다. 이 모든 것이 400대의 에너지장에서 정신적인 믿음체계를 만들어 내는 무대가 된다. 또 두려움의 부정적인 에너지 장(100)과 죄책감(30)도 있다. 이런 감정들은 병에 딱 들어맞는 환경을 제공한다. 마음이 선택해 담아 두었다가 이것을 표현의 한 형태로 이용하기 때문이다.

나는 콜레스테롤 실험에서 달걀을 먹으면 콜레스테롤 수치가 올라간다는 생각이 떠오를 때마다 이것을 지워 버렸다. 그러자 얼마 지나지 않아 콜레스테롤 수치가 낮아졌다. 덕분에 지금은 매일 아침 달걀 세 개에 다량의 치즈, 다른 고콜레스테롤 식품까지 먹는다. 그래도 콜레스테롤 수치는 낮다. 때로는 내 연령대의 정상 수치보다도 낮게 나온다.

몸은 마음이 믿는 그대로 행한다. 그런데 여기서도 신뢰의 문제가 끼어든다. 개중에는 이렇게 묻는 사람도 있다. "믿기만 하면 그대로 일어난다니, 어떻게 그럴 수 있죠?" 원인은 무의식의 본질에 있다. 그것이 일어날 기회를 무의식이 만들어 내는 것이다. '사고를 잘 당하는' 사람이 있는데 그 이유는 자신이 사고를 잘 당하는 사람이라는 믿음이 마음속에 있기 때문이다. 이런 사람은 자동차 범퍼에 부딪히거나 계단에서 미끄러져 넘어지거나 날아오는 공에 머리를 맞기에 딱 알맞은 장소, 알맞은 시간 속에 무의식적으로 자신의 몸을 둔다. 하지만 마음이 방법을 발견할 것이므로 걱정할 필요는 없다. 최면과 같은 상태에 들어가 이런 프로그램이 삶에서 드러나도록 올바른 기회에 자신을 노출시키면 된다. 극한 스포츠를 즐기거나 에베레스트 산을 오르는 것 등이 그 예다.

과학자들은 독감 바이러스로 많은 실험을 해 왔다. 예를 들어 100명의 자원자들을 다량의 독감 바이러스에 노출시켰다. 그런데 흥미롭게도 일부만 독감에 걸렸다. 바이러스의 위력이 의식이 아닌 바이러스 자체에 있다면 100명 전원이 독감에 걸려야 맞다. 바이러스가 그만큼 강력하기 때문이다. 그러나 결과는 65퍼센트의 사람들만 독감에 걸렸다. 자원자의 삼 분의 일은 바이러스를 믿지 않았기 때문이다. 이들의 마음속에는 바이러스에 대한 의심이 충분하긴 했으나 무의식적인 죄책감은 적었다. 이런 사람들에게는 독감이라는 형태로 죄책감을 표현하는 일이 납득할 수 없는 일이다. 어떤 것도 일반적이지는 않은 것이다.

치유에서도 똑같은 현상을 확인할 수 있다. 폐렴이나 조류 인플루엔자 역시 노출된 사람들 전부가 이 병에 걸리지는 않았다. 일부 사람들만 감염됐다. 치료에 반응한 비율도 마찬가지로 일부에 불과했다. 이런 차이가 생기는 원인을 보면, 치료에 반응하는 사람들은 무의식적인 죄책감에 지배당하지 않기 때문이다. 또 이들이 받아들인 특정한 생각의 형태에는 이 병이 들어맞지 않기 때문에 부정적인 믿음체계도 작동하지 않는다. 그러므로 병이나 치유 모두 믿음체계에 스며 있는 에너지를 반영한다고 볼 수 있다.

건강해지려면 부정성을 받아들이는 일을 자발적으로 멈춰야 한다. 그런데 왜 어떤 사람들은 처음부터 부정성을 받아들일까? 이들은 왜 프로그래밍에 그토록 취약할까? 현재 유행하는 병을 소개하는 기사를 잡지에서 읽을 때마다 두려움을 느끼는 이들이 있다. 이것은 이들이 이미 지니고 있는 죄책감이나 두려움의 양과 관련이 있다. 두려움은 사실 무의식적인 죄책감의 결과다. 상처를 쉽게 받는 사람은 두려움에 마음을 잘 빼앗기기 때문에 병에 대한 이야기를 들으면 마음이 금세 프로그래밍돼서 실제로 그 병에 걸린다.

건강에는 긍정적이고 건설적인 마음가짐을 받아들이고 부정적인 것들을 놓아 버리는 자발성이 필요하다. 삶을 편안하게 받아들이고 기꺼이 용서하는 자발성은 부정적인 프로그래밍을 거부하는 태도와 더불어 건강에 많은 도움을 준다. 마음의 힘을 얻는 데 자발성이 필요한 것이다. 그러나 부정에 빠져 '저기 바깥'의 어떤 것 때문에 병이 들었다고 생각하면 마음의 힘은 멀리 달아나 버린다.

200 아래의 에너지 장은 스스로를 희생자로 여기는 마음을 강화시킨다. 자신의 힘을 포기해 버리고 외부의 무언가에 이 힘을 맡겨 버리기 때문이다. 낮은 단계의 에너지 장에 있는 사람들은 무의식적으로 행복과 생존의 근원이 외부의 어떤 것에 있다고 자신에게 말한다.

200 이상인 진실의 단계로 올라가면 에너지 장이 긍정적으로 변하면서 자신의 힘을 되찾는다. 이제는 자신에게 이렇게 말한다. '삶에서 행복과 기회를 창조할 힘은 나, 오로지 나에게 있어. 내 안에서 이 힘이 생겨나는 거야.' 또 건강이 내면에서 비롯되는 것임을 인정하고, 자신을 더 이상 병의 무력한 희생자로 여기지 않는다.

실제로 우리는 바이러스나 사고, 콜레스테롤, 불균형적인 요산 수치의 희생자가 아니다. 자신의 힘을 다시 인정하고 이렇게 말하면 된다. '그걸 창조해 낸 건 내 마음이야. 간 요리를 먹으면 신장이 요산 수치를 올라가게 만들어 통풍에 걸린다고 믿고 있었으니까. 내 마음이 워낙 강력하기 때문에 그런 일을 사실로 믿으면 실제로 그런 일이 일어나는 거야.'

그러나 높은 수준의 자각 능력이 있어야 마음에 이처럼 많은 힘이 있음을 인정할 수 있다. "설탕을 먹으면서 당분이 저혈당을 일으킬 거라고 믿으면 실제로 그렇게 된다는 말인가요?"하고 묻는 이들도 있을 텐데, 내 답은 "그렇다"다. 실제로 그렇게 된다.

이것과 관련 있는 물리적 작용을 다시 설명하겠다. 400대인 믿음체계와 비교해서 200대인 몸의 에너지 장이 더 약하다는 점을 기억하면 이해에 도움이 될 것이다. 설탕과 사탕을 먹으면 저혈당증과 당뇨병 혹은 비만에 걸린다는 믿음은 이런 병을 충분히 불러일으킬 수 있다. 이런 믿음은 그러나 진실에 대한 부정이자 희생자가 되는 것을 합리화시키는 변명에 불과하다. 과학적으로 입증된 것이라는 말도 하나의 해명일 뿐이다. 여기서 말하는 과학은 사실 작동원리일 뿐이다. 신체적인 차원에서 이런 일이 일어난 원리를 설명한 것은 원인이 아니라 단순히 작동원리를 밝힌 것에 불과하다.

결과는 몸의 차원에서 일어나지만 원인은 마음의 차원에 있다. 그 반대는 아니다. 이런 점을 뒤집어 보기만 해도, 건강과 치유에 이르는 완전한 열쇠를 얻을 수 있다. 건강은 긍정적인 태도에서 생겨난다. 귀가 따갑도록 이런 말을 들어서 짜증스러울 수도 있다. 병에 걸린 사람은 마음이 긍정적이지 않다는 점을 내포하고 있는 말이기 때문이다.

그렇다면 마음의 자세란 정확히 무엇을 의미하며, 병과 고통으로부터 벗어나거나 건강해지는 데 마음의 자세가 어떤 역할을 할까? 우선 건강하지 않은 사람의 내면에는 무의식적인 죄책감이 자리 잡고 있다. 이것의 치유책은 용서하겠다는 자발적인 의지다. 필요하면 기적수업 모임이나 12단계 회복 프로그램 그룹 같은 단체에 들어가 용서에 대한 강좌를 들을 정도로 의지를 기꺼이 끌어내야 한다. 이 모임은 타인을 비판하고 공격하며 판단하는 성향을 내려놓게 마음을 다스릴 수 있도록 특별히 고안된 프로그램들이다. 그래서 타인들을 부정적으로 판단하는 자세를 내려놓으려는 자발적인 의지를 갖게 해 준다. 마음의 작동구조는 무의식적이기 때문에 타인을 비판하거나 판단할 때 자신도 비판하거나 판단하게 된다는 사실을 자각하지 못할 수도 있다.

무의식적인 죄책감은 부정적인 에너지를 더욱 크게 만든다. 그리고 이런 부정적인 에너지는 자율신경계와 경혈에너지체계를 통해 해로운 방식으로 표출된다. 그러나 우리에게는 부정적인 믿음체계를 부정할 수 있는 거부의 힘도 동시에 존재한다. 이런 힘을 되찾으려면 병의 원인이 마음 자체에 있음을 깨달아야 한다. 자발적인 의지로 희생자적인 태도를 버리고 자신의 힘을 되찾아야 건강을 회복하고 영혼을 진화시킬 수 있다. 필요한 것은 부정적인 에너지 패턴에서 벗어나겠다는 열의와 자신에 대한 진실을 직면해서 긍정적인 에너지 장으로 이동하겠다는 자발적인 의지다. 의지를 가지면 실제로 비교적 빠르게 긍정적인 에너지 장으로 옮겨갈 수 있다.

다시 말하자면 핵심은 이런 내용을 이해하고 자신에게 들려주는 자발적인 의지다. '글쎄, 사실 이런 말을 믿지는 않아. 하지만 병을 일으키는 힘이 마음에 있다고들 하니까 진지하게 생각해 봐야겠어. 난 마음이 열려 있는 사람이니까.' 마음을 열고 기꺼이 동의하면 열의도 생겨나며, 발견한 것들을 수용하기 시작할 수 있다. 이로 인해 의식이 사랑의 에너지 장으로 옮겨 가면 치유와 회복이라는 결과가 나타난다.

어떻게 이럴 수 있을까? 용서하겠다는 자발적인 의지가 우리를 연민의 자발적인 의지로 인도하기 때문이다. 연민은 모든 존재들의 내면에 숨어 있는 순진무구함을 보겠다는 자발적인 의지를 의미하며, 이것은 곧 자발적인 용서와 함께 일어난다. 타인의 내면을 진심으로 들여다보고 아이와 같은 순진무구함을 발견하는 능력과 힘은 이렇듯 연민과 열의에서 생겨난다.

모든 존재의 내면에는 타고난 순진무구함이 있다. 아무리 오래 살아도 이것은 결코 사라지지 않는다. 의식 자체에 내재해 있기 때문이다. 실수나 부정적인 프로그램도 아이와 같은 순진무구함 때문에 생겨난다.

모든 이들의 내면에 본질적인 순진무구함이 변함없이 내재하고 있음을 잊지 말아야 한다. 텔레비전을 보다가 분별력이 부족해서 부정적인 프로그램을 순진하게 받아들이는 것도 순진무구한 본성 때문이다. 아이의 순진무구함 속에는 어떤 경고 장치도 없다. '바깥세상은 네가 받아들이는 만큼 부정성을 한껏 주입시키려고 해.'라고 절대 말해 주지 않는다는 뜻이다.

사실 세상은 이런 주입을 통해 많은 이득을 얻기도 한다. 광고도 대부분 부정적인 에너지 장을 향한 호소에 바탕을 두고 있다. 모든 두려움과 욕망, 자만심은 200 아래의 수준에서 나타난다. 내면에 순진무구한 본성이 있으며 이것을 지켜야 한다는 점을 자각하는 데는 자발적인 의지가 필요하다.

자신을 사랑하는 능력을 의미하는 '자기보살핌self-care'을 살펴보자. 순진무구함의 결과로부터 자신을 지킬 책임을 지는 것, 순진무구함 때문에 마음이 받아들인 오해들을 풀어 버리려는 자발적인 의지가 바로 자기보살핌이다. 이 사실을 깨달으면 자신을 바라보는 시각을 조정할 수 있고, 치유도 가능해진다. 의식의 본질적인 순진무구함을 자각하면 우리 안에서 치유의 힘이 생기는 것이다.

프로그래밍되는 것은 다름 아닌 우리의 순진무구함이다. 이 점을 깨달으면 스스로를 책임질 수 있다. 자신에게 이렇게 말해 주는 것이다. '모든 일이 나의 순진무구함 때문에 일어났어. 내가 제대로 알지 못해서 그런 거야. 타인들을 판단하고 비난하고 옳고 그름을 따지는 것이 바람직한 일이라고 생각했어. 하지만 이런 태도 때문에 병들었다는 걸 이제는 알겠어. 그러니까 이젠 이런 태도를 버릴 거야.' 이 점을 기꺼이 성찰하고 앞에서 설명한 과정을 거치는 사람들은 병에서 완전히 회복될 수 있다.

연민처럼 용서의 능력도 우리 안에 있다. 자신을 바라보는 전체적인 태도는 이런 능력에서 생겨난다. 용서와 연민의 능력이 크고 강하면, 자신의 인간적인 면들도 용서의 눈으로 바라본다. 진실을 부정하고 제한하는 온갖 짓들을 해도 자신과 타인을 용서한다. 200 아래의 에너지 장에 있는 존재들은 전부 진실을 부정하지만, 200 위의 에너지 장에서는 모두 진실하고 긍정적인 것들을 받아들인다.

몸은 마음이 믿는 것들을 반영하고, 마음은 영혼의 상태를 반영한다. 그러므로 몸과 마음, 영혼 중에서 영혼의 힘이 가장 강하다. 몸의 건강을 결정짓는 것은 말 그대로 영혼의 상태인 것이다.

마음의 힘을 기꺼이 받아들이고 나면, 주의력과 인내심을 발휘해서 마음이 교묘하게 부정성을 표출하지 않도록 해야 한다. 부정성의 표출을 알아차리는 순간 멈춰야 한다. 그러면 부정성에 대한 지각 능력이 커져서 그 실상을 알아차릴 수 있다. 잘못된 겸손을 버리고 이런 생각들에 의문을 품는다. '음, 알다시피 난 별로 똑똑하지 않아.' '내 글씨는 엉망이야.' '날씬한 사람들하고 똑같은 양을 먹어도 난 살이 쪄.' 스스로를 제한하고 파멸시키는 이런 공격적인 생각들을 하거나 입 밖으로 꺼내는 자신을 발견하는 순간, 그 생각들을 멈추고 지워 버린다.

글씨가 엉망인 이유는 글씨를 잘 못 쓴다는 믿음체계 때문이다. 그러므로 원인과 결과의 모든 범위에서 마음의 프로그램들을 전부 뒤집어야 한다. 우리 자신의 경험이 입증해 주는 원칙으로 돌아가야 한다. 요컨대 엉망인 글씨는 마음의 물리적인 표출이며, 그 반대는 아니다. 글씨가 엉망인 원인은 우리의 마음과 믿음체계에 있는 것이다.

"너 글씨를 정말 못 쓰는구나." 어린 시절 누군가에게 이런 말을 들은 후부터 부정적인 프로그램이 작동하기 시작했을 수도 있다. 이러한 점을 제대로 이해하려면, 무의식의 기발한 재주를 파악해야 한다. 최면 실험을 관찰한 경험이 있다면, 쉽게 이해가 될 것이다.

피최면자에게 깨어나면 다리가 가려울 것이라고 말한 다음 이 말을 잊어버리라는 암시를 준다. 그리고 최면에서 깨어난 후 어떤 느낌이 드는지 물으면 피최면자의 마음은 즉시 다리가 가려워야만 하는 이유들을 가장 기발하고 설득력 있게 만들어 낸다. 단순히 "음, 다리가 가렵네." 하고 넘겨 버리지 않고, 언제나 창조력을 발휘해서 변명을 해 대기 시작한다. "모 바지를 입고 있는데 아시다시피 전 모에 알레르기가 있어요. 그리고 이 방처럼 증기난방을 하는 곳에서는 언제나 가려워요." 피최면자의 마음속에 일부러 주입시킨 증상의 원인들을 마음이 창조적으로 지어내는 모습을 보면 그저 놀랍기만 하다. 정식으로 최면을 걸지 않아도 마음은 똑같이 할 것이다. 우리도 반평생이나 최면에 걸려 있으면서 이것을 알아차리지도 못하고 있을 수 있다.

최면이란 무엇인가? 암시에 감응하는 것 아닌가? 방어벽 없이 암시에 걸리기 쉬운 이완된 상태에 드는 것이 바로 최면이다. 이런 상태에 있을 때는 기억을 하든 못 하든 언제나 모든 프로그램들을 받아들이며, 이런 프로그램들은 지금도 작동을 하고 있다. 텔레비전을 볼 때처럼 반쯤 잠자는 상태에 있다 보면, 몇 시간 동안 주입된 프로그램들이 우리 마음속으로 들어와 결국은 무의식적인 최면 프로그램처럼 작동한다.

'아, 난 못해. 못한다고. 카드를 잘 쳤던 적이 없어.'처럼 일어나는 생각들을 주시하면, 자신이 무엇에 프로그래밍되어 있는지 알아차릴 수 있다. 카드를 잘 치지 못한다는 믿음체계를 갖고 있으면, 실제로 카드를 못 치게 된다. 이로 인해 카드를 못 친다는 믿음체계는 더욱 강해진다. 이 믿음체계 자체가 스스로를 강화시키고 충족시키는 예언이 되는 것이다. 이처럼 부지불식간에 흡수한 믿음은 삶에서 그대로 실현되며, 이로 인해 우리는 이 믿음체계를 당연한 것으로 여기게 된다. 삶을 잘 들여다보면 자신이 어떤 믿음체계를 갖고 있는지 알아차릴 수 있다. 알아차리기 어렵다면 믿음체계들이 무의식 속에 들어 있거나 사회의 집단의식에서 자신도 모르게 흡수했기 때문일 것이다.

'건강'은 고차원적인 에너지 장이 자연스럽게 표출된 것이다. 540 이상의 에너지 장은 감사와 용서, 치유의 장이다. 기꺼이 용서하고 감사하는 마음이 있으면 치유의 과정이 저절로 시작된다. 그러나 사랑의 장에서 사랑이 많은 사람이 된다는 것은 사소한 일에도 쉽게 감상에 젖거나 감정을 더 중시한다는 의미가 아니다. 물론 세상에서는 의존이나 통제, 감상벽, 감정주의를 흔히 사랑으로 부르기도 한다. 감상적이고 감정적인 집착 속에서 주거니 받거니 서로를 통제하면서 욕망을 충족시킨다. 할리우드 영화에서 그리는 사랑이 바로 이렇다.

"조지를 사랑했지만 이제는 아니에요." 누군가 이렇게 말한다면, 이것은 진실로 조지를 사랑한 적이 없다는 의미다. 명치가 꽉막힌 것 같은 감상적인 집착에 사로잡혀 상대를 미화하고 낭만적으로 생각하면서 감정 에너지를 마구 쏟아붓다가, 관계가 깨지면부정적 에너지를 분출시키는 것일 뿐이다.

진정한 사랑은 무조건적이다. 그리고 무조건적인 사랑은 내면에서 우리 스스로가 내리는 결정이다. 사랑하는 사람이 되겠다는 결정과 열의를 갖는 것이다. 상대를 사랑하기로 마음먹는다면 이것은 나의 내면이 내리는 결정이다. 이런 결정에 상대가 해 줄 일은 아무것도 없다. 그리고 사랑하겠다는 결정이 무조건적인 사랑의 안정적인 에너지 장을 만들어 내므로 세상에서 벌어지는 일에 희생자가 되지 않는다.

상대의 행동이 마음에 안 들거나 내 기대에 미치지 못할 수도 있다. 그래도 사랑하는 마음은 달라지지 않는다. 예를 들어 살인죄로 20년 동안 수감 중인 아들을 보러간 어머니는 여전히 아들의 존재를, 그의 현재 상태is-ness를 사랑한다. 아들의 행동이 어머니를 행복하게 만들어 주지 않아도, 어머니의 사랑은 무조건적이다. 아들이 어떤 행동을 하건 달라지지 않는다. 어머니의 사랑이나 익명의 알코올 중독자협회와 같은 12단계 프로그램 그룹들이 보여 주는 사랑처럼 세상에는 무조건적인 사랑의 실례들이 있다. 무조건적인 사랑은 상대의 소유물이나 과거에 신경 쓰지 않는다.

그러나 의식 단계가 낮은 사람들은 상대의 소유물에 관심을 갖고, 이것을 토대로 상대를 평가한다. 의식 지도 중간 단계에 속하는 이들은 행위에 중점을 두고, 이 행위와 이것이 가져오는 모든 직함들로 상대의 상태를 평가한다. 지도 윗부분으로 올라갈수록 상대의 본성과 현재의 변화된 모습, 상대의 '현재 상태'와 존재 beingness, 진정한 모습에 관심을 둔다. 상대의 진화 정도와 가치, 현재의 달라진 모습에 초점을 두는 것이다.

용서할 줄 아는 사람, 판단 없이 모든 생명을 북돋아 주는 사람이 되려는 자발성이 있으면, 내면이 저절로 이런 상태에 이른다. 긍정적인 에너지 장이 지닌 치유의 성질 때문이다. 긍정적 에너지 장은 건강의 조건이 돼 주며, 모든 존재가 완벽함을 보게 해 준다. 또 모든 존재들이 선을 위해 어떻게 움직이는지도 깨닫게 해 준다. 이런 상태에서는 병이 생겨날 리 없다.

건강으로 가는 방향을 지향하는 사람에게 병은 그저 치유를 위해 생겨난 현상에 불과하다. 그래서 병을 계기로 교훈을 얻는다. '잘 봐. 내가 상징적으로 보여 주는 것을 제발 고치라고. 죄의식과 자기혐오, 제한적인 사고방식을 고치란 말이야. 위의 단계로 올라가서 나를 사랑해 봐. 그래야 날 치유할 수 있어.' 이렇게 병이 전하는 말을 듣는다. 병은 영혼을 성장시키라는 요구와 같다. 무언가 '잘못'됐으므로 살펴봐야 한다고 끊임없이 재촉하는 귀찮은 존재가 바로 병이다. 무언가 다른 식으로 받아들여야 할 필요성을 병이 일깨워 주는 것이다.

우리의 반응을 창조해 내는 것은 삶의 사건들이 아니라 그것들을 받아들이는 태도다. 사건 자체는 어떤 식으로도 우리의 반응에 영향을 미치지 못한다. 영향을 미치는 것은 사건에 대한 우리의 입장과 판단, 처리 방식이다. 우리의 태도와 관점, 상황, 전체적인 의미 때문에 사건들은 정서적인 영향력을 갖는다. 요컨대 사건들이 우리에게 갖는 의미나 영향력을 만들어 내는 것은 바로 우리 자신이다.

스트레스는 외부적인 힘이 삶에 영향력을 행사할 때 생긴다. 자신을 희생자로 보고 행복의 근원을 외부에 두는 태도, 자기 마음의 힘을 부정하는 태도에서 비롯한다. 치유는 자기 마음의 힘을 다시 받아들이고, 어떤 환경이나 사건, 장소, 위치, 상황, 일, 사람의 의미를 만들어 내는 것이 다름 아닌 자신임을 인식하는 데서부터 시작된다. 이것들의 의미와 우리의 입장, 받아들이는 방식을 창조해 내는 것은 우리 자신이다. 우리의 태도에 따라 이것들은 행복의 원천이 되기도 하고, 병의 근원이 되기도 한다. 결과를 결정 짓는 것은 바로 우리 자신인 것이다.

몸은 결국 애완동물이나 작은 마리오네트와 같다. 기쁨과 즐거움의 에너지 장 덕분에 몸은 행복하고 건강하게 움직인다. 지나치게 고민하지 않고도 늘 하던 일을 자연스럽게 해낸다. '건강'은 이처럼 몸에 관심을 덜 기울이면서도 감사의 마음으로 몸을 즐기는 상태를 말한다. 이렇게 몸과 함께하는 태도의 표현이 바로 건강이다.

건강하다는 것은 자신의 근원적 힘을 다시 받아들이고, 건강의 원천을 외부세계에 맡기지 않는다는 의미다. 운동도 몸의 경험이 주는 즐거움 때문에 계속한다. 수영을 하는 것도 몸을 건강하게 만들기 위해서가 아니라 몸이 즐겁기 때문이다. 사람들이 건강에 좋다고 여기는 활동들은 이처럼 내면의 생동감이 표출된 것이다. 몸을 이처럼 건강한 방식으로 표현하면 기쁨을 느낄 수 있다. 이런 방식들은 원인이 아니라 결과이기 때문이다.

몸을 즐거운 어떤 것으로 보고 사랑하면, 그 결과로 건강하게 몸을 즐길 수 있다. 이때 건강은 자기도취적인 우월감이나 사진잡지에 실린 근육질 남자의 과시 같은 것이 아니다. 몸을 즐기는 것은 욕망이나 자만심, 자기도취가 아니라 사랑과 감사의 마음에서 비롯된다. '오, 내 소중한 몸, 날 위해 열심히 일해 주었어. 사랑하고 고마워. 넌 정말 귀중해.'라고 감싸는 마음에서 싹트는 것이다.

하지만 몸이 곧 나는 아니다. 이 점을 알면 오른팔을 잃어도 '진정한 나는 변함이 없어.'라고 말할 수 있다. 왼팔을 잃거나 두 다리를 잃어도, 두 귀를 잃어도 마찬가지다. 몸이 거의 무에 가까울 정도로 서서히 줄어들어도 자아감sense of self은 언제나 우리와 함께한다.

건강한 사람은 외부의 사건이나 몸 자체에 휘둘리지 않는 자아감을 발달시킨다. 몸은 몸이고 사건은 사건이며, '나'는 진정한 나'임을 안다. 실제로 이런 사건들은 나의 본성을 건드리지 못한다. 큰나는 매일 아침 자신의 이름이나 주소, 현재 있는 곳, 그날 할 일 등을 떠올리기 전부터 깨어 있으며 언제나 손상 없이 그대로 존재한다. '하드웨어' 같은 순수의식은 '소프트웨어' 즉 프로그램이나 삶에서 일어나는 사건들에 영향 받지 않는다.

건강한 태도는 덧없는 것에 현실이나 생존의 바탕을 두지 않는 것이다. 낮은 의식 단계에서는 언제나 본질적으로 덧없는 외부의 무언가에 생존의 토대를 둔다. 그러나 세상과 관련해서 확실하게 알 수 있는 것은 모든 게 변한다는 점뿐이다. 그러므로 일이나 소유물, 특정한 관계 같은 외부의 무언가를 행복이나 생존의 원천으로 삼으면, 건강을 잃는 결과를 자초하게 된다. 상실의 두려움이 가장 먼저 우리를 덮칠 테니 말이다. 무의식적으로라도 직함이나 지위, 집, 차, 몸의 아름다움 같은 것에 행복의 원천을 두면 스스로가 약한 존재처럼 느껴진다. 이런 느낌은 무의식에 엄청난 두려움을 저장한다. 따라서 생존의 원천으로 여겨지는 것들을 강화하고, 이것들의 상실로부터 스스로를 보호하는 일에 끊임없이 역점을 두게 된다.

건강한 사람은 자신의 참된 본성을 알며, 큰나는 이런 외적인 것들을 넘어서 훨씬 중요한 존재라는 점도 인식하고 있다. 외적인 것들에 가치를 부여하고 일시적으로 즐거움을 경험하기도 하지만 자신의 생존이 이것들에 달려 있지 않다는 것도 안다. 그래서 앞에서 살펴본 것처럼 수용의 에너지 장으로 올라가면, 자신의 힘을 세상에 내맡기는 어리석음을 멈춘다. 그리고 행복의 원천이 자신임을 받아들이기 시작한다.

이런 사람을 척박한 섬에 데려다 놓고 1년 후에 가 보면, 코코넛을 재배하면서 새로운 친구를 사귀고 나무집을 짓고 원주민 아이들을 가르치고 있을 것이다. 스스로 삶을 재창조하는 능력이 있기 때문이다. '행복의 원천은 나 자신이다. 내가 건강의 원천이다. 전염병이나 바깥세상의 어떤 것, 내가 먹는 것에 달려 있지 않다.'라는 인식이 행복의 원천임을 아는 것이다. 이런 깨달음 덕분에 거짓된 믿음체계를 초월해서 그것에 더 이상 영향 받지 않는다.

그러면 삶은 어떻게 달라질까? 거짓된 믿음체계들을 제거하면 삶이 어떻게 나아질까? 두려움을 신봉해야 안전하다고 믿는 마음 상태는 이렇게 말할 수도 있다. '거짓된 믿음체계들을 제거하면 난 정말 곤란해지고 말 거야.' 두려운 생각들에 주의를 기울이고 따라야 살아남을 수 있다고 꼬드기는 것이다.

마음의 힘을 인정하고 실수들을 되돌리며 용서와 연민의 마음을 가지려는 자발적인 의지가 있으면, 행복의 원천을 외부에 둘 때 스스로 희생자가 된다는 것을 깨닫는다. 삶의 환경을 재조정하면서 '내 삶을 의미 있게 만드는 것은 무엇일까? 내게 정말로 가치 있는 것은 무엇일까? 삶의 의미를 지키는 데 굳이 없어도 되는 것은 무엇일까? 일이나 지위가 없어지면 내 삶에는 어떤 의미가 남을까? 삶에 어떤 가치가 있을까? 나는 무엇을 위해 죽을까?' 같은 질문들을 던지기 시작한다.

자신의 삶이 의미 있고 세상에 영향을 미친다고 느끼는 행복한 상태에 도달하려면 내면의 성찰과 영적인 작업이 필요하다. 이런 상태에 이르면 병이 우리의 주의를 환기시키는 일도 없어진다. 큰 나의 위대함을 깨달아 자신이 중요한 존재라는 느낌을 갖기 때문이다. 영적인 발달의 장에서 전체적으로 성장하면 건강도 좋아진다. 마음의 태도를 바꿔 스스로를 제한하는 믿음들을 놓아 버리면서 건강이 더욱 빠르게 호전된다. 시간이 그리 오래 걸리지도 않는다. 그러려면 먼저 자신에게 그럴 힘이 있음을 인식해야 한다. 다음은 스스로 시험해 보고 자신의 경험으로 이것을 입증하려는 자발적인 의지를 가져야 한다. 또 타인들의 회복을 하나의 자극으로 받아들일 줄도 알아야 한다. 타인들의 회복 경험담을 믿고 이렇게 말하는 것이다. '음, 저 사람들한테 효과가 있었다니 나도 기꺼이 해 봐야지.'

나는 임상 경험은 물론이고 나 개인의 삶에서도 병이 몇 분에서 며칠, 몇 주 혹은 몇 달 만에 사라져 버리는 경우를 목격해 왔다. 24년간이나 지속되던 만성적인 질병도 2년 만에 사라졌다. 앞에서 설명한 과정을 끊임없이 실천한 덕분이다. 물론 발병 요인들을 제거하기 위해 갖은 노력을 다 기울여도 끈질기게 남아 있는 병들이 있다. 이런 경우에는 대부분 여러 요인이 작용한다.

서구 문화권의 사람들이 흔히 간과하는 이유 중 하나로 개인과 집단의 카르마가 있다. 가장 넓은 의미에서 카르마는 인간의 존재 자체의 유전물을 가리키며, 이런 유전물은 신체적이고 영적인 진화로 나타난다. 개개인은 태어날 때 이미 수치로 나타낼 수 있는 의식 수준을 지니고 있는데, 이것은 유전적인 양식과도 일치한다.

영혼의 진화는 개인과 집단의 무의식 속에 있는 카르마의 양식을 표면화시키기도 한다. 그래서 영적인 수행을 하면 역설적으로 억압되어 있던 카르마의 양식들이 겉으로 드러날 수도 있다. 신비주의자들의 생애도 이런 특징을 보여 준다. 이들의 생애에는 흔히 투병 기간이 포함되어 있다.

만성질환의 근본 원인은 흔히 변성의식상태로의 유도나 최면 같은 간단한 전생 퇴행기법으로도 알아낼 수 있다. 만성질환의 근원은 흔히 아주 구체적이기 때문에 잊고 있던 사건과 관련해서 타인과 자신을 용서하는 과정을 거치면 치유할 수 있다. 다른 방법은 타인들에게 병을 일으킨 자기 안의 무의식적인 측면(집단 무의식에서 생겨난)을 용서해서 내면의 치유자를 바깥으로 끌어내는 것이다. 예를 들어 병의 특징이 다리를 절름거리는 것이라면, 타인들을 절름거리게 만든 면을 내 안에서 찾아내 용서하는 것이다. 이 방법은 처음에는 회의적으로 여겨지겠지만 놀랄 만큼 긍정적인 결과를 불러올 것이다.

치유는 마음의 힘을 받아들이려는 자발적인 의지에서 생겨난다. 부정적인 것에 저항하거나 긍정적인 것으로 대체하려는 노력 없이 그냥 부정적인 말을 내뱉지 않겠다는 자발적인 의지가 있어야 한다. 이렇게 부정적인 것을 놓아 버리면 자신과 타인을 판단하는 태도도 내려놓을 수 있다. 왜 그럴까? 우리가 진정으로 존재하는 에너지 장은 언제나 현존하므로 장애물을 내려놓으면 살아 있음을 강렬하게 느낄 수 있기 때문이다. 변함없이 존재하는 것은 생명의 진동 자체가 만들어 내는 에너지 장이다.

내면의 진정한 자아는 태양처럼 언제나 빛을 발한다. 부정적인 구름 때문에 이것을 경험하지 못할 뿐이다. 그렇다고 진실을 프로그래밍할 필요는 없다. 거짓된 프로그램을 제거하기만 하면 된다. 구름을 제거해 태양이 부정적인 것을 밝게 비추도록 하면 긍정적인 에너지 장을 경험한다. 그러므로 필요한 일은 부정성을 제거하는 것뿐이다. 부정적인 사고 습관을 내려놓으려는 자발적인 의지만 있으면 된다. 이것을 방해하는 장애물을 제거하면, 살아 있다는 느낌과 더불어 자신의 존재에 대한 기쁨이 커진다. 이런 기쁨은 처음에는 미묘하게 찾아오지만 차츰 강렬해진다. 그러다 종국에는 몸이 있다는 느낌도, 자신의 육체성에 대한 인식도 희미해진다.

행복의 고차원적인 단계로 진화해 들어가면 기쁨을 경험한다. 몸을 즐거움의 원천으로 보고, 기쁘고 즐겁게 몸을 경험한다. 그러다 의식의 가장 높은 단계로 나아가면 몸을 경험하는 일이 전체적으로 줄어든다. 반면에 기쁨의 확산과 더불어 내면의 점진적인 고요와 평화로운 지복의 상태를 점진적으로 깊이 경험한다.

이 단계에 이르면 몸에 대한 경험은 사라지고 모종의 숭고한 상태를 경험한다. 이 상태에서 우리는 기쁨의 현존, 사랑의 지복 그 자체가 된다. 그렇게 되면 몸에 대한 인식은 거의 존재하지 않는다. 몸이 방 안에 있어도 방 안의 다른 것들보다 더 중요하게 느껴지지 않는다. 몸과의 동일시가 사라진 것이다.

그러고 나면 몸이 행복하게 할 일을 할 때도 이런 시각으로 몸을 바라본다. 방 안의 다른 물건들에 신경 쓰지 않는 것처럼 몸에도 신경을 쓰지 않는 것이다. 개별적이고 제한적인 자기, 제한적인 몸과의 동일시가 사라졌기 때문이다. 이런 상태에 이르면 몸은 우주의 무한한 존재Beingness와 함께 우리 자신도 포함한 절대적이고 무한한 진리를 표현한다.

그러므로 부정적인 생각의 자리를 지워 버리고 '나는 무한한 존재이므로 부정적인 생각에 휘둘리지 않는다.'라는 말로 이 자리를 채워야 한다. 이것은 가치 있는 일이다. 우리의 정수가 진리의 실재Reality of Truth와 조응하면 거짓을 부정할 힘을 얻기 때문이다. 그러려면 모든 부정적인 것을 제거하고 그 자리에 진실을 채워 넣어야 한다. 자신을 향한 사랑을 선택했으므로 부정적인 생각의 자리에 긍정적인 무언가를 채워 넣는다. '난 부정적인 생각을 지워 버릴 거야. 그것을 더 이상 흡수하지 않아. 그것에 휘둘리지 않는다고. 대신에 나를 사랑하는 쪽을 선택할 거야.'라고 말해 주는 것이다.

사랑은 위대한 치유자다. 우리의 재능과 힘 안에는 자신을 치유할 수 있는 모든 능력이 들어 있다. 그저 장애물들을 제거하기만 하면 된다.

완전한 건강은 영적인 지각의 표현이다. 부정성을 내려놓고 그 자리를 사랑으로 채우겠다는 자발적인 의지의 표현이 바로 건강이다. 반면에 병은 낮은 차원의 에너지 장이 생각으로 인해 형태를 얻어 나타난 결과다. 몸의 건강은 긍정적인 에너지 장의 표현이고, 긍정적인 에너지 장은 자비와 용서에 헌신하겠다는 자발적인 의지로 강해진다.

우리의 존재는 몸을 포함하기는 하지만 몸에 국한돼 있지는 않다. 또 몸을 사랑하고 소중히 여기며, 느끼고, 감사하고, 살아 있음을 만끽하려 한다. 그리고 궁극적으로는 '경험을 경험하는 experiencing of experience' 단계에 이른다. 그렇게 되면 기쁨의 자각 자체, 존재에 대한 감사 자체, 의식 자체가 된다. 또 몸은 의식 자체의 장 안에 포함된다. 여기서 몸이 마음 안에 있다는 놀라운 점을 다시 확인할 수 있다.

제한적인 믿음체계를 지닌 사람들은 대부분 마음이 머릿속 '여기 위' 어딘가에 있다고 생각한다. 하지만 마음을 경험할 때 마음은 모든 곳에 있다. 생각을 경험할 때도 생각은 모든 곳에 있다. '여기' 어딘가에서 일어나는 것처럼 여겨지는 생각은 사실 모든 곳에서 경험되고 있는 믿음체계다. 생각에 대한 생각인 것이다. 이처럼 내적인 경험은 생각과 몸의 경험이 모든 곳에서 비국부적으로 일어남을 보여 준다. 그리고 생각은 의식 자체에서 일어난다. 몸이 의자에 앉아 있음을 이해할 때 이 이해는 어떤 특정한 장소에서 일어나는 것이 아니다. 의식 자체에서 일어난다. 건강에 관심을 기울이는 것은 의식의 본질에 관심을 기울이고 살아 있는 생명으로서의 우리 존재에 감사의 마음을 갖는 일이다.

이 장에서는 몇 가지 내용들을 여러 번 되풀이해서 설명했다. 이런 내용들이 진실임을 받아들이는 데 우리 마음이 저항적인 자세를 갖고 있기 때문이다. 우뇌의 학습이란 사실 아주 자연스러워질 때까지 똑같은 관점에 자신을 반복적으로 끊임없이 노출시키고 거기에 익숙해지는 것이다. 그러나 치유와 건강이라는 문제를 다룰 때는 이런 학습에 힘이 든다. 원인과 결과에 대한 사고체계를 사실상 뒤집어야 하기 때문이다.

몸은 마음의 표현이며 그 반대는 아니다. 그러나 세상에서는 흔히 반대라고 말한다. 병의 '원인'이 세상에, 바이러스에, 혹은 박테리아에 있다고 떠들어 댄다. 약물치료로 효과를 보는 이유도 이것에 대한 엄청난 믿음 때문이다. 약물의 힘을 믿기 때문인 것이다. 플라세보의 본질에 대한 과학적인 연구 결과들을 보면 이것을 확실히 확인할 수 있다. 일반적으로 어떤 병이든 환자의 35퍼센트는 플라세보만으로도 치유가 가능하다고 한다. 알약을 먹으면 병이 나을 것이라는 암시만 주어도 35퍼센트의 사람들이 병에서 회복된다. 그러므로 의식 속에서 중요한 움직임이 일어나고 있음을 인식하면, 병과 건강에 대한 자신의 지식을 모두 평가해서 영혼의 성장과 진화를 위한 발판으로 활용할 수 있다.

모든 영적인 작업이 그렇듯 마음은 부정적인 프로그램들이 고통을 불러와도 이것을 내려놓지 않으려 한다. 이런 저항의 근본 원인은 에고가 부정성에서 얻는 은밀한 이득 즉 '합리화된' 분노와 원망, 자기연민 등에서 얻는 즐거움 때문이다. 그러므로 마음이 부정성에서 얻는 만족감을 버려야 한다. 부정적인 태도가 주는 만족이 과연 병의 고통에 집착하면서까지 얻을 만한 가치가 있는 것인지 자문해 보기만 해도, 이득에 대한 중독에서 벗어날 수 있다.

사람들은 '우월'하거나 '올바른' 사람이 되는 것은 물론이고 미워하거나 원망하거나 앙갚음하는 것도 은밀하게 '즐긴다.' 그러나 이런 부정적인 마음 상태를 키우면, 그 대가로 병에 쉽게 걸리고 회복도 잘 되지 않는다. 자신에게 정직한 것이야말로 발전을 이뤄 내고 건강과 행복을 얻는 열쇠다.

위에서 말한 모든 내용과 상관없이 중요하게 인식해야 할 점이 있다. 인간으로 태어났다는 것은 곧 한계와 나약함의 원형질까지 물려받았다는 의미이며, 우리가 살아갈 날들이 유한하다는 점이 다. "흙에서 태어나 흙으로 돌아간다."라는 말은 인간성 자체의 한계를 인정하고 겸허한 마음을 갖는 것이 중요하다는 점을 가르쳐 준다. 부처가 말한 것처럼 "공덕을 쌓아 부정적인 카르마를 소멸할 기회를 얻었다는 점에서 인간으로 태어난 것은 크나큰 선물이다."

05

영혼의 응급처치

이제부터 영혼의 응급처치가 필요한 이유를 이야기하겠다. 또 영적인 작업에 몰두하는 사람들에게 그다지 널리 알려져 있지는 않지만 매우 중요한 의미를 지니는 것들과, 삶의 영적인 측면, 우리가 연구를 통해 발견해 낸 다양한 원칙들도 살펴보겠다.

몸과 마음, 영혼의 관계, 즉 마음이 믿는 것을 몸이 어떻게 반영하고 마음은 의식 속에 있는 것들을 어떻게 나타내는지는 앞서 이야기했다. 또 몸과 마음을 경험하는 영역, 즉 의식 자체에서 문제들을 직접 다루는 방법에 대해서도 살펴보았다.

앞에서 설명한 것처럼 몸은 오감을 통해 마음에서 경험되어진다. 그리고 마음도 스스로를 경험하지 못하고 의식이라는 더욱 큰에너지 장에서 경험된다. 영혼의 응급처치와 직접적인 관련이 있는 것이 바로 이 '비선형적인' 에너지 장이다.

영적인 수행에 접근할 수 있는 안전한 환경을 만드는 것은 중요한 일이다. 그러나 사람들은 대부분 이 점을 고려하지 않는다. 나는 지난 35년 동안 의식 자체의 본질을 연구해 왔다. 물론 영혼에 대한 연구는 흔한 일이 아니다. 하지만 덕분에 많은 것을 발견할수 있었다. 영혼에 대해서 아직은 알려진 것들이 많지 않기 때문이다.

보통 사람들은 많은 의문들을 품는다. '무엇이 그 완전한 장으로 이끌어 주는가? 그것에 다가가는 방법은 무엇인가? 아주 중요한 문제들을 개인적으로 탐구할 수 있는 안전한 환경은 어떻게 만드나?' 하는 의문들이 그 예다.

이 모든 의문들을 풀어 가는 과정에서 의식 지도를 다시 언급할 것이다. 여러 개인과 집단들을 오랜 기간 연구한 끝에 만든 것이 의식 지도이기 때문이다. 의식 지도는 인간이 일반적으로 경험하는 의식의 중층적 단계들을 보여 주는 일종의 수학적 모형이다. 각 단계들은 점점 강해지는 에너지 장의 힘을 측정한 것인데, 가령 무감정은 두려움의 장보다, 두려움은 용기의 장보다 힘이 훨씬 약하다. 이 수치는 0에서부터 시작해 깨달음의 단계(700)에 이를 때까지 계속 올라가, 가장 높은 단계(1000)에서 깨달음이라는 최고의 에너지 장에 이른다. 깨달음이라는 에너지 장은 인간의 영역에서 다다를 수 있는 최고의 단계다.

에너지 장을 측정하는 정확한 방법은 그 자체로 완전한 탐구의 영역이다. 근육 테스트로도 이 측정 수치들을 확인할 수 있는

데, 알다시피 근육 테스트는 팔의 저항력을 검사하는 아주 간단한 방식이다. 피검사자가 팔을 내밀면 검사자가 팔목을 누른다. 이때 마음속에 품은 생각이 분노나 두려움, 미움처럼 의식 지도에서 200(용기와 진실의 단계) 아래에 있는 것이면, 팔의 힘이 약해진다. 이것은 에너지 장의 균열을 의미하며, 에너지 장이 아래로 향하는 것은 부정적인 대응을 나타낸다.

그러나 사랑과 진실을 마음에 품고 있을 때 팔을 검사하면 팔의 힘의 강하게 나타난다. 검사자가 테스트를 하면서 "분노가 75를 넘어섰습니다. 100, 125, 150을 넘었어요. 이제 155를 넘습니다."라고 말하는 동안, 155에서 팔의 힘이 약해졌다면 분노가 150 정도임을 의미한다. 그렇다면 슬픔은 수치가 어떻게 나올까? 답은 75인데, 이것은 슬픔이 분노보다 훨씬 약한 에너지를 갖고 있음을 보여 준다.

이 수치들은 아주 유용하며 매우 중요한 점들을 알려 준다. 에너지의 방향은 물론이고 이 에너지가 삶과 의식에 긍정적인 영향을 미칠지 부정적인 영향을 미칠지, 우리에게 진실을 이해하고 반영할 능력이 얼마나 되는지에 관한 중요한 사실들을 말해 주는 것이다. 예를 들어 수치가 높을수록 긍정적인 영향을 미치는데, 예수와 같은 의식 상태Christ Consciousness와 깨달음을 향해 위로 올라갈수록 이것을 확인할 수 있다. 진리Truth에 다가갈수록 신과 가까워진다. 반면 수치가 아래쪽으로 내려갈수록 진리와 신에게서 점점 멀어진다.

일부러 거짓말을 할 때도 검사를 해 보면 팔의 힘이 약하게 나타난다. 반면에 진실을 말할 때는 팔의 힘이 즉시 강하게 나타난다. 그러므로 이 수치는 유용한 지표가 될 수 있다. 어떤 앎과 노력의 장을 향해 나아가야 할지 알려 주기 때문이다. 또 세상에서 '영적'이라고 부르는 것들이 만들어 내는 혼란에서 벗어나는 데도 유용하다.

연구 초기에 우리는 좀 순진했다. '영적'이라 불리는 것들은 무엇이든 가장 진실하고 타당할 것이라 생각했기 때문이다. 내면의 경험으로 확인할 수 있는 무언가를 영적인 것이리라고 여겼다. 그러나 반드시 그렇지는 않으며, 영적인 가르침이라는 딱지가 붙은 것도 의식 지도 어디에나 걸쳐 있을 수 있음을 발견했다.

진실에 다가가는 방법으로 미움을 이야기하는 사람이 쓴 가르침은 의식 지도 아래쪽에 존재하는 반면, 사랑이 더없이 깊은 사람의 가르침은 지도의 윗부분에 걸쳐 있다. 또 영적인 가르침을 담은 책들도 부정적인 에너지 장을 지니고 있을 수 있다. 그러므로 이런 배움의 장에 몰두할 경우에는 더욱 좋지 않은 상태에 빠져 결국은 책을 읽기 전보다 진실에서 더 멀리 벗어날 수도 있다. 명상 서적들을 파는 대표적인 서점들에 있는 책들 중 절반은 실제로 가짜에 불과했다.

그러므로 우리는 연구 자체의 유용성을 다시 살펴봐야만 했다. 영적인 탐구 분야를 살펴본 결과, 영적 작업에 입문하거나 관심이 되살아나서 작업을 재개하는 사람들을 위한 실제적인 지침이 없다는 점을 발견했다. 개개의 접근법들 모두 진실을 구현한다고 주장하지만 이런 주장은 타당성의 지표가 되지 못한다. 또 추종자

수나 스승의 재력과 매력도 가르침의 타당성과는 상관이 없었다. 추종자 수는 아무런 의미가 없었으며, 스승의 베스트셀러가 완전한 거짓에 불과한 경우도 흔했다.

훌륭하다고 소문난 스승에게는 정말로 많은 추종자들이 있었다. 그러나 이들의 에너지 장은 부정적인 방향을 향하고 있었으며, 수치도 아주 낮게 나타났다. 반면에 모든 인류가 인정하는 위대한 현자들의 가르침에 가까이 다가갈수록 에너지는 언제나 상위의 긍정적인 방향을 향했다. 수치도 항상 600 이상이었으며 700대를 향해 계속 상승했다. 이것은 아바타라 불리는 위대한 스승들이 지구의 시간으로 극히 짧은 기간 동안 지상에 머물면서 세계의 모습과 인류의 믿음체계를 어떻게 바꿔 놓았는지 말해 준다. 요컨대 이들이 새로운 영역을 개척하고 완전히 다른 환경과 가치들을 창조해 낸 것은 이들의 가르침이 지닌 힘과 에너지가 그만큼 높은 단계에 있었기 때문이다.

이제 구도자들을 위한 실제적인 방책들과 더불어 위기와 갈등, 혼란의 본질, 이것들을 대면하고 초월하며 돌파하는 방법들을 이야기하겠다. 여러분은 모든 혼란의 근원에 영적인 문제들이 있으며, 이 문제들의 근원이 결국은 같음을 알게 될 것이다. 또 내면의 시련들을 이겨 내고 환멸과 절망, 자기혐오를 피하는 법도 배울 것이다. 거짓된 스승들을 간파해 내는 방법(『진실 대 거짓』을 참고하라.)도 터득할 것이며, 영혼의 모든 아픔과 고통이 무지 때문임을 깨닫고 그 해결책을 찾는 법도 터득할 것이다. 영적인 순진함에서 비롯된 나약함과 위기들을 의식의 법칙들로 극복하는 것이다. 또 집착의 대상과 이것을 내려놓는 방법도 알게 될 것이다. 뿐만 아니라 영혼의 많은 위기와 고통의 배후에 있는 에고라는 죄수를 간파하는 법도 터득할 것이다. 영적인 세계는 사실 상충되는 진술들과 입장들 때문에 상당히 혼란스럽다. 그러므로 이 세계 바깥의 시각으로 접근할 필요가 있다.

다시 의식 지도를 이야기하자면, 의식 지도는 각 에너지 장의 상대적인 힘들을 수치화한 것이다. 에너지가 0인 죽음에서 시작해 수치심(20), 죄책감(30), 무감정(50), 슬픔(75), 두려움(100), 욕망(125), 분노(150), 자부심(175)을 지나, 용기(200)라는 결정적인 단계에 이른다. 이 단계부터 에너지가 부정적인 상태에서 중립적인 방향으로 바뀐다. 그리고 중립의 단계부터 상위의 긍정적인 방향을 향한다. 이런 일은 무언가에 대해 진실을 말하는 순간부터 일어난다. 태도나 입장들이 중립(250)적으로 변하며, 자발성(310), 수용(350), 이성(400), 아주 의미 있는 단계인 사랑(500), 기쁨(540), 황홀경(560)의 단계로 나아간다. 지복(600)의 단계에서는 이원성을 초월한다. 그리고 깨달음Enlightenment의 단계에서는 신의 참된 본성(절대적 존재Sat-의식chit-지복ananda)이 드러난다.

신의 참된 본성을 자각하는 일은 사실 200의 단계에서부터 시작된다. 점진적으로 진실에 감응하면서 자발성과 풍요, 수용을 통해 상위 단계로 올라가면, 사랑이 무한히 위로 확장되고 커진다.

이 의식의 단계들에서는 이에 상응하는 감정들이 특징적으로 나타난다. 지도의 맨 아래에서는 가장 부정적이고 파괴적인 감정들이 자살이나 자기혐오 등을 불러오기도 한다. 또 죄의식과 파괴의 과정이 일어나며, 세상을 죄와 고통, 유혹, 재앙이 가득한 곳으로 보기도 한다. 자연히 신도 인류 최후의 적, 근본적인 파괴자로 본다. 신이 인간을 미워해서 영원히 지옥으로 던져 버릴 것이라 생각한다. 이런 생각은 근본적으로 증오에서 비롯된 것이다.

다음은 무감정(50)의 단계다. 이 단계에서는 희망 없는 세상에 절망을 느낀다. 이로 인해 생명 에너지를 잃어버린다. 세상은 가망 없어 보이고, 신도 사랑이 없는 존재처럼 여겨진다. 인간에게 애정이 없으며 인간을 마치 죄 많은 벌레처럼 무시하는 것처럼 보인다. 세상에 비참함과 절망이 난무하는데 신은 존재하지도 않는 것 같다. 이런 의식 단계에서 실존주의자들이 등장했으며 이들은 인류에게 희망이 없고 신은 죽었다고 이야기한다.

슬픔의 단계에서는 상실감과 후회, 실망의 감정을 느끼고 활기를 잃어버린다. 세상을 슬픔이 넘치는 곳으로 보며, 인간에게 무심하고 무정한 신이 희망 없는 슬픈 세상을 창조했다고 생각한다.

슬픔의 바로 위는 두려움의 단계다. 이 단계의 에너지 장은 파괴적인 방향으로 움직인다. 이 단계를 특징짓는 감정은 걱정과 불안, 공포, 두려움이다. 자연히 기가 꺾이고 세상을 무서운 곳이라 여긴다. 신에 대해서도, 인간에게 응징을 일삼으며 끊임없는 위협으로 공포감을 불러일으키는 존재라고 느낀다.

다음은 대부분의 사람들에게 아주 친숙한 욕망의 단계다. 이 단계의 사람들은 결핍감과 갈망에 묶여 있다. 욕망의 덫에 걸려 세상을 불만족스러운 곳으로 보고 신과도 거리를 둔다. 완전하고 온전한 존재가 되는 데 필요한 것을 신이 언제나 주지 않는다고 생각하기 때문이다.

다음은 분노의 에너지 장인데, 이 장은 아주 중요하다. 분노의 에너지(150)가 슬픔의 에너지(75)보다 훨씬 강하기 때문이다. 슬픔에 빠진 사람은 에너지가 약하지만, 분노에 찬 사람의 에너지는 확실히 아주 강하다. 이 단계에서는 의식 속에서 팽창 과정이 진행되고, 이로 인해 화와 미움, 불만 같은 감정들이 일어난다. 분노의 단계에 있는 사람은 세상을 투쟁과 갈등, 적들이 판치는 경쟁의 장소로 본다. 그래서 신도 편향적이고 보복을 일삼으며 분노에 찬 존재, 즉 강력한 처벌자와 같은 존재로 본다.

분노 바로 위는 자부심의 단계다. 영적인 작업에 적용해 보면 자부심의 단계는 175로 측정된다. 의식의 단계에서 위로 올라갈수록 힘은 더욱 강해지며, 에너지 장의 느낌도 훨씬 좋아진다. 그러나 영적인 문제를 다룬 모든 문헌들이 주장하는 것처럼 자부심의 단계에는 여전히 파괴적인 감정들이 존재한다. 부정을 시작으로 하는 경멸과 오만이 이 단계의 특징인 것이다. 또 의식 속에서는 팽창 작용이 일어난다. 그리고 자신의 영적인 작업에 자부심을 갖고 있는 사람들은 오만과 경멸 탓에 문제를 잘 이야기하지 않는다.

자부심의 단계에 있는 사람들은 모든 것을 자만과 허영, 지위의 관점에서 인식한다. 이로 인해 신에 대해서도 둘 중 한 가지 시각을 갖는다. 먼저 지적인 오만으로 무신론적인 생각을 갖는 경우로, 좌뇌의 지력이야말로 인간의 가장 고차원적인 능력이므로 신의 존재 여부를 이성적으로 따져 봐야 한다고 말한다. 반면에 광신도

나 괴팍한 사람처럼 신에 관한 모든 지식을 갖고 있다고 주장하며 자부심과 오만에 찬 태도로 다른 견해들을 무시하는 경우가 있다. 예를 들어 신앙심이 없는 자에게 죽음을 내려야 한다고 주장하는 것이다. 이런 태도는 확실히 팽창된 에고에서 비롯된다. 이 단계까지의 모든 태도들은 진실성을 가르는 선(200) 아래에 있다.

근육의 힘이 더 이상 약해지지 않는, 용기와 진실의 단계인 200선을 넘으면 어떤 일이 벌어질까? 이제는 그럴 수 있는 힘 안에 있기 때문에 문제들을 솔직하게 들여다보기 시작한다. 용기의 단계에서는 기회가 주어지며, 편견이 없다. 진지하게 영적인 작업에 임하는 사람에게는 새로운 시작의 단계다.

다음은 중립의 에너지 장이다. 바로 아래의 200 단계에서는 편견에서 벗어나지만 이 단계에서는 집착에서 자유로워진다. 에너지의 흐름이 이제는 긍정적으로 위를 향하기 때문이다. 구속에서 벗어나 자유롭게 묻고 탐구하면서 스스로 발견한다. 이 단계에서는 세상도 문제없어 보이고, 신도 스스로 진리를 발견하려는 인간의 타고난 능력과 자유를 사랑하는 존재처럼 여겨진다.

다음은 자발성의 단계다. 이 단계에서는 저항과 집착을 내려놓고, '좋아!'라고 하며 화합하고 공감하기 시작한다. 또 자신이 추구하는 목적과 내적인 경험의 진실과도 조응한다. 자신의 긍정적인 의도를 받아들였기 때문에 세상을 호의적으로 보고, 미래도 다 잘될 것처럼 희망적으로 받아들인다. 이런 상황에서는 신을 바라보는 시각도 당연히 희망적이고 긍정적이다. 자유의 신으로 보는 것이다.

의식 지도 하단에서는 신을 악마 같고 무서우며 징벌을 일삼는 존재처럼 매우 부정적인 시각으로 바라본다. 그러나 자발성의 단계에서는 신을 친구 같은 호의적인 존재로 여긴다. 처음으로 신을 사랑이 충만한 존재로 보기 시작한다. 신을 긍정적인 시각에서 바라보는 것은 아마 이 단계가 처음일 것이다.

여기서 수용의 단계(350)로 올라가면 이제는 분명한 자신감을 느끼기 시작하면서 의식의 변화를 경험한다. 또 진실을 발견할 힘이 자기 안에 있음을 깨닫는다. 낮은 의식 단계들에서는 진실이 자신의 외부에 존재한다고 생각한다. 진실이 자신의 외부에 존재한다면 다른 누군가가 이것을 드러내 주어야 한다. 이런 단계들은 에너지가 너무 낮기 때문이다. 또 이 단계의 에너지 장들은 전부 부정적인 방향을 향하며, 진실을 스스로 발견하지 못하도록 가로막는다.

수용의 단계에서는 자기 내부의 힘을 다시 받아들인다. 그럼으로써 진실을 찾아가는 여정이 긍정적인 경험으로 변하기 시작한다. 진실의 탐구도 조화로운 양상으로 전개되고, 신도 수용적이고 자애로운 존재로 여겨진다. 자기 내면의 힘을 다시 받아들이고 나면 신도 만족해한다고 느낀다. 인간의 영적인 탐구에 긍정적인 태도를 갖고 있는 듯 보인다.

이 시점부터 매우 긍정적인 방향으로 움직여 용서와 지지, 보살핌을 특징으로 하는 사랑(500)의 단계까지 죽 올라간다. 사랑이 충만한 사람이 되고 싶은 열망을 가지면 내면에서 치유가 일어나기 시작하고, 감정의 부침에도 아랑곳하지 않고 삶을 따스한 것으로 경험한다. 삶에서 일어나는 일들의 근본적인 성격도 사랑으로 충만하며 신의 무조건적인 사랑에서 비롯된다. 이런 발견으로 내면은 기쁨이 넘친다. 이런 기쁨의 상태를 정기적으로 경험하면 연민을 지향하게 된다. 또 의식은 물론 신을 바라보는 시각에서도 점진적인 변화가 일어나, 신을 완전함과 믿을 수 없는 아름다움을 지닌 존재로 본다. 일체성과 통일성의 시각에서 신을 바라보는 능력이 생기는 것이다.

600대를 향해 올라가면 깨달음의 단계에 들어선다. 그러면 세상에서 '에고'라고 부르는, 흔히 '나'나 '나를'이라는 말로 표현하는 작은 나와의 동일시가 점차 사라진다. 다양한 에너지 장과 이것이 불러일으키는 여러 종류의 행위들을 더 이상 자신과 동일시하지 않는 것이다. 이렇듯 동일시와 좁은 시각들을 내려놓으면, 경험의 폭이 넓어지면서 확장 작용이 일어난다. 이로써 의식 지도 맨 위로 올라가 큰나와 하나가 된다.

600의 단계에서는 '지복Bliss'을 경험한다. 무한한 기쁨, 무한한 현존을 경험하는데, 이것은 편협한 나와의 동일시를 내려놓은 결과다. 깨달음의 단계를 향해 움직이면 빛비춤의 상태를 경험하고 신과 세계를 하나로 느낀다. 또 존재의 근원인 신을 경험한다. 아바타와 위대한 성인들, 인류의 큰 스승들, 현자들, 깨달은 존재들 모두 이 깨달음(600 이상)의 단계에 있다.

이제는 최소한 신에게 이르는 길을 알게 되긴 했다. 신은 의식 지도 맨 위에 있고, 신과 관계없는 것들은 다른 방향을 향하며 지도의 아랫부분에 존재한다. 생각해 보면 이것은 비교적 분명하고 간단한 사실이다. 누구나 직관적으로 알고 있는 상식 같은 것인지도 모른다. 지금은 에너지 장들을 살펴보는 중이므로 이 점은 나중에 다시 이야기하겠다.

진실한 것은 힘이 강하기 때문에 수치도 더 높게 나온다. 진동수가 높은 것이다. 물리학에서는 진동수가 높을수록 힘이 강하다고 본다. 예를 들어 120볼트의 전력은 시골 지역에서 전파되지 않는다. 그러나 3만 볼트나 그 이상의 전력은 전파된다. 진동수가 높을수록 힘이 더욱 커지기 때문이다.

위대한 스승들의 가르침이 수천 년 동안 인류를 변화시켜 온 이유도 여기에 있다. 몸이 지구를 떠난 후에도 이들의 말은 여전히 울림이 있고 강력한 영향을 미친다. 이로 인해 오랜 세월 인류의 의식을 지속적으로 변화시킨다. 실제로 이들의 작품이 지닌 에너지 장을 측정해 보면 엄청난 힘을 확인할 수 있다. 이것은 가르침의 내용뿐만 아니라 이 가르침을 펼친 사람의 힘 때문이기도 하다.

그러나 역사적으로 이런 에너지 장에 다가가려는 사람들이 이용할 만한 안전한 환경이나 지침이 없었다. 그러므로 영적인 위기에 몰리거나 미래에 영혼의 응급처치를 받지 않으려면, 뒤로 살짝 물러나 개인적으로 연구를 해야만 한다.

어떤 가르침을 들을 때 가장 먼저 던져야 할 질문은 '이 가르침은 어느 단계에서 나온 것인가?'다. 이런 질문이 유익한 이유는, 우리 내면의 아이는 언제나 순진하고 순수하며, 이런 순진무구함이 실수의 근원이기도 하기 때문이다. 또 아이 같은 순수한 마음에는 분별의 수단이 없기 때문이다. 그러므로 유익한 가르침을 구분해 내는 분명한 방법이 필요하다.(『진실 대 거짓』 17장에 나오는 '영적 스승들' 목록을 참고한다.)

200 아래의 에너지 장에서 나온 가르침에 빠져들면 확실히 부정적인 경험을 하게 된다. 반대로 긍정적인 에너지 장을 갖고 있어서 수치가 높게 나오는 가르침은 우리를 사랑으로 인도하며, 사랑은 영혼의 파멸에 대비한 최고의 보험과 같다. 그러므로 책을 읽을 때든 가르침을 들을 때든, 그 가르침을 펼치는 사람과 내용이 높은 의식 단계를 반영하고 있는지 자문해 보아야 한다. 이것은 옳고 그름을 따져 보아야 한다는 의미가 아니다. 단지 가르침의 수준을 파악하는 게 유익하다는 말이다.

예를 들어 가르침이 200 아래 증오의 단계에서 나온 것이라면, 신은 우리와 우리의 행위, 충동, 인간성을 미워한다고 가르칠 것이다. 이런 신은 증오의 신이며, 에너지 장도 20이나 30 혹은 40처럼 낮고 부정적이다. 이런 단계에서는 증오와 살인 혹은 자살이 일어날 수도 있다. 생명이 아닌 죽음의 신이 가르침을 지배하기 때문이다. 이런 가르침은 자기혐오와 내면의 파괴를 불러온다. 이런 길을 따르려는 사람은 적어도 두 눈을 부릅뜨고 살아야 할 것이다. 테러리즘이 이 단계의 단적인 예다.

인간의 절망에 초점을 맞추는 실존주의자들은 근본적으로 과거를 열렬히 찬미한다. 그러나 이 과거를 지배하는 것은 주어진 운명에 대한 자기연민과 커다란 슬픔이다. 또 두려움의 에너지 장을 표현하거나 이용하는 가르침과 스승들도 있다. 이들은 신을 징벌을 일삼는 존재라 여기고 두려워하게 만든다. 에너지 장도 부정적인 방향을 향하면서 두려움을 계속 부추긴다.

이런 부정적인 장들도 확신을 갖고 옹호하는 이들이 있다. 이들은 종교계나 영적인 세계에서 마치 정치인처럼 움직인다. 사람들을 설득하는 능력도 대단히 탁월하다. 하지만 에너지 장과 방향을 점검해 보면, 두려움을 조장하는 이들의 가르침이 부정적이고 파괴적임을 알 수 있다. 이런 사람들이 텔레비전에 등장했을 때 소리를 끄고 이들의 표정과 주먹을 흔들어 대는 몸짓을 주목해 보라. 그러면 이들의 숨은 진모를 알 수 있다. 테스트를 해 보면 이런 사람들은 우리의 힘을 약화시킨다고 나타난다. 이들의 가르침이 진실이 아니라는 증거다. 연구 결과에 따르면, 의식 지도 아랫부분에는 신이 존재하지 않으며 불안이나 증오에서 생겨난 가르침들은 모두 거짓이다.

분노의 단계로 올라가면 화와 갈등, 미움, 종교전쟁 등을 부채질하는 입장들을 확인할 수 있다. 이런 입장들은 경쟁을 중요시하고, 흔히 보복을 일삼는 정치화된 신을 옹호한다. 또 편향적인 시각 때문에 언제나 신이 비신자들을 응징할 것이라 생각한다.

인습적인 가르침들이 대개 이렇다. 이런 가르침들이 의식 지도에서 어느 단계에 있는지를 파악하는 것은 중요하다. 그래야만 이것들이 진실과 어떤 관계에 있는지 이해할 수 있기 때문이다.

이 모든 이해의 목적은 영적인 작업을 위한 안전한 환경과 방향성, 공간을 창조하는 데 있다. 우리는 자신의 의도에서 생겨난 분명한 목적과 목표에 헌신한다. 그런데 이 영적인 작업 과정에서 예기치 못했던 일들이 일어날 수도 있다. 영적인 위기에 처하는 이유 중 하나는 자신의 의도로 영적인 작업의 길에 들어섰으며, 이런 경험들도 결국 자신이 던진 질문과 헌신, 진리 탐구의 결과 임을 망각하기 때문이다.

어떤 특정한 방식으로 자신을 규정하는 것은 엄청난 위력을 발휘한다. 마음의 힘에 대해 잘 생각해 보면, 믿음이 얼마나 결정적인 영향을 미치는지 알 수 있다. 믿음에는 우리가 바라던 일을 삶속에 끌어들이는 힘이 있다. 그러나 위기의 한가운데에 있을 때는 치유가 필요한 바로 그 문제를 불러일으킨 사람이 실은 자신임을 망각한다. 자신의 삶에서 일어나는 일은 실수나 오류가 아니라, 표면화시켜 들여다보고 이해하고 받아들이고 재구성하고 치유하고 용서해야 할 필요가 있는 일이다. 그러므로 언제나 연민 어린 시각을 잃지 말아야 한다.

치유에 도움이 되는 입장을 갖지 않는다면 삶에서 일어나는 일들을 어떻게 치유할 수 있겠는가? 가르침들의 에너지 장을 아는 것이 대단히 중요하다는 점은 분명한 사실이다(『진실 대 거짓』 16장과 17장을 참고한다). 치유에 필요한 것이 용서라면 예수의 가르침이 효과적이다. 예수의 가르침이 용서에 기반을 두고 있기 때문이다. 연민과 이해가 필요하다면 500 이상의 가르침들이 좋다. 치유는 540에서 시작되기 때문이다. 세상에서 죄라고 부르는 것들은 확실히 치유가 필요하다. 최소한 540에서 일어나는 치유가 필요할 것이다.

내면의 무언가를 끄집어내 부정적인 에너지 장 안으로 집어넣으면 혼란이 일어날 수 있다. 그러므로 어떤 가르침이나 길이 540

이나 그 이상의 긍정적인 에너지 장을 갖고 있지 않다면, 내면의 성찰이나 영혼의 탐색, 정화를 권한다 해도 이 가르침을 받아들이는 것이 위험할 수 있다.

낮은 차원의 가르침이 얼마나 위험한지는 아주 분명하다. 낮은 차원의 가르침을 받아들이는 일은 수술대 위에 누워, 수술 중에 발견한 것을 처리할 기술도 없는 의사에게 배를 가르도록 허용하는 일과 같다. 의예과 2학년생들에게는 수술대에서 환자의 배를 가르는 일이 허용되지 않는다. 이런 일은 힘이 있는 자만이 할 수 있기 때문이다.

우리의 에너지 장에도 힘이 있으며, 누군가의 내면을 열어 그 안을 탐색하려면 엄청난 힘과 지식이 필요하다. 그러므로 스승과 가르침, 주변 사람들이 부양과 지원, 용서의 장인 540의 에너지 장에 있고, 이해와 진정한 연민을 통한 치유를 목적으로 삼고 있다는 점이 확실하지 않을 경우, 정화 과정이 시작되는 초기부터 내면을 들여다보는 것은 바람직하지 않다.

치유를 불러오는 에너지 장의 신은 우리를 사랑하는 존재일 것이다. 치유는 사랑을 통해서만 일어나고, 신의 사랑은 무조건적이다. 신의 본질을 이해하면 신적인 것은 무조건적임을 깨닫는다. 본질적으로 조건적이고 제한적인 것은 신적인 것이라고 할 수 없다. 신적인 것은 모든 조건을 넘어서 있으며 무한하다. 그래서 사랑도 무조건적이고 무한한 치유의 힘을 갖는다. 자신에게 안전한 환경과 공간을 창조하려면 안전한 자리에 있다는 느낌을 받아야 한다. 또 스승과 가르침이 긍정적인 방향을 향해야 하며, 이들의 에너지 장이 적어도 540은 되어야 한다. 더불어 이들의 가르침이 연민과 용서에 역점을 두는 것이어야 한다. 그렇지 않으면 내면의 것들을 밖으로 끄집어내 치유하기 힘들다.

다양한 가르침과 길들의 수많은 요소들을 측정한 결과 일관된 특징을 발견할 수 있었다. 에너지 장의 수치가 높고 긍정적인 방향을 향하는 사람들은 어떤 식으로든 미움이나 경멸의 가르침을 펼치지 않는다는 점이다. 위대한 스승과 가르침들은 커다란 연민과 600 이상의 수치를 특징으로 보여 주었다. 이들은 인간성에 대한 무한한 연민과 용서의 마음으로 가르침을 펼쳤으며, 인간성을 치유의 대상으로 보았다.

고차원적인 가르침은 돈이나 지위에 관심이 없으며 개인의 사적인 삶을 통제하려는 욕망도 없다. 삶의 어떤 면도 무의미하게 여기거나 '틀렸다고 판단하지' 않는다. 어떻게 이럴 수 있을까? 중요한 것은 돈 자체가 아니라 돈을 대하는 마음의 자세고, 삶의 사건들이 아니라 이것들을 받아들이는 입장이기 때문이다.

긍정적인 방향의 위대한 가르침들은 내면의 영적인 작업을 통해 자신의 진실을 스스로 체험하도록 기본적인 원칙들을 제시해 준다. 이때 안전한 공간을 마련하려면 훌륭한 스승이 있어야 한다. 타인을 착취하거나 타인의 견해가 틀렸음을 입증하려는 욕망이 없는 스승, 자신의 가르침을 실천해 보이는 스승 말이다. 이런 스승은 '영적인 운동'이나 '대의'를 위해 추종자들을 이용하지 않는다. 또 '우리' 대 '그들'로 양극화시켜 보는 태도도 피한다. 그러나 논리적이고 현상적인 세계와 영적인 세계의 차이는 언제나 분명하게 알고 있다. 영적인 세계에서는 형상 대신에 실재의 모든 차원을 통해 구현되는 비선형적인 기본 원칙들에 열중한다.

안전한 공간을 창조하는 것은 타인들을 이용하거나 잘못된 점을 밝혀내려는 욕구가 없는 스승들의 특징이다. 위대한 스승들은 타인의 재산이나 삶의 결정은 물론 사생활에 영향을 미치는 일에도 관심이 없다. 사실 대부분이 이런 차원의 질문에는 답해 주지 않는다. 대신에 기본적인 원칙들을 알려 주고 몸소 실천해 보인다. 이런 원칙들을 주어진 삶의 상황에 적용하는 방법을 파악하는 것은 제자나 추종자들의 몫으로 맡긴다. 그러므로 잘못된 점을 찾아주는 일은 하지 않는다. 그저 삶을 제대로 경험하게 더 큰 맥락에서 가르침을 줄 뿐이다.

의식 지도를 잘 살펴보면 얼마나 다양한 것들을 담고 있는지 알 수 있다. 어떤 사건을 끄집어내 봐도, 그 사건 자체에는 특별한 의미가 없다. 차이를 만드는 것은 사건을 대하는 우리의 마음가짐이다. 우리가 사건에 부여하는 의미와 중요성이 차이를 불러온다. 사건 자체는 정말로 아무 의미가 없다. 우리와 가르침의 의식 수준이 사건의 의미를 결정짓는 것이다.

일례로 돈을 살펴보자. 영적인 구도자들에게도 돈은 종종 갈등의 근원이 된다. 적어도 초기에는 그렇다. 그렇다면 우리는 돈을 어떻게 봐야 할까? 가르침이나 스승의 에너지 장에 따라 돈을 바라보는 시각도 달라질 수 있다. 돈에 대해서 떳떳하지 못할 수도 있고, 돈을 소유하면 죄를 짓는 것 같은 마음이 들 수도 있다. 신이 우리를 파멸시킬지도 모른다는 생각에 돈을 소유한 자신을 미워할 수도 있다. 이런 생각은 모두 파괴적인 영향을 미친다. 진실과 관련해 수치가 아주 낮은 부정적인 에너지 장에 있기 때문이다.

두려움 같은 더 높은 에너지 장에서도 돈을 걱정과 불안, 공포를 동반하는 두려운 것으로 인식한다. 신의 징벌을 불러오는 '비非영적인' 것으로 보고, 증오와 분노, 불만의 근원으로 생각할 수도 있다. 그러면 영적인 집단들도 경쟁이나 응징의 수단으로 돈을 이용해 분노와 종교전쟁을 불러일으킨다. 한편 자부심의 단계에서는 돈을 신이 주는 신분의 상징으로 받아들인다. 신이 우리를 사랑할수록 돈도 더 많이 준다고 여긴다. 이런 생각은 의식 속에서 진행되는 팽창의 과정에서 비롯된다.

의식 지도에서 높은 단계로 올라갈수록 돈에 덜 집착한다. 해방되었기 때문에 돈에 더 이상 '지배당하지' 않는다. 이런 에너지 장의 신은 자유의 존재이므로, 돈을 소유해도 마음이 불편하지 않다. 우리가 돈을 소유하건 말건, 신은 신경 쓰지 않는다고 여기기 때문이다. 그러나 수용의 단계로 올라가면 이런 시각도 자연스럽게 달라진다.

사랑과 감사의 에너지 장(540)으로 올라가면, 돈을 신이 준 고마운 선물로 여긴다. 그래서 세상의 고통을 향한 연민과 무조건적인 사랑을 표현하는 도구로 돈을 사용한다. 사랑의 에너지 장은 사랑과 생명, 생명의 모든 모습들을 살찌우고 지지해 주기 때문이다. 또 두뇌에서 엔도르핀이 분비되면서 드러남의 과정이 시작되기 때문에 타인을 돕는 소중한 수단으로 돈을 받아들인다. 이 단계에서 품은 의도와 마음가짐 덕분에 돈을 축복이자 책임, 의무의

대상으로, 타인들을 돕고 지지해 주는 수단으로 여기는 것이다. 이로 인해 인류에게 이득이 되는 방향으로 돈을 사용한다. 이기적인 목적으로 사회복지 단체의 황동 명판에 자신의 이름을 새기는 짓은 하지 않는다. 그 대신 신의 사랑이 돈의 원천이고 이 사랑의 긍정적인 표현물이 돈임을 인정하면서, 돈을 선물처럼 사용한다. 돈을 포함한 모든 창조물은 신의 것이므로 돈도 우리가 일시적으로 보관하는 것뿐이라 여긴다.

의식 지도 맨 위의 일체성Oneness과 완벽의 장으로 들어가면, 모든 것이 신의 일부이며 존재하는 모든 것이 신과 같음을 느낀다. 모든 것들 안에서 신성을 보기 시작하며, 삶의 모든 것들에 신성이 작용하고 있음을 깨닫는다. 그러고 나면 돈을 죄스러운 것으로 보는 대신 신이 우리에게 준 도구로 여긴다. 이 도구로 더욱 넓은 장에서 사랑을 표현하고 인류의 많은 집단들에 도움을 준다. 돈을 기쁘게 받아들이며, 내면의 상처와 인류의 고통을 치유할 힘을 얻었다는 내적인 즐거움도 느낀다. 신이 이 세상에 미칠 수 있는 영향력의 표현이 돈이라고 여기기 때문이다.

사랑을 표현하고 키우는 것은 고통을 덜어 주고 싶은 연민의 마음에서 비롯된다. 이럴 때 돈은 세상의 고통을 덜어 주는 일을 돕는 도구가 된다. 재산도 신의 선물로 여기고, 인간에 대한 이해와 진리에 대한 인식을 점진적으로 키워서 고통을 덜도록 만드는 데 이 선물을 사용한다.

돈과 관련된 문제에 이어 언제나 성sex 문제가 등장한다. 그렇지 않은가? 성 문제를 살펴보면 이것을 둘러싼 갈등이 에너지 장과 어떻게 연관돼 있는지를 알 수 있다. 삶의 중요한 사건이자 인간됨의 한 부분이기도 한 성은 지도의 아랫부분에 있는 것으로 볼 수도 있다.(집착, 갈애, 욕정) 이 에너지 장에서 나온 가르침은 성을 부정적인 것으로 보고 고통이나 죄와 연관 짓는다. 또 신을 강력한 파괴자로 보고, 파멸이나 자기혐오, 자기연민, 자책감을 경험한다.

또 다른 시각에서는 인간의 성을 끔찍한 조건으로 본다. 절망을 불러오고 에너지를 잃게 만들며, 살아 있음을 경험할 능력을 상실하게 만드는 조건으로 여긴다. 인간도 동물이라는 사실을 슬프고 유감스럽게 받아들이는 것이다. 지도의 아래쪽에서는 인간을 육체적인 시각으로만 보기 때문이다.

그러나 선을 넘어 진실을 직시하면(200), 인간을 몸뚱이로 보는 시각은 약해지고 인간이 하나의 영혼임을 차츰 깨닫는다. 인간을 몸뚱이로 볼 때는 자신의 몸을 경멸하고 인간이 동물이라는 사실에 슬픔을 느낀다. 두려움에 지배받는 사람들은 성을 걱정과 불안, 공포의 눈으로 바라본다. 성 문제 전체에 두려움을 느껴, 성을 부정하거나 무시하는 것이 최선이라 여긴다. 이 단계에서는 신도 징벌을 일삼는 존재로 받아들여, 성에 조금이라도 관심을 가지면 신이 벌을 내릴 것이라 생각한다.

의식 지도를 보면 사람들이 분노를 포함한 다양한 방식으로 성을 받아들이고 있음을 알 수 있다. 성적인 매력을 이용하는 사람들도 있고, 자신의 성욕을 증오하는 이들도 있다. 성에 대해 종교적으로 왜곡된 시각을 가진 악마적인 집단도 있고, 과도한 성적 관심과 유혹에 대해 전도된 생각을 갖고 있는 이들도 있다. 이들은 성의 중요성을 지나치게 부풀려서 표현한다.

진실의 단계에서는 성을 어떻게 받아들일까? 이 단계에서는 성을 영적인 관점에서 바라보고 다루기 시작한다. 성에서 힘을 얻고 기회를 활용할 줄 안다. 열린 마음을 지닌 자유의 존재로 신을 받아들이기 때문에 성이라는 문제도 마음 편히 자유롭게 탐구한다. 또 성에 대한 어떤 입장에도 집착하지 않는다.

또 이 단계에서는 모든 것이 겸허에서 비롯된다. "이 문제의 답은 사실 몰라요. 하지만 기꺼이 이 문제를 살펴보겠습니다."라고 말할 줄 안다. 이런 자발성은 긍정적인 에너지 장에 들어 있기 때문에 성도 유익하고 희망적이며 가망성 있는 탐구 주제로 본다. 여기에 이 주제를 분명하게 정리하겠다는 의도가 더해지면 자신감도 생겨난다. 조화로운 세상의 자비로운 신 덕분에 지옥 불구덩이에 떨어지지 않고도 성이라는 주제를 탐구할 수 있다고 생각한다.

500 이상의 에너지 장에서 보면, 성은 사랑과 감사에서 생겨나는 것이다. 보살핌과 지지, 치유의 표현을 사랑으로 보고, 사랑을 나누는 행위는 치유와 용서의 행위로 생각한다. 논쟁을 벌이고 싸움을 일삼던 사람들도 이제는 포옹 속에서 하나로 녹아들면서, 서로를 용서하고 보살펴 주고 지지해 주고 치유해 준다. 서로의 가치와 소중함을 재확인시켜 준다. 성이 사랑의 표현이자 선물이 되고, 궁극적으로는 무조건적인 사랑과 기쁨의 표현이 된다. 살아 있음과 존재를 축하하는 행위가 된다. 그러면 존재의 기쁨을 느끼게 해 준 신에게 감사하는 마음이 들면서 변화와 드러남이 시작돼 지

복의 단계로 올라간다. 이렇게 고차원적인 의식 단계로 올라간 사람들은 사랑을 일체성의 표현이자 존재의 방식으로 본다. 세상에서 여성적인 에너지나 남성적인 에너지와 결합하는 하나의 존재 방식이 사랑이라고 보는 것이다.

이처럼 우리는 성이든 돈이든 다른 무엇이든, 근본적으로 관점에 따라 다르게 받아들인다. 이 가운데 어느 것도 그 자체로 무엇이라고 말할 수 있는 것은 없다. 의식의 단계와 부합되는 이해의 범위를 넘어선 생각은 아무것도 없다. 어떤 가르침이나 사람이 드러내는 태도나 믿음, 의견도 사실은 전부 견해일 뿐이다. 본질 자체는 아니라는 말이다. 태도나 믿음, 의견 모두 이들의 인식 방식에 지나지 않는다. 그리고 이런 인식 방식은 이들이 지닌 의식의 단계, 진실에 대한 이해의 정도를 드러내 준다. 낮은 단계의 관점을 지니고 있을수록 인간의 모든 행위를 더욱 부정적으로 바라본다.

의식의 단계 아랫부분에서는 삶을 무의미한 것으로 보고 끊임없이 '잘못된 점을 찾아내기' 때문에, 모든 것을 '비판적인' 시각에서 바라본다. 인간의 모든 의도와 충동, 생리, 심리, 심지어는 구도자가 되려는 욕망과 영적인 야망까지도 무의미하게 받아들인다. 이런 것들을 조롱하는 회의주의자가 내면에 굳건히 버티고 있기 때문이다.

그러나 세상에는 중요한 일이 있으며 생명이 엄연히 존재한다. 존재 자체에 인간의 본성이 있고, 이것을 받아들이고 바라보는 방식이 곧 의식 단계의 표현이다. 이를 분명히 이해하면 이런 회의주의적인 시각에서 벗어날 수 있다. 우리가 말하는 것은 '저기 바깥'의 무언가가 아니다. 우리 의식의 단계다. 세계 자체에 대해서는 정말로 어떤 것도 말할 수 없다. 예컨대 본질이 아닌 인식에 대해서는 말할 것이 없다.

지도 맨 꼭대기의 깨달은 이들은, 모든 것이 신이며 '어떤 것thing'이든 그저 존재 자체일 뿐이라고 말한다. 그러므로 무엇이든 옳거나 그르다는 식으로 가치를 평가하거나 제한하지 않는다. 모든 존재에서 신성을 보기 때문에 무가치하게 여기는 일은 일어나지 않는다. 모든 것이 신이라면, 어느 한 부분을 무가치하게 만드는 일은 곧 신이 무가치하다고 주장하는 일이기 때문이다. 신의 다른 표상들과 더불어 인간도 신의 창조물이기 때문에 인간을 결코 무가치한 존재로 여기지 않는다. 그 대신 위대한 존재들은 우리에게 이해로 인도하는 가르침을 펼친다. 가장 고차원적인 스승들은 특정한 길을 따르면 특정한 일들이 일어난다고 알려 준다. 그리고 나머지는 우리에게 맡긴다.

익명의 알코올 중독자협회는 우리 사회에서 이런 순수한 가르침을 펼치는 좋은 예다. 이들은 음주 여부에 대해서 특정한 견해를 내세우지 않는다. 주류 업체들을 문 닫게 하려고 애쓰거나 사람들에게 술을 끊으라고 설득하지 않는다. 그 대신 술로 문제를 겪는 사람들에게 자신들이 무슨 일을 하며 어떤 결실을 맺었는지 설명해 준다. 술을 계속 마시면 어떤 결과가 발생할지도 알려 준다. 하지만 술을 마시는 행위가 '틀렸음을 입증하지도 않고', 술 마시는 사람들을 가치 없는 존재로 여기지도 않는다. 어떤 권력도 탐하지 않으며 누구도 이용하지 않는다. 소유물도, 로열티도, 지배도, 건물도, 어떤 명예도 바라지 않는다. 그저 원하는 사람들이 영혼의 순수한 법칙을 통해서 자유롭게 진실을 깨닫고 그 진실을 자신의 삶에 적용하도록 도와줄 뿐이다. 고차원적인 가르침이란 바로 이런 것이다.

예상했겠지만 익명의 알코올 중독자협회의 의식 단계는 540이다. 이런 치유의 에너지 장에서 나온 가르침은 긍정적인 방향을 향하며 적어도 540의 수치가 나온다. 익명의 알코올 중독자협회는 치유의 본보기로서 당연히 인간의 몸과 마음, 영혼 모두의 측면들에 기초하고 있다. 영적인 성장과 발전이 없으면 어떤 중독도 치유할 수 없기 때문이다.

성인들의 삶을 들여다보면, 고차원적인 의식 상태에 이르기 전에 지도의 맨 아래 단계까지 하강하는 일이 일어남을 발견할 수 있다. 이런 하강은 그들의 내적인 경험에서 중요한 역할을 한다. 내면의 큰나를 탐구한 결과로 지도의 맨 아랫부분에 이르러, 전에는 의식하지 못했던 것과 직면하고 신과 분리된 자아를 인식하게 된다. 지도의 아랫부분은 신과의 최종적인 분리를 나타내기 때문이다.

극심한 죄의식이 불러오는 자기혐오와 고통은 죄 안에서 신을 발견하게 해 주는 대신 내맡기게 만든다. 모든 경우에서 신과 아주 멀리 분리되는 고통스러운 경험을 통해 내려놓음의 상태에 이른다. 기꺼이 내려놓고 신성_{Divinity}으로서의 신을 받아들이는 것이다. 그러고 나면 순응_{surrender}의 에너지 장(575)으로 상승한다. 내려놓음과 신에게 순응하는 과정을 통해 30의 에너지 장에서 벗어나면 진리를 경험할 수 있는 길이 비로소 열린다.

이처럼 깨달은 이들 대부분은 무의식 속에 묻혀 있던 가장 부정적인 것들과 직면하고, 자신의 그림자를 인정하며, 가장 증오하던 것을 바라보고 받아들이고 놓아 버리는 고통의 시기를 겪는다. '영혼의 어두운 밤'을 통과하는 것이다. 이렇게 지도 맨 아래에서 진실과 가장 먼 생각과 자기정직에서 벗어난 것들을 놓아 버림으로써 진리를 발견한다.

부정적인 태도들을 서서히 놓아 버리고 영원히 확장되는 환경 속으로 들어가면, 영적인 작업의 총체적이고 일반적인 본질과 마주한다. 의식 지도 안에 있는 것은 낮은 단계의 에고부터 높은 단계의 에고에 이르기까지 에고가 전부다. 의식의 단계들이 나타내는 것이 결국은 시각이기 때문이다. 그러나 '나는 안다.'는 오만한 생각에서 비롯되는 판단이나 허영은 점진적으로 놓아 버리는 것이 좋다. 겸허를 통한 순응으로 드러남의 과정이 시작되고, 드러남의 과정을 통해 진실이 모습을 보이기 때문이다. 이렇게 내적인 의식과 진실에 대한 자각을 가로막는 제한적인 태도들을 점진적으로 내려놓아야 한다. 그러면 에너지 장에서 진실에 대한 자각이 자연히 일어나 점차 높은 단계로 올라가다가, 궁극에는 신의 축복을 받아들이는 지점까지 이른다.

영적인 작업에서 혼란과 갈등을 유발하는 또 다른 문제가 있다. 바로 '에고'라는 말을 경멸적이고 비판적인 태도로 사용하는 것이다. 흔히들 '음, 그건 단지 에고일 뿐이야.'라고 말한다. 그러나 진리의 관점에서 바라보면, '단지 에고' 같은 것은 없다. 이 말은 신이 존재하지 않는 어떤 곳이 있다는 의미이기 때문이다. 그러나 모든 견해가 에고를 나타내는 것이라면, 에고는 에고가 아닌 것에 덧씌워져 있다. 더욱 큰 어떤 것, 즉 의식 자체일 것이다. 영적인 작업을 안전하게 수행하고 위기를 피하려면, 내면을 들여다보며 자신의 순진무구함을 발견하고 재확인해야 한다. 이 본래의 순진무구함을 얼핏이라도 보고 항상 한 눈으로 주시하지 않으면, 영적인 작업은 진정으로 안전할 수 없다. 이 순진무구함이야말로 늪에 빠지지 않고 다시 진리로 돌아가게 해 주는 문과 같기 때문이다.

이 순진무구함을 이해하고 이것의 존재를 깨닫는 방법은 무엇일까? 깨달은 존재들은 모든 것이 신과 하나이므로 우리 안에는 언제나 본질적으로 순진무구함이 들어 있다고 말한다. 이런 앎은 드러남이나 이해로 일어난다.

어린아이의 의식을 관찰해 보면 이런 순진무구함을 확인할 수 있다. 누구나 공감하듯 어린아이의 순진무구한 의식은 전혀 왜곡되어 있지 않다. 거짓말을 배운 적도 없고 판단이나 비판의 유용성을 터득한 적도 없기 때문이다. 아이는 드러내 놓고 믿으며 언제나 순수하다. 그러나 역설적으로 바로 이런 순진무구함과 믿음 때문에 진실이 아닌 것을 배우기 시작한다.

부모님이 이렇게 말했다고 하자. "인종이나 신념, 피부색이 다른 애들하고는 놀면 안 돼. 그 애들이 믿는 종교는 잘못된 거니까." 이런 말은 아이에게 미움을 주입시킨다. 하지만 가족에게 충실하기 위해, 부모님을 존중하고 사랑하기 위해 이런 말을 받아들인다. 이로 인해 아이의 순진무구함은 진실이 아닌 것에 이용당한다. 그리고 진실이 아닌 것은 부모나 조부모, 다른 가족 구성원들, 친구, 스승, 텔레비전, 소설 등을 통해 세대에서 세대로 전해진다. 그러면 본질적으로 순수한 의식은 이제 진실이 아닌 믿음과 프로그램들을 스스로 받아들인다.

어린아이의 의식을 컴퓨터의 하드웨어에 비유한다면, 세상의 사회적 의식이 만들어 낸 프로그램들은 소프트웨어와 같다. 컴퓨터에서 본질적으로 깨끗한 하드웨어는 소프트웨어에 오염되지 않는다. 어떤 부정적이고 거짓된 무지를 돌려도 컴퓨터 자체는 오염되지 않는다. 다른 CD를 집어넣어도 컴퓨터의 성능이 손상되는 일은 없다.

이와 마찬가지로 의식 자체의 본질적인 순진무구함은 손상되지 않는다. 지금 이 책을 읽는 주체도 이 본질적인 순진무구함을 갖고 있다. 우리 의식 안의 본질적인 순진무구함이 진실에 귀 기울이고 이해하기 위해, 진실을 발견하기 위해, 그래서 진실을 현실에 적용하기 위해 애쓰고 있는 것이다.

세상이나 영적인 작업에서 에고라고 부르는 것을 살펴보자. 이 에고를 비난하기보다는 당시의 순진무구함으로 우리가 믿었던 것이 바로 에고임을 알아야 한다. 소프트웨어 프로그램을 고쳤다면, 우리가 저질렀던 일도 의미가 있는 것이다. 그러므로 영적인 작업에서 사실 '실수'는 없다. 진실을 이해하고 신의 축복을 받아들이겠다는 목적을 세우고 나면, 모든 일이 의도를 갖고 일어난다. 그렇게 되면 어떤 식으로든 우리가 간직하고 싶은 방식으로 가장 적절하게 진실이 드러난다. 그러므로 알고 보면 모든 실수(한 예로 무지도)는 인식을 위해 우리 스스로가 불러들인 것이다. 이것을 분명하게 기억해야 한다. 자신의 본질적인 순수를 잊지 않는다면 실수를 하는 것도 좋다.

여기서 다시 생각해 볼 점이 있다. 도대체 무엇의 순진무구함을 말하는 것일까? 개인이 아니라 의식 자체의 순진무구함이다. 개인으로서 우리는 단지 보편적인 의식 자체를 반영할 뿐이다. 일어난 일은 단지 의식의 본성이 빚어낸 결과이기 때문에 자신을 비난하거나 반대로 자부심을 갖는 것은 의미가 없다.

의식 자체의 본질을 이해하고 관찰하면서 자신의 내면을 들여다보면, 우리가 평생 믿었던 것들이 사실은 모두 순진무구함에서 비롯되었음을 알게 된다. 연민과 이해가 생겨난다면, 바로 이 연민 때문에 우리의 순진무구함을 통해서 현재와 같은 믿음을 갖게 되는 것이다. 그러면 자발적인 용서의 마음이 생겨나 타인들의 마음까지 들여다볼 수 있다. 우리 자신의 연민 덕분에 아이와 같은 순진무구함을 거듭 보게 되는 것이다.

신체적인 나이가 몇 살이든 이 순진무구한 의식은 변함없이 그대로 존재한다. "안 돼!"나 "하지 마!"라는 어른들의 말 속에서도 아이와 같은 마음을 읽을 수 있다. 어린아이와 같은 순진무구함으로 이런 말을 여전히 하는 것이기 때문이다. 영혼의 위기를 피하려면 이런 순진무구함에 주의를 기울여야 한다. 갈등이 일어나는 즉시 치유해 주는 것이 바로 이 순진무구함이기 때문이다.

자신의 순진무구함을 재확인하려면, 무엇이든 '단지' 에고일 뿐이라는 생각을 받아들이지 말아야 한다. '단지' 에고 같은 것은 없다. 에고 즉 소프트웨어나 사회적 의식, 프로그램들은 진실과 의식 자체 위에 덧씌워져 있을 뿐이다. 모든 영적 위기는 환경과 의미, 사물이나 상황을 받아들이는 방식에서 생겨난다. 우리의 식습관이나 생활방식, 직업이 영적이지 않다고 생각한다면, 이런 생각은 의식의 특정한 단계를 반영하는 것에 지나지 않는다.

아주 높은 의식 단계에 이른 사람들은 어떤 것도 비난하지 않는다. 하지만 의식의 몇몇 단계들이 그에 상응하는 결과를 얻으리라는 점은 분명하게 밝힌다. 예를 들어 자신에 대한 진실을 팔아 버리는 것 같은 생활방식은 내면의 고통과 불만을 야기한다고 말한다. 하지만 이런 과정을 지속하느냐 마느냐는 개인의 선택에 맡기고 타인을 절대 통제하려 들지 않는다. 몇몇 행위나 자기비난이 고통을 경험하게 만드는 에너지 장을 활성화시켜도, 이런 행위의 지속 여부는 개인에게 맡긴다.

분명한 원칙들을 어길 경우 내면의 고통은 지금보다 더욱 커진다. 이것은 위협이 아니라 인간 의식이 보여 주는 사실일 뿐이다. 그러므로 어떤 행위들이 아주 고통스럽고 괴로운 의식 상태를 불러올 것이라고 경고하는 가르침이 있다면, 이것 역시 고차원적인 가르침일 수 있다.

모든 영적인 작업을 포함해서 인간의 의식 안에서 일어나는 모든 경험은 우리의 입장과 우리가 이야기하는 것들을 지지하고 지키는 방식을 드러낸다. 외부 세계에 대해 이야기하고 있다고 생각해도, 이런 이야기는 사실 우리 내면의 입장을 보여 줄 뿐이다. 그리고 이런 내면의 입장을 만들어 내는 것은 우리 의식의 단계와 무언가를 지지하는 방식, 진실이 아닌 것에 고집스럽게 생존을 의지한 결과로 얻은 고통과 괴로움이다. 고통은 우리가 의식의 분명한 원칙을 거스르는 어떤 것에 생존을 의지하고 있음을 알려 준다. 그러므로 고통이야말로 영적인 작업에서 관심을 기울여야 할 문제다.

어떤 견해가 차츰 고통을 불러온다면, 이 견해가 '잘못됐다'라기보다 진실에서 멀리 떨어져 있음을 의미한다. 신의 현존을 체험하는 일에 가까이 다가갈수록 내면에서는 기쁨과 행복감이 커진다. 반면에 갈수록 멀어진다면 진실에서 그만큼 멀어지고 있다는 뜻이다. 이것은 '틀렸음을 입증해야 하는' 옳고 그름의 문제가 아니다. 단지 고통스럽고 효과가 없는 것일 뿐이다.

부처는 모든 고통과 아픔의 근원이 집착과 욕망에 있다고 했다. 더 자세히 설명하면, 욕망은 두려움에서 생기고, 두려움은 신과 분리되어 있다는 생각과 결핍감의 결과다. 욕망 자체는 진실과의 분리감과 점진적인 좌절감을 불러온다. 끊임없는 갈망과 갈구가 우리를 미혹과 속박으로 이끌기 때문이다. 이것에 '옳거나 그름'은 없지만 이런 끊임없는 좌절은 분노를 불러온다. 획득이나 욕망은 자만심과 상실의 두려움을 불러일으키고, 야망을 이루지 못하면 무감정이나 죄책감을 경험한다. 요컨대 에고의 태도들이 만들어 낸 결과는 진실을 향해 가는 데 전혀 도움이 안 된다.

여기서 주목할 점이 있다. 부정적인 에너지 장은 온갖 에고의 태도들을 불러일으켜서 욕망을 순수하게 내버려 두지 않는다는 점이다. 욕망과 더불어 분노와 자만심, 두려움, 슬픔, 무감정까지 일으키는 것이다. 슬픔은 두려움과 분노에 찬 욕망을 동반하며, 이 각각의 감정들은 서로를 끌어당기는 경향이 있다.

모든 영적인 작업에서 결정적으로 중요한 것은 진실을 기꺼이 말할 수 있는 능력이다. 이 진실은 흔히 '나는 모른다.'라는 것이며, 여기에서 신에게 기꺼이 순응하는 자발성이 생겨난다. 그리고 이 순응의 행위를 통해 진실이 드러난다.

이 진실은 고통을 '유발하지' 않는다. 그러므로 고통을 숭배하면서 괴로움이 깨달음에 이르는 왕도라고 생각하는 것은 어리석다. 우리 안의 고통은 진실 때문이 아니라 거짓을 내려놓지 않으려는 고집 때문임을 인식하는 것이야말로 깨달음에 이르는 왕도다. 신에게 순응하는 순간, 진실은 비로소 스스로를 드러낸다.

영적인 작업을 시작할 때 내면의 순진무구함을 기억하면, 진실이 아닌 것들이 의식의 차원으로 끌어올려진다. 이런 일은 영적인 작업이 성공적으로 진행되고 있다는 증거다. 이런 끌어올림으로 구도자들의 삶이 다소 혼란스러워질 수도 있지만 내면의 존재는 기쁨을 감추지 못한다. 자신과 진실 사이에 가로놓여 있던 것을 알아차렸기 때문이다. 자각을 통해 이것을 알아차리고, 다시 인정하고, 재조정하고, 치유할 수 있게 되었기 때문이다.

가슴Heart에 중심을 두면 영적인 작업에 안전한 공간과 환경을 창조해 낼 수 있다. 이때의 가슴은 물론 물질적인 가슴을 의미하지 않는다. 궁극적인 연민으로 자신과 영적인 작업의 기쁨을 받아들이고, 일어나는 모든 일에 감사하며 '고맙다'라고 말할 수 있는 마음이다.

위기는 영혼의 치유에 아주 중요한 계기가 된다. 이런 위기에서야 비로소 치유가 시작되기 때문이다.

성

우리는 의식의 본질에 대한 연구에서 얻은 발견들을 인간 공통의 문제들에 적용하는 작업을 하고 있다. 이 장에서는 성 문제에 초점을 맞춰 단순한 성행위와 사랑을 나누는 행위의 차이, 고차원적인 에너지를 주고받는 섹스와 저차원적인 에너지를 주고받는 섹스의 차이, 죄책감에서 벗어나는 방법, 사회적 프로그램들이 성에 미치는 영향 등을 살펴보겠다.

이를 통해 성을 육체가 아닌 마음으로 경험하는 법, 성을 조종과 통제가 아니라 서로를 고양시켜 주는 황홀한 경험으로 만드는 법, 생식불능이나 불감증, 성기능장애를 불러오는 에너지들의 상호작용에서 벗어나는 방법을 터득하게 될 것이다.

우리가 탐구할 문제들은 다음과 같다. '신은 섹스를 인정할까?',

'나이가 들면 섹스도 끝나는 것일까?', '중년이 된다는 건 정말로 한물간다는 의미일까?' 전인의학 분야에서 귀가 닳도록 들었을 '몸과 마음, 영혼'의 시각과 의식 자체의 관점에서 이 문제들의 답을 찾아보려 한다.

그런데 '몸, 마음, 영혼'은 무엇을 의미하는 것일까? 구호나 유행어에 불과한 것인가? '영혼'은 도대체 무엇일까? 경험할 수 있는 것인가? 영혼에도 에너지가 있을까? 우리 내면의 경험들을 스스로 연구하면 이 에너지를 발견할 수 있을까? 내적인 경험과 자각의 미묘한 상태, 이것이 인간 행동의 중요한 영역 가운데 하나인 성에 미치는 영향에 초점을 맞춰 보겠다.

이를 위해 먼저 몸과 마음, 영혼의 관계를 다시 살펴볼 것이다. 또 인간의 경험이 이루어지는 자리를 다시 살펴보고 의식이라는 수수께끼를 풀어서 더욱 분명하게 의식을 이해하도록 하겠다. 그 과정에서 의식 지도를 다시 언급할 것이다. 몸과 마음, 영혼의 본질적인 관계를 이해하는 데 의식 지도가 아주 유용하기 때문이다.

몸과 마음, 영혼의 관계는 어떤 것일까? 앞에서 설명한 것처럼 몸은 자신을 경험하지 못한다. 성에 대해 이야기할 때면 누구나 몸과 몸의 매력, 신체적 능력, 형태를 저절로 떠올린다. 그런데 아주 놀랍게도 몸을 잘 관찰해 보면, 몸이 무정물임을, 즉 지각력이 없음을 깨닫게 된다. 몸은 스스로를 경험하지 못하는 것이다.

예를 들어 팔은 자신이 팔임을, 다리는 자신이 다리임을 경험하지 못한다. 더욱 큰 무언가가 일어나야 경험이 가능하다. 몸은 오감을 통해 경험된다. 우리가 경험하는 것은 몸이 아니라 몸의 오감인 것이다. 물론 몸이 공간 속에서 움직이고 있을 때 해당되는 말이다. 그러나 오감도 독자적으로는 자신을 경험하지 못한다. 마음속의 더욱 큰 어떤 것 안에서 경험되어야 한다.

요컨대 주의 깊게 살펴보면, 우리가 경험하는 것은 몸이나 몸의 감각들이 아니라 마음속에서 몸과 관련해 일어나는 현상임을 알 수 있다. 그러나 아주 흥미롭게도 마음 역시 자신을 경험하지 못한다. 생각은 자신이 생각임을, 느낌은 자신이 느낌임을 경험하지 못한다. 마음보다 더욱 큰 어떤 것, 본질적으로 변하지 않는 어떤 것이 있어야 한다. 마음보다 더 큰 에너지 장인 의식이 있어야 마음에서 일어나는 일을 지각할 수 있는 것이다.

이렇게 마음은 감정과 생각, 오감 속에서 일어나는 일들을, 오감은 몸에서 일어나는 일들을 우리에게 알려 준다. 그러므로 우리가 경험하는 것은 언제나 보이지 않는 스크린처럼 모든 곳에 존재하는 의식 자체의 장에서 일어나는 일들이다. 그런데 의식 자체도 의식 안에서 일어나는 일을 지각하지 못한다. 의식보다도 무한히 큰 어떤 것, 즉 크기와 공간을 초월한 어떤 것, 지각의 본질이기도 한 어떤 것이 있어야 한다.

그러므로 인간과 인간의 행동 문제들을 다루거나 이해할 때 우리는 의식의 장 안에서 일어나는 경험을 연구한다. 의식이 더 강력하고 지배적이기 때문에 의식 안의 경험에 집중하면 문제를 직접 해결할 수 있다. 몸에서 일어나는 것 같은 문제들은 의식과 마음의 차원에서 다루면 해결할 수 있다.

인간의 경험과 사건들을 관찰하다 보면, 우리가 이 사건을 받아들이는 방식과 사건의 실제가 별개임을 알게 된다. 삶에서 일어나는 사건들을 우리는 결정하거나 통제하거나 선택할 수 없다. 하지만 이것들을 받아들이는 방식은 결정할 수 있다. 그러므로 사건 자체보다도 사건을 받아들이는 방식의 경험이 더 중요하다. 누구나 알다시피 짜증스러운 일도 기분에 따라 어떤 때는 작고 사소한 일처럼 여겨진다. 하지만 어떤 때는 똑같은 일이라도 약이 더 오르거나 분노에 휩싸이기도 한다. 사건을 해석하는 방식에 따라 에너지 장 전체의 성격이 달라지는 것이다.

이처럼 어떤 상황을 인식하는 입장이나 에너지 장, 자신의 존재를 받아들이는 방식, 모든 사건들의 중요성을 결정짓는 것은 우리의 견해가 만들어 내는 컨텍스트다. 그러므로 의식 지도를 다시 언급할 것이다. 이 지도가 의식의 여러 단계들과 에너지 장들의 상대적인 수치, 힘을 보여 주기 때문이다. 상황이나 사물을 좌뇌형의 방식으로 파악하는 사람들에게는 이런 모델이 이해를 도와줄 것이다.

각 단계의 에너지 장은 긍정적이든 부정적이든 방향을 갖고 있다. 이 에너지 장에서 세상을 바라보는 방식은 물론이고, 우리 개인보다 훨씬 큰 존재와 관계를 맺는 방식, 감정들도 생겨난다. 그리고 이런 전 과정은 의식 속에서 일어난다.

이 모든 것을 종합해서 가슴에서부터 비롯되는 고차원적 에너지의 성과 세상에서의 존재 방식에 대해 다룰 것이다. 고차원적 에너지의 성과 달리 저급한 에너지의 성은 육체적 경험에 국한되어 있다. 오랜 세월 사회에서 무수히 떠들어 대고 있는 것도 이런 육체적 경험으로서 성이다.

성을 둘러싼 인간의 갈등은 성에 대한 입장과 인식 방식, 의미 등을 만들어 내는 에너지 장에서 비롯되는 것 같다. 그리고 문제는 갈등이 일어나는 것처럼 보이는 단계가 아닌, 그다음의 상위 단계에서 가장 잘 해결할 수 있다. 그러므로 우리는 성에 대한 철학이 아닌 임상경험, 즉 우리 자신의 경험으로 입증할 수 있는 것을 이야기한 후, 갈등 위의 단계에서 이 경험을 살펴볼 것이다. 단계를 뛰어넘어 고차원적인 시각에서 바라볼 때, 문제들을 가장 잘 해결할 수 있기 때문이다. 고차원적인 시각에서 바라보면 문제들이 저절로 해결되기도 한다. 관점이 이동하여 문제가 전혀 없음을 깨닫게 되기 때문이다. 성 문제처럼 보이는 것이 사실은 에너지 장에서 비롯되는 문제임을 깨달으면, 자신의 견해를 바꿀 수 있다.

성에 대해 이야기할 때 사람들이 말하는 것은 일반적으로 경험의 유형이다. 하지만 이들이 말하는 것은 많은 경우 에너지 장이기도 하다. 누구나 짐작하고 있겠지만, 미디어에서 주로 초점을 맞추는 욕망의 에너지 장에 대해 이야기하는 것이다. 요컨대 사람들은 욕망의 장에서 상황을 바라보는 특정한 태도와 인식, 특정한 갈망, 좌절이나 결핍감의 엄습, 이런저런 억제와 조종, 욕구의 충족이나 관계 속에서 이루어지는 성의 거래, 매력, 자부심, 매력에 부여하는 가치, 신체적 능력에 대해 일반적으로 이야기한다. 도덕성도 성을 신체적인 차원이나 저급한 에너지 장에서 받아들이는 시각이나 신체 중심주의와 연관되어 있다.

에덴동산에서 일어난 이야기를 보자. 아담과 이브는 고도의 비선형적인 에너지 장에서 아주 순수한 상태에 있었다. 그런데 이런 에너지 장에 있던 그들이 선형적인 지식의 나무, 즉 선악과 나무에서 열매를 따 먹었다. 이원성의 세계를 받아들인 것이다.

진정한 사랑Love의 세계는 이원적이지 않다. 진정한 사랑 속에서 사랑은 그저 사랑으로 존재할 뿐이다. 가슴은 아무 말을 하지 않아도 그저 '안다.' 가슴은 생명과 함께하기 때문이다. 그런데 옳고 그름과 선악을 나누는 나무에서 열매를 따 먹은 후 어떻게 되었는가? 그들은 정신을 가진 몸뚱어리로 자신을 생각하게 되었고, 의식 지도 밑바닥의 죄책감 단계로 굴러 떨어졌다. 기쁨의 상태에서, 사랑의 상태에서, 생명과 하나가 된 천진하고 무한한 존재였던 상태에서, 옳고 그름을 넘어선 초월의 상태에서 몸을 자신의 본체로 보는 단계로 떨어진 것이다. 이후 자신의 벌거벗은 몸을 의식하게 되었고, 이로써 수치심과 인류의 성적인 문제들이 생겨났다.

이 이야기가 역사적인 사건인지 아니면 우화에 불과한 것인지는 중요하지 않다. 심리학적으로 인류에게 일어난 중요한 사건임은 분명하기 때문이다. 우리가 성적인 문제라고 부르는 것들은 사실 몸에 대한 관점과 성을 욕망에 지배받는 신체적 현상으로 보는 시각에서 비롯된다.

욕망의 반대편에는 혐오가 있으므로 성을 특징짓는 것들은 갈망과 혐오, 욕망에 대한 회피, 무시 등이다. 성을 신체적이고 동물적인 기능으로 보면서 스스로 우월감을 느끼는 도덕주의자적 견해도 여기에 들어간다. 도덕주의적 견해를 지닌 사람들은 심지어 신이 창조한 동물계가 비도덕적이기라도 한 것처럼, '동물적'이라 불리는 것들을 '세속적'이라며 폄훼하기까지 한다. 그러므로 문제는 성이 아니라 언제나 의식 안에 존재한다. 성을 바라보고 관계들을 규정하는 방식에서 이런 잘못된 시각이 생겨난다.

의식의 장들을 연구한 결과 용기의 단계가 200의 에너지 장에 있음을 발견했다. 이 장에서는 화살표가 중립을 지키고 있어 더 이상 부정적이지 않다. 200 미만의 단계들에서는 희생자라는 시각을 갖고 결핍감을 느낀다. 그리고 완전함에 이르지 못하고 생명과 하나되지 못했다는 결핍감에서 죄책감과 무감각, 슬픔, 두려움, 욕망, 분노, 자부심이 생겨난다.

성을 욕망(125)의 신체적 차원에서 받아들이고 성별에 따라 남성과 여성으로 나누면 분리감이 일어난다. 이런 분리에서 갈망이 생기고, 갈망에서 좌절이, 좌절에서 분노가 일어난다. 그리고 이 모든 것에서 두려움과 슬픔, 무감정이 생겨난다. 이로 인해 성에 죄책감을 갖는 경향이 나타난다. 어떤 이들은 무감정과 절망, 욕망의 결핍으로 스스로를 제한하고, 어떤 이들은 성을 슬픔이나 두려움과 연관 짓는다.

좌절은 욕망, 결핍감과 연관되어 있으며 성에 대한 분노나 자만심을 낳기도 한다. 마초 같은 이미지를 뿜내며 거리를 활보하거나, 조종과 통제, 이용을 위해 오만하고 유혹적인 방식으로 자신의 여성적인 특징들을 감질나게 드러내는 할리우드 영화 속 인물들의 모습이 이것을 잘 보여 준다.

마케팅 업계에서도 욕망과 좌절, 결핍감, 분리감을 이용해서 고객들을 통제하고 조종하려 든다. 자동차 덮개에 예쁜 여자가 앉아 있는 모습을 보여 주는 것도 이 때문이다. 자동차와 예쁜 여자 사이에 도대체 무슨 관계가 있단 말인가? 그러나 광고에서는 이 둘을 연관 지으려 애쓴다. 이 차나 이 샴푸를 사면 혹은 이 머리 스타일을 하거나 이 향수를 쓰면, 내가 원하는 모습과 나 사이의 분리를 극복할 수 있다고 꼬드긴다.

이런 시각은 끊임없는 고통을 창조하는 근원일 뿐이다. 그리고 고통은 발기부전이나 불감증, 가학증, 심지어 폭력까지 다양한 형태로 나타난다. 모두 성을 신체적 능력이나 욕망, 욕정에 가득한 갈망의 시각에서 받아들인 결과다. 왜 그토록 많은 사람들이 성에 지배당하는지 이제 이해가 될 것이다.

욕망의 에너지 장이 지닌 특성 때문에 결핍감과 탐욕, 갈망의 감정들이 동반되고, 이런 감정들은 섹스 중독을 불러온다. 이렇게 섹스에 사로잡힌 사람들은 성에 지배당한다. 성적 강박증에 시달리는 탓에 이용할 수 있는 사람이면 누구든 침대로 데려가 난잡한 행위를 끊임없이 벌인다. 이 근저에는 자신이 바람직한 존재임을 입증하고 싶은 욕구가 깔려 있다.

의식 지도 오른편을 보면, 욕망의 에너지 장에 있을 때는 의식 안에서 노예화의 과정이 진행됨을 알 수 있다. 일단 무언가를 갈망하면 이런 갈망이 우리를 지배하기 시작한다. 욕망하기와 갈망하기가 사람을 지배하는 것이다. 이 에너지 장의 부정성 때문에 일시적인 즐거움에도 만족을 얻지 못하고, 끝없는 좌절과 결핍감, 갈망만 커진다. 완전하다는 느낌도, 마지막이라는 느낌도 없고 행복하지도 않다. 의식의 노예화와 섹스 중독만 남을 뿐이다.

행복은 고차원적인 에너지 장에 이르러야 번져 나간다. 끊임없는 만족과 욕망의 순환을 통해 행복을 찾으려 들면 좌절감만 경험한다. 물론 일시적으로 만족감이 들 때는 좌절도 문제가 되지 않는 듯 느껴진다. 헛된 짓을 그만두면 기분은 좋아진다. 그러나 이런 기분과 행복감은 다르다. 욕망과 갈망은 변함없이 계속된다. 이런 신체 중심주의와 욕망의 에너지 장에서 온갖 도덕적 문제들이 생겨난다.

종교와 윤리학이 이런 에너지 장을 다루는 이유는 무엇일까? 왜 이런 에너지 장을 '육욕적'이라고 부를까? 낮은 단계의 시각에서는 저급한 에너지의 성을 마음속에 품는다. 그래서 육욕적인 것에 모든 도덕적인 질문이 집중되는 것이다. 육욕은 자신의 동물적인 본성을 인정하거나 기쁘게 받아들이거나 감사해하지 않을 때, 오히려 경멸할 때, 본질적으로는 아름다운 것이라 말하지 않고 비하하는 태도로 바라보고 판단할 때 생겨난다.

이 악순환에서 벗어나 다른 에너지 장에서 성을 경험할 수 있는 방법은 무엇일까? 성에서 위안을 받는 방법은 무엇일까? 이 본능에 지배당하거나 통제당하거나 '휘둘리는' 상태에서, 성의 반복적인 악순환에 좌우되는 상태에서 벗어나는 방법은 무엇일까? 다른 에너지 장에서 성을 온전히 긍정적인 것으로 바라보고 경험하려면 어떻게 해야 할까?

다른 의식 단계에서 성을 바라보고 받아들이면 모든 문제와 의문들이 사라진다. 그렇게 되면 조종이나 억제, 좌절 같은 감정도 일어나지 않는다. 욕망이나 위험, 분노에 지배당하는 일도 사라진다. 욕망이 충족되지 않아도 결핍감이 들지 않는다. 욕망이 불러일으키는 것은, 욕망이 충족되지 않으리라는 두려움이나 욕망이 충족된 적이 없다는 슬픔, 혹은 무감정이나 분노, 좌절, 자기비난뿐이다.

지도의 아래쪽을 보면, 죄책감의 단계에서 자기비난의 감정이 동반됨을 알 수 있다. 이 단계의 성 인식은 세상을 죄와 고통이 가득한 곳으로 보고 절망과 슬픔을 느끼는 상태와 연관되어 있다. 저차원적인 관점에서는 성과 관련된 모든 문제가 두려움을 불러온다.

경쟁을 위한 조종의 에너지 장에서 성을 유혹의 수단으로 사용하면, 성은 경쟁적인 것으로 전락한다. 성적인 매력은 신분의 상징으로 이용되면서 환상에 불과한 '힘'의 상징이 된다. 치장도 신분의 상징이 되고, 조종과 통제, 자존감을 키우는 다른 수단으로 변질된다.

이런 에너지 장에서는 걱정과 불안, 수치심, 결핍감, 분노가 일어나고, 이것들은 흔히 증오로 이어진다. 그래서 칼부림이나 폭력적인 살인, 자살 같은 사건들이 벌어진다. 이런 사건들의 저변에는 사랑의 열병이나 유혹, 서로에 대한 조종, 삼각으로 얽힌 관계, 욕망과 끌어당김을 바탕으로 한 무의식적 착취가 자리 잡고 있다. '화냥년'이나 '창녀', '개 같은 놈(년)'과 같은 욕설이나 외설적인 랩 음악 등은 이것에 대한 부정과 경멸을 분명하게 보여 주는 예들이다.

성적 도덕성에 자부심을 갖는 이들도 있다. 이런 자부심은 경멸과 부정, 종교적인 갈등으로 나타나기도 한다. 자부심에 빠진 사람들은 흔히 모든 성을 경멸스럽게 '깔보는' 시각을 취한다. 또 성적인 활동에 빠진 사람을 누구든 저급한 동물적 본성에 눌려 비천해진 존재라고 여긴다. 자신처럼 다른 모든 사람들도 성에 지배받는다고 여기는 것이다. 또 성에 대한 자신의 태도를 타인들에게 투사시키면서 이렇게 말한다. '저 사람들, 너무 밝히는 것 같지 않아? 동물 같지 않아?'

이와는 대조적으로 다른 에너지 장과 시각에서 생겨나는 고차원적 에너지의 성은 이 모든 문제들, 즉 경쟁과 좌절, 두려움, 죄책감, 후회, 걱정, 불안을 초월한다. 이 온전한 에너지 장에서 성을 즐길 때는 신에게 벌을 받을지도 모른다고 남몰래 두려워하지 않는다. 신을 징벌을 일삼는 존재로 보지 않기 때문이다. 신과 확실히 분리되어 있지 않기 때문에 성에서 어떤 즐거움이나 행복을 얻어도 나중에 벌을 받으리라는 걱정은 일어나지 않는다.

그러나 어떤 이들은 몸에서 솟구치는 충동과 심리적 필요, 종교 사이의 극심한 갈등을 감당하지 못한다. 그래서 무신론을 이용해 갈등을 전부 외면해 버리기도 한다. 하지만 무신론이 없애 주는 건 죄책감뿐이다. 이들이 내려놓아야 할 것은 신과 종교 혹은 성에 대한 자신의 견해다. 그러나 어떤 이들은 갈등을 해결하지 못해 결국 무신론자가 되어 버린다. 자신의 인간성humanness과 신에 대한 관점을 다룰 방법이 이들에게는 없기 때문이다.

갈등에 휘둘리는 상태에서 벗어나 다른 에너지 장에서 이런 경험을 받아들이는 방법은 무엇일까? 사랑의 에너지 장과 욕망의 에너지 장을 비교해 보자. 사랑의 에너지 장에서는 성을 사랑의 표현으로, 살아 있음을 느끼는 수단으로, 존재의 진실과 하나됨을 느끼는 방식으로 바라본다.

성을 이렇게 경험하려면, 성을 부분적인 신체적 현상으로 경험하는 낮은 차원의 에너지 장을 내려놓아야 한다. 더불어 남성은 성적 파트너로서의 적합성에 집착하는 자세를, 여성은 신체적 매력에만 초점을 맞추는 태도를 버려야 한다.

하지만 신체 중심주의와 함께 주정주의emotionality와 감상주의도 있다. 주정주의에 신체 중심주의가 더해지면 흔히 '미친 듯이 열정적인' 포옹으로 사랑을 표현하고 갈망과 욕망의 감정을 거침없이 드러낸다. '오, 널 미치도록 갖고 싶어!', '널 얼마나 갈망하는지!', '아, 널 어떻게 하면 가질 수 있을까!' 영화나 대중매체에서 흔히 묘사하는 것은 전부 이런 짜릿한 흥분이다.

성에 대한 이런 인식을 내려놓으면 어떤 경험이 가능해질까? 성을 부분적이거나 부정적인 것으로 보지 않으면 어떤 경험이 주어질까? 가슴, 즉 500의 에너지 장에서, 존재의 진실과 실재가 하나되는 공간에서 사랑이 싹트면 성을 어떤 식으로 인식하게 될까?

먼저 이 미친 듯한 에너지 장을 내려놓고 이 장에 지배당하지 않는 방법, 갈등 없이 성을 경험하는 방법, 온갖 문제를 양산해 내는 갈망을 뛰어넘는 법에 대해 알아볼 필요가 있다. 어떻게 하면 더욱 고차원적인 에너지 장에서 성을 경험할 수 있을까?

통증을 포함한 다양한 병들이나 체중 문제에 효과적인 기법이 있다. 어떤 상황이건 이 기법의 근본 원칙은 똑같이 효과를 발한다. 먼저 에너지든 느낌이든 표현이든 욕망이든 일어나는 즉시 그것에 딱지를 붙이거나 명칭을 부여하는 일을 내려놓아야 한다. 환상이나 이미지 같은 마음속의 상을 내려놓고, 자신의 경험이나 감각을 일어나는 그대로 내버려 둔다. 저항을 내려놓으면, 이것들은 서서히 사라져 버린다. 그러면 욕망과 갈망, 결핍감을 불러오는 명치의 에너지 장도 종국에는 소진돼 버린다.

결핍의 에너지를 한 번 살펴보자. 결핍은 확실히 유쾌하지 않은 경험이다. 가게 진열창 앞에서 안을 들여다보면서 결핍감과 욕망, 좌절된 갈망을 느끼는 것은 전혀 기분 좋은 일이 아니다. 다이아몬드든 모피코트든 다른 누군가의 몸이든 간에 원하는 것을 바라보면서 '원하는 것'의 내용을 지워 버리다 보면, 이 경험 자체가 썩 유쾌하지 않음을 알게 된다. 이런 순간에는 원하면서도 갖지 못하는 것이 고통으로 다가온다.

스테이크를 먹고 싶은데 냄새만 맡고 먹을 수 없다면 엄청난 좌절감이 들 것이다. 강아지 코앞에 스테이크를 갖다 대고 먹지 못하게 하면 강아지가 무엇을 경험하겠는가? 행복을 경험할까? 살아 있음을 기쁘게 여길까? 이런 일이 오래 지속되면 강아지는 결국 좌절된 욕망으로 화를 내거나 분노할 것이다. 이것은 전혀 유쾌한 감정이 아니다.

그런데 사람들은 성을 우리의 삶 속으로 끌어들이는 것이 욕망 자체라고 오해하고 있다. 사실은 정반대인데 말이다. 결핍감과 욕망은 도리어 성을 삶으로부터 차단시켜 버릴 뿐만 아니라 성행위를 할 때도 충분히 만끽하지 못하게 만든다.

갈망에 대한 저항을 내려놓으면 억눌리고 억압되어 있던 모든 욕망들이 위로 올라온다. 이럴 때 저항이나 반대 없이 아무 조처도 취하지 않고 그냥 풀어지고 흐르도록 내버려 두면, 위로 올라왔던 욕망들은 수그러들기 시작한다. 그러다 결국 전부 멈춰 버린다. 욕망의 양에도 한계가 있기 때문이다.

이렇게 갈망과 욕망, 집착, 충동, 신체적 능력에 대한 결핍감과 갈망에 대한 중독이 흩어져 버리면, 마음에 평화가 찾아온다. 얼마나 놀라운가! 욕망과 갈망, 결핍감, 좌절이 있던 자리에, '내게는 없다는' 느낌의 자리에, 충족되지 못한 갈망이 만들어 낸 낮은 자존감의 자리에 이제는 평화가 깃드는 것이다.

음식을 향한 갈망과 욕망, 즉 식욕에 대한 저항을 내려놓을 때도 똑같은 일이 일어난다. 탐욕이 결국에는 사라져 버린다. 음식에 대한 갈망이나 식욕도 탐욕의 한 종류일 뿐이다. 외부의 어떤 것이든 탐욕의 대상이 될 수 있다. 세상이 성욕이라 부르는 것도 사실은 우리와 우리의 삶을 지배하고 휘저어 대는 갈망과 영원한 욕망, 탐욕인 경우가 흔하다.

탐욕의 자리에 내면의 평화와 고요가 깃들면, 모두 해결된 것처럼 문제가 사라진다. 문제가 어디로 가 버린 것일까? 실제로 문제는 없다. 문제는 더 이상 우리를 미치게 만들지도 않고 우리의 진실성이나 우리 자신을 모욕하지도 않는다. 덕분에 자신을 팔거나 남자와 여자 사이에서 벌어지는 끊임없는 거래 속에서 자신의 몸이나 성적인 표현을 교환하고 매매해야 할 것 같은 기분도 더 이상 들지 않는다. 거래에 애를 태우는 일도, 억제도, 잔재주도 필요 없게 된다. "이제 난 네 거야.", "이젠 나한테 보답을 해.", "저녁 식사 값을 지불했으니 이제 네 몸을 줘." 하는 말도 불필요해진다. 끊임없는 교환과 거래에 드디어 종지부를 찍는 것이다. 이로써 우리는 조종에서 자유로워진다. 타인들을 조종할 때는 그 대가로 우리도 똑같이 조종당한다는 것을 잊지 말아야 한다.

이처럼 다양한 성적 무기를 통해 조종하는 일을 내려놓으면, 우리도 이것에 조종당하지 않는다. 집착에서 벗어나 문제를 직면하고 이겨 내는 장으로 옮겨 가면 더욱 자유로워진다. 직면하고 이겨 내면, 성의 노예가 되는 대신 집착 없이 자유롭게 풀려난다.

풀려난 상태란 어떤 것일까? 충분히 자유로워져서 삶에서 어떤 일이 일어나도 좋고 일어나지 않아도 문제없는 상태를 가리킨다. 자유롭다는 것은 선택의 차원에 오른다는 의미다. 그러면 세상이나 조종에 휘둘리지 않는다. 광고를 보고 추잉 껌을 사러 가게로 곧장 달려가지 않고, 예쁜 여자가 무엇을 팔든 넘어가지 않는다. 한계를 넘어서려는 자발적인 의지 덕분에 수용의 단계로 올라가, 스스로 적합한 존재라는 자신감을 느낀다. 적합한 존재라는 느낌은 삶에서 드디어 문제의 해답을 얻었다는 내면의 인식에서 생겨난다.

이제는 좌절감 대신 자유를 만끽한다. 그러면 한 인간으로서 적합한 존재라는 느낌과 함께 자신감도 커진다. 이로 인해 자발적인 의지로 사랑의 단계에 올라가기 시작한다. 또 세상을 더욱 우호적인 곳으로 느낀다. 성에 대한 욕망과 좌절감이 남아 있다면, 세상이 이처럼 우호적인 곳으로 보이지 않을 것이다. 욕망과 욕망이 불러일으킨 내면의 이미지와 환상들을 내려놓은 덕분에 세상을 더욱 우호적이고 조화로운 곳으로 보고, 성적 표현의 기회도 자유로이 누리는 것이다.

욕망에서 벗어나 수용에 이르면, 행복에 다가가기 시작하는 에너지 장으로 들어간다. 이 장에서는 행복감과 달콤함을 느끼기 시작하고, 자신과 자신의 행위도 긍정적으로 받아들인다. 이런 사랑은 용서의 자발적인 의지를 북돋우는 돌봄의 시작이다. 또 이런 행위의 장 덕분에 전혀 다른 시각으로 자신의 존재를 경험할 수 있는 능력도 생겨난다. 그렇게 되면 이 에너지 장이 저급한 에너지 장들에서 생겨난 모든 문제들을 해결해 준다.

앞에서 이야기했듯이 모든 것은 의식 속에서 경험된다. 예를 들어 의식이 푸른빛으로 물들어 있으면 모든 것을 푸른빛으로 경험하고, 의식이 분홍빛으로 물들어 있으면 모든 것을 분홍빛으로 경험한다. 마찬가지로 부정성은 성생활의 모든 경험을 물들인다.

낮은 에너지 장들의 특징은 결핍감에서 비롯된다는 것이다. 그래서 모든 것을 주고받음으로 경험한다. 결핍감이 교환을 낳는다는 의미다. 사춘기 소년들이 라커룸에 모여서 성생활에 대해 "지난밤에 뭐든 하나 가졌어?"라는 말을 나누는 것이 그 예다.

주고받음의 낮은 에너지 단계에서 벗어나면 중간 단계인 '행위doing'의 장이 나타난다. 그러면 사람들은 이제 성행위에 사로잡힌다. "한 번 하자."와 같은 표현이 그 예다. 이로 인해 '그것'을 '하는' 방식에 집착한다. 성행위를 설명한 수많은 안내서들이 존재하는 것도 이런 이유다. 한층 현대적인 안내서들은 덤으로 모종의 사랑을 포함시키기도 한다. 이로 인해 흔히 이것을, 여자들의 행복한 성행위에 필요한 낭만 같은 것으로 여긴다.

행위의 에너지 장에서 관심을 갖는 건 그것을 얼마나 잘'하는
가'다. 이로 인해 사람들은 이제 그들의 행위 능력을 걱정한다. 섹
스를 '하는' 어떤 것으로 받아들이기 때문에 우리 사회에서는 이
것을 잘해야 한다고 생각한다. 그러므로 경쟁과 행위 능력에 신경
을 쓴다. 그러나 행위에 대한 이런 불안은 불감증과 성욕의 결여,
다양한 형태의 성기능 장애를 불러온다. 이런 장애들 속에는 '그
것을 하는' 것에 대한 불안이 도사리고 있다. '내 방식을 그가 좋
아할까?', '나의 섹스 방식을 그녀가 마음에 들어 할까?', '만족을
시켜 준 걸까?' 이런 생각들 속에서 성은 운동의 한 형태처럼 재정
의된다.

그러나 궁극적으로 성은 다른 누군가와 함께하는 방식이다. 나
의 존재를 상대와 공유하는 방식의 일종인 것이다. 주고받는 교환
물도 아니고, 평가의 척도라도 되는 양 잘해야 하는 것도 아니다.
성은 상대와 함께하는 하나의 길이며, 이 안에서 거래 체계는 송
두리째 사라져 버린다. 그러면 더 이상 성을 낮은 시각에서 바라
보지 않기 때문에 죄책감도 사라져 버리고 도덕적인 의문들에도
답을 얻는다. 사랑으로 인해 이제 가슴 안에서 서로 연결되고, 상
대와 함께하는 길과 공간이 열린다.

물론 두려움이 생길 수도 있다. 욕망과 갈망을 내려놓으면 삶에
서 사랑이 아예 자취를 감추어 버리지 않을까 하는 두려움이 일기
도 한다. 그러나 연구와 체험, 임상경험들은 진실이 정반대임을 보
여 준다. 욕망과 갈망은 저항을 불러일으킨다. 우리가 원하고 갈망

하는 그것이 상대의 내면에 저항감을 일으키기도 한다. 예를 들어 세일즈맨이 딱 세일즈맨처럼 이야기를 하면, 사람들은 그가 무언가를 팔고 싶어 한다는 걸 금방 알아차린다. 그러면 사람들의 내면에서 저항감이 일어나, 낮은 에너지 장에서 일어나는 일에 균형을 잡아 준다.

그러나 갈망을 내려놓으면, 생명 자체의 에너지 장이 몸 안으로 들어와 가슴을 열어 줄 여지가 생겨난다. 낮은 에너지 장을 내려놓는 순간, 높은 단계의 에너지 장이 즐거움과 기쁨, 사랑의 문을 열고 스스로를 드러낼 길이 열린다는 말이다. 그러면 관계 속에서 욕망도 행복과 즐거움을 가져오고, 서로의 경험을 지지해 준다. 사랑의 행위 속에도 연민이 스민다. 성행위의 결과나 도덕성에 대한 걱정은 더 이상 일어나지 않는다. 이렇게 사랑의 에너지 장에서는 사랑이 갈망과 욕망을 대체한다.

사랑은 판단하지 않는다. 본질적인 순진무구함과 자연스러움을 안다. 그래서 동물도 다른 시각으로 이해하고, 동물성animalness이 지닌 아름다움의 표현도 볼 줄 안다. 비난 가득한 부정적이고 도덕주의자적인 에너지 장에서 자유로워지면, 믿을 수 없는 아름다움과 완벽성, 살아 있음의 표현이 지니는 성스러움까지 경험할 수 있다. 살아 있음의 에너지 장을 체험하고 기쁨과 황홀함을 느끼는 것이다. 이로 인해 사랑의 관능적인 측면을 체험하고, 성에 대한 사랑을 사랑의 표현으로 경험하게 된다.

이와는 대조적으로 욕망은 죄책감과 무감정, 슬픔, 좌절, 두려움, 분노, 자부심, 행위의 결과에 대한 불안을 포함하는 모든 에너지 장을 불러온다. 그러나 욕망이 불러일으킨 갈애에서 자유로워지면, 죄책감과 후회, 욕망이 이루어지지 않으리라는 예감에서도 벗어난다. 거의 한 덩어리처럼 일제히 일어나는 이 모든 에너지에서 해방된다. 영혼이 성숙해지면서 관계의 진실성을 더욱 중요하게 받아들이고, 다른 사람의 행복을 존중하는 마음도 커진다.

낮은 단계의 의식에서는 다른 사람의 에너지를 경험하지 못한다. 오로지 자신의 에너지만 경험한다. 놀라운 말로 들리겠지만 성적인 매력의 근원은 외부 세계에 있지 않다. 성적인 매력은 세상을 향해 내가 뿜어내는 것이다. 어떤 사회에서는 비쩍 마른 몸을, 다른 사회에서는 통통한 몸을 매력적이라고 느낀다. 또는 흑갈색 머리나 금발, 뼈로 된 코걸이, 목걸이를 여러 개 목에 건 모습, 길게 늘어진 귓불, 머리 위에 그려진 상징적 문양, 위로 쌓아올린 가채 등을 매력적이라고 여긴다. 이런 종류의 장식물들은 내면에 품고 있는 자기 이미지의 투사에 지나지 않는다. 성적 매력의 근원은 사람 자체인 것이다.

다른 사람의 에너지를 느껴 보고 싶은 욕망은 사랑에서 생겨난다. 사랑의 투명한 공간에서 남성과 여성은 서로를 끌어당긴다. 우주적인 남성과 우주적인 여성이 함께 개성을 초월하는 것이다. 이제 부분적인 신체적 경험 대신 확장과 합일의 완전히 색다른 느낌을 경험한다. 이런 느낌은 상대의 에너지와 하나로 어우러질 때 일어난다.

1초 전만 해도 둘의 머릿속에는 섹스에 대한 생각이 전혀 없었을 수도 있다. 그저 토스터에서 빵이 튀어나오기만을 기다리고 있었을지 모른다. 그런데 투명한 에너지 장에서 포옹이 이루어졌다. 다시 말해 둘이 모든 억제와 분노처럼 서로 함께하는 데 방해가 되는 장애물을 내려놓은 것이다. 따라서 포옹의 순간 완전히 다른 성질의 욕망이 일어났을 것이다. 상대와 상대의 에너지를 경험하고 함께하고 싶은 욕망이다.

이런 욕망의 자연스러운 표현은 욕망 자체가 아니라, 살아 있음의 공간과 상대와 함께하는 에너지 장에서 본질적으로 생겨난다. 이럴 때 성은 온 존재로 퍼져 나가는 경험이 되고, 이 에너지와 함께할 수 있는 기회에 기쁨과 감사를 느낀다. 이런 고차원적인 기쁨과 즐거움은 완전한 합일의 느낌을 선사한다.

사실 이 에너지 장에서 이런 욕망이 일어나는 순간, 이미 완전해진 것이나 마찬가지다. 예를 들어 전화벨 소리에 분위기가 완전히 깨져서 하던 일을 중단해도 상실감이 들지 않는다. 가슴속에서는 완전하다는 느낌, 즉 하나가 되었다는 합일의 느낌이 일어났기 때문이다. 이처럼 어떤 특정한 욕구에 지배받는 상태를 내려놓으면, 삶에서 아주 놀라운 현상이 일어난다. 어떤 순간이든 언제나 완전한 경험을 하는 듯한 느낌이 드는 것이다.

체중을 줄이려 할 때도 욕망을 내려놓으면 허기와 음식에 대한 갈망, 배고픔에 지배받는 마음이 사라져 버린다. 그러면 이제는 먹는 행위 자체에서 먹고 싶은 욕망과 갈망이 일어난다. 식사를 하려고 자리에 앉았을 때 허기나 식욕이 여전히 느껴지지 않아도 일단 먹기 시작하면 커다란 즐거움이 밀려온다. 그러면 스테이크를 한창 먹는 중에 초인종 소리를 듣고 친구에게로 달려가도 상실감이나 결핍감은 들지 않는다. 완전하다는 느낌을 즐거움과 함께 이미 경험했기 때문이다.

이것은 마치 갈망에서 출발하는 대신에 경험의 다른 측면으로 들어가 다음 순간을 향해 나아가는 것과 같다. 섹스를 하거나 식사를 할 때 느낌이 어떤지 아마 알 것이다. 언제나 다음의 한 입, 다음의 기쁨을 기대하게 된다. 언제나 기대감에 충만해 있다. 언제나 도달 상태여서, 바로 지금 일어나는 일과 다음 순간에 일어나기를 바라는 일 사이에 내면의 강물이 흐르는 것만 같다.

바람과 갈망과 욕망에서 놓여나면, 바로 지금의 순간과 하나되는 느낌이 생겨난다. 그러면 매 순간이 그 자체로 완전하고 완벽하다. 언제든 상실감 없이 멈출 수 있는 것도 이 완전하다는 느낌 덕분이다.

기쁨과 지복의 고차원적인 에너지 상태에서는 상실감이 들지 않는다. 한창 재미있게 보던 텔레비전 프로그램을 누군가 꺼 버려도 상실감이 일지 않는다. 통제나 기대감 없이 그 순간을 경험하고 있었기 때문이다. 경험의 본질은 이처럼 모든 순간에 완전함을 느끼는 데 있다. 지금 그 사람과 함께 있는 것만으로도, 그 사람의 에너지와 하나가 되었다는 느낌만으로도, 받아들여짐과 합일을 생생하게 느끼는 것만으로도 바로 그 순간에 이미 완전함을 경험한다.

그러므로 자신이 바라는 미래 속에 완전한 모습을 투사시켜 경험을 지속하기 위해 이것저것 '해야 할' 일을 만들지 않는다. 다음의 한 입을 기대하지 않아도 먹는 즐거움은 이미 완벽하다. 낮은 의식 단계에서는 불완전함에서 완전함을 향해 가는 것으로 삶을 경험하지만, 고차원적인 의식 단계에서는 삶이 완전함에서 또 다른 완전함으로 이어진다.

욕망을 내려놓으면 완전한 합일과 만족의 상태를 경험한다. 매 순간이 자발적으로 자연스럽게 일어나는 것 같다. 사랑의 행위 안에서 경험이 자발적으로 일어난다. 마치 끝나지 않는 영화 속에 들어와 있는 것 같다. 이런 느낌이 드는 이유는 근원으로서의 자신을 회복했기 때문이다. 외부에서 얻어야 할 어떤 것으로 경험을 받아들이는 대신, 우리 자신이 곧 경험이 되었기 때문이다. 경험이 내부에서부터 비롯되기 때문에 우리의 존재와 경험 사이에 간극이 전혀 없다.

그러나 낮은 에너지 장에 있으면, 우리 자신은 '여기' 따로 떨어져 있는데 욕망의 대상은 '저기' 있다고 느낀다. 그리고 거리와 공간의 간극이 줄어들어야 어떻게든 욕망의 대상을 만나게 된다고 생각한다. 이로 인해 자신이 생각하는 자신의 본질과 욕망 사이에서 언제나 거리감을 느낀다. 욕망과 욕망의 대상이 주체와 객체처럼 이원론적으로 분리되어 있기 때문이다.

이것을 내려놓고 자유로워지면, 삶이 저절로 자연스럽게 전개되는 것을 경험하기 시작한다. 그러면 이 경험의 본질에 경외심을 갖기 시작한다. 신비주의자들이 표현하는 것 같은 상태에 이르는 것이다. 신비주의자들이란 어떤 존재인가? 욕망을 내려놓은 덕에 매 순간 완전함과 전체성을 경험하고, 그 안에서 절묘한 아름다움과 경외심, 신성함을 느끼는 이들이다. 이런 사람들에게는 관계 자체도 신성함의 표현이 되기 때문에 살아 있음의 강렬한 느낌으로 기쁨을 경험한다. 마치 세계를 초월한 것 같은 느낌이 든다. 어떻게 이럴 수 있을까?

부단히 변화하는 것, 시작과 끝이 있는 것, 제한되어 있는 것, 우리를 제한하는 것이 세계라고 생각할 수도 있다. 이런 생각과 동일시하면 세계는 부분적인 갈망과 욕망으로 우리의 경험을 제한한다. 그러나 이런 생각을 내려놓으면, 에너지 장은 우리의 가슴을 관통해 자연스러운 기쁨 속에서 타인과 우리를 결합시켜 준다. 이로 인해 우리는 세계를 실제로 초월하게 된다. 우리가 경험하는 에너지가 무한하기 때문이다.

그러면 이제 성적인 경험도 확장된다. 생식기의 부분적인 현상에서 벗어나 온몸으로 퍼져 나간다. 온몸에서부터 몸을 둘러싼 공간으로 확장된다. 마치 방 전체가 오르가즘을 경험하는 듯하다. 모종의 무한한 공간이 근원이고, 몸은 그저 이 공간 속에서 움직이는 것에 불과한 것처럼 느껴진다. 보이지 않는 무한한 영역에서 일어나는 일을 몸이 마리오네트처럼 그대로 재현하는 것 같다. 사랑은 제한이 없기 때문에 경험되는 에너지 역시 제한이 없다.

주변을 둘러봐도 도처에서 사랑의 표현을 확인하게 된다. 시작도 없고 끝도 없으며 제한도 없다. 이 표현을 제한할 수 있는 것은 사랑을 경험하고 사랑에 마음을 열려는 우리의 자발적인 의지뿐이다. 사랑은 마치 무한한 대양과 같다. 사랑에 반하는 것들을 내려놓고 마음의 문을 활짝 열면, 우리 자신이 바로 사랑의 표현이 될 수 있다. 그러면 시공은 물론이고 개성까지 초월하는 무한의 공간으로 사랑을 경험하게 된다.

가장 강력한 최음제는 살아 있음에 대한 내면의 느낌이다. 이런 강렬한 느낌은 모두의 내면에 잠들어 있는 완전한 상태를 깨워 주는 것과 같다. 이 사랑과 행복의 느낌이야말로 가장 강력한 최음제다. 물론 여기서 이야기하는 것은 신체적 성욕이 아니라 마음의 에로티시즘이다.

마음은 모든 것을 포용하고 끌어안으면서도 널리 퍼뜨린다. 또 살아 있음의 강렬한 느낌도 불러일으킨다. 덕분에 우리의 존재를 경험하는 순간 강렬한 기쁨이 느껴진다. 이런 기쁨은 자신과 정반대이면서도 잘 어울리는 상대와 함께하는 에너지 장 속에서 그대로 표현된다.

따라서 남성은 자신의 여성적인 면을 경험하고, 사랑의 행위 속에서 이 여성적인 면을 받아들인다. 그리고 여성은 자신 안에서 남성의 에너지 장을 경험하고, 남성을 통해 다시 자신에게로 돌아간다. 사랑의 행위가 불러일으키는 마법 속에서 합일과 완전함을 느끼는 것이다. 이 마법은 살아 있음과 기쁨의 강렬한 느낌에서 비롯된 합일의 표현으로 남성과 여성의 두 에너지 장을 결합시켜 준다.

이렇게 새로운 인식 환경이 만들어지면, 이제까지 성과 관련해서 이야기했던 문제들이 풀려 버린다. 미묘한 내면의 경험 속에서 순진무구한 기쁨과 다시 연결되기 때문이다. 이로써 신이 섹스를 인정하는가 인정하지 않는가에 대한 의문도 모두 사라져 버린다.

이처럼 살아 있음과 합일, 기쁨 속에서 내적인 평화와 완전함의 무한한 상태로 올라가면, 절대적 합일을 느끼고 이것과 다시 연결된다. 그리고 이것이 바로 평화임을 깨닫는다. 완전한 상태는 곧 평화를 의미하기 때문이다. 가슴에서 우러나는 성을 통해 다시 완전함을 체험하는 상태로 돌아가는 것이다. 이것이 바로 무한한 편재의 느낌, 초월의 신비적 특징이다.

합일의 느낌이 일어나면 모든 시간을 초월한 것 같은 느낌이, 자신이 언제나 모든 남성 혹은 모든 여성이었던 것 같은 느낌이 든다. 우리 자신이 근원이 되었기 때문이다. 경험이 비롯되는 바로 그것이 되었기 때문이다. 그러면 더 이상 그것의 영향을 받는 상태에 머무르지 않고, 그것을 표현해 낸다. 그 믿기지 않는 아름다움과 신성함을 표현하는 것이다. 내면을 들여다보면, 이런 미묘한 경험을 할 수 있다.

이런 경험을 실재적인 것으로 만드는 방법은 무엇일까? 이런 경험이 환상적이거나 신비적이거나 비현실적인 것처럼 들리는가? 현실의 남자나 여자에게는 불가능한 가공의 이야기처럼 들리는가? 그러나 이런 상태로 들어가게 해 주는 실제적이고도 분명한 방법들이 있다.

몸의 부분적인 신체적 특성에만 초점을 맞추는 상태에서 벗어나는 한 가지 길은 배꼽 아래 1인치 지점, 즉 단전에 의식을 집중하는 오래된 전통적 명상법에 있다. 경험을 하는 내내 이 부분에 의식이 머물도록 하는 것이다. 무술을 할 때도 이 부분에 의식을 집중하거나 중심을 둔다. 어떤 일이 일어나든 몸의 움직임이나 조종, 끊임없는 불안에 의식을 집중하는 대신, 단전에 의식을 집중하면 나 자신이 얼마간 사라지는 듯한 느낌이 든다.

이런 상태를 유지하면, 자율적인 참여자 겸 관찰자가 된다. 그러면 모든 경험이 전혀 다른 차원에서 다가온다. 경험들이 내면에서 자발적으로 일어나면서, 부분적인 것에 초점을 맞추는 대신 훨씬 일반적인 에너지 장에서 경험을 받아들이게 된다. 부분적인 경험의 차원에서 가슴의 차원으로 올라가도록 이 방법을 한번 시도해 본다. '단전'으로 의식의 집중점을 옮기고, 경험의 질적 변화를 관찰하는 것이다.

이렇게 부분적인 경험의 상태에서 벗어나면, 전혀 다른 에너지 장으로 들어갈 수 있다. 그러면 경험 전체가 확장되고, 확장된 경험은 훨씬 강렬하고 충만하며 더욱 기쁜 느낌을 선사한다. 이것은 우리가 성의 경험에서 욕망의 충족 대신 기쁨과 감사함을 더 크게 느꼈기 때문이다. 차이를 만들어 내는 것은 기쁨과 유사한 감사의 마음에 있는 것이다.

욕망의 충족은 흔히 상실감과 슬픔을 남기지만, 감사의 마음은 그렇지 않다. 그렇다면 성이 슬픔이나 상실감, 불완전하다는 느낌과 결핍감을 남기는 이유는 무엇일까? 성의 근원을 외부의 어딘가에 있는 것으로 생각하기 때문이다. 우리 존재의 한 부분으로 성의 근원을 다시 받아들여야 하는데도 말이다.

성의 근원을 우리 존재의 한 부분으로 다시 받아들이고 나면 자신의 순진무구함을 인식하게 된다. 그러면 다시 에덴동산으로 돌아간다. 선악과 나무에서 사과를 따 먹지 않은 상태로 돌아가는 것이다. 이렇게 육욕적인 성욕의 장에서 벗어나 순진무구함의 장으로 되돌아가서 본래의 우리가 속해 있는 진리를 자각한다. 그러므로 성은 가장 위대한 인간 경험의 하나라고 할 수 있다.

이것은 경험의 본질을 결정짓는 것이 삶의 사건들이 아니라, 이 사건들을 해석하는 우리의 방식에 있다는 원칙을 다시금 보여 준다. 그 경험이 죄책감을 불러일으키는 것이든 좌절이나 불안을 유발하는 것이든, 기능장애를 초래하는 신경증적인 것이든 혹은 인간의 경험들 중에서 가장 위대한 것이든, 상관없다.

노화 과정

몸과 마음, 영혼의 관계는 노화 과정과 어떤 상관관계가 있을까? 이 장에서는 우리의 실제 모습을 확인하고, 비실재적인 모습과의 동일시를 놓아 버리는 방법을 알아보겠다.

인간의 경험이 이루어지는 자리는 어디일까? 연구를 통해 이 문제에 천착한 결과, 세상에서 불가피하다고 주장하는 많은 것들에 사실은 우리가 지배받지 않음을 발견했다. 노화는 일련의 프로그램과 고정관념, 행동양식, 각본뿐만 아니라 수많은 동일시의 결과이기도 하다. 하지만 삶을 경험하는 그것은 나이도 없고, 노화에 영향을 받지도 않는다. 그러므로 우리가 경험하는 대상이 우리 자신인지, 아니면 우리가 경험자인지를 자문해 보아야 한다.

중년에 대한 근거 없는 사회적 통념과 건강 상태, 성생활 양식,

체중 문제처럼 중년에 발생할 것으로 여겨지는 문제 등 생각해 보아야 할 점들이 많이 있다. 또 마음이 믿는 대로 몸이 표현해 낸다는 주장은 물론이고, 이런 주장과 관련된 물리적 현상들도 있다. 몸은 원인이 아니라 결과이며 마음속 생각들에 영향을 받는다는 등의 여러 사실과 개념들도 있다. 또 이런 다양한 패턴들을 선택할 수 있는 자유, 가족과 사회의 프로그램들을 받아들이는 문제, 이런 프로그램들이 장수에 대한 생각과 믿음에 미치는 영향들도 있다. 앞으로 이 모든 문제들을 살펴볼 것이다.

삶에서 어떤 기여나 나눔을 실천하고 있다는 느낌도 중요하다. 노화에 영향을 주기 때문이다. 이런 맥락에서, '조로증' 같은 임상학적 실례들처럼 의학계에서 발견되고 있는 기이한 현상들과 최면 실험을 되짚어 보면서 이것들이 던져 주는 의미도 살펴볼 것이다. 또 노화를 계층적 현상의 측면에서 살펴보고 노화와 성과 나이도 생각해 볼 것이다. 나아가 의식 자체의 본질에 대한 지식을 활용해서 사실과 환상들을 다시 검토하고 정의 내려 볼 것이다. 누구나 나이가 들수록 노화의 전 영역에 관심을 기울이기 때문이다.

의식 지도는 인간의 행동과 '나는 누구인가' 하는 문제를 바르게 이해하도록 도와준다. 다시 살펴보면, 의식 지도는 하나의 수치 모델로 각 의식 단계의 에너지 장이 지닌 방향과 상대적인 힘을 보여 준다. 이 상대적인 힘은 0(죽음)에서부터 시작해 지복(600)에까지 이르는데, 무감정(50)은 두려움(100)보다, 두려움은 용기(200)보다 훨씬 약한 에너지를 지닌다.

중립의 단계에서는 무엇이든 문제가 되지 않지만, 사랑(500)의 단계보다 에너지가 작다. 용기, 즉 진실을 말할 수 있는 단계 밑에서는 에너지 장이 부정적인 방향을 향한다. 반면에 이 결정적인 단계 이상에서는 모든 에너지 장이 위를 향한다. 긍정적인 에너지 장이 삶을 보살피고 지지해 주며 삶을 가치 있고 신성한 것으로 받아들이게 해 주는 것이다.

200 이하의 에너지 장들은 삶에 적대적이므로 삶을 지지해 주지 않는다. 실제로 맨 아랫부분의 에너지 장들은 삶에 아주 파괴적인 영향을 미친다. 에너지와 영혼의 상실, 낙담, 위축, 노예화, 팽창 같은 부정적인 작용을 불러일으키고, 세상을 부정적으로 보게 만든다. 또 신을 매우 부정적인 시각으로 보거나 신성을 부정하게 만든다.

몸과 마음, 영혼의 관계가 갖는 진정한 의미를 이해하도록 이것들의 관계를 다시 설명해 보겠다. 이 셋의 관계를 이해하는 것이 노화 과정을 받아들이는 데 아주 중요하기 때문이다. 먼저 몸은 스스로를 경험할 수 없다는 점을 내면의 성찰과 사색을 통해 이해하고 깨달아야 한다. 이것은 아무리 되풀이해도 모자랄 만큼 중요하다.

몸은 자신을 경험할 능력이 없다. 몸과 몸 안에서 일어나는 일에 대한 인식은 오감에서 비롯된다. 하지만 오감 자체도 자신을 경험할 능력은 없다. 몸이나 오감, 감각기관보다 더욱 큰 어떤 것 속에서 경험되어야 한다. 이 어떤 것은 바로 마음이다. 마음 덕분에 우리는 오감 안에서 일어나는 일들을 인식하고, 오감은 몸 안에서 일어나는 일들을 알려 준다.

그러나 아주 기이하게 여겨지겠지만, 마음에도 자신을 경험할 능력이 없다. 생각은 자신이 생각임을, 느낌은 자신이 느낌임을, 기억은 자신이 기억임을 경험하지 못한다. 마음도 더욱 큰 어떤 것 속에서 경험되어져야 한다. 마음보다 더욱 크고 포괄적인 의식 Consciousness의 에너지 장이 있어야 한다는 말이다.

우리가 의식하는 것을 아는 방법과 의식 자체는 자각이라는 무한하고 제약 없는 장에서 비롯된다. 이 자각 덕분에 우리는 의식 안에서 일어나는 일을 알고, 의식 덕분에 마음에서 일어나는 일을 알 수 있다. 그리고 마음 덕분에 오감의 차원에서 일어나는 일을 인식하고, 오감 덕분에 몸에서 일어나는 일을 알 수 있다. 결과적으로 본래의 우리, 즉 자각의 주체, 본원적인 '나'가 가리키는 것, 무한한 큰나, 의식 자체는 몸에서 몇 단계 떨어져 있다.

그런데 흥미로운 점은 몸이 마음속의 생각들을 그대로 표현하고 따른다는 것이다. 의식적으로든 무의식적으로든 마음이 몸을 꼭두각시 인형처럼 조종하는 것이다. 그러나 마음이 몸에 이런 영향력을 행사한다는 것을 아는 사람은 드물다.

의식 지도를 보면, 신체적인 몸의 상대적인 에너지는 지구와 같은(200) 반면 마음은 400대 이상의 에너지를 갖고 있다. 또 몸의 에너지 장은 중립적이다. 긍정적이지도 부정적이지도 않은 것이다. 그 물리적 작용을 들여다보면, 400의 에너지 장에서 품은 생각이 200밖에 안 되는 에너지 장의 몸을 지배한다는 것을 알 수 있다. 이로 인해 몸은 마음속의 믿음과 개념, 생각, 양식, 대본을 받아들여서 구체적인 외양 속에 반영하기 시작한다. 이것은 다양한 병들을 내려놓는 방법에 대한 논의에서 이미 설명한 사실이다. 하지만 이 원리는 아주 중요하기 때문에 더욱 깊은 성찰이 필요하다.

이 장의 뒷부분에 이 원리를 스스로 확인하는 방법들과 구체적인 예들을 소개해 두었다. 중년에 대한 근거 없는 통념들과 노년에 이르면 노쇠해지고 건강이 나빠질 것이라는 생각들, 사실은 마음에서 비롯되는 것인데도 이 모든 일들을 몸의 불가피하고 본질적인 작용으로 받아들이는 믿음체계를 지워 버리는 방법들이 그 예다.

최면 같은 간단한 임상학적 예로도 이것을 확인할 수 있다. 예를 들어 아주 허약한 노인이 최면을 받으러 사무실로 들어와 "여기 의자에 앉아도 될까요?"라고 묻는다. 그러고는 의자에 앉을 기운도 없는 사람처럼 털썩 주저앉는다. 최면요법 전문가는 최면을 걸어 그에게 서른다섯 살밖에 안 됐다고 말한 후, 이 암시를 기억하지 못하게 기억상실증을 유도한다. 그러고는 노인이 최면 상태에서 깨어나면 "물 한 잔 마시겠어요?" 하고 묻는다. 그러면 노인은 "네, 한 잔 마셔야겠어요."라고 말하고는 분수식 식수대로 가서 물을 한 컵 받아 자리에 앉는다. 허약하기 이를 데 없던 노인의 모습은 온데간데없이 말이다. 와들와들 몸을 떨어 대던 모습은 어디로 간 걸까? 그 허약하고 쇠잔했던 노인의 모습은 어디로 간 걸까? 힘없던 노인에게 무슨 일이 일어난 걸까? 노인은 완전히 사라져 버린 것 같다!

이 임상학적 예는 몸이 최면 상태에서 받아들인 믿음을 정확히 반영한다는 것을 보여 준다. 서 있는 자세에서부터 자신을 지탱하는 방식, 몸에 대한 태도에 이르기까지 마음속 생각들을 몸은 그대로 반영한다. 노인은 자신의 몸을 노쇠한 것처럼 생각했다. 어딘가에서 떨어져 엉덩이를 다칠지도 모른다는 생각에 사로잡혀 있었다. 계속 이런 생각을 갖고 있었다면 아마도 실제로 그런 일을 겪게 되었을 것이다.

다른 예는 다중인격의 사례에서 찾아볼 수 있다. 다중인격 환자는 하나의 인격이 건강과 삶, 노화에 대해 다른 인격과 완전히 다른 시각을 갖고 있을 수 있다. 이런 경우 몸은 당시의 지배적인 인격이 지닌 믿음들을 반영한다. 몸에 들어와 있는 인격이 천식에 걸렸다는 믿음을 갖고 있으면 몸은 실제로 천식 증세를 보인다. 그러다 심신증 따위는 믿지 않는 한결 유쾌한 인격이 이 인격을 대체하면, 천식은 사라지고 알레르기 증세도 나타나지 않는다. 신체적인 몸이 무의식의 믿음체계를 반영하는 것이다.

이런 믿음체계들이 생기게 된 과정을 들여다보면, 마음이 애초에 잘못된 판단을 내렸음을 알 수 있다. 자신에게는 어떤 선택권도 없으므로 몸과 시간의 흐름에 영향을 받을 수밖에 없다고 생각한 것이다. 이때 마음은 자신의 힘을 달력에 넘겨주고 만다. 그리고 세월의 흐름에 따라 몸도 필연적으로 늙어 갈 수밖에 없다고 생각한다.

'조로증'은 이것을 보여 주는 아주 흥미로운 임상학적 예다. 조로증이라는 유전병에 걸리면, 다섯 살부터 아홉 살까지 서서히 늙어 간다. 그러다 어느 순간 극심하게 노쇠해서 열 살에 완전히 쇠약한 노인의 모습으로 죽기도 한다. 불과 10년 사이에 진행된 노화가 실제로 죽음까지 불러오는 것이다.

그러나 물리적인 시간을 원인으로 보고 신체적인 몸이 달력의 영향을 받는다고 생각하면, 이런 일은 일어나지 않을 것이다. 이런 정보를 제공하는 이유는 마음의 문을 열고 선택권이 우리에게 있음을 이해하도록 돕기 위해서다. 지금까지 우리가 믿고, 받아들인 것들이 근원과 프로그램, 각본이 되어 신체적인 차원에서 표출되기 시작한 것뿐임을 깨닫게 하기 위해서다.

그러나 신체적 차원에서 문제가 발생하면, 마음은 그 순진함으로 인해 몸의 차원에 원인이 있다고 결론 내린다. 신체적 영역과 시간, 계절의 흐름 속에서 'A가 B를 일으키고, B는 C를 일으킨다.'라는 식으로 신체적 차원에서 인과관계를 파악한다. 이로 인해 신체적 차원에서 실제로 몸의 노화 과정이 일어난다.

그러나 사실은 더욱 높은 차원의 무언가가 연속적으로 A와 B 그리고 C를 모두 불러일으킨다. A→B→C와 같이 이어진다는 개념을 마음속에 품고 있으면, 우리는 물질계에서 먼저 A를 본 다음에 B를, 그다음에 C를 보게 될 것이다. 그러면 좌뇌는 선형적으로 생각하고 세상에서 일어나는 현상들에 자신의 개념을 투사하기 때문에 A가 B를, B가 C를 일으킨다고 주장한다. A, B, C의 인과관계가 완전히 다른 차원에서 동시에 일어날 수도 있을지 모른다는 의문은 절대 품지 못한다.

원인의 차원, 즉 힘을 지닌 차원은 마음이다. 물질계는 결과의 세계다. ABC를 창조해 내는 것은 마음이라는 말이다. 예를 들어 어린 시절에 본 노인들의 모습 때문에 노인의 모습은 이러이러할 것이라는 생각을 마음속에 품으면, 물질적 차원에서 실제로 ABC를, 즉 노쇠한 사람의 모습을 창조해 낸다. 여든 살 때의 모습은 어떠하리라는 생각을 분명하게 갖고 있으면, 여든 살이 되었을 때 실제로 그런 모습을 갖게 된다. 누군가의 마음속을 들여다보고 그가 생각하는 노인의 모습을 확인해 보면, 지금 우리 앞에 서 있는 노인의 모습과 똑같을 것이다. 그가 생각한 노인의 모습이 바로 그러하기 때문이다.

마음속의 믿음이 여성의 월경 주기에도 영향을 미친다는 실험 결과도 있다. 연구자들이 여성에게 가짜 약을 주사하고 다음 달에는 월경을 건너뛸 것이라고 말했다. 그러자 약 85퍼센트의 여성들이 다음 월경을 건너뛰었고 15퍼센트는 월경 시작일이 많이 늦어졌다.

이런 예들은 결코 예외적인 현상들이 아니다. 우리의 관심은 근본원리에 있으며, 이런 현상은 늘 일어나고 있다. 마음속의 믿음과 양식들을 몸은 끊임없이 반영한다. 최면과 연구 실험에서 나타난 임상학적 예들은 이것을 분명하게 보여 주는 부분적 예에 지나지 않는다. 최면 상태에서 몸은 마음이 믿는 그대로 행동한다.

예를 들어 최면 상태에서 장미에 알레르기가 있다는 말을 들으면, 최면에서 깨어난 후 피최면자의 코는 막혀 버린다. 이런 식으로 그는 최면 요법가의 사무실에서 금방 꽃가루 알레르기나 천식 발작을 일으킬 수 있다. 역사상 이런 실험은 수차례 실시되어 왔으며, 정신분석 연보에 실리기도 했다. 이런 일은 언제나 일어나고 있다. 이제 지속적인 프로그래밍이 우리에게 영향을 미친다는 것을 잘 알았을 것이다.

중년과 노년에 대한 기대, 중년이나 노년에는 어떠하리라고 예상하는 것은 우리 마음의 순진함 때문이다. 앞에서 언급했듯이 의식의 근본원리들 가운데 하나는 의식의 본질적인 순진무구함에 있다. 마음을 주의 깊게 살피고 지켜야 하는 이유도 이것 때문이다.

스스로 자기 마음의 어머니가 되어야 한다. 마음은 순진무구한 어린아이와 같아서 세상으로 나가 무엇이든 들리는 대로 믿어 버린다. 광고나 선전, 사람들의 말을 들리는 대로, 보이는 대로 믿어 버린다. 그것들을 평가할 방법도 모르고 분별력도 없다. 그러므로 스스로 책임을 지고 이렇게 말할 줄 알아야 한다. "내 마음이 본질적으로 순진무구하다는 걸 알아. 아이 같은 순진무구함이 평생 나와 함께할 거야. 그러니까 이젠 내 마음이 받아들인 것들을 잘 살펴봐야겠어."

창조적인 사람들의 삶을 살펴보면 특이하게도 구십 대까지 건강하게 살았음을 종종 발견한다. 개중에는 여든다섯에 결혼을 하고 아흔 살에 아이를 가진 이들도 있다. 존 다이아몬드 박사는 그의 저서 『행동 신체 운동학Behavioral Kinesiology』의 한 장을 전부 할애해서 이 문제와 생명에너지를 이야기했다. 그는 지휘자나 작곡가, 연주자처럼 고전음악에 헌신한 사람들의 삶의 양상을 연구해 모두가 아주 늙은 나이까지 생산적인 삶을 살았다는 점을 발견했다. 여든여섯 살까지 교향악단을 이끌었던 어느 지휘자는 서른네 살짜리 부인과 어린아이까지 두고 있었다. 이런 생활방식을 가진 사람들에게는 어느 정도 용인되는 일이었다. 연구자나 물리학자,

배우, 작가들 중에도 장수를 누린 사람들이 많았다. 조지 번즈와 프레드 아스테어 같은 배우들도 오래도록 생을 누렸다.

요컨대 생활연령chronological age 자체에는 아무런 힘이 없다. 정말로 위력을 발휘하는 것은 나이에 대한 우리의 믿음, 나이를 받아들이는 방식, 나이에 따라붙는 온갖 믿음체계를 대하는 방식, 오랜 세월 흡수한 믿음체계다. 그렇지 않다면 어떤 사람은 여든 살에 춤을 추고 공연을 하는데 어떤 사람은 고작 쉰아홉에 무덤으로 들어갈 준비를 하고 있는 이유를 어떻게 설명할 수 있겠는가?

내게도 쉰아홉 살밖에 안 됐는데도 일흔다섯 살처럼 보이는 친구가 있다. 그는 마치 삶을 다 산 사람처럼 보인다. 심장동맥 바이패스 수술도 두 번이나 받았다. 가만히 있을 때 힘없어 보이는 모습과 몸의 전체적인 자세는 노년의 변화에 대한 그의 믿음을 그대로 보여 준다.

그러나 우리에게는 선택권이 있다. 가장 먼저 깨달아야 할 점이 바로 이것이다. 누구나 자신의 선택에 따라 다른 모습으로 늙어 갈 수 있다. 그러려면 가족으로 인해 생겨난 믿음체계를 내려놓아야 한다. 과거를 되짚어 보면 중년과 노화 과정에 대한 믿음체계들이 어디서 생겨났는지 발견할 수 있다. 무엇이 이런 믿음체계들을 만들어 냈을까? 어린 시절과 부모님과의 관계를 되돌아보고, 조부모님이 중년이었을 때의 모습도 살펴보자. 그러고 나서 부모님의 중년시절 모습을 관찰해 보면 마치 사진과 같은 분명한 양상을 발견할 것이다.

어떤 이들에게 중년은 맥주를 많이 마셔서 불룩하게 나온 배나 피곤하고 의기소침한 얼굴로 집 안에 눌러 앉아 있는 모습, 텔레비전을 보면서 "무슨 일에도 더 이상 기운이 안 나."라고 불평을 늘어놓는 모습을 의미할 것이다. '음, 이미 한물갔어.'라고 생각하거나 서로 눈을 찡긋해 보이며 "어이, 조지, 뭐라고? 너도 지금 거기가 맛이 간 거야?" 하고 묻는 모습을 의미할 수도 있다. 중년이 됐으니 이제 성생활 같은 건 잊어야 한다고 생각하는 것이다.

이런 프로그램들은 전부 순진한 어린아이의 예민한 마음속으로 들어가, 피곤에 찌든 얼굴에 지저분한 옷차림을 한 어머니와 같은 모습으로 늙어 가게 만든다. 더 이상 외모를 가꾸지 않고 미용사를 찾아가지도 않는다. 중년이 됐다면, 삶에서 은퇴한 것과 마찬가지라고 생각하기 때문이다.

그런데 이런 은퇴를 기다리는 사람들도 있다. 이들이 삶으로부터 물러서는 것을 포함해서 이 은퇴를 어떻게 바라보는지 한번 살펴보자. 이들의 전체적인 태도는 다음과 같다. "이제 선셋 힐스에 가서 느긋하게 해가 지기를 기다리는 거야. 느린 소멸을 위한 노인들의 클럽에 합류해 기운을 서서히 잃어 가면서 서로 떠나가는 모습을 지켜봐 주는 거지."

그러나 이것도 하나의 선택일 뿐이다. 조지 번즈(백 번째 생일 기념 공연을 준비할 만큼 죽을 때까지 왕성한 활동을 펼친 미국의 배우 겸 작가―옮긴이)는 이런 선택을 받아들이지 않았으며, 앨런 그린스펀(18년간이나 미국 연방준비제도 의장을 역임한 '세계의 경제 대통령'―옮긴이)이나 프레드 아스테어(영화 무용의 새 경지를 연 미국의 무용가 겸 가수, 배우―옮긴이)도 마찬가지였다. 세계를 지배했던 모든 위대한 권력자들과 정치가, 작가, 작곡가들도 마찬가지다. 이들은 육십, 칠십, 팔십 대까지 건강하게 잘 살았다. 늙어갈수록 힘과 지혜, 세상에서의 능력이 약화되기는커녕 더욱 강해졌다. 그러므로 몸에 일어나리라 여겨지는 변화들에 대한 모든 믿음과 사고체계들, 노화가 불러오리라 예상하는 일들에 대한 모든 생각들을 잘 살펴보아야 한다.

먼저 자신이 그리는 노년의 모습과 부모님과의 관계를 되돌아본다. 여러분은 부모님을 정말로 사랑하는가? 흥미롭게도 동일시의 원인은 바로 사랑에 있다. 부모님을 사랑하기 때문에 그들을 모방하는 것이다. 예를 들어 아버지를 존경하는데 아버지가 전형적인 중년 남자의 모습을 갖고 있다면, 우리도 이런 모습을 선택하고 동일시하게 된다. 어떤 부정적인 이유 때문이 아니다. 아버지에 대한 존경과 사랑, 순진무구함과 가족애 때문에 모방하는 것이다. 조부모와의 관계에서도 똑같은 일이 일어난다. 이들을 보면서 노년에 대한 상을 품는 것이다.

흥미롭게도 나는 중년에 대해서는 부정적인 시각을, 노년에 대해서는 상대적으로 긍정적인 시각을 갖고 있었다. 그래서 노년을 손꼽아 기다렸다. 할아버지는 예순여섯에도 지붕 위에 올라가 새 지붕을 얹었고, 할머니는 위엄 있고 우아한 모습을 잃지 않았다. 그래서 나도 기대하며 노년을 기다렸다. 할아버지가 되면 최고급 각반에 최고로 멋진 모자, 가장 좋은 옷을 차려 입고 귀족처럼 멋진 삶을 살 수 있을 것 같았다. 늙어서 만큼은 내 본연의 모습으로 존재할 수 있을 테고, 삶이 머지않아 끝날 것이므로 더 이상 누구의 눈치도 볼 필요가 없을 듯했다. 정말로 우아하고 사랑스러우며 멋진 사람이 되리라 생각했다. 이처럼 내가 생각하는 노년은 비틀거리는 노쇠한 모습과는 거리가 멀었다.

다른 사람들은 노년을 노쇠하고 약한 모습으로 그리고 있는 듯하지만 우리에게는 선택권이 있다. 이 문제는 우리가 사랑하고 동일시하는 사람과 관련되어 있다. 텔레비전이나 영화를 통해 받아들이는 모든 프로그램과 노화가 불러일으키는 이미지들도 문제다. 텔레비전의 상업 광고들은 의도적으로 노화에 대한 두려움을 자극한다. 물론 두려움은 우리 마음속에 있고, 마음속에 있는 것은 겉으로 드러나기 마련이다. 그러므로 노년에 대한 두려움, 우리가 두려워하는 바로 그 일들은 결국 겉으로 표면화된다. 이럴 때 이런 심상들 가운데 어떤 것도 받아들이지 않을 선택권이 자신에게 있음을 깨달으면 매우 유용할 것이다.

어떤 상을 갖고 있든 이것은 기필코 삶 속에서 구체화된다. 그러므로 자신이 무엇을 받아들이고 있는지 특별히 주의를 기울여야 한다. 스스로 자기 마음의 보호자가 되어야 한다는 의미다. 마음이 진실로 무엇을 믿고 있는지 잘 살피고 파악한 다음, 마음이 오랜 세월 무엇을 받아들였건 용서해 주어야 한다. 마음이 자신의 순진무구함을 몰라서 온갖 프로그램과 이야기, 각본들을 그대로 받아들였고, 우리는 자신도 모르는 사이에 이것들에 따라 행동했기 때문이다.

자신이 받아들인 삶의 각본을 알고 싶다면 지금의 삶과 신체 모습을 살펴보기만 하면 된다. 자신의 신체야말로 우리가 받아들인 것들의 반영물이기 때문이다. 그러나 어린 시절에 머리 위로 빗발쳤던 말들을 잊어버린 탓에 이런 것들을 받아들였다는 것조차 기억하지 못할 수도 있다. 그래서 사람들은 기억을 들여다보고도 "이런 믿음을 갖고 있었다니 기억도 안 나."라고 말한다.

사실 삶의 많은 부분을 우리는 의식하지 못한다. 넘쳐나는 기억들로 삶의 많은 부분을 잊어버린다. 예컨대 하루가 몇 초로 이루어져 있는지 깨닫지 못한다. 하물며 매일, 매 순간 일어났던 일을 기억하는 사람이 있을까? 어제 아침에 먹은 음식이 기억난다면 운이 좋은 것이다. 즉시 기억해 낼 수 없다는 의미에서 우리 삶에서 일어나는 많은 일들이 잊힌다.

하지만 몸을 살펴보면 우리가 받아들인 프로그램들이 어떤 것인지, 어떤 믿음체계를 갖고 있는지, 우리가 가치 있게 여기거나 사랑하는 것 혹은 그 반대의 것이 무엇인지, 마음속의 두려움으로 몸이 어떤 징후를 드러내게 되었는지 알 수 있다.

노화의 양상은 계층에 따라서도 분명하게 달라진다. 노년과 노화 과정을 생각할 때 장수를 떠올리는 이들이 늘고 있다. 오래 사는 것이 이제는 지극히 평범한 일이 되었기 때문이다. 게다가 아주 늦은 나이까지 활동적으로 맡은 역할을 다하기도 한다. 따라서 이제는 노년을 위상과 가치가 높아지는 시기로 본다. 이것은 힘과 가치가 신체에서 나온다고 보며 노화의 양상도 더욱 급속한 분야의 사회적 시각과 대조를 이룬다.

예를 들어 스포츠계에서는 서른둘이면 벌써 노장 취급을 받는다. 마흔이면 노인으로 간주된다. 그런가 하면 어떤 계층의 노동자들은 예순다섯이 돼야 은퇴를 한다. 이 나이가 되면 이미 많은 것들이 끝나므로, 선셋 힐스로 옮겨 가 힘도 흥미도 활력도 없이 나태한 생활을 지속한다. 직업에서의 은퇴가 삶에서의 은퇴라도 되는 양 삶을 포기해 버린다. 삶에 가치와 의미를 부여해 주는 것이 일 뿐이었는데 더 이상 '노동자'로 분류되지 않으므로 세상에서 아무런 가치도 지닐 수 없게 되었다고 생각한다.

이런 사람들은 더욱 전인적이고 전체적인 시각에서 자신을 바라보지 못한다. 또 직장에서의 생산성과 월마다 집에 월급을 가져다줄 수 있는 능력 말고는 다른 것에서 가치를 찾지 못한다. 아이들의 엄마나 부양자가 아닌 다른 존재로 자신을 바라볼 줄 모른다.

여성은 아이들이 성장해 집을 떠나면서 본격적인 노화 과정이 시작된다. 삶으로부터 갑자기 물러나 남편과 함께 은퇴자처럼 살아간다. 아버지는 직장에서 은퇴하고 어머니는 아이들을 기르는 일에서 물러나는 것이다. 이제 할 일을 잃은 두 사람은 자신들의 가치가 줄어들었다고 생각한다. 사회에서 쓸모 있는 존재가 되기 위해 간간이 어떤 시도를 하기는 하지만, 스스로도 이것을 믿지는 못한다. 이로 인해 노화 속도가 서서히 빨라져 많은 사람들이 은퇴 후 몇 년도 안 돼 죽음을 맞이한다.

이런 믿음체계들을 일찍 확인하고 이것들에 지속적으로 도전하는 일이 중요하다. 그래야 삶에서 진정으로 가치 있는 것을 발견할 수 있다. 그러면 직장에 다니든 안 다니든, 월급봉투를 집에 가져다줄 수 있든 없든, 아이들을 기르고 있든 아니든, 중산층의 안정적인 삶의 양식을 유지하든 아니든 삶을 변함없이 가치 있게 받아들인다. 세상에 영향을 미치고 있으며 자신의 삶에 의미가 있음을 확인할 수 있다. 타인들과 기꺼이 삶을 공유하고, 스스로 열정의 원천이 되며, 주변 사람들의 삶에 기여할 수도 있다. 삶의 가치를 다시 평가하고 재맥락화해서 다른 삶의 방식과 시각을 받아들여야만, 스스로 삶에 새로운 가치를 부여해서 더욱 긍정적인 시각으로 자신의 에너지 형태를 향상시킬 수 있다.

마음속의 생각들에 영향을 받는다는 점은 앞에서 수차례 이야기했다. 자신의 믿음체계와 사고방식들을 확인하고 이것들을 바꿀 선택권이 자신에게 있음을 깨달아야 한다. 선택은 우리 개개인에게 달려 있다. 선택에 따라 나이가 들어서도 적극적이고 활기찬 모습을 유지할 수 있으며, 의미와 가치가 있는 즐거운 삶을 살아갈 수 있다. 마지막 순간까지 건강한 몸을 잃지 않을 수 있다.

누구나 다른 삶의 각본들에 환상을 갖고 있으며, 다른 프로그램들의 장점을 눈여겨본다. 이것들을 선택하는 이유도 여기에 있다. 그러나 이득이 되지 않는 프로그램을 기꺼이 내려놓고 있는지 잘 살펴야 다른 프로그램들이 주는 이득과 장점도 얻을 수 있다.

우리의 삶과 몸, 일상에서 일어나는 일들은 결국 마음속에 들어 있는 생각의 투사물이다. 물질계에 대한 우리의 믿음체계가 경험을 낳는다는 말이다. 그러므로 마음속에 있는 것들이 겉으로 구체화되는 양상을 파악하면 긍정적인 선택을 할 수 있다. 우리의 경험이 생각의 결과물임을 인식하면, 생각을 바꿔 경험까지 스스로 변화시킬 수 있는 것이다.

따라서 잘못된 믿음체계들을 버리고 진실을 받아들여야 한다. 이 진실은 바로 우리가 무한한 존재이며, 마음속에 품은 생각들만 실제로 우리에게 영향을 미친다는 것이다. 부정적인 믿음들이 드러날 때마다 이것들을 지워 버리고, 진실을 강력히 주장해야 한다. 집단의식과 세상의 에너지 장에 끊임없이 반기를 들어야 한다. 세상이 우리를 다시금 집단의식으로 프로그래밍하려 들 것이기 때문이다. 우연한 말일지라도 한 번 들으면 그것에 다시 영향 받을 수 있다. 그러므로 마음속의 모든 부정적 믿음체계를 지워 버리려면 경계심을 늦추지 말아야 한다.

시력과 안경을 쓰는 일에서도 똑같은 현상을 발견할 수 있다. 나는 50년 동안이나 이중 초점 안경을 썼다. 물론 우리 사회에는 중년이 되면 시력이 나빠진다는 믿음체계가 있다. 그래서 많은 사람들이 중년이 되면 독서 안경을 사용하기 시작한다. 그 결과 독서 안경을 쓴 모습이 중년의 한 가지 전형이 되었다. 잡지에 나오는 은퇴자들도 거의 언제나 안경을 쓰고 있다. 확실한 증거도 없는데, 중년이 되면 누구나 안경이 필요할 거라고 추측하기 때문이다.

안경 쓴 지적인 책벌레 이미지를 마음속에 품고 있었기 때문에 나도 이미 안경을 갖고 있었다. 청소년 시절 내 이미지의 한 부분에 안경을 쓰는 것도 포함되어 있었기 때문이다. 물론 이미 안경을 쓰고 있었다면, 중년에 이르러서는 시력이 더욱 나빠져 결국엔 이중 초점 안경이 필요하게 된다. 그러다 중년 후반에 이르면 분명히 삼중 초점 안경이 있어야 할 것이다.

내게는 의식의 본질을 탐구하는 연구에 전념하던 시기가 바로 이 삼중 초점 안경이 필요하던 때였다. 어느 날 수업 중에 의식의 기법들을 이용해 온갖 신체적 질병들을 내려놓은 경험을 이야기 해 주었다. 언급한 병명이 열다섯 가지나 스무 가지쯤 되었을 것이다. 그런데 어떤 학생이 물었다. "음, 그런데 왜 여태 안경을 쓰고 계신 거죠?" 나는 이렇게 대답했다. "음, 한 번도 생각해 보지 않은 문제입니다." 정말로 나는 안구 자체와 안구의 보는 능력, 즉 시각의 전체 메커니즘도 이것에 대한 믿음체계의 재현물일 수 있음을 한 번도 생각해 본 적이 없었다.

이후 나는 믿음체계를 들여다보고 부정적인 것들을 지워 버리기 시작했다. 나는 무한한 존재이므로 안경이 필요하다는 믿음체계를 비롯한 어떤 제약에도 영향 받지 않는다고 자신에게 말해 주었다. 이 과정을 6주간 계속했는데 그 기간 동안에는 거의 아무것도 볼 수가 없었다. 안경을 아예 안 썼기 때문이다. 그래도 안경을 다시 쓰지는 않았다. 이 6주 동안 몇 미터 앞에 있는 것을 제외하고는 어떤 것도 보이지 않아서 움직임에 제약을 받았다. 근시에 원시, 난시까지 있었기 때문에 읽기는 고사하고 멀리 떨어진 것도 전혀 볼 수가 없었다.

그래도 6주 동안 지속적으로 일관되게 부정적인 믿음체계를 내려놓는 훈련을 했다. 그 과정에서 드디어 그저 순응하고 믿음체계에 대한 저항까지 내려놓는 것이 이 기법의 한 부분임을 깨달았다. 그래서 자신에게 이렇게 말해 주었다. "하느님, 제가 다시는 볼 수 없게 된다 해도 그저 그러려니 할 겁니다." 모든 걸 내려놓고 더 고차원적인 힘에게 완전히 내맡긴 것이다. "당신의 뜻이 무엇이든 그 뜻에 따르겠습니다."

그런데 우리를 향한 신의 뜻은 무엇일까? 완전하고 완벽한 행복, 온전함, 하나됨이다. 신의 의지에 내맡기고 나자 갑자기 일순간에 시력이 돌아왔다. 오랜 세월 안경을 쓰고 살았는데도 시력이 완벽하게 회복된 것이다.

이처럼 어떤 믿음체계를 얼마나 오래 갖고 있었는지는 중요하지 않다. 내가 몇 년 전에 내려놓은 믿음체계도 평생 내 삶에 존재하면서 나의 시력을 제한하던 것이었다. 이 예는 의식 자체의 차원에서 경험할 수 있는 원리를 잘 보여 준다. 즉 몸은 우리의 믿음을 반영하므로 이 믿음체계들을, 마음 자체를, 이 마음이 경험되는 자리를 향해 직접 말을 걸면 믿음체계들을 지워 버릴 수 있다. 우리에게는 그럴 자유와 선택권이 있다.

중년과 노화, 노년에 대한 일반적인 믿음체계들로 돌아가 보면, 두 가지가 일어나고 있음을 알 수 있다. 먼저 노화가 불러오는 것들에 대한 믿음체계가 있고, 이것을 받아들이는 방식과 입장이 있다. 사실 중요한 것은 삶에서 일어나는 사건들이 아니라 이것들이 우리에게 갖는 의미다. 사실이나 사건이 갖는 중요성은 이것들을 받아들이는 태도에서 생겨나며, 이런 태도가 환경을 만들어 내기도 한다. 이런 환경은 우리의 존재 방식을 형성해 주며, 사건이나 결정 혹은 사실에 대해서 어떻게 느낄지 미리 결정지어 버린다.

의식 지도를 보면 다양한 에너지 장과 의식의 단계들이 있다. 지도의 맨 아랫부분은 무의식적인 단계로 진실에서 가장 먼 반면 죽음과는 가깝다. 위로 올라갈수록 진실이 강해지기 때문에 맨 꼭

대기에서는 생명, 진실, 살아 있음의 느낌에 감응한다. 지도의 꼭대기에는 신이 존재하는 것이다.

감정은 우리가 처해 있는 단계의 에너지 장을 반영해 주며, 이 에너지 장에서 세상은 물론 신을 보는 특정한 시각이 생겨난다. 지도의 맨 아래에는 가장 저급한 에너지 단계들이 있는데 이런 에너지는 소극적 자살을 불러오기도 한다. 예를 들어 노년의 죽음은 많은 경우 고령에 원인이 있는 게 아니다. 그보다는 소극적 자살의 양상을 띠고 있다. 희망의 상실로 인한 포기의 결과인 것이다. 죄책감도 한몫을 한다. 그래서 흔히들 고령과 노쇠, 병을 자신이 지은 죄나 삶의 실패에 대한 벌처럼 받아들인다. 이 모든 것들을 받아 마땅하다고 생각하며, 자기혐오로 파멸을 선택한다. 이런 사람들은 삶과 세상을 죄와 고통의 장으로 본다. 그리고 실제로는 죽음을 두려워한다. 죄책감 때문에 신도 처벌을 일삼는 가혹한 존재로 여기기 때문이다. 또 노년을 파멸의 과정으로 보는 시각과 더불어 노년에 대한 두려움도 느낀다. 이런 두려움은 이들을 파괴적인 시각의 영역 속으로 떨어뜨리는 믿음체계에서 비롯되는 것이다.

소극적인 자살을 불러오는 에너지 장에서 약간 위, 그러나 여전히 아주 가까이 존재하는 에너지 장에서는 자신을 충분히 돌보지 않는 식으로 죽음을 허용한다. 바로 무감정의 에너지 장에서 일어나는 일이다. 여기서도 가망 없음과 절망 같은 부정적인 태도가 지배적이며, 이로 인해 에너지를 잃어버린다.

노년을 이런 시각으로 바라보면 모든 상황이 가망 없게 여겨진다. 낫을 든 해골 모습으로 말을 타고 달리는 죽음의 신이 우리를 지배하는 것 같고, 노년과 노년의 모든 조건들, 신체적인 요소들이 절망적으로 느껴진다. 이런 시각은 자연히 에너지 상실을 불러온다. 가망 없음과 절망에 빠져 현재의 삶을 제대로 살아 낼 기운도 못 낸다. 사적인 삶이든 공적인 삶이든 모두 가망이 없다고 보고, 신도 무신경한 존재로 받아들인다.

다음의 한결 고차원적인 에너지 장에서는 중년이나 노년을 슬프게 받아들인다. 이것은 아주 일반적인 시각이다. 중년을 슬프게 인식하며, 젊음의 부재를 끔찍하고 커다란 상실로 받아들인다. 활력과 성생활, 신체적 매력, 유혹적인 성적 능력, 정신의 기민함, 세상의 지위와 힘을 잃어버리는 상태로 여기는 것이다. 상실했다고 인식하는 것들에 대한 끊임없는 슬픔은 후회의 감정을 야기하고, 중년과 노년의 시기를 쇠퇴기로 바라보게 만든다. 그 결과 자신의 삶은 물론이고 인간의 삶 전반에 대해서도 의기소침해진다. 삶과 미래, 서서히 진행되는 노화를 슬픈 일로 받아들이고, 신이 자신을 무시해서 노화 과정에는 신경도 안 쓴다고 여긴다.

다음은 두려움의 에너지 단계다. 두려움의 에너지는 긍정적으로 활용할 수도 있다. 우리가 정말로 두려워해야 할 것은 늙음이 아니라 부정적인 믿음체계가 불러오는 결과들이다. 위험은 나이 자체가 아니라 마음속에 품고 있는 부정적인 믿음체계에 있는 것이다. 그러나 보통 사람들은 노년 자체를 두려워해서 걱정과 근심이 가득하다. 슬픔은 과거와, 두려움은 미래와 연관되어 있다. 두려움으로 노년을 바라보며 미래에 대해서 근심과 걱정을 품는다.

그러므로 세상과 노화 과정 전체를 두렵게 여긴다. 의지할 신도 전혀 없다고 생각한다.

다음은 욕망의 장이다. 욕망의 장에서는 이 모든 것을 바꾸고 픈 강렬한 갈망과 바람이 생겨난다. 그 양상으로 젊음에 집착하고, 젊음이 있는 곳에 삶이 있다고 생각한다. 나아가 젊음을 지나치게 찬양하기도 한다. 젊음을 붙잡으려는 광적인 욕망으로 노년에 대한 두려움을 표출하는 것이다. 또 부적절한 행동들에서 드러나듯 어떤 이들은 우아하게 늙어 가지 못한다. 젊음을 삶으로 오인하는 태도와 젊음에 대한 욕망을 내려놓지 못하기 때문이다. 그러나 삶은 언제나 존재한다. 어린 시절에 갖고 있던 삶의 에너지는 '노인'에게도 똑같이 존재한다.

다음의 에너지 단계는 분노다. 이 단계에서는 점진적인 노화 과정 전반에 영향과 지배를 받으며, 희생자가 될 수밖에 없다고 생각한다. 또 세월이 자신의 삶을 마음대로 휘두른다고 느낀다. 그래서 분노를 느낄 수밖에 없다. 이런 생각들은 모두 부정적인 에너지 장에 들어 있으며, 실제로 이런 장은 보통 다른 장들과 뒤섞여 있다. 어느 하나의 단계만 존재하는 경우는 드물다.

예를 들어 분노에는 약간의 슬픔과 약간의 가망 없음, 약간의 죄책감이 섞여 있으며, 이 모든 감정들은 함께 일어나는 경향이 있다. 노년에 대한 분노와 좌절감, 억울함이 같이 일어나는 것이다. 그래서 노화의 과정과 젊음의 상실에 혐오와 분노를 함께 느낀다. 또 조부모에 대한 기억이 좋지 않아서 노인들을 싫어하는 젊은이들도 많다. 이들은 노인들 주변에 있고 싶어 하지 않는다.

이런 분노에서 갈등과 경쟁으로 얼룩진 세상이 만들어지며, 신에게 투사된 분노는 무의식적인 죄책감과 신이 보복할지도 모른다는 두려움을 불러온다.

부정도 노화를 대하는 또 다른 방식이다. 위에서 언급한 선택권을 거부하고, 노화 과정에 약간은 오만하고 우쭐대는 입장을 취한다. 이런 태도는 우리를 완전히 부정적인 단계에 위치시킨다.

이 모든 것들은 진실과 관련이 깊다. 이것들을 들여다보기 시작하면 이 부정적인 입장들에서 벗어날 수 있다. 이것들에 저항하거나 집착하거나 가치를 부여하는 일을 내려놓으면, 이 입장들에서 벗어나 중년과 피할 수 없는 노화를 아무렇지 않게 받아들이게 된다. 그러면 신도 자유를 선사하는 존재로 보고, 삶에서 일어나는 일들의 근원이 자신에게 있을지도 모른다는 점도 기꺼이 받아들인다. 나아가 이제는 노화 과정에 대한 진실을 발견하는 것이 목적이므로 그것에 동의한다고 말할 수도 있다. 그러면 중년과 노화, 세상 모두 호의적으로 보이기 시작한다. 이런 세상의 신은 희망을 주는 믿음직한 존재다.

수용의 단계로 올라가면 이제 자신의 힘을 되찾기 시작한다. 진실을 받아들이려는 자발적인 의지가 에너지 장을 부정적인 것에서 긍정적인 것으로 바꿔 주기 때문이다. 진실은 삶에서 일어나는 일들의 근원이 바로 자신이라는 점이다. 믿음체계들을 삶 속에 흡수하고 받아들여 스스로 근원이 된 것이다. 그러나 우리에게는 선택권도 있다. 이 점을 깨닫고 받아들이는 순간 모든 것이 조화롭게 보이기 시작한다. 이런 세상에서는 신도 자비로운 존재로 여겨진다.

이제는 사랑의 상태로 옮겨 가 책임 있고 진실되게 자신을 사랑한다. 부정적인 사고방식들에 빠진 자신을 용서하고 지지하고 보살펴 주는 것이다. 사람들이 부정적인 사고방식들에 빠지는 이유는 무엇일까? 천진함과 순진함 때문이다. 상황이나 일을 원래 그런 것으로 받아들이고, 의문을 제기할 생각조차 하지 못한다. 의식이 깨어 있지 못한 것이다. 그래서 예를 들어 설명해 주어야 "와, 선택권이 있는 것 같네요."라고 말한다. "음, 저 사람은 유전적으로 원래 저래."라거나 "나도 저렇다면 아흔 살에도 즐겁게 살아갈 텐데."라고 말하기를 멈춘다. 사랑의 에너지 장에서는 변명을 멈추고, 부정적인 사고방식이 우리가 삶 속에 끌어들인 믿음체계 때문임을 진심으로 인정하기 시작한다. 마음이 갑자기 열리는 것 같은 이런 경험은 거의 계시처럼 다가온다.

제한에서 벗어나는 길은 자발적인 의지와 열린 마음으로 선택 사항들을 살펴보고, 자신에게 실제로 선택권이 있음을 깨닫는 것이다. 그러면 세상도 사랑이 가득한 곳으로 보인다. 중년과 노년의 장점들을 발견한 덕에 미래의 전망도 긍정적으로 바라보게 된다. 그러면 많은 이들이 지난날을 되돌아보며 이렇게 말한다. "솔직히 젊은 시절로 다시 돌아가고 싶지는 않아요. 십 대 시절의 불안과 여드름, 무지, 방황, 서투름, 사람들과 어울릴 때의 끊임없는 걱정과 자의식을 다시 겪고 싶지 않습니다. 이십 대도 마찬가지예요. 이 세상에서 어떤 존재가 될지 몰라 '내가 대학을 졸업할 수 있을까?' 하며 하염없이 불안에 시달리고 싶지는 않아요. 삼십 대로 돌아가 다시 고군분투하는 것도 싫습니다. 가정을 포함해서 온갖 것들을 안정적으로 다지기 위해 또 다시 싸우고 싶지 않거든요."

이제 과거가 현재보다 좋았다고 말하는 대신에 이렇게 선언한다. "이봐, 바로 지금, 바로 여기 현재 속에 멋진 선택사항들이 있어." 그러면 갑자기 온 세상이 새롭게 열리는 것 같은 느낌이 든다. "예순 살에도 다시 태어날 수 있어. 안 될 게 뭐가 있어?"

부정적인 에너지 장에서 긍정적인 에너지 장으로 옮겨 가면 진실에 더욱 가까워진다. 그러면 자신이 경험자이며, 삶에서 일어나는 일들이 실제로 경험자에게 영향을 미칠 수 없음을 서서히 깨닫는다. 우리가 컴퓨터의 하드웨어라면 경험은 소프트웨어와 같은 것이다. 하드웨어는 소프트웨어에 영향 받지 않으며, 경험하는 주체는 경험에 휘둘리지 않는다. 본래의 우리는 나이를 먹지 않고 그대로 존재하며, 노화에 영향 받지 않는 것이다.

내면의 경험자는 몸 안에서 변화가 일어나고 있음을 인식하지 못한다. 그래서 때로는 이런 변화를 충격으로 받아들인다. 사람들이 이상한 눈으로 쳐다봐도 그 이유를 알아채지 못한다. 내면에서는 시간의 경과를 경험하지 않기 때문이다. 진정한 자기, 실제의 자기는 노화 같은 것을 전혀 경험하지 않는다. 우리가 한 부분을 이루고 있는 진실 안에서 늙는다는 일은 일어나지 않는다. 이 사실을 점진적으로 자각하면, 선택의 자유는 물론이고 진정한 자기와 하나가 될 가능성도 커진다.

한 예로 노년이 돼도 성욕이 전혀 감퇴되지 않으며, 때로는 생이 끝나는 순간까지도 왕성하게 남아 있음을 깨닫는다. 세계적으로 유명한 내 친구도 일흔여섯에 성생활이 그 어느 때보다도 황홀하고 젊었을 때는 상상도 못 했을 정도로 질도 향상되었다는 말을 한 적이 있다. 젊은 시절 그는 유연체조나 곡예, 행위예술에 심취해 있었다. 하지만 나이 들어 성숙하고 지혜로워지자 더욱 중요한 문제들에 관심이 쏠렸다. 은밀하게 털어놓길, 섹스가 어떤 것인지를 깨달았는데 정말로 믿기지 않으며, 섹스에 대해 발견한 것과 섹스의 질에 스스로도 놀랐다고 했다.

그의 이야기는 우리 사회에 너무도 흔하게 퍼져 있는 믿음체계들을 되돌아보게 한다. 남녀를 불문하고 믿음체계들은 갱년기에 발생하는 성적 현상과도 연관이 있다. 어느 임상 실험에서 연구자들은 서른 명의 여성들에게 가짜 약을 주사하면서, 이 호르몬제로 인해 월경이 2주 더 일찍 시작될 거라고 말했다. 그러자 복부팽창과 몸무게 증가, 트림, 복통, 산통 등 많은 여성들이 고통스러워하는 월경전증후군이 2주나 일찍 나타났다. 이들의 마음속에 이런 고통이 생기리라는 믿음이 있었기 때문이다. 이 실험은 우리에게 강력한 피암시성suggestibility이 있음을 보여 준다. 또 중년기에 발생한다고 여겨지는 여러 증상들과 월경전증후군을 전적으로 믿고 있다는 사실도 말해 준다.

예를 들어 열감처럼 폐경기에 일어난다고 알려져 있는 모든 증상들은 최면으로도 불러일으킬 수 있다. 이것은 수차례 입증된 사실이다. 젊은 여성을 최면 상태로 유도하고 나서 단경을 겪게 될 거라고 말해 주는 실험을 했다. 그러고 나서 증상들을 묻자, 그녀는 실제로 단경을 경험 중인 여성과 똑같은 증상들을 보고했다.

폐경기증후군은 문화에 따라, 같은 문화권 내에서도 계층에 따라 다르게 나타난다. 그러나 불가피하다고 믿는 것들이 어디서나 실제의 증상으로 이어진다는 점은 같다. 마음이 여성들을 희생자로 삼고 있는 것이다. 마치 마음이 "원래 이럴 땐 이런 증상들이 나타나는 거야."라고 말하는 것 같다. 절망적인 상황이 아닐 수 없다. 이런 말에 굴복하고, 받아들이고, 휘둘려서 결국은 자신의 힘을 내주고 있는 것이기 때문이다.

중년기 남성들도 마찬가지다. 수족냉증과 피로, 의기소침, 에너지와 리비도의 상실, 게실염이나 통풍 같은 질환들을 포함해서 중년기와 관련된 온갖 현상들이 나타날 것이라고 생각한다. 이런 현상들이 일어나는 원인은 순진한 마음이 받아들인 믿음체계들에 있다. 순진무구함으로 인해 온갖 믿음체계들을 받아들였기 때문이다. 그러나 자신의 인간적인 약점을 인정하면, 이런 믿음체계를 받아들인 자신을 용서하려는 자발적인 의지와 연민의 마음이 일어난다. 원인은 그저 어떤 것도 달리 인식할 줄 몰랐던 것뿐이다.

이런 이야기를 하는 목적은 그동안 발견한 사실들, 즉 우리에게는 선택과 선택권이 있으며 우리 스스로가 희생자가 아니라는 점을 나누기 위해서다. 이런 믿음체계들에서 벗어나는 길은 자신의 선택으로 의식 지도 아랫부분에서 위로 올라가 상황이 절망적이지 않음을 깨닫는 것이다. 학습만으로도, 이런 이야기를 듣고 이해하기만 해도 삶이 절망적이지 않음을 알게 된다. 마음은 여전히 자신의 책임에 변명을 늘어놓고 싶을 테지만 말이다.

의식 지도를 약간 다른 시각에서 바라보면, 의식의 단계가 낮은 사람들은 소유를 근거로 삶과 자신, 타인을 평가한다. '소유 havingness'는 생존과 직결되어 있기 때문에 이들에게 중요하다. 그래서 '소유'를 근거로 자신과 타인의 가치를 평가한다. 어떤 이들은 스스로가 가치 있는 존재라는 느낌을 갖기 위해 나이가 들수록 소유에 더욱 집착한다. 소유를 우선시하는 우리 문화에는 이런 하위집단들이 분명히 존재한다. 이들이 정말로 중요하게 여기는 것은 무엇을 소유하고 있는가, 타인보다 더 많은 돈을 갖고 있는가 하는 점이다. 그렇기 때문에 누군가가 갖고 있던 돈을 전부 잃어버리면 그 사람을 사회에서 따돌리기도 한다.

진실과 용기에 더 가까운 중간 단계의 에너지 장에서는 삶을 기회로 본다. 개척자들이 아메리카 대륙에 정착해서 그 모든 거대 산업체들을 일궈 낸 것도 이런 태도 덕분이었다. 이 단계에서는 강력한 에너지 중심이 생겨나며 자신의 행위를 중시하게 된다. 이처럼 행함doingness을 중시해, 자신이 하는 행위를 원인으로 여긴다. 자신이 하는 일 때문에 자신이 중요해질 수 있으므로 행함에 더욱 역점을 둔다. 그러나 행함은 원인이라기보다 결과다. 마음속의 믿음체계에서 행위가 비롯되므로 행함은 원인이 아닌 결과인 것이다.

우리가 행복하거나 건강한 것은 테니스를 치기 때문이 아니다. 테니스를 통해 살아 있는 기쁨을 표현하기 때문에 행복하고 건강한 것이다. 그러므로 의식의 단계에서 위로 올라갈수록 그토록 중시하던 행함은 중요성을 잃어버린다.

본래의 모습을 자각하는 단계에 가까워질수록 우리는 누구이며 어떤 존재인가 하는 문제가 더욱 중요해진다. 삶에서 앞으로 나아갈수록 현재의 달라진 모습을 중시한다. 이것은 다른 문화 집단에서도 마찬가지다. 본래의 모습, 지금의 달라진 모습, 우리가 지지하는 것, 우리의 존재를 중요하게 여긴다. 그러므로 영적으로 수준이 높은 집단에서는 소유에 관심을 갖지도 않고 신경을 쓰지도 않는다.

또 '소유'가 행함의 결과물이라는 것도 누구나 안다. 물론 누구든 열심히 일하면 원하는 소유물을 얻을 것이다. 그러나 행함은 선택권을 행사하는 문제일 뿐이다. 누구든 온갖 위원회에 가담해 녹초가 돼 버릴 수도 있다. 그러므로 행함도 더 이상 지위나 가치를 가져다주지는 않는다.

가치는 지금의 변화된 모습과 삶의 원칙들에서 비롯된다. 우리를 갈수록 의식 있고 깨어 있는 존재로 만들어 주는 원칙에 헌신하는 것, 덧없는 것들을 초월한 보편적인 것들과 영적인 원칙들에 전념해서 우리가 진실로 한 부분을 이루는 점진적인 자각을 드디어 확인하는 것이 가치를 가져다준다. 의식의 이런 점진적인 성장으로 우리는 더 이상 세상에 휘둘리지 않는다. 존재의 의미를 깨닫기 위해 더 이상 무언가를 '소유'할 필요도 없다. 우리가 이미 자각의 한 부분을 이루고 있기 때문이다.

이로 인해 몸도 다른 입장에서 바라보게 된다. 이제는 몸과 우리의 본질적인 관계를 살피고 몸과 우리가 같지 않음을, 몸은 그저 우리가 가진 것에 불과함을 깨닫는다. 몸을 우리에게 속한 어떤 것으로 보기 때문에 이제는 몸을 즐길 수 있으며 우리에게 선택권이 있다는 것도 이해하기 시작한다. 몸을 우리에게 소속된 즐거운 존재로 보고, 우리에게 기쁨을 선사하기 위해 몸이 존재한다는 것도 깨닫는다.

이렇게 몸과의 동일시를 내려놓고 몸이 우리가 아님을 깨달으면, 몸을 경험하는 것이 우리 자신이라는 것도 이해할 수 있다. 덕분에 선택권을 되찾아 선택을 한다. 몸을 즐기기로 마음먹거나, 몸이 별 노력을 기울이지 않고도 늘상 하던 일을 하면서 행복하게 이리저리 움직이는 것을 바라본다.

병에 대한 모든 부정적인 믿음체계들을 지워 버리면, 이 모든 것들을 기꺼이 내려놓을 수 있으면, 나이가 들어 갈수록 더욱 건강한 몸을 즐길 수 있다. 현재의 몸이 30년 전보다 훨씬 건강해진 듯하다. 세상이 말하는 '노화' 과정을 점진적으로 겪으면서 몸이 갈수록 좋아졌다고 느낀다. 덕분에 마흔 살이었을 때보다 예순 살에 내 몸을 잘 즐기게 된다.

마흔 살이었을 때 나는 너무 피곤했다. 편두통에 궤양, 게실염, 대장염, 치질, 부은 발목, 높은 콜레스테롤 수치, 통풍을 앓고 있었기 때문이다. 자동차 뒷좌석에 지팡이를 싣고 다녀야 할 지경이었다. 이처럼 마흔 살에도 내 몸은 아주 노쇠했다. 그러나 나이가 훨씬 많은 지금은 모든 병들이 사라져 몸을 더욱 많이 즐기게 되었다. 모든 믿음체계들과 한계들을 내려놓은 덕분에 몸을 만끽하면서, 행복을 표현하는 도구 같은 것으로 몸을 바라보게 된 것이다.

시간이 흐르면 몸도 서서히 약화되는 것이 당연하다는 생각을 품고 있으면, 이런 생각에 영향을 받는다. 반면 우리에게 성장과 의식, 자각의 자유를 주는 공간으로 시간을 인식하면, 시간도 우리의 친구가 돼 준다. 시간의 흐름과 더불어 중년과 노년의 몸이 갖고 있던 질병들도 사라져 버린다. 우리에게는 잘못된 믿음체계로 자신을 제한하는 태도를 버릴 수 있는 선택권을 탐구하고 자각할 시간이 아직 있다.

이런 기본적인 전제들을 지속적으로 적용하면, 많은 질병은 물론이고 개인적인 삶의 조건들에서도 벗어날 수 있다. 그러나 인간의 조건 자체에 내재해 있는 일반적인 상황들이 이런 가능성을 제한하기도 한다. 인간의 몸은 원형질적인 동시에 유전자들을 물려받고 있으며, 카르마의 영향과 성향, 인류의 집단의식 속에 내재되어 있는 프로그램들도 무시할 수 없기 때문이다.

삶의 큰 위기들을 다루는 법

누구나 한두 번 삶의 주요한 위기들에 포위된다. 그런데 죽음이나 이혼, 결별, 상처, 부상, 사고, 파국처럼 정서적으로 압도하는 심각한 사건들을 다루는 방법을 아는 사람이 과연 몇이나 될까? 이런 경험들에 대처할 때는 어떤 기법을 이용해야 할까?

문제를 더 잘 이해할 수 있게 하나의 기준으로 의식 지도를 다시 설명해 보겠다. 의식 지도는 인간의 에고, 작은 나의 상태를 보여 주는 수학적 모델이다. 이 지도 안에는 수치심이나 죄책감, 무감정, 슬픔, 두려움, 욕망, 분노, 자부심, 용기, 자발성, 수용, 이성, 사랑, 기쁨처럼 인간의 보편적인 경험들에 따라 이름을 붙인 의식의 다양한 단계들이 있다. 위로 올라갈수록 진실에 더욱 가까워지고 아래로 내려갈수록 진실에서 점점 멀어진다.

이 지도에서 숫자는 의식의 다양한 단계들이 지닌 상대적인 힘 또는 에너지를 나타낸다. 예를 들어 무감정의 단계는 두려움보다 에너지가 훨씬 약하고, 두려움의 단계는 용기보다, 중립의 단계는 사랑보다 에너지가 훨씬 약하다. 이런 다양한 단계들의 상대적인 힘은 서로 다른 관점들을 반영한다.

앞에서 설명한 것처럼 용기 아래 단계에서는 화살표가 아래를 향한다. 이것은 이 의식 단계들이 파괴적인 영향을 미친다는 의미다. 생명을 지지해 주지 않고, 진실을 거스르는 것이다. 용기의 단계로 표시되어 있는 진실의 단계에서는 화살표의 방향이 중립적이다. 여기서부터는 사랑하기의 영역으로 들어가면서 화살표가 위를 향한다. 이것은 에너지 장들이 생명을 보살피고 지지해 주며 진리와 조응한다는 의미다.

엄청난 파국을 경험하면 삶이 순식간에 악몽처럼 느껴지면서 분출하는 감정들에 돌연 압도당한다. 그러나 이런 심각한 사건들을 다루고, 그 지속 기간을 단축하며, 고통과 아픔을 달래고, 스트레스를 최소로 줄이는 기법들이 있다.

삶의 이 주요한 경험들에는 공통점이 있다. 모든 경험들이 생존의 위협감과 극도의 비극적인 상실감을 불러일으킨다는 것이다. 또 주요한 변화를 암시하고, 변경 불가능한 최종성과 영속성 탓에 공통적으로 무력감을 낳기도 한다. 모든 것이 멈추어 버렸지만 아무것도 할 수 없다는 생각이 드는 것이다. 영원히 멈춰 버린 것 같은 느낌과 사건을 변화시킬 수 없다는 무력감은 극심한 혼란을 더욱 부채질한다. 이런 혼란을 이겨 내는 방식은 문제를 받아들이는 태도와 의식의 전체 장에 대한 지식에 달려 있다.

이런 모든 경험들은 충격이나 불신, 부정, 분노, 죄책감, 긴장감, 자기비난, 억울함, 망가지거나 버려진 존재라는 느낌, 신과 자신을 향한 분노, 자기연민, 세상과 가족을 향한 분노 같은 부정적인 감정들의 분출을 촉발시킨다. 그러면 이 온갖 부정적인 감정들이 갑자기 표면 위로 떠오른다. 때로는 순서대로 한 가지씩 분출되기도 하고, 때로는 여러 감정이 뒤섞여 나타나기도 한다. 하지만 전반적으로 모든 경험들이 공통적으로 불러일으키는 분리감과 상실감, 긴장감 같은 부정적인 감정들이 우리를 엄청난 기세로 짓누른다.

먼저 충격에 이어 억울한 마음과 불신, 분노가 연달아 일어난다. 이런 감정들이 일어나는 순서는 경험과 사람에 따라 다르다. 그러나 정확한 순서는 중요하지 않다. 정말로 중요한 점은 의식 지도 밑바닥에 있던 것들이 전부 분출된다는 것이다.

지도 아랫부분의 에너지 장들은 부정적인 방향을 향한다. 그리고 어느 하나의 에너지 장이 강해지면, 200 아래의 다른 장들까지 아래로 끌어내리는 경향이 있다. 상실에 대한 슬픔은 죄책감과 가망 없음, 미래에 대한 두려움, 사건의 전말을 바꾸고 싶은 욕망, 분노까지 불러일으킨다. 하나의 무시무시한 위기 상황 속에서 부정적인 에너지 장 전체가 폭발하는 것이다. 이렇게 에너지들의 거대한 분출 탓에 혼란 속으로 빠져드는 것이야말로 정말로 심각한 문제다.

마음은 이성으로 이런 에너지들을 다루려 애쓴다. 딜레마에서 벗어날 방법을 생각해 내기 위해 애쓰며 변명과 이유를 찾으려 한다. 하지만 성공하지 못한다. 에너지 장이 너무도 무겁게 압도하고 있어서, 생각이 이 에너지 장의 부정성을 반영하기 때문이다. 그래서 생각 자체도 부정적으로 변한다.

이 모든 경험들의 또 다른 공통 특징은 생활 스트레스 평가 척도에서 맨 꼭대기에 위치한다는 점이다. 생활 스트레스 평가 척도는 특정한 삶의 사건들이 주는 스트레스 정도를 0에서 100까지의 수치로 나타낸 것이다. 배우자나 아이, 가족 구성원의 죽음, 이혼 같은 경험들은 이 척도의 상위에 위치하기 때문에, 우리가 직면하는 삶의 모든 경험들 중에서 최대의 재앙에 속한다.

우리가 탐구해야 할 문제는 이런 경험들을 철저한 배움의 계기로 전환시키는 방법이다. 이 배움을 극대화시켜서 의식의 중요한 도약을 위한 발판으로 삼는 법을 찾는 것이다. 그러기 위해서는 의식 자체를 되살펴 보고, 몸과 마음, 영혼의 관계도 다시 이해할 필요가 있다. 이 관계의 정확한 본질은 무엇이며, 주요한 위기들을 다루는 법을 터득하는 데 이런 본질은 어떻게 도움이 될까?

앞에서 이야기한 것처럼 몸은 스스로를 경험하지 못한다. 몸은 그저 존재할 뿐이고, 실제로는 지각력이 없다. 우리가 몸이 어디 있는지 알 수 있는 것은 오감 덕분이다. 우리가 경험하는 것은 몸이 아니라 몸의 오감인 것이다. 그러나 오감 자체도 스스로 경험할 수 없으며, 오감보다 더욱 큰 어떤 것, 즉 마음속에서 경험되어야 한다. 우리가 몸에서 일어나는 일을 의식할 수 있는 이유는 몸의 현상들이 마음속에서 보고되고 경험되기 때문이다.

그러나 마음도 스스로를 경험할 능력이 없다. 충격적인 말처럼 들리겠지만 기억은 자신이 기억임을 경험하지 못하고, 생각은 자신이 생각임을, 느낌은 자신이 느낌임을 경험하지 못한다. 이것들은 마음보다 더욱 큰 것, 즉 의식 속에서 경험되어져야 한다. 우리가 마음에서 일어나는 일을 알 수 있는 이유는 이 의식 덕분이다. 요컨대 마음은 오감의 차원에서 일어나는 일을 보고해 주고, 오감은 몸의 차원에서 일어나는 일을 알려 준다. 그러므로 우리의 경험은 몸 자체에서 몇 단계 떨어져 있다.

이와 비슷하게 의식 자체도 사실은 스스로를 경험하지 못한다. 우리가 의식 안에서 일어나는 일을 알 수 있는 것은 자각의 에너지 장 덕분이다. 또 의식은 오감 안에서 일어나는 일을 보고하고 오감은 몸의 차원에서 일어나는 일을 알려 준다. 그러므로 우리가 경험들을 경험하는 자리는 신체적인 몸 자체에서 아주 멀리 떨어져 있다.

이처럼 경험이 의식 안에서 이루어지기 때문에 의식의 장 안에서 인간 문제의 해결책을 직접 구할 수 있다. 고통과 아픔의 양을 효과적으로 줄이거나 완화시킬 수 있으며, 훨씬 좋은 결과들을 불러일으킬 수도 있다. 이런 기법과 접근법의 효과는 이미 몸의 통증이나 아픔, 고통, 우울, 불안, 두려움 등의 치료에서 증명되었다. 엄청난 정서적 파국을 불러오는 위기 상황들에 직면할 때도 이와 똑같은 기법이 효과를 발할 것이다. 우리는 사실 경험에 대한 자신의 경험 속에서 살아가기 때문이다.

물론 이렇게 생각하는 사람도 있을 것이다. '글쎄요, 저는 세계 속에 살고 있고 세계를 경험하고 있습니다.' 그러나 실제로 기록되는 것은 경험에 대한 자신의 경험이다. 이 정확한 중심점을 다루면 무엇이든 해결할 수 있다. 우리가 경험을 경험하는 지점에 초점을 맞추면, 상황이나 일을 정확하게 다룰 수 있는 것이다. 몇 주나 몇 달, 몇 년, 실제로 평생이 걸릴 수 있는 문제들도 몇 초나 몇 분 만에 해결할 수 있다. 다른 사람들이 평생 해결하지 못한 문제도 한 시간 안에 고칠 수 있다.

큰 파국과 같은 사건들을 어린 시절에 경험한 사람들이 있다. 나이가 들었을 때 그들을 만나 보면, 여전히 그 사건에서 벗어나지 못했음을 알 수 있다. 50년이 지난 후에도 그 사건들이 불러일으킨 부정적 감정들과 이로 인한 주요 결정들, 분노, 환멸, 고통, 원망 등을 안고 산다. 마치 그 사건을 어제 경험한 것처럼 여전히 치유되지도, 자유로워지지도 못한 상태다. 짓눌림에서 벗어날 방법을 아직 깨닫지 못한 것이다.

사건을 경험하는 차원에서 짓눌림을 해결할 방법을 이야기해 보겠다. 경험이 일어나는 지점을 파악하려면 먼저 경험의 장을 살펴보아야 한다. 경험은 저기 바깥세상이나 우리의 발 혹은 위 속에서 일어나는 것이 아니다. 우리의 의식 안에서 일어난다. 그리고 경험을 경험하는 자리를 잘 살펴보면, 그 자리가 모든 곳임을 알게 된다. 어느 하나의 중심점 속에서 경험을 하는 것이 아니다. 이런 생각은 마음의 믿음체계일 뿐이다.

예를 들어 이것을 모르는 사람에게 "당신의 생각을 당신은 어디서 경험하지요?" 하고 물으면, 그 사람은 습관적으로 머리를 가리키며 이렇게 답한다. "여기요." 이것은 하나의 믿음체계, 생각에 대한 자신의 생각일 뿐이다. 생각이 자신의 머릿속에 있다고 생각하지만, 이것은 그저 생각일 뿐이다. 그렇다면 우리가 머릿속에 있다고 믿는 생각을 실제로 생각하는 자리는 어디인가? 이 문제를 약간만 숙고하고 성찰해 봐도, 실제의 경험은 널리 퍼져 있으며 모든 곳에서 일어난다는 것을 알 수 있다. 경험이 일어나는 특정한 자리를 확실하게 지적할 수는 없는 것이다. 그 자리는 모든 곳이기도 하고, 동시에 어디에도 없기도 하다.

이 점을 연구하면, 이런 작업을 정확하게 만들어 주는 놀라운 것을 발견하게 된다. 나는 50년 넘게 임상적으로 연구하고 삶의 주요한 위기들을 거의 모두 겪어 보았기 때문에 잘 안다. 실제로 몇 년 전에 위기를 여섯 가지나 경험했다. 이런 위기들 모두 여러분도 내면에서 경험할 수 있는 것이므로, 이 위기들을 통해 얻은 진실을 이야기해 보겠다.

엄청난 파국을 불러오는 뼈아픈 사건들 속에서 우리가 다루어야 할 것은 놀랍게도 감정 자체의 에너지다. 파국의 경험을 잘 살펴보면, 일어났거나 우리가 세계에서 일어났다고 생각하는 사건이 아니라 이 사건에 대해 느끼는 방식이 문제임을 알게 된다. 사실에 누가 신경을 쓰겠는가? 사실 자체에는 어떤 의미도 없다. 사실을 둘러싼 정서적 반응이 중요한 것이다. 사실은 그저 사실일 뿐 '아무것'도 아니다. 그러므로 삶의 사건들과 관련해서 우리가 정말로 다루어야 할 것은 사실에 대해 우리가 느끼는 방식이다.

느낌은 우리의 태도나 믿음, 사건들을 대하는 방식, 세계 속에서 자신을 바라보는 시각에서 비롯된다. 사건들을 대하는 감정이 다양하게 나타나는 것은 이 때문이다. 그러나 압도당한 상태에서는 정서적 에너지 자체를 다루는 것이 문제다. 실제로 감정은 다룰 필요도 없다. 그저 감정들의 *에너지*만 다루면 된다. 그러면 이렇게 말하는 사람도 있을 것이다. "좋아요. 그럼 저기 저 사건들은 어떻게 해야 합니까? 돈이 한 푼도 없는데 지금 어떻게 해야 할까요? 남편도 없는데 어떻게 해야 한단 말입니까?" 등등. 그러나 놀랍게도 사건들은 다루기가 아주 쉽다. 엄청난 파국 같은 것은 없다. 일단 느낌들을 제쳐 두고 나면, 사건 자체는 사실 기계적인 방식으로도 해결할 수 있다.

약간의 반항심이나 분개, 후회 같은 마음이 생길 수도 있지만, 이것들은 사소한 문제다. 현상계와 매일의 삶에서 실제 문제들을 다루는 일은 생각과는 달리 훨씬 쉽다. 이것들은 진정한 문제가 아니다. 이것들이 문제라는 생각은 부정적인 감정들의 에너지 장에서 비롯되는 것일 뿐이다.

부정적인 감정들의 에너지 장에서는 이 문제들이 비극적이고 절망적이며 견딜 수 없고 극복 불가능한 것처럼 여겨진다. 그러나 일단 이런 부정적인 에너지 장에서 빠져나오면, 삶은 스스로 풀려간다. 다른 무언가가 빈자리를 채워 제대로 굴러간다. 감정들을 치워 버리면, 문제들은 간단하게 해결되는 것이다.

삶은 어떤 문제든 해결책을 제시해 준다. 필요는 발명의 어머니이므로, 삶에 어떤 딜레마가 등장하든 전부 해결되고 삶의 에너지도 회복된다. 대재앙이 당시에는 더없이 큰일처럼 여겨지겠지만 삶은 계속 흘러간다. 그러므로 중요한 문제는 '저기 외부'의 사건이나 삶의 환경을 다루는 것이 아니다. 이것들은 알아서 해결될 것이기 때문이다. 압도적인 사건으로 피폐해진 사람을 위해 보통은 친척이나 가까운 친구들이 상황을 수습해 주기도 한다. 그러므로 문제는 일어난 에너지를 다스리는 일이다.

주요한 부정적 에너지 장들 가운데 하나가 폭발하면, 이 장은 나머지 장들까지 끌어들이는 경향이 있다. 그래서 오로지 슬픔만 경험하는 경우는 드물다. 자신을 탓하는 사이, 슬픔과 더불어 죄책감도 거의 언제나 일어난다. 이때 죄책감은 '모퉁이를 돌 때 왜 잘 살피지 않았을까?', '왜 체인을 장착하지 않았을까?', '왜 그녀를 얼른 의사에게 데려가지 않았을까? 그랬다면 그녀의 암이 나았을 수도 있었을 텐데.', '왜 그 말에 판돈을 걸었을까?'와 같은 의문의 형태로 나타난다. 이런 의문은 일종의 회고적인 자기질책이다.

또 무감정이나 가망 없음의 감정도 일어난다. 삶에 아무런 희망이 없는 것처럼 여겨지는 것이다. 다시는 행복해질 수 없고, 행복의 원천이 삶에서 사라진 것만 같다. 상실에 대한 슬픔도 당연히 일어나고, 잃어버린 것이 무엇이든 그것이 없으면 살아갈 수 없을 것 같은 두려움도 뒤이어 생겨난다.

끊임없이 집요하게 일어나는 욕망은 상황을 변화시키고 싶어 못 견디게 만든다. 어떻게 해야 하지? 합의나 조종을 하려 들고, 신과 논쟁을 벌이거나 거래를 한다. "오, 신이시여. 그(녀)만 살게 해 준다면 이런저런 일을 하겠습니다."라고 말한다. 그러다가 삶과 삶의 본질에 분개하거나 화를 낸다. 혹은 주변 사람들에게 화풀이를 하기도 한다. 이 모든 부정적인 에너지들은 보통 한꺼번에 불쑥 일어나거나, 그중 하나가 전체를 지배한다. 이와 동시에 마음은 이유를 찾아내 이해하기 위해 애쓰면서 미친 듯 몸부림친다. 그러나 넘치는 부정적 에너지로 수렁에 빠져 버리고 만다. 이처럼 마음이 처리하기에는 부정적인 에너지가 너무 강하다는 것이 문제다. 결국 마음은 혼란에 빠지고, 아드레날린이 치솟으며, 스트레스 호르몬이 몸을 휩쓸어 버린다. 이런 극심한 스트레스는 의식 안에서 우리를 심각한 위기 상태로 몰아넣는다.

그러나 문제는 문제가 발생하는 것으로 여겨지는 차원이 아닌, 더 높은 에너지 차원에서 다루어야 한다. 더 높은 에너지는 더욱 큰 힘을 의미한다. 그러므로 더 높은 에너지 차원에서 다루면 문제들은 자동적으로 해결된다. 더욱 낮은 차원에서는 이런 일이 불가능하다. 그리고 우리가 다루어야 할 것은 정서적 압도의 에너지다.

정신과 의사가 이런 말을 한다는 사실이 놀랍게 여겨지는가? 대부분의 사람들은 아마 정신과 의사라면 환자와 사건 사이의 복잡한 관계와 상징적 의미들 같은 심리학적인 구성 요인들을 이야기하리라고 생각할 것이다.

그러나 우리는 모든 요인들을 건너뛰고 감정들이 분출해 내는 에너지를 집중적으로 다룰 것이다. 심리가 어떻든 중요하지 않기 때문이다. 부정적인 감정들이 엄청나게 분출되고 있으므로 이런 감정들이 만들어 내는 에너지를 해결하는 것이 적절하다.

이때 아주 효과적인 기법은 생각들을 무시하는 것이다. 마음이 능력의 결여로 인해 생각들을 결코 이해하지 못할 것이기 때문이다. 마음은 그저 무겁게 압도당해 있을 뿐이다. 또 몹시 복잡하게 얽혀 있는 문제들이 경험의 전체적인 의미를 만들어 내는 데 어떤 역할을 하는지 심리적 자아의 모든 차원에서 완전하게 이해하려 한다면, 문제들을 푸는 데 평생이 걸릴 것이다. 하지만 그럴 필요도 없고, 그렇게 하지 않는 편이 더 낫기도 하다. 그저 느낌 자체 속으로 들어가 보기만 하면 된다.

먼저 알아차려야 할 것은, 우리가 일반적인 방식으로 느끼는 이 느낌의 저변에 에너지가 존재한다는 점이다. 이런 방식으로 의식이 작용하고, 이름은 없지만 널리 퍼지는 성질을 지닌 에너지체가 있는 것 같다. 굳이 이름을 붙이자면 감정의 에너지energy of emotionalism, 느낌 이면의 에너지라고 부를 수도 있겠다.

이 확산성의 이름 없는 에너지는 시간이 조금만 주어져도 슬픔이나 분노, 두려움, 격분, 자기연민, 질투 같은 감정으로 형태를 취하기 시작한다. 처음에는 형태 없이 산만하게 퍼져 있던 감정의 장이 이제는 슬픔의 형태를 닮는 것이다. 그리고 이 슬픔 안에는 약간의 두려움과 분노도 들어 있다. 감정의 에너지는 대체로 이와 같다.

시간이 짧게라도 더 주어지면, 감정의 에너지는 더욱 커다란 형태를 취한다. '돈도 없는데 이제 어떻게 살지?'와 같은 구체적인 두려움이 그 예다. 두려움이 이렇게 형태를 취하면, 두려움이라는 이 구체적인 감정에서 생각들이 일어나기 시작한다. 마치 억압되어 있던 어마어마한 양의 에너지가 사건들을 계기로 연달아 일어나는 것 같다.

이제 이 억압된 에너지를 풀어 버리는 방법을 알아보겠다. 도

화선을 끊고 플러그를 뽑아 버리면, 모든 경험에서 풀려나 내면의 평화를 되찾을 수 있다. 외부의 사건들에 무언가 조처를 취하거나 이해를 할 필요가 없다는 사실을 먼저 받아들이면, 도움이 될 것이다.

생각들을 살펴본다 해도 앞으로 전혀 나아갈 수 없다. 생각은 끝이 없기 때문이다. 구체적인 감정들을 살펴봐도 문제 해결에 별 진전이 없다. 하지만 혼란 밑에 깔려 있는 에너지에 초점을 맞추면 대단한 효과를 얻을 것이다. 그럴 경우 경험을 더욱 일찍 알아차리면서 그 에너지가 산만하게 퍼져 있고 이름도 없음을 알 수 있기 때문이다.

이것은 분출을 기다리는 가압 가스 저장고와 같다. 평생 에너지가 쌓여 왔기 때문에 이제는 분출할 길을 찾고 있는 것이다. 이럴 때 어떤 사건을 계기로 수문이, 대문이, 출입구가 열리면 통 속에 꾹꾹 눌려 있던 감정 에너지가 이 틈에 탈출을 시도한다. 헛간 문이 열리는 순간 온갖 동물들이 밖으로 뛰쳐나오는 것처럼 말이다.

이 뛰쳐나오는 동물들을 피할 방법은 없다. 하지만 피할 수 없다는 사실을 인정하면, 신속하게 경험을 통과해 나갈 수 있다. 피하려고 애쓰면 애쓸수록 경험은 더욱 연장될 뿐이다. 물론 마음은 이 감정 에너지를 피할 방법들을 찾아내려고 분투할 것이다. 그러면 고통을 줄일 수 있을 것처럼 말이다.

그러나 고통은 사실 경험에 대한 저항에서 비롯된다. 이것을 해결하려면 그저 앉아서 저항을 내려놓고 함께하기를 선택하기만 하면 된다. 되도록 빨리 마음을 열고 받아들일수록 억눌렸던 에너지도 빠르게 빠져 나가고 경험도 신속하게 끝을 맺는다. 몇 시간이고 며칠이고 몇 주, 몇 달, 몇 년 심지어는 평생토록 끊임없이 고통스럽게 우리를 끌어내리도록 허용하는 대신에, 모든 것을 풀어 버리는 것이다.

손에 화상 같은 심각한 부상을 입은 사람 이야기를 기억하는가? 그가 모든 것을 멈추고 저항을 내려놓는 방법을 이용한다면, 문을 열어젖히고 이 경험을 반기면서 "사실 나는 부상의 경험을 더 많이 원해."라고 말한다면, 이 경험의 에너지를 더욱 많이 원한다면, 마음속에서 일어나는 생각들을 무시하고 이 에너지 장을 경험한다면, 마음은 "음, 난 슬픔을 경험하고 있어."라고 말할 것이다. 그러나 이것은 딱지에 불과하다.

모든 생각은 딱지에 불과하고 실체가 없다. 사실 이런 생각들 중 실재하는 것은 하나도 없다. 사랑하는 사람이 죽으면 마음은 자동적으로 '슬픔'을 말하겠지만, 이것 역시 딱지에 지나지 않는다.

마음에는 감정을 지배할 힘이 있고, 감정들에 형태를 부여할 능력도 있다. 그러므로 누군가를 잃으면 슬픔이 일어난다는 믿음은 감정에 형태를 부여해 준다. 감정들의 에너지 장은 사실 형태가 없지만, 누군가 그것이 슬픔이라고 주장하면 바로 슬픔의 형태를 취한다. 그러다가도 누군가 우리의 머리에 총을 겨누면 이런 일이 두려움을 불러오리라는 확신이 자연스럽게 든다. 똑같은 에너지가 이제는 '두려움'이라는 약간 다른 형태를 취하는 것이다.

그러므로 에너지 장의 형태를 줄이고 어떤 식으로도 이것을 명명하지 않는 편이 더 좋다. "난 지금 슬픔을 겪는 중이야."나 "난 두려움을 겪고 있어.", "난 혼란을 통과하고 있어." 하는 식으로 말하지 말아야 한다. 물론 '혼란'은 사실에 가까운 말이다. 극심한 혼란 속에서는 자신이 느끼는 감정이 무엇인지 말하기가 아주 어렵기 때문에 일반적으로 이 단어를 쓴다. 처음에는 보통 충격과 무감각에 빠지고, 벌어진 일이 믿어지지가 않는다. 이때가 바로 이런 수행을 시작할 순간이다. 기법을 이미 배워 두었다면 준비는 충분하다.

몇 해 전 나도 이런 혼란을 경험했다. 나는 즉각 이 경험에 대한 저항을 내려놓기 시작했다. 생각들을 끊임없이 지워 버렸다. 내가 경험한 상실이 평생 동안 영원히 지속될 것만 같은 생각들이었다. 그러나 문제는 평생토록 지속되는 상실이 아니라 이 상실로 인한 감정 에너지다. 일단 상실에 대한 감정 에너지가 흩어져 버리면, 이런 상실도 '그래서 뭐?'라는 식으로 받아들이게 된다. 문제는 극심한 파국으로 인한 감정인 것이다. 그러므로 감정도 그저 받아들일 줄 알아야 한다. 방법은 감정을 경험하도록 스스로에게 허용하는 것이다. 사실 감정을 극복하려고 서두르면 감정을 더욱 많이 불러들이게 된다. 그러므로 자신에게 "올 테면 와 봐. 더 와 봐." 하고 말해 줄 필요가 있다.

그러면 드디어 이런 경험이 오히려 주요한 기회임을 깨닫게 된다. 모든 아픔과 고통의 원인은 압착된 에너지 장의 누적에 있으며, 삶의 사건들은 이런 에너지가 분출할 빌미를 제공해 준다. 포문이 열리면서 우리 스스로 이 에너지의 일부를 느끼게 된다. 예를 들어 누군가 내 자동차 범퍼를 들이받았다고 하자. 그 순간 평생토록 꾹꾹 눌러 두었던 화가 핑계거리를 발견하고 밖으로 튀어 나온다. 움푹 들어간 범퍼에 분노하고 짜증을 내다가 자기연민과 질책 속으로 빠져든다. 이처럼 삶의 사건들은 억압된 에너지를 풀어 버릴 빌미를 제공해 준다. 마음이 억압된 에너지를 견딜 수 없어서 우리가 받아들일 수 있는 방식으로 이 에너지를 풀어 버릴 방법을 찾아내는 것이다.

이런 과정을 잘 아는 사람은 억압된 에너지를 느끼면 그 즉시 풀어 버리려 할 것이다. 마음이 에너지의 분출을 정당화할 구실을 만들어 낼 때까지 기다리지 않는다. 성숙한 사람일수록 외부의 사건이 없어도 자신의 화를 풀어 버릴 줄 안다. 모종의 억압된 화가 쌓여 가고 있음을 알아차리면 가만히 앉아서 이렇게 말한다. '이걸 들여다보는 게 좋겠어.' 그러고는 마음이 화를 덜어내기 위해 분주하게 배회하면서 '저기 바깥'에서 무언가 사건을 만들어 내기 전에 화의 에너지를 내려놓기 시작한다. 이처럼 삶의 사건들은 대부분 안전밸브나 분출밸브와 같아서 에너지 탱크의 압력을 줄일 기회를 제공해 준다.

압력을 줄이는 것은 하나의 방법이다. 어떤 경험을 할 때 그 저변의 에너지를 바라보는 것이다. 마음이 특정한 사건을 둘러싸고 만들어 낸 문제나 생각들을 다룰 필요는 없다. 삶의 모든 경험을 들여다보면, 우리가 경험에 대한 자신의 느낌 속에서 살아간다는 것을 깨닫게 된다. 삶의 사건 자체는 사실 '아무것'도 아니기 때문이다. 아침에는 재앙처럼 보였던 일도 정오가 되면 재밌게 여겨질 수 있다. 사건은 전혀 달라지지 않았는데도 말이다.

움푹 꺼진 범퍼도 그 일이 일어난 순간에는 분노를 일으키는 충격적인 일처럼 여겨진다. 그리고 이 일을 생각하는 순간 죄책감이 들기 시작한다. 자신이 다소 거칠게 차를 돌렸다는 걸 잘 알기 때문이다. 그러다 한 시간쯤 지나면 상대편 운전자에게 미안한 마음이 든다. 그의 보험 처리에 문제가 생겼기 때문이다. 사실은 그의 잘못이 아님을 깨닫고 그에게 보상을 해 주고 싶은 마음도 든다. 이런 심정 탓에 다시 죄책감과 자책감 속으로 빠져든다. 그러다가 사건을 처음부터 되짚어 보고 다시 분노에 휩싸인다.

이제 우리가 무엇과 더불어 살아가는지 알 것이다. 우리는 움푹 꺼진 범퍼와 더불어 살아가는 것일까? 그렇지 않다. 그저 범퍼에 대한 우리 내면의 경험을 살아 낼 뿐이다. 그리고 움푹 꺼진 범퍼를 받아들이는 방식에 따라 우리의 경험은 달라진다. 이처럼 우리가 경험하는 것은 결코 움푹 꺼진 범퍼가 아니라 찌그러진 범퍼에 대한 자신의 감정들이다.

이런 관점에서 바라보면 이 압도적인 경험도 좋지 않은 것만은 아니다. 우리가 다루어야 할 것은 그 똑같은 에너지, 그 미묘한 내면의 느낌뿐이다. 이것에 대한 저항을 내려놓고 순응하며 기꺼이 받아들이는 것이다. 인정하고 받아들이면 이 에너지는 풀어진다. 그렇게 몇 분 혹은 한 시간 정도 지나면 원래의 자리로 돌아온다. 이때 얼마나 능숙한가에 따라 걸리는 시간이 다르다. 어떤 사람은 즉각 풀어 버리는 반면, 약간의 훈련이 필요한 사람들도 있다.

그러면 더 이상 이런 감정들을 다루거나 경험하지 않아도 된다. 두려움으로 여겼던 감정도 흩어지고 나면 더 이상 두려움으로 느껴지지 않는다. 화는 화로 느껴지지 않고 죄책감도 죄책감 자체로 느껴지지 않는다. 압도적으로 쇄도하는 부정적 에너지의 흐름으로 감정을 경험하며, 이 에너지는 사실상 포괄적이고 이름도 없다.

이 에너지에 어떤 이름이나 딱지, 명칭을 붙이는 일을 멈추면 더 이상 이것을 해결할 필요도 없어진다. 분석이나 해석을 가하는 일을 그만두면, 이것의 옳고 그름을 판단하고 싶은 마음을 내려놓으면, 사건이나 자신을 질책하는 일을 그만두면, 이 모든 것을 건너뛰면, 이 에너지를 그저 느끼게 된다. 그러면 이 모든 것을 다룰 필요가 없다는 점을 알게 된다. 이 에너지가 불러일으키는 감정이나 생각도 다룰 필요가 없다. 우리가 할 일은 그저 다가오는 똑같은 에너지를 다루는 것뿐이다.

그런데 정말로 그렇게 할 수 있을까? 물론 할 수 있다. 사실은 어떤 식으로든 내내 그렇게 하고 있기 때문이다. 그러나 이해하기 위해 애쓰면서 미친 듯 생각 속을 헤집거나 자신의 느낌 속을 헤매고 다니면서 끔찍한 감정들을 다루기 위해 분투하는 것보다는 이것이 훨씬 효과적인 방법이다. 이 에너지 장을 내려놓는 작업도 어떤 식으로든 이미 동시에 진행되고 있기 때문이다.

이것을 자각하며 혼란을 뚫고 이 효과적인 방법의 핵심에 곧장 닿을 수 있어야 한다. 온갖 추론과 논리로 사건과 생각들을 다루고, 온갖 고민과 추측으로 이해하려 애쓰고, 온갖 철저한 탐색으로 심리적 의미를 찾아내려 분투하는 것은 재미있을지언정 효과는 전혀 없다. 시간과 에너지의 낭비에 지나지 않으며 실제로 회복을 지연시키기만 한다.

고통스런 손 화상을 치유하는 데는 몇 초면 된다. 엄지손가락을 베였다면 출혈을 멈추는 데 시간이 얼마나 걸릴까? 사실 몇 초밖에 걸리지 않는다. 무심코 엄지손가락을 베는 순간 나는 이 기법을 즉시 적용했다. 피가 정확히 여덟 방울 흘렀다. 끔찍한 사고로 압도당한 감정에 대한 저항을 내려놓고 고통을 즉시 풀어 버린 덕분에 출혈이 이내 멈춘 것이다.

이런 기법을 실천한 사람들은 몸의 차원에서도 똑같은 경험을 했다. 이 기법이 진실임을 입증해 주는 점이다. 감정도 어떤 것이든 이 기법으로 다룰 수 있다. 감정 속으로 들어가 느끼며 감정에 어떤 식으로든 딱지 붙이는 일을 멈추는 것이다. 그러면 일어나는 포괄적인 에너지와 접촉할 수 있다. 이 에너지는 명치를 통해 곧바로 올라오는 것처럼, 또는 어디에나 존재하는 것처럼 여겨진다.

어쨌든 우리는 경험을 경험하는 바로 그 자리로 들어갈 수 있다. 그러려면 약간의 수행력을 발휘해서 마음이 스스로를 속이지 못하게 해야 한다. 예를 들어 마음은 '음, 나는 저기 바깥에서 저 사람의 죽음을 경험하고 있어.'라고 말할 것이다. 그러나 경험은 '저기 바깥'이 아니라 '여기 안'에서 이루어지고 있다. 그곳이 어디일까? 언제나 경험을 경험하는 똑같은 자리, 경험을 느끼는 자기 안에 있는 자리다.

문제는 우리 자신의 느낌뿐이다. 진짜 문제는 사실 '저기 바깥'에 있는 누군가의 죽음이 아니다. 내 느낌의 에너지, 즉 내 느낌의 압도적인 에너지에 저항하는 것이 진짜 문제다. 주의를 돌려 이 느낌의 에너지에 정확히 초점을 맞추면, 길어질 수도 있었던 고통스러운 경험이 끊어진다. 경험이 불현듯 끝나는 것이다.

이 에너지를 계속해서 내려놓으면 어떻게 될까? 이 경험을 기꺼이 받아들이면 어떤 일이 벌어질까? "모든 것을 풀어 버릴 기회야."라고 자신에게 말한다면? 그러면 이 경험은 어떻게 될까? 보통의 의식 상태로 이 경험을 대했을 때에 비해 경험이 훨씬 빨리 끝날 것이다. 에너지 장이 갑자기 멈춰 버리기 때문이다. 이것은 마치 고압실의 압력계가 일정 수준에 달해 범람이 멈추면, 평화로운 상태를 경험하게 되는 것과 같다. 극심한 파국에서 깊은 평화의 상태가 찾아오는 것이다. 이런 일을 경험해 본 사람은 *에너지에 깊이 순응하는 것이야말로 고통을 제거하는 핵심*이라는 말의 의미를 이해할 것이다.

이렇게 순응하면 갑자기 모든 고통이 멈추고, 침묵과 무한한 현존, 평화의 상태가 찾아온다. 이전에 겪었던 그 어떤 경험보다도 위대한 무언가가 찾아 드는 것이다. 이렇게 힘든 경험을 겪어 낸 사람은 더 이상 전과 같은 모습이 아니다. 이때부터는 자신의 정서적 경험에서 더 가볍고 자유로워지며, 고통에도 덜 휘둘린다.

임상적으로 볼 때 이런 순간에는 보통 안도의 한숨을 내쉰다. 삶은 어떻게든 지속될 것이며, 스스로 삶을 살아 낼 힘이 있음을 깨닫는다. 상황이 아무리 암울하게 보여도 어쨌든 살아남을 것이다. 사람에 따라 기간은 다양하지만, 이렇게 평화가 지속되다가도 다시 감정의 물결이 휩싸인다. 사이사이에 안도의 기간이 있지만 파도가 다시 휘몰아치는 것이다.

파도가 몰려오면 이것을 다시 반갑게 맞이하고 밸브가 닫히기

전에 되도록 압력을 많이 풀어낸다. 그리고 이것을 아주 귀중한 기회로 받아들인다. 삶에서 이런 기회가 여러 차례 주어지지는 않으므로 당연히 소중하게 받아들여야 한다. 그러나 그 가치는 경험을 완전히 겪어 낸 후, 그 사이에 얻은 지혜로 경험을 돌아보면서 마음이 실제적으로 아무런 도움이 안 된다는 사실을 확인할 때 비로소 깨닫는다. 마음은 잘못된 방향을 바라보면서 '저기 바깥에서 일어나는 사건의 상황을 변화시킬 수만 있다면 기분이 좋아질 텐데.'라고 말하기 때문이다. 임상적으로 이것을 입증해 주는 몇몇 좋은 예들이 있다.

아들이 베트남에서 전사했다는 전보를 받은 부인이 있었다. 전보를 받자마자 부인은 입을 닫고 창가의 흔들의자에 앉아 밖을 멍하니 응시하면서 의자를 앞뒤로 흔들기만 했다. 에너지를 완전히 상실한 채 무감정 상태에 빠진 것이다. 그녀에게 세상은 희망이 없어 보였고 신도 죽은 것이나 마찬가지였다. 이런 절망적인 상태에서 앞뒤로 흔들리는 의자에 앉아 가족들의 말에도 전혀 반응을 보이지 않았다. 식음을 전폐하고 제대로 자지도 않고, 완전한 무감정 상태에서 창밖만 멍하니 바라보았다. 이 때문에 두뇌의 화학작용도 달라졌다. 신경전달물질들이 고갈돼 버린 것이다.

한편 가족들은 어찌해야 할 바를 몰라 극심한 불안에 휩싸였다. 그런데 열흘쯤 지나 국방부에서 다시 전보가 왔다. 전부 실수였다는 것이다. 전사한 사람은 아들이 아니라 군번 숫자가 하나 다른 동명의 다른 병사인데 컴퓨터상의 착오가 있었다는 내용이었다. 가족들은 얼른 부인에게 이 사실을 알렸다. "엄마, 엄마, 걔가 죽은

게 아니래!" 그러나 부인은 계속 의자를 흔들면서 멍하니 창밖만 바라보았다. 가족들의 외침도 듣지 못하는 것 같았다.

이처럼 외부의 환경이 달라진다고 혼란이 반드시 사라지는 것은 아니다. 혼란이 이미 그 작용을 시작했기 때문이다. 그러므로 우리가 다루어야 할 것은 이 작용이다. 우리가 받아들여야 하는 것은 밖에서 벌어진 사건이 아니다. 그건 우리가 할 수 있는 일이 아니기 때문이다. 삶에서 이미 벌어진 상황을 받아들이기는 힘들다. 그래도 이를 악물고 바로 지금 이 상황과 함께해야 한다는 사실을 인정하고 순응해야 한다. 예를 들어 곰을 잡는 덫에 다리가 걸렸는데 빼낼 길이 없다면 경험 자체에 순응할 필요가 있다. 끝까지 앉아 버티며 이 경험을 직면하고, 이미 제시한 기법들을 이용해서 이 사건에 대한 경험에 순응하는 것이다.

효과를 얻으려면 마음에 주의를 기울이지 말아야 한다. 마음에는 사실 문제의 해결책이 없기 때문이다. 마음은 아마 '이 외부적인 상황들을 바꿀 수 있으면 좋을 텐데.'라고 말할 것이다. 이럴 때 사람들은 흔히 기도를 한다. 그러나 정말로 기도해야 할 것이 무엇인지를 모르기 때문에 결국은 고배를 마시고 기도를 그만둔다. 기도의 방향이 애초에 잘못되어 있었기 때문이다. 흔히 '그것을 원래대로 돌려주세요. 삶의 기쁨을 돌려주세요. 제 엄지손가락을 돌려주세요. 제발 저기 바깥에서 일어나는 일을 변화시켜 주세요.' 하고 기도한다. 그러나 이런 방향의 기도는 아무 효과가 없을 가능성이 크다. 이런 형태의 기도는 '신이시여, 제 한쪽 발을 더 크게 만들어 주세요.'라고 하는 것과 마찬가지기 때문이다. 신이 문제일까? 아니면 기도의 방법에 대한 이해의 부족이 문제일까?

이 시점에서는 '부디 저와 함께 해 주소서. 이 경험에 순응하고 다루는 방법을 가르쳐 주소서.' 하고 기원해야 한다. 그리고 신의 현존을 의식적으로 자각할 수 있게 해 달라고 기도해야 한다. 우리를 대신해서 이 경험을 떠안아 달라고 부탁하는 것이다. 흥미롭게도 저항과 딱지 붙이기를 계속해서 내려놓으면 점차 이 경험에 순응하게 된다.

생각에 주의를 기울이거나 상황을 바꾸기 위해 저기 바깥에서 '무언가를 해야' 할 것만 같은 마음을 거부해야 한다. 그러면 자발적으로 순응하는 마음이 일어나, 감정 에너지에 딱지를 붙여서 형태를 취하도록 만들지 않게 된다. 계속해서 더욱 깊은 순응 속으로 들어가 감정 에너지 자체를 완전히 받아들이면, 우리를 위해 무엇인가가 경험을 해 주고 이 경험을 다루어 주는 것 같은 내면 상태로 인도된다. 마치 개인적인 내가 물러나고 무언가가 우리의 감정 에너지를 다루어 주는 것 같다.

이런 방향으로 기도하는 사람은 경험을 다루어 주는 존재가 무엇인지를 안다. 경험에 대한 순응 속으로 깊이 들어갈수록 경험이 다루어지고 있음을 인식하기 때문이다. 마치 어떤 에너지 장이, 어떤 무한한 존재 양식이, 존재beingness의 어떤 측면이 경험을 다루어 주고 있는 것 같다. 이것을 인식하면 자신이 애초부터 경험을 다루고 있지 않았으며, 모종의 환영으로 인해 경험에 자신을 투사하고, 경험에 형태를 부여하고, 고통을 불러일으키는 것과 자신을 동일시해 왔다는 놀라운 사실을 깨닫는다. 또 개인적인 나의 모든 측면들이 경험을 다루어야 한다는 고집이, 누군가를 고소하거나 집을 고치거나 다른 지역으로 이사를 하는 식으로 저기 바깥의 경험에 무언가 조처를 취해야 한다는 고집과 저항이, 고통을 불러온다는 것도 알게 된다.

그러면서 생각과 더불어 고집과 저항을 내려놓는다. 통제와 변화에 대한 갈망을 내려놓는 것이다. 이렇게 내면의 경험에 순응하면 드디어 이 경험이 소중한 선물임을 인식한다. 하지만 이 경험을 잘 견뎌 내야만 그럴 수 있다.

삶에서 의식적으로 영적인 작업에 참여해 온 사람들은 영적인 작업을 어떤 것으로 생각할까? '영적'인 것이나 '의식'이라 불리는 것의 본질은 무엇일까? 자신의 무의식이나 초의식을 다룬다는 것은 본질적으로 무엇을 의미일까? 여러분은 이런 작업을 어떻게 생각하는가?

여러 해 동안 영적인 작업을 해 온 사람들 가운데 몇몇은 무릎을 꿇고 기도하는 사람이나 교회에 있는 사람이 생각난다고 했다. 모임에 나가 다른 사람들과 손을 맞잡고 "옴" 소리를 내는 광경을 떠올리기도 했다. 물론 이들의 한가운데에서는 불빛이 빛나고 있었다. 그런가 하면 책을 들고 앉아 자정이나 새벽 1시까지 공부를 하는 모습을 그린 이들도 있었다. 또는 유명한 영적 스승의 오디오 테이프를 듣거나 '몸과 마음, 영혼'을 위한 모임에 참석하거나 치유를 받는 모습을 떠올리기도 했다. 우리가 '영적인 작업'이라고 부르는 것 속에는 이런 풍경들이 들어 있었다.

그러나 삶의 위기에 봉착했을 때 이런 풍경은 전혀 '영적인' 작업처럼 보이지 않는다. 우리가 생각하는 영적인 작업은 교재를 공부하거나 구루의 사진을 바라보거나 노래를 부르는 것인데, 극심한 파국이 닥치면 이런 영적인 작업을 건너뛰게 되기 때문이다. 그러다가 이런저런 위기 상황들과 책무들을 해결하고 난 후에 다시 이런 작업을 시작한다.

요컨대 사람들은 영적인 작업의 본질을 제대로 모른다. 영적인 작업이 이런 심각한 위기들을 불러오고 우리를 위기 속으로 몰아넣지만, 이런 위기들이 사실은 기회라는 것을 모른다. 그러나 위기야말로 진정한 영적인 작업이 이루어지는 때다. 다른 것들은 사실 준비를 하고, 정보와 경험을 끌어 모으고, 방향을 정하고, 영적인 지식을 축적하는 과정이다. 이런 과정 끝에 불현듯 진실의 순간이, 영적인 작업을 해야 할 때가 주어지는 것이다.

여러 해 동안 영적인 작업을 하고 형이상학적인 서클에 참여했는데도 삶이 전혀 변하지 않는 사람들이 있다. 여전히 같은 병과 같은 문제에 시달리며 똑같이 생활한다. 내면의 진실도 듣기만 할 뿐 전혀 체험하지 못한다. 이유가 뭘까? 삶이 황금 같은 기회를 부여해 주었다면, 이런 기회에 영적인 지식을 체화시켜야 한다. 이런 기회를 살려 변화를, 의식의 도약을 이루어 내야 한다. 아주 귀중한 순간이기 때문이다.

심각한 파국의 시기는 곧 중요한 도약을 이루어야 할 때다. 위기를 직시하고 단호하게 말해야 한다. "난 이 영적인 작업을 외면하지 않을 거야." 그러면 이제 진정한 영적인 작업과 마주할 수 있다. 하지만 진정한 영적인 작업은 책에서 기분 좋게 들리는 구절을 읽거나 멋진 사진을 보는 게 아니다. 위기의 한복판으로 들어가 위기를 똑바로 마주 보는 것이다. 이렇게 피할 수 없는 위기와 직면했을 때 비로소 영적인 작업의 위력이 나타난다. 그리고 이런 직면은 의식의 도약을 요구한다.

위기와 함께하겠다는 자발적인 의지를 갖고 "좋아!"라고 말하면, 위기는 황금과 같은 귀중한 기회가 되어 준다. 아무리 고통스러워도 위기와 함께하겠다는 자발적인 의지를 가지면 의식의 커다란 도약을 경험하고, 지혜와 인식, 자각에서도 진정한 진보를 체험한다. 책에서 읽은 내용이 내적인 경험으로 내재화된다.

정서성emotionality의 저변에는 우리를 위해 이 에너지를 경험해 주는 어떤 것이 있다. 우리의 개인적인 나보다 더욱 위대한 어떤 것이 정말로 이 에너지를 다루어 주고 있다. 작고 개인적인 나만 존재한다면 우리는 아마 이런 경험들 중에 생겨나는 에너지에 완전히 뒤덮여 사라져 버릴 것이다. 이런 경험들을 딛고 살아남을 수 있는 것은 개인적인 나보다 훨씬 위대하고 이 경험들을 더 잘 다룰 수 있는 어떤 것이 존재하기 때문이다.

그러나 마음은 혼란에 빠져서 이런 점을 인식하지 못한다. 대신에 '저기 바깥'에서 일어나는 사건들을 바꾸고 싶어 하고 생각을 통해 파악하려 한다. 그러다가 지력에 기대지만 지력도 문제를 해결해 주지 못한다는 것을 깨닫는다. 커다란 떡갈나무 통나무를 발위에 떨어뜨려서 발등 뼈가 전부 부러졌다고 하자. 이런 순간에 필요한 것은 삶이 부여한 상황을 기꺼이 다룰 수 있는 준비와 자발적인 의지다. 이럴 때 도구와 의지가 있으면 아주 신속하게 치유될 수 있다.

극심한 압도 상태에서도 자신이 정말로 경험을 다룰 수 있다는 자각이 생긴다. 극심한 공포는 자신이 생각하는 자기, 즉 무력하고 제한된 자기는 이 경험의 위력에 상대가 안 된다는 인식에서 부분적으로 비롯된다. 제한적이고 개인적이며 사적인 나는 이 압도적인 경험을 다룰 수 없다. 압도적인 경험에 마주했을 때는 바로 이런 일이 일어난다. 그러나 바로 여기에 이런 경험의 영적인 가치가 있다.

경험에 대해서 우리가 정말로 바꾸고 싶은 것은 무엇인가? 진정으로 바꾸고 싶은 것은 우리가 경험을 느끼는 방식이다. 그리고 우리가 알 수 있는 것은 이 느낌이 왔다가 사라진다는 점이다. 이렇게 감정 상태가 지나가면 사건은 우리를 괴롭히지 못한다. 그러므로 우리가 경험해 내야 하는 것은 감정의 격심한 분출과 그 에너지다. 그러고 나면 사건은 스스로 해결된다.

일어난 일과 이 일에 대해 우리가 느끼는 방식을 바꾸고 싶은 욕망을 먼저 내려놓아야 한다. 직면은 바로 여기에 있다. 사랑하는 사람의 죽음이나 이혼, 결별, 극심한 위기 상황, 부상 등 사건의 본질이 무엇이든 우리가 할 수 있는 일은 이것을 끝까지 겪어 내리라 마음먹는 것이다.

물론 혼란을 불러오는 사건이 어떤 것이든 모든 사건은 똑같이 충격을 불러온다. 충격은 바로 자신의 무력함을 갑작스럽게 인식하는 것이다. 의지가 벽에 부딪혔다는 사실이, 벽이 막아서서 멈출 수밖에 없다는 사실이, 개인의 의지로는 이런 상황을 마음대로 할 수 없다는 사실이 충격인 것이다.

이처럼 모든 압도적인 경험은 이 모든 사실에 대한 인식과 충격을 가져다준다. 더불어 이런 상황이 영속적이고 변화시킬 수 없다는 사실도 인식하게 되는데, 이것 또한 충격으로 다가온다. 마치 전속력으로 달리다가 벽에 부딪히는 일이 삶에서 벌어질 때마다 똑같은 에너지 장이 분출되는 것 같다. 삶에서 이런 일을 한 번 이상 겪어 본 사람이라면 이 말에 공감할 것이다.

돌아보면 벽에 부딪힐 때마다 그 충격의 상태가 똑같았음을 깨달을 것이다. 사건으로 경험하는 일련의 느낌들이 항상 같았다. 충격으로 갑자기 마비가 되었다가 불신 상태에 이르고, 그다음에는 온갖 부정적 느낌들을 쏟아 낸다.

과거의 몇몇 경험들과 이런 부정적 느낌들을 엄밀히 살펴보면, 이 모든 것들을 겪었음을 알 수 있다. 부정적 에너지 장 전체를 겪어 낸 것이다. 아침에도, 오후에도 변함없이 부정적인 에너지 장에 있었을 것이다. 사실 1분 사이에도 감정이 앞뒤로 요동쳤다. 마치 번득이는 에너지 장 안에서 감정의 형태들이 언짢음에서 분노로, 자기연민으로, 질투로, 앙갚음으로, 분개로, 증오로, 신과 자신을 향한 저주로, 가족과 사회, 정부, 법에 대한 원망으로 요동치는 듯했을 것이다. 그리고 이 부정적인 에너지 장 안에서 마음은 미친 듯이 분주하게 뛰어다녔을 것이다.

이 에너지 장은 산만하게 퍼져 있으며 형태도 없다. 마치 부정적인 에너지들로 가득한 바구니와 같다. 우리가 다루어야 할 것은 이 바구니지 이 안에서 흔들리는 작은 감정들이 아니다. 이것이 바구니 '전체'의 압력을 줄이면, 이 감정들을 신속하게 겪어 내고 반대편으로 나올 수 있다.

이처럼 심각한 파국의 경험을 피할 수는 없다. 우리에게 필요한 것은 바로 지금 마쳐야 하는 작업에 순응하겠다는 자발적인 의지다. 그럼 작업을 마쳤다는 것은 어떻게 알 수 있을까? 이 작업이 끝나면 불현듯 혼란 속에서 벗어나 평화로운 내면 상태로 들어간다.

몇 년이 지났는데도 계속 분노를 품은 채 부정적인 에너지 장의 어떤 모습 속에 갇혀 있는 사람들이 있다. 무엇보다도 과거의 사건을 아직 해결하지 못했기 때문이다. 이런 사람들은 정좌하고 앉아서 작업을 마칠 때까지 이 사건을 다루려고 하지 않는다. 이 작업에 고통이 뒤따르고, 어떤 기법을 사용해야 하는지 모르기 때문이다. 그래서 이런 사건에 부딪힐 때마다 사건을 변화시키고 생각들을 다루려고 애쓴다. 지력과 생각으로 사건을 이해하려고 애쓰지만 결국은 똑같이 막다른 골목에 봉착하고 만다. 사건들을 다룰 효과적인 도구가 없기 때문에 작업을 완전하게 마치지 못한다.

풀어 버리지 못한 감정들과 미완의 작업은 어떤 결과를 불러올까? 풀리지 않은 감정들은 정서적 태도 속에서 스스로를 드러내다가 몸에서 병의 형태로 나타난다. 여러 해 전에 일어난 비극적 사건과 관련해 아직 내려놓지 못한 무의식적 죄책감은 자율신경계와 경혈에너지체계를 통해 스스로를 드러내고 마음의 어떤 것과 연결된다.

생각을 담당하는 지적능력의 에너지 장은 점수가 400대다. 죄책감과 두려움, 화의 에너지 장은 특정한 병에 대한 믿음체계와 결합해 실제로 몸에 병을 만들어 낸다. 정신분석에서는 이런 병을 심신증이라고 부른다. 이런 경우 병의 심리학적인 요인은 표면에 꽤 두드러지게 나타난다. 이처럼 비극적인 경험을 정서적으로 충분히 해결하지 못하면 흔히 몇 년 후에 병으로 나타난다. 예를 들어 20년 전 가족 구성원의 죽음 앞에서 미처 다 풀어 버리지 못한 슬픔은 심근경색 같은 병으로 나타날 수 있다.

그러나 과거의 사건을 충분히 다루면 마음의 평화를 느끼며 그 사건에 전혀 흔들리지 않는다. 사건이 더 이상 생각나지 않으며, 생각이 나도 고통이 일어나지는 않는다. 그저 평온하다. 이런 일을 겪어 내야만 했다는 점이 유감스러울 수도 있겠지만, 어쨌든 이 사건을 잘 경험해 낸 덕에 오히려 다른 사람으로 거듭난다. 이런 사실을 인식하면 모종의 평화가 찾아들고, 이로써 이 사건이 완전히 해결되었음을 깨닫는다.

비극적인 경험들은 궁극적인 영적 체험의 씨앗이자 진수다. 경험 속으로 들어가 중앙의 핵에 이르면, 완전한 내려놓음을 통해 절벽에서 뛰어내리면, 즉 경험에 완전히 순응하면, 영적인 구도자들이 언제나 구하는 바로 그 씨앗을, 핵심을 만난다.

평범한 삶의 많은 비극적인 상황들 속에서 불완전하게 해결된 경험들은 언제나 존재하기 마련이다. 더불어 사건들 속에 숨어 있는 보석 같은 기회들을 자각하지 못하기도 한다. 사건의 표면적인 '본질whatness'에 압도당해서 잘못된 방향을 바라보는 것이다. 마음은 또 집착이나 자기연민 같은 부정적인 감정들과 환상에서 은밀히 뇌물을 받고, 순교자적 고통 같은 것을 멋대로 탐닉하기도 한다. 그런가 하면 약물을 투입하는 바람에 의식의 변성 상태가 일어나 응급실에 실려 가는 경우도 많다. 결정적인 영적 발견을 이룰 수 있었던 기회가 미봉책에 덮여 버리고 가족들은 영적 작업에서 다른 곳으로 주의를 돌려놓으려 애쓴다.

영적인 발견의 본질적인 측면은 경험에 직접적으로 달려들 때 주어진다. 선불교에도 이런 말이 있다. "무슨 일이 있든 곧장 앞으로 걸어가라." 그러므로 비극적인 경험이 다가와도 중심을 잡고 경험의 핵심으로 곧장 들어가 힘차게 겪어 내야 한다.

나의 삶에도 비극적인 경험들이 있었다. 미봉책을 쓸 수도 있었지만 나는 거부했다. 그때 이미 이런 경험을 끝까지 겪어 내는 것의 가치를 알고 있었기 때문이다. 미봉책은 사실 '바닥을 치는' 일을 겪어 내지 못하게 한다. 바닥을 친다는 것은 알코올중독 같은 심각한 문제들을 다룰 때 잘 알려져 있는 개념으로 완전한 내려놓음을 의미한다.

극심한 비극적 상황에서 마음은 익숙한 것을 고수하려고 안간힘을 쓴다. 직접 직면해서 뚫고 나가기보다는 현실도피와 오락거리, 진정제, 약물, 술 등 다양한 수단으로 상황을 모면하려고 한다.

그러나 엄청난 파국과 같은 상황의 핵심은 완전한 내려놓음을 통해 개인적인 나보다 더욱 위대한 어떤 것을 발견하는 데 있다. 파국을 완전하게 겪어 내면, 당면한 경험이 아무리 비극적인 것처럼 보여도 우리 안에는 견뎌 낼 힘을 지닌 무언가가 있음을 깨닫고 이것과 연결된다. 이로 인해 해결이 불가능할 것 같은 상황에서도, 이것을 뚫고 나가도록 우리를 지탱해 주는 힘을 지닌 어떤 것, 어떤 현존Presence이나 품성, 내적인 삶의 어떤 모습이 있음을 자각하고 더욱 위대한 사람이 되어 비극적인 경험에서 빠져나온다.

그러나 비극적인 경험을 충분히 완전하게 겪어 내지 않으면 찌꺼기가 남는다. 벼랑에서 반만 떨어졌기 때문이다. 개중에는 벼랑에서 완전히 떨어졌다고 생각하는 사람들도 있겠지만, 사실 이들은 은밀하게 손가락을 뻗어서 튀어나온 바위나 구명밧줄에 매달렸다. 신을 향한 내맡김이 사실은 완전하지 못해서 의심이 남고, 이 의심에서 경험에 대한 두려움이나 슬픔이 찌꺼기처럼 남은 것이다.

경험을 통과할 때 개인적인 나보다 더욱 큰 어떤 것을 체험하지 못하면, 결국은 제한과 어떤 장애를 갖게 된다. 그렇게 되면 특정한 지점 이상으로는 나아가지 못하고 참여의 의지도 제한된다. 이런 사람은 아마 이렇게 말할 것이다. "그런 경험에 다시 직면하느니 차라리 그냥 제한된 삶을 살아갈래. 사랑했다가 잃어버리느니 다시는 사랑을 안 할 거야." 그러나 '사랑했다가 잃어버리는 편이 아예 사랑을 안 하는 것보다는 낫다.' 사랑의 경험은 우리 안의 제한적이고 작은 나보다 더욱 위대한 큰나와 만나게 해 주기 때문이다.

완전한 해결은 이처럼 개인적인 나보다 더욱 큰 어떤 것과 의식적으로 접촉하게 해 준다. 이를 위해 노력해 본 많은 사람들도 자신보다 더욱 큰 어떤 것에 작은 나를 완전히 내맡기는 순간, '실재하는' 무언가와 접촉하게 되었음을 증언한다. 이렇게 영적인 실재를 내적으로 체험하면 책에서 읽은 내용들을 깊이 확신하게 된다. 그리고 이런 확신에서 다시 삶 속으로 들어가 참여하고 삶의 위험과 기회들을 받아들이겠다는 자발적인 의지가 생겨난다.

바닥을 치는 내적 경험이란 어떤 것일까? 이런 경험은 가망 없다는 느낌과 절망에서 생겨난다. 작은 나는 이렇게 말한다. "내 힘으로는 이 일을 다룰 수 없어." 그러나 가망 없다는 이런 느낌에서 내맡김이 시작되며, 이런 내맡김에서 자신보다 더욱 큰 무언가에 순응하고 내려놓겠다는 자발성이 생겨난다. 밑바닥에서, 구덩이 속에서 "개인적이고 사적인 나, 즉 에고는 이 일을 다룰 수 없다는 것을, 이것을 해결할 수 없다는 것"을 인식하고 받아들이는 것이다.

승리와 성공은 바로 이런 패배에서 비롯된다. 불사조는 절망과 가망 없음의 잿더미에서 날아오르는 것이다. 물론 중요한 것은 절망이나 가망 없음이 아니라 작은 나의 한계를 깨닫고 내려놓는 것이다. 대파국의 한가운데에서 "포기했어. 난 이 문제를 다룰 수 없어."라고 말하면서도 의식적으로든 무의식적으로든 신에게 도움을 간구하는 것이다.

우리의 자유의지와 의식의 본질이 이러하기 때문에, 우리 모두를 기꺼이 도와주려는 위대한 존재들은 우리가 "그래!"라고 말하기만을 기다린다. 우리보다 더욱 위대하고 의지할 수 있는 어떤 존재가 있음을 구덩이의 밑바닥에서 기꺼이 받아들이는, 갑작스러운 전환의 순간을 기다린다는 말이다. "신이 계신다면 절 도와주세요."라고 말하는 전환의 순간에 거대한 변화의 경험들이 시작되기 때문이다. 이런 경험들은 인류의 시초부터 줄곧 역사에 기록되어왔다.

세계적 단체인 그 훌륭한 익명의 알코올 중독자협회도 이런 경험에서 비롯되었다. 이 단체의 창립자인 빌 윌슨 역시 바닥을 친 적이 있었다. 그는 완전한 절망과 가망 없음 속에서 개인적인 나를 포기해 버렸다. 그리고 비록 신자는 아니었지만 "신이 계시다면 도와달라고 부탁해야겠어."라고 말했다. 그 순간 엄청난 변화의 경험이 찾아왔다. 이런 경험의 영적인 힘은 수백만 명의 사람들이 입증하고 있다. 이들은 빌 윌슨이 그의 영적인 경험을 나누면서 세상을 향해 뿜어낸 에너지에 커다란 영향을 받았다.

내려놓음과 바닥을 치는 일은 분명히 결정적인 역할을 한다. 제한적이고 무력한 자기는 일이나 상황을 변화시킬 수 없다는 자각의 순간, 우주 속에서 힘을 지닌 존재를 발견하게 되기 때문이다. 이런 자각의 순간, 그 힘이 밀려 들어와 경험을 다루어 준다. 그리고 이런 일이 일어날 때는 깊은 평화의 상태가 찾아온다. 고통이 있었던 자리에 무한한 평화가 깃들고, 뭐라 표현할 수 없는 무한한 현존을 느낀다.

역사적으로 진실에 대한 깨달음은 특별한 때에 일어났다. 하지만 반드시 특별한 때가 되어야만 그럴 수 있는 것은 아니다. 이것은 경험의 한 가지 유형일 뿐이다. 사실 영적인 작업의 본질은 언제나 같다. 즉 영적인 작업에 참여하는 사람은 언제나 삶에서 일어나는 일을 주시하고, 이 일을 스승으로 삼아, 자신에게 유용한 것으로 받아들인다.

사건은 벌어지고 있는 일을 대변해 주므로, 극심한 파국도 어쨌든 진행 중인 과정의 연속일 뿐이다. 그래서 열심히 영적인 작업에 몰두 중인 사람은 파국도 황금 같은 기회로 받아들인다. 고통과 후회가 밀려오는 일도 커다란 이득을 안겨 주는 기회로 인식한다. 영적인 작업의 핵심적인 본질은 일어나는 일들에 매 순간 초점을 맞추고, 경험하는 '그것'과 경험이 이루어지는 자리를 자각하는 것이다.

이러한 결과를 불러오는 데 사용할 수 있는 명상적이고 사색적인 기법이 있다. 이 기법은 바로 경험 자체는 물론이고 경험하는 것experiencing까지 통제하려는 욕구를 끊임없이 내려놓는 것이다. 그러면 의식의 어떤 무한한 측면(큰나)이 자각을 다뤄 주고 있다는 갑작스런 깨달음이 일어난다. 전에도 이런 일을 짐작은 했겠지만 실제로 깨닫지는 못했을 것이다. 그러나 이런 깨달음이 주어진 후에는 현존에 대한 자각이 더욱 빈번하게 일어난다.

이런 경험을 계기로 작은 나에 대한 의존은 점점 줄어드는 반면, 내면의 현존에 기대려는 자발성은 더욱 커진다. 그러면 삶의 문제들을 다루기 위해 작은 나에게 의지하는 일이 줄어들고, 점차 고차원적인 큰나에게 자발적으로 순응한다. 이렇게 작은 나와의 동일시를 버리고 현존과의 동일시를 점진적으로 늘려 가면서, 삶과 삶의 모든 측면들을 신의 의지에 자발적으로 내맡기는 것이야말로 영적인 수행과 체험의 핵심이다.

이처럼 극심한 비극적 경험은 중요한 배움의 기회가 된다. 이런 기회는 경험의 본질 속으로, 그것의 진정한 핵심 속으로 들어가 경험의 실체를 직시하게 해 준다. 그리고 의식 자체의 에너지 장에서 일어나는 경험의 차원에서 문제를 다루어야 한다는 점도 가르쳐 준다.

이런 기회가 찾아오면, '저기 바깥'에서 일어난 일을 바꾸려는 욕망을 내려놓고 순응하겠다는 자발적인 의지를 가져야 한다. 생각으로 이 비극적인 경험을 통제하려는 욕망이나 지력과 감정으로 이것을 다루려는 몸부림을 내려놓아야 한다. 어떤 명칭이나 이름, 딱지를 붙이지 않고, 경험의 본질에 순응하는 자발적인 의지를 가져야 한다. 자발적인 의지로 이 비극적인 에너지 장을 다루고, 내적인 경험 속으로 곧장 들어갈 수 있어야 한다. 내적인 경험에 순응해야 작고 개인적인 나보다 더욱 큰 어떤 것을 체험할 수 있는 문이 열리기 때문이다.

개개의 비극적 사건들은 이런 중요한 영적 배움을 얻을 수 있는 또 다른 기회의 반복이자 재현이다. 그래서 커다란 비극적 경험들을 통과한 사람들은 감사의 마음으로 흔히 이렇게 말한다. "다시는 그 일을 겪고 싶진 않지만 그런 경험을 하게 된 것에 정말 감사해요."

세상에서 끔찍한 재앙이나 진행형의 무서운 병으로 치부하는 일에 어떻게 감사의 마음을 가질 수 있을까? 그러나 이런 재앙으로 우리는 진실에 대한 깨달음을 통해서 자기 존재의 핵심적인 본질과 다시 연결된다. 대가를 치를 만한 가치가 있는 중요한 것을 이런 재앙에서 배우는 것이다.

영적으로 성숙하고 배움이 깊어질수록 이 내적인 경험에 직면하려는 자발적인 의지를 갖는 데 필요한 것은 적어진다. '구덩이 속의 바닥'이 점차 높아지는 것이다. 이로 인해 굳이 고통스런 아픔을 겪지 않아도 자발적으로 내려놓고 순응하게 된다. 내려놓고 순응하려는 자발적인 의지가 시간이 흐를수록 더 크게 일어나서, 이제는 삶의 본질적인 부분으로 자리 잡는다.

이와 더불어 자신이 상황이나 일을 어떤 식으로 통제하려고 애쓰는지를, 신의 의지를 어떻게 바꾸려고 몸부림치는지를, 신을 어떻게 통제하고 바꾸려 하는지를 끊임없이 주시하게 된다. 그러다 보면 깊은 차원에서 완전하게 순응하려는 자발적인 의지가 더 자주 일어나고, 다양한 깊이에서 순응하게 됨을 느낀다.

또 일상의 삶에서도 조금이나마 순응을 한다. 그러다 커다란 압박을 받으면 기꺼운 마음으로 더욱 깊이 순응하며, 파국이 불러오는 압박감에 시달리지 않아도 깊은 차원에서 기꺼이 순응할 수 있다는 것도 깨닫는다. 인격의 변화와 영적인 위치의 전체적인 이동은 전통적으로 이런 깊은 차원의 순응에서 비롯된다.

그렇다면 깊은 차원에서 순응한다는 것은 무슨 의미일까? 끔찍한 정서적 파국을 겪지 않고도 깊은 차원의 순응을 통해 똑같은 영적 작업을 이루어 낼 방법은 무엇일까? 이 과정의 본질을 이해하면 그 방법을 알 수 있다. 영적인 위치가 변하면 우리의 존재 방식이 달라진다. 생명의 모든 표현들 속에서 생명과 기꺼이 함께하고, 이런 자발성으로 인해 내면의 생기를 경험한다. 기회를 받아들이려는 자발적인 의지도 내면의 이런 생기에서 생겨난다. 개인적인 나보다 더욱 큰 어떤 것이 우리와 함께하고 있음을 알기 때문이다.

삶에서 일어나는 일을 다루는 것은 개인적인 나가 아니다. 언제

나 우리와 함께하는 무한한 현존이 인간의 의지와 에고보다 더욱
강력하다. 개인적인 나는 고통과 아픔을 불러오지만, 큰나는 치유
와 평화의 기운을 발산한다.

걱정과 두려움, 불안

앞에서 이야기한 것처럼 전인의학 분야에서는 '몸과 마음, 영혼'이라는 말을 자주 사용한다. 그러므로 이 말을 더욱 깊이 이해하면 도움이 될 것이다.

이 말이 진정으로 의미하는 것은 무엇일까? 단지 유행어나 구호에 불과한 것일까? '영혼'은 형이상학적이고 추상적인 개념이나 종교적 금언에 불과한 것일까? 현실과 관계를 잘 맺지 못하는 사람들이 만들어 낸 환상일까? 몸과 마음, 영혼의 관계를 다시 살펴보면 더욱 분명히 이해될 것이다. 그러면 우리의 작업에도 속도가 붙을 것이다.

그러므로 인간의 경험이 어떻게 이루어지는지 다시 살펴보고, 경험이 실제로 어디에서 일어나는지 확인하기 위해 우리의 내면을 들여다보도록 하겠다. 몸과 마음, 영혼의 관계를 경험의 관점에서 살피다 보면, 몇 가지 다소 놀라운 점을 발견하게 된다. 몸은 스스로를 경험하지 못한다는 사실도 그중 하나다. 우리 모두 자신을 몸과 동일시해서 '나는 몸이다.'라고 생각하는 경향이 있기 때문에 이 사실은 특히 더 놀랍게 여겨질 것이다.

그러나 몸은 자신을 경험할 수 없다. 그러므로 몸이 곧 자신이라는 생각은 진실이 아니다. 예를 들어 왼팔은 자신이 왼팔임을 경험하지 못한다. 오감이 몸에서 생겨나지만, 우리가 경험하는 것은 몸이 아니다. 몸의 오감을 경험하는 것이다. 그러나 흥미롭게도 오감도 스스로를 경험하지는 못한다. 팔에서 생겨나는 감각은 어딘가 다른 곳, 바로 마음속에서 경험된다.

두뇌가 절개되어 마음의 작용 부위가 제거돼 버리거나 이 부위가 몸의 차원에 미치는 영향력이 사라져 버리면, 몸의 반대편을 경험하지 못하게 된다. 이것은 뇌졸중 후에 흔히 일어나는 일이다. 뇌졸중 환자는 자기 몸의 어느 부위가 존재한다는 것조차 경험하지 못한다. 이처럼 우리는 감각이 없으면 몸을 경험하지 못한다. 그리고 감각은 마음속에서만 경험할 수 있다.

그러나 흥미롭게도 마음 역시 스스로를 경험하지 못한다. 생각은 자신이 생각임을, 기억은 자신이 기억임을, 환상은 자신이 환상임을 경험하지 못한다. 마음속에서 일어나는 것들은 실제로 마음 자체보다 더욱 큰 에너지 장 즉, '의식'이라 불리는 것 속에서 경험된다.

의식은 마음 안에서 일어나는 것들을 자각하게 해 준다. 마취의 근거도 여기에 있다. 마취 상태에 들어가면 의식이 삭제되므로 마음에서 일어나는 일들을 자각하지 못한다. 의식이 없으면 몸이나 마음에 대한 자각도 없고, 마음이 없으면 감각이나 몸에 대한 자각도 없다.

결과적으로 온종일 자신을 관찰해 보면, 널리 퍼져 있는 훨씬 총체적인 경험의 장 속에서 우리가 생각하는 것보다 훨씬 전체적인 방식으로 자신에게 일어나는 모든 일들을 경험한다는 것을 알 수 있다. 마치 경험이 공간의 모든 곳에서 일어나며, 이 공간은 우리의 의식 안에 있는 것 같다.

자신이 생각을 실제로 경험한다고 여기는 자리를 찾아보는 것은 흥미로운 실험이다. 거의 모든 사람들은 생각이 그들의 머릿속에 있다고 생각한다. 하지만 이것은 생각에 대한 생각일 뿐이다. 이들에게 자신이 생각을 경험한다고 여기는 자리에 대한 모든 믿음을 내려놓고, 생각이 경험되는 정확한 자리를 가리켜 보라고, 즉 현상이 일어나는 장소가 어디인지 그 근본적인 진실을 말해 달라고 해 보자.

그러면 이들은 생각이 일어나는 특정한 장소가 없음을 발견한다. 이들이 할 수 있는 말은 그저 생각이 일어나고, 자신은 이 생각을 인식한다는 것뿐이다. 이런 현상이 일어날 가능성이 있는 자리는 정확하게 지적하지 못한다. 총체적이고 전체적인 방식으로 생각을 경험하는 자리는 구체적으로 가리키지 못하는 것이다.

그러나 생각을 경험하는 구체적인 자리는 꼭 알아야 한다. 우리가 사용할 몇몇 기법들이 인간 고통의 기저에 있는 믿음체계를 제거하는 것이기 때문이다. 의식 자체는 영화의 스크린과 같다. 그리고 우리가 경험하는 것은 스크린 위에서 변하는 장면들이다. 모든 경험은 변화에 대한 경험인 것이다.

우리가 경험하는 움직임은 오고 감, 차오름과 이울어짐, 즉 흐름이다. 그리고 이런 변화를 경험할 수 있는 이유는 변하지 않는 배경에서 이것이 경험되기 때문이다. 영화 속의 움직임을 볼 수 있는 이유는 스크린이 변함없이 그대로 있기 때문이라는 말이다. 요컨대 변화하는 것이 경험되고, 이 경험은 의식 속에서 이루어지는데, 이 의식에는 정확한 자리가 없다는 말이다.

기능적 저혈당

두려움과 불안은 주요 원천인 의식이 정서적 차원에서 발현된 감정이다. 이것을 설명하기 전에 이런 감정들을 불러일으키는 흔한 근원들을 살펴보는 것이 중요하다.

이 근원에는 신체적인 원인도 포함된다. 분노와 같은 부정적인 감정은 흔히 '기능적 저혈당'이라는 생리적 문제에서 비롯되며 음식물을 통해 섭취하는 당에 대한 과민반응과 관련되어 있다. 저혈당증은 '과인슐린증'이라고도 부르며 이것은 포도당과 자당에 과민반응을 보이는 증상이다.

혈당의 갑작스런 저하는 화나 분노, 두려움, 불안정, 공포 심지어는 폭력 같은 감정적 반응들을 촉발시킨다. 당 섭취를 일체 차단한 후 부정적인 증상들이 사라지는지 관찰하기만 하면, 이런 증상을 임상적으로 진단할 수 있다. 다섯 시간의 포도당 부하 검사로 이 증상을 확인할 수 있는 것이다.

보통 사람은 처음에는 포도당 수치가 급격하게 치솟다가 천천히 내려간다. 그러나 저혈당증이 있으면 혈중 포도당 수치가 급속하게 떨어지면서, 경미하게 혹은 심각하게 부정적인 감정들이 나타나거나 몸이 떨리거나 기운이 없어지거나 기절을 하는 등의 양상을 보인다. 또 알코올이나 진정제 생각이 간절해지기도 한다. 익명의 알코올 중독자협회 같은 회복 프로그램 운영단체에서 이 병은 아주 잘 알려져 있다. 윌리엄 더프티가 쓴 유명한 책 『슈거 블루스』도 이 병을 다루고 있다.

환자가 내 진료실을 방문하면 나는 먼저 다음 진료까지 알코올은 물론이고 당을 일절 끊으라고 지시한다. 몇 해 동안 이렇게 해본 결과, 환자의 25퍼센트가 '치료'되었다. 다시 만났을 때 그 증상이 나타나지 않은 것이다.

그러나 이 병의 발병률이 아주 높고 그 형태도 다양하므로, 온갖 정서적 장애를 불러오는 요인으로서 탐색해 볼 필요는 있다. 저혈당증은 신체적 폭력은 물론이고 정신 이상 증세까지 촉발시킬 수 있다. 제대로 진단을 받지 않은 사람들 중에는 폭행이나 다른 폭력 범죄로 구치소나 감옥 신세를 지는 이들도 있다. 뿐만 아니라 부부싸움이나 사회적 논쟁, 가족 간 마찰, 행동 장애의 원인으로 작용하는 경우도 빈번하다.

우리는 병원 내 진단연구소에서 이따금 다섯 시간 동안 포도당 부하 검사를 한다. 보통은 서너 시간이 흐르면 대부분의 환자들이 부정적인 감정 반응을 보여 준다. 한번은 어떤 여자가 갑자기 옷을 벗고 실오라기 하나 걸치지 않은 채 도로를 질주한 적도 있다. 그 바람에 연구실 감독자가 길고 하얀 가운을 펄럭이며 "멈춰요!"라고 외치면서 뒤를 쫓아야만 했다. 그래도 그녀는 몇 블록을 계속 내달렸다. 미친 듯한 광란의 질주에 차들도 멈춰서야만 했다.

두려움은 의식의 한 단계로서 두려움이 존재하는 의식의 차원에서 다뤄야 한다. 이런저런 것에 대한 두려움처럼 현실 속에서 확장돼 나타난 것을 개별적인 두려움의 차원에서 다루는 대신, 의식의 차원에서 취급해야 하는 것이다.

그러려면 우리의 본래 모습을 알아야 한다. 우리가 두려움보다는 더욱 큰 존재임을 알아차리고, 이 감정과 동일시하지 않는 법을 배워야 한다. 우리는 전체적인 장이고, 두려움은 이 안에서 경험된다. 두려움은 자신을 본래의 큰나로 인식하게 되는, 더욱 커다란 환경 안에서 발생하는 사소한 것이다.

두려움을 내려놓지 못하게 만드는 가장 큰 장애물 중 하나는 두려움 자체에 대한 두려움이다. 이 두려움에 대한 두려움을 사라지게 만드는 기법을 설명해 보겠다. 두려움을 더 이상 두려워하지 않으면, 두려움도 아주 간단한 문제로 여겨진다.

우리는 마치 치과에 가는 사람이 통증을 두려워하는 것처럼 두려움을 두려워한다. 태초의 두려움이란 바로 이런 것이다. 두려움의 본질을 들여다보면, 두려움이 끝도 없이 많음을 깨닫게 된다. 그래서 사람들은 희생자를 자처하고, 두려움의 근원이 자신의 외부에 있다고 믿어 버린다.

그러나 두려움의 근원 혹은 시작점이 자신의 외부에 있다고 생각하면, 두려움에 대해서 할 수 있는 일이 많지 않다. 사실, 할 수 있는 일이 정말로 아무것도 없다. 두려움의 근원이 바깥에 있다는 믿음을 버리지 않는 한, 영원히 두려움의 희생자로 남는다. 두려움이 자기 내면의 현재 상태임을, 두려움의 근원이 바로 자신이며, 자신이 내면의 두려움을 세상에 투사시키고 있음을 깨닫기 전에는 언제나 그럴 것이다. 물론 사람들은 분명히 '저기 바깥'에서 두려움을 볼 것이다. 그러나 이것은 저기 바깥으로 두려움을 투사시켰기 때문이다. 두려움을 들여다보면 두려움이 얼마나 만연해 있는지를 확인할 수 있다. 두려움이 의식의 한 단계임을 인식하면, 이 의식의 단계에서 두려움이 모든 것에 들러붙어 있음을 깨닫는다.

특정한 두려움을 극복하려는 노력도 제한적이긴 해도 어느 정도 가치가 있다. 그러나 이런 노력은 두려움에 가득 찬 사람이나 그의 인격을 바꿔 주지는 못한다. 특정한 두려움에 대한 두려움은 임상적으로 가치 있고 삶에서 실제로 쓸모도 있지만, 우리의 본래 모습을 변화시키지는 못한다. 더 이상 스스로를 작은 나처럼 느끼고 무력하게 두려움에 휘둘려 희생자가 되지 않으려면, 두려움의 상태를 변화시켜야 한다.

두려움은 마치 접두사처럼 온갖 것에 들러붙을 수 있다. 의식 지도를 보면 두려움은 100의 단계에 있다. 그리고 화살표의 방향이 보여 주는 것처럼 두려움은 부정적인 감정이다. 두려움의 상대적인 힘은 서로 다른 장들의 에너지를 수치화해서 보여 주는 이 수학적 모델에서 확인할 수 있다. 30과 50, 75의 부정적인 감정들을 지나 200에서부터 시작되는 긍정적인 감정들 속으로 옮겨 갈수록, 에너지 장들의 힘은 물리학적인 관점에서 봐도 실제로 증가한다.

두려움의 에너지 장을 중점적으로 다루다 보면, 두려움이 삶의 모든 것에 가리지 않고 들러붙는 다는 것을 알 수 있다. 인간으로서 우리가 하는 경험 중에서 두려움이 들러붙지 않는 것이 없다. 어머니를 사랑하면 '어머니를 잃으면 어떡하지?' 하는 두려움이 일어나고, 자신의 몸을 사랑하면 죽음이나 병에 대한 두려움이 생겨난다. 돈을 사랑하면 돈을 잃거나 탐욕스럽다고 비난받을 것을 두려워한다.

무엇을 생각하든 두려움이 뒤따른다. 자동차를 사랑하면 교통사고에 대한 두려움이 일어난다. 이처럼 두려움에 빠진 사람은 모든 것에 두려움을 갖다 붙이기 때문에, 생각나는 모든 것이 두려움의 에너지 장 속으로 들어가 두려움으로 물든다. "사는 것도 두렵고 죽는 것도 두려워."라는 노랫말처럼 심지어는 삶 자체까지 두려워진다. 두려움의 에너지 장이 모든 것을 오염시켜 버린 것이다.

이 에너지 장의 근원이 우리라면, 당연히 우리의 모든 경험이 두려움의 장 속으로 빠져들어 삶의 모든 일이 두렵게 여겨질 것이다. 미래도 마찬가지다. 나이가 들면 어쩌지? 늙으면 어떻게 사나? 내 몸은 어떻게 될까? 경제 상황은 어떻게 되는 거지? 관계는? 가족은? 은행 잔고는? 우리나라는, 세계는 어떻게 되는 거지? 모든 것이 두려움으로 다가온다.

지구를 걱정하는 사람이라면 아마 핵무기가 가져올지 모를 인류의 전멸이나 은하계들의 전쟁, 유성, 격변하는 '말세'에 대해 두려움을 토로할 것이다. 그러나 두려움이 확장돼도 이것은 여전히 두려움에 불과하다. 이 사실은 달라지지 않는다. 두려움을 아무리 미화시키고 극적으로 들리게 만들어도, 두려움이 두려움이라는 사실은 바뀌지 않는다. 은하계 전쟁이나 인간의 파괴, 인류의 멸종에 대한 두려움도 아이가 어둠을 무서워하는 것이나 강아지에게 물릴지도 모른다고 겁내는 것과 질적으로 다르지 않다. 경험상 두려움은 언제나 똑같은 감정이다.

이 모든 것을 특징짓는 것은 두려움이라는 에너지 장이다. 두려움의 '대상'은 정말로 중요하지 않다. 그러므로 생각에서 눈을 돌려 느낌을 바라보는 법을 터득해야 한다. 사실은 느낌이 생겨나는 곳이 에너지 장이므로, 느낌 저변의 에너지 장을 바라보고 다루는 법을 터득해야 한다. 그러면 두려움에 대한 두려움이 사라지면서 두려움을 직접 다루는 법도 깨닫기 시작한다. 어렵지 않은 기법들에 익숙해지면 사실 두려움은 아주 간단하게 다룰 수 있다.

세상은 상당히 많은 부분에서 두려움으로 사람들을 지배한다. 개인들의 삶을 주로 지배하는 것이 두려움이기 때문이다. 그러나 두려움에 궁지로 몰리지 않는 방법을 터득하면, 희생자라는 생각은 물론이고 세상도 뛰어넘을 수 있다. 세상이 우리를 위협할 수 있는 무기는 오로지 두려움뿐이기 때문이다.

세상이 은행계좌를 차단하든 회계감사를 실시하든 우리에게서 달아나든 우리를 떠나거나 해고시키든, 우리의 머리를 겨누는 총은 언제나 두려움이라는 이름의 똑같은 총이다. 물론 몸의 한 부분을 잃을지도 모른다는 생각에 두려움이 끝없이 이어지겠지만,

두려움과 두려움의 희생자가 되는 어리석음에는 종지부를 찍을 수 있다. 그리고 두려움의 희생자가 더 이상 아님을, 도처에 만연해 있는 두려움에 휘둘리는 벌레 같은 존재가 아님을 깨달으면, 두려움에 대한 두려움을 버릴 수 있다. 이런 과정을 즐기며 자신을 진심으로 긍정하는 법을 터득할 수 있다.

문제는 두려움 자체가 아니라 두려움이라는 에너지 장이다. 그러나 이 에너지 장도 통제할 수 있다. 두려움의 근원이 바로 우리 자신이기 때문이다. 두려움을 다스리려면 먼저 **내 두려움의 근원이 바로 나**라는 진실을 인정해야 한다. 기분이 달라지면 무섭게 느껴지던 것도 더 이상 두렵게 다가오지 않는다.

두려워하는 것에 대해서 "나는 저게 두려워."라고 말했다가도 다른 사람과 함께 있거나 기분이 달라지거나 깔깔 웃으며 즐거운 시간을 보내다 보면, 더 이상 두려움이 일지 않는다. 그러므로 두려움의 근원은 바깥세상에 있는 것이 아니다.

세상에 대한 두려움은 극복할 수 없다. 자신의 두려움에 종지부를 찍기 위해 세상을 통제하는 것은 불가능하고, 두려움을 극복하기 위해 사회나 법률, 규칙들을 바꿀 수도 없기 때문이다. 두려움의 근원은 우리 내부에 존재한다.

심각한 사건이 발생했다고 상상해 보자. 두 가지 측면을 생각해 볼 수 있다. 하나는 사건 자체이고, 다른 하나는 이 사건을 대하는 우리의 태도다. 사건 현장에 경찰이 많이 나타나면 물론 기분이 나아질 것이다. 그러나 아파트에 강도가 들었을 때 경찰들은 실제로 어디에 있었을까? 당연히 다른 곳에 있었다.

요컨대 두려움을 다루는 일은 정말로 우리 자신에게 달려 있다. 우리 자신이 두려움의 근원이며, 우리의 의식 속에서 두려움이 일어난다는 것을 자발적으로 인정해야 한다. 그래야 해결이 시작된다. 두려움이 실제로 경험되는 차원에서 두려움을 다뤄야 한다.

대부분의 사람들은 몸으로 얼마간 두려움을 경험한다. 그러므로 두려운 경험을 다룰 때 가장 먼저 할 일은 생각에 주의를 기울이는 태도에서 벗어나는 것이다. 두려운 느낌은 말 그대로 무수한 생각들을 불러일으킨다. 그리고 두려운 생각에는 끝이 없다. 두려운 생각은 두려움 자체의 에너지 장에서 생겨나기 때문이다. 이 에너지 장이 일련의 무수한 생각들을 불러일으킨다. 임상학적으로 말하자면, 특정한 생각들을 다뤄도 그 효과는 제한적이다. 두려움이 나중에 더욱 많은 생각들을 불러올 뿐이다. 그러므로 두려움 자체를 다루는 기법을 사용해야 한다.

삶에서 두려운 어떤 것, 이미 일어났거나 일어날 것 같은 두려운 일을 상상해 보자. 철로에 묶여 있는데 기차가 자신의 몸을 짓누르고 지나가는 것 같은 끔찍한 일을 그려 볼 수도 있다. 이럴 때 생각을 넘어서 자신이 경험하는 것을 잘 들여다보면, 몸에서 먼저 반응이 일어난다는 것을 알 수 있다. 위 근육이 긴장되고 배 속이 메슥거리는 듯한 느낌이 들며, 팔다리가 후들거리고 입술이 바싹 마른다. 어떤 이들은 위경련이나 호흡곤란을 일으키기도 한다.

어떤 증상이 나타나든 자신이 실제로 무엇을 경험하고 있는지 알려면 내면을 들여다봐야 한다. 자신이 실제로 경험하는 것이 곧 근본적인 진실을 말해 주기 때문이다. 경험에 대한 생각이나 경험에 투사시킨 개념들은 절대 진실이 아니다. 경험에 붙은 딱지가 아니라, 자신의 내면에서 실제로 경험하는 것이 바로 진실이다.

내면을 들여다볼 때는 경험되는 것을 경험하지 않으려는 저항을 내려놓아야 한다. 예를 들어 입술이 마르는 것에 대한 저항도 내려놓는다. 입술이 말라도 그대로 인정하고 기꺼이 맞아들인다. 배 속이 뒤집어지거나 팔다리가 떨리는 느낌에 대한 저항도 내려놓는다. 그러면 경험되고 있는 느낌을 생각하지 않고, 다른 곳으로 주의를 돌릴 수 있다.

완전히 내려놓고 이런 느낌들에 순응하는 것은 마치 바람에 흔들리는 버드나무가 되는 것과도 같다. 도교의 오래된 지혜에 따르면, 바람에 저항하는 떡갈나무는 부러지기 쉽다. 하지만 바람을 따라 휘어지는 버드나무는 살아남는다. 버드나무처럼 우리도 다가오는 경험에 따라 휘어질 줄 알아야 한다. 다가오는 경험들을 그대로 인정하고 기꺼이 맞이하는 것이다. "그래, 더 겪어 보자."라고 말하는 것이다.

그러면 대단히 놀랍게도 이 감각의 양도 제한되어 있음을 발견하게 된다. 우리가 느끼는 두려움의 양이 한정되어 있는 것 같다. 어떻게 이럴 수 있을까? 두려움이라는 감정은 마치 어린 시절부터 평생 억압해 온 온갖 두려움들이 들어 있는 압력 탱크와 같다. 스스로 경험하거나 표현하지 못한, 혹은 표현을 허용받지 못한 두려움이 모두 이 안에 들어 있다. 예를 들어 군대에 복무 중인 남자에게 두려움의 표현은 용납이 안 된다. 남자답지 못하거나 비겁함을 드러내는 것으로 여겨지기 때문이다. 그래서 무의식 중에 두려움을 억압하고 누르고 속에 쌓아 둔다.

이렇게 자각하지 못하는 두려움은 평생 동안 수도 없이 생겨난
다. 두려움이 일면 자신도 모르게 긴장하고 의식 바깥으로 두려움
을 밀어낸다. 또는 책상에 대고 드럼을 치듯 손가락을 두드려 댄
다. 이처럼 재빨리 두려움을 억눌러 버리기 때문에, 두려움이 거기
있었다는 것조차 인식하지 못한다. 이렇게 세월이 흐르면서 두려
움의 에너지는 쌓여만 간다.

그러다 두려움 이면에 있는 에너지의 압력이 증가해서 일정한
수위에 이르면, 다시 말해 계기판의 붉은 선에 바늘이 다다르면,
두려움의 에너지는 스스로를 표출하기 시작한다. 두려움이 우리
의 경험 위로 흘러넘쳐 경험을 물들이기 시작하는 것이다. 이럴
때 잘 관찰하지 않으면, 세상이 두려움을 만들어 낸다고 착각하고
세상을 탓하게 된다. '저기 바깥'에서 두려움을 불러일으키는 일
이 일어난다고 생각하는 것이다. 그래서 세상을 향해 투사된 두려
움이 사실은 우리 스스로가 만들어 낸 것이라는 사실도 깨닫지 못
한다.

그러므로 자신이 쌓아둔 두려움들이 두려움의 근원임을 인정해
야 한다. 두려움을 받아들이고, 이 두려움을 모두 흘려보낼 기회를
기다려야 한다. 두려움에서 근본적으로 해방되는 길은 마음 깊이
순응하는 것이다. 자신이 두려워한다고 생각하는 것이 무엇이든,
두려움의 내적인 경험과 감각은 그대로 존재한다.

누군가 우리의 심장에 엽총을 겨누고 "가진 돈 다 내놔!"라고
소리친다면 어떤 경험을 하게 될까? 입이 바싹 마르고, 무릎에 힘

이 없어지고, 속이 뒤집히는 것 같은 그 익숙하고 오래된 느낌이 되살아날 것이다. 적의 탱크가 다가와 집을 부수고 포신을 돌려 우리의 이마를 조준한다면 어떤 경험을 하게 될까? 누군가 우리의 머리 위에서 쥐를 흔들어 댈 때와 똑같은 일이 일어날 것이다. 입이 마르고, 속이 메스꺼워지고, 장이 경련을 일으키고, 근육들이 파르르 떨리는 느낌이 들 것이다.

우리가 다루어야 하는 것은 이런 감각들뿐이다. 이 기법을 실천해 보면, 우리가 정말로 다루어야 할 것은 의식 속에서 경험하는 것뿐임을 알 수 있다. 몸이나 어디 다른 곳에서 두려움의 증상이 나타나도 마찬가지다.

명상을 하며 이 기법을 실행하다 보면, 두려움의 경험이 사실은 어디에서나 널리 퍼져서 일어난다는 것을 알아차리게 된다. 근육이 불안하게 떨리거나 속이 뒤집어지거나 입술이 타들어 가는 현상들 모두 모호하게 널리 퍼져서 어디서나 경험한다. 이런 경험들에 저항하지 말고, 경험들이 그냥 거기 존재하도록 허락해야 한다. 이런 현상들에 집중하면 더 이상 생각에 주의를 기울이지 않게 되어 두려움이 줄어들기 때문이다. 생각 자체는 두려움을 더욱 부추긴다.

두려움에 대한 저항을 내려놓는 기법을 부지런히 실천했다면, 이제 에너지 장 자체에 초점을 맞춘다. 두려움 이면에 있는 에너지의 점진적인 해방과 방출에 저항하는 마음을 내려놓는 것이다. 이렇게 하면 두려움에 대한 두려움이 사라져 버린다. 더 이상 한밤중에 끔찍한 공포감에 사로잡혀 눈을 뜨지 않아도 된다. 두려움도 내면의 정서적 경험에 불과함을 깨닫고, 두려움에 대한 감각도 쉽게 다룰 수 있다. "정말로 이 타들어 가는 입술을 스스로 다룰 수 있을까? 물론 난 그럴 수 있어." 자신에게 이렇게 말해 주는 것이다.

부정적인 감정을 제거하는 다른 기법은 이런 감정들과 관련된 심상, 즉 부정적인 감정들을 끌어당기고 확대시키는 심상들을 내려놓는 것이다. 이 이미지들을 부정하고, 이런 이미지들을 탐닉하고 싶은 유혹을 버리기만 하면 된다. 나는 이 구체적인 기법을 연구하고 실험하는 동안, 지금 설명하고 있는 원칙들 가운데 하나를 입증해 줄 만한 경험을 했다.

평생 나는 고소공포증에 시달렸다. 고소공포증이 어찌나 심한지 그랜드 캐니언에 처음 갔을 때 벼랑 끝 30미터 이내의 자리에서 발도 뗄 수 없었다. 누군가 벼랑 끝에 다가가는 모습만 봐도 공포에 질려 버렸다. 그때 가능할 때마다 이 기법을 실천하면서 점진적인 진전에 뿌듯함을 느꼈다. 사실 이 전까지는 내 고소공포증을 극복하는 작업에는 손도 못 대고 있었다. 다른 온갖 경험들에서 비롯된 두려움을 극복하는 작업에는 열심이었으면서도 말이다.

약 2년 후 다시 그랜드 캐니언을 찾았을 때는 대단히 놀랍게도 벼랑 끝에서 약 6미터도 안 되는 곳까지 가 볼 수 있었다. 하지만 그 선을 넘어서자 속이 다시 답답해졌다. 다음 1, 2년 동안 나는 계속 이 기법을 훈련했다. 그러다 다시 그랜드 캐니언을 방문했는데, 정말 놀랍게도 이번에는 벼랑 바로 끝까지 갈 수 있었다. 이후로는 열기구를 타도 전혀 불안하지 않았다. 평생 쌓아 두었던 온

갓 두려움의 에너지와 압력을 풀어 버렸음을 확인하자 기분이 날아갈 것 같았다. 압력 탱크와 마찬가지로, 두려움을 풀어 버릴수록 내 삶의 경험들 속에 흘러넘치던 두려움이 갈수록 줄어들었다.

내면의 저항을 내려놓는 방법은 아주 효과적이다. 저항이 우리를 꼬드겨서 특정한 의식 상태에 가둬 두기 때문이다. 두려움은 100의 부정적인 에너지이며, 우리를 두려움의 에너지 장에 가둬 버린다. 이 두려움의 장을 넘어서지 못하기 때문에, 자신이 두려움의 근원임을 인정하지 않으면 결국 자신이 만든 두려움의 희생자가 되고 만다. 근원이 '저기 바깥'에 있다고 합리화하는 한 두려움을 극복하기는 어렵다.

그러나 자신이 경험자임을, 상황이나 일을 경험하는 방식을 세운 것이 바로 자신임을 인정하기 시작하면 상황을 다스릴 수 있다. 그러면 자기존중감도 생겨나고, 더 이상 두려움에 희생되거나 휘둘리지 않는다. 우리와 두려움은 같은 존재가 아니기 때문이다. 두려움이 의식 속에서 일어나는 경험에 불과함을 알기 때문에, 무엇무엇에 대한 두려움이라는 식으로 딱지를 붙여서 두려움에 실체를 부여하는 일도 더 이상 하지 않는다. 이렇게 실체를 부여하다 보면 두려움은 끝도 없이 이어진다.

두려움에 사로잡힌 사람들은 세상 모든 것에 두려움을 갖다 붙인다. 세상을 변화시켜도 이런 두려움은 해결할 수 없다. 매우 안전한 상황에서도 끔찍한 두려움을 느낄 수도 있지만, 상당히 위험할 것 같은 상황에서도 두려움을 전혀 느끼지 않을 수 있다. 예를 들어 노상에서 강도를 당했다고 하자. 그러나 강도를 당한 것과 강도를 당할지도 모른다는 두려움은 다른 문제다. 강도를 당할지도 모른다는 두려움과 실제로 강도를 당하는 것과는 다르다는 말이다. 그러므로 삶에서 아주 불행한 사건이 일어나도 두려움을 전혀 경험하지 않을 수 있다. 이런 사건의 증인에 불과한 것처럼 느낄 수도 있다.

근교에 있는 산 정상에서 어마어마하게 큰 방울뱀을 만났을 때 이런 일을 경험했다. 통나무집 안으로 발을 들여놓으려는 찰나, 문간 바로 앞에서 똬리를 틀고 있는 거대한 방울뱀을 보았다. 방울뱀을 타고 넘기 위해 발을 올린 순간, 녀석은 머리를 홱 들어 올리고 혓바닥을 날름거리며 나를 물 태세를 취했다. 그 순간 퍼뜩 두려운 생각이 스치고 지나갔다. '방망이를 들어서 뱀을 후려칠까? 그냥 냅다 줄행랑을 칠까? 도와 달라고 소리칠까? 지금 나한테는 총이 없지만 누군가 총으로 뱀을 쏴 죽여 줄지도 몰라.' 사회적인 의식이 내 안에 깔아 놓은 온갖 자기방어적인 생각들이 스쳐갔다.

그러나 천만다행히도 당시 나는 이 기법을 알고 있었다. 그렇지 않았다면 지금 이 이야기를 하지도 못하게 됐을 것이다. 그 순간 나는 이 기법의 사용 여부에 나의 생명이 달려 있음을 깨달았다. 그래서 자동적으로 이 기법을 정확하게 실천하기 시작했다. 이 두려움에 무언가 조처를 취하고 싶은 욕망을, 무언가를 바꾸거나 다루고 싶은 욕망을 내려놓았다. 그 대신 내 안의 큰나 안으로 들어가, 어떤 저항도 없이 내면의 경험이 스스로를 풀어내도록 내버려 두었다. 심지어는 이런 경험을 더욱 많이 반기기도 했다.

우리 의식의 경험 속으로 들어가 보면, 우리의 생존이 이것에 달려 있으며 모든 것을 가져다준다는 것을 알게 된다. 그때 나도 얼마나 잘 내려놓고 신에게 순응하며 이 경험에 대한 저항을 포기하고 풀어 버리느냐에 나의 생존이 달려 있음을 깨달았다. 그래서 저항을 내려놓고 순응하자 두려운 생각들도 즉시 사라져 버리고, 나와 방울뱀 모두에게 깊은 평화의 상태가 찾아들었다.

마치 내가 증인이 된 것 같았다. 그러나 이 증인은 몸에만 한정된 것이 아니라 무한한 의식 속에도 있었다. 그리고 이 형체도 크기도 없는 의식은 평화의 현존을 경험하는 경험자였다. 이 심오한 상태는 그 힘이 아주 강력해서, 뱀은 물론 지금 이 이야기를 하고 있는 나의 인격까지 압도했다.

뱀은 30센티미터도 안 되는 거리에서 흥미롭다는 듯이 나를 올려다보았다. 평생에 나 같은 인간은 아마 본 적이 없었을 것이다. 나 역시 커다란 호기심을 안고 방울뱀을 바라보면서 녀석을 형제처럼 받아들였다. 이렇게 우리는 같은 공간 속에서 깊은 친밀감과 함께 하나로 결합되는 것을 느꼈다. 그러자 이런 상태에서 일종의 내적인 기쁨이 솟아오르면서, 두려움의 에너지 장이 사라지고 뱀을 향한 사랑이 일어나는 게 느껴졌다.

의식 지도를 보면 우리에게 무슨 일이 벌어졌는지를 알 수 있다. 그 방울뱀은 아마 부정적인 에너지 장을 지닌 나의 두려움과 분노, 자기를 후려치고 싶은 욕망까지 즉각 감지했을 것이다. 뱀의 에너지 체계를 통과하는 반응은 워낙 빠르기 때문에 내가 정강이를 피하기도 전에 나를 물 수도 있었을 것이다.

그러나 다행히 나는 심각한 위협을 느끼자마자 내려놓기를 진심으로, 정말 온 마음으로 실천했다. 완전히 다 내려놓은 것이다! 이런 자발적인 내려놓음 덕분에 수용과 사랑, 기쁨을 통해 깊은 평화의 상태로 곧장 들어갈 수 있었다. 이 경험의 에너지 장 변화를 수치로 표현한다면, 100에서 시작해 거의 600으로 즉각 올라갔다고 할 수 있다.

그 순간 현존Presence이, 무한하고 깊고 고요한 현존이, 평화라는 핵심적 본질에 무한한 힘을 지닌 현존이 널리 퍼지면서 경험 전체를 통제해 주었다. 이로써 뱀과 나 모두 두려움에서 벗어나 시간을 초월한 침묵 속으로 들어갈 수 있었다.

뱀은 마치 무언가에 홀린 것 같았다. 우리는 잠시 서로를 바라보았다. 나는 헤어짐으로 이 마법에서 풀려나는 게 아쉬웠다. 그러나 방울뱀은 이내 스르르 사라져 버렸고, 방울처럼 생긴 꼬리에선 더 이상 아무 소리도 나지 않았다.

이 이야기가 가치 있는 이유는 두려움이 안전의 근원이라는 믿음체계가 거짓임을 입증해 주기 때문이다. 이런 믿음체계도 풀어 버려야 할 것 중의 하나다. 마음은 마치 모종의 작은 신이라도 되는 양 두려움을 숭배한다. 마음속의 프로그램이 이렇게 말하는 것이다. "내가 지금 살아 있는 이유는 두려움 덕분이야. 두려움이 내가 할 일을 결정하게 해 주었기 때문에 지금 살아 있는 거라고."

내면을 조금만 성찰해 보면 이런 믿음체계가 계속 작동하고 있음을 알 수 있다. 아마 이렇게 말하는 사람도 있을 것이다. "음, 늙어서 가난해지는 게 두렵지 않다면 보험을 안 들었을 거야. 자동차 사고가 두렵지 않다면 운전도 조심해서 하지 않겠지." 그래서 이런 사람은 자신의 생존과 생명의 근원을 두려움으로 보기 시작한다. 이들의 삶에서는 두려움이 곧 신인 것이다. 실제로 그들은 두려움을 숭배한다.

위의 예를 놓고 보면, 진실은 정반대다. 우리의 생존을 보장하는 것은 두려움의 부재와 두려움이 아닌 신중함, 현실을 직시하는 상식이다. 두려움 덕분이 아니라 두려움에도 불구하고 살아남은 것이다. 우리는 두려움의 방해를 받지 않고, 본래의 큰나에서 생겨나는 가치와 지식, 합리적인 선택을 기초로 결정을 내릴 수 있다. 하루 종일 특별히 두려움의 간섭을 받지 않고 실제에 대한 자신의 인식을 토대로 결정을 내릴 수 있는 것이다.

그러므로 두려움은 불필요하다. 그런데도 두려움이 우리에게 좋은 영향을 미친다고 생각하는 이들이 있다. 두려움이 유익하며, 드러나지 않은 온갖 신비로운 가치들을 갖고 있다고 생각하기까지 한다. 이런 사람들은 과거를 돌아보고 두려움 덕분에 이런저런 일을 할 수 있었다고 합리화한다. 이런 이들에게 내가 할 수 있는 말은 "안타깝다"는 것뿐이다.

자신이나 동료, 인류에 대한 사랑에서 그런 일을 한 것이 아니라니 얼마나 안타까운 일인가? 생명 자체에 대한 사랑이나 그들 자신의 삶 혹은 몸에 대한 사랑에서 그 일을 한 게 아니라니 얼마나 슬픈가? 결과에 대한 두려움이 아닌 사랑 때문에 우리의 몸을 위해서 무언가를 할 수는 없는 것일까? 심근경색 같은 병이 두려워서가 아니라 몸을 사랑하고 소중하게 생각해서 몸을 건강하고 행복하게 보살피지는 못하는 걸까?

이런 두려움을 더욱 많이 내려놓는 또 다른 기법이 있다. 내가 '최악의 시나리오'라 부르는 기법이다. 두려움을 살펴보며 "왜 나는 이것을 두려워하는가?" 하고 자문하다 보면, 이런 질문의 끝에서 또 다른 두려움을 발견하게 된다. 예를 들어 차를 운전하는 게 왜 두려운가? 아마 사고를 당할지도 모르기 때문일 것이다. 그럼 사고를 당하는 것은 왜 두려운가? 아마 상처를 입을지도 모르기 때문일 것이다. 상처를 입으면 어떻게 되기에 두려운 것일까? 아마 통증으로 고통에 시달리기 때문일 것이다. 이런 식으로 계속 나가다 보면, 모든 두려움이 궁극에는 죽음에 대한 두려움, 즉 몸의 죽음에 대한 두려움과 연관되어 있음을 발견할 것이다.

또는 타인들이 나를 좋아하지 않거나 내 의견에 동의하지 않을지도 모른다는 두려움과 관련되어 있을 수도 있다. 두려움을 살펴보면서, 이 두려움이 어떤 두려움을 불러일으키고 있는지, 이 두려움의 저변에 어떤 두려움이 도사리고 있는지를 자문하면, 드디어 최악의 시나리오를, 즉 궁극의 두려움을 발견할 수 있다.

예를 들어 돈이 완전히 바닥나 살 곳도, 음식이나 옷을 살 돈도 없이 거리 모퉁이에서 치료도 못 받고 반벌거숭이로 추위에 오들거리게 되면 어쩌나 하는 두려움이 일어난다고 하자. 이럴 때 우리가 할 일은 이 두려움의 느낌에 저항하는 마음을 끊임없이 내려놓으면서 일어날 수 있는 최악의 상황을 그려 보는 것이다. 최악의 경우 가난한 농장에서 머물거나 노숙자가 되어 거리 한구석에 앉아 있는 모습을 떠올려 보는 것이다. 한밤중에 친구도 없이 가방을 옆에 끼고 추운 거리 모퉁이에 앉아 있는 모습 말이다.

일어날 수 있는 최악의 두려움이 무엇이든, 이것을 상상하고 내려놓는 훈련을 계속해야 한다. 자신의 내면으로 들어가 내면에서 떠오르는 두려움들에 대한 저항을 계속 내려놓으면, 곧 최악의 시나리오에 대한 두려움도 바닥이 나고 만다. 이런 훈련을 충분히 오랫동안 계속하다 보면, 가만히 앉아서 '가장 큰 두려움', 즉 나는 관 속에 누워 있고 다른 사람들은 전부 관 옆을 지나쳐 가게 되면 어쩌나 하는 두려움도 드디어 다룰 수 있게 된다. 거의 모든 사람들이 최악의 시나리오로 떠올리는 것이 다름 아닌 신체적 죽음이기 때문이다.

죽음을 두려워하는 이유는 물질로 이루어진 몸이 곧 우리이며, 우리에게 존재하는 것은 이것이 전부라는 믿음 때문이다. 이런 믿음때문에 죽음에 대한 두려움에 직면한다. 이럴 때는 다른 두려움이 일어날 때처럼 죽음에 대한 두려움을 안고 자리에 가만히 앉는다. 그리고 하나의 딱지, 생각, 개념에 불과한 죽음을 내려놓는다. 우리는 죽음에 대한 환상이나 생각, 믿음만 갖고 있을 뿐, 죽음의 실체를 경험한 적은 없다. 마음속에서 하나의 환상처럼 죽음에 딱지를 붙일 뿐이다.

죽음을 떠올리고 죽음의 느낌과 감각에 대한 저항을 내려놓으면 정말로 놀라운 것을 경험하게 된다. 이 과정을 겪어 내고 전체 경험보다 더욱 큰 존재가 되었을 때 비로소 최악의 시나리오 속에서도 살아남았음을 깨닫는 것이다.

먼저 노숙자가 된 자신을 상상해 보자. 두려움이 바닥날 즈음이 되면 이런 상상도 즐길 수 있다. 이야기를 나누고 싶은 사람들과 시간을 보내고, 출근을 할 필요도 없고, 돈을 내야 할 청구서도 하나 없고, 건강보험료나 자동차 보험료를 낼 필요도 없이 그저 하고 싶은 일만 하는 게 정말로 신날 것 같다는 생각이 든다. 피해의식이 아니라 자신의 선택에 의한 것이기 때문에 이런 상황도 문제가 되지 않을 듯하다. 게다가 삶의 다른 경험들과는 완전히 다른 새로운 경험이기도 하다.

자신이 선택한 것에는 두려움이 전혀 일어나지 않는다. 일어나도 곧 사라져 버린다. 일어날 수 있는 최악의 일은 거리 한구석에서 위와 같은 삶을 사는 것이다. 하지만 이런 삶에 대한 두려움도 시들어 버린다. 물론 이런 삶을 선택하지 않을 수도 있다. 하지만 이런 삶이 닥쳐도 두려움으로 가득 차지는 않는다. 이런 삶에 대한 두려움에 더 이상 지배받지 않기 때문이다.

그러므로 밤에 침대에 누워 어느 날 돈이 다 떨어지면 어쩌나 하고 걱정하지도 않는다. 돈이 아무리 많아도 이런 두려움은 존재하기 마련이다. 돈을 더 많이 벌어서 은행에 쌓아 두면 된다는 생각도 소용이 없다. 내가 아는 사람 중에는 6000만 달러 상당의 재산을 갖고 있다가 결국은 파산해서 빚을 갚기 위해 소유물들을 전부 팔아 치워야 했던 이도 있다.

6000만 달러만 있으면 두려운 것으로부터 보호받을 수 있을까? 물론 아니다. 돈은 우리를 전혀 보호해 주지 못한다. 장벽을 쳐도, 문에 열쇠 여섯 개를 채워도, 경찰을 더 많이 고용해도 마찬가지다. 유일한 보호책은 우리 경험의 근원이 바로 자신임을, 우리 경험의 지배자가 바로 자신임을, 자신이 두려움보다는 더욱 큰 존재임을 인정하는 것이다.

마음은 언제나 우리의 두려움을 정당화시키려 한다. '음, 노상강도가 많이 일어나고 있어. 그러니까 내 두려움은 당연한 거야.' 하고 꼬드긴다. 그런데 당연한 두려움 따위가 왜 있어야만 하는가? 도대체 누구에게 이런 것이 필요하겠는가? 공격을 당하지 않을 방법을 선택해서 집으로 돌아올 수는 없는 걸까? 자신에 대한 충분한 사랑으로 그런 선택을 할 수는 없는 걸까? 이런 위험성을 더 이상 끌어당기지 않을 정도로 삶을 소중히 여기고 사랑하는 마음에서, 즉 자신의 선택으로 이런 길을 가지 않을 수는 없는 걸까?

생존 여부를 결정하는 건 노상강도나 폭력에 대한 두려움이 아니다. 생존은 두려움을 모르는 마음이 한 이전의 선택에 달려 있다. 오늘 내가 살아 있는 건 '두려워하지 않는 상태' 덕분이다. 한 발짝밖에 떨어져 있지 않은 방울뱀이 나를 물지 못하게 저지한 것은 바로 두려워하지 않는 내 마음이었다. 두려움을 버리고 내려놓은 덕분이었다. 이런 식으로 제2차 세계대전과 같은 대단히 심각하고 위험한 상황에서도 기쁨과 행복, 신뢰만을 경험할 수도 있다.

나는 한 무리의 흉악한 사람들 사이를 지나가 본 적이 있다. 내가 두려움을 느꼈다면 그들은 고소하다는 미소를 지으며 나를 선뜻 공격했을 것이다. 실제로 나 같은 사람이 무시무시한 총과 사슬, 칼을 쥐고 있는 그들을 곧장 뚫고 지나가자 그들은 흥분을 하기도 했다. 내가 두려움 때문에 그렇게 했다면, 그들은 아마 나의 대담함에 딴지를 걸고 나를 공격했을 것이다. 그러나 두려움을 내려놓은 덕에 나는 안전할 수 있었다. 내가 두려움이나 허세를 보이지 않았기 때문에 그들도 감정적으로 폭발할 이유가 전혀 없었던 것이다.

최악의 시나리오를 내려놓는 것은 아주 유익한 방법이다. 이 방법을 실천하면, 무언가가 우리 내면에 두려움을 키워오고 있었음을 인식하게 된다. 그러나 이제는 두려움에 대한 두려움이 사라져버렸기 때문에, 두려움이 일어나도 이것과 더불어 지낼 수 있다. 한번은 나도 꼬박 2주 동안이나 두려움을 안고 돌아다닌 적이 있다. 온몸을 타고 오싹한 전율을 느꼈지만, 일을 보러 다니며 두려움이 그냥 계속 흘러나오도록 했다. 언젠가는 두려움이 바닥날 것임을 알고 있었기 때문이다. 이렇게 하다 보면 원래의 두려움 저변에 또 다른 원인이 있음을 발견하기도 한다. 바로 죄책감이다.

이제 세상에서 영적인 의식spiritual consciousness 혹은 이 비슷하게 부르는 작업의 가치를 살펴보겠다. 용서의 가치에 집중하는 기법들의 이점을 알 것이다. 자신과 타인들을 용서하고 모든 판단을 신에게 맡기고 나면, 자신과 타인들을 질책하는 마음을 내려놓은 덕분에 무의식적 죄책감과 더불어 두려움도 사라지기 시작한다. 타인들에 대한 공격으로 보복을 받을지도 모른다는 두려움을, 복수나 반격에 시달릴 수도 있다는 두려움을 무의식적으로 품고 있었기 때문이다.

이처럼 타인들에 대한 모든 부정적이고 적대적인 생각은 우리에게 두려움을 불러일으킨다. 타인들에게 이런 생각을 품는 것은 육안으로는 볼 수 없는 정신과 영혼의 차원에서 곧 우리 자신에게 되돌아올 것을 쌓는 일이나 마찬가지다. 그러므로 타인들을 비난하는 생각과 비판, 적대감, 화를 내려놓으면, 우리 자신의 두려움도 줄어듦을 느낀다. 그러면 타인들을 안 좋게 판단하는 생각들을 내려놓는 것이 가치 있는 일임을 깨닫고, 타인들을 있는 그대로, 그들의 존재 자체로 사랑하고 소중하게 여기기 시작한다. 자신을 그냥 타인과 다를 뿐인 존재로 보기 때문에, 타인들도 나와 다른 존재로 인정한다. 이로 인해 타인들을 기꺼이 용서하고 관대하게 바라봐 주게 된다.

더불어 타인들에게서 찾아낸 모든 단점들이 사실은 그들의 인간적인 면모에 지나지 않음도 이해하기 시작한다. 자신과 타인들에게서 비난했던 점이 사실은 자라면서 무엇이든 들리는 대로 믿어 버린 우리 안의 작은 아이가 지닌 순진무구함, 인간적인 면모였던 것이다. 아이 때 우리의 의식은 순진무구했다. 그렇지 않은가? 부모를 믿고 따랐다. 어머니를 사랑했다. 아이의 순진무구함이 프로그래밍된 것도 그래서다. 순진무구하기 때문에 부모와 교사들의 말을 듣는 대로 다 믿어 버리고, 텔레비전 탓에 사회정치적으로 프로그래밍되고, 국가의 믿음체계도 받아들인 것이다.

우리 마음속의 온갖 믿음체계를 받아들인 것은 무엇일까? 혹은 누구일까? 우리가 지금 믿는 것을 받아들인 존재는 누구일까? 바로 우리 안의 순진무구한 마음이다. 어린아이 같은 순진무구한 마음, 즉 의식 자체의 본질은 우리가 태어난 이래로 바뀐 적이 없다. 지금 이 책을 읽으면서 "난 이걸 믿어. 내 안에 이걸 받아들여야지."라고 말하는 존재도 이 어린아이의 순진무구한 의식이다. 이 순진무구한 아이는 결코 죽지 않는다. 여전히 우리 안에 현존하고 있다.

오늘날에는 역설적이게도 종교 때문에 누군가를 증오하도록 프로그래밍된 무지하고 예민한 젊은이들도 있다. 이들은 순진한 사람들을 증오하거나 살해하는 짓을 '좋은', 심지어는 '성스러운' 일이라고 믿는다.

본래의 순진무구함을 이해하고 나면, 잘못된 것인데도 이제까지 그 모든 것들을 흡수한 이유가 진실을 모르는 순진무구한 상태 탓이거나 진실이 아닌 것을 학습했기 때문임을 깨닫는다. 이로 인해 타인과 자신을 향한 비난을 기꺼이 내려놓는다. 자신과 타인들의 순진무구함을 인정하기 시작하는 것이다. 잘못된 정보들이 순진무구한 마음속에 들어온 것은 불행하고도 유감스러운 일이다.

마음이 컴퓨터의 하드웨어라면, 믿음체계는 소프트웨어와 같다. 다섯 살짜리 아이가 부모나 조부모 혹은 유치원의 또래친구들이 설명해 준 정치체계에 의문을 제기할 수 있을까? 결국 원인은 아이의 '모름not knowingness'에 있다. 아이가 잘못된 믿음체계를 받아들이는 이유는 순진무구한 '모름' 때문인 것이다. 그러므로 타인들을 기꺼이 용서할 줄 알아야 한다. 비난하는 대신 이해할 수 있어야 한다.

연민은 이런 이해에서 생겨난다. 연민의 마음이 있는 사람에게는 두려움이 없다. 내면의 회복을 통해 우리 자신이 경험과 연민의 근원이 되었는데, 연민 가득한 세상에서 두려워할 것이 뭐가 있겠는가? 자신과 타인들의 순진무구함을 깨달은 이상, 세상도 연민 가득한 따스한 곳으로 느껴진다. 더 이상 두려움에 떨며 돌아다니지 않는다. 내면에서 이제는 더 이상 두려움을 창조해 내지 않고, 자신이 두려움의 근원임을 분명히 알기 때문이다. 요컨대 세상은 결코 두려움의 근원이 아니다. 두려움의 근원은 우리 자신이다.

그러므로 두려움을 창조해 끝없는 죄책감으로 두려움을 퍼뜨리는 일을 내려놓아야 한다. 이런 죄책감을 만들어 낸 건 사회적인 조건화가 우리에게 부여한 끝없는 판단이다. 이렇게 내려놓으면 무의식의 죄책감도 줄어든다. 그리고 무의식적인 죄책감을 내려놓으면, 우리 인식의 틀에서 벗어날 수 있다.

누군가를 비난하는 대신 이해하려고 노력할 때마다 우리가 쌓아 두었던 무의식적인 죄책감이 줄어든다. 무의식의 세계에서는 눈에는 눈, 이에는 이다. 누군가 확 죽어 버리기를 바라면, 무의식 속에서는 어떤 일이 일어날까? 우리가 갑자기 생명을 잃을지도 모른다.

여러분은 물론 '아무개가 확 죽어 버렸으면 좋겠어.'와 같은 생각이 심장마비에 대한 두려움과 어떤 식으로든 관련이 있다고는 생각하지 못할 것이다. 그러나 당연히 관련이 있다. 다른 누군가의 급사를 바라는 마음을 내려놓으면 정말로 신기하게도 심장동맥에 문제가 있다거나 병이 생길지도 모른다는 두려움이 줄어든다. 이로 인해 음식물 섭취에 미리 조심해야 한다는 강박증도 수그러든다. 그리고 모든 것을 아주 평화롭게 받아들이게 된다. 마음을 내려놓느냐에 따라 상황이 완전히 달라지는 것이다. 이것은 아주 중요한 문제다.

또 두려움이 아닌 생명을 더 소중히 여기기 때문에 생명의 소멸 가능성에 더 이상 초점을 맞추지 않는다. 그래서 삶과 자신의 본질을 다르게 경험하기 시작한다. 이런 경험이 이루어지는 바로 그것이 되는 것이다.

그러면 「십우도十牛圖」가 묘사하는 것처럼 소에 대한 두려움으로 자신의 의지와 달리 구겨진 옷을 입고 무릎에 피까지 흘리며 끌려가는 대신, 소를 나무에 묶어 둘 수 있다. 범인이 누구인지 알았기 때문이다. 소에 대한 두려움을 내려놓은 덕분에 이제는 자신이 주인이 된 것이다. 그러면 우리는 소 등에 올라타게 되고 소는 고분고분해진다. 우리가 주인이기 때문이다. 큰나와 하나가 되면 더 이상 희생자가 되지 않는다.

희생자적인 태도는 무자각unconsciousness에서 비롯된다. 마음 안에서 작동 중인 이 게임의 구조를 아직 의식하지 못했기 때문이다. 이것을 자각하기만 해도, 이미 이것에서 벗어난 것이나 마찬가지다. 이 책을 다 읽을 즈음이면 여러분도 희생자적인 태도를 떨치고 일어나게 될 것이다. 소를 나무에 묶어 두기 위해 애쓰고 있을 것이다. 이제까지 설명한 기법들을 실천하다 보면, 곧 소 위에 올라타게 될 것이다. 그러면 두려움이 일어나도 이렇게 맞아들인다. "좋아! 두려움을 더 많이 내려놓을 좋은 기회야!" 평생 쌓아두었던 두려움이 줄어들 때 어떤 이득이 주어지는지 이제는 충분히 느끼고 있기 때문이다.

그러나 사람들은 두려움이 사라지기 시작하고 나서야, 자신이 이제까지 얼마나 많은 두려움을 안고 있었는지 인식한다. 그래서 두려움이 줄어들면 놀라 소리친다. "제가 그렇게 두려움이 많은 사람인지 정말 몰랐어요!" 세상을 경험하는 태도와 에너지 장과의 관계를 보여 주는 의식 지도를 참조하면, 이 점을 더욱 쉽게 이해할 것이다.

마음이 경험을 받아들이는 방식에 따라 실제로 우리의 경험은 달라진다. 그만큼 마음은 강력하다. 두려움도 세상에 대한 시각을 창조해 내고 자기충족적인 예언으로 작용하는 경향이 있다. 우리의 연구는 물론이고 최근에 대학에서 실시한 연구들도 마음속 생각이 세상에 대한 경험으로 구체화된다는 점을 보여 준다. 우리 마음의 외적인 재현이 곧 세상에 대한 경험인 것이다.

요컨대 우리의 삶은 거울들로 이루어진 세계와 같다. 우리가 실제로 보고 경험하는 것은 우리 의식 수준의 투사물에 불과하다는 의미다. 이런 말이 쉽게 믿기지도, 이해되지도 않을 것이다. 그러나 이 점에 대한 고찰은 그 자체로 하나의 완전한 학습 영역이 될 수 있다. 성자 라마나 마하리쉬도 우리가 인식하는 세계는 존재하지 않는 환영, 즉 불교에서 말하는 마야Māyā에 불과하다고 했다.

이제 의식 지도를 갖고 각 의식의 단계들과 이 단계들에 동반되는 감정, 세계관, 신을 바라보는 시각을 비교해 보겠다. 의식의 맨 아래에는 죄책감(30)이라는 부정적인 에너지 장이 있다. 이 장은 자기혐오와 자기파괴의 세계다. 이 단계의 사람은 죄책감에 사로잡혀 있으며, 세계를 고통과 죄로 가득한 곳으로 본다.

이런 세상을 지배하는 신을 이들이 어떤 존재로 볼지 짐작이 될 것이다. 집단 무의식 속에 뿌리박혀 있는 죄책감으로 이들은 신을 인간의 궁극적인 파괴자로 본다. 지진이나 화산 분출, 홍수, 역병 같은 것으로 인간을 징벌하는 존재로 인식하는 것이다. 신이 죄와 고통으로 가득한 세상을 창조하고, 인간은 이 안에서 고통받다가 지옥불 속으로 영원히 내던져진다고 본다. 이것이야말로 그럴 법한 최악의 시나리오다.

희망 없음과 에너지 상실의 단계인 무감정(50)의 장으로 올라가면, 세상과 삶을 상대적으로 희망이 없는 것으로 본다. 이로 인해 유명한 철학자들 중에는 인간은 아무 존재도 아니고, 신은 죽었으며, 이 세상은 희망이 없는 곳이라고 말한 이들도 있다. 이 단계에서는 신은 죽었거나 적어도 인간의 고통에 잔인할 정도로 무관심하다고 본다.

의식 수준이 높아지고 자각의 정도가 향상되면 슬픔의 단계로 올라간다. 이 단계에서도 사람들은 세계와 자신에 대해서 부정적인 시각을 갖는다. 후회와 상실감, 의존심, 낙담 등의 감정에 빠진다. 슬픔의 에너지 장에 있는 사람은 거리를 걸으면서도 이 세상이 슬픈 곳이라 생각한다. 노인을 보면 늙는다는 것의 슬픔을 생각하고, 어린아이들을 보면 이 약하고 천진한 아이들이 살면서 겪게 될 슬픈 일들을 떠올리며 안타까워한다. 신문을 펼치고서도 세상에서 일어나는 온갖 슬픈 일들에 초점을 맞춘다.

이런 슬픔의 단계에 어울리는 신은 아마 그들을 무시하는 존재일 것이다. 그래서 스스로 가치 없는 존재라고 느끼고, "난 벌레 같은 인간이야. 신이 나에게 조금이라도 관심을 가질 리가 없어. 신이 존재한다면 아마 나를 무시하기만 할 거야."라고 말한다.

그럼 두려움의 에너지 장에 있는 사람들은 어떨까? 이들은 두려움의 창조자이자 소유자, 근원이다. 걱정과 근심, 공포, 낮은 자기 존중감 탓에 세상을 무서운 곳으로 본다. 거리를 걸을 때도 도처에서 위험을 감지한다. 신문도 불안한 마음으로 펼쳐들고 파산이나 살인 같은 기사에 집중한다. 거리를 걸을 때도 자동차 사고에 초점을 맞추며 굶어죽을지도 모른다는 생각을 한다.

이처럼 겁에 질린 의식의 장에서는 신도 징벌을 일삼는 존재로 바라본다. 인간을 정말로 증오해서 끝없는 악몽 같은 세계 속으로 던져 버리는 존재 말이다. 그리고 이런 악몽의 창조자도 물론 복수와 응징을 일삼는 가혹한 처벌자, 즉 신이라고 생각한다.

명치의 영역인 욕망의 단계(125)로 올라가면 갈망과 바람이 강해진다. 새미 소사(메이저리그에서 맹활약했던 도미니카 태생의 야구 선수로서 아메리칸 드림을 실현한 대표적인 인물 중 하나다 ─ 옮긴이)를 달리게 만든 것도 이런 욕망이다. 하지만 욕망을 충족하는 것은 불가능하다. 무엇을 얻어도 충분하다고 느끼지 못하기 때문이다.

백만장자도 500만 달러를 갖고 있으면 600만 달러를, 600만 달러를 가지면 700만 달러를 원한다. 이런 사람은 결코 끝에 다다르지 못한다. 이들의 욕망에는 끝이 없기 때문이다. 늙어서 일도 안 하고 호화로운 생활을 해도 피해망상증에 걸려 세상이 자신을 적대시한다고 생각한다. 행복을 스스로 발견하지 못하는 이유를 이해하지 못한다. 행복은 125가 아닌 500의 단계에서 만나는 것이기 때문이다.

이런 사람은 더욱 많은 것을 갖고 싶은 욕망과 갈망에 갇혀 있다. 그래서 세상을 좌절감을 안겨 주는 곳으로 본다. 언제나 무언가를 갈망하지만 세상은 이것을 항상 뒤로 숨기는 것만 같다. 보석상의 진열장을 바라볼 때면, 이런 갈망이 튀어나와 보석들을 갖고 싶은 마음이 더욱 간절해진다.

이런 사람들은 결핍감을 오히려 즐기는 것 같다. 보석을 가지면 만족감은 얻지만 행복을 느끼지는 못한다. 일시적인 만족감만 경험할 뿐이다. 그렇다면 이들에게 원하는 것을 주지 않는 신은 어떤 존재일까? 이들은 신이 있어도 자신들과 동떨어져 있다고 느낀다. 자신은 자신대로 신은 신대로 아무 관계없이 존재하다고 생각한다.

좌절감을 안겨 주는 이 욕망의 세계에서는 격앙된 감정이 분노나 증오, 불만, 전쟁, 살인을 낳는다. 분노에 휩싸인 사람의 과도한 팽창은 혈관의 돌출로 나타나며, 내면의 분노한 동물이 불쑥 올라와 벌컥 화를 내기도 한다. 이런 사람은 세상을 경쟁적인 곳으로 본다. 누군가 자신의 가게 근처에 중고차 매장을 열면, 상대가 자신의 가게를 망하게 할 것이라며 분개한다. 아직 화합의 세계로 나가지 못해서, 근처에 중고차 매장이 많을수록 사람들이 도처에서 더 많이 몰려들어 사업이 번창하리라는 것을 모르는 것이다. 이처럼 화합은커녕 경쟁만을 생각하기 때문에 극단적이며 사람들에게 적대적이다.

이런 사람들에게 신은 보복을 일삼는 존재이다. 처벌과 응징, 보복을 일삼는 존재로 신을 보는 것이다. '나는 질투와 복수심에 불타는 신. 네게도 필히 복수를 하고 말리라.' 신을 이렇게 생각하는 존재로 여긴다. 그래서 신을 자신에게 복수를 감행하려는 적으로 인식한다. 이런 분노의 에너지 장에서 어떻게 심신을 이완하고 모종의 자각에 이를 수 있겠는가?

분노에서 자부심의 단계(175)로 올라가면 부정과 오만, 경멸 같은 부정적인 면이 나타난다. 의식 속에서는 팽창의 과정이 일어난다. 이런 사람이 살아가는 세상은 신분을 중시하는 곳이다. 다른 사람과 똑같은 거리를 걸어도, 그는 단순히 누군가의 차가 캐딜락이라는 사실뿐만 아니라 차의 연식과 모델까지 눈여겨본다.

나는 캐딜락에 여러 모델이 있다는 것도 몰랐다. '캐디$_{Caddy}$'(캐딜락의 구어체적 표현)도 '캐디$_{Caddy}$'(골프장의 심부름꾼)를 가리키는 말인 줄 알았다. 지금은 이름을 잊어버렸지만 캐딜락에도 여러 모델이 있으며 등급도 다 다르다.

이 단계의 사람들은 다른 사람을 만날 때 상대의 지위에 관심을 갖는다. '오, 그는 어디 어디 사장이야.'나 '그는 육체노동자에 지나지 않아.'라는 식으로 판단한다. 부가 이들에게 주는 것도 돈이 아니라 신분이다.

이 단계의 사람들은 신을 어떻게 볼까? 선택은 두 가지일 것이다. 우선 부정과 지적인 오만으로 이들의 좌뇌는 신의 존재를 부정한다. 혹은 자신의 입장은 옳고 다른 사람들의 생각은 전부 잘못됐다고 생각한다. 결국 이들은 회의주의나 심한 편견에 빠지고 만다. 그러나 '내 종교관이 옳아. 그러니까 네가 틀린 게 분명해.'라는 생각은 모든 종교 전쟁의 근원으로 작용한다.

자부심은 '나는 옳고 너는 그르다.'라는 대립적인 생각을 갖게 만든다. 또 자부심의 단계에 동반되는 불안은 사람을 방어적으로 만든다. 이 단계의 사람은 이기지 않으면 지는 세계에 살기 때문이다.

용기의 단계(200)로 올라가면 처음으로 적절한 태도를 갖는다. 직시하고 이겨 내고 해결할 수 있게 되며, 자신에 대해 진실을 말하기 시작한 덕분에 힘도 얻는다. 용기의 단계에서는 거리를 걸을 때도 도전 의식을 일깨우는 흥미진진한 기회의 세계를 본다. 성장과 배움, 팽창을 가능하게 해 주는 짜릿한 세계에서 타인들의 성장을 지켜봐 준다.

이 단계에서는 또 자신의 공간을 확장시키는 데서 내적인 기쁨도 맛본다. 미합중국과 서부에 사람들이 정착할 수 있었던 것도, 온갖 거대 산업체들과 과학 기업체들이 생겨날 수 있었던 것도 이 용기 덕분이었다. 용기는 우리를 달로 인도하기도 했다. 요컨대 이 단계에서는 성장과 팽창이 일어난다.

이런 의식 단계의 신은 어떤 존재일까? 이 의식 단계에서는 처음으로 열린 마음을 갖는다. 자신이 답을 안다고 오만하게 생각하지 않는다. 복수심에 불타는 부정적 태도에 동조하지도 않는다. 처음으로 "그런 게 정말 있는지 궁금해. 개인적인 자기보다 더욱 큰 어떤 존재가 정말로 있는지 알고 싶어. 마음을 열고 이것에 대해 배워야겠어."라고 말한다. 그러고는 세상을 대할 때처럼 신이라는 의문을 즐거운 탐구의 존재로 받아들인다. 영적인 공부가 정말로 재미있는 일임을 깨닫고 공부를 통해 흥미롭고도 유익한 사실들을 발견한다.

다음의 중립 단계(250)에서는 무집착을 경험한다. 이 단계의 사람들은 일자리를 얻어도 좋고 그렇지 못해도 문제없다고 생각한다. 집착하지 않기 때문에 세상에 지배받지 않는다. 더 이상 자신을 희생자로 여기지 않기 때문에 이들의 힘은 더욱 커진다. 따라서 세상도 더 이상 이들을 통제하지 못한다.

"이 사람이 내 삶에 머물러 준다면 정말 좋은 일이지. 하지만 그렇지 않다 해도 함께할 다른 사람을 찾으면 돼." 이들은 이렇게 말한다. 더 이상 두려움 속에 살지 않으며, 어느 정도 낙관성 속으로 진입했기 때문에 세상을 보는 시각도 낙관적이다. 이런 낙관적인 세상에서는 신도 자유롭게 탐구할 수 있는 존재로 본다. '신이 있다면 좋은 일이야. 없어도 문제없어.'라고 여기면서 신에 대해서 온당한 태도를 견지한다. '신이 있다면 그는 공평한 존재일 거야. 때가 되면 알게 되겠지. 그렇지 않아도 아무 문제 없어.'라고 생각하는 것이다.

자발성의 단계(310)에서는 목적을 분명히 밝히고 삶을 받아들인다. "나도 합류할 거야. 나도 동조할 거야. 생각을 같이할 거야."라고 말한다. 또 도움을 주려는 자발적인 의지와 분명한 행복감을 경험하고 세상을 호의적인 곳으로 본다. 거리낌 없는 마음을 갖고 있으면 세상도 호의적이기 때문이다.

거리를 걸을 때도 사람들이 상냥할 것 같다고 느낀다. 할머니에게 다가가 "안녕하세요? 날씨 정말 좋네요."라고 인사를 건네면 할머니는 이렇게 답한다. "아, 아침 내내 누구도 나한테 말을 걸지 않았어. 정말 좋은 날씨야." 세상을 우호적인 곳으로 받아들이기 때문에 신도 희망을 주는 믿음직한 존재로 여긴다. 호의적인 세상의 신은 호의적일 수밖에 없는 것이다. 또 종교가 없어도 신을 신뢰하기 시작한다. 신을 안 믿을 경우에도 호의적인 자세로 이렇게 말한다. "음, 신이 있다면 할머니처럼 따뜻할 거야. 인간의 본성을 이해하기 때문에 인간이라는 이유로 나를 지옥 불구덩이에 던져 넣지는 않을 거야. 나를 인간으로 만들어 낸 것은 그 분이니까. 그 분이 직접 손으로 나를 빚어 냈으니까. 그런 신이 어떻게 그럴 수 있겠어? 자신이 만든 창조물을 왜 불행하게 만들겠어?" 이렇게 신을 확고히 신뢰한다.

수용의 단계(350)로 올라가면 자신이 가진 힘의 근원이 자신임을 인정한다. 이제는 우리 자신이 행복의 창조자가 된다. 의식의 이런 변화로 스스로 적합한 존재라는 느낌과 자신감을 얻는다. 자연히 세상을 바라보는 시각도 조화롭다. 거리를 걸을 때도 모든 것들이 미묘하고 아름다운 모습으로 자연스럽게 어울리고 있음을 확인한다. 모든 것들이 자신이 있어야 할 자리에서 본래의 자기로 존재하고 싶어 하는 것처럼 느낀다.

노숙자 여인이 그 자리에 있는 것도 그녀 스스로 노숙자가 되기를 원했기 때문이다. 누구도 노숙자가 되라고 강요하지 않았다. 그녀 스스로 지금과 같은 모습을 선택했다. 이런 시각 덕분에 외부의 것들에 책임을 떠넘기지 않고 세상이 조화를 표현하고 있음을 경험하기 시작한다. 그리고 이런 경험 덕분에 기꺼이 자신에 대한 진실을 인정하고 표현한다. 이렇게 조화로운 세상에서는 신도 자비롭고 너그럽게 용서해 주는 존재로 보이기 시작한다.

수용의 결과로 우리를 휘두르던 감정들이 고요해지고 나면, 생존에 대한 두려움과 분노처럼 스트레스를 불러일으키는 느낌들에 방해받지 않고 지적인 능력과 분별력, 이성을 더욱 활발히 사용할 수 있는 길이 분명하게 보인다. 왜곡과 산만함에서 자유로워진 덕분에, 400대의 의식 수준에서 나타나는 추상적인 사고와 학술적인 연구 같은 고차원적인 학습과 교육의 이점, 논리를 활용할 정도로 마음이 맑아진다. 이 단계는 증거와 입증을 중시하는 뉴턴식 패러다임에 기초한 과학, 원인과 결과의 법칙이 속해 있는 영역이기도 하다. 『그레이트 북스』와 같은 책과 뉴턴, 아인슈타인, 프로이트 같은 유명한 천재들도 이 400대에 존재한다.

400대의 의식 단계에서는 전전두엽피질의 사용이 극대화돼서 개인적인 힘이 현저하게 증가한다. 그래서 이 단계의 사람들은 전전두엽피질을 활용해서 거친 감정보다는 이성과 논리라는 도구로 두려움과 걱정, 불안을 다룬다. 세상도 덜 두려운 곳으로 여기고, 아이처럼 거칠게 감정에 휘둘리기보다는 한층 성숙하고 고차원적인 차원에서 세상의 위험을 이해한다. 이로 인해 우리의 마음은 이성적으로 판단하고 현실을 검증할 수 있는 능력과 균형에 이르기 위해 안전장치와 제한선을 발견한다.

이처럼 선한 의지와 이성적인 세계관 덕분에 내면의 불안은 줄어들고, 두뇌의 생리작용과 목적도 변한다. 따라서 500의 의식 단계에서 삶의 주요한 원리로 사랑이 등장한다. 자기도취적인 에고의 핵심에 지배받는 낮은 차원의 의식과는 대조적으로 이 단계에서는 타인들의 안녕과 관계를 가꾸는 일이 가장 주요한 관심사로 떠오른다. 여기에서 더 진화하면 사랑은 이제 무조건적인 것(540)이 된다. 이로써 영적인 지복과 평화를 경험하는 더욱 고차원적인 영적 단계(약 600)로 올라갈 수 있는 길이 닦인다.

이 세상에 도움이 되겠다는 자발적인 의지 속에서 더욱 위로 올라가면, 생명을 부양하고 지지해 주는 무조건적인 사랑의 형태가 나타난다. 기꺼이 용서함에 따라 초기적인 드러남도 일어난다. 더불어 엔도르핀이 분비되면서 도처에서 사랑을 보기 시작한다. 자연 속에서도, 동물들의 세계 속에서도 사랑을 목격한다. 모든 이들의 내면에서 어린아이 같은 자연스러운 사랑을 본다. 아이처럼 사랑 가득한 마음이 모든 이들의 내면에 여전히 살아 있기 때문이다. 이런 것을 경험하지 못한다면 그것은 이 사랑에 감응하는 법을 아직 모르기 때문이다. 그러나 모든 이들의 내면에는 아이 같이 순진무구하고 따스한 마음이 살아 있다.

이런 마음은 움직일 수 있다. 바로 이런 이유로 냉혹한 살인자도 사랑이 깊은 사람 앞에서는 무해한 인간이 된다. 반대로 두려움에 떠는 사람 앞에서는 공격할 마음이 일어나 실제로 공격을 가한다. 그러므로 사랑이 깊은 사람은 세계를 안전한 곳으로 경험한다. 신도 필연적으로 그의 의식 수준과 같은 모습을 띠기 때문에 무조건적인 사랑의 존재로 인식한다.

이런 진실의 경험이 기쁨을 불러일으키고, 이런 기쁨은 의식의 변형을 가져온다. 그리고 이런 변화는 우리를 자비 속으로 인도한다. 자비로운 사람은 내면의 고요함 덕분에 모든 존재들이 완벽함을 깨닫기 시작한다. 또 창조자의 무조건적인 사랑이 만들어 낸 일체성을, 모든 존재가 하나임을 경험한다. 그러므로 형태는 달라도 모든 생명들이 신성하다고 생각하고, 이런 자각 속에서 지복과 무한한 평화를 느끼는 빛비춤과 깨달음의 상태 속으로 들어간다. 이 상태에 들어가면 창조물들의 완전한 일체성으로 인해 신을 존재beingness 자체의 핵심으로 자각한다.

산속에서 방울뱀을 마주보고 서 있었을 때 우리 둘을 무한한 평화와 일체성 속에 취한 듯 못 박아 두었던 것은 무엇일까? 그 살아 있음의 상태 속에서 방울뱀과 나의 생명은 별개의 둘이 아니었다. 우리는 하나인 것 같았다. 일체성의 본질이 우리 둘을 통제해 주고, 둘인 것처럼 보이는 방울뱀과 나를 하나의 경험으로 묶어 주고 있었다. 진실로 오로지 하나의 경험만 일어나고 있었다. 하나의 경험이 둘을 통해 경험되고 있었거나 둘이 서로 일체성을 느끼고 있었다고도 할 수 있다. 그러므로 공격할 생각은 전혀 일어나지 않았다. 이 경험의 에너지 장이 이미 상위의 단계로 올라가 있었기 때문이다. 이로 인해 신적인 평화라고 말하는 느낌이 우리를 감싸 주었다.

사실 감정에는 사랑과 두려움 두 가지만 존재하며, 사랑 아래의 부정적인 감정들은 전부 두려움의 변형에 불과하다는 가르침도 있다. 도덕적 잘못에 대한 두려움이나 생존하지 못할지도 모른다는 두려움, 존재하지 못할지도 모른다는 두려움, 행복의 근원을 잃을지도 모른다는 두려움, '얻지 못할지도' 모른다는 본능적인 두려움 등 온갖 형태의 두려움이 있다.

감정에는 정말로 두 가지 표현밖에 없다. 사랑은 500에서 시작돼 무한히 자라나고, 두려움은 100에서 시작돼 아래를 향한다. 그러므로 모든 부정적인 감정들을 다루려면, 이런 내면의 두려움을 다룰 힘이 우리 안에 있음을 인정하고, 우리가 두려움의 근원임을 깨달으며, 이 두려움을 세상이나 신에게 투사시키는 짓을 그만두어야 한다. 누구도 두려운 세상을 만들어 내지 않았으며, 두려운 세상 같은 것도 없다. 두려운 세상은 우리 안에 있을 뿐이다. 이런 생각을 품고 있었다면 이제 내려놓아야 한다. 두려움 자체와 두려움에 대한 두려움을 내려놓고, 사랑의 현존 속으로 들어가야 한다.

통증과 고통

이 장에서는 통증pain과 고통suffering의 경감이라는 주제를 다룰
것이다. 흔히들 같은 것으로 생각하는데, 둘이 실제로 어떻게 다른
지 설명할 것이다. 또 몸의 경험에서 나타나는 신체적이고 정신적
이며 영적인 측면들 간의 관계도 살펴볼 것이다.

모든 병과 장애, 인간 삶의 문제들은 신체적이고 정신적이며 영
적인 것이다. 이 말의 진정한 의미는 무엇일까? 나는 50년 넘게 내
과 의사로 일하면서 병의 신체적 측면들을 이해하고, 정신과의사
로 일하면서는 정신적 요인들을, 의식과 영혼의 문제를 연구하고
경험하는 동안에는 영적인 차원에 대해 알게 되었다.

그런데 영혼은 진정 무엇을 의미할까? 영혼은 단지 환상에 불
과한 걸까? 연구 대상으로 삼을 수 있는 실제적인 무엇일까? 종교

적인 사람들에게나 쓸모 있는 것일까? 영혼의 실체를 경험하려면 '영혼'에 대해서 무엇을 알아야 할까? 사랑하는 사람들과 우리의 문제들을 경감하는 데 영혼에 대한 지식을 어떻게 활용할 수 있을까?

이 장에서는 급성 통증과 만성적인 통증을 다루고, 더욱 중요하게는 이 통증과 함께하는 법을 알아보도록 하겠다. 우리가 이야기할 문제는 두 가지다. 먼저 증상들을 다루는 구체적인 방법과 최면과 침술 같은 방법들이 통증의 완화에 미치는 영향을 알아볼 것이다. 그다음에는 의식의 단계들과 이 단계들이 통증의 경험과 어떤 관계가 있는지를 살펴볼 것이다. 이를 위해 의식 지도를 다시 참조할 것이다. 이 지도에 수치로 표현한 에너지 단계들과 이것들의 상대적인 힘, 방향, 각 단계에서 일어나는 감정들과 의식 속에서 진행되는 과정, 이런 과정이 신과 세계를 바라보는 시각에 미치는 영향, 신을 믿지 않을 때 문제를 푸는 방법이 모두 나타나 있기 때문이다.

또 타인들은 물론이고 나도 개인적으로 경험했던 통증의 임상적 예들을 소개하고, 앞으로 설명할 기법들을 이용해서 이 통증들을 어떻게 이겨 냈는지도 설명하겠다. 이 임상적 예들은 우리 삶에 도움이 되는 의식의 분명한 원칙들을 입증해 준다. 특정한 예를 통해 배운 것을 다른 곳에도 적용할 수 있으므로, 여러분은 레몬으로 레모네이드를 만들 수 있을 것이다. 예컨대 통증처럼 사람들이 끔찍하게 여기는 것을 변화시키는 방법과 이 통증으로 오히려 덕을 보는 방법, 특정한 경험에서 얻은 지식으로 삶을 풍요롭게 만드는 법을 알게 될 것이다. 그러려면 의식 자체의 본질과 이런 본질이 우리의 삶에 전반적으로 어떻게 도움을 주는지 알아야 한다.

인간 경험의 본질은 무엇일까? 일어나는 일들을 경험하는 자리는 어디일까? 이 의문의 답을 풀려면 몸과 마음, 영혼의 관계를 다시 살펴보아야 한다. 모든 사람들이 '몸과 마음, 영혼'이라는 말을 사용하는데 실제로 이 말이 의미하는 것은 무엇일까? 나는 의심이 많고 실용주의자적인 내면을 갖고 있어서 과학자가 되었다. 그래서 실제로 효과가 있는 것에는 크게 감동을 받지만 가정이나 이론에 불과한 것에는 마음이 전혀 움직이지 않는다. 결과를 만들어내는 것, 개인적 경험을 통해 똑같은 결과를 불러올 수 있는 것에 흥미를 느낀다.

앞에서 이야기했듯이 몸에는 자신을 경험하는 능력이 없음을 먼저 인식해야 한다. 모두들 몸이 곧 자신이라고, 자신의 몸을 경험하고 있다고 생각하므로 이런 말이 충격적으로 들릴 것이다. 그렇다면 우리는 몸을 어떻게 경험할까? 예를 들어 팔은 자신이 팔임을, 다리는 자신이 다리임을 경험하지 못한다. 몸 전체가 그렇듯이 부위들도 오감을 통해 경험된다. 우리는 몸이 아니라 몸의 감각을 경험하는 것이다.

그렇다면 몸의 이 감각들은 어디서 경험될까? 감각을 경험하는 곳은 마음이다. 마음이 없으면 우리는 몸에서 벌어지는 일을 경험하지 못하고, 몸에 대해 알려 주는 오감도 느끼지 못한다. 몸에 대한 경험은 몸이 아니라 마음에서 이루어지는 것이다. 우리가 가장 먼저 이해해야 할 놀라운 사실은 바로 이것이다.

다음으로 놀라운 점은 마음도 자신을 경험하지 못한다는 것이다. 생각은 자신이 생각임을, 느낌도 자신이 느낌임을, 기억도 자신이 기억임을 경험하지 못한다. 마음속에서 일어나는 일을 알려면, 마음보다 더욱 큰 어떤 것 속에 있어야 한다. 더욱 큰 어떤 것은 무엇을 말하는 것일까? 우리가 마음속에서 일어나는 일을 알 수 있는 것은 의식 덕분이다.

마음속에 들어 있는 내용과 마음속에서 일어나는 작용은 의식을 통해 알 수 있다. 그러므로 모든 경험은 의식 속에서 일어난다고 할 수 있다. 벌어지는 일에 대한 자각이 의식 속에서 이루어진다는 말이다. 한 예로 두뇌의 한 부위를 잘라 내면, 정신의 이 부분도 더 이상 신체의 영역에서 작용하지 못한다. 잘라 낸 부위가 감각을 담당하는 부분이면 몸의 한쪽을 더 이상 경험하지 못하는 것이다. 그러므로 몸은 두뇌를 통해 마음에서 경험된다고 할 수 있다.

의식을 제거하면 마음에서 벌어지는 일을 자각하지 못하게 된다. 마취의 목적이 바로 이것이다. 그런데 흥미롭게도 의식 자체도 훨씬 큰 영역에서 경험된다. 작은 영역은 언제나 이렇게 더욱 큰 영역에서 경험된다. 한층 큰 영역이 작은 영역의 경험을 포함하고 가능하게 만들어 주는 것이다.

의식은 가장 큰 영역, 즉 자각도 포함하는 무한한 영역 안에서 경험된다. 의식 속에서 일어나는 일을 아는 것이 그 자체로 존재하는 자각의 본질이다. 그리고 마음에서 일어나는 것을 아는 것이 의식의 본질이며, 오감에서 일어나는 일을 아는 것이 마음의 본질이고, 몸에서 일어나는 일을 아는 것이 오감의 본질이다.

보통 이 모든 경험은 의식 안에서만 일어난다. 이것을 아는 것은 중요하다. 그렇다면 우리가 무언가를 경험할 때, 이 의식은 어디에 있을까? 우리는 어디서 이 의식을 경험할 수 있을까? 의식이 자리하는 분명한 장소가 있을까? 의식이 자리하는 특정한 공간이나 위치가 있을까?

의식은 특정한 공간이나 물리적인 영역, 한계를 갖고 있지 않다. 이것도 분명하게 알아야 할 중요한 점이다. 흔히들 "난 생각들을 머릿속에서 경험해."라고 착각한다. 그러나 사실 머릿속에서 생각들을 경험하는 것은 아니다. 그렇다면 생각을 어디서 경험할까? 우리는 어디에서도 생각을 경험하지 않는다. 생각을 경험하는 특정한 공간이나 위치는 없다는 말이다.

의식의 본질은 특정한 형태가 없다는 것이다. 의식은 형태 없이 존재한다. 의식의 내용에는 형태가 있지만, 의식 자체의 장은 특정한 자리가 없는 공간과 같다. 나중에 부분적으로 혹은 전체적으로 통증을 다루는 기법을 이야기할 때 이 점이 더욱 중요하게 여겨질 것이다.

통증과 그 구체적인 감각, 이것에 대한 경험을 다루는 방법에는 여러 가지가 있다. 통증을 경험할 때, 하나의 존재로서 어느 단계에 위치해 있는가, 자신의 의식 속에서 어떻게 진화하고 있는가에 따라 통증이 고통으로 다가오기도 하고 그렇지 않기도 하다. 통증과 고통은 별개인 것이다.

먼저 제거해야 할 것은 통증과 고통이 같다는 믿음체계다. 이런 믿음체계가 일련의 프로그램들을 심어 놓기 때문이다. 통증과 고통은 별개의 것이다. 통증을 안고 있으면서도 통증에 완전히 무심할 수 있다. 몸에 통증이 있어도 최면에서 나타나는 것 같은 무통성 혹은 변성된 의식 상태로 인해 통증으로 인한 고통을 상대적으로 약하게 느끼거나 전혀 경험하지 않을 수 있다. 통증이 여전히 존재해도 통증과 연결되지 않는 것이다. 요컨대 통증은 독자적으로 존재하기 때문에, 통증에 영향 받지 않을 수 있다. 다시 말해 통증의 희생자가 될 필요가 없는 것이다. 고통이나 모종의 괴로움을 경험하지 않고도 통증과 함께할 수 있다. 이것이 가능함을 깨닫는 것이야말로 통증에서 벗어나는 첫걸음이다. 통증과 고통이 같은 것이라는 믿음체계를 내려놓아야 하는 것이다.

예를 들어 사람들은 치과에 가면 반드시 통증을 경험한다고 믿는다. 그래서 나도 몇 년 전까지는 치과에 가기가 괴로웠다. 통증에 반응하기 시작하는 분계점인 동통역치가 낮아서 언제나 치과 진료를 연기했다. 스케일링을 받을 때도 마취를 해야만 했다. 통증에 그만큼 취약했던 것이다.

동통역치나 기꺼이 통증을 겪어 내겠다는 자세를 결정짓는 것은 무엇일까? 몇 년 동안 영혼과 의식의 다양한 기법들을 배운 후 통증에 이것들을 적용하기 시작했다. 그러자 통증의 경험이 줄어들고, 치과에 가서도 놀랍게도 극도의 괴로움 대신에 적정 수준의 통증만 느끼게 되었다. 서서히 통증이 약해지더니 살짝 불편할 정도로만 느껴졌다. 지금은 치과에 가면 불편을 아예 느끼지도 않는다. 의자에 엉덩이를 잠깐 붙였는데 금세 치료가 끝나서 오히려 이렇게 소리친다. "벌써 다한 거예요? 이렇게 빨리 치료가 끝나다니 믿을 수가 없군요!"

이 장의 끝에서는 스스로를 위해 변성된 의식 상태를 이용하는 방법이나, 영향을 받기 쉬운 공간에서 벗어나 변성된 의식 상태를 더욱 신속하게 익히는 법, 통증을 완화하는 법 등 자기암시의 일종인 자기최면기법에 대해 이야기할 것이다. 이 기법은 우리가 배운 것들을 더욱 강화시켜 줄 것이다. 또 자기최면기법이 어떻게 신속한 자기수양의 수단이 될 수 있는지도 설명할 것이다. 다음에 치과에 가기 전까지 이런 기법을 익힐 시간이 충분하지 않을 수 있으므로, 이것을 빠르게 익힐 방법도 몇 가지 소개하겠다.

가장 먼저 이야기할 것은 극심한 통증을 다루는 방법이다. 잘 돌아다니다가 발목이 갑자기 접질려 괴로운 통증에 시달릴 수 있다. 혹은 다리가 부러지거나, 담낭이 갑자기 아프거나, 콩팥산통이 일어나거나, 심장동맥 질환이 생길 수도 있다. 아니면 정강이 살갗이 벗겨지거나 무언가에 머리를 부딪치는 것 같은 일상적인 사고로 기절할 것처럼 통증에 시달리는 순간들도 있다. 이런 갑작스런 상황은 어떻게 다루어야 할까? 급성통증과 만성적 통증을 포함한 다양한 병들을 다루는 데 이용할 수 있는 기법을 설명하겠다.

뜨거운 물이 쏟아져 손을 데거나 난로에 화상을 입는 사고를 갑자기 당하면 물론 당혹스러울 것이다. 이때 유용한 기법은 저항을 내려놓는 것이다. 내려놓음이 주는 이득들과 우리의 마음이 흔히 저지르는 어리석음을 비교해 보자. 마음은 보통 고통을 예상하고 경험에 저항한다. '통증은 곧 고통을 의미해. 그러니까 난 통증에 저항할 거야.'라는 프로그램이 이미 깔려 있기 때문이다. 그러나 저항하면 사라지리라는 생각은 착각에 불과하다.

우리가 가장 먼저 알아야 할 점은 완전히 반대 방향으로 나가야 통증과 고통을 신속하게 덜 수 있다는 것이다. 항복하고 통증에 대한 저항을 내려놓아야 하는 것이다. 그럼 일상에서는 이런 작업을 어떻게 해야 할까? 보통 상황에서 우리의 마음이 흔히 사용하는 것과는 완전히 다른 기법을 적용해서 신속하게 치유된 몇 가지 임상적 예들을 이야기해 주겠다.

저항을 내려놓는다는 것은 사건과 완전히 함께하면서 감각에 전적으로 순응한다는 의미다. 또 사건이나 감각에 일어날 수도 있는 생각들을 무시한다는 뜻이기도 하다. 생각하는 대신 감각을 즉시 직접적으로 경험하고, 이 감각에 대한 저항을 완전히 내려놓아야 한다.

예를 들어 사고로 화상을 입었을 때 감각에 대한 저항을 내려놓으면 처음에는 통증에 압도당하는 것 같은 느낌이 들 것이다. 내려놓음의 문을 여는 순간, 통증이 물밀듯 밀려들기 때문이다. 그래도 통증에 전적으로 순응하고 저항을 내려놓는다. "더, 더, 더 아파도 좋아."라고 말하는 것이다. 어떤 경험이든 그만큼의 통증이 있음을 알면, 이 점을 마음 깊이 받아들일 수 있다.

이제 문을 열고 통증이 빨리 흘러나가게 한다. "통증과 함께하는 것과 통증에 대한 저항을 내려놓는다. 생각은 전혀 도움이 안 되므로 무시한다. 그 대신 완전히 순응해서 통증을 경험한다."라고 말하는 것이다. 그러면 마치 문이 열리면서 통증이 밀려들었다가 완전한 경험으로 통증이 곧 신속하게 빠져나가는 것 같은 느낌이 들 것이다.

샌프란시스코에서 발목을 삐끗한 기억이 난다. 심하게 삐었기 때문에 보통 때 같으면 정형외과의사를 찾아가 발목에 붕대를 감거나, 6주 정도 깁스를 해야 했을 것이다. 그러나 나는 그냥 공원 벤치에 앉아 두 눈을 감고 이 경험에 나를 맡겼다. 물론 극심한 통증이 파도처럼 몰려왔다. 이 통증에 저항했다면 결국 깁스를 했을 것이다. 다시 말해 이 통증에 저항을 했다면, 통증이 극심해지다가 결국 만성적인 증상으로 굳어졌을 것이다.

하지만 나는 공원 벤치에 앉아서 통증이 나를 휘덮게 그냥 내버려두었다. 이처럼 통증에 나를 맡기자 통증이 파도처럼 나를 휘덮었다. 그런데 정말 신기하게도 고통은 느껴지지 않았다. 내 스스로 이 통증을 경험하기로 선택했기 때문이다. 그러는 사이 나는 이 경험의 주인이 되었다. 더 이상 희생자가 아니었다. "나는 이 통증을 경험하기로 선택했어. 아플 테면 더 아프라고 해." 오히려 이렇게 말했다.

그러자 고통의 양이 줄어들었다. 통증도 급속하게 완화되어, 3, 4분도 안 돼 다시 일어나 걸을 수 있게 되었다. 통증이 최소 수준으로 줄어들었지만, 나는 걸음을 멈추지 않으면서 계속 통증을 내려놓았다.

이후에 왼발을 다쳤을 때도 같은 기법을 적용했다. 장작을 패다가 커다란 떡갈나무 통나무가 왼발 위에 떨어져 발등 뼈가 으스러졌다. 그러나 얼마 후 나는 크리스마스에 무도회장에서 춤을 췄다. 발에 깁스도 하지 않고 말이다. 경험에 대한 저항을 의식적으로 내려놓는 것 말고는 다친 발을 위해 아무것도 하지 않았다.

그 후 사고로 엄지손가락이 잘려 나갔다. 역시 충격이었다. 하지만 이런 경험과 감각에 대한 저항을 끊임없이 내려놓으면 경험을 다룰 수 있다는 사실을 잘 알고 있었다. 그래서 아는 대로 실천하자, 흔히 말하는 기적적인 일이 바로 내 눈앞에서 벌어졌다.

부주의로 원형톱에 엄지손가락이 잘린 후 가장 먼저 한 일은 이 경험에 대한 저항을 멈추는 것이었다. 나는 가만히 서서 이 경험이 나를 휩쓸고 지나가게 두었다. 그러자 몇 초도 안 돼서 출혈이 멈췄다. 자르던 나무판 위로 떨어진 핏방울은 고작 여덟 방울에 지나지 않았다. 또 경험에 대한 저항을 내려놓은 덕분인지, 절단을 당하면 손가락 동맥이 이상한 모양으로 팔딱거릴 텐데 그런 일도 전혀 일어나지 않았다.

또 다른 예로 부엌에서 심하게 화상을 입은 친구가 있었다. 그는 가만히 서서 화상에 저항하지 않기로 의식적으로 마음먹었다. 그러자 정말로 1, 2분 만에 통증이 사라지고 나중에 물집도 전혀 생기지 않았다. 보통은 아마 커다란 수포가 생겨서 치료에 몇 달은 걸렸을 것이다. 그러나 화상으로 인한 변화는 변색뿐이었다.

한번은 내 수업을 듣던 소목장이 양손에 화상을 입었다. 그도 똑같은 기법으로 저항을 즉각 내려놓았다. 이 기법을 실천하지 않았다면, 아마 그의 손은 수포들로 뒤덮여 몇 주 동안 손에 붕대를 감고 지내야 했을 것이다. 그러나 그의 말에 따르면 불과 3, 4분 만에 통증이 사라지고, 수포도 전혀 잡히지 않았다고 한다. 이 즉각적인 치료의 예들은 우리가 저항을 내려놓는 순간 몸이 어떻게 스스로를 치유하는지 잘 보여 준다.

이런 일이 어떻게 일어날 수 있을까? 여기에 마법 같은 것은 없다. 누구나 이것의 실제를 경험할 수 있다. 수천 년간 전해져 온 일반적인 가르침이기 때문이다. 선 수행을 해 본 사람이라면, 가장 먼저 신체적 몸의 불편을 다루는 방법을 배운다는 것을 알 것이다. 그 방법은 저항을 내려놓고, 생각도 지우고, 이 경험과 하나가 됨으로써 경험을 사라지게 만드는 것이다.

의식의 작업에서는 이 과정을 '사라짐disappearing'이라고 부른다. 무언가에 대한 저항을 완전히 내려놓음으로써 그것을 우리의 경험에서 사라지게 만드는 것이다. 알다시피 저항을 할수록 그 경험은 더욱 연장된다. 무언가에 저항하고 집착하는 한, 그 존재는 계속 유지된다. 저항은 경험이 우리를 지배하도록 힘을 실어 주는 것과 같다. 그러면 우리는 결국 경험의 희생자가 된다. 저항하던 그 대상에 휘둘리는 것이다. 그러나 저항을 내려놓고 경험과 하나가 되면, 경험은 사라진다. 여기서 내려놓음은 관련 있는 모든 이미지와 이것들의 축적된 에너지를 버린다는 것을 의미하기도 한다.

의식 지도를 보면 그 이유를 알 수 있다. 앞에서 설명한 것처럼 다른 단계들에 대한 상대적인 힘을 보여 주기 위해 의식의 각 단계들을 수학적으로 수치화했다. 이때 화살표는 에너지의 방향이 긍정적인지 부정적인지를 보여 주며, 우리의 경험 방식을 파악하는 데 아주 중요하다. 부정적인 방향을 향하는 것들은 통증과 고통으로 경험되며, 삶에 해롭고 파괴적인 영향을 미친다.

이 다양한 에너지 장들은 우리의 감정에 영향을 미치고, 의식 속에서 일어나는 과정도 보여 준다. 또 우리의 개인적인 나보다 더욱 위대한 어떤 존재, 즉 신이라 부르는 존재와의 관계를 경험하는 방식뿐만 아니라, 작업을 바라보고 경험하는 방식에도 영향을 준다. 한결 고차원적인 단계들에서는 더욱 크고 강력한 의식의 장들과 관계를 맺는다.

의식 지도를 다시 살펴보는 유일한 이유는 격심한 통증을 다루는 기법을 적용할 때 일어나는 일을 이해하기 위해서다. 통증에 대한 저항은 150의 부정적인 에너지 장을 이룬다. 통증을 통제하려고 애쓰거나 통증에 저항하고 맞서려 하면, 작은 나 안에서 150 정도의 부정적인 에너지 장이 생겨난다. 이것은 괴로움이나 분노 같은 감정으로서 통증에 짜증과 화를 내는 단계와 같다.

그러다 저항을 내려놓는 단계로 올라간 후, 즉 이 기법을 활용할 용기를 내서 거리낌 없이 시도하는 단계로 올라가면 중립의 장 (250)으로 이동한다. 중립의 단계로 올라간다는 것은 긍정적이고 초연한 에너지 장에 머물게 된다는 의미다. '난 괜찮아. 기꺼이 이 경험을 끝까지 겪어 낼 거야.'라고 생각하는 것이다.

자발성은 우리를 310의 에너지 장으로 상승시킨다. 이 에너지 장에서는 삶과 삶의 경험들을 긍정적으로 받아들이며 이것들에 기꺼이 응하고 동조한다. 이로 인해 삶은 긍정적인 의미가 있는 것으로 나타나고, 저항하는 대신 삶과 함께 흐르며 신에게 삶을 내맡긴다. 이것이 바로 도교에서 가르치는 지혜다.

도교의 가르침에 의하면 바람이 불 때 버드나무 가지는 바람을 따라 휘어지지만 바람에 저항하는 떡갈나무는 결국 부러진다고 한다. 정강이 살갗이 까졌을 때 우리도 저항하는 대신 버드나무처럼 상처와 함께하면서 저항을 내려놓아야 한다. 이 경험이 우리를 통해 흐르도록 내버려 두어야 하는 것이다. 그러면 분노와 두려움으로 가득한 부정적이고 고통스런 에너지 장에서 벗어날 수 있다.

두려움은 100의 에너지 단계에 있다. 저급한 에너지 장으로 기쁨과는 멀리 떨어져 있다. 점수가 높을수록 행복의 느낌이 커진다. 그러므로 경험을 다루는 데 필요한 것은 바로 받아들임을 기꺼이 인정하고 선택하는 것이다. 그러면 언제나 고차원적인 380의 에너지 장으로 상승할 수 있다.

방울뱀과 우연히 마주치는 일이든 우리를 어려움에 빠트리는 다른 사건이든, 삶과 더불어 흐르기를 선택하고 순응하면 우리 내면의 위대한 힘, 즉 고차원적인 에너지를 이끌어 낼 수 있다. 이런 기법을 실천해 본 사람들은 이 힘을 고차원적인 힘이라 부르며 "저의 고차원적인 힘에게 간청했어요."라고 말한다. 그러나 이런 말을 들어 본 적이 없는 사람들은 이렇게 말할 수도 있다. "제겐 뜬금없는 소리처럼 들려요. 어떻게 하면 실제로 그런 체험을 할 수 있을까요?"

그런 체험을 하는 방법은 실천에 있다. 실제로 내려놓기를 실천하면 이런 체험을 할 수 있다. 그러면 개인적인 나보다 더욱 큰 어떤 것이 사건을 다루어 주고 있음을 체험하고, 고통스러운 일도 몇 초 지나지 않아 참을 만하게 여겨진다. 괴로움에 대한 두려움과 저항에서 벗어났기 때문이다. 에너지의 힘이 낮은 부정적인 에너지 장을 건너뛰거나 피해서, 사랑 같은 고차원적인 에너지 장

(500)으로 올라가 그 안에 머물게 된 것이다. 무조건적인 사랑의 단계(540)로 들어가면 치유의 힘을 경험한다. 치유가들은 주로 이 540 이상의 단계에 있다. 이 크나큰 사랑의 장에서는 삶과 더불어 흐르고, 삶을 긍정적으로 받아들이며, 저항을 내려놓고 싶은 갈망과 사랑의 감정을 경험한다.

이 기법을 사용하면 극심한 통증이 자연히 치유된다. 이런 경험은 누구나 할 수 있다. 나도 여러 번 되풀이해서 이 기법을 사용했다. 다른 많은 사람들에게도 이런 기회가 있었다. 언젠가 일요일 밤에 열리는 수업에서 이 기법을 가르쳤던 일이 기억난다. 신기하게도 그 주에 심각한 부상을 입은 학생들이 많았는데, 그들에게 이 정보가 구조대 같은 역할을 했다. 실제로 이 정보 덕분에 끔찍한 경험을 잘 이겨 냈기 때문이다.

그 후 거구의 건장한 친구가 나를 찾아와 꽉 껴안아 준 적이 있다. 덕분에 갈비뼈가 세 대나 부러졌다. 딱 하고 부러지는 게 느껴졌지만 그가 죄책감을 가질 것 같아 아무 말도 하지 않았다. 다행히 갈비뼈는 잘 치료됐다. 그런데 그해 겨울 다른 친구가 찾아와 나를 포옹하는 순간 반대편 갈비뼈 세 개가 부러졌다. 말할 필요도 없이 이번에도 난 아무 내색도 하지 않았다. 내 '갈비뼈'의 카르마를 감안해도 좀 지나친 결과였지만 말이다.

급성 통증과는 다른 만성 통증을 다룰 때는 이 기법을 어떻게 적용해야 할까? 만성 통증도 급성 통증과 똑같이 다루지만 그 방식이 약간 다르다. 앞에서 설명한 것처럼 모든 경험은 의식 속에서 이루어진다. 예를 들어 엄지손가락이 잘려 나가는 것 같은 일이 벌어졌을 때 어디서 그 통증을 경험하는지 살펴보자.

먼저 엄지손가락에 통증이 있다고 말할 것이다. 그런데 우리가 경험하는 그 통증은 정말로 어디에 있는 걸까? 이 질문은 엄지손가락에서 먼 곳으로 우리의 주의를 돌리게 한다. 아마 "머리 꼭대기로 관심의 초점을 옮기게 되네요."라고 말하고는 머리 꼭대기에서 엄지손가락과 관련된 자리를 찾고 통증을 경험하는 이들도 있을 것이다. 그런데 엄지손가락의 통증이 일어나는 자리는 정말로 어디일까? 이렇게 계속 질문을 던지다 보면 통증이 모든 곳에서 경험된다는 것을, 몸의 곳곳에서, 몸의 에너지 장 전체에서 경험된다는 것을 알아차릴 것이다. 통증은 정말로 모든 곳에서 일어나는 것이다.

구역질이 나거나 속이 뒤집어지거나 무릎이 풀릴 정도의 통증을 거의 모든 사람들이 겪어 보았을 것이다. 이런 통증을 우리는 모든 곳에서 경험한다. 앞의 훈련에서처럼 머리 꼭대기의 영역에 집중하면 그 지점에서 통증을 경험하기 시작한다. 그러나 통증이 모든 곳에 존재함을 알아차리면, 급성통증을 다룰 때와 같은 기법을 이용하게 된다. 통증이 어느 특정한 자리에서 계속되지 않으므로, 모든 곳에서 경험되고 있는 통증에 대한 저항을 내려놓는 것이다.

느낌과 감각 혹은 경험을 생각과 분명하게 구분할 필요가 있다. 우리는 계속 삶의 온갖 문제들과 함께하게 될 것이다. 특히 실제의 경험 속에서 순전한 감각이나 신체적인 병들이 계속 나타날 것이다. 그런데 우리의 마음은 이런 경험을 상세하게 설명하고, 딱지를 붙이고, 개념을 부여한다. 하지만 우리가 경험하는 것은 궤양이나 접질림이 아니다. 이것들은 딱지나 개념 혹은 진단일 뿐이다. '감각'이라는 말처럼 '통증'도 하나의 개념일 뿐이다. 우리가 실제로 경험하는 현상은 말이나 개념, 딱지를 넘어서 있는데 말이다.

그럼 우리가 정말로 경험하는 것은 무엇일까? 세상에서 '궤양'이라고 부르는 경험은 '바로 여기'에서, 배 속에서 일어나는 감각이다. 그런데 마음은 이렇게 말한다. '그걸 궤양이라고 부를 수 없다면, 얼얼하다고는 말할 수 있어.' 하지만 이것 역시 개념이다. 이것이 개념에 불과하다는 말의 의미를, 즉 이것이 생각의 형태에 불과하다는 의미를 알 것이다. 이렇게 개념에 갇히면 우리는 실제로 그 얼얼함을 체험하지 못한다. 그러므로 안으로 들어가 말 너머에 존재하는 경험을 실제로 체험해야 한다. 경험을 실제로 느껴야 한다.

경험을 할 때 동물들은 말로 딱지를 붙이지 않는다. 경험은 그저 일어나는 일일 뿐이다. 우리는 왜 자신의 동물적 본성을 불러내 경험하는 일과 단순하게 함께하지 못하는가? 왜 경험에 어떤 말도 갖다 붙이지 않고 경험과 그저 함께하지 못하는가? 온갖 생각들로 인해 복잡한 프로그램과 믿음체계들을 받아들이고 결국은 이 생각들의 위력에 휘둘리기 때문이다.

예를 들어 "난 궤양이 있어."라고 말하면 궤양과 어울리는 일련의 프로그램들이 작동을 시작한다. 그러면 마음의 본성과 힘으로 인해 이 프로그램들을 전부 경험하기 시작한다. 의식의 장에 대한 연구를 시작할 때 사람들이 가장 이해하기 어려워하는 점은 마음에도 힘이 있으며 영향력이 아주 강하다는 것이다. 그러므로 우리가 일으키는 생각 하나하나에 반드시 주의를 기울여야 한다.

마음의 힘과 생각의 본질을 이해하고 나면, 의식의 한 가지 법칙, 즉 마음에 품은 것들만 우리에게 영향을 미친다는 점도 깨닫는다. '마음에 품은 것들만 우리에게 영향을 미친다.'는 이 한 문장 속에 모든 병과 통증, 고통을 치유하는 핵심이 들어 있다.

마음은 놀라울 정도로 강력하다. 그러나 사람들은 마음이 그토록 강력하다는 사실을 잘 이해하지 못한다. 그러므로 어떤 종류의 것이든 통증이나 고통을 다룰 때는 먼저 이것에 대한 모든 믿음체계들을 중단하고, 내려놓고, 지워 버려야 한다. 연구 결과 실제로 경험을 창조해 내는 것은 우리의 믿음체계 자체라고 한다. 믿음체계의 발현이 사건으로 나타나는 것이다. 마치 우리가 진실이라고 믿는 것을 마음이 정당화시켜 주는 것과 같다.

통증과 고통이 같다는 믿음을 부정해 보면, 이것이 사실인지 아닌지를 확인할 수 있다. 급성이든 만성이든 통증을 다룰 때는 모든 생각을 거부해야 한다. 생각도 사실은 믿음체계에 불과하기 때문이다. 그 대신에 '근본적'인 진실을 받아들여야 한다. 여기서 '근본적'이라는 말을 쓴 이유는, 딱지를 붙이지 않고 실제로 경험되는 일을 느끼면서 저항을 내려놓는 것을 제외하고 모든 것을 버려야 하기 때문이다. 이렇게 하면 통증이 사라지는 것을 경험한다. 그리고 정말 신기하게도 '통증'이 존재하든 존재하지 않든 더 이상 개의치 않는 지점에 이른다.

처음에는 이런 점이 잘 받아들여지지 않을 것이다. 마음은 통증을 제거하고 싶어 하기 때문이다. 그러나 치료에 좋은 태도는 통증을 받아들이고 감각의 존재를 허용하되, 이 감각에서 멀리 물러나는 것이다. 통증 둘레에 경계를 설정해 놓은 다음, 이 부분적인 통증으로부터 거리를 두는 것이다.

발목이 부러진 통증으로 모르핀 주사를 맞을 때도 마찬가지다. 모르핀 주사를 맞으면, 통증이 여전히 존재해도 이 통증에서 멀어지는 것처럼 느껴진다. 통증은 더 이상 우리도, 우리의 것도 아니다. 이 예에서 우리가 의식의 작용으로 설명한 일을 모르핀이 대신하는 것 같다. 그러나 사실 모르핀은 이런 일을 하지 않는다. 그저 의식이 작용을 시작할 수 있게 도울 뿐이다. 하지만 우리는 모르핀의 자극이 없어도 의식이 이렇게 작용하도록 만드는 법을 터득할 수 있다.

옛날에 나는 어쩔 수 없이 이 방법을 배워야만 했다. 몇 해 동안 나는 모든 진통제와 진정제, 마취제에 심한 알레르기가 있었다. 그런데 그 몇 해 동안 나는 온갖 중병과 사고를 겪었고, 급기야 마취 없이 수술을 받아야만 했다. 결국 필요에 의해 어쩔 수 없이 통증을 다루는 보통의 방법들에 의존하지 않고, 의식 자체의 역량과 힘을 연구하고 발견해야만 했다. 덕분에 의식이 자신의 힘을 발휘하도록 돕는 것이 온갖 진통제들의 역할임을 깨달았다. 그러므로 진정제를 쓰지 않고도 똑같은 결과를 얻어 낼 수 있는 힘이 우리의 의식 안에 있음을 인정해야 한다.

그러려면 먼저 통증에 대한 저항을 내려놓고, 통증이 변화되기를 바라지도 말고, 통증과 거리를 두어야만 한다. 감각들이 존재하도록 그냥 내버려 두고, 감각들이 존재하든 하지 않든 신경 쓰지 않게 될 때까지 감각을 받아들이는 방식을 변화시켜야 한다. 감각의 존재 여부에 신경을 쓰지 않는다는 것이 놀랍게 들리겠지만, 이는 아주 간단한 일이다.

살다 보면 많은 일에 동요하게 된다. 그럴 땐 무언가 조처를 취해야 할 것 같은 느낌이 든다. 그러나 어느 순간이 오면 갑자기 그 일들을 흘려보내고 무관심해진다. 예를 들어 뒷마당에 문제가 있어서 미칠 지경이 되었다가도 어느 날 문득 "제기랄, 그래서 뭐가 어쨌다는 거야!"라고 소리치게 된다. 무언가 조처를 취하고, 통제하고, 바꾸고, 의지력을 발휘해야 할 것 같은 마음이 그냥 그대로 두는 상태로 불현듯 변화한 것이다.

사람이나 장소, 환경을 변화시키려고 애쓰다 보면 결국은 불가능한 것에 맞서 싸우다가 고통만 만들어 낸다는 것을 깨닫는다. 그리고 그대로 존재하도록 두는 순간 그것을 더 이상 경험하지 않게 된다. 통증이 있어도 통증을 느끼지 않는 상태로 올라간 것이다.

물론 아픈 상처에서 생겨난 감각들은 여전히 존재한다. 하지만 이제는 이 감각에 더 이상 신경 쓰지 않는다. 신체의 절단으로 인해 생긴 감각은 여전히 그대로지만 이것에도 신경 쓰지 않는다. 중요하지 않기 때문이다. 통증이 존재하면 존재하는 것이고, 통증이 없으면 없는 것이다. 그뿐이다. 이 모든 변화를 불러일으키는 것은 아주 간단한 수행, 즉 통증에 완전히 무관심해지는 수행이다.

내가 평생 경험했던 무수한 통증도 결국에는 대부분 알아서 사라져 버렸다. 갑작스런 상해의 경우 몇 분이 걸리기도 하고, 만성 통증은 몇 달이 걸리기도 했다. 이 기법을 활용해 본 다른 사람들도 똑같은 경험을 보고했다. 어떤 병은 드디어 사라지기까지 1년 넘게 끊임없이 내려놓고, 풀어내고, 내맡겨야 했다. 그래서 나는 감각들도 결국에는 사라져 버린다는 것을 잘 안다.

하지만 이것을 이루기 위해서 억지로 애쓰지는 말아야 한다. 그렇게 하는 것은 병을 변화시키고 제거하기 위해 분투하는 것이기 때문이다. 임상적 관찰 주제이기 때문에, 저항을 내려놓다 보면 통증이 있건 없건 신경 쓰지 않는 시점이 와서, 어느 날 아침 눈을 뜨자마자 통증이 사라졌음을 불현듯 깨닫게 된다는 걸 나는 안다. 통증을 제거하기 위해서 저항을 내려놓은 것이 아닌데도 말이다. 이것이야말로 행복한 부작용이다. 통증의 존재 여부에 신경 쓰지 않는 것이 중요한 이유는 이런 시점에 이르면 통증에 대한 면역력이 생기기 때문이다.

마음에 이런 힘과 역량이 있음을 아는 것은 매우 중요하다. 우리에게 필요한 것은 이런 사실을 알려 주고, 마음에 정말로 힘이 있는지 스스로 시험하고 확인해 보라고 용기를 북돋아 주는 사람이다. 어떤 종류의 것이든 통증으로 고통 받는 상태를 경험할 필요가 없다. 통증과 고통은 별개다. 이 점을 자신에게 되풀이해 말해 주고 그 기법들을 실천해야 한다. 그러면 통증과 분리된 '나'가 있음을 체험할 것이다. 더 이상 통증과 연결되지 않으며 통증을 넘어서 있는 더욱 큰 존재가 자신임을 알게 될 것이다.

삶의 경험들이 갖는 의미는 무엇일까? 이 의미를 결정하는 것은 경험을 받아들이고 느끼는 우리의 자세에 있다. 그렇지 않은가?

확실한 방식으로 경험과 함께하면, 세상에서 일어나는 일들은 그리 중요하지 않다. 중요한 것은 바깥세상에서 일어나는 일이 아니라 그것을 받아들이는 우리의 방식이다. 영혼이 진화한 사람들은 대단히 비극적으로 보이는 상황에서도 전혀 흔들리지 않고 이런 상황과 함께한다.

통증에 대해서 우리가 할 수 있는 또 다른 일은 의식의 성장과 움직임 면에서 계속 발전해 나가는 것이다. 통증에 영향을 잘 받는 것은 내면에 많은 부정적인 생각과 느낌들을 쟁여 두고 있기 때문이다. 이럴 때 영적인 작업과 진화는 종합적인 가치를 지닌다. 전에는 사실 종교계가 아니면 용서의 전체 과정에 대해서 별로 들어 볼 수 없었다. 그러나 이제는 거의 사회적인 현상으로 자리 잡았다. 예를 들어 사회생활을 시작할 때 누군가 분노를 드러내면, 다른 사람은 그를 그냥 지켜보면 된다. 그가 취해야 할 다음 행동이 용서하는 법을 배우는 것이며, 그렇지 못하면 그 영향으로 괴로워지리라는 걸 알기 때문이다.

모든 통증과 고통이 생겨나는 이유는 우리가 이미 마음속에 품고 있는 것 때문이다. 통증이나 고통에 아주 쉽게 영향을 받는 사람들이 있는 반면, 일시적으로 잠깐만 흔들리는 사람들도 있다. 이런 차이의 원인은 무엇일까? 통증과 고통이 의식의 표면만 뚫을 뿐 그들 존재의 핵심 속으로는 들어가지 못하기 때문이다. 그래서 어떤 일에 극도로 흥분해도 그들 내면의 큰나는 변함없이 고요하게 존재한다.

우리의 존재와 경험 사이에는 차이가 있다. 큰나는 전혀 어지럽

혀지지 않으며 경험이 작은 나를 관통하게 해 준다. 감정적인 갈등이든 다른 무엇이든 혼란이 몇 시간 동안 지속돼도, 내면의 큰 나는 이 혼란에 참여하지 않는다. 이점이 바로 우리의 큰나와 경험의 차이다. 그러므로 자신을 경험과 동일시하는 습관을 내려놓아야 한다. 우리는 경험이 이루어지는 장일 뿐 경험 자체가 아니기 때문이다.

우리 안에서 이런 진화와 성장이 일어나게 하려면 어떻게 해야 할까? 다시 의식 지도로 돌아가서 자신이 만성적 통증과 관계를 맺는 방식을 이해하면, 통증을 뛰어넘어 통증으로 고통 받는 상태에 더 이상 머물지 않을 수 있다.

지도의 아랫부분에는 죄책감의 장(130)이 있다. 오랫동안 과도한 죄책감을 품고 있다 보면, 병이나 사고, 상해, 통증, 고통 같은 것들에 쉽사리 영향을 받는다. 또 죄책감에 기초한 세계관으로 죄와 고통에 끊임없이 시달리고 자기혐오에 빠진다. 그러면 의식 속에서는 자기혐오 때문에 자기파괴의 과정이 일어난다.

그러므로 죄책감과 고통에 어떤 가치가 있다는 믿음체계를 버려야 한다. 에너지 장에서 위로 올라갈수록, 성인이나 위대한 존재들의 장에 근접한 이들은 신에게 더욱 가까이 다가가는 반면 죄책감과 통증, 고통과는 멀어진다. 궁극의 실재Ultimate Reality를 경험하면서 진취적인 사랑의 문을 통과한다. 기쁨과 황홀경을 통해 위로 올라가 평화의 상태에 다다를수록 사랑이 증가하고 확장되기 때문이다.

그러므로 고통의 신을 숭배하는 일은 그만두어야 한다. 기독교인들도 십자가형에 처해진 신, 십자가형에 처해진 그리스도만을 숭배하는 일을 멈추고 부활의 그리스도에게 다가가야 한다. 그가 전하려던 메시지는 죽음과 죄, 고통의 메시지가 아니다. 근본주의적 물질주의자들은 자신을 몸과 동일시하기 때문에 십자가에 못 박힌 그리스도를 하나의 몸으로만 보고 아픔과 죄, 죄책감, 고통을 느낀다. 그런데 그가 전하려던 메시지가 과연 이것이었을까? 그리스도가 죽은 이유가 이것 때문이었을까? 우리가 신체적인 몸에 불과하다는 것을 모두에게 가르치기 위해서였을까?

혹시 그가 전하려던 메시지가 정반대는 아니었을까? 그가 전하려던 메시지는 우리가 무한한 존재라는 점이다. 그러므로 우리는 잘못된 생각을 바꾸고 사랑과 고차원적인 의식 상태로 나아가, 그가 전하려던 메시지가 부활의 그리스도임을 깨달아야 한다.

이제 고행과 죄책감, 죄의식, 고통이 엄청난 영적 이득을 안겨 준다는 믿음을 버려야 한다. 솔직히 50년 넘게 환자들을 치료하는 동안 만성적인 통증과 죄책감, 죄의식, 고통으로 나를 찾아왔던 수천 명의 사람들은 하나같이 이제까지 만나본 사람들 중에 가장 이기적이고 자기중심적이었다. 만성적인 통증이나 고통이 사람들을 깨우쳐 주거나 사랑이 많은 존재로 만들어 주지는 않는다는 말이다.

오히려 괴팍하고 끔찍하며 이기적이고 자기중심적인 존재로 만들어 자기연민의 단계로 이동하게 한다. 만성적 통증에 시달리는 사람들은 거의 자기연민과 비탄에 빠져 자신을 가련한 존재로 여기고, 이런 상태가 지속되거나 더 악화될까 봐 두려워한다. 그래서 끊임없이 저항하고 통증에서 벗어나고 싶다는 바람을 갖는다.

의식 지도 아랫부분은 부정적인 에너지 장을 반영한다. 이 단계의 사람들은 분노로 가득 차 있다. 만성적 통증에 시달리는 사람들의 분노는 어마어마하다. 분노에 갇혀 있으며, 누구도 자신을 도와줄 수 없다는 사실에 자부심마저 느끼는 이들도 있다. 이런 사람들은 만났던 의사들이며 시도했던 치료법들에 대해 떠벌려 대고, 이것들이 아무 짝에도 쓸모가 없었다며 차갑게 비웃는다.

그러나 용기의 단계로 올라가면 통증과 함께하는 방식이 있음을 직시할 힘을 얻는다. 통증과 함께하는 방법은 저항을 내려놓겠다는 자발적인 의지를 갖고, 실제로 그렇게 하는 것이다. 여러분에게는 무언가를 기꺼이 시도해 볼 의지가 있는가? 고통의 상태에서 벗어날 수 있도록 통증에 대한 저항을 내려놓고, 통증과 거리를 둘 용기가 있는가?

낮은 에너지 장들은 전부 고통의 부정적인 상태다. 200 위의 에너지 장들은 화살표가 모두 위를 향하고 있다. 위로 올라가 기쁨의 단계로 들어갈수록 고통이 점점 줄어든다는 의미다. 그렇다면 통증이라는 만성적인 병과 함께할 수 있는 방법은 무엇일까? 통증과 함께하면서도 통증에 대한 저항을 기꺼이 내려놓을 수 있을까? 통증과의 동일시에서 벗어나 통증과 함께하는 그것이 바로 우리임을 받아들일 수 있을까? 고통 없이 통증과 함께하는 능력을 받아들일 수 있을까?

200 미만의 에너지 장에서 일어나는 감정들을 살펴보면, 만성적인 통증에 시달릴 때 어떤 감정들이 동반되는지 알 수 있다. 먼

저 자기혐오와 희생자라는 감정에 시달리며, 의식 속에서는 가망 없음이라는 파괴적인 작용이 일어난다. 통증에 대해 아무것도 할 수 없다고 생각하는 것이다.

이 시점에서 마음의 본질적인 힘을 되새겨 볼 필요가 있다. 우리의 경험을 창조하는 것은 우리가 마음속에 품은 것들이다. 예를 들어 "내 병은 가망이 없어."라고 말하면, 실제로 이 병은 가망이 없어지고 치료에도 저항성을 보인다.

무감정의 상태에서 슬픔의 단계로 올라가면 상실감이나 낙담과 함께 후회의 감정 상태에 놓인다. 하지만 이것들은 단지 인간적인 감정에 불과하다. 이런 감정들이 생긴다고 죄책감을 가질 필요는 없다는 말이다. 그냥 이해하기만 하면 된다. 이해를 하면 이런 감정들은 해결되기 마련이다.

엄지손가락이 잘려 나갔을 때 나도 이런 감정들을 전부 경험했다. 이유는 모르겠지만 처음에는 응징 세력 같은 것에 공격이나 처벌을 받은 듯한 느낌이 들었다. 통증이 극심해서 가망이 없을 것처럼 느껴지기도 했다. 엄지손가락을 다시 붙일 수 없다는 생각에 절망하며, 사랑하는 사람을 잃었을 때처럼 슬픔과 비탄에 빠졌다. 이런 결과에 대한 두려움과 더불어 통증과 고통이 계속되면 어쩌나 하는 걱정도 일었다. 한편 이 상처와 장애, 통증, 고통, 수술 등으로부터 벗어나고 싶은 욕망에 저항하는 자신이 느껴지기도 했다. 삶에, 운명에, 나 자신에게 화도 났다. 그러나 이런 감정들은 충분히 이해할 수 있는, 지극히 인간적인 것들에 불과했다.

그러다 자부심의 단계로 이동하면서 이런 상황에 대해 무언가를 하게 되었고, 용기의 단계로 올라가서는 내가 알던 기법들이 이런 상황에서 효과가 있는지 살펴보기 시작했다. 이후 자발성의 단계에서는 이 기법들을 이용해 저항을 내려놓고, 마침내 수용의 단계로 올라가 통증이 있어도 혹은 없어도 좋다고 받아들이게 되었다.

중립은 흥미로운 에너지 장이다. 이 장에서는 어느 쪽이든 상관없다고 여기게 된다. 통증에 대한 저항을 완전히 버렸기 때문에 통증의 존재 여부에도 신경 쓰지 않는다. 용서의 자발적인 의지가 일어나고, 궁극적으로는 연민의 장으로 들어가고 싶은 바람도 생겨난다. 분노나 자기연민, 두려움, 자부심, 타인이나 자신에 대한 비난에 빠지지 않고, 인간의 조건과 원형질적인 경험을 수용하게 된다.

그러고 나면 사랑의 에너지 장은 물론이고 기쁨의 에너지 장으로까지 올라갈 수 있다. 이 대목에서 내 경험을 다시 이야기해 주겠다. 누군가의 경험을 들으면, 인간의 의식에서 무엇이 가능한지를 확인할 수 있다.

나는 통증이 느껴질 때 나보다 위대한 힘에게 부탁했다. 통증에 순응하면서 이 힘에게 나의 통증을 계속 내맡겼다. 응급실에 가서도 의사들에게 마취제나 진통제는 어떤 것도 쓰지 않겠다고 했다. 그러자 의사는 통증을 어떻게 다룰지 몰라 약간 당황스러워했다. "제 나름대로 방법이 있어요."라고 말해 주자 그는 통증을 다룰 방법이 내게 있다고 느꼈는지 마음을 놓는 것 같았다.

나는 내면으로 들어가 통증과 거리를 두고 저항을 내려놓았다.

내가 이해하는 신, 즉 나의 큰나에게 부탁했다. 힘이 제한되어 있는 개인적인 나보다 더욱 큰 모종의 에너지 장이 있다고 믿었기 때문이다. 그래서 치료가 이루어지는 내내 이 신에게 나를 끊임없이 내맡겼다. 버팀목들을 전부 빼 버린 상태에서 참기 어려운 통증과 고통에 짓눌리는 이런 시간은 이미 믿고 있던 것을 실험해 보기 좋은 때였다. 성장을 위한 좋은 기회였던 셈이다.

이렇게 통증에 순응하면서 저항을 내려놓자, 내 몸에서 벗어나 내면의 깊은 평화 속으로 들어가는 것 같은 느낌이 갑자기 들었다. 믿기지 않는 고요의 상태, 내면의 절묘한 평정과 기쁨의 상태였다. 나의 개인적인 자아가 아닌 어떤 것이 경험과 통증을 다스려 주고 있는 게 느껴졌다.

만성적인 통증에 시달릴 때 우리가 익혀 실천해야 할 일은 신이든 천사든 자신이 믿는 존재에게 통증을 다스려 달라고 내맡기는 것이다. 이렇게 하면 개인적인 자아보다 더욱 큰 어떤 존재가 통증을 다스려 주는 것을 체험한다. 나도 이런 체험을 했다. 어떤 힘이 들어와 나를 대신해 통증을 다스려 주었다. 우리는 이것을 '위대한 에너지'라고 부른다. 이 에너지의 존재도 입증이 가능하다. 어쨌든 앞에서 말한 대로 나는 "신이시여, 저는 이 통증을 다스릴 수 없나이다. 저를 위해 이 통증을 다스려 주십시오."라고 말하면서 나의 짐을 내맡겼다. 우주 속의 위대한 에너지가 나를 대신해 통증을 다스리게 한 것이다.

이런 이야기가 기이하게 들리는 사람들도 있을 것이다. 이런 사람들을 위해 이해 가능한 차원에서 이것을 살펴보도록 하겠다.

540의 단계에서는 치유가 일어나기 시작하며 뇌에서 엔도르핀이 분비된다. 마취제에서 나오는 신경화학물질도 엔도르핀이다.

이 경험 덕분에 나는 나의 개인적인 자아가 전혀 관여를 하지 않아도 내 안에서 무엇인가가 자동으로 통증을 다스려 준다는 것을 깨달았다. 통증이 심해질수록 내 안의 에너지 장은 엔도르핀의 분비를 통해 신체적인 차원에서 스스로를 드러냈다. 그리고 이 장의 힘이 알아서 통증을 다루어 주었다. 통증과 고통이 완전히 모두 사라져 버리고, 그 자리에 무한한 평화와 고요가 깃들었다.

그렇다면 어떻게 해야 우리의 노력을 이런 방향으로 증대시킬 수 있을까? 물론 영적인 작업을 하면 되지만, 용서 같은 모든 작업에는 일정한 기간이 필요하다. 그럼 그 사이에 할 수 있는 일에는 무엇이 있을까? 침술이나 최면 같은 보조 작업들이 통증 완화에 영향을 미칠까?

침술은 통증의 완화에 대단히 효과적일 수 있다. 모든 형태의 병과 통증, 고통은 몸과 마음, 영혼과 연관이 있다. 영적인 차원에서 이것들을 다루는 방법은 앞에서 설명을 마쳤고, 그 전에는 마음을 통해 의식의 차원에서 다루는 방법을 이야기했다. 그러나 신체적인 차원에서 다루는 법도 동시에 알아야 한다.

내 개인적인 경험을 놓고 보면 침술은 대단히 효과적이었다. 약 25년간 십이지장궤양을 앓았는데 난치성이라 치료가 쉽지 않았다. 치료법이란 치료법은 다 써 보았지만 곧 위부분절제술과 회복을 위한 위장관수술을 받아야 할 처지에 놓이고 말았다. 이때 나는 침을 맞았다. 그런데 침을 세 번째 맞았을 때 통증과 고통이 싹 사라져 버렸다. 엑스레이 촬영 결과 만성적인 십이지장궤양도 치료되어 있었다. 나중에 재발이 되지도 않았다. 이런 개인적인 경험 이후 난치성의 만성적 질환에는 침을 맞아 보는 것도 좋다고 제안하게 되었다.

진통제에는 두 가지 부작용이 있다. 첫째는 진통제가 마법 같은 단기적 해결책이기 때문에 의식의 성장이 전혀 이루어지지 않는다는 점이다. 자신의 의식에서 나오는 진정한 힘을 알약에 내주기 때문이다. 이처럼 알약에 자신을 힘을 맡겨 버리면 개인적인 성장은 멈춰 버린다. 두 번째 부작용은 진정제나 진통제에 점진적으로 의존하면 내성이 생겨서 문제가 처음의 상태보다 더욱 심각하게 악화될 수 있다는 점이다.

최면도 유용한 기법이다. 대체의학 분야에서는 침술은 물론이고 최면에도 요즘에 많은 관심을 기울이고 있다. 최면 가운데서도 가장 유용한 형태가 자기최면이다. 다른 사람을 통해 최면에 들기보다 스스로 최면에 드는 법을 익히는 것이 바람직하다. 의식의 진보와 관련된 문제들 때문이다.

방법은 아주 간단하다. 최면 상태를 이용해 앞에서 설명한 것들을 익히면 된다. 최면 상태는 사실 암시에 잘 감응하는 상태일 뿐이다. 깊이 이완된 상태로 들어가 위에서 제시한 방법들이 진실임을 실험하고 체험해 보면 더욱 빠르게 익힐 수 있다. 나와 타인들의 경험을 놓고 볼 때, 자기최면의 가치는 다른 방식으로는 다다르기 힘든 집중 상태로 의식을 이끌어 준다는 데 있다. 암시에 잘 걸리면 보통의 정신 상태로는 다다르기 힘든 집중 상태에 도달할 수 있다.

어떤 병이든 만성적인 신체적 질환을 앓고 있는 사람이라면 이 간단한 기법을 활용할 수 있다. 온갖 형태의 믿음과 의미들을 연상시킬 수 있으므로, '최면'이라는 말은 쓰지 않고 피암시성이 높은 상태에서 이루어지는 깊은 이완과 집중력에 대해 이야기하겠다. 아주 편안한 자세로 앉거나 누워서 서서히 이완을 시작한다. 그리고 죽 이어져 있는 열 개의 계단을 내려가는 자신의 모습을 그려 본다. "첫 번째 계단"이라고 말하고, 이제 이 작업을 시작하겠다고 선언한다. 다음으로 "두 번째 계단"이라 말하고 깊은 이완 상태로 들어간다.

첫 번째 계단에서는 이 경험에 발을 들여놓고, 두 번째 계단에서는 얼마 동안 머리의 모든 근육들을 이완시킨다. 이렇게 하다 보면 얼굴에서는 아픔이, 턱 근육에서는 낮 동안에 경험했던 긴장이 느껴질 것이다. 뺨도 실제로 얼얼한 것 같다. 뺨을 찔러 보면 이 느낌이 실제임을 알게 될 것이다. 왜 이렇게 얼얼한 것일까? 참았던 느낌이 만들어 낸 만성적인 긴장 때문이다.

몇 분간 머리를 이완시키고 나서 "세 번째 계단"이라고 말한 후 목을 이완시킨다. 목과 어깨 윗부분의 힘을 전부 빼는 것이다. 이제 "네 번째 계단"이라고 말한 후 등과 흉부 근육을 이완시킨다. 그러고는 "다섯 번째 계단"이라고 말한 후 가장 큰 근육에서부터 가장 작은 근육에 이르기까지 어깨, 팔 윗부분과 아랫부분, 손, 손가락 순으로 서서히 이완을 계속한다. "여섯 번째 계단"이라고 말한 후에는 흉부와 몸통을 이완시키고 "일곱 번째 계단"에서는 배

아랫부분으로 옮겨 가 그곳에 쌓아 두었던 모든 긴장을 풀어 버린다. "여덟 번째 계단"에서는 허리와 엉덩이 부분을 깊이 이완시키고, "아홉 번째 계단"에서는 다리를 따라 내려가면서 깊이 이완시키고, "열 번째 계단"에서는 발을 이완시킨다. 이제 "나는 열 번째 계단에 있다."라고 말하고, 깊은 이완 상태에서 모든 저항을 내려놓는다.

놀랍게도 아무리 완벽하게 이완한 것 같아도, 훨씬 깊은 또 다른 차원의 긴장이 존재함을 발견할 것이다. 점진적으로 더욱 깊은 차원으로 내려가 이완을 해도, 깨어 있는 동안에는 평생토록 완전하게 이완한다는 것이 결코, 결단코 가능하지 않음을 깨달을 것이다.

이제 이 깊은 이완 상태에서 깨닫고 싶은 것을 자신에게 말하고, 이것에 대한 저항을 놓아 버린다. 통증과 고통은 별개라는 생각에 대한 저항을 놓아 버리는 것이다. 통증에 저항하지 않으면 통증으로 인한 고통 같은 것도 없다. 깊은 이완 상태에서 이제 만성적인 통증을 다루는 법에 대해 앞에서 설명한 내용으로 돌아간다.

통증은 어디에나 있음을, 이 통증에 대한 저항을 언제든 내려놓을 수 있음을 알아차린다. 문을 열고 통증에 대한 저항을 내려놓는다. 그래도 큰나는 통증에 영향 받지 않는다. 이런 상태에 이르면 자신을 향한 사랑과 인간으로서 자신이 지닌 본질적인 아름다움에 대한 연민의 단계로 이동하기 시작한다.

500에서 540에 이르는 에너지 단계에서는 사랑이 생겨난다. 상황을 낙관적으로 바라보고 자신에게 웃음을 보낼 줄 안다면, 사랑이 생겨나고 있는 것이다. 또 유머의 고차원적인 에너지 장도 있다. 유머에 치유 효과가 있다는 사실은 끊임없는 웃음요법으로 신체적인 병을 치료한 많은 유명인들의 책에 보고되어 있다.

웃음과 유머를 선택해서 사랑이 가득하고 긍정적인 500 이상의 에너지 장에 자신을 두면, 웃음과 유머의 본질 덕분에 치유를 경험하게 된다. 그러면 불행도 웃어넘길 수 있는 능력이 생겨나고, 경험과 본래의 큰나를 별개의 다른 존재로 받아들인다. 경험과 자신을 동일시하지도 않고, 경험에 영향을 받지도 않는다. 더 이상 경험의 희생자가 되지 않으며, 경험과 싸우거나 저항하지도 않는다.

중립과 자발성의 단계를 지나 수용의 단계에 이르면 고통에서 벗어난다. 이것은 무엇을 의미할까? 고통에 저항하거나 벗어나려고 몸부림치면 낮은 에너지 장에 떨어지고, 의식 속에서는 구속 entrapment의 과정이 일어난다. 통증과 고통에 저항하는 한, 화를 내고 이를 악물며 몸부림치는 한, 억지로 의지력을 발휘하려고 애쓰는 한, 이것에 더욱 깊이 휘말려 들어간다. 마치 늪처럼, 빠져나오려고 몸부림칠수록 더욱 깊이 빨려 들어가는 것이다. 그러나 자유의 고차원적인 에너지 단계로 올라가면 이런 구속에서 벗어나 힘을 얻는다. 문제를 직시하고 무언가 할 수 있는 용기 덕분에 힘을 얻는다.

자발성은 의식의 변화를 경험하는 장으로 올라가 기꺼이 용서하고 사랑하며 연민의 마음을 품게 해 준다. 몸과 몸에 일어나는 현상들과의 동일시를 진정으로 넘어서면, 자신이 몸이 아닌 어떤 것임을 자각한다.

저항을 완전히 내려놓아서 몸이 존재한다는 사실조차 의식하지 않게 되는 상태에 대해서는 다른 장에서 이야기할 것이다. 통증의 경우에도 이런 경험을 할 수 있다. 통증이 있다는 인식이나 기억, 생각이 하루 중 몇 초간만 스치듯 지나가는 것이다. 내 말이 진실임을 보여 주는 예로 앞에서 엄지손가락 이야기를 했다. 아직 통증이 남아 있을 때도 하루 중 단 몇 초 동안만 그 통증이 느껴졌다. 약 한 시간 뒤 문득 엄지손가락의 존재를 알아차리고 이렇게 말할 정도였다. "오, 엄지손가락이 존재한다는 것도 인식하지 못하고 있었네!"

이런 일은 하루 중 몇 번씩 일어날 수도 있다. 24시간 동안, 사람들이 괴로울 것이라고 말한 고통을 내가 경험한 시간은 오전에는 5초에서 10초, 오후에는 몇 초에 불과했다. 몇 달간 지속된 이 경험에서 느낀 고통의 총량은 아마 30초가 안 될 것이다. 이 내려놓기 기법은 누구나 실천해 볼 만한 가치가 있다. 이 기법의 실천을 통해 큰나의 진모를 깨달을 수 있기 때문이다.

아름답고 멋진 음악을 듣는 것도 통증을 포함한 여러 가지 고통을 치유하는 방법이다. 음악 자체가 두뇌 속에서 엔도르핀의 분비를 돕기 때문이다. 음악의 아름다움이 치유 효과를 불러온다는 것은 히포크라테스 시대부터 익히 알려진 사실이다.

healing and recovery

11

몸무게 줄이기

실제적이고 편안하며 즐거운 방식으로 어떤 고통도 없이 몸무게를 줄일 수 있을까? 정말 그럴 수 있을까? 물론 가능하다! 평소하던 일을 하면서 하루 이틀간 한 시간이나 한 시간 반 동안 주의를 기울이기만 하면 된다. 이렇게 몸무게를 줄이면 그 이득은 평생 지속된다. 몇 가지 간단한 원칙들에 단 몇 시간 동안 주의를 기울인 보답으로 이 문제로부터 평생 자유로운 삶을 사는 것이다.

이 방법이 효과적이라는 것을 어떻게 아느냐고 반문하는 사람들이 있을 것이다. 그렇다면 나는 이 방법을 시도해 본 사람들 모두에게 효과가 있었기 때문이라고 대답할 것이다. 나는 물론이고 나의 환자들에게도 효과가 있었다. 의식 연구를 통해 발견한 이 간단한 기법으로 나는 약 20킬로그램을 감량했다. 그리고 몸무게

348 치유와 회복

가 다시 늘어나지도 않았다.

몸무게를 줄이는 방법은 간단하고 정확하고 효과가 신속하게 나타나되 지속적이어야 하며 비용이 전혀 들지 않아야 한다. 장기적으로 볼 때 식이요법은 효과가 없다. 보통의 식이요법들이 흔히 죄책감과 자기비난을 불러오기 때문이다. 물론 효과가 있을 수 있지만 일시적일 뿐이다. 아무리 강한 의도를 갖고 있어도 결국에는 먹게 만들어 버리는 그 조건반사를 변화시키지 않는 한 자신의 몸을 받아들이는 방식을 진정으로 바꿀 수는 없다.

의식 상태의 변화는 식습관에서도 나타난다. 그리고 우리는 나중에 다시 증가하는 일 없이 몸무게를 줄일 수 있게 의식 상태를 쉽게 극복할 수 있다. 의지력을 발휘하려는 마음을 버리고, 식이요법도 버리고, 먹는 것에 대한 저항도 내려놓는 것이다. 사람들이 흔히 사용하는 방법은 효과가 없다. 도리어 우리를 비참하게 만들 뿐만 아니라 결국에는 전과 같은 모습으로 되돌려 버리기까지 한다. 그러나 이런 방법보다 훨씬 쉽고도 즐거운 방법이 있다.

의식 지도와 관련해서 이전에 설명했던 몇 가지 아주 간단한 개념들을 이해하면 과거에는 해결하기 힘들었던 당황스러운 문제들도 충분히 다룰 수 있는 상태에 이른다. 의식 자체의 본질에 기초한 몇 가지 기법들을 사용하면, 날씬한 자신의 모습을 상상하고 이 이미지에 힘을 불어넣은 다음 이런 모습이 실제로 물질화되게 이 이미지를 내려놓는 법을 터득할 수 있다.

그러나 머리가 아닌 가슴으로, 위가 아닌 사랑에서 비롯된 방법을 배워야 한다. 위가 먹고 싶어 하면 머리가 우리를 비난할 것이기 때문이다. 그러므로 이 문제를 다루는 유일한 방법은 가슴으로 전체 상황을 대하는 것이다. 그러면 많은 사람들이 상당히 괴로워하는 이 문제를 다소 가벼운 마음으로 대할 수 있다. 먹는 문제를 이렇게 가볍고 긍정적인 마음으로 대해도 나중에는 자기비난과 죄책감이 일어날 수 있다. 침대에 누워 "왜 그것들을 전부 먹어치운 걸까?"라고 어처구니없어 하며 자신을 공격하는 것이다. 그러나 이 기법을 실천하면 이 모든 문제들을 넘어 누구나 효과를 볼 수 있다.

일반적으로 따르는 의학적 모델은 사실 칼로리 섭취량이 몸무게를 결정짓는다는 가설과 식이요법에 근거한 것이다. 물론 운동도 어느 정도 고려한다. 그러나 이 책에서 말하려는 정보는 기존의 의학적 사고와 일치하지 않을 수도 있다. 기존의 의학적 사고와 칼로리를 계산하는 방식에서 효과를 얻었다면 이런 정보에는 관심이 없을 수도 있다.

우리가 제시할 방법은 임상 관찰을 통해 경험적으로 사실임을 확인한 것이다. 의식의 작업은 내적인 경험의 진실과 연관되어 있다. 이론이나 가설, 과학적인 추론이나 논리와는 상관없고, 내면에서 진실을 경험하는 것과 관련이 있다.

가장 먼저 할 일은 식이요법이나 음식에 대한 몇몇 고정관념들을 버리는 것이다. 이런 믿음들이 문제를 불러일으키는 데 일조해왔기 때문이다. 우리는 "글쎄, 과체중은 우리 가문의 내력이야. 유전적인 문제란 말이지."라거나 "갑상선 때문에 그런 거야.", "유아 때부터 과체중이었던 탓에 지방세포들이 너무 많이 만들어졌어."

와 같은 생각이나 믿음들을 갖고 있다. 이것들 모두 대중적으로 알려진 의학 이론들이다. 물론 이런 생각들을 품고 있는 것이 좋은 영향을 미친다면 긍정적인 일이다. 그러나 우리가 경험적으로 발견한 바에 따르면 실제는 그렇지 않다.

예를 들어 두 명이 똑같은 음식을 섭취했는데 한 사람은 몸무게가 증가한 반면 다른 사람은 줄어들었다. 활동량을 포함한 다른 조건들이 모두 같았다면 이런 결과를 어떻게 설명해야 할까? 이런 결과는 쉽게 이해되는 몇 가지 기본적인 의학적 가설들에 의문을 제기하게 만든다.

왜 인체가 섭취하는 모든 칼로리들을 완전히 흡수한다고 가정하는 것일까? 왜 서로 다른 두 사람의 위장관이 정확히 같다고 생각하는 것일까? 나는 1000칼로리의 파이 하나를 먹은 뒤 500칼로리만 흡수하고 다른 500칼로리는 곧바로 배출해 버릴 수도 있다. 또 위장관의 운동 비율 같은 다른 요인들도 있다. 음식물이 위장을 빠르게 이동할수록 흡수하는 양은 줄어든다. 그뿐인가. 고려해야 할 요인은 칼로리 말고도 더 있다. 이렇게 생각하다 보면 칼로리 계산을 하지 않고도 문제를 풀 수 있는 방법에 다다르게 된다.

작업을 통해 두뇌의 시상하부에 있는 식욕조절중추를 조정하기까지 초기에는 식이요법을 통한 속임수를 이용하는 것도 도움이 된다. 포만감을 관리하는 식욕조절중추를 재설정하는 데는 하루이틀 정도의 시간이 걸린다. 이렇게 조절된 식욕조절중추는 몸무게를 통제해 준다. 원하는 몸무게를 마음속에 그리고 있으면, 식욕조절중추가 신체적인 차원에서 이 몸무게를 구체화시켜 주는 것이다. 그러므로 마음이 몸에 미치는 영향을 이해해야 한다. 또한 마음속의 생각이 몸의 상태를 창조해 내며 그 반대는 아니라는 점도 깨달아야 한다.

더불어 기존의 관습적인 생각, 즉 몸이 마음을 창조해 낸다는, 좌뇌적 논리가 만들어 낸 '상식'을 뒤집고 마음속에 품은 것이 몸을 통해 그대로 나타난다는 정반대의 사실을 살펴볼 필요가 있다. 몸무게와 활동, 칼로리, 몸무게를 둘러싼 모든 현상들에 대한 생각과 믿음은 우리의 몸무게에 영향을 미친다.

예를 들어 다중인격 환자들의 사례에서 다음과 같은 점들을 알수 있었다. 환자의 내면에서 리처드라는 이름의 인격이 등장해 환자의 의식을 접수했다. 리처드에게는 음식 섭취나 비만 문제가 전혀 없었다. 실제로 아주 조금 먹어도 기운이 팔팔하고 적극적이었다. 리처드가 몸속에 있는 동안 환자는 살이 빠지고 날씬해졌다.

그런데 환자가 반수면 상태에 들어갔을 때 윌리엄이라는 인격이 들어왔다. 윌리엄은 먹는 걸 좋아해서 온갖 음식들을 마구 먹어댔다. 이로 인해 환자의 몸무게가 급격하게 증가했다.

이제 마음과 사고방식, 믿음, 태도, 몸과의 관계 방식에 몸이 반응한다는 걸 알았을 것이다. 식욕조절중추를 설정하는 것은 다름 아닌 마음인 것이다. 그러므로 마음속으로 의식의 기법들을 실천하면 체중 문제에서 벗어날 수 있으며 거의 자동적으로 체중도 빠진다.

이제 의식 자체의 본질과 몸, 마음, 그리고 생명 전반에 두루 스며 있는 의식의 에너지 장을 형성하는 영혼과의 관계를 다시 살펴보겠다. 먼저 중요하게 이해해야 할 점은 몸에는 자신을 경험할 능력이 없다는 것이다. 깨달음에 이르지 못하면 대부분 신체적인 몸이 곧 자신이라고 생각한다. 그러므로 처음에는 이런 사실이 놀랍게 여겨질 것이다.

그러나 몸이 자신을 경험하지 못한다는 것을 분명하게 이해해야 한다. 팔은 자신이 팔임을, 다리는 자신이 다리임을 경험하지 못한다. 팔이나 다리보다 더욱 큰 어떤 것 속에서 경험되어야 한다. 오감은 몸 안에서 일어나는 일을 우리에게 알려 준다. 그러나 오감에도 자신을 경험할 능력이 없기 때문에 오감보다 더욱 큰 어떤 것, 즉 마음속에서 경험되어야 한다. 그래서 마음은 몸의 오감을 경험하는 자리가 되어 준다.

마음에도 자신을 경험하는 능력은 없다. 생각은 자신이 생각임을, 기억은 자신이 기억임을 경험하지 못한다. 미래에 대한 환상도, 감정도 스스로를 경험하지 못한다. 마음속에서 일어나는 일은 마음보다 더욱 큰 어떤 것, 즉 의식 속에서 경험되어야 한다. 요컨대 몸에 대한 경험은 오감을 통해 이루어지고, 오감은 마음속에서 경험되며, 마음은 의식 속에서 경험된다. 두뇌의 한 부위에서 문제가 발생했을 때 몸의 한쪽을 경험하지 못한다는 점을 생각하면 이것이 쉽게 이해될 것이다.

마음이 없으면 몸을 경험하는 일은 불가능하다. 또 의식이 없으면 마음속에서 벌어지는 일을 인식하지 못한다. 이 점을 입증해 주는 것이 마취제다. 마취제로 의식이 없어지면 마음이나 몸에서 벌어지는 일을 인식하지 못한다. 그러므로 의식은 이 둘보다 더 고차원적이다.

하지만 의식 너머의 움직이지 않는 고요한 상태도 있다. 바로 자각이라 불리는 상태다. 우리가 의식 속에서 일어나는 일을 인식할 수 있는 것은 이것 덕분이다. 자각 상태는 생명 자체가 지닌 에너지인 의식 이면의 강력하고 위대한 에너지 장의 한 양상이다. 모든 경험이 일어나는 자리를 인식하려면 이것을 알아야 한다.

인간의 모든 경험은 의식 안에서 일어난다. 그러므로 우리는 벽이나 바닥, 다른 누군가를 경험할 수는 없다. 우리가 경험하는 것은 벽과 바닥, 다른 누군가에 대한 우리의 의식 안에 있기 때문이다. 이런 사실은 일반적인 믿음체계에 제한을 덜 받는 자리, 즉 우리가 진정으로 작업을 해야 하는 자리가 어디인지를 알려 준다.

체중 문제 전체도 의식 안에서 일어나는 하나의 현상이다. 그런데 의식은 마음보다 강력하고 마음은 오감보다, 오감은 몸보다 강력하다. 그러므로 의식을 다루기만 해도 몸의 변화를 불러올 수 있다. 몸은 그저 마음속 생각에 따라 움직일 뿐이므로 의식 차원에서 문제를 다루면 몸을 지나치게 괴롭힐 필요도 없다. 진짜 문제는 의식 자체 내에서 이루어지는 경험 속에 있으므로, 의식의 차원에서 문제를 다루면 몸은 자연히 스스로를 바로잡을 것이기 때문이다.

우리가 사용하는 기법은 마음 그리고 의식과 관련된 것이다. 그러므로 몸을 다루는 일에는 크게 관심을 갖지 않아도 된다. 마음속에서 일어나는 일의 결과가 바로 몸이기 때문이다. 그래서 널리 알려져 있듯이 체중 문제를 해결하기 위해 몸에만 관심을 기울이는 시도들은 대부분 성공하지 못하는 것이다.

거의 매달 잡지 표지나 신문에 새로운 다이어트 법을 광고하는 제목들이 무수하게 실린다. 이런 사실은 다이어트 방법이 효과적이지 않음을 반증한다. 하나의 문제에 많은 해결책들이 제시되고 똑같은 현상을 다루는 기사들이 무수하게 나온다면, 그것은 아직 해답이 없다는 분명한 반증이다. 체중 문제를 해결할 확실한 답이 알려져 있다면 다이어트에 대한 기사는 전혀 나오지 않을 것이다. 이미 모든 사람들이 이 문제를 해결했을 것이기 때문이다.

체중 문제를 신체적인 차원에서만 다루는 것은 효과적인 방법이 아니다. 인간의 복잡한 행위와 관련된 다른 문제들도 마찬가지다. 널리 알려진 대로 알코올 중독과 십이지장궤양, 게실염 같은 다양한 질병 같은 문제들도 신체적인 차원에서만 다루면 반응이 나타나지 않는다. 오래된 행위들을 해결하는 일은 의식의 차원에서 더욱 정교하게 이루어져야 한다.

몇 해 전 나는 이제부터 설명하려는 기법으로 체중을 30퍼센트, 즉 20킬로그램 정도나 줄였다. 덕분에 원하던 몸무게가 되었다. 이 기법을 실천하는 데는 하루 이틀 동안 몇 분의 시간 밖에 걸리지 않았다. 전부 더해도 집중한 시간이 약 60분에서 90분밖에 안 될 것이다. 게다가 집이나 사무실에서 일상적인 활동을 하면서도, 혹은 출퇴근 시간에도 이 기법을 시도할 수 있었다. 언제 어디서든 실천할 수 있고, 일과 속에 쉽게 집어넣을 수도 있었다.

이 기법을 시도하려고 하던 일을 멈춰야 할 필요는 없다. 어떤 기법이든 효과를 보려면 일상의 양식 속에 집어넣을 수 있어야 한다. 행위를 교정하기 위한 모든 기법은 일상과 잘 어우러질 때 효과가 있다. 생활양식 전체를 바꿔야 한다면 그 효과는 보통 일시적인 것에 그치고 만다.

이 기법은 허기라고 부르던 감각이 일어나면 이 감각과 더불어 생겨나는 생각들을 무시해 버리는 것이다. 특히 허기에 대한 생각을 집중적으로 떨쳐 버린다. 그 대신 곧장 감각 속으로, 자신이 실제로 경험하는 일의 내적인 경험 속으로 들어간다. 경험에 딱지를 붙이지도, 이름을 부여하지도, 다른 어떤 식으로 명명하지도 않고 경험의 자리로 들어가는 것이다. 일어나는 일을 그냥 경험하면서 감각에 대한 저항을 내려놓는다. 의식 자체 속으로, 경험하는 일의 내적인 경험 속으로 말없이 들어가 저항을 내려놓는 것이다.

처음에는 파블로프 식의 조건화에 조종당해서 감각을 느끼는 순간 '허기'라는 딱지를 붙일 것이다. 그리고 이 허기를 충족시키기 위한 행동에 즉각 돌입할 것이다. 우리의 의식이 종이 울릴 때마다 침을 흘리는 파블로프의 개처럼 조건반사를 일으키게 프로그래밍되어 있었기 때문이다. 그러나 이제는 이 프로그램을 해체해야 한다. 그렇다면 그 방법은 무엇일까? 얼마나 오래, 얼마나 많은 노력이 필요할까?

사실 약간의 노력과 시간만 있으면 된다. 과거에 '허기'라고 명명했던 감각이 느껴지면 딱지를 붙이지 말고 감각 자체에 대한 저항을 내려놓는다. 그저 이 감각에 공감하며 기꺼이 함께하되 이 감각에 대해 아무것도 하지 않는다. 이 경험이 내부를 흐르도록 두고 어떤 감각이 느껴지든 기꺼이 이것과 하나가 된다.

어떤 이들은 위 속에서 이것을 느끼고, 어떤 이들은 신체적 허약함 같은 것으로 경험할 수도 있다. 그러나 어떤 감각을 느끼든 마음속으로 그것에 대해 이야기하기를 멈춘다. 언어로 표현하거나 딱지를 붙이는 일을 그만둔다. 그 대신 내적인 경험 속으로 곧장 들어가 저항을 놓아 버린다. 그러면 더욱 높은 차원으로 이동하게 된다. 저항을 놓아 버리겠다고 기꺼이 선택하고 "그게 뭐든 더 많이 경험할 수 있어."라고 자신에게 말해 주면 된다.

이런 방법이 효과적인 이유는 감각의 양이 제한되어 있기 때문이다. 마음은 물론 '허기를 충족시켜 주지 않으면 이 배고픈 느낌이 계속될 거야.'라고 생각한다. 하지만 사실은 그렇지 않다. 느낌은 경험에 대한 저항에서 생겨나기 때문이다.

이 느낌과 함께하면 바람에 휘어질지언정 부러지지는 않는 버드나무처럼 저항이 없어진다. 떡갈나무처럼 감각에 저항하고 의지력으로 맞서 싸우려다 부러지는 대신 버드나무처럼 감각과 함께해 저항을 내려놓는 것이다. 실제의 느낌을 받아들인다. "더 와도 좋아."라고 말하면서 더욱 강한 바람을, 더욱 많은 내적인 경험을 받아들인다. 이런 자발성을 더욱 많이 이끌어 낼수록, 가만히 앉아 내면의 느낌을 받아들이며 함께할수록 이런 느낌은 더욱 빨리 사라져 버린다.

주말에 집에 있을 때 이 기법을 시작해 보는 것도 좋다. 하던 일을 전부 멈추고 그냥 앉거나 누워서 감각에 초점을 맞추는 것이다. 무엇에도 주의를 흩뜨리지 않고 감각과 함께하다 보면 몇 분도 안 돼 이 감각이 불현듯 사라져 버릴 것이다. 이렇게 감각이 사라져 버리고 난 후에는 다시 하던 일로 돌아간다.

이 기법에 익숙해지면 하던 일을 멈추지 않아도 된다. 어떤 감각이 일어나면 그냥 앉거나 누워 이 감각에 집중하고 기꺼이 받아들이면 된다. 마치 헛간 문을 열어 감각을 기꺼이 받아들이고 함께하되 감각에 대해서 아무것도 하지 않는 것처럼 말이다.

허기가 느껴졌을 때 '허기'라는 딱지를 붙인 후 음식으로 이것을 충족시키는 악순환을 끊어야 한다. 그렇게 하지 않으면 이 악순환이 강화되어 결국은 스스로 희생자가 되어 버린다. 이런 행동 양식에 휘둘리는 것이다. 이 감각에 더 이상 지배받지 않고 스스로 주인이 되려면 한 걸음 비켜서서 이 감각을 다스릴 수 있어야 한다.

그 유명한 「십우도」를 보면, 첫 번째 그림에서 승려가 황소에게 연결되어 있는 밧줄을 꽉 붙잡고 있다. 황소는 승려를 질질 끌고 마당을 가로지른다. 이때 승려의 무릎이 벗겨지고 두 귀에서는 피가 흐른다. 완전히 엉망진창인 것이다. 다음 그림에서 승려는 황소를 나무에 묶어 둔다. 황소를 잡고 문제를 파악한 것이다. 세 번째 그림에서는 황소의 등에 올라탄다. 드디어 주인이 되어 더 이상 희생자처럼 황소에게 휘둘리지 않게 된 것이다. 승려는 어떻게 이럴 수 있었을까? 우리의 기법은 바로 이 문제에 관한 것이다.

자신이 다루어야 할 양식이 무엇인지를 파악하면 바로 지금 황소를 매 두고 등 위에 올라탈 수 있다. 그러면 독립적으로 문제를 넘어서고 초월해서 간단히 문제를 지배하게 된다. 처음에는 다소 불쾌하게 여겨지겠지만 그저 기꺼이 경험하면 된다. 감각을 즉각 충족시켜 주지 않고 그냥 경험하는 것이다. 그러면 반사작용이 약해진다.

낮 동안 먹는 문제는 어떻게 다루어야 할까? 소위 말하는 '앞질러 먹기anticipatory eating'를 한다. 배가 고플 때는 음식을 절대 먹지 않는 것이다. 처음 이틀이나 1, 2주간은 허기가 느껴져도 식사를 하지 않고, 허기가 찾아드는 기간에 대한 예측과 이 근본적인 진실에서 비롯된 기법을 통해 허기를 놓아 버린다.

누구나 자신이 허기를 느끼는 양상은 잘 알 것이다. 그런데 허기가 느껴질 때까지 기다렸다가 식사를 하면 이 양상이 강화된다. 허기가 찾아드는 기간을 예측해 보면, 예를 들어 6시경에 습관적으로 허기를 느낀다는 것을 알 것이다. 그러면 배가 고파질 때까지 기다렸다가 허기를 채워서 조건화를 강화시키는 대신 허기를 미리 예상해서 오후 4시 45분에 배가 고프지 않아도 치즈 샌드위치를 먹는 것이다.

이처럼 이 기법은 아주 간단하다. 배가 고프지 않을 때 먹고 배가 고플 때는 먹지 않는 것이다. 이렇게 하면 배고픔을 느끼는 양식을 강화시키지 않을 수 있다. 그렇다면 허기가 사라지기까지 시간이 얼마나 걸리고 허기가 사라진 후에는 어떤 일이 벌어질까? 허기든 식욕이든 그냥 사라져 버린 것처럼 느껴진다. 이것들을 더 이상 경험하지 않는 것이다.

이틀째가 되면 허기를 느끼는 양식이 이미 약화돼 허기가 거의 느껴지지 않는다. 이 기법을 실행하는 데 하루에 몇 분이나 걸릴까? 첫째 날은 총 30분 정도 걸릴 것이다. 허기에 대해 아무것도 하지 않고 저항을 놓아 버리면 불과 몇 분도 안 돼 허기가 사라져 버린다. 이렇게 몇 번 하고 나면 허기가 단 몇 초 만에 사라진다. 가만히 앉아서 허기에 대한 저항을 놓아 버리면 몇 초도 안 돼 허기가 느껴지지 않는 것이다. 그러면 더 이상 식욕에 영향 받지 않는다. 식욕에 더는 휘둘리지 않고 완벽하게 자유로워진다.

허기를 느끼는 양식이 사라져 버리면 공허감이나 멍한 느낌이 들 수도 있다. 허기와 먹고 싶은 갈망, 식욕, 먹는 것에 대한 열의, 포만감이 있던 자리에 이제는 아무것도 일어나지 않는 것처럼 여겨진다. 그때 다른 즐거운 활동에 전념할 수 있다. 읽고 싶었지만 시간이 없어서 못 읽었던 책을 읽는 식으로 자신에게 보상을 줄 수도 있다. 식당에서 내내 무언가를 먹는 짓을 멈춘 덕에, 더 중요하게 할 일이 있는데 먹는 일에 시간을 허비한다는 죄책감 없이 즐겁게 독서를 할 수 있다. 이렇게 진정으로 즐길 수 있는 일을 찾을 여유가 생긴다.

예를 들어 낮잠을 잘 수도 있다. 식재료를 사고 요리를 하고 음식을 먹고 나중에 설거지를 하는 일은 꽤 많은 시간을 잡아먹는다. 그러나 새로운 양식을 구축하고 나면 짧게 낮잠을 즐길 여유도 생긴다. 20분간 탐욕스럽게 허기를 채우고 나면 보통은 환상적이기는커녕 끔찍한 기분이 든다. 초콜릿 바 네 개에 캐러멜 선디 한 잔을 먹고 치즈까지 한 조각 해치웠는데도 행복감은커녕 죄책감이 느껴진다.

이런 죄책감에 사로잡히지 않는 방법은 아주 간단한 이 기법을 제대로 터득하는 것이다. 너무 간단해서 믿기지 않을 수도 있겠지만, 사실 간단하기 때문에 효과가 있다. 유난히 복잡한 것들은 일반적으로 진실에서 멀리 벗어나 있다. 진실은 대개 놀랄 정도로 간단하다. 익명의 알코올 중독자협회 회원들도 이런 사실을 깨달은 바 있다. 그래서 그들은 그날그날 매일 첫 잔의 유혹을 이겨 내는 방식으로 술을 점점 멀리한다. 너무 간단해서 두뇌는 이렇게 말할 것이다. '말도 안 돼! 그건 나도 알겠다.' 물론 두뇌는 이것을 알지만 우리의 자아는 모른다. 내적인 경험을 통해 스스로 타당성을 확인해야만 비로소 무언가를 깨닫기 때문이다.

재프로그래밍을 허용할 경우 먹기와 허기, 식욕에서 벗어나는데 정확히 하루의 시간이 걸린다. 그러나 시간이 흐르면서 식사를 눈이 빠지게 기다리거나 허기를 느끼다가 이 허기를 충족시키는 습관적인 양상에 빠져들 수도 있다. 하지만 이 기법을 몇 번 실천하면 아주 간단하게 이 양상에서 벗어나 자유로워질 수 있다. 배고픈 느낌을 허용하고, 허기와 함께하고, 허기를 기꺼이 받아들이고, 허기가 바닥날 때까지 기다리기만 하면 된다. 이렇게 허기를 다루는 데는 보통 5분 정도밖에 걸리지 않는다. 몇 년 동안 휴일마다 과식을 하는 버릇이 있었다면 이 기법을 다시 실천해 봐야 할 것이다.

이 기법을 실천하다 보면 또 다른 현상도 나타난다. 두뇌 아랫부분의 시상하부 중앙에는 식욕조절중추가 있다. 이 식욕조절중추는 우리가 원하는 포만감의 정도와 양을 설정해 준다. 적게 먹을수록 식욕조절중추에서 설정되는 포만감의 기준은 낮아진다. 그러나 포만감은 기존의 현대의학에서는 이해 못 하는 또 다른 문제다. 현대의학에서는 1칼로리는 어떤 경우든 언제나 1칼로리인 것처럼 이야기한다. 그러나 포만감은 허기와 체중 문제에서 중요한 역할을 한다. 포만감이 칼로리보다 중요하다. 그러므로 내가 따르는 식이요법은 다이어트를 하는 사람들 대부분을 기절시켜 버릴 수도 있다.

하지만 나는 내게 포만감을 주는 음식이 무엇인지 안다. 양파를 듬뿍 넣은 햄버거가 한 예다. 이 햄버거를 다 먹고 나면 배가 꽉 차고 고기와 치즈 같은 재료들로 인해 포만감도 든다. 물론 체중 감소를 원하는 사람들의 식단에는 치즈가 들어 있지 않을 것이다. 하지만 치즈에는 포만감을 불러일으키는 성분이 있다. 그래서 치즈를 일정량 먹으면 식욕이 충족된다.

또 칼로리는 서로 다른 비율로 발생한다. 예를 들어 지방과 단백질의 칼로리 발생 비율이 다르다. 또 단백질 1그램을 태우는 데는 일정량의 칼로리가 필요하다. 그러므로 고단백질 음식을 먹는 것도 체중 감량 속도를 높이는 방법의 하나다. 다이어트 원리를 소개하는 책은 아니지만, 그래도 임상적으로 관찰한 몇 가지 방법들을 덤으로 알려 주도록 하겠다.

빈속에 설탕을 먹는 것은 체중 감량에 대단히 해로운 영향을 미친다. 왜 그럴까? 몸이 아주 빠르게 당을 받아들이고 흡수하는 반면 대사는 그만큼 신속하게 이루어지지 않아 체내에 지방으로 축적되기 때문이다. 그러므로 자신을 보살피고 사랑하는 작업의 하나로 이 프로그램을 일상 속에 도입할 때 설탕과 단 음식을 피해야 한다. 처음부터 결과가 빠르게 나타나기를 바랄 텐데 앞서 이것을 제대로 실천하면 만족감을 얻고 모종의 보상을 받을 것이다. 자신에 대해 품고 있던 이미지가 실제의 모습으로 구현되는 것도 그중 하나다.

당분 함유량이 높은 음식은 피하는 것이 가장 좋다. 공복에는 특히 그래야 한다. 당분이 인슐린 분비를 자극하면 혈당이 급격하게 낮아져 허기가 다시 느껴지기 때문이다. 반면에 대사 과정만으로도 단백질은 칼로리의 삼 분의 일이 연소된다. 그러므로 100칼로리의 당분은 지방 100칼로리에 필적하지만, 100칼로리의 과도한 단백질 가운데서 지방으로 전환되는 것은 66칼로리에 지나지 않는다. 고단백 식사를 하면 33퍼센트가 줄어드는 것이다.(하지만 통풍 환자에게는 권장할 만한 방식이 아니다.) 단적인 증거로 육식동물들은 호리호리하다. 그렇다면 채식주의자들은 어떻게 해야 하는가? 채식주의자들도 당분과 전분을 피하고 고단백 식단을 지키는 게 좋다.

방법은 저항을 내려놓아 허기와 식욕을 사라지게 하는 것이다. 그러면 더 이상 악순환을 거듭하지 않는 세계에 살 수 있다. 우리는 사실 과식으로 죄책감을 느끼고 이것을 통제하려는 악순환에 익숙해져 있다. 허기가 일어나면 허기와 함께 죄책감까지 느끼다가 포만감에 대한 기대로 과식을 하고 다시 죄책감을 느끼는 끝없는 자멸적 악순환에 빠져 있는 것이다. 이 순환을 물리치는 유일한 길은 굴하지 않고 이것을 뛰어넘어 초월하는 것이다. 이 순환에서 벗어나면 식욕과 허기가 사라져 결코 배고픔을 경험하지 않는 상태를 체험한다.

그러면 마음은 물론 이렇게 말할 것이다. '난 먹는 즐거움을 포기하고 싶지 않아.' 사실 마음의 이런 말과는 정반대의 결과가 나타난다. 일단 이 기법을 실천하면 식사를 기다릴 때보다 먹는 행위 자체에서 식욕이 생겨난다. 허기나 식욕을 전혀 느끼지 않고 가만히 앉아 있다가도 일단 먹기 시작하면 식욕이 일어나는 것이다. 이럴 때 먹는 즐거움은 그 어느 때보다 크다.

나도 지금은 먹는 행위 자체를 전보다 더 즐긴다. 음식을 먹어도 더 이상 죄책감이나 자책감이 따라붙지 않는다. 너무 많은 칼로리를 섭취해서 살이 찌면 어쩌나 하는 불안감도 없다. 이런 것들은 모두 사라져 버렸으므로 먹는 즐거움을 포기할 이유가 전혀 없다. 배가 고프지 않을 때 오히려 음식을 더욱 잘 즐길 수 있다. 한 입 베어 무는 바로 그 순간 치즈 샌드위치를 즐기기 시작한다. 배가 고프지 않을 때도 치즈 샌드위치를 집어 들고 한 입 베어 물면 바로 거기에 즐거움이 있다. 즐거움을 내던질 이유가 전혀 없는 것이다.

나는 즐거움과 기쁨을 내려놓아야 한다고 생각하지 않는다. 오히려 그 반대다. 즐거움은 증대시켜야 한다. 이 기법을 실천하면 누구나 자신의 미학적 꿈에 부합하는 몸을 갖게 된다. 이로 인해 정당한 자부심과 즐거움, 기쁨을 느낄 뿐만 아니라 먹는 행위 자체에서도 커다란 행복감을 얻을 수 있다.

가장 먼저 다루어야 할 문제는 먹고도 허기를 느끼는 악순환이다. 우리는 의지력이나 도덕성과는 전혀 상관없는 조건화, 행동 양식의 희생자다. 어떤 동물이든 이런 식으로 조건화될 수 있다. 우리도 마치 파블로프의 개처럼 조건화되어 있다. 이런 조건화는 우리의 인격이나 자아존중감과 아무 상관이 없다. 방종이나 자기애적 구강 욕구, 구강 공격성, 구강 수동성 같은 정신분석 이론들과도 전혀 상관이 없다. 우리 사회가 선호해 온 아주 간단하고도 일차적인 유형의 조건화와 관계가 있을 뿐이다.

어린 시절 우리는 사회적인 조건화 속에서 이런 양식들을 습득했다. 이게 전부다. 아이가 이 양식의 형성에서 하는 역할을 살펴보면 음식 섭취 양식 전체를 다른 시선으로 바라보게 된다. 몸을 경험하는 것은 마음이고 마음을 경험하는 것은 의식이다. 그러므로 흔히 '허기'라 부르는 것도 사실은 우리의 의식에서 경험된다. 그러면 의식은 구체적으로 어디에 있는 걸까? 위 속에서 경험된다고 생각하는 것은 하나의 믿음체계에 불과하다. 허기는 사실 모든 곳에서 일반적인 방식으로 경험된다. 허기를 위가 경험한다는 생각은 어린 시절에 형성된 하나의 믿음체계일 뿐이다. 앞에서 말한 대로 몸은 어떤 것도 경험하지 못한다. 일어나는 일들은 일반적인 영역에서 더욱 넓게 경험된다.

통증이나 병, 허기 같은 신체적인 증상으로 인한 고통을 언제든 내려놓을 수 있는 기법이 또 있다. 바로 이 고통이 신체적 증상에 불과함을 자각하는 것이다. 고통은 사실 일반적이고 확산된 방식으로 모든 곳에서 경험된다. 어떤 현상이든 특정한 영역이 아닌 모든 곳에서 경험되기 때문이다. 특정한 영역에서 경험된다고 생각하는 것은 강력한 믿음체계 때문이다. 누구나 어린 시절부터 이런 생각들을 갖고 있다. 그러나 이런 감각의 에너지에 대한 저항을 내려놓으면 이 에너지는 널리 확산되다 결국 사라져 버린다.

의식 지도 아랫부분에서는 상대적으로 낮은 차원의 느낌들이 일어난다. 식욕, 허기, 포만의 순환을 관통하는 욕망의 단계로 올라가 보면 이 단계는 125의 에너지 장을 지니고 있으며 부정적인 방향을 향한다. 삶에 해로운 영향을 미치는 것이다.

이 에너지 장과 어울리는 감정은 결핍감과 갈망이며, 이 장에서 온갖 형태의 중독들이 일어난다. 그러므로 체중 문제를 음식 중독이라고 부르는 것도 부분적으로는 맞다. 결핍감과 욕망, 갈망이야말로 이 부정적 에너지 장의 특징이기 때문이다. 또 의식 속에서는 노예화의 과정이 일어나기 때문에 이 단계의 사람들은 자신을 희생자라고 느낀다. 그리고 에너지 장이 아래를 향하기 때문에 자신에 대해 부정적인 느낌들을 갖는다. 음식과 허기, 포만감의 전체 과정과 연관되어 있는 것도 이런 부정적인 느낌이다.

허기에 대한 저항을 내려놓고 허기를 넘어서면 용기의 단계로 올라가 자발적인 직시 속에서 자부심의 문제를 다룰 수 있다. 여기서 더 위로 올라가 250의 단계에서 이 악순환을 끊으면 초연한 상태에 이른다. 이 시점에서 의식 속에서는 풀려남의 과정이 일어난다. 이제는 에너지 장의 방향이 위를 향하면서 기분을 한결 좋게 만들어 주는 건설적이고 긍정적인 느낌을 갖게 되기 때문이다. 이런 에너지 장 속에는 많은 힘이 들어 있다.

그러면 초연한 상태에서는 어떤 경험을 하게 될까? 음식을 먹어도, 먹지 않아도 좋다고 느끼는 것과 비슷한 경험을 한다. 이럴 때 누군가 "지금 뭐든 드시고 싶으세요?"라고 물으면, 이런 식으로 대화가 이어질 것이다. "글쎄요, 뭔가 대접하고 싶으면 주세요.", "그럼 뭘 드시고 싶으세요? 생선? 마카로니? 삶은 콩?", "음, 뭐든 좋아요." 식욕이나 허기를 이런 식으로 다루는 차원에 이르면 사실상 특정한 음식에 더 이상 집착하지 않는다. "저녁에 스테이크를 먹어도 좋고 다른 걸 먹어도 상관없어요."라고 말하게 된다. 어느 쪽이든 상관없는 것이다. 이것은 비로소 허기와 식욕에서 자유로워졌다는 의미다.

이런 태도의 한 가지 특징은 자유다. 무엇으로부터의 자유를 말하는 것일까? 프로그램이나 조건화의 지배로부터, 악순환의 희생자가 되는 것으로부터 자유로워진다는 의미다. 또 자신을 부정적으로 바라보게 만드는 노예화의 과정으로부터도 자유로워진다. 이런 감각들과 거리를 유지하면서 자신에 대해 긍정적인 느낌을 갖기 시작한다.

실제로 자발적인 의지를 갖고 기법을 활용하면 310의 단계로 올라가 훨씬 좋은 감정을 갖게 된다. 이런 감각들이 하나의 현상에 지나지 않음을, 의식 속에서 일어나는 일련의 진동에 불과함을 받아들이기 시작한다. 음식이나 몸과는 전혀 상관이 없으며 전부 프로그램에 지나지 않음을 받아들이는 것이다. 물리학도 본질적으로 이런 감각들이 의식의 장에서 일어나는 일련의 진동이며, 이 진동을 변화시킬 힘이 우리에게 있다고 설명한다. 일단 이것을 인식하면 전보다 더욱더 자신을 사랑할 수 있다.

의식의 장에서는 아주 흥미로운 또 다른 양상이 전개된다. 이 양상도 아주 유익하다. 여러분 내면에서도 이 양상을 충분히 관찰

할 수 있다. 나도 내면에서 이런 양상을 알아차리고 주시한 적이 있다. 과거에는 허기와 식욕, 포만감, 죄책감의 순환에 휘둘렸다. 이로 인해 식이요법을 하고 체중을 감량하리라던 온갖 좋은 의도도 순식간에 창밖으로 달아나 어딘지 모르는 곳으로 사라져 버렸다. 필요한 양보다 훨씬 많은 음식으로 배를 채운 후에는 자기혐오와 죄책감에 시달려야 했다.

섭식 장애가 심각한 이들은 종종 이런 경험을 한다. 화장실에 들어가 먹은 것들을 전부 토해 내고는 자기혐오와 비난, 죄책감, 심지어는 우울증에 자살 충동까지 느낀다. 이런 상태들은 모두 아주 심각한 상황을 불러올 수 있다. 이럴 때 우리의 내면에서는 실제로 어떤 일이 벌어지고 있을까?

식사를 위해 자리에 앉았을 때 몸무게를 줄이고 싶어 하는 것은 우리 내면의 어른뿐이다. 반면에 내면의 '어린아이'는 언제나 허기를 느낀다. 『심리게임』의 저자이자 교류분석의 창시자인 에릭 번 박사는 과거에 이 분야의 사람들과 함께 내면의 '어린아이'와 '어른', '부모'에 대해 이야기를 나눈 적이 있다.

내면의 '어린아이'와 '어른', '부모'는 우리 내면에 존재하는 세 가지 목소리와 같다. 내면의 어린아이는 바람을 이루고 싶어 하는 반면 어른은 이성적이고 지적인 교육을 받은 존재다. 마지막으로 부모는 벌을 주고 도덕적으로 구는 성향이 있다. 또 내면의 부모는 우리에게 옳고 그름을 일깨워 준다. 식탁에 앉거나 냉장고를 향해 걸어갈 때 내면의 어른은 의식이 없는 상태에 접어들고, 내면의 어린아이가 상황을 지배한다.

그런데 어린아이가 식이요법이나 몸무게, 칼로리에 대해 알까? 전혀 모른다. 어린아이의 의식에는 그저 '나는 먹고 싶어.', '배불러.', '이제 됐어.'라는 생각만 들어 있다. 그래서 우리는 내면의 어린아이가 의식을 지배하고 있다는 것을 자각하지 못하고 냉장고를 향해 돌진한다. 그럼 냉장고 안을 뒤적이는 존재는 누구일까? 역시 내면의 어린아이다. 뜨거운 퍼지 선디를 두 번이나 주문하고 그레이비 소스를 곁들인 감자를 두 접시나 먹어치우는 존재는 누구일까? 역시 내면의 어린아이다.

이렇게 무슨 일을 저지르고 있는지도 모른 채 내면의 어린아이를 만족시켜 주고 나면, 즉 식사가 끝나고 나면 어린아이는 사라져 버린다. 먹을 만큼 먹었기 때문이다. 그러고 나면 이 자리를 누가 차지할까? 부모가 들어와 꾸짖는다. '어쩜 그렇게 어리석을 수가 있니? 어쩌자고 두 그릇이나 해치운 거야? 거기다 파이까지 먹어? 파이 위에 아이스크림은 또 왜 얹어 먹은 거야? 칼로리 생각은 안 해? 넌 정말 멍청하고 마음도 너무 약해. 의지력이라곤 눈곱만큼도 없는 것 같아. 자존감도 없고.'

이때 우리는 우리를 질책하는 내면의 성난 부모에게 지배받는다. 그런데 이 성난 부모는 누구를 질책하는 것일까? 물론 내면의 어린아이다. 그렇다면 그동안 내면의 어른은 내내 어디에 있는 것일까? 그의 목소리는 전혀 들리지 않았다. 음식을 먹는 동안이나 그 후에도 내면의 어른은 그 자리에 없었다. 내면의 아이와 부모가 이 식사 프로그램 전체를 떠맡고 있었기 때문이다. 애초에 식습관이 이 둘에게서 시작되었으므로 이것은 자연스러운 일이다.

식습관은 아이와 더불어 시작되었다. 그러니 아이가 음식을 먹을 때 그 옆에 부모 말고 누가 앉아 있었겠는가? 물론 아무도 없었다. 그러므로 아이와 부모가 번갈아 가면서 식습관 전체를 지배한다.

이런 식습관에 대응하려면 이 식습관이 작동되고 있음을 자각해야 한다. 자각하기만 해도 이런 습관은 바뀌기 시작한다. 이제 자신에게 보내는 글을 적은 쪽지를 식탁이나 냉장고에 붙여 두고 내면의 어른을 의식적으로 불러내 내면의 어린아이에게 이렇게 말한다. "여기는 어른이 지배하는 곳이야. 그런데 어른은 먹는 것에 신경을 많이 써." 실제로 내면의 어른은 칼로리와 식이요법, 건강한 식사 양식을 잘 알고 있다.

나도 식사 시간이 되면 내면의 어른을 식탁으로 불러내 이렇게 말한다. "이제 여기에는 내면의 어른이 있는 거야." 그러고는 내면의 아이의 존재를 의식적으로 거부한다. 이렇게 내면의 어른과 함께하면 과식하지 않으며 식사를 마친 후 내면의 부모에게 꾸지람을 듣는 일도 일어나지 않는다.

이럴 때 모종의 저항이나 자기통제는 필요하지 않다. 그저 자각만 하면 된다. 식탁에 앉았을 때 내면의 어른을 불러내고 자각 상태를 유지하기만 하면 된다. 저녁 식탁에 앉았을 때도 내면의 어린아이가 튀어나온다. 나도 물론 마찬가지다. "와우! 저 으깬 감자 좀 봐! 산더미 같아. 그레이비 소스도 있고!" 내면의 어린아이는 이렇게 환호성을 지른다. 식탁에 앉아 사람들의 얼굴을 보면 그들의 내면에서 누가 '주도권'을 쥐고 있는지 알 수 있다. 두 눈이 놀라움으로 갑자기 휘둥그레지면서 동공이 크게 확장된다. 다섯 살

꼬마 말고 누구에게서 이런 모습을 볼 수 있겠는가!

다른 예로 심각한 표정의 사업가가 서류가방을 들고 카페테리아로 들어선다. 줄을 서서 기다리다가 드디어 냅킨을 앞에 두고 자리에 앉는다. 이때 그의 표정을 살펴보면, 냅킨을 집어 드는 순간 이미 다른 누군가가 그의 영혼을 점령하고 있다. 작은 꼬마가 이미 식사를 즐길 만반의 준비를 하고 거기 있는 것이다!

그런데 식사를 마치고 자리에서 일어서는 순간 그는 "오, 너무 많이 먹었잖아!"라고 소리친다. 그 순간 이 자리에 있는 존재는 누구일까? 남자는 찌푸린 얼굴로 식당을 나서며 자신을 질책한다. 그러면서 속으로 섭취한 칼로리의 양을 계산해 본다. 의사가 하루에 900칼로리만 먹어야 한다고 했는데 저녁 한 끼로 무려 3850칼로리나 먹어치웠다. 다음 주 화요일까지는 굶어야 할 판이다. 어떻게 버틸지 막막하기만 하다.

자각 상태를 유지하면 이런 자멸적인 양식에서 벗어날 수 있다. 냉장고 문에 "어른만 열 수 있음"이라고 적어서 작게 붙여 두는 것도 방법이다. 그러면 거기 누가 있는지 잘 알아차리고 자각 상태를 유지할 수 있다. 물론 어른도 먹는 것을 굉장히 즐긴다. 하지만 어린아이처럼 그렇게 쉽사리 이성을 잃어버리지는 않는다.

이 프로그램을 처음 시작할 때는 혈당 수치가 변덕스럽게 오르락내리락하지 않도록 최대한 주의하는 것도 중요하다. 무의식 속에서 혈당의 저하는 흔히 허기와 연관되기 때문이다. 예를 들어 빈속에 뜨거운 퍼지 선디를 먹으면 혈당이 갑자기 치솟으면서 아드레날린과 인슐린이 다량으로 분비되어 혈당이 다시 급격하게 저하되기 쉽다. 그러면 배가 고픈 것이 아닌데도 이 상태를 허기와 연관 짓는다. 위가 여전히 꽉 차 있고 필요한 양보다 훨씬 많은 칼로리를 보유하고 있는데도 혈당이 급격하게 떨어지면서 다시 배가 고프다는 느낌이 일어나기 때문이다.

그러나 고단백 음식을 가능한 한 많이 섭취하면, 훨씬 수월하게 이 프로그램을 실천할 수 있다. 고단백 음식을 섭취하면 혈당이 상대적으로 안정적인 수치를 유지하기 때문이다. 혈당의 급격한 저하를 방지하면 당장 무언가를 먹고 싶다는 느낌도 사라져 이 프로그램을 실천하기 훨씬 쉬워진다.

어떤 형태의 고통이든 피하는 것이 좋다. 어떤 프로그램을 실천하든 우리는 고통을 경험하고 싶어 하지 않는다. 고통이 뒤따른다면 어떤 프로그램도 효과가 없을 것이다. 칼로리를 계산하고 삶의 즐거움을 스스로 끊어 버리는 프로그램은 고통을 불러일으킨다. 그러면 자신도 모르는 사이에 다시 식욕을 충족시키고 과식으로 죄책감에 시달리게 된다. 그러고 나서는 자신에게 벌을 주기 위해 다이어트를 한다. 얼마 동안 마치 죄수처럼 빵과 물만 먹는 것이다.

이렇게 충분히 벌을 주고 나면 죄책감은 사라져 버리지만 과거의 식습관이 다시 살아난다. 극단을 오가는 이런 불균형에서, 과식으로 죄책감을 느끼고 자신을 벌주기 위해 빵과 물만 먹는 양식에서, 과식과 방탕에 푹 빠져 있다가 죄책감을 느끼고 자신을 징벌하기 위해 스스로 즐거움을 없애버리는 극단적인 흔들림에서 벗어나야 한다.

스스로 즐거움을 없애 버리는 것은 행복에 이르는 길이 아니다.

물론 방탕도 마찬가지다. 그보다는 의식의 기법들을 통해 이것들을 초월해서 둘의 중간 지점을 유지하는 것이 더 바람직하다. 그래야 문제를 뛰어넘어 내면의 어른이 상황을 지배하게 할 수 있다. 그러면 이 프로그램도 수월하고 즐겁게 실천하고, 평생 우리를 괴롭혔던 것을 뛰어넘고 해결했음을 깨닫고 진정한 기쁨을 누리게 된다.

이 기법을 실천한 첫날 나는 약 45분간 자리에 앉아서 이 감각들을 다루었다. 둘째 날에는 20분, 셋째 날에는 10분, 넷째 날에는 4분간 그렇게 한 것 같다. 그 후로는 여러 해 동안 이 기법을 실행하는 데 들인 시간이 총 한 시간을 넘지 않는다.

먼저 스톱워치를 켜고 자리에 앉아 이 기법을 실행한 다음 허기가 사라지면 스톱워치를 확인한다. 아마 10년 동안 총 한 시간도 소요되지 않을 것이다. 많은 노력이 필요하지도 않고 고통을 경험할 필요도 없다.

의지력은 전혀 필요치 않다. 대신에 자발성을 이용해야 한다. 자발성이 310의 단계에 있는 긍정적이고 강력한 에너지이기 때문이다. 의지력을 이용한다는 것은 저항한다는 의미고 저항은 부정적인 에너지 장에 있는 데다 힘도 125로 약하다. 그러나 자발성과 수용을 이용하면 500에 가까운 행복에 이를 수 있다. 기쁨의 상태에서는 자신에 대해서도 긍정적인 느낌이 들게 되기 때문이다. 더불어 몸도 개운해지고 몸을 행복하게 경험하기 시작한다.

이 기법의 효과를 가속화시키는 또 다른 방법은 자신의 활동을 관찰하는 것이다. 운동은 물론 좋은 일이다. 하지만 일찍 일어나

미용체조를 할 수 있는 날이 얼마나 될까? 텔레비전에 나오는 사람이 아무리 매력적으로 보여도 따라 할 수 있는 횟수는 얼마 안 된다. 아마 나흘째 되는 날에는 열정이 식어서 자신도 모르게 과거와 똑같은 양식을 답습하게 될 것이다. 운동이 멋진 활동이고 행복감을 불러오는 것은 맞다. 하지만 체중을 감량하기 위해 노력해 본 사람이라면 운동의 또 다른 진실도 알 것이다. 아마도 이런 사람들의 차고에는 운동 기구가 수두룩하게 쌓여 있을 것이다.

내가 설명한 기법은 운동과 달리 노력도 덜 들어가고 실제로 효과도 좋다. 나중에는 너무 날씬해져서 고민스러워질지도 모른다. 나 역시 그랬다. 위의 기법이 효과가 너무 좋아서 얼마 지나지 않아 과식과 죄책감의 악순환과 더불어 식욕과 허기가 모두 사라져 버렸다. 아침은 물론이고 점심을 먹는 것까지 잊어버릴 지경이었다. 온종일 분주하게 일하다가 먹는 것을 까맣게 잊어버리기도 했다.

가끔은 식사 시간이라는 생각이 처음부터 떠오르기도 한다. 습관이기 때문이다. 그러면 가만히 앉아서 허기를 다룰 때처럼 저항을 내려놓는다. 그러다 보면 '아침을 먹어야 해.' '점심을 먹어야 해.' '저녁을 먹어야 해.'와 같은 생각들이 문화적 조건들에 지나지 않음을 깨닫는다. 이런 생각들에는 어떤 실제성도 없다. 온종일 식사를 하지 않는 것도 그만큼 자연스러운 일이다.

실제로 나는 식사를 하지 않고 그 사실도 알아차리지 못한 채 며칠을 보낸 적이 있다. 한번은 월요일부터 목요일까지 식사를 잊은 적도 있다. 여러 가지 일들을 정신없이 처리하다가 문득 '지난 며칠 동안 식사를 안 한 것 같은데.' 하는 생각이 들어 확인해 봤더니 아니나 다를까 정말로 식사를 하지 않고 있었다. 식구들은 내가 너무 말랐다며 걱정을 했다. 그 후로는 식사를 할 필요가 있다는 점을 의식적으로 알아차리려 했다. 그래서 식사를 제때 하도록 프로그램을 약간 수정했다. 이처럼 이 기법은 대단히 효과적이며 커다란 행복감까지 안겨 준다.

널리 적용할 수 있는 의식의 기법은 또 있다. 사실 이제까지 설명한 모든 기법은 여러 가지 문제에 응용할 수 있다. 먼저 자신이 원하는 유형의 몸을 그리며 그 몸이 불러올 느낌들을 상상해 본다. 그런 다음 삶에서 자기 모습에 기쁨과 즐거움을 느꼈던 때를 떠올려 본다. 이제 자신이 원하는 몸을 상상하면서 기쁨의 감정을 다시 일깨운다. 예를 들어 호리호리한 몸을 원한다면 날씬한 모습의 자신을 상상하면서 이런 자신을 사랑해 준다. 그러다 새로운 프로그램이 깔렸다는 확신이 들면 이제는 이런 모습도 내려놓는다. 미래에 갖게 될 몸의 모습을 입력하고 나면 마음은 그런 방향으로 저절로 움직일 것이기 때문이다.

그러므로 그냥 미래의 자기 모습을 사랑하고 놓아 주기만 하면 된다. 원한다면 그 모습 밑에 몸무게를 적어 두는 것도 좋다. 그리고 자신이 보여 주고 싶은 모습을 상상하면서 이렇게 말한다. "와, 몸이 이렇게 날씬하고 활동적이라니 정말 환상적이야. 이런 몸을 가지니 기분도 좋군. 이런 몸을 가진 내가 정말 사랑스러워." 연구 결과들을 봐도 이런 심상요법에는 실제로 효과가 있었다.

이때 자신을 몸과 동일시해서는 안 된다. 몸이 곧 나는 아니기 때문이다. 그러나 나는 엄연히 몸을 가지고 있으므로 자신과 몸의 관계를 바라보는 방식은 아주 중요하다. 자동차와 집을 내가 소유하고 있는 것처럼 우리는 그저 몸을 갖고 있을 뿐이다. 몸도 차나 집, 애완동물과 같다. 몸을 이렇게 보는 것은 아주 바람직한 시각이다.

"봐, 나의 작은 애완동물이야. 나를 실어다 주는 자전거, 자동차, 애완동물 같은 게 내 몸이지." 이런 시각은 '나는 곧 몸이다.'라는 시각과는 다르다. 내가 곧 몸이라면 나는 몸에서 일어나는 일들에 휘둘릴 수밖에 없다. 몸무게가 늘어나면 바로 '내'가 뚱뚱한 거라고 생각하고 내게 잘못이 있다고 여긴다. 그러나 명상을 통해 큰 나를 약간만 인식해도 나는 몸을 경험하는 자이지 몸 자체는 아님을 깨닫게 된다.

몸이 스스로를 경험하지 못한다는 점은 앞에서도 이야기했다. 몸은 마음속에서 경험될 뿐이며 마음은 의식에 의해 경험되고 의식은 '자각'이라는 장에 의해 경험될 뿐이다. 그러므로 우리는 몸을 넘어선 존재인 동시에 몸을 인식하는 자다. 우리의 실체와 몸은 별개인 것이다.

몸은 마음속의 생각을 반영할 뿐이다. 그러므로 문제는 몸에 있는 것이 아니다. 의식 속에 들어 있는 것이 진짜 문제다. 우리가 할 일은 의식의 진동 패턴을 바꾸는 것이다. 몸은 명령받은 일을 자동적으로 수행할 뿐이다. 몸에는 마음이 없으므로 생각도 못 한다. 마음은 본래의 내게 있고, 몸은 이 마음이 주문한 일을 수행할 뿐이다.

이 심상요법을 이용하면 몸과의 관계를 즐거운 것으로 변화시키고 몸의 지배에서 해방될 수 있다. 계속 내려놓으며 이 기법을 실천하면 몸이 더욱 가볍게 느껴진다. 몸은 사실 무게와는 전혀 상관없는 것이기 때문에 점차 무게가 없는 것으로 경험하게 된다. 그러다 얼마 후 의식의 상위 단계로 올라가면 몸이 존재한다는 사실조차 거의 의식하지 않게 된다.

의식 지도를 다른 시각으로 살펴보면 우리가 체중 문제를 처음에 어떻게 만들어 내는지, 파괴적인 감정 패턴으로 인해 체중 문제를 어떻게 영속화하는지 이해할 수 있다. 일반적으로 부정적인 감정들이 체중 문제의 '원인'이라고 생각하는데 잘 들여다보면 사실은 그렇지 않음을 알 수 있다. 부정적인 감정들은 사실 체중 문제에 대한 반응이며 때로는 필연적인 결과 혹은 병행하는 것이다.

그런데 지금까지 우리는 체중 문제를 어떤 식으로 받아들여 왔을까? 대부분의 사람들이 죄책감(30)의 아주 낮은 단계에서 이 문제를 대해 왔다. 그러나 죄책감의 에너지 장은 그 힘이 아주 미약하다. 체중이나 알코올 혹은 관계 문제를 죄책감의 단계에서 다루면 이용할 수 있는 에너지는 얼마나 될까? 사랑의 단계에서 500달러를 사용할 수 있다면 죄책감의 단계에서는 쓸 수 있는 양은 30달러밖에 안 된다. 30달러로는 어떤 문제에서도 별 진전을 이루지 못한다. 게다가 에너지 장의 성격도 부정적이다. 자기혐오와 함께 문제 전체를 부정적으로 느끼게 된다는 의미다. 의식 속에서도 실제로 파괴의 과정이 진행된다.

체중 문제나 방종으로 자살을 하는 사람들도 있다. 죄책감의 단계에서 문제를 다루지 못해도 무감정의 단계로 이동한다. 그런데

50의 이 에너지 장은 절망의 감정도 동반한다. "내 경우는 정말 가망이 없어. 다이어트란 다이어트는 다 해 봤어. 이젠 더 이상 이 문제를 이야기할 기운도 없어. 이 문제 때문에 난 망했어. 그냥 체념하고 포기할래." 이렇게 말한다. '나는 가망 없다.'라는 절망의 단계에 있는 것이다.

다음은 슬픔의 단계다. 이 단계에서는 낙담, 의기소침과 함께 우울과 후회의 감정을 경험한다. 체중 문제와 이것이 불러올 결과들에 대한 두려움도 나타난다. '아마 심장마비로 죽고 말 거야. 과체중이 날 죽게 만들 거야.'라는 생각처럼 모두 부정적인 느낌들이다. 이처럼 이 단계에서는 근심과 불안, 공포로 가득 차 '과체중 때문에 관계와 미래 모두 망가져 버리고 말 거야.'라고 생각한다. 당연히 자아존중감이 줄어들기 때문에 체중 문제가 있는 사람들은 흔히 사회적으로도 사람들과 잘 어울리지 못하고 방에 틀어박힌다. 그리고 이 에너지 장으로 인해 부족한 존재라고 느끼기 때문에 다른 방식으로 보충한다. 사실은 전혀 부족한 사람이 아닌데도 말이다. 체중 문제에 대해 그들 스스로 이런 생각을 갖고 있어서 그 부정적인 측면이 이들의 감정에 영향을 미치는 것뿐이다.

욕망의 단계(125)에 대해서는 이미 설명을 했다. 이 단계는 갈망과 바람, 욕망을 포함하며 이 모든 것의 이면에서 노예화의 과정이 진행된다. 다음은 분노의 단계다. 자신의 체중 문제로 화가 나 있는 사람들이 있다. 이들은 체중 문제에 분개하며 불만으로 가득 차 있다. 그러나 150의 에너지 단계가 더 효과적이므로 죄책감이나 절망보다는 화를 이용할 때 이 문제를 더욱 성공적으로 다룰 수 있다. 자신의 체중 문제에 충분히 분노를 느끼는 이들은 자부심의 단계(175)로 올라갈 수 있다. 이 단계는 더욱 많은 에너지를 부여해 준다. 자부심을 통해서 성공적인 프로그램을 선택하고 이로 인해 용기의 단계로 올라간다.

용기의 단계는 매우 효과적인 몇 가지 도구들을 제공해 준다. 이 단계에서는 이 도구들을 실천해 볼 용기도 생겨난다. 죄책감(30)이나 무감정(50)에 비해 용기의 단계(200)에서는 더욱 많은 힘을 갖게 된다. 따라서 문제를 직시하고 대처하며 다룰 수 있고 이로 인해 더욱 힘 있는 존재가 된다. 이 지점까지는 사실 문제를 다루는 법을 몰랐다. 방법을 알았더라면 그것을 시도해 보았을 것이다.

놓아 버림 기법들을 이용하면 문제 전체와 거리를 둘 수 있다. 몸무게가 여전해도 문제없고 그렇지 않아도 아무 문제 없는 것이다. 이로 인해 긍정적인 기분을 유지하고 자발성의 단계로 상승한다. 죄책감이나 슬픔의 단계와 비교할 때 자발성의 단계(310)는 훨씬 많은 에너지를 갖고 있다. 이 기법에 공감하고 실천하면서 자신에게 얼마나 많은 힘이 있는지 알게 된다. 문제를 궁극적으로 해결하리라는 목적을 지니고 자신이 문제를 해결할 수 있다는 점도 인정한다. 또 자신에게 충분한 능력이 있음을 느끼면서 자신감도 얻는다. 그렇게 변화가 일어나 사랑하기의 상태로 들어간다. 몸을 '나'와 동일시하지 않고 몸이 '나'가 아님을 알기 때문에 자신과 몸을 진정으로 사랑해 주고 싶은 욕망이 생겨난다.

왼쪽 다리를 잃든 오른쪽 다리를 잃든 나는 여전히 '나'다. 두

귀를 잃어도 나는 변함없이 '나'다. 이처럼 진정한 '나'만이 나이며 몸이 곧 나는 아님을 드디어 깨닫는다. 몸무게가 80킬로그램이든 35킬로그램이든 진정한 나의 성질과 본질은 몸과 다른 것이다. 그러므로 이제 이 몸을 사랑하는 법을 터득한다. 몸을 진정으로 존중해 주고 몸이 재미있고 작은 마리오네트와 같음을 이해하기 시작한다.

마음대로 돌아다니는 행복한 인형과 같다고 보는 것도 몸과 관계를 맺는 하나의 방식이다. 이 단계에서는 몸을 활발하게 움직이면서 기쁨을 경험한다. 하지만 분주하게 돌아다니면서도 몸을 거의 의식하지 않는다. 전체성의 입장에서 존재를 경험하기 때문이다. 경험이 실제로 일어나는 자리를 의식하면 '경험experiencing'이 비국부적이고 확산적이며 주관적인 것임을 깨닫는다. 위통이나 팽만, 궤양 같은 국부적인 현상 대신에 경험의 편재성everywhereness을 느끼기 시작한다. 그리고 의식적인 존재가 '나의 본질'임을 깨닫는다.

또 의식이 모든 곳에 있기 때문에 존재를 비공간적인 것으로 경험하기 시작한다. 의식의 편재성과 전체성 안에서 이 행복한 인형은 활발하게 돌아다니며 할 일을 자발적으로 즐겁게 해 나간다. 의도를 가져도 자발적으로 가질 뿐이다. 관찰을 해 보면 모든 행위는 물론 심지어 생각도 실제로 자발적이고 자율적이다.(B. 리벳 같은 신경과학자들의 연구도 이것을 입증해 준다.) 자신의 존재를 가치 있게 여기고, 자신이 본질적으로 위대하고 광대하다는 것을 깨달으며, 살아 있음의 기쁨을 느낀다. 그리고 즐거운 무언가를 이루는 데 도움을 주는 것으로 몸을 받아들인다. 기쁨을 만끽하고, 시도하고, 즐겁게 데리고 놀 수 있는 것으로 몸을 생각하는 것이다.

며칠 만에 이 식욕과 허기의 순환에서 벗어나고 나면 나머지는 저절로 이루어진다. 다른 조처를 취할 필요도 없다. 몇백 칼로리를 덜기 위해 일반적인 콜라 대신 다이어트 콜라를 마신다는 건 그냥 상식에 불과하다. 앞서 말한 방법을 선택하는 것은 우리에게 달린 문제다. 하지만 이 선택은 상식에 휘둘리는 것과는 다르다. 스스로가 선택하는 것이기 때문에 죄책감에 지배받는 것과도 다르다.

다른 효과적인 방법은 일정 수준 이상으로 몸무게가 넘어가는 걸 허용하지 않는 것이다. 예를 들어 55킬로그램을 기준치로 정하면, 과거의 양식이 되돌아와 어쩌다 56킬로그램이 나가도 곧 다시 이 기법을 적용해 악순환에서 벗어날 수 있다. 이 기법을 실행하면 쉽게 이런 악순환을 놓아 버릴 수 있다. 한두 번 실천하기만 하면 된다.

처음 허기가 일어나면 먹기를 건너뛰고 허기가 사라질 때까지 가만히 앉아 있는다. 이제 원한다면 냉장고를 향해 간다. 하지만 내면의 어른을 데리고 가는 걸 잊지 말아야 한다. 문을 열 때마다 잘 보이게 냉장고 안에 쪽지를 붙여 두거나 마음속으로 자신의 어른 모습을 그려볼 수도 있다. 그러면 내면의 어린아이와 어른 가운데 누구의 팔로 냉장고 안을 더듬을지 쉽게 선택할 수 있다. 어른을 배제한 채 냉장고 안의 온갖 것들에 손을 가져다 댈 내면의 어린아이는 물리친다. 그러면 모든 것이 아주 즐거운 경험이 되고, 이런 경험 속에서 진정으로 자신을 사랑하기 시작할 수 있다.

자신을 치유하는 모든 기법의 근본은 자기사랑의 방법들을 터득하는 것이다. 자신의 본래 모습을 소중하게 아껴 주는 것이다. 그러면 큰나는 자신의 작은 몸을 바라보며 즐거움을 느끼기 시작한다. "와, 너와 지내는 게 즐거워. 너 정말 재미있는 친구야."라고 말한다. 몸이 혼자서 저절로 움직인다는 걸 이해하기 시작한 것이다. 또 에고가 우리를 속였다는 것도 알게 된다. 우리가 결정을 내리면 몸이 따른다고 생각했는데 사실은 자동적인 성질을 갖고 있어서 몸이 스스로 움직이고 있었던 것이다. 부정적인 양식에서 해방시키고 나면 몸은 자신을 아주 잘 다룬다.

실험을 통해 연구자들은 어린아이들을 대상으로 그들이 먹을 식단을 자발적으로 선택하게 해 보았다. 그 결과 아이들은 무의식적으로 균형 잡힌 식단을 선택했다. 본성에 대한 믿음이 회복되면서 몸이 그 자신으로 존재하게 되었기 때문이다. 이처럼 몸속의 자연스러운 존재는 몸의 영양학적 필요를 자동적으로 해결해 준다. 사회에서 주입된 프로그램들을 제거하면 몸 안의 건강한 자가 치유력이 주도권을 쥔다. 그러면 몸은 자신에게 필요하고 먹고 싶은 것을 선택해서 스스로를 돌본다. 몸은 이런 일을 아주 잘 수행한다.

그러므로 자연 속의 신성을, 이 행성의 아름다운 자연 속에서 한 부분을 차지하고 있는 몸을 믿는 것은 지혜로운 일이다. 몸은 자기만의 내적인 지혜를 갖고 있다. 사회가 주입한 인위적인 조건화를 제거하면 몸의 이 천부적인 내적 지혜가 발현된다. 그러면 살아 있음과 기쁨, 가벼움을 느낄 수 있다. 언제나 기분이 밝다. 더불어 몸무게 문제도 저절로 해결된다.

이런 상태에 이르는 데 필요한 것은 기법을 실행하는 몇 분의 시간뿐이다. 그러면 몇 년 동안 기쁜 보답을 받을 수 있다. 그러므로 몸과 더불어 즐겁게 살아가고, 몸을 사랑하고, 몸을 아끼고, 몸에게 필요한 모든 사랑과 관심을 주어야 한다. 몸은 곧 내가 아니라 내게 속한 것임을 인식해야 한다. 몸은 아주 사랑스러운 소유물이다. 그러므로 갖고 있는 동안 몸을 만끽해야 한다.

"위의 방법대로 다 했는데도 효과가 없으면 어떻게 하죠? 온갖 방법을 다 써 봤는데도 여전히 과체중이면 어떻게 하나요?" 상황이 이렇다면 우선순위를 바꿔야 할 때다. 여러 세대에 걸쳐 내려온 가족의 유전적 양식이 있을 수도 있다. 생명을 위협할 정도가 아니라면 몸무게는 사실 중요하지 않다. 몸무게보다는 사랑스럽고 가치 있는 존재가 되는 일에 초점을 맞추는 편이 더 좋다. 몇 사람만 예를 들자면 윈스턴 처칠이나 여러 세대의 오페라 스타들, 윌리엄 제닝스 브라이언, 테디 루스벨트, 유럽의 군주와 귀족들처럼 역사를 바꾼 위대한 사람들 중에 과체중이었던 사람들이 많다. 이들의 문제도 유전적인 것에 원인이 있었을지 모른다. 체중 문제에 강박적으로 골몰하는 것보다는 육중해도 행복하게 체중 문제를 그냥 무시해 버리는 편이 좋다. 이 행성을 떠날 때 몸을 갖고 가는 것도 아니고, 천상에서는 외적인 아름다움을 중요하게 여기지 않는다.

12

우울증

　인류를 괴롭히는 우울과 낙담은 오래전 성서시대부터 널리 퍼져 있었다. 우울증은 지금도 젊은층, 특히 사춘기 청소년들의 자살률 증가에서 알 수 있듯이 주요한 전염병의 하나로 자리 잡고 있다.

　우울증은 우리 모두의 삶에 영향을 미친다. 이 지구상에 사는 동안 오랜 기간 우울을 경험하지 않고 살아갈 수 있는 사람은 드물다. 후회 같은 경미한 형태나, 개인적인 의미 때문에 삶에서 중요하게 생각했던 것이나 사랑하는 이의 상실에 대한 애도 같은 심각한 양상으로 누구나 우울증을 경험한다. 우리는 이 우울증을 의식의 관점에서 살펴보고 생화학적 작용과 항우울제의 역할을 다뤄 볼 것이다. 생화학적 작용은 과연 우울증의 원인일까 아니면 결과일까?

이 시점에서 몸과 마음, 영혼의 관계를 되살펴 보는 것이 적절할 것 같다. 우울증의 치료법과 실체를 이 세 가지 차원 모두에서 다룰 계획이기 때문이다. 그러므로 몸에는 자신을 경험할 능력이 없다는 점을 다시 되돌아볼 필요가 있다. 몸은 자신의 몸성bodyness 이나 오감을 스스로 경험하지 못한다. 마음속에서 경험돼야 한다.

그런데 마음에도 스스로를 경험할 능력은 없다. 기억과 생각, 느낌, 미래에 대한 꿈, 백일몽 모두 더욱 크고 확산적인 장, 즉 의식이라 부르는 에너지 장에 기록되고 여기서 경험되어야 한다. 그러나 의식도 자각이라는 더욱 큰 장에서 경험되어야 한다. 자각은 의식 안에서 일어나는 일을 알게 해 준다.

이처럼 의식은 마음에서 일어나는 일을, 마음은 몸의 오감은 물론이고 감정과 느낌 속에서 일어나는 일들을 알게 해 준다. 그리고 이 모든 과정은 의식 자체에서 이루어진다. 그러므로 힘이 가장 강한 최고 단계에서 문제를 다루는 것이 중요하다. 의식 장의 변화가 몸의 변화를 불러오기 때문이다.

우울증에 대해 이야기할 때 많은 관심을 불러일으키는 문제는 바로 두뇌와 두뇌 호르몬, 신경전달물질들 그리고 몸의 생리다. 우울증의 진짜 원인은 무엇일까? 다시 의식 지도를 참조해 보자. 의식 지도는 0에서부터 시작해 아주 고차원적인 기쁨의 단계를 넘어 흔히 말하는 깨달음의 상태에 이르기까지 의식의 단계들을 보여 준다.

지도를 보면 의식 단계들 안에서 에너지 장들의 방향이 화살표로 표시되어 있다. 이 화살표는 우리가 무언가를 삶의 긍정적인 자산으로 경험하고 있는지 아니면 부정적이고 해로운 것으로 받아들이고 있는지를 나타낸다. 지도의 가운데 부근에는 200의 에너지 장을 지닌 용기의 단계, 진실의 단계가 있다. 200 미만의 에너지 장들은 부정적인 반면 200 이상의 장들은 위를 향한다. 생명을 지지해 주는 에너지 장들이라는 의미다.

지도의 아랫부분에 있는 죄책감과 무감각, 슬픔의 장들을 시작으로 인간의 경험을 다시 살펴보겠다. 이 장들은 자기혐오와 자기질책, 가망 없음, 절망, 낙담 같은 감정으로 스스로를 드러낸다. 그리고 모두 후회와 상실감, 우울을 동반한다. 이 우울한 에너지 장들에서는 세상을 죄와 고통이 가득한 슬프고 가망 없는 곳으로 본다. 세상을 바라보는 시각이 이러하므로 자연히 신도 우리를 무시하는 냉담하고 무정한 존재, 우리와 분리되어 있는 존재라고 여긴다. 죄책감과 스스로 무가치하고 죄 많은 존재라는 느낌 탓에 신도 인간처럼 부정적인 특징을 지닌 존재로 상상하는 것이다.

낮은 에너지 장들에서 일어나는 의식의 작용을 살펴보면 맨 아래 수치심의 단계에서는 위축 작용이 일어난다. 바로 위 죄책감의 단계에서는 의기소침 작용이 일어나 생명 에너지와 삶의 의욕이 없어진다. 또 무감정 상태에 있을 때는 의식 속에서 에너지의 상실 작용이 일어난다. 내면의 생명 에너지를 잃어버려서 우주로부터 더 이상 에너지를 끌어당기지 못한다. 이런 무전력 상태는 파괴적인 자기혐오와 죽음 직전과 같은 낮은 의식 상태들을 불러온다. 소극적인 자살은 흔히 이런 상태에서 일어난다.

이제 적극적인 자살과 소극적인 자살을 살펴보겠다. 이런 자살은 무엇에서 비롯되는 것일까? 어떻게 다뤄야 할까? 이런 자살들이 진정으로 의미하는 것은 무엇일까? 전 인류적 병인 이 우울증의 전체 장을 어떻게 이해해야 할까? 의식의 본질에 대한 이해는 어떤 이득을 가져다줄까?

용기 아래의 에너지 장들은 모두 부정적인 방향을 향한다. 그리고 이 부정적인 감정들은 단독으로 일어나지 않는다. 부정적인 감정은 일반적으로 다른 감정들까지 끌어들이는 경향이 있다. 그래서 우울 속에는 자기비난과 자기혐오, 무가치한 존재라는 느낌도 들어 있다. 이런 느낌들은 가망 없음이나 절망의 단계와 연관이 있다. 과거에 대한 후회와 미래에 대한 두려움도 생기고, 죄책감과 분노의 감정도 흔하게 일어난다. 그래서 흔히들 우울을 내면을 향한 분노라고 말하기도 한다.

전통적인 심리치료에서는 우울증에 동반되는 분노에 에너지를 불어넣어 위로 끌어올린 다음 분노의 근원을 찾아보라고 권한다. 그러면 분노와 우울이 마음과 의식에서 일어난 똑같은 오류에서 비롯됐음을 발견한다는 것이다. 그렇다면 분노와 두려움, 슬픔, 무감정 혹은 죄책감을 들여다보았을 때 어떤 같은 오류를 발견할까? 그 오류는 바로 자기 외부의 무언가에 생존을 의지하는 것이다.

모든 부정적 에너지 장은 행복의 원천을 외부에 두는 태도에서 비롯된다. 그래서 태도는 우리를 상처를 잘 받는 나약한 존재로 만들고 구제 불능의 희생자로 전락시킬 수도 있다. 희생자가 된다는 것은 원인이 외부에 있다고 인식한다는 의미다. 그러므로 행복의 원천이 외부의 무언가에 있다고 생각하는 한 우울증에 걸려들 취약성이 상존한다.

인간의 의식에는 외부의 무언가에 행복을 의존하려는 나약함이 공통적으로 존재한다. "음, 그 학위를 얻으면 성공해서 행복하게 살 거야."나 "그 외국어를 배우면, 그 아파트로 이사를 하면, 그 모피 코트를 사면, 새 차를 사면, 대학원 학위를 따면, 그(녀)와 관계를 맺으면, 저 사람을 변화시킬 수만 있다면, 고모가 술을 끊으면, 회사가 적자에서 흑자로 돌아서면, 그러면 성공할 거야."라고 말한다. 언제나 '저기 바깥'에서 무언가를 찾는다.

이렇게 행복의 원천을 외부에서 찾으면 우울과 불안, 두려움에 빠지기 쉽다. 무언가를 상실했을 때도 영향을 쉽게 받는다. 행복의 원천이 자신임을 인정해야만, 세상에서 벌어지는 일들을 넘어선 독자적인 경험자가 자신임을 인정해야만 우울한 사건들에 영향 받지 않는다.

의식 지도를 볼 때마다 다른 시각으로 다른 문제를 집중해서 본다. 이렇게 한층 폭넓은 시각으로 다른 맥락에서 접근하면, 인간 의식의 본질을 달리 이해하게 된다. 의식의 단계들은 긍정적이거나 부정적인 방향을 향하는데 중간에 있는 용기의 단계에서 결정적으로 그 방향이 갈린다.

이 용기의 단계로 올라가려면 진실을 말할 수 있어야 한다. 이 진실은 바로 '나의 행복은 외부의 어떤 것에도 좌우되지 않는다. 나 자신의 내적인 결정과 진실성, 의도, 나 자신을 바라보는 방식, 삶의 사건들과 관계 맺는 방식을 통해 나 스스로가 내 행복의 원천이 된다.'라는 것이다.

지도의 맨 아랫부분에서는 자신을 희생자로 여기는 생각이 최고조에 이른다. 이런 상태에서는 행복의 원천을 전적으로 외부에 둔다. 이처럼 행복의 원천을 상실한 탓에 자기비하와 자기혐오에 빠진다. 외부의 것이야말로 사랑할 만한 것이라고 보기 때문에 자기 안에는 사랑할 만한 것이 전혀 없다고 여긴다.

가망 없음과 절망의 무감정 단계에서는 에너지가 완전히 사라진 상태에 이른다. 그래서 이 단계의 사람은 임상학적으로 심각한 우울증에 빠진다. 보통 무반응 상태로 의자에 앉아 멍하니 창밖을 응시하기도 한다. 어떤 식의 소통에도 묵묵부답이거나 말을 아예 못한다. 식음을 전폐하고, 잠도 못 자고, 세상에서 제구실도 못 한다.

이런 심각한 우울증은 뇌의 생화학적 작용에도 원인이 있다. 그런 이유로 삶을 슬픈 것으로, 미래는 가망 없는 것으로, 자신은 공허하고 무가치한 존재로 본다. 이런 상태에서는 자연히 신도 자신에게는 신경도 안 쓰고 자신을 무시한다고 생각한다. 사랑이 전혀 없고, 사랑받지 못하고 있다고 느낀다.

임상 경험을 놓고 볼 때 절망과 무력감으로 가득한 세 가지 낮은 상태, 즉 일반적으로 의기소침하고 우울하다고 말하는 상태는 그 위에 있는 두려움의 에너지 장을 제대로 다루지 못한 결과다. 의미의 상실이 우울을 불러와 저변의 두려움을 직면하지 못하게 만든 것이다.

문제는 우리가 행복의 원천이라고 여기는 외부의 어떤 것이 아니라 이것에 우리가 부여하는 의미다. 대학 학위가 아니라 이 학위에 부여하는 의미가, 관계가 아니라 이 관계의 의미가 문제인 것이다. 회사 사장이라는 직위나 명함, 경제적인 성공, 번듯한 집이 아니라 이것들에 부여하는 중요성과 가치가 문제다.

어떤 대상에 투사하는 것이나 이 대상을 받아들이는 방식에 따라 이 대상에 부여하는 의미가 달라진다. 이 대상 자체는 아무런 의미가 없다. 이것은 그냥 이것일 뿐이다. 의미는 우리가 밖으로 투사시킨 정신적 구조물일 뿐이다. 이런 투사를 통해 우리는 어떤 것에 가치를 부여한다. 가치는 외부의 무언가에 투사된 우리 자신의 정신적·감정적 가치에서 생겨난다는 말이다.

이런 투사로 자신이 행복의 원천과 분리되어 있다고 본다. 여기 '내'가 있고, 저기 나와 분리되어 있는 것처럼 느껴지는 '내 외부'의 것이 있다고 생각한다. 저것과 재결합하면, 저것을 가지면, 저것을 통제하면 내면의 결핍감과 분리감이 치유되리라는 착각도 여기에서 비롯된다. 자신이 원하는 것과 분리되어 있다고 느끼면 무의식적으로 신과 분리되어 있다고 느낀다. 이런 우울한 상태에서 바라보는 신은 행복의 원천과 완전히 분리되어 있는 존재다.

이런 우울에서 벗어나려면 저변의 두려움을 직시해야 한다. 이 두려움은 무엇일까? 앞에서 어느 여인의 실화를 이야기했다. 이 여인은 아들이 전사했다는 전보를 받고 안락의자에 앉아 몸을 앞뒤로 흔들며 창밖만 멍하니 바라보았다. 그런데 몇 주 후 오류가 있었으며 아들이 아직 살아 있다는 전보가 다시 도착했다. 그러나 가족들이 이 사실을 아무리 이야기해 줘도 그녀는 여전히 몸을 앞뒤로 흔들며 창밖만 바라보았다. 가족들이 여인의 몸을 잡고 흔들며 소리쳤다. "엄마, 엄마, 제 말 안 들려요? 조이가 죽은 게 아니래요. 건강하게 살아 있다고 해요. 베트남의 R&R 기지에 있대요."

그래도 그녀는 여전히 멍하니 앉아 의자를 앞뒤로 흔들기만 했다.

무언가 심각한 일이 벌어진 게 분명했다. 그녀는 아들과의 관계가 행복의 주요한 원천인 에너지 장에 사로잡혀 있었다. 홀어머니였던 탓에 아들과의 관계를 삶에서 가장 중요하게 여기고 있었던 것이다. 그런데 심각한 일이 벌어져 그녀의 에너지 장이 두뇌의 화학작용에 변화를 불러일으켰다. 이 경우 두뇌의 화학작용이 변한 것은 결과다. 삶의 의미를 상실한 탓에 에너지 장이 두뇌의 화학작용 차원에서 스스로를 표현한 것이다.

모든 일은 몸과 마음, 영혼에 영향을 미친다. 이 여인은 영혼의 차원에서는 삶의 의미를 상실하면서 신과 분리되고 말았다. 마음의 차원에서는 아들과의 중요한 관계를 잃어버렸고 몸의 차원에서는 두뇌의 화학작용에 변화가 생겼다. 신경전달물질들이 소실되거나 변화한 것이다. 두뇌도 우울한 상태에 빠지면서 두뇌의 특정 영역에서 필수 신경전달물질들이 침체되었다. 이런 신체적 차원의 증상들은 항우울제 복용으로 개선할 수 있다.

우울증을 치료할 때는 모든 차원을 동시에 다루는 것이 가장 효과적이다. 먼저 대화를 통해 말을 시키다 보면 환자는 자신이 무엇에 의미와 중요성을 두었는지를 발견한다. 또 삶에 가치를 부여하기 위해 외부적인 것들로 어떻게 내적인 공허를 메워 왔는지도 살펴보기 시작한다. 외적인 것으로 내면의 공허를 채우는 이런 과정은 우리를 나약하게 만든다. 그러므로 심리적으로 이런 과정을 어떻게 받아들이는지를 살펴보는 동시에 신체적인 차원에서도 이것을 다루어야 한다.

오늘날 이용할 수 있는 항우울제는 아주 효과적이다. 일반적으로 대부분의 우울증은 항우울제를 통해 약리학적으로 치료하는 것이 안전하다. 그러나 아이들과 사춘기 청소년들은 면밀한 임상 관리를 병행해야 한다. 약리학적으로 항우울제는 의식 지도에서 맨 아랫부분에 있는 환자들을 한결 높은 차원으로 이동시켜 주는 역할을 한다. 그러면 우울증 환자들도 심리치료나 영적 상담에 반응해 자신들을 취약하게 만든 우울증을 완화시키기 위해 노력하게 된다. 그러나 우울증의 양상이 무감각에서 격정으로 변할 때는 신경정신과 약이 자살 위험성을 부추기지는 않는지 따져 보아야 한다.

우울 저변의 두려움을 직시하면 우울증은 완화된다. 이때의 두려움은 삶의 의미를 잃어버린 데서 비롯된 것이다. 소중한 것을 잃어버렸는데 다른 무엇으로도 이것을 대체할 수 없을 것 같은 기분이 드는 것이다. 희망이 없다는 것은 미래에 대한 기대가 전혀 없다는 의미다. 삶에 활력과 의미를 불어넣어 줄 의미 있고 소중한 환경을 재창조하리라는 희망이 전혀 없는 것이다. 이런 생각은 물론 착각이다. 하지만 우울증에 걸렸을 때는 이런 가망 없음을 토대로 삶과 자신을 인식한다.

우울증에 걸린 사람을 치료할 때 우리는 환자가 무엇을 상실했는지 살펴본다. 예를 들어 일자리를 잃었는지, 활력이나 젊음 혹은 기회를 잃었는지 확인한다. 중년이 되면 쉽게 우울해진다. 삶이 획 지나가 버린 탓에 기회를 놓쳤다고 느낀다. 외모를 중시하는 사람은 젊어 보이는 외모를 상실했을 때 자기 가치에 영향을 받을 뿐만 아니라 세상과 관계를 맺는 방식에도 변화를 겪는다. 세상에서 행사하는 영향력의 토대를 외모에 두었을 경우 외모의 상실은 자만심 같은 피상적인 문제에 머물지 않고 엄청난 위험으로 다가온다. 외모는 그것보다 훨씬 중요한 것이었기 때문이다. 그런 이들에게 외모는 스스로 가치 있고 소중한 존재라는 느낌을 갖게 해 주는 전부였다. 자신을 소중하고 가치 있는 사람으로 만들어 주는 것이 바로 아름다운 외모였던 것이다.

기저의 두려움을 발견하면 환자에게 이 두려움을 기꺼이 직시하게 한다. 두려움은 미래와 관련된 것이므로 우울해하는 대신 두려움을 다루어야 한다. 예를 들어 중독 상태에 빠져 있는 환자는 이렇게 말할 수 있다. "이거야말로 제 삶을 의미 있게 만들어 주는 건데 이것 없이 어떻게 살죠?" 우울증에 빠진 사람은 누구나 생존의 근거를 외부의 어떤 것에 두는 데 중독되어 있다.

중독되어 있는 사람에게서 생존과 행복의 원천으로 삼고 있는 약을 빼앗으려 하면 공포감을 드러낸다. 단순한 두려움이 아니라 순전한 공포다. 이 약이 없으면 세상을 살아갈 수 없으리라는 확신이 내면에 자리 잡고 있기 때문이다. 그러므로 환자가 두려움을 직시하게 하고, 임상 실험 결과 두려움을 다뤄 주는 것으로 밝혀진 기법들을 실행하도록 도와줘야 한다.

그런 다음 자발적인 의지를 통해 두려움과 함께하고, 두려움에 딱지를 붙이는 일을 그만두고, 생각을 멈추게 한다. 그 대신 자신이 두려워하는 것을 주시하면서, 일어나는 것들을 정확히 경험하는 일에 초점을 맞추도록 한다. 두려움을 주시하고, 내면에서 실제로 경험하는 일의 근본적인 진실 속으로 들어가는 것이다. 두려움에 기꺼이 순응하고 두려움에 대한 저항을 내려놓아야 한다. 이렇게 하면 감각들이 온몸을 관통해 흐른다.

이때 환자에게 다음과 같이 질문을 던진다. "몸에서 무엇을 경험하고 있지요?" 그러면 환자들은 이렇게 보고한다. "입이 바싹 마릅니다. 말을 하기도 힘들어요. 심장이 두근거리는 것 같아요. 위가 뒤집어지는 것 같고요. 배 속에서 경련이 일어나는 게 느껴집니다. 무릎에 힘이 너무 없어요. 서 있기도 힘듭니다."

그러면 이 느낌들을 하나하나 놓아 버리게 한다. "좋아요. 다리와 무릎이 쑤신다고 했죠? 이 느낌에 대한 저항을 내려놓으시겠어요? 이 느낌을 그냥 경험하고 이 느낌과 함께할 수 있겠어요? 저항을 멈추세요. 두려움이라고 명명하지도 말고요. 그냥 느껴지는 대로 느껴 보는 겁니다. 뭐가 느껴지나요?"

"다리가 쑤시는 느낌이 납니다."

그러면 다시 이렇게 묻는다. "다리가 쑤시는 느낌을 다룰 수 있겠어요? 당신은 두통도, 중요한 수술도, 가족의 죽음도 잘 겪어 냈어요. 다리가 쑤시는 느낌도 분명히 잘 다룰 수 있을 겁니다."

환자가 그럴 수 있다고 답하면 이렇게 말해 준다. "다리의 쑤심에 대한 저항을 내려놓으세요. 배 속에서 경련이 이는 것 같은 느낌은 어떤가요? 그것에 대한 저항도 내려놓을 수 있겠어요? '경련'이라고 부르는 것을 멈출 수 있겠어요? 일어나는 일을 그냥 경험하고 저항을 내려놓으시겠어요? 좋아요. 이제 더 위로 올라가 보죠. 위가 뒤집어지는 것 같은 느낌은 어떤가요? 이런 느낌도 다룰 수 있겠지요?"

"네, 다룰 수 있습니다."

"이런 감각을 그냥 느끼고, 이 느낌에 뒤집어진다고 딱지를 붙이는 일도 그만두세요. 가슴이 두근거리는 느낌은 어떤가요? 마음속으로 이 느낌에 대한 저항을 내려놓으시겠어요? 두근거리고 싶으면 그냥 두근거리게 두세요. 입술이 마르는 건 어떤가요?"

그러다 보면 환자는 이렇게 말한다. "네, 그건 다룰 수 있어요. 그런 느낌은 다룰 수 있어요. 하지만 두려운 생각들은 어쩔 수가 없습니다."

누구나 인정하는 것처럼 어느 누구도 두려운 생각들을 다룰 수는 없다. 그리고 두려운 생각들을 '일으키는' 일 같은 건 있을 수 없다. 두려운 생각들은 스스로 무수하게 일어나기 때문이다. 숱한 두려운 생각들을 다스리고 나면 다른 두려운 생각들이 완전히 새롭게 또 일어난다. "비행기 시간에 늦을지도 몰라. 비행기를 못 탈지도 몰라. 난 비행기 타기가 두려워. 비행기에 무슨 사고가 날지 몰라." 마음은 이처럼 두려움들을 줄줄이 창조해 낸다.

우리가 다룰 수 있는 것은 바싹 마른 입술과 쑤시는 다리다. 그러면 저변의 두려움을 직시할 수 있는 자발적인 의지가 생겨난다. 이때 가장 먼저 받게 되는 이득은 우울로부터 벗어나는 것이다. "오, 저는 우울한 게 아니에요. 미래가 두려웠던 거예요. 제가 원하고 열망하고 욕망했던 것들을 얻지 못하면 행복을 발견하지 못할 거라고 생각했어요. 살아남고 행복해지려면 그것을 가져야 한다고 믿었지요." 환자들은 이렇게 말한다.

이런 확신으로 다량의 알코올이나 마약을 복용해 온 사람들은 사실 지구상의 다른 사람들처럼 생존을 위해 무언가가 필요했던 것이다. 그러나 이것을 버리고 모든 두려움을 직시하고 나면 생애 처음으로 삶이 기쁘고 완전하며 충만하고 즐거운 것임을 깨닫는다. 알다시피 두려움은 착각에 토대를 두고 있다. 그러므로 아이의 손을 잡고 인도해 주듯 두려움을 직시하도록 환자를 용감하게 이끌어 주어야 한다.

어린 시절 이웃에 사는 몇 살 위 아이가 내게 귀신 이야기를 해 주었다. 어머니는 귀신이나 유령 같은 것은 없다고 웃어넘겼다. 하지만 그 이야기가 너무 그럴싸하게 들리고 그 아이가 정말로 귀신을 잘 아는 것처럼 굴어서 난 귀신이 두려웠다. 그러자 어머니가 내 손을 잡더니 손전등을 들고 어두컴컴한 지하실로 데려가 정말로 귀신이 있는지 샅샅이 훑어보게 했다. 물론 지하실에 귀신같은 건 없었다. 벽장이나 커튼 뒤, 다락을 포함해 집 안 어디에도 귀신은 없었다.

두려움을 직시할 때는 누군가 도와주는 사람이 있는 게 좋다. 겁을 먹은 건 우리 무의식 속의 아이이기 때문이다. 우리 내면의 아이는 이 세상에서 이루어지는 실제 삶의 본질을 이해하지 못한다. 그래서 불쑥 등장해서는 이렇게 말한다. "아, 그게 없으면 난 살아남지 못할 거야."

앞에서 말한 것처럼 우울은 흔히 내부를 향한 분노와 같다. 이 분노의 원인은 무엇일까? 중독자처럼 외부의 무언가에 자신의 생존을 의지하는 사람을 예로 들어 보자. 그(녀)에게서 술병이나 약을 빼앗아 변기에 붓고 물을 내리려 하면 그(녀)는 분노를 터뜨린다. 분노의 원인이 무엇인지 이제 확실히 알 것 같지 않은가? 분노의 근원은 사실 행복의 원천이 외부의 무언가에 있다고 보고 사람이나 사물, 장소 같은 외부 대상에 행복을 의지하는 잘못된 생각에 있다. 이처럼 행복의 원천을 외부 대상에 두면 이런 생각이 근본적으로 거짓이기 때문에 부정적인 에너지 장이 형성된다.

행복의 원천은 결코 외부의 무언가에 있지 않다. 행복의 원천이 자신임을 인정해야 에너지 장이 비로소 긍정적인 방향을 향한다. 그러면 우울과 낙담에서 벗어나 두려움을 직시하게 되고, 자신에게 더 나은 무언가를 열망하며, 어떤 대상의 상실이 아닌 희생자가 되었다는 사실에 화가 난다. 이때 사람들은 보통 무수한 합리화와 변명으로 자신의 분노를 정당화하려 한다. "그들이 이것을 약속했어. 계약서에 사인을 했다고. 그래 놓고 전혀 쓸모없는 수표를 보낸 거야." 사람들은 분노의 근원을 언제나 외부로 돌리고, 변명과 세세한 설명, 사건들로 자신의 분노를 합리화한다.

이런 분노도 자신의 취약성에 대한 분노로 전환하면 긍정적으로 활용할 수 있다. 그러면 이렇게 말하게 된다. "이제는 진짜 원인에 분노해야 할 때야. 진짜 원인은 자라는 동안 이런 식으로 생각해야 한다고 교육받은 데 있어. 올바른 사고방식이라고 배운 것들이 진짜 원인이지." 우리가 정말로 분노해야 할 것은 바로 이것이다.

요컨대 우리가 배운 것은 우리를 잠재적인 희생자로 만들어 버리는 사고방식이다. 외부의 어떤 사물이나 사람이 행복의 원천이라고 배운 것이다. '성공'이 행복의 원천이라는 착각이야말로 이런 사고방식이 투사된 대표적인 예다. 그런데 정말로 성공이 행복을 가져다줄까?

백만장자들이 사는 대서양 연안의 동네 근처에 살았던 적이 있다. 풍요로움에도 불구하고 가끔 자살을 하거나 마약을 과다 복용하는 사람들이 있었다. 그들도 인간의 취약성에는 전혀 면역력이 없었던 것이다. 사회적으로 성공해서 유명인사가 된다고 면역력이 생기는 것은 아니기 때문이다.

우리가 정말로 분노해야 할 것은 자신을 저버리게 만들고 그 방법을 가르쳐 준 것들이다. 제대로 분노하고 나면, 이런 사실을 기꺼이 직시한 것에 자부심을 느끼고 용기의 단계로 올라가 진실을 말하게 된다. 여기서 말하는 진실은 우리 의식 안의 무언가가 우리를 취약한 존재로 만들었다는 점이다.

스스로 책임을 지기 시작하면 이렇게 말할 수 있다. "이것을 바라보는 나의 방식이 이런 우울과 좌절, 분노를 낳았어. 낙담과 실망도 마찬가지야." 그러나 이것을 용감하게 직시하고 진실을 기꺼이 말하면 이제 문제 전체를 바라보는 방식이 변한다. "음, 괜찮아. 이 세상에서 사람들이 그런 식으로 교육받아도, 나 역시 이런 세상에서 자라났어도 상관없어. 나도 다른 사람들과 똑같이 배웠을 거야. 하지만 난 이제 다른 방식으로 바라볼 거야."

그러면 자발성의 단계로 올라가 이렇게 말할 수 있다. "그래, 이 점을 직시할 거야. 내 의도는 분명해. 적어도 이 문제를 희망적이고 긍정적인 눈으로 볼 거야. 호의적인 세상에서는 신도 희망을 주는 긍정적인 존재일 거야. 다시 말해 이 특정한 상황에서 내게 이득이 주어질 거야. 뿐만 아니라 평생 지속될 이득도 얻게 될 거야. 이 문제를 풀면 내 안에서 언제나 문제를 해결할 수 있게 될 테니까 말이야."

이렇게 문제를 기꺼이 직시하고 발견한 사실들을 받아들이면 내면에서 어떤 과정이 진행되고 있다는 데 분명한 확신을 갖게 된다. 또 무언가 주의를 기울일 점이 있음을 알려 주기 위해 우울증이 일어났다는 것도 믿게 된다. 우울증은 마치 이렇게 말해 주는 것 같다. "무언가 고장 났어. 내 마음과 의식, 나의 영적인 영역에 무언가 잘못된 게 있어." 통증이 전하려는 말도 이것이다. "제발 날 좀 봐 줘. 뭔가 잘못됐어."

우울증을 약물로 치료하면 일시적으로는 우울증에서 벗어날 수 있다. 하지만 세상을 살아가는 방식을 바꾸지 않으면, 자신의 본질에 대한 사고방식, 세상이나 우주와 관계 맺는 방식 혹은 기대를 바꾸지 않으면 취약성은 똑같은 상태로 남는다.

물론 항우울제 복용만으로도 우울증에서 회복되는 사람들은 많다. 반면에 유전적으로 두뇌의 화학작용에 뿌리 깊은 문제가 있어서 우울증이 쉽게 악화되는 사람들도 있고, 환경을 완전히 바꾸지 않을 경우 병이 재발하는 이들도 있다. 의식의 본질을 이해하지 못하면 우울증에 걸릴 취약성은 그대로 남는다. 그러므로 심리적인 요인 때문에 우울증을 앓는 사람들은 살아 있는 동안 되풀이해서 우울증으로 고통 받을 수밖에 없다.

몸과 마음, 영혼을 통합적인 시각에서 바라보면 의식에 대한 근본적인 이해를 통해 심신을 황폐하게 만드는 우울증의 재발을 막을 수 있다. 수용은 자신에 대한 비난이나 옳고 그름을 따지는 '판단'의 시나리오에 걸려들지 않고 내면에 깔려 있는 프로그램을 직시하는 것을 의미한다. 이 프로그램에는 잘못이 아무것도 없다. 단지 효과가 없을 뿐이다.

우리는 부모에 의해 이 세상에서 일정한 방식으로 생각하도록 교육받고 정립되었다. 부모 역시 그런 식으로 생각하도록 교육받았다. 그들은 단지 우리에게 그 방식을 물려주었을 뿐이다. 오래전 성서시대부터 이어져 온 일이다. 기록을 보면 성서시대에도 아주 심각한 우울증이 있었다고 한다. 그러므로 우울증은 우리가 물려받은 집단의식 속에서 일어난다고 볼 수 있으며, 이 집단의식 속에는 행복과 행복의 원천이 외부에 있다는 프로그램이 똑같이 들어 있다.

진실을 말하고 직시하겠다는 자발성을 갖고 310의 단계로 올라가면 이 에너지 장의 힘을 확인하고 수용의 단계에 들어선다. 여기서 에너지 장은 부정적인 성격이 아닌 긍정적인 성격을 지닌다. 용기 이상의 단계에서는 행복의 원천을 외부의 것에 투사하는 일을 멈추기 때문이다. 덕분에 자신의 힘을 회복하기 시작한다. 용기의 단계는 진실을 말하고 상황을 직시하고 이겨 내며 다룰 수 있는 자발적인 의지가 있다.

수용의 단계로 올라가면 자신감이 생기고 마음이 편안해진다. 행복의 원천이 자신임을 자각했기 때문이다. 감정과 정신, 영혼의 성숙을 통해 자신의 삶에서 행복의 원천이 바로 자신임을 깨달은 것이다. 남태평양 어딘가의 낯선 섬에 데려다 놓고 1년 후에 다시 가 보면 이런 사람은 아마 코코넛 공장을 운영하거나 대나무로 플롯을 만들거나 아이들에게 노래를 가르치거나 원주민들에게 프랑스어를 가르치고 있을 것이다. 원주민 배우자를 만나 나무로 집을 짓고 스스로 주변에 자기만의 세계를 재창조하고 있을 수도 있다. 이렇게 자기 행복의 원천이 자신임을 드러내고 있을 것이다.

분노의 바탕에는 행복의 원천을 외부에 두는 태도가 자리 잡고 있다. 한층 깊은 차원에서 보면 자신의 원칙을 버렸다가 결국은 자신을 완전히 잃어버리게 된 데 분노하는 것이다. 이 프로그램의 작동을 허용했다가 결국은 이것이 효과가 없음을 깨닫는 것이다. 그러나 이 프로그램이 효과가 없음을 기꺼이 인정하고 직시하고 변화하면 이렇게 말하게 된다. "좋아." 그러면 정말 순식간에 효과적인 태도를 발견하게 된다.

우울에서 벗어나는 데 얼마나 오랜 시간이 걸릴까? 일어난 일의 진상을 기꺼이 주시할 만큼의 시간이 필요하다. 일어난 일의 진상을 받아들이고 행복의 원천이 자신임을 깨닫고, 이 원천을 더 이상 외부에 맡기지 않을 수 있는 능력은 바로 우리 안에 있다. 이 힘을 다시 받아들이는 순간 자신감이 불현듯 되살아난다.

그러면 '저기 바깥'에서 무슨 일이 일어나건 더 이상 중요하지 않게 된다. 진실을 깨달으면서 이제는 결핍감이나 취약성을 드러내는 대신 훨씬 전체적이고 완전한 방식으로 자신을 경험한다. 자신이 행복의 원천이며 행복을 창조할 힘이 자신에게 있음을 인식한다. 바로 이런 점에 의미를 두기 때문에 누군가에게는 고기인 것이 다른 누군가에게는 독일 수 있다고 말한다. 똑같은 일도 누군가에게는 행복을 주지만 다른 누군가에게는 우울감을 불러일으킨다는 뜻이다.

예를 들어 돈 버는 것에 저항하는 사람들을 본 적이 있다. 이들의 가치체계 안에는 돈이 없다. 가난을 가치 있게 여기기 때문에 복권에 당첨되는 것이 이들에게는 오히려 골칫거리다. 이처럼 복권 당첨도 어떤 사람에게는 기쁜 일이지만 어떤 사람들에게는 죄책감만 안겨 준다. 왜 그럴까? 삶의 의미를 다른 곳에 두고 있기 때문이다.

그렇다면 의미를 창조해 내는 것은 무엇 혹은 누구일까? 누가 혹은 무엇이 외부의 것에 힘과 중요성을 부여하는 것일까? 의미의 창조자는 바로 우리다. 무언가에 어떤 의미를 부여할지를 선택하는 것은 바로 자신이라는 말이다. 그러므로 사회적 의식을 받아들이는 자신의 태도를 주시해야 한다. 또 자신도 모르게 프로그래밍한 가치들을 직시하고 이렇게 물을 수 있어야 한다. "정말로 이 가치들에 공감하는가? 이것들에 가치를 기꺼이 부여하고 있는가? 이렇게 취약한 태도를 기꺼이 받아들일 마음이 정말로 있는가?"

그러고 나면 자기 내면의 설정 방식을 직시해서 내면의 프로그램들을 다시 구성하고 삶의 환경을 재정립할 힘이 자신에게 있다는 인식이 일어난다. 그 선택권과 힘이 오로지 자신에게 있음을 깨닫고 내적인 기쁨을 경험한다. 이처럼 의미를 설정하고 이 의미들이 우리를 지배하도록 허용하는 것은 바로 우리 자신이다. 따라서 실망과 슬픔, 고통, 분노에서 벗어나는 것도 충분히 가능하다. 일어난 일을 무심하게 들여다보고, 내면의 자기를 다시 경험할 수 있다.

발병 기간이 아주 짧아도 우울증 속에는 실제로 기쁨의 가능성도 들어 있다. 우울증은 삶 속에서 떠올라 이렇게 말해 주는 것이나 다름없기 때문이다. "날 봐! 보라고! 바로 이 오류 때문에 그 숱한 시간 동안 고통과 아픔을 느낀 거야. 이 오류가 앞으로도 끝없이 아픔과 고통을 가져다줄 거라고."

자신이 취약한 존재가 아님을 인식하면 내적인 기쁨과 고요를 다시 회복할 수 있다. 반면에 임상학적으로 현재 우울증을 앓고 있지 않아도 자신이 취약한 존재라는 인식을 갖고 있으면 신적인 평화라는 놀라운 상태는 경험하지 못한다. 자신이 어떤 것과도 분리되어 있지 않으며 모든 것과 연결되어 있고 신과 함께함을 인식하는 그 놀라운 상태에는 이를 수 없다.

그러면 이 영혼이라 불리는 것을, 이 미묘한 앎의 상태를 어떻게 경험할 수 있을까? 이런 경험은 삶의 커다란 비극 속에서 주어지기도 하고 사소한 실망들로 경험할 수도 있다. 모든 일들 속에는 언제나 진실의 씨앗이 들어 있기 때문이다. 의식 이면의 진실을 통해 자신을 드러내는 영혼은 언제나 현존하므로 고차원적인 기쁨의 순간이든 우울한 순간이든 언제나 발견할 수 있다. 선불교에서도 천국과 지옥이 십분의 일 인치밖에 떨어져 있지 않다고 한다.

앞에서 나의 개인적인 경험들도 이야기하고 나의 말이 진실이라는 것도 입증했다. 내게도 물론 지옥 구덩이에서 발버둥 치는 것처럼 심각하고 고통스러운 극도의 우울로 고통 받던 시기가 있었다. 이 완전한 절망의 상태에서는 시간이 멈춰 말 그대로 억겁의 시간 동안 우울증이 계속될 것 같았다.(심각한 우울증에 빠져 있을 때는 시간에 대한 경험이 달라진다. 매 순간이 영원처럼 느껴지는 것이다.) 이런 억겁의 시간 속에 희망은 전혀 없다. 실제로 "여기 들어온 이들은 누구나 희망을 전부 버린다."라는 표지판만 있을 뿐이다. 마치 단테의 『신곡』 지옥 편에 나오는 가장 깊은 지옥 속에 있는 것만 같다.

그러나 이 끝없는 고통과 괴로움에서, 사랑과 신으로부터 완전하게 분리되고 버려진 것 같은 느낌에서 벗어나면 갑자기 내면의 목소리가 들려온다. '신이 있다면 신에게 도움을 구해 보는 거야.' 이 깊고도 진실한 내려놓음의 순간에 고통의 구덩이에서 영원한 사랑의 무한한 현존을 자각하게 된다. 그리고 진실에 대한 무언의 깨달음을 체험한다. 자아/에고가 무너져 내리는 순간 마음은 말 없이 큰나 속으로 사라진다. 다른 글에서 이야기했던 것처럼 이런 경험은 중요한 변화의 전조다.

자신을 치유한다는 것은 자발적인 의지로 자신을 사랑하고 용서하는 것, 자신의 취약성을 직시하고 이것을 인간적인 모습으로 받아들이는 것이다. 나약함과 어리석음, 실수에도 아랑곳하지 않고 자신의 인간적인 모습을 사랑하고, 아무리 잘못됐어도 이 인간적인 모습 안에 태고의 본질적인 순수가 들어 있음을 깨닫는 것이야말로 자기사랑의 능력이다.

이 세계의 현상적 모습들과 표현들 속에서 분명한 사실은 오로지 하나, 모든 것은 변한다는 점이다. 인간의 경험 속에서 모든 것은 변한다. 인간의 경험이란 결국 변화를 경험하는 것이기 때문이다. 이처럼 모든 것이 변화하고 어떤 것도 한결같지 않은 상황에서 행복의 원천을 외부의 변화하는 것들에 둔다면 우울증이 일어나는 것은 시간문제다. 덧없는 것들, 소멸해 가는 것들, 오고 가는 것들, 즉 변화하는 것들에 안전의 토대를 둔다면 우리의 취약성은 영원히 사라지지 않을 것이다.

누구나 저지르는 이 분명한 오류는 인간 전체의 조건 속에서 흔히 일어나는 일이다. 이런 오류는 누구나 똑같이 갖고 있는 것에서 비롯된다. 그리고 이 똑같은 것, 즉 의식 자체의 본질적인 순수, 내적인 자기가 지닌 본질적인 순수함은 경험의 고통 속에서 재발견할 수 있다.

이것을 확인하는 길은 두 가지다. 첫째는 스스로 연민의 상태에 이르러 타인들의 마음을 제대로 들여다볼 수 있는 의식 단계에 오르는 것이다. 그러면 이 순진무구함을 확인하고 인식하게 된다. 둘째는 내면의 성찰을 통해 이 순진무구함이 어떻게 생겨났는지를 확인하는 것이다.

이 본질적인 순진무구함은 천부적으로 사람을 잘 믿는 아이들에게서 쉽게 찾아볼 수 있다. 어른들의 진실성을 믿는 아이들의 마음속에서는 자신이 들은 내용이 맞는지 의심해 보아야 한다는 생각이 일어나지 않는다. 이런 아이들은 부모는 물론이고 교사 같은 부모의 확장체나 다른 가족 구성원, 또래 친구, 놀이친구, 텔레비전, 광고를 좋아한다. 또 상업광고도 마치 부모처럼 믿을 만한 것으로 본다. 쉽게 믿고 마음이 열려 있으며, 사랑은 있지만 피해 망상증은 없기 때문이다.

이처럼 순진무구하고 잘 믿는 마음은 쉽게 프로그래밍된다. 이런 순진무구함 때문에 듣는 대로 믿어 버리기 시작한다. 그리고 자신이 사랑하는 사람들을 가족처럼 자신과 동일시한다. 그러므로 아이의 순수함은 프로그램들이 들어오는 대로 프로그래밍된다. 본질적인 순진무구함 때문이다. 이 순진무구함 때문에 "누구나 알레르기가 있어.", "심장병은 우리 집안 내력이야.", "우리 집안사람들은 누구나 체중 문제를 안고 있지." 같은 말을 그대로 믿어 버린다.

이처럼 온갖 부정적인 프로그램들을 받아들이는 건 아이의 순진무구함 때문이다. 아이의 마음이 컴퓨터의 하드웨어와 같다면 이 하드웨어는 설치되는 프로그램들을 어떤 것이든 작동시킨다. 하지만 컴퓨터 자체이기도 한 하드웨어의 본질은 결코 바뀌지 않는다. 어떤 소프트웨어, 즉 프로그램을 작동시키든 하드웨어의 본질적인 순진무구함과 순수함, 진실성은 절대 훼손되지 않는다. 결코 변하지 않는다는 말이다. 프로그램들이 전부 잘못돼도 하드웨어는 그대로 남는다.

어른들의 내면에도 이 아이 같은 의식이 그대로 남아 있다. 어떤 프로그램이 깔려 있든 그 순진무구함과 순수한 동기, 순수함을 유지할 수 있는 능력은 그대로 존재한다. 우리 모두의 내면에는 이런 본질적인 것들이 변하지 않은 모습으로 남아 있다. 바로 지금 이 글을 읽고 있는 존재도 바로 이것이다. 이 아이처럼 맑고 순진무구한 의식이 바로 지금 이 글을 읽고 있다. 그 사람이나 인격이 아니라 단순하고 순수한 의식이 이 글을 읽고 있는 것이다.

그런데 이 글을 읽는 사람이 "나는 한마디도 안 믿어."라고 말한다면 이런 생각은 어디서 비롯된 것일까? 이 역시 순진무구함으로 인해 아이가 받아들인 또 다른 믿음체계에서 생겨난 것이다. 아버지가 "누구도 믿으면 안 돼."라고 말했거나 어떤 실망스러운 경험이 '듣는 대로 다 믿어 버리면 안 된다.'라는 프로그램을 아이의 내면에 깔아 놓았을 것이다.

이처럼 '그의 말은 어떤 것도 안 믿을 거야.'라는 생각은 아이 같은 순진무구함으로 인해 이런 프로그램을 받아들인 결과다. '이 세상에서 안전하게 살아가려면, 함부로 믿지 말아야 해. 듣는 대로 다 믿지는 말고 의심할 줄 알아야 해. 그렇게 하지 않으면 파멸의 길로 빠질 수 있어.'와 같은 생각들도 마찬가지다. 그러나 이런 프로그램을 받아들인 순진무구한 본성은 그대로 남아 있다. 이런 본성은 희망과 믿음을 잃지 않고, 언제나 진실에 귀 기울이고 진실을 알아차리려 애쓴다. 생명을 북돋아 주고 보살펴 주며 고통을 덜어 주는 것에 귀 기울이려 한다. 냉소주의자는 단지 잘 믿지 않도록 프로그래밍된 사람에 불과하다.

자신을 치유하겠다는 의도를 갖고 지금 자신의 내면을 들여다보면 이 본질적인 순진무구함을 확인할 수 있다. 더불어 자기 내면에 어떤 프로그램이 설치되어 있는지도 알아차리게 된다. 그러면 이제 개인적인 심리 연구나 내면의 성찰, 모든 영적인 작업에서 아주 중요한 역할을 하는 이 순진무구함을 다시 인정해야 한다. 우리가 받아들인 것이 무엇이든 누구에게나 있는 아름다움 때문임을 언제나 잊지 말아야 한다. 이것은 아주 중요한 일이다. 무언가를 받아들이는 것은 우리 자신의 사랑과 잘 믿는 마음 때문이다. 자신의 진실성을 세상에 투사해서 세상은 믿을 수 있는 곳이며 무엇이든 보거나 듣는 대로 믿어도 된다고 생각하기 때문인 것이다.

예를 들어 우리는 거짓말도 때로는 아주 유용한 것이므로 누군가에게 "이미 송금했습니다."라고 거짓말을 해도 괜찮다고 생각한다. 진실을 살짝 왜곡하는 것이 이 세상에서 살아남을 수 있는 유일한 길이라고 믿는 것이다. 그러면서 이런 거짓말을 '창조적인 사업 윤리'라고 부르기까지 한다. 그런데 이런 프로그램을 받아들인 것도 결국은 우리의 순진무구함 때문이 아닐까? 살아남으려면 이렇게 해야 한다는 프로그램을 받아들인 탓에 거짓말을 해도 된다고 생각하는 것이다. 물론 이렇게 하면 그 대가를 치른다. 200 미만의 단계로 내려가면 언제나 그 대가로 세계 속에서 자신의 힘을 상실한다.

분노도 모두 이것 때문이다. "나의 힘을 잃어버렸어. 내 행복의 원천을 다시는 되찾지 못할 거야. 그건 내 외부에 있으니까. 내가 저기 바깥으로 투사시켜 버리고 말았으니까." 이런 생각이 분노를 불러오는 것이다. 이 분노를 치유하려면 이것의 실제를 기꺼이 들여다보고 자신에게 이렇게 말할 수 있어야 한다. "사실 이 세상의 다른 모든 사람들처럼 행복의 원천이 외부에, 언제나 미래에 있다는 인생관을 받아들이게 된 것은 나의 순진무구함 때문이야."

우리는 행복의 원천과 우리 자신이 공간은 물론이고 시간 면에서도 분리되어 있다고 생각한다. 그래서 내일이나 그다음 날 혹은 다음 주나 다음 해, 즉 드디어 대학을 졸업하거나 중년이 되거나 큰 집이나 캐딜락을 사면 삶에 행복이 찾아올 것이라 생각한다. 이처럼 행복이 미래에 있다고 보기 때문에 우리는 언제나 행복의 원천과 분리되어 있다. 그래서 충분하다는 느낌을 받지 못하는 것이다. 행복의 원천이 우리 자신이며 언제든 행복을 창조할 수 있다는 인식이 있어야 완전하다는 느낌이 드는데 말이다.

완전하다는 느낌은 삶의 경험에 부수적으로 따르는 것이지만 어느 순간 경험이 멈춰도 완전하다는 느낌은 그대로일 수 있다. 지금 이 순간 글쓰기를 갑자기 멈춰도 이 경험은 이미 있는 그대로 완전하다. 힘닿는 데까지 하고 싶은 말을 정확하게 표현했기 때문이다. 이런 순간 최선을 다했다는 기쁨이 함께한다. 경험과 기쁨이 함께하는 것이다. 완전하다는 느낌이 있기 때문에 내일에 대한 생각은 없다. 그러므로 주어진 것을 즐길 수 있다면 그만큼 더 좋을 것이다. 주어진 것은 본질적인 것이 아니므로 케이크를 빛나게 해 주는 장식물과 같다.

세상에서 무슨 일을 하든 완전하다는 느낌이 함께 있어야 한다. 완전함은 행위의 옆이나 바깥에 있거나 행위와 분리되어 있지 않다. 지금 이것을 경험하는 것이 바로 완전함이다. 이처럼 완전함은 바로 지금의 경험과 함께한다. 완전함은 경험과 분리되어 있는 어떤 것이 아니기 때문이다.

이렇게 경험과 함께하면 모든 경험에서 사랑을 인식한다. 이것이야말로 경험과 함께하는 방식이다. 실망스러운 모습까지 삶의 모든 표현들을 사랑하는 것, 부침 속에서 실수를 거듭해도 다시 실수를 통해 배우는 끊임없는 깨우침의 과정 자체가 바로 경험과 함께하는 방식이다. 실수 자체가 곧 경험과 함께하는 방식인 것이다.

자연과 신, 우리의 심리는 삶을 바라보는 태도와 관련 있음을 우울증을 통해 알 수 있다. '뭐가 잘못됐는지 봐. 고쳐야 할 게 뭔지 보라고. 제발 연민을 갖고 나를 이해해 줘. 나를 바로잡아 줘. 모든 걸 치유해 달라고!'라고 우리의 몸과 마음, 영혼이 소리친다. 이런 절규가 바로 우울증이다.

여기서 문제는 바로 내면의 분리감이다. '저기 바깥'의 무언가나 미래와 결합되지 않으면 완전하거나 충분한 존재가 되지 못하리라는 생각이 바로 문제다. 에고는 불완전에서 완전으로 가야 한다고 주장하지만 큰나는 매 순간 완전하다. 완전에서 완전으로 움직인다. 진정한 행복은 언제나 '바로 지금', 이 순간 속에 있다. 에고는 언제나 미래의 만족과 완전함을, 즉 욕망이 충족될 '때'를 기대하지만 말이다.

임상학적으로 자살이나 우울증을 불러오는 촉발 사건은 성별에 따라 다르다. 남성은 신의 현존이나 신과의 연결을 흔히 힘의 형태로 경험한다. 편재와 전지, 전능이 신의 전형적인 세 가지 특성이기 때문에 남성들은 흔히 무의식적으로 힘과의 결합에서 신을 경험하는 것이다. 그래서 남성들은 힘을 추구하고, 힘의 원천과 분리되어 있다는 느낌이 들 때 우울증에 빠진다. 이때 힘은 물론 저기 바깥세상에 있는 것이며, 힘을 나타내는 신분의 상징물이나 사업체, 직함의 상실이 우울증을 불러일으키는 촉발 사건으로 작용한다. 그러면 제대로 치유하지 못한 분리감과 취약성은 그대로 남는다. 전통적으로 남성들이 돈과 지위, 권력을 좇는 것은 이런 이유 때문이다.

반면에 여성들은 흔히 무의식적으로 관계 속에서 신과의 연결을 경험한다. 흔들의자에 앉아 절망적인 눈으로 멍하니 창밖만 바라보며 몸을 앞뒤로 흔들던 여인을 기억하는가? 그녀는 아들과의 관계를 통해 사랑을 경험했다. 그런데 이제 이 관계가 끊어졌다는 느낌이 든 것이다. 여인에게는 관계의 단절이 우울증의 촉발 요인이었다. 여기서 우리는 남성이든 여성이든 그 형태와 표현이 다를 뿐 근본 문제는 여전히 같다는 사실을 알 수 있다.

우울증은 자살이라는 심각한 문제를 불러일으킨다. 잘 들여다보면 자살하는 사람이 정말로 원하는 것은 몸의 죽음이 아니라 고통으로부터의 해방이다. 그러나 몸은 딜레마를 만들어 낼 수도 없고 이 딜레마를 경험하지도 못한다. 그러므로 몸을 없애면 고통의 근원도 사라지리라는 생각은 착각이다. 딜레마를 창조하거나 경험하는 것은 몸이 아니기 때문이다.

모든 문제는 의식 속에서 일어나므로 해결책도 의식 속에 있다. 의식의 본질을 살펴보고 나서 문제를 유발하고 경험하는 곳이 의식임을 이해하면 문제를 해결해야 할 곳도 의식임을 깨닫는다. 그리고 자신이 고통으로부터의 해방을 원하고 있음을 인식하는 것이 문제의 해결책이다.

우리는 자신을 몸과 동일시해서 몸이 곧 자신이라고 생각한다. 생명 에너지를 상실하는 것은 기가 꺾여 있기 때문이며, 그렇기 때문에 에너지가 줄어든다. 대부분의 죽음은 사실 미묘하게 수동적인 자살의 형태를 띠고 있다. 살아 있음에 대한 느낌과 삶에 대한 기대감, 열의를 상실해 버린 결과다.

통계상으로는 자동차 사고나 버스 전용차선에서 벗어나지 못한 것 등으로 기록되지만 수동적 자살은 다양한 형태를 띠고 나타난다. 무슨 이유에선지 미리 조심할 만큼 충분히 주의를 기울이지 않고, 자신의 생명을 충분히 사랑하지 않으며, 생명을 돌보고 보존할 만큼 충분히 소중하게 다루지 않은 것이다.

수동적 자살은 자신의 신체적 질병을 무시하는 형태로 나타나기도 한다. 당뇨병에 걸렸으면서도 규정식을 제대로 지키지 않거나 인슐린 주사를 맞지 않아서 인슐린 반응과 약물과다복용, 당뇨병성 혼수상태에 빠지기를 여러 차례 반복하다가 결국 병원에서 생을 마감하는 사람들이 그 예다.

중독증의 경우 수동적 자살은 흔히 약물과다복용의 형태로 나타난다. 20년 동안 여러 가지 약물을 복용하던 사람이 어떻게 약물의 양을 잘못 계산해서 과다복용으로 죽을 수 있겠는가? 이들은 무수히 약을 복용해 왔기 때문에 정신약리학 분야의 전문가나 마찬가지다. 그런데도 과다복용으로 죽은 것이다. 흔히 사고라고 부르지만 사실은 아니다.

자동차 사고의 경우 운전자의 부주의가 원인이라고 하지만 사실은 살고자 하는 욕망이 부족했던 것이다. 또 건강을 위한 조언을 지키지 않거나 자신의 건강과 자산을 보살피지 않은 것 역시 에너지가 상실돼 있었음을 의미한다.

이렇게 에너지가 상실되면 덫에 걸려서 살아 있다는 느낌도 잃어버린다. 위축되어 의기소침해지고 무의식적으로 벗어날 길을 찾게 된다. 그렇기 때문에 당뇨성 혼수상태에 빠져 죽는 것에 죄책감을 느끼지도 않고, 관상동맥성 심근경색을 예방하기 위해 생활방식을 애써 바꾸려 하지도 않는다.

그러나 자신이 원하는 것이 고통으로부터의 해방임을 인식하면 의식 자체의 본질에 대한 이해와 이미 설명한 방법의 실천을 통해 고통에서 벗어날 수 있다. 그러므로 지금 겪고 있는 모든 증상들을 끝까지 느껴 보고 '최악의 시나리오' 기법으로 자신의 삶을 들여다보겠다는 자발적인 의지를 가져야 한다. 조용히 앉아 삶을 들여다보며 자문하는 것이다. "최악의 경우 어떤 결과가 빚어질까?"

이런 질문이 불러일으키는 느낌들을 인식하고, 이것에 대한 생각들을 끊임없이 지워 버리면서 저항을 내려놓아 직접적으로 이 느낌들을 다루는 것이다. 이런 과정을 계속하다 보면 증상들이 줄어드는 것을 알아차릴 수 있다. 그러고 나면 우울증에서 벗어나 두려움을 기꺼이 직시하고, 두려움이 어떻게 깔리게 되었으며 이런 두려움을 어떻게 받아들였는지를 살펴본다. 그리고 두려움이 깔리게 된 과정에 분노가 일어나면 이 분노의 에너지를 이용해서 자신을 위해 더 나은 무언가를 갈망한다. 이제는 이 모든 일이 일어난 과정을 직시할 용기가 있기 때문이다.

이런 과정이 진정으로 의미하는 것은 삶 전체의 맥락을 새로 짜야 한다는 점이다. 그러려면 삶의 모든 면들을 살펴보고 자문해 보아야 한다. '이것을 어떻게 받아들여야 이것이 커다란 가치를 지닐 수 있을까? 어떻게 받아들여야 이것이 내 삶에서 떠나도 삶의 목적을 여전히 잃지 않을 수 있을까? 나의 삶을 무엇에 헌신해야 할까? 나의 직업은 삶에 의미와 중요성을 부여해 주고 있나? 어떻게 하면 이것을 더욱 폭넓은 방식으로 받아들일 수 있을까? 어떻게 하면 이것이 내 삶에서 사라져도 인간으로서의 내 가치가 변하지 않을 수 있을까? 어떻게 바라보아야 그럴 수 있을까?'

이렇듯 삶의 목적과 동기들을 살펴보아야 한다. 무엇에 삶을 기꺼이 헌신하고 있는가? 중요한 의미를 지닌 것은 무엇인가? 타인을 위한 봉사? 자신의 삶을 돌볼 능력을 모두 상실한 상태에서 타인을 위해 봉사한다는 것은 어떤 의미일까?

온갖 상처와 상실에도 개의치 않고 잘 살아가는 사람들이 있다. 어떻게 된 일인지 그들에게 삶은 여전히 의미가 있어 보인다. 그들이 우리보다 더 강하거나 도덕적으로 더 엄격하기 때문일까? 그렇지 않다. 그들은 삶에서 더욱 큰 의미를 발견했기 때문이다. 하찮은 의미들을 내려놓고 더욱 큰 의미를 찾은 것이다. 그러므로 우울하다는 것은 우리가 진실보다 훨씬 사소한 어떤 것, 더욱 작은 의미를 받아들였다는 증거다.

이 어떤 것이 삶에서 갖는 진정한 의미를 다시 살펴보아야 한다. 이것이 없어도 삶을 가치 있게 만드는 것은 무엇일까? 간단한 질문들을 던지다 보면 교정이 저절로 이루어진다. 우리는 어느 부분에서 취약한가? 꼭 있어야만 살아갈 수 있으리라고 생각하는 것들, 생존의 토대로 삼고 있는 것들이 바로 우리가 지닌 취약성의 단면들이다.

방법은 먼저 이 취약한 영역들이 어디에 존재하는지를 발견하는 것이다. 가만히 앉아 삶에서 이것을 잃어버리는 상황을 그려본다. 그러고 나서 이로 인해 일어나는 모든 감정들에 대한 저항을 내려놓고, 내면의 의식이나 무의식, 내면의 신, 초의식, 직관과 접촉한다. 그리고 내면의 탐구를 위해 질문을 던진다. 이런 작업은 누구에게나 필요한 것이다.

삶의 목적은 무엇인가? 삶에서 중요하게 생각하는 것은 무엇인가? 죽도록 하고 싶은 일은 무엇인가? 삶의 주된 목적은 무엇인가? 제한적이고 일시적인 것보다 더욱 중요한 것 가운데 내가 가치 있게 생각하는 것은 무엇인가? 이 질문들에 하나하나 답하다 보면 본래의 자기 모습이 자라나는 것을 발견한다. 그리고 외부의 사건들에 더 이상 쉽게 상처받지 않는다. 언제나 두 가지 일이 일어나고 있기 때문이다.

일상적인 의식으로 보면 사건은 '저기 바깥'에서 일어난다. 그리고 이 사건에 대한 우리의 느낌이 있으며, 이 느낌은 우리의 태도에 따라 달라진다. 이 사건을 어떻게 받아들일지, 이 사건과 어떤 관계를 맺을지는 우리가 결정할 수 있다. 요컨대 나와 사건은 별개다. 내게는 사건을 받아들이는 방식을, 사건과의 관계에 가치를 부여하는 방식을, 사건을 마음속으로 그리는 방식을 선택할 힘이 있다. 그 사건이 정말로 나의 삶을 지배하게 둘 것인지 결정할 수 있는 것이다.

돈에 정말로 나의 삶을 지배할 만큼 많은 힘을 부여할 것인가? 그래서 돈이 없으면 살아갈 의욕도 잃어버리게 되고 말 것인가? 소유물과 직함, 학위 혹은 자동차에도 그런 힘을 부여하고 싶은가? 사람들이 자신들의 삶보다 더욱 크게 가치를 두는 것들을 전부 떠올려 보면 그들이 얼마나 취약한 존재인지 알게 될 것이다.

사춘기 청소년들은 특히 높은 자살률이 죽음의 가장 주요한 원인으로 여겨지고 있다. 사춘기 아이들에게 우리가 가르치는 가치와 관련해 이 사실이 말해 주는 것은 무엇일까? 도대체 어떤 부질없는 것들에 삶의 토대를 두어야 한다고 가르치고 있는 것일까?

삶의 의미와 중요하게 생각하는 것들을 재평가해 보고 이것들이 어떤 상실에도 우리를 지켜 줄 만큼 충분히 가치 있는 것인지 자문해 보아야 한다. 몸과 마음, 영혼의 관계에 대한 재평가도 이런 내적인 이해에서 비롯된다. 우리의 목적과 의도를 설정하는 것은 바로 마음이기 때문이다.

자신의 가치에 질문을 던지고 이 가치에 대한 자신의 입장을 재평가해 보고 있다면 진정으로 영적인 작업을 하고 있는 것이다. 영혼이란 무엇일까? 생명 자체의 에너지란 무엇일까? 이 에너지의 형태를 부여하는 결정은 우리 자신이 하는 것이다. 어디에 의미와 가치를 부여할지는 자신이 결정한다는 뜻이다.

의식이라는 에너지 장 안에서 우리는 엄청난 자유를 지니고 있다. 우리의 선택에 따라 에너지 장이 달라진다는 의미다. 가치 부여의 권한이 자신에게 있음을 이해하기만 해도, 자신의 힘을 회복할 수 있다. 자신이 희생자라는 시각에서 벗어나 스스로 원천이 되면서 세상에 내맡겼던 자신의 힘을 다시 받아들인다. 이로 인해 자기 존재의 가치를 경험하고, 어떤 증명도 해 보일 필요가 없으며 세상이 그 무엇도 해 줄 필요가 없음을 깨달으면서 내적으로 고요한 상태에 이른다.

그러면 자신의 존재에 가치를 부여하기 위해 트로피를 집으로 가져올 필요도 없어진다. 우리 내면에서 이미 그 가치를 보았기 때문이다. 주어진 것을 그저 감사하게 받아들이면 된다. 감사의 마음이 있으면 우리가 무엇을 요구하건 세계가 들어 준다는 것을 의심하지 않고 우리 존재의 본질을 받아들일 수 있다.

이렇게 하면 쉽게 상처받지 않는 자리로 옮겨 간다. 더 이상 실망이나 분노에 쉽사리 빠져들지 않고 자살에 대한 생각으로 자신을 공격하지도 않는다. 자살에 대한 충동은 몸을 죽게 하면 고통의 근원도 사라지리라는 절망적이고 잘못된 생각에서 비롯된다. 우리가, 우리 자신이 고통의 근원임을 인정해야만 고통을 넘어설 수 있다. 그리고 고통을 넘어서야만 이 장의 목적인 내면의 치유도 이루어진다.

13

알코올 중독

알코올 중독을 포함한 중독증을 이해하려면 의식 자체의 관점에서 이 문제에 접근해야 한다. 그래야 중독증의 증상과 결과, 신체적 상관관계뿐만 아니라 중독 과정의 본질도 이해할 수 있다. 의식의 본질을 이야기하다 보면 중독 과정과 잘못된 행동으로 표출되는 중독의 결과를 새로운 맥락에서 이해하게 된다.

이 장 전체에서도 다시 의식 지도를 참고할 것이다. 의식 지도가 우리의 연구에 매우 유용하기 때문이다. 또 의식 지도는 좌뇌형의 사람들이 보기에 너무 신비주의적이고 비의적이며 지나치게 '우뇌 지향적'으로 여겨지는 정보들도 쉽게 이해하도록 도와준다.

의식 지도에는 의식의 다양한 단계들이 수치로 표현되어 있다. 그 덕분에 에너지 장들의 상대적인 힘을 파악할 수 있을 뿐만 아니라 각 에너지 장이 긍정적인 방향을 향하고 있는지 혹은 부정적인 방향을 향하고 있는지도 알 수 있다. 이 지도를 보면 인간행동에 관한 새롭고 유용한 정보들을 많이 얻을 수 있으며, 덕분에 중독증도 충분히 이해할 수 있다.

지도에서 이원성의 세계를 벗어난 평화의 단계는 600으로 나와 있다. 한편 용기의 에너지 장은 200, 자부심의 에너지 장은 175이다. 이 수치들에 대해서는 나중에 다시 이야기할 것이다. 여기에서 중요한 점은 에너지 장의 성격이 부정적이고 삶에 비우호적인지 아니면 긍정적으로 삶을 지지해 주는지를 화살표의 방향이 보여 준다는 것이다.

중독증을 이해하기 위해 의식의 본질을 살펴보고, 이것이 중독 과정에 어떻게 적용되는지 들여다볼 것이다. 그러면 사회에서 미처 파악하지 못한 중독증의 진정한 본질과 특성도 알게 될 것이다. 익명의 알코올 중독자협회가 생기기 전까지 중독증에 대한 사회적 이해는 전무했다. 자연히 갱생회가 창설되기 전에는 중독증 회복률도 0이나 마찬가지였다. 알코올 중독증에서 회복된 사람이 있다는 이야기는 거의 들을 수 없었다. 이와 관련해서 진실을 밝혀낸 사람은 칼 융이었다. 그는 과학에는 중독증의 해결책이 없으므로 일상적인 인간 경험을 넘어선 무언가를 탐구해야 하며 영성에서 중독증의 해결책을 찾을 수 있을 것이라고 했다.

몸과 마음, 영혼의 관계도 다시 살펴보겠다. 셋 사이의 관계는 어떠하며 영혼이란 도대체 무엇일까? 영혼의 본질은 무엇이고 우리의 임상 경험으로 입증할 수 있는 실제적인 면에서 영혼은 어떻게 작동하는 것일까? 그렇다고 철학이나 신학을 논할 생각은 없다. 그 대신 우리의 내적인 경험을 통해 스스로 입증할 수 있는 것을 탐구할 것이다. 우리 자신의 내면에서 경험할 수 있는 진실을 살펴보고, 이 진실을 알코올 중독증을 포함한 중독증의 이해에 어떻게 적용하며, 이 진실이 회복에 얼마나 중요한 역할을 하는지 알아볼 것이다. 또 무언가를 받아들이는 전체적인 방식, 즉 맥락과 문제를 이해하는 패러다임의 중요성에 역점을 둘 것이다. 의미를 창조해 내고 중독증에 대한 이해에 빛을 던져 주는 것이 바로 맥락이기 때문이다.

앞에서 설명한 것처럼 600 미만의 단계들은 '자아$_{self}$'라는 에고의 단계를 나타낸다. 그리고 앞에서 설명한 것처럼 에고 안에는 서로 다른 에너지 장들이 존재한다. 지도의 아랫부분에는 수치심과 죄책감, 무감정의 에너지 장들이 있고, 각 장의 오른편에는 실제 삶에서 이 에너지 장을 경험하는 방식을 나타내는 주요한 감정들이 있다. 그 옆에는 의식 안에서 진행되는 과정이 표시되어 있다. 각 에너지 장에 따라서 세상을 경험하고 이해하는 방식과 신을 이해하는 시각도 달라지는데 이것은 에너지 장이 지닌 한계 때문이다.

수치심(20)과 죄책감(30)의 에너지 장은 부정적인 상태이며, 보통 자기혐오의 형태로 이 장을 경험한다. 세상도 죄와 고통이 가득한 곳으로 보고 신도 영혼의 파괴자나 최고의 위협자로 인식한다. 영혼을 지옥불 속으로 던져 버려 영원히 파괴시켜 버린다고 생각하기 때문이다. 이런 죄책감과 수치심은 최하위 단계의 에너지 장이기 때문에 힘도 거의 없다.

50의 장으로 올라가면 가망 없음과 절망의 에너지를 경험한다. 앞에서 이야기한 여인과 같은 상태에 이르는 것이다. 국방성으로부터 아들의 전사 소식을 듣고 흔들의자에 앉아 멍하니 창밖을 바라보며 앞뒤로 몸을 흔들어 대기만 하던 그 여인 말이다. 가족들이 그녀의 몸을 흔들어 반응을 유도하려고 해도 그녀는 아무런 반응을 보이지 않았다. 이렇듯 이 에너지 장에서는 뇌의 화학작용도 변화를 일으킨다.

가망 없음과 절망, 우울은 낮은 의식 단계들에서 에너지의 상실 작용이 일어남을 알려 준다. 세상은 가망 없어 보이고, 신이 있다 해도 우리와는 아무런 상관이 없는 것처럼 여겨진다. 우리의 자존감이 아주 낮기 때문이다. 이런 시각은 마치 신의 본성을 바라보는 벌레의 시각과 같다. 이 낮은 에너지 장에서 벗어나면 슬픔이라는 한층 고차원적인 에너지 장으로 올라간다.

절망에 빠져 있는 사람은 스스로를 도울 수 없기 때문에, 슬픔의 에너지 장으로 이동시키는 데에도 이들에게 많은 에너지를 쏟아 부어야 한다. 슬픔의 에너지 장(75)은 절망의 장에 비해 훨씬 에너지가 강하며 분명한 생물학적 목표도 지니고 있다. 울음으로 엄마를 부르는 아이도 한 예다. 아이의 울음에는 세상으로부터 어떤 반응을 끌어당기는 힘이 있다.

슬픔의 단계에서 일어나는 감정들에는 후회와 상실감, 낙담이 있다. 의식에서는 의기소침의 과정이 일어난다. 영혼은 모든 생명을 발현시키는 아주 높은 에너지인데도 말이다. 또 슬픔의 단계에 있는 사람은 세상을 아주 슬픈 곳으로 보고 신은 누구도 보살펴 주지 않는 냉담한 존재라 여긴다.

다시 그 여인의 이야기로 돌아가 보자. 흔들의자에 앉아 식음을 전폐한 채 무반응 상태로 몸을 앞뒤로 흔들어 대기만 하던 여인에게 국방성에서 다시 전보가 도착했다. 이전의 전보 내용은 착오였으며, 아들 조이는 죽지 않고 멀쩡하게 살아 있다는 소식이었다. 그래도 그녀는 창밖을 멍하니 응시하며 앞뒤로 몸을 흔들기만 했다. 그녀에게 에너지를 쏟아 부어 슬픔의 단계로 상승시키면 그녀는 아마 갑자기 울부짖기 시작할 것이다. 이런 감정 표현은 그녀가 점점 나아지고 있음을 의미한다.

흥미롭게도 가망 없음과 슬픔의 두 에너지 상태가 생겨나는 이유는 바로 위에 있는 두려움의 에너지 장을 직시하지 못했기 때문이다. 화살표의 방향이 보여 주는 것처럼 두려움의 에너지 장(100)은 여전히 부정적인 성격을 띠고 있으며, 두려움에서 벗어나기 위해 오래도록 달려야 할 수도 있다. 이렇듯 두려움이라는 감정 자체는 건설적인 형태를 띠고 있지 않지만 두려움의 에너지는 아주 긍정적으로 활용할 수도 있다.

모든 에너지 장들은 단점과 장점을 모두 지니고 있다. 단점은 우리에게 부정적인 영향을 미치지만 장점은 아주 건설적으로 작용할 수도 있다. 일상에서 일반적으로 근심과 걱정, 무서움 같은 형태로 경험하는 두려움은 나중에 옴짝달싹도 못 할 것 같은 극심한 공포로 강화될 수도 있다.

슬픔은 과거와, 두려움은 미래와 연관되어 있다. 의식 안에서는 위축의 과정이 일어난다. 두려움을 느끼면 동물들은 움츠리고 숨는다. 예를 들어 초등학교 3학년 때 선생님이 질문을 던지면 잔뜩 몸을 움츠리고 앞사람 뒤에 숨었던 기억이 날 것이다. 이처럼 두려움은 우리를 움츠리고 의기소침하게 만든다.

두려움의 장에서는 세상도 두렵고 위협적인 장소로 여겨지고, 신도 아주 가혹한 존재처럼 다가온다. 낮은 자존감과 죄책감을 지니고 있기 때문에 응징을 일삼는 두려운 존재로 신을 바라보는 것이다. 이 단계에서는 그 무엇보다도 신을 두려운 존재로 받아들인다.

두려움에서 다음의 욕망의 장으로 올라가면 더욱 많은 에너지를 갖는다. 욕망은 곧 '갈망'이기 때문에 이 장에서는 바람과 열망 같은 감정들이 일상적으로 나타난다. 이런 감정은 종국에 강박과 충동으로 변질되기도 한다. 그러면 의식에서는 노예화의 과정이 일어나는데, 이런 상태를 우리는 중독이라 부른다.

중독에 빠진 사람은 욕망의 덫에 걸려들어 욕망에 지배받고 휘둘린다. 또 강렬한 갈망이 나타나고 이 갈망은 다시 내적인 이미지와 결합한다. 그러므로 중독에서 벗어나려면 성적인 이미지든 도박이나 술과 관련된 이미지든 유혹적인 이미지가 마음속에 나타나는 순간에 이것을 제거해 버려야 한다. 이 이미지를 머무르게 방치해 두면 이것은 곧바로 힘을 얻어 거부할 수 없을 만큼 강해진다. 회복은 이 이미지를 즉각적으로 단호하게 제거하려는 자발적인 의지에 달려 있다. 지체하면 이미지가 너무 강해져서 지워버리기 힘들어지고, 그러면 결국 이미지의 유혹에 지고 만다.

물론 광고 산업의 목적은 우리의 욕망을 이용하는 데 있다. 제품을 사고 싶은 갈망과 바람을 창조해 내 우리를 옭아맨다. 일단 욕망의 덫에 걸려들면 멋진 차든 향수든 사랑스러워 보이게 만들어 주는 샴푸든 이것들의 지배를 받는다. 그래서 이런 제품들을 사는 데 돈과 에너지를 바친다.

그러나 결국 욕망 때문에 세상이 좌절을 안겨 주는 곳이라는 시각을 갖게 된다. 이런 욕망으로 인해 평생 갈망에 지배받고, 이로 인해 분노와 좌절을 경험하게 된다. 무언가를 소유해도 결핍감은 결코 치유되지 않고 또 다른 결핍감만 생기기 때문이다. 갈망 자체는 결코 충족되어지지 않는다. 그래서 이로 인한 끊임없는 좌절은 신을 우리와 분리되어 있는 존재로 여기게 만든다. 그리고 원하는 것을 언제나 주지 않는 존재가 신이라고 여기기 때문에 다음 단계인 분노의 장으로 옮겨 간다.

누구나 알듯이 분노(150)의 단계는 많은 에너지를 가지고 있다. 파괴적이고 해로운 면을 지닌 부정적인 감정이지만, 활용하는 방법을 알면 분노의 에너지도 쓸모 있다. 매일의 삶에서 우리는 분개의 감정이나 증오의 느낌, 자신을 향한 분노, 불평이나 불만, 용서하고 싶지 않은 마음의 형태로 분노의 에너지를 경험한다. 그리고 의식에서는 팽창의 과정이 진행된다. 동물들이 화가 나면 몸을 부풀려 실제보다 더 커 보이도록 만드는 것도 한 예다. 또 사람은 화가 나면 콧김을 내뿜어 신체적인 차원에서 위압적으로 보이려 애쓴다.

이런 분노는 경쟁심을 불러온다. 분노한 사람은 세상을 경쟁과 갈등, 전쟁으로 가득한 곳으로 보고 타인들을 적대적으로 받아들인다. 이처럼 양극적이고 대립적인 시각을 갖고 있기 때문에 신도 분노에 찬 존재로 본다. 궁극의 분노와 보복, 응징의 존재, 앙심과 증오, 화로 가득한 분노의 에너지를 나타내는 존재를 신으로 인식하는 것이다. 이들이 보기에 신은 자신의 창조물과 이들이 지닌 인간적인 면모를 증오하는 것 같다. 요컨대 신을 응징과 보복을 일삼는 분노의 존재로 보는 것이다.

분노의 단계에서 자부심(175)의 단계로 이동하면 더욱 많은 에너지를 갖는다. 자부심은 아주 유용한 감정이기도 하다. 그러나 문제는 자부심의 에너지 장이 여전히 부정적인 방향을 향하고 있다는 데 있다. 이 장의 부정적인 면은 부정에 있다. 그런데 중독에 빠진 사람이 "음, 그 사람들한테는 그것이 필요하겠지만 나는 아니야. 난 달라."하는 식으로 경멸과 오만에 가득한 태도를 보인다면, 이런 부정은 치명적일 수 있다.

이런 태도는 의식 속에서 진행되는 팽창의 과정에서 비롯된다. 에고가 과장된 자아감을 반영하는데 이것은 아주 위험한 태도다. 따라서 자부심은 성공을 거두고도 마약에 빠진 사람들을 결국 파멸로 몰고 간다. 자부심이 에고의 팽창을 불러오고 이로 인한 부정의 태도로 타인들의 충고를 받아들이지 못하게 되기 때문이다. 이렇게 자부심은 아주 취약한 방어적 태도를 낳는다. 이런 태도는 물론 바람직한 것은 아니지만 분노와 자부심의 단계에서 벗어나 용기의 단계로 이동하는 데 이용할 수도 있다.

자부심의 단계에 있는 사람은 신분이나 소유의식, 소유물, 상징물, 호칭에 대단히 집착하며, 따라서 아주 방어적인 태도를 갖는다. 부정과 오만, 경멸, 과장된 에너지 장에서 비롯된 이 자부심의 에너지 장은 신에 대한 시각에 어떤 영향을 미칠까? 이 에너지 장의 사람들이 신과 맺는 관계는 보통 두 가지다. 먼저 지적인 오만으로 진실을 전부 알 수 있는 능력이 좌뇌에 있다고 추정하고, 이로 인해 무신론적인 입장을 취한다. 무신론은 경험을 통해 체험하는 것들의 진실을 부정하거나, 극심한 편견으로 진실과는 정반대의 것들을 받아들이는 태도다.

자부심은 또 나의 길은 진실하지만 타인들의 길은 잘못된 것이므로 '나의 길'만이 유일한 길이라는 입장을 취하는 종교제일주의의 형태로 나타나기도 한다. 이처럼 자부심은 대립을 조장하는 태도로 다른 모든 사람들의 입장을 틀린 것으로 보고 타인들을 적대시하거나 이용한다. 그래서 모든 종교전쟁의 원인이 되기도 한다. 그러나 해병대원들이 발견한 것처럼 자부심은 유용한 에너지로 작용할 수도 있다. 자부심을 통과해 더욱 높은 용기의 에너지 장으로 올라가는 데 유용하게 쓰일 수도 있는 것이다.

용기는 아주 결정적인 단계다. 이미 알다시피 이 단계에서는 화살표가 어느 방향도 가리키지 않는다. 이것은 용기의 단계에서 의식의 에너지 장이 중립적인 상태로 변한다는 의미다. '부정적인' 것에 맞춰져 있던 안테나가 이제는 '중간'에 맞춰지는 것이다. 그러므로 더 이상 부정적인 경험들을 자신에게 끌어당기지 않는다. 용기의 에너지 장(200)은 많은 힘을 지니고 있다. 미합중국에 이주민들을 정착시키고, 인류를 달에 보내고, 문명을 세워 지적인 한계들을 탐구한 힘은 이 용기의 장에서 나온 것이다.

또한 용기의 에너지 장(200)에는 온갖 거대한 산업제국들을 만들어 내는 힘도 들어 있다. 용기는 아주 강력한 에너지 장인 것이다. 이것은 자부심의 단계보다 25점이나 높아서가 아니라 에너지 장의 방향이 달라졌기 때문이다. 저항을 대부분 놓아 버린 덕분에 비로소 정서적으로도 문제를 처음으로 직면하고 직시하고 이겨 내고 다룰 수 있게 되었기 때문이다. 의식의 장에서도 힘의 부여라는 중요한 과정이 진행된다.

힘이 이처럼 비약적으로 증가한 것은 진실을 말할 수 있는 자발적인 의지 덕분이다. 중독증과 전통적인 12단계 프로그램에서 이런 의지는 아주 결정적인 역할을 한다. 삶을 엉망으로 만들어 버리는 알코올과 마약에 자신이 무력하다는 사실을 인정하는 것이 12단계 프로그램의 첫 단계이기 때문이다. 이런 인정은 중독자의 에너지 장 전체를 변화시켜 다시 힘을 갖게 해 주고 중독자를 회복이 가능한 상태로 이동시켜 준다.

이 용기의 장에서 진실을 말하기 시작할 때 세상은 기회의 장소처럼 보인다. 세상이 개인적 성장을 경험할 수 있는 흥미진진한 도전의 장소로 여겨지는 것이다. 또 마음을 열고 신을 긍정적으로 바라보며, 처음으로 자신의 체험을 통해 느낀 진실을 말한다. 우주 안에서 신이라 불리는 존재를 아직 경험해 보지 못했기 때문에 처음으로 마음을 열어 놓는 것이다.

그리고 언제나 진실에 대한 궁극적인 깨달음으로 인도해 주는 오래된 질문들을 던지기 시작한다. '신이 존재할까? 존재한다면 신을 경험할 수 있을까? 신성은 내 안에서 입증할 수 있는 고차원적인 힘인가? 신은 '저기 바깥'에 있는 존재인가? 아니면 내 안에 있는 존재인가? 고차원적인 존재는 어떻게 자신을 표현할까? 어떻게 하면 그것을 알 수 있을까?'

이처럼 모든 영적인 탐구는 자신에게 정직해지는 순간에 비로소 시작된다. 이것이 진정으로 힘을 얻는 첫 단계이기 때문이다. 진실을 말할 수 있는 능력 덕분에 문제를 직시하고 이겨 내고 다루며, 적합한 존재가 될 수 있는 힘이 처음으로 생겨나는 것이다.

사실을 직시하고 진실을 인정할 수 있는 힘이 이 용기의 에너지 장에서 생겨난다. 그러면 저항을 내려놓고 다음에 있는 중립의 에너지 장으로 올라갈 수 있다. 이제 화살표는 매우 긍정적으로 위를 향한다. 자유롭고 집착도 없는 250의 단계로 에너지 장이 급상승했기 때문이다. 일단 진실을 말할 수 있게 되면 '풀려남'의 과정으로 올라가 더 이상 결과에 연연해하지 않게 된다. 그러면 어느 방향으로 흘러가든 크게 영향 받지 않는다.

이 단계에 있는 사람은 "그 일자리를 얻어도 좋고 못 얻어도 상관없어. 다른 일자리를 찾으면 되니까."라거나 "이 관계가 잘 풀리지 않으면 다른 관계를 찾으면 돼."라고 말한다. 나아가 세상도 문제없는 곳으로 느끼고, 신도 자유의 원천으로 인식한다. 성장과 확장, 자각의 자유를 경험하며 자신과 인간 경험의 본질을 들여다보기 시작한다. 신도 이런 의식의 탐구를 호의적으로 지켜보는 것 같다고 느낀다. 그러므로 중립은 위안의 단계이기도 하다.

자발성(310)의 단계로 상승할 수 있다는 것도 이 단계의 좋은 점이다. 자발성의 단계에서는 힘과 에너지를 더욱 많이 가질 수 있다. 긍정적인 의도가 작용을 시작해 "좋아!"라고 외치게 해 주기 때문이다. 그러나 중립의 단계에서는 아직 열정이 부족하다. 예를 들어 중립의 단계에서는 영화를 보러 가는 것도 좋고 그냥 집에 있는 것도 좋다고 생각한다. 아직은 긍정적인 에너지가 많지 않은 것이다. 그러나 부정적인 에너지를 내려놓으면 자발성이 들어올 여지가 생겨나, 열정과 긍정적인 에너지가 강해진다. 그러면 "좋아. 받아들일 수 있어. 하지 못할 이유가 없지."라고 말하게 된다.

이런 자발성은 무관심과 완고한 태도, 거리감에서도 벗어나게 해 준다. 덕분에 세상을 호의적인 곳으로 경험한다. 신과 삶 자체의 문제들도 가망 있고 희망적인 것으로 느낀다. 이제는 삶을 긍정적으로 받아들이기 시작했기 때문이다. 이렇게 자발성은 다음 발걸음, 즉 자발성에서 수용의 단계로 올라갈 기회를 열어 준다.

수용(380)의 단계에 있는 사람들은 자신감이 있고 유능하다. 의식의 이런 변화는 자신의 힘을 다시 인정할 때 일어난다. 용기 아래의 모든 장에서는 희생자적인 의식 상태에 머문다. 자기 힘의 원천을 포기하고 세상에 이 힘을 맡겨 버렸기 때문이다. 중독증에서 이것은 대단히 중요한 작용을 한다. 자신의 힘을 외부의 어떤 것에 줘 버려 저급한 에너지 장을 불러일으키는 것이 바로 중독증이기 때문이다.

수용의 단계로 올라간 사람은 행복의 원천이 바로 자신임을 다시금 인정한다. 반면에 수용 아래의 단계에서는 행복의 원천이 외부에 있다고, 무언가를 '얻으면' 행복할 수 있다고 생각한다. 이런 생각들은 결핍감의 조건이 되어 차나 직함, 일자리, 관계, 학위, 돈처럼 언제나 외부적인 것의 소유에 행복을 의존한다. 중독증에 걸리면 "그 약을 필요한 만큼 구입하면 행복할 텐데."라고 생각한다. 모든 나약함과 희생자적인 의식 상태에는 이처럼 행복의 원천이 외부에 있다는 생각이 함께한다.

그러나 저항을 내려놓고 자발성을 통해 수용의 단계에 오른 사람은 자신이 행복의 원천임을 받아들인다. 그러면 자족에 대한 확신과 만족할 만한 무언가를 창조할 수 있는 능력이 생겨난다. 이로 인해 더 이상 무기력이나 희생자 같은 의식 상태에 제한받지 않는다. 어느 섬에 떨어져도 1년이 지나면 코코넛 회사를 운영하거나 나무집을 짓거나 원주민들에게 프랑스어를 가르치고 있으리라는 것을, 짝을 찾아 새로운 가정도 꾸리리라는 것을 알기 때문이다.

이처럼 수용의 단계에 오른 사람에게는 스스로 삶을 재창조할 힘이 있다. 감옥에서 자살을 하는 사람들도 있지만 수용의 단계에 있는 사람은 대학 학위를 따기도 한다. 실제로 감옥에 있는 동안 인류 역사의 흐름을 바꾸거나 영향력 있는 훌륭한 역작을 남긴 사람들이 있다. 이것은 감옥이라는 상황이 아니라 자기 안에 힘이 있음을 입증해 준다. 수감 경험까지 가치 있고 긍정적으로 활용해서 훌륭한 소설이나 정치 논문을 쓸 수 있는 능력이 우리 안에 존재하는 것이다. 이제까지 쓰인 가장 영향력 있는 책들은 실제로 가장 극한 상황에서 창조되었다.

수용의 또 다른 측면은 저급한 에너지 장들을 지배하는 감정들보다 이성이나 합리성 같은 것들을 삶의 지도 원리로 삼는 데 열려 있다는 것이다. 단순한 '느낌'보다는 '사고'를 중시하는 것이다. 동물들은 감정과 본능, 느낌에 지배받지만 정상적이고 건강한 인간은 두뇌전두엽피질의 진화 덕분에 논리적이고 추상적인 상징의 결과인 지적 이해 능력이 발달했다. 이로써 400대의 의식 단계들은 교육과 정보, 지능의 중점적인 활용으로 이루어진 현대사회의 특징이 되었다. 이런 특징으로 현대사회에서는 단순한 시행착오가 아닌 도구를 통한 학습이 가능하게 되었다.

어려움에 처하면 사람은 해답과 해결책을 구한다. 이런 탐색 덕분에 결국에는 익명의 알코올 중독자협회 같은 검증된 프로그램을 통해 회복이 가능함을 발견한다. 익명의 알코올 중독자협회의 성공은 수십 년간 알코올 중독에서 치유된 전 세계 수백만 명의 사람들이 입증해 주고 있다. 마음은 유용한 도약대다. 그리고 이 도약대는 중독증과 이로 인한 절망과 가망 없음에서 벗어날 길이 있음을 탐색을 통해 확인한다.

자신이 행복의 원천임을 수용하고 나면 이 세상도 조화로운 곳으로 여겨진다. 사랑의 에너지 장으로 올라가면 이 희망적이고 긍정적인 시각 덕분에 신도 자비와 용서의 존재로 이해하기 시작한다. 수용을 통해 자기 본래의 힘을 인정하고 진실에 더욱 가까이 다가가면 진정으로 사랑이 가득한 존재가 되고 싶은 자발적인 의지도 생겨난다. 이런 의지는 우리를 사랑의 강력한 에너지 장(500)으로 인도한다.

사랑의 단계에서는 진정한 행복이 널리 퍼져나간다. 돈이나 섹스, 권력, 지위 등을 갈수록 많이 소유해도 왜 행복을 얻을 수 없는지 이해하게 된다. 이런 것들은 쾌락과 일시적인 충족감만 안겨 줄 뿐이다. 5000만 달러로도 행복하지 못할 경우 7000만 달러로도 행복을 얻을 수 없는 이유를 깨닫는다. 돈이 아무리 많아도 욕망은 결국은 200 미만의 단계에 있고 진정한 행복은 500의 고차원적인 단계와 연관되어 있기 때문이다. 500의 단계에서는 사랑의 에너지 장이 시작되어 우리를 무조건적인 사랑의 장(540)으로 인도한다.

사랑은 생명을 보살피고 지지해 주는 안정적인 에너지 장이다. 삶의 진실에 대한 통찰과 용서는 이 장에서 생겨난다. 500의 에너지 장, 특히 540의 에너지 장에 있으면 두뇌에서 엔도르핀이 분비된다. 엔도르핀은 두뇌의 화학작용에서 생겨나는 것으로 사랑과 상관관계가 있다. 이런 사랑의 상태에서는 세상을 사랑이 가득한 곳으로, 신은 무조건적인 사랑과 용서를 주는 존재로 본다. 이것은 중독에서 회복되는 데 아주 중요한 단계다. 익명의 알코올 중독자 협회의 에너지 장이 이것을 잘 입증해 준다.

영적인 원칙들에 바탕을 둔 12단계 프로그램 그룹들은 540의 에너지 장에 있다. 치유와 무조건적인 사랑의 에너지 장이기 때문에 이것은 아주 결정적인 단계다. 이 단계는 헌신과 연대를 나타낸다. 드러남의 과정으로 세상이 사랑 가득한 곳임을 알게 되고, 이런 이해에서 연민의 마음이 생겨나기 때문에 용서도 절로 이루어진다. 이해하려는 욕망과 능력을 우선시하고 드러난 것을 중시한다. 예를 들어 팔에 금이 갔을 때 당사자의 잘못 여부는 중요하지 않다. 팔을 고치는 일을 가장 중시한다. 세상을 이해하려는 의도를 통해 사랑은 치유를 가져다준다. 연민의 힘으로 사랑이 치유를 불러오는 것이다.

그러나 이 에너지 장은 세상에서 흔히 '사랑'이라 부르는 것과는 다르다. 세상에서 말하는 사랑은 감정에 치우친 감상과 집착에 불과하다. "음, 조이를 사랑했는데 지금은 아냐." 누군가 이렇게 말한다면 이 말의 진정한 의미는 조이를 진정으로 사랑한 적이 없다는 것이다. 이 사람이 경험한 것은 감상적인 집착과 의존, 통제를 위한 밀고 당기기, 욕정 어린 집착, 소유욕일 뿐이다.

진정한 사랑은 안정적이고 한결같은 에너지 장을 창조해 내는 하나의 헌신이자 내면의 의도, 결정이다. 12단계 프로그램 그룹들의 분별 않는 태도 속에서 이런 사랑을 확인할 수 있다. 예를 들어 어느 일원이 불운한 사건을 털어놓으면 다른 일원들은 판단 없이 그를 지지해 준다. 이런 무조건적인 사랑이 가능한 이유는 일원들이 그의 존재beingness 자체를 공감해 주기 때문이다. 이 사람의 큰 나를 사랑할 줄 알기 때문이다. 이로 인해 이들은 작은 나에서 더욱 위대한 큰나로 옮겨 가게 된다. 인격에 상관없이 서로를 지탱해 주고 보살펴 주고 치유해 주는 12단계 프로그램 그룹들의 에너지 장이 널리 퍼질 수 있는 것은 이 때문이다.

그래서 익명의 알코올 중독자협회에서는 이렇게 말한다. "그냥 몸만 오세요. 그러면 서로 사랑에 젖어들 것입니다." 이것은 이들이 인격보다는 원칙을 중시한다는 점을 보여 준다. 또 보살핌과 지지를 통해 기적적인 회복을 일궈 내는 것이 치유의 에너지 장이 지닌 무조건적인 사랑이라는 점도 알려 준다.

이 에너지 장의 연대가 중요한 이유는 감사의 마음 때문이다. 약 540의 단계에 있는 감사의 마음은 익명의 알코올 중독자협회의 특징이기도 하다. 이 단계에서는 경험들을 다르게 받아들이는 능력, 웃음과 유머를 가치 있게 여긴다. 그래서 과거에는 비극적으로 받아들이고 자기연민이나 두려움, 분노를 표출했을 경험도 이제는 유머를 갖고 받아들인다. 용서하고 이해하려는 이런 자발적인 의지 덕분에 이 에너지 장이 지닌 치유의 힘에서 기쁨의 상태들이 생겨난다. 그리고 이런 기쁨의 상태를 특징짓는 것은 이해를 통한 치유의 욕망과 연민이다. 이런 변화는 의식의 변형 초기에 세상의 완전함을 보고 모든 삼라만상과 생명의 일체성을 경험하기 시작할 때 나타나는 특징이기도 하다.

500대의 의식 단계에서는 무아경이라는 에너지 장도 나타난다. 감정이 변덕스럽게 고양됐다가 가라앉는 것이 아니라 내면에서 지극한 기쁨을 경험하는 것이다. 이런 경험은 흔히 지복이라 부르는 상태로 발전한다. 이 지복의 상태는 느긋한 안녕감과 모든 것과 하나가 되는 느낌, 너그러운 사랑, 용서, 지극한 내면의 기쁨으로 나타난다. 이 지복의 상태는 중독증을 이해하는 데 아주 중요하다. 인간의 모든 경험들 중에서 가장 큰 영향을 미치는 것이 내면의 경험이기 때문이다. 지복은 큰나 안에서 가능한 경험의 한 예다.

지복의 상태는 명상을 통해서도 경험할 수 있다. 명상을 하는 사람은 삼매라고도 부르는 무한한 합일과 지복의 확장된 상태 속으로 불현듯 들어가 진리일 수도 있는 것을 자각한다. 진리일 수도 있는 것에 대한 이런 앎은 이 상태로 돌아가고 싶은 욕망을 불러일으킨다. 그리고 대개는 이런 경험으로 삶이 크게 변화한다. 많은 사람들이 현재의 생활방식을 버리고, 이 상태의 경험을 가로막는 모든 장애물을 제거하고 영혼을 정화시키기 위해 완전히 다른 삶의 방식을 택한다. 이것은 임사체험을 한 사람들이나 수술실에서 사망 선고를 받고도 살아난 사람들의 특징이기도 하다.

영화 「묵시록Revelation」도 이런 사람을 다루고 있는데, 지복의 무한한 상태에 대한 경험을 임상학적으로 아주 정확하게 묘사하고 있다. 이 상태를 경험한 후 등장인물은 전혀 다른 인식과 지향성, 맥락으로 인해 생활양식의 극적인 변화를 보여 준다.

고전적인 영화 「잃어버린 지평선」도 똑같은 문제를 잘 묘사하고 있다.(원판에는 로널드 콜먼이 등장한다.) 샹그릴라(600에 해당되는 무조건적인 사랑의 상태)에 떨어졌을 때 그가 이 의식 상태를 경험하던 것을 기억할 것이다. 그는 보통의 평범한 세계(약 200)로 돌아가려 애쓰다가 성공적인 행함과 소유의 세계를 본다. 샹그릴라에서 경험한 것과 비교되자 그는 더 이상 이 세계에서 만족을 얻지 못한다. 어떤 대가를 치르고라도 다시 그 의식 상태로 돌아가고 싶다는 욕망을 갖는다.(영화에서는 이 의식 상태를 샹그릴라라는 장소로 표현하지만 이것은 사실 의식 안에서 경험할 수 있는 것이다.) 결국 그는 샹그릴라와 같은 상태로 돌아가고 싶은 욕망으로 히말라야 산맥에서 목숨을 건다.

인간의 모든 경험이 일어나는 자리를 다시 살펴볼 필요가 있다. 이미 말한 것처럼 몸은 자신을 경험하지 못하며 오로지 마음속에서만 경험된다. 몸을 경험하는 것은 마음이라는 말이다. 그리고 마음은 의식에 의해 경험된다. 그렇지 않으면 마음속에서 일어나는 일을 인식할 수 없다. 그 경험은 의식의 에너지 장 안에서 일어나며 마약을 복용한 적이 없는 사람들을 사로잡는 것은 이 지복의 의식 상태 안에서 일어나는 내적인 경험이다.

이제 알코올이나 마약을 복용했을 때 어떤 경험을 하게 되는지 살펴보자. 이 강력하고 매력적이며 기쁨에 찬 생명 자체의 에너지 장은 언제나 환하게 빛나는 태양과 같다. 반면에 낮은 에너지 장들은 언제나 빛나는 그것을 경험하지 못하게 가로막는 구름과 같다. 마약이나 알코올은 낮은 에너지 장들의 경험을 차단시켜 고차원적인 에너지 장을 경험하게 해 준다. 560 미만의 모든 에너지 장을 차단시킬 수만 있다면, 우리는 남아 있는 무아경의 에너지 장을 경험할 것이다. 그래서 특별히 560 미만의 에너지 장들에 대한 경험을 차단시킬 목적으로 엑스터시라는 마약을 만들어 내기도 했다.

이런 마약을 복용하면, 이 약에 들어 있는 약물학적인 성분이 낮은 에너지 장들을 차단시켜 고차원적인 에너지 장을 방해 없이 경험하게 해 준다. 하루가 저물 무렵 두려움이나 슬픔, 후회, 불안이 가득할 때 술집에 들러 마티니를 두 잔 들이켜는 것도 이런 이유 때문이다. 술을 마시면 갑자기 낮은 에너지 장들을 뛰어넘어 '감미롭다'라고 할 수 있는 560가량의 높은 에너지 단계로 올라갈 수 있기 때문이다.

이런 감미로운 장에서는 누구든 사랑하고 누구든 기꺼이 용서

한다. 마음이 관대하고 느긋해지므로 아이들도 누구나 우리를 좋아한다. 이런 상태에서는 아이들 장난감이나 아내에게 줄 꽃을 사들고 집에 간다. 마약 복용자들이 추구하는 것도 이런 에너지 상태다. 상태가 낮은 이런 에너지 단계들을 차단시켜 주기 때문이다. 그러나 앞에서 말한 것처럼 이런 경험은 중독을 불러온다. 한 번이 상태를 맛보고 나면 마음이 다시 이 상태로 돌아가기를 갈망하기 때문이다.

알코올이나 마약에 중독된 사람들에게 그들이 추구하는 것, 즉이미 습관이 되어 버린 경험, 어떤 대가를 치르고서라도 다시 되풀이해서 경험하고 싶은 상태를 주시해 보라고 하면 그들이 원하는 것이 결국 내면의 어떤 의식 상태임을 알 수 있다. 실제로 그들은 마약 자체에는 관심도 없다. 그들이 아는 한 마약은 그저 그런의식 상태에 다다르게 해 주는 유일한 길, 하나의 매개체일 뿐이다. 이들에게는 마약만이 자신들의 존재를, 실재를, 고도로 고양된즐거운 상태를 경험할 수 있는 분명한 길인 것이다.

이들이 원하는 것은 결국 이런 상태이기 때문에 마약이 낮은 에너지 장들을 차단시켜서 지복이라는 내면의 상태를 경험하게 해주지 않는다면 더 이상 마약을 복용하거나 중요하게 여기지 않을것이다. 요컨대 이들이 중독돼 있는 것은 마약이나 알코올 자체가아니라 의식 자체의 '고양된' 상태인 것이다.

심리학에서는 대부분 중독증을 두려움이나 우울 같은 저급한경험으로부터 벗어나기 위한 것으로 설명한다. 그리고 이것을 도와주는 훌륭한 약들도 있다. 한 예로 토라진은 불안을 제거해 주지만 의식을 '고양'시키지는 않기 때문에 중독증을 일으키지 않는다. 항우울제들도 마찬가지다. 항우울제 역시 우울감에서 벗어나게 해 주지만 '고양된' 의식 상태를 경험하게 해 주지는 않는다. 이처럼 일반적인 의약품들은 약물학적으로 우울과 불안, 두려움, 분노 등을 성공적으로 완화시켜 준다. 이런 약들은 낮은 에너지 장들을 충분히 차단시켜서 고양된 의식 상태를 경험하게 해 주지는 않기 때문에 중독물질로 간주되지 않는다.

사람들이 중독되는 것은 내면의 에너지 장, 의식의 고양 상태이며 이것을 경험하고 나면 다시 이 상태로 돌아가고 싶은 갈망이 일어난다. 그리고 마음이 이런 경험으로 돌아가기를 요구하기 때문에 중독증 환자들은 어떤 대가든 기꺼이 치르려고 한다. 이런 마음은 시간이 흐를수록 더욱 강해져 결국에는 몸 자체를 대가로 요구한다. "그렇게 계속 마셔 대면 몇 주나 몇 개월 내에 죽고 말 거야."라는 소리를 들어도 다 알다시피 결국에는 길 건너 오래된 친구인 바텐더 조를 찾아가 마티니를 한 잔 주문하면서 이렇게 말한다. "오늘 의사가 뭐라고 했는지 맞춰 볼래?"

이때 바텐더가 좋았던 시절을 기리기 위해 마티니를 한 잔 만들어 주면 중독자는 몸에 작별의 키스를 건넨다. 그러면 모든 것을 내려놓겠다는 자발적인 의지는 없고 오로지 고양된 의식 상태에 대한 중독의 대가만 남는다. 마약을 통해 이런 의식 상태에 다가가 보지 못한 사람들은 이런 일을 의아하게 여길 것이다. 그러나 중독자들은 지복, 즉 샹그릴라 같은 내면의 에너지 장으로 되돌아가기 위해 모든 것을 기꺼이 희생한다.

그러나 마약을 복용해 본 적이 없는 사람들에게도 똑같은 일이 일어난다. 운명이나 영적인 작업을 통해 이런 고차원적인 에너지 장을 경험하면 이들도 똑같이 행동한다. 권력과 돈, 지위, 세상에서의 직함을 모두 포기하고 이 의식 상태로 돌아가는 데 모든 시간과 에너지를 바친다. 영화 「잃어버린 지평선」은 이런 의식 상태에 다다르기 위해 삶의 모든 것을 희생하는 자발적 의지를 보여 줌으로써 중독의 동기가 무엇인지를 분명하게 가르쳐 준다.

참된 진실을 내재적으로 자각하는 상태가 있다. 하지만 이런 진실을 경험하기 위한 것이어도 중독은 잘못된 시도다. 효과적이지 않기 때문이다. 중독증과 알코올, 마약을 포기하는 이유도 이것들이 그릇돼서가 아니라 효과가 더 이상 없기 때문이다. 그리고 이것들이 효과가 없는 이유는 마약과 알코올이 내적인 자존감을 점진적으로 상실하게 만들 뿐만 아니라 에너지 장들을 부정적으로 변화시키고 불운을 초래하기 때문이다. 알코올이나 마약은 삶에서 부정적인 사건들을 촉발하고, 관계와 신용카드, 지위, 건강을 잃게 만들며, 몸의 기관들을 제대로 작동하지 못하게 만든다. 이것들은 모두 진실의 부정으로 인한 몰락의 길에서 나타나는 특징들이다.

200 미만의 단계들에서 진실을 부정하는 이유는 자신의 힘을 외부에 주어 버렸기 때문이다. 중독증에 걸린 사람은 행복의 원천과 삶의 의미를 잃어버리고 만다. 이것들을 외부 세계에 투영하고 자신의 힘을 마약이나 알코올 같은 외부 물질에 내주기 때문이다.

그러나 마약 자체에는 고차원적인 경험들을 창조해 낼 힘이 없다. 우리는 중독증과 싸우거나 중독 문제로 고통 받는 이들을 위한 수업과 임상을 통해 정말로 수백 명의 사람들을 대상으로 여러 해 동안 이 문제를 실험하고 연구해 봤다. 진실과 거짓을 구분하는 진단법으로 "마약에는 이 고차원적인 경험을 창조해 내는 힘이 있다."라는 명제를 검증한 결과 피실험자의 100퍼센트가 힘의 약화를 보여 주었다. 이 명제가 거짓이라는 증거다. 마약에는 정말로 힘이 없었던 것이다.

한편 수업을 듣는 모든 사람들에게 반대의 명제를 제시하고 "마약은 에고에서 비롯되는 에너지 장들을 차단해서 큰나의 기쁨을 경험하게 해 준다."라는 생각을 마음속에 품게 했다. 그러자 수업을 듣는 사람들 모두 즉각 힘의 강화를 보여 주었다. 이 말이 진실이라는 의미다.

요컨대 마약에는 이런 경험들을 창조해 낼 힘이 없다. 하지만 약리학적으로 부정적인 에너지 장들을 차단해서 적어도 비슷한 상태에는 들어가게 해 준다. 물론 이것은 꾸준한 영적 수행의 결과로 경험하는 진정한 지복의 상태와는 다르다. 하지만 적어도 이 경험과 비슷하기는 하다. 우리 존재의 진실에 한결 가까운 에너지를 느끼면 중독증으로부터의 회복을 이해하는 데 이런 사실을 이용할 수 있을 것이다.

중독증의 치료책을 찾는 사람들은 보통 의식 지도 아랫부분에 있으며 자기혐오와 가망 없음, 절망, 후회, 낙담으로 가득 차 있다. 무감각과 가망 없음, 절망의 에너지 장에 있는 사람들은 스스로를 도울 수 없다. 희망이 없다는 것은 말 그대로다. 예를 들어 변호사협회 회장이 월세방에서 혼자 살다가 굶어 죽었다. 그는 신경

안정제인 바륨과 알코올에 중독돼 있었다. 전화기를 집어 들어 누구에게든 도움을 구하지도 않았다. 친구도 많고 능력 있는 사람이라 전화를 하면 모두들 열 일을 제쳐 두고 도우러 왔을 텐데 말이다. 그러나 그는 전화를 걸어도 소용이 없을 거라고 생각했다. 희망이 없었기 때문이다. 중독증에 걸린 사람들은 흔히 이런 절망을 "내 경우는 달라. 내 경우는 다르다고."라는 식으로 표현한다. "너는 중독에서 벗어날 수 있겠지만 나의 경우에는 가망이 없다."라는 말이다.

신도 죽었다고 생각하는 이런 사람들을 무감각과 가망 없음에서 벗어나게 해 주려면 이들에게 에너지를 쏟아붓는 수밖에 없다. 이런 사람들의 의식 속에서는 에너지의 상실 과정이 일어난다. 그래서 흔들의자에 앉아 멍하니 창밖을 바라보던 그 여인처럼 이들은 에너지가 전혀 없는 상태에 빠져든다. 이성도 아무런 역할을 못 한다. 아들의 전사 소식은 오류였다는 전보가 국방성에서 다시 왔을 때 그녀가 보인 반응이 이런 점을 확인시켜 준다. 요컨대 이런 전보에도 그녀의 에너지 장은 변화하지 않았다. 멍하니 창밖을 바라보면서 계속 의자에 앉아 몸을 앞뒤로 흔들어 대기만 했다.

이럴 때 해결책은 관심과 사랑, 함께 있어 주는 것, 영양 보충 같은 모든 가능한 방법들로 에너지를 불어넣어서 슬픔이라는 다음의 에너지 장으로 올라가게 해 주는 것이다. 슬픔은 과거와 연관이 있다. 그래서 이런 사람들은 심리적인 충격을 받은 것처럼 멍한 상태에서 벗어나면 흔히 울부짖으며 중독으로 인한 모든 상실들을 아쉬워하기 시작한다. 후회와 자기연민에 빠져들고, 지금과 같은 처지에 놓이거나 갱생시설에 들어와 있다는 사실에 비애를 느낀다. 자신의 삶과 중독에 슬픔을 느끼고, 신에게 완전히 버림받았다고 생각한다. 이 단계에서는 과거에 대한 후회도 나타난다.

다음 단계인 두려움의 에너지 장으로 옮겨 가면 걱정, 불안과 더불어 중독을 두려워하기 시작한다. 두려움은 미래와 연관이 있다. 이때는 의기양양하게 부정하는 태도를 더 이상 보이지 않고, 반대로 기가 꺾인다. 이로 인해 세상이 무시무시하게 여겨지고 이미 지은 죄로 신이 자신을 징벌하는 것처럼 느껴진다. 중독증을 신이 내린 징벌로 오해해서 미래에 벌과 상실을 더욱 많이 겪게 될까 봐 두려워한다. 그러나 각각의 에너지 모두 다음 단계의 에너지 올라가게 만들기도 한다. 덕분에 중독에 대한 두려움에서 벗어나 희생자적인 시각보다 더 나은 입장에 서고 싶다는 욕망이나 바람, 갈망을 갖는다. 그리고 이런 욕망은 분노의 단계로 상승시킨다.

분노의 단계에는 유용한 에너지가 많이 있다. 분노 자체가 아니라 희생자가 된 자신과 삶의 역경에 대해 분노할 때의 에너지를 말하는 것이다. 이런 분노는 건설적으로 활용할 수 있다. 패배주의에서 벗어나는 하나의 전환점을 만들 수 있는 것이다. 그리고 무언가 조처를 취하고 자신과 자신의 위치를 돌보는 상태로 올라가 무언가를 하고 있다는 데서 자부심을 느끼다가 용기의 에너지 장으로 이동하는 것이 절망보다는 낫다.

진실을 말할 수 있는 용기는 중독증의 치료에서 아주 중요한 역할을 한다. 12단계 프로그램의 첫 단계, 즉 알코올이나 마약에 자신이 속수무책이라는 사실을 인정하는 것이 갖는 강력한 효과 덕분에 이제는 문제를 직시하고 이겨 내고 다루며 적합한 사람이 될 수 있는 힘이 생기는 것이다. 요컨대 용기는 다시 힘을 갖게 해 준다. 그러면 세상도 기회의 장소처럼 보이고, 열린 마음이 주는 선물을 처음으로 경험하면서 진실을 마음속으로 받아들일 수 있게 된다.

자부심도 용기의 단계로 올라가 사실을 직시하는 데 활용할 수 있다. 이렇게 하면 다음의 상태에 들어가 사실에 대한 저항을 내려놓고 세상을 긍정적인 곳으로 보기 시작한다. 이때 우리는 탐구와 확장을 가능하게 해 주는 내면의 자유를 이용하고 경험하게 된다. 이로 인해 자발성의 단계로 올라가면 긍정적으로 결단을 통해 탐험에 합류하고 전념한다. 이로써 호의적인 세상에서 갱생 과정 전체를 바라볼 수 있는 능력을 발전시킨다. 그러면 익명의 알코올 중독자협회를 포함한 다른 회복 프로그램들을 가망 있고 희망적인 것으로 보고 자신이 회복될 수 있다고 느낀다.

수용은 아주 강력한 에너지 장으로 이 장에서는 결정할 수 있는 힘을 인식한다. 또 세상이 조화로운 곳임을 경험하면서 변화를 보여 주고, 자신에게 능력이 있다고 생각하면서 자신감을 가진다. 또 세상이 어려움을 주기도 했지만, 다른 한편으로는 해결책도 제시해 주었음을 경험한다. 자비로운 신이 해결책을 제공하고 있으므로 많은 이들이 해결책을 갖고 중독증에 걸린 사람을 도우려 한다는 점을 깨닫는다.

순응으로 인해 세상은 호의적이고 조화롭고 따스하고 도움과 희망이 가득한 곳으로 보이기 시작한다. 세상이 자신을 받아들이는 느낌이 든다. 저항과 부정을 내려놓으면 사랑의 에너지 장이 드러난다. 그러면 이제 중독증에 걸린 사람은 본질적으로 치유의 에너지를 지닌 12단계 프로그램 그룹의 하나(익명의 알코올 중독자협회는 540의 단계에 있다.)에 들어가 치유의 에너지 장에 헌신한다.

꼭 필요한 것은 치유의 에너지와 만나고 치유를 받아들이겠다는 자발적인 의지다. 이런 자발적인 의지로 수용이 일어난다. 보살핌과 지지, 이해, 무조건적인 사랑의 에너지 장 속에 몸을 담글 필요가 있음을 받아들이는 것이다. 이런 장 속에 있다 보면 자신이 안전한 곳에 있다는 느낌이 든다. 실제로 이 장과 계속 관계를 맺으면 생존을 보장받을 수 있다.

이런 경험은 기쁨과 내면의 평화를 가져다준다. 또 자신이 한 부분으로 통합되어 있는 에너지 장의 일체성과 완전성도 느끼게 된다. 이 아주 중요한 단계를 통과하게 만들어 주는 것은 바로 진실을 말할 수 있는 자발적인 의지다.

12단계 프로그램의 첫 단계는 자신이 알코올과 마약에 무력하며 이것들이 자신의 삶을 걷잡을 수 없게 만들고 있음을 자발적으로 인정하는 것이다. 그러고 나면 두 번째 단계에서 자신보다 더욱 큰 어떤 힘을 통해 '온전함을 회복한다.' 이런 면에서 두 번째 단계는 중요한 의미를 갖는다. 이 단계를 통해 작은 나는 큰나의 힘에 순응하고 에고는 신에게 자신을 내맡긴다.

기쁨과 지복을 보면 약 500에서부터 600까지 에너지 장이 곧장 상승함을 알 수 있다. 이 에너지 장은 마치 우리를 끌어당겨서 의식의 고양된 상태를 다시 경험하고 싶어 하게 만드는 강력한 전자석과 같다. 그러므로 이것을 다루려면 이것을 대신할 만큼 강력한 힘을 지닌 무언가가 있어야 한다. 이런 사실을 인식하는 것이 두 번째 단계에서 할 일이다. 제한적이고 작은 나, 즉 에고보다 더욱 큰 무언가가 있어야 이 강력한 에너지 장의 끌어당김을 다룰 수 있음을 직관적으로 깨닫는 것이다.

세 번째 단계에서는 이런 직관적인 앎의 결과로 결심을 한다. 신을 이해하게 되면서 신에게 순응하고 자신의 삶을 신에게 내맡기리라 자발적으로 결심하는 것이다. 이런 자발성과 이해 덕에 이제는 신을 믿을 만하고 자애로우며 반응을 잘 하는 친구 같은 존재로 여긴다. 이런 자발적인 신뢰가 믿음의 근간을 이루기 때문에 세 번째 단계에서는 더욱 깊은 순응을 통해 540 이상의 에너지 장과 만난다. 이제는 12단계 프로그램의 나머지 단계들도 지금까지 살펴본 것처럼 의식의 단계라는 관점에서 쉽게 이해할 수 있을 것이다.

네 번째 단계에서는 내면을 정직하게 들여다보면서, 두려움 없이 성격적인 결함들과 도덕적인 흠들을 조사한다. 이로 인해 삶의 부정적인 부분들을 기꺼이 살펴보고 인정한다. 다음의 다섯 번째 단계는 바로 치유의 단계다. 자신과 신, 타인들에게 저지른 잘못의 본질을 정확히 인정한다. 덕분에 에너지 장을 변화시키고, 부정적인 힘을 에너지 장에서 제거하게 된다. 물론 부정성을 벗겨 냈다고 해서 삶의 이력이 달라지지는 않는다. 하지만 부정성을 받아들이는 방식이 변화하면서 과거에 삶을 좀먹고 파괴시켰던 것들이 이제는 힘을 잃는다.

익명의 알코올 중독자협회의 창설자인 빌 윌슨은 제대로 된 후회야말로 과거에 대한 올바른 태도이며 이것은 자기혐오나 수치심, 죄책감 속에서 뒹구는 것과는 전혀 다르다고 말하곤 했다. 가슴에서부터 비롯된 후회가 진정한 후회라는 말이다. 그래서인지 그는 익명의 알코올 중독자협회는 가슴에서 비롯된 가슴의 언어를 다루며, 유머와 수용, 밝음, 과거를 치유하겠다는 자발적인 의지를 통해 치유를 한다고 말하기도 했다.

다섯 번째 단계를 지나면 이제 실제적인 회복단계인 여섯 번째 단계에서부터 아홉 번째 단계까지 복원 작업이 진행된다. 이 단계들에서 중독자는 실제로 책임을 지고 세상에서 무언가를 한다. 단순히 정신적이고 지적인 훈련에 그치지 않도록 실제로 복원 가능한 손상을 복원하고 수리 가능한 담장들을 고치는 것이다. 이로 인해 훈련이 현실 속에서 구체화되고, 과거의 죄책감도 완화된다. 힘닿는 대로 세상으로 돌아가 그들이 가한 손상들을 최대한 복원하기 위해 애쓴다.

열 번째 단계는 자기의식의 내용물에 책임을 지고 기꺼이 정화시키는 일을 일상적인 삶의 방식으로 만드는 것이다. 일일 목록에 부족한 면이나 더 잘할 수도 있었던 일, 더욱 사랑할 수도 있었던 것들을 정직하게 기록한다. 이처럼 열 번째 단계는 영적인 진보의 책임을 받아들이고 삶의 방식을 통해 이것에 전념하는 것이다.

열한 번째는 매우 흥미로운 단계다. 첫 번째에서 열 번째 단계까지 철저하게 지켰다면 열한 번째 단계에서는 처음에 마약과 알코올을 통해 추구했던 무언가와 다시 연결되기를 바라기 때문이다. 기도와 명상으로 자신이 이해하는 신과의 접촉을 늘리고 신의 뜻을 알게 해달라고, 그 뜻을 실천할 힘을 달라고 간청한다. 그러므로 열한 번째 단계에서 접촉이 '시작'되는 것은 아니다. 신과의 의식적 접촉은 이미 진행되고 있었기 때문이다.

신과의 접촉을 가능하게 해 주는 것은 내적인 순응 그리고 큰나와 사랑의 실천에 정직하게 전념하는 삶의 방식이다. 그리고 신성한 것, 신이라는 존재, 사랑이라는 것은 결국 모두 같으므로 가슴을 통해 신과 연결된다. 삶의 방식을 통해, 세상에서 자신의 능력을 다하는 방식을 통해 사랑의 실천에 전념함으로써, 바위와도 같은 환희의 내적 경험과 다시 연결된다. 이 경험은 처음에 마약과 알코올에 의지해서 구하던 것과 비슷하다.

열두 번째 단계에서는 의식의 장 안에서 중독의 본질이 무엇인지를, 중독 과정 전체가 결국은 무엇을 위한 것이었는지를 알게된다. 이제까지의 단계들과 의식화를 통해 영적인 자각에 이른 것은 중독의 전 과정을 경험한 덕분이다. 덕분에 이제는 타인들에게 이런 메시지를 전달하고 자신의 전 생애를 통해 이것을 구현할 힘을 얻은 것이다.

이처럼 열두 번째 단계를 통해 전체 중독 과정이 결국은 의식의 깨어남을 경험하고, 다른 의식 단계로 이동하는 것이며, 잠을 자는 것 같은 무지의 상태에서 벗어나 의식적으로 깨어 있고 책임질 줄 아는 존재 상태로 이동하기 위한 것이었음을, 무의식적이고 무책

임하며 무력한 희생자 같은 상태에서 벗어나 영적으로 행복의 책임이 자신에게 있음을 받아들이기 위한 것이었음을 알게 된다.

따라서 이제는 행복의 원천을 외부에 두지 않는다. 대신에 영적으로 깨어 있는 사람이 자신임을 책임 있게 인정하는 데 행복의 원천이 있으며 이 원천이 생명의 원천과도 같음을 인식한다. 이렇게 중독 과정 전체를 다른 맥락에서 받아들이면서 의식과 자각력이 더욱 증가한다. 알코올과 마약중독을 계기로 생존을 위해 더욱 깨어 있게 되는 것이다.

치명적인 영향을 미치는 병들에서 벗어나는 길은 영적으로 서서히 깨어나고 자각하는 것뿐이다. 고차원적인 큰나가 선택한 어떤 것과의 직면을 통한 자각에 우리의 생명이 달려 있기 때문이다. 돌아갈 길은 없으므로 이런 직면만이 우리를 성장시킨다.

우리가 선택할 수 있는 것은 신에게 자신의 의지를 내맡기는 것뿐이다. 그렇지 않으면 정신이 이상해져서 죽고 말 것이다. 일단 프로그래밍된 이상 두뇌 세포들을 다시 프로그래밍할 수 없다. 밧줄 위에서는 마음을 바꿔 몸을 돌릴 여지도 충분하지 않다. 알코올 중독 과정에 접어들고 나면 되돌아가기 힘들다는 말이다. 자신에 대한 진실을 인정하고 직면하는 수밖에 없다. 이 점을 받아들이고 즐겁게 이 과정 속으로 들어가 감사의 마음을 갖는 태도에 회복이 달려 있다.

익명의 알코올 중독자협회 모임에서 연사들이 왜 알코올 중독에 걸린 것이 도리어 감사하다고 말하는지 이제 이해가 될 것이다. 새로 온 사람들에게는 이런 말이 정말로 미친 소리처럼 들릴 것이다. '감사하다고? 알코올 중독자가 된 게 감사하다니 어떻게 그럴 수가 있지?'라고 생각할 것이다.

그 이유는 중독의 경험을 통해 영혼이 성숙해지고 깨어나게 됐기 때문이다. 의식의 깨어남을 통해 이 과정에 감사의 마음을 갖는 것이다. 처음에는 물론 분노하고 저항했을 것이다. 그러나 이후에는 실제로 이 과정을 받아들이고 동참한다. 이로 인해 사랑과 기쁨을 경험하고 종국에는 고요의 상태에 이른다.

더불어 중독증에 걸린 것도 하나의 운명이었음을, 앎을 실천하기 위해 중독증을 선택한 것이었음을 깨닫는다. 중독증 덕분에 다른 방식으로는 도달하지 못했을 커다란 깨달음에 이르렀음을 알게 되는 것이다. 개중에는 에고가 바닥을 쳐야만 신에게 순응하고 신을 발견함으로써 깨달음을 얻는 이들이 있다. 이런 사람들은 커다란 감사의 마음을 갖게 되고 더불어 의식 자체의 본질도 깊이 이해한다. 신에게 순응해야 신의 선물을 받는 것이다.

healing and recovery 14

암

지금까지 심장 질환이나 우울증, 알코올 중독, 마약 중독 같은 병들을 치료할 때 마음과 의식의 기본 법칙들을 활용하는 방법에 대해 이야기했다. 이 병들은 모두 심각한 난관으로 실재와 실재의 본질에 대한 우리의 견해를 변화시킨다. 이번 장은 특히 암 환자들과 그 가족들, 암에 걸릴지도 모른다는 두려움을 안고 있는 이들, 현재 암 치료를 받는 중인 사람들을 위한 것이다.

치유에 대한 전체적인 접근법을 제시하고 몸과 마음, 영혼에 대해서 다시 이야기할 것이다. 치유법은 꼭 기존의 현대의학이나 대체요법만을 고집하지 말고 두 방법을 모두 포용해야 한다. 진정한 치유를 위해서는 인간의 타고난 한계를 적절히 고려하면서 몸과 마음, 영혼의 측면들을 포함한 더욱 포괄적인 차원에서 병을 다루어야 하기 때문이다.

내가 아는 환자들 가운데 이 만성적이고 심각한 질병에서 회복된 사람들, 대부분 담당의사와 의료진들이 가망 없다고 포기한 환자들이었던 이들은 전부 포괄적인 차원에서 병을 다루었다. 그들이 속해 있는 진정한 실재의 포괄적인 의미를 탐구하고 '영혼'이라 불리는 인식의 영역을 파고들어 간 것이다.

그렇다면 몸과 마음, 영혼의 관계는 어떨까? 이것은 이목을 끄는 기발한 문구에 불과한 것이 아니다. 매일의 삶에서 실험을 통해 실제로 결과를 확인할 수 있는 실제적인 무엇이다. 이 치명적인 질병에서 회복돼 멀쩡하게 돌아다니는 친구들이야말로 인간에게 알려진 어떤 질병에서도 벗어날 수 있음을 보여 주는 살아 있는 증거들이다.

앞의 장들에서 이야기한 것처럼 나는 치유 곤란한 여러 가지 만성 질환들을 안고 있었다. 증상들을 일부 치료해도 병 자체는 호전되지 않았다. 사실은 서서히 악화되었다. 기존의 일반적인 치료법들을 써 봤지만 몇몇 증상들은 현상을 유지하는 반면 다른 증상들은 더욱 나빠지기만 했다. 그러다 의식의 장이라는 포괄적인 차원과 이 장들이 자기치유에 미치는 영향을 탐구하면서 이 모든 질병에서 회복되었다.

통풍과 높은 요산 수치로 고통 받았던 적도 있다. 하지만 몸이 마음속의 생각들을 그대로 반영한다는 것을 안 후 마음속 생각들을 변화시키기 시작했다. 그러자 몸의 화학작용이 실제로 달라졌다. 이를 계기로 원자와 세포, 원소, 전자 등 몸을 구성하는 모든 것들이 의식에 영향을 받는다는 것을 깨달았다. 이런 이해는 암을 치료하기 위해 우리가 사용하는 접근법에서 아주 중요하다.

몸과 마음, 영혼의 관계는 이렇다. 몸은 마음속의 것들을 반영하고, 마음은 다시 영혼의 입장을 반영한다. 인간의 모든 경험이 일어나는 자리를 알 필요가 있는데, 그 이유는 이 차원의 영향력이 가장 크기 때문이다. 몸이 마음의 결과물이고 마음은 영혼의 결과물이므로 의식이라는 영역에서 문제를 다룰 필요가 있는 것이다. 이것은 임상학적으로도 맞는 얘기다. 의식의 차원에서 병을 다루는 사람들은 어떤 의학적 방법으로 몸을 직접 치료하지 않아도 몸에서 변화가 일어나는 것을 확인할 것이다.

경험이 경험되는 자리를 이해하고, 실제를 들여다보지 않아서 갖게 된 일반적인 착각들을 내려놓는 작업도 필요하다. 이를 위해 기본적인 사실을 다시 살펴보겠다. 먼저 몸 자체는 자신을 경험하지 못한다. 예를 들어 팔은 자신을, 자신의 존재를, 공간 속에서 자신이 어디에 위치해 있는지를 경험하지 못한다. 심지어는 팔의 감각도 경험하지 못한다. 팔에는 이런 능력이 없다. 신체적인 몸보다 더욱 큰 어떤 것, 즉 우리가 마음이라 부르는 것이 있어야 한다. 감각을 포함해 몸에서 일어나는 모든 신체적인 현상들은 마음이라는 더욱 큰 차원에서 경험된다. 몸의 경험이 일어나는 자리는 마음이라는 말이다.

그러나 아주 흥미롭게도 마음 자체에도 자신을 경험하는 능력은 없다. 생각은 하나의 에너지 형태에 불과하며 자신이 생각임을 경험하는 능력이 없다. 느낌도 자신이 느낌임을 경험하지 못하며,

감정도 마음을 통하지 않고는 경험될 수 없다. 그리고 마음을 품는 것은 마음보다 더욱 큰 의식 자체의 에너지 장이다. 이 에너지 장은 크기도, 한계도, 형태도 없다.

이 의식 덕분에 우리는 마음속에서 일어나는 일을 인식한다. 그러나 의식 자체만으로도 충분하지 않다. 의식의 에너지 장 안에는 빛과 유사한 고주파의 진동이 있다. 바로 자각awareness이라 부르는 것이다. 이 자각 덕분에 우리는 의식 안에서 일어나는 일들을 알 수 있다. 이처럼 의식은 마음에서 일어나는 일들을 알려 주고, 마음은 신체적인 몸에서 일어나는 일들을 보고해 준다. 그러므로 신체적인 몸 자체는 가장 실제적인 만큼 가장 강력한 것으로부터 몇 단계 떨어져 있음을 알 수 있다. 또 생각의 에너지가 신체적인 몸의 에너지 차원보다 훨씬 강력하다는 것도 알 수 있다.

앞의 장들에서 자기치유를 불러오는 여러 가지 기법들을 설명했다. 의식 자체의 본질을 설명한 후 나중에 설명할 자기치유 양식들을 이해할 수 있는 맥락을 제시해 주도록 하겠다.

먼저 암처럼 생명을 위협하는 병의 경험을 어떻게 생각하고 받아들여야 하는지 알 필요가 있다. 병의 경험을 받아들이는 방식에는 두 가지가 있다. 위로 올라가거나 내려가는 것이다. 가족의 죽음 같은 비극이나 온갖 중병, 개인적 삶의 시련들 모두 선택을 요구한다. 우리는 밑으로 내려가 자신을 희생자로 여기며 자기연민이나 우울, 절망에 빠질 수도 있고, 시련을 하나의 도전이나 기회로 받아들일 수도 있다.

시련이 더 정확한 자각을 위한 발판임을 깨닫고 기회를 잡을 때까지 이런 시련은 삶에서 반복적으로 일어난다. 왜 그럴까? 삶에서 일어나는 일상적인 사건들에는 힘이나 에너지가 없기 때문이다. 최대치의 압력이 주어져야만 사람들은 가던 길을 멈추고 이제까지 믿어 오던 온갖 것들의 실상에 의문을 품기 시작한다. 마음이 보통은 삶에 대한 새로운 관점을 받아들이는 일에 에너지를 소비하지 않기 때문이다. 새로운 관점을 받아들이지 않을 경우에 발생할 수 있는 일에 대해서도 마찬가지다. 따라서 보통은 커다란 시련에 부딪혔을 때 비로소 필요한 성장이 일어난다.

암을 포함한 다른 심각한 질병들과 관련해 가장 먼저 이해해야 할 것은 이런 커다란 시련들을 통해 이루어야 할 목적이다. 그 목적은 가능한 한 신속하게 성장과 성숙을 경험하는 것이다. 불치병에 걸렸을 경우 시간이 분명하게 제한되어 있기 때문이다. 마음에서 치명적이라거나 마지막이라고 받아들인 것들은 실제로 죽음을 초래하는 치명적인 것이 된다. 마음의 힘 때문이다. 마음이 어떤 병을 치명적인 불치병으로 받아들이면 그 병은 실제로 그런 결과를 낳는다. 물론 카르마에 의한 운명에도 영향을 받는다. 이런 점은 믿음체계의 위력을 입증해 준다.

가장 중요한 메시지는 어떤 병에든 누구도 항복하거나 희생자가 될 필요는 없다는 점이다. 내 친구들 가운데도 이제까지 인류에게 알려진 거의 모든 병들을 이겨 낸 사람들이 많이 있다. 내가 오늘날 이런 글을 쓸 수 있는 이유도 딱 한 가지, 내 개인적인 삶에서 나도 똑같이 병들을 이겨 냈기 때문이다. 그렇지 않았다면 나는 아마 수많은 병들로 인한 과다출혈로 이미 죽고 말았을 것이다. 그러나 그 병들 모두 지금은 사라져 버렸다.

마음속에 완벽한 몸 상태를 그리고 있으면 몸이 점차 완벽해지면서 병은 사라져 버린다. 이처럼 몸이 의식 속에 들어 있는 생각을 구체화시킨다는 점을 이해해야 한다. 몸은 마음의 구현체, 즉 우리의 의식과 무의식 속에 들어 있는 생각의 반영물일 뿐이다. 물론 자신의 마음을 되살펴 보며 이렇게 말하는 사람도 있을 것이다. "글쎄, 그런 생각을 한 기억이 없는데." 어떤 것에 대해서 생각한 기억이 없다면, 자신의 삶 속에 처음부터 그런 생각이 들어 있었던 것은 아닌지 살펴봐야 한다. 그 생각이 인류의 집단의식에서 비롯되거나 텔레비전 광고를 통해 소리 없이 프로그램된 것일 수도 있기 때문이다.

삶과 경험을 바라보는 다른 맥락과 방식을 창조해 낼 수 있도록 의식 지도를 다시 살펴보겠다. 의식 지도를 보면 자기치유의 모든 원칙들을 이해할 수 있다. 지금쯤이면 아마 의식 지도를 처음 보았을 때와 지금의 우리가 다르다는 것을 알아차렸을 것이다. 의식 지도를 살펴보는 일 자체가 점진적인 학습과도 같기 때문이다. 우리는 익숙해지는 과정을 통해 배운다. 좌뇌는 단선적이고 논리적이어서 조금씩 순차적으로 학습한다. 반면에 우뇌는 상황을 위에서 돌려보다가 순전한 반복적 노출과 익숙함을 통해 전체를 근본적으로 이해한다.

우리는 마음 주변의 어딘가에 있는 무의식 속에서 일어나는 현상들, 사실은 우리가 이미 알고 있는 현상들에 대해 이야기할 것이다. 이 현상들을 끌어 모아서 유용한 방식으로 그 동시성을 꿰어 맞춰 볼 것이다.

의식 지도에 대해 말하자면 이것은 인간의 에고를 나타낸다. 사람들이 '나는'이나 '나를', '나 자신'이라고 말할 때 의미하는 그 소문자 s를 쓰는 '작은 나self' 말이다. 이 작은 나는 개념과 인상, 견해, 의식적이고 무의식적인 느낌, 사람들이 '나'나 '나를', '나 자신'이라고 말할 때 보는 것을 구성하는 모든 것의 총합이다.

의식 지도에는 가장 낮은 단계에서부터 시작해 가장 높은 단계를 향해 올라가는 다양한 차원의 에너지 혹은 의식의 단계들이 있다. 우리는 연구를 통해 이 모든 단계들을 수치로 표현했다. 그리고 무엇보다도 에너지 장의 방향도 발견했다. 용기 미만의 장들은 에너지가 아래를 향하는데 이것은 이 에너지 장들이 파괴적이고 삶을 지지해 주지 않음을 의미한다.

그러나 용기 위의 단계들에서는 에너지가 위를 향한다. 지도 맨 위와 가까운 곳에는 사랑의 장이 있는 반면 지도의 아랫부분에는 죄책감과 자기혐오의 장이 존재한다. 에너지 장들과 이 장들의 상대적인 힘, 이 장들이 긍정적인 힘을 지니고 있는지 아니면 부정적인 힘을 지니고 있는지 등을 이해하면 매우 유익할 것이다.

예를 들어 치료를 받을 때 한쪽 손에 약품을 들고 누군가에게 우리의 근력을 검사해 달라고 하면 이 약품이 우리에게 효과가 있을지의 여부를 확인할 수 있다. 도움이 안 되는 약일 경우 팔의 근력이 약화되기 때문이다. 이런 식으로 추천받은 치료법의 효력 여부를 파악할 수 있다.

에너지 장들을 이해하는 것은 매우 필요한 일이다. 이 에너지 장들이 암과 암의 연구와 밀접한 연관이 있기 때문이다. 몸과 마음, 영혼 모두 사실은 의식의 표현이므로 모든 것이 극히 중요하다. 에너지 장이 부정적이면, 생화학적 차원에 이르기까지 개인의 모든 측면들에 파괴적인 영향을 미친다. 자신의 에너지 장이 어떤 상태인지 알고 싶다면 의식 지도를 보고 각 에너지 장에서 어떤 감정들이 일어나는지를 살펴보기만 하면 된다. 예를 들어 자기연민의 감정이 있으면 50의 부정적인 에너지 장 속에 있는 것이다. 50의 에너지 장은 물론 사랑의 장(500)과 비교하면 그 힘이 매우 약하다.

부정적인 에너지와 생각들을 내려놓는 것은 매우 중요하다. 부정적인 느낌이나 생각의 에너지는 열두 개의 경락을 통해 인체의 경혈에너지체계로 전이되고 몸의 기관과 세포들에도 직접적으로 영향을 미친다. 누군가를 미워하면 몸의 세포들이 이 미움의 에너지를 흡수하는 것이다. 그리고 분노에는 인체의 생리적 프로그램은 물론이고 에너지 장까지 실제로 변화시킬 수 있는 힘이 있다.

마음은 가장 작은 분자와 원자에 이르기까지 몸의 모든 기능적 측면들에 막대한 영향력을 행사한다. 몸의 모든 원자와 분자들이 의식의 단계와 믿음들에 영향을 받는 것으로 밝혀졌다. 몸 안에서 일어나는 모든 생리적이고 화학적인 작용들은 의식 안에 새겨져 있는 청사진의 결과인 것이다. 그러므로 의식을 바꾸면 이 모든 것을 변화시킬 수 있다.

플라세보 반응도 몸에 대한 마음의 이런 영향력을 입증해 준다. 수십 년간의 연구 결과 어떤 알약에 치유 효과가 있다고 믿으면 약 삼 분의 일의 환자들이 회복되거나 증상이 호전되는 것으로 나타났다. 실제로는 효력이 없는 의문투성이의 만능 약들이 계속해서 대중들에게 팔려 나가는 이유도 여기에 있다. 적어도 약 삼 분의 일의 사람들은 효과를 체험했다고 증언할 것이기 때문이다.

한편 부정적인 믿음체계 때문에 실제로 안 좋은 결과를 얻는 노세보 효과_{nocebo effect}도 쉽게 목격할 수 있다. 똑같은 약물을 주입해도 긍정적인 생각을 지닌 이들은 좋은 효과를 보고하는 반면 약 삼 분의 일의 환자들은 노세보 효과로 인해 부작용을 호소한다. 설탕으로 만든 알약을 처방하면 많은 사람들은 두통이나 구토, 소화불량, 현기증, 불면증, 졸림 등을 호소하고 반응을 잘 보이지 않는 삼 분의 일은 효험은 물론이고 부작용도 보고하지 않는다. 이로 인해 임상학계에서는 오래전부터 이런 격언이 회자되었다. 삼 분의 일은 호전되고, 삼 분의 일은 악화되고, 나머지 삼 분의 일은 의사가 어떤 치료를 하든 똑같다는 것이다. 다른 곳에서도 언급한 것처럼 믿음의 힘은 최면에서 가장 극적으로 나타난다. 최면 중에 단지 암시를 걸기만 해도 병이나 증상들이 쉽게 드러나기 때문이다.

이 책에서 이야기하는 정보들은 나의 개인적 경험과 임상 실례들, 친구나 동료들의 경험들에서도 가져온 것들이다. 나는 나의 마음과 의식 속에 품고 있던 몸에 대한 생각들을 변화시키면서 실제로 몸의 화학작용이 달라지는 것을 확인했다. 병의 종류에 상관없이 모든 병을 치유하는 데 필수적인 기본 원칙은 바로 우리가 무엇보다도 마음속의 생각들에 영향을 받는다는 것이다.

물질세계에서 구체적으로 드러나도록 무언가에 힘을 실어 주는 것은 바로 마음의 믿음체계다. 우리가 유전적으로 물려받은 것과 의식적으로든 무의식적으로든 마음속에 품고 있는 생각들의 구현체가 바로 신체적인 몸인 것이다. 물론 사람들은 흔히 그런 생각을 품은 사실이 기억나지 않는다고 말한다. 그러나 많은 생각의 형태들을 품고 있는 것으로, 융이 말한 '집단의식'이라는 것이 있다. 우리는 일례로 대중매체를 통해서 자신도 모르는 사이에 집단의식을 받아들여 부정적인 믿음체계에 에너지를 불어넣었을 수도 있다. 이런 집단의식을 받아들였다는 사실을 기억하거나 자각하지도 못한 채 말이다.

암의 경우, 암과 관련된 두려움이나 온갖 부정적 함의들, 생각의 형태들 같은 일반적인 마음이 암에 많은 정서적 에너지를 불어넣는다. 그래서 부정적인 에너지 장인 두려움 자체를 받아들인다. 이렇게 무의식적으로 두려움을 많이 품고 있으면 흔히 암을 포함한 두려운 것들이 의식 속으로 들어올 수 있는 문을 자신도 모르게 열어 두게 된다. 그러면 자신이 암에 걸리기 쉽다고 믿은 적이 없어도, 몸 안에서 일어나는 현상이 입증하듯 자신도 모르는 사이에 생각의 형태로 이런 집단적인 믿음체계를 받아들였음을 깨닫게 된다.

이런 에너지 장들을 더욱 깊이 들여다보면 죄책감의 에너지 장(30)은 의식 지도 아랫부분에 위치한다. 죄책감의 장에서는 자기혐오의 감정이 일어난다. 심리학과 심신의학의 관점에서 암이 갖는 중요성을 많이 연구한 결과 암환자들의 심층에는 흔히 무의식적인 자기혐오와 자기비난, 인간적 결함을 수용하지 못하는 면이 많이 깔려 있는 것으로 나타났다.

처리treating와 치료curing, 치유healing 사이에는 차이가 있다. 병과 증상들을 치료해서 병을 호전시키거나 병을 안고도 살아갈 수 있는 능력을 키워 주는 것은 가능하다. 앞에서 언급한 것처럼 나는 여러 해 동안 편두통과 십이지장궤양, 통풍, 저혈당증, 순환장애, 레이노병, 그레이브스병, 게실염 등으로 고통 받았다. 이 모든 병들은 내 믿음체계의 결과였으며 무의식적인 죄책감도 어느 정도 동반되었다. 연구 결과 어떤 병이든 무의식적인 죄책감이 동반된다는 것을 발견했다.

그러므로 몸에 병이 있다면 무의식적인 죄책감이 있다고 짐작해도 틀리지는 않을 것이다. 무의식적인 죄책감이 없으면 이런 병들은 생겨나지 않았을 것이다. 자기혐오를 동반하는 파괴적인 것만이 부정적인 에너지 장에서 작용할 수 있기 때문이다. 바로 여기에 치유의 비밀이 있다.

유사한 경우로 몇몇 박테리아들은 일정한 온도와 빛, 대기조건 같은 특정한 조건하의 배양기에서만 성장한다. 조건이 달라지면 박테리아들은 더 이상 배양접시에서 살아남지 못하고 죽어버린다. 그러므로 파괴적인 무의식적 욕구와 파멸적인 것은 파괴적이고 부정적인 에너지를 발생시키는 부정적인 에너지 장 안에서만 계속 자랄 수 있다. 여기에 치유의 실마리가 있다.

본질적으로 결정적인 역할을 하는 것은 에너지 장의 회전 방향이다. 약을 예로 들어 보면 분자의 화학적 효과는 분자가 오른쪽으로 도느냐 아니면 왼쪽으로 도느냐에 따라 달라진다. 덱스트로 암페타민 황산염('덱스트로'는 '오른쪽으로'라는 의미다.)이 한 예다. 이 약은 흔히 말하는 '각성제'로 체중 감량 효과가 있으며 높은 흥분감을 느끼게 해 이를 부득부득 갈다가 결국에는 미친 듯 발작을 일으키게 만든다. 한편 레보암페타민('레보'는 '왼편으로'라는 의미다.) 황산염에는 전혀 이런 효과가 없다. 구성 분자는 같아도 회전의 방향이 정반대이기 때문이다.

자기치유를 위해 해야 할 일은 부정적인 에너지 장에서 긍정적인 에너지 장으로 확실히 이동하는 것뿐이다. 자기치유는 사실 아주 간단하다. 의식 안의 지배적인 에너지 장을 부정적인 것에서 긍정적인 것으로 변화시키는 것이 자기치유다. 그러면 그 방법은 무엇일까?

치유의 정서적 진실과 물리학, 과학, 형이상학과 더불어 의학과 정신의학, 전인의학의 관점을 두루 파악했으므로 이제는 왜 이런 감정들을 내려놓아야 하는지 알 것이다. 그 이유는 착한 척하는 사람이 되기 위해서가 아니다. 이것들에 대한 집착이 파괴적이고 심지어는 치명적인 결과를 불러올 수 있기 때문이다.

근력 테스트 방법은 앞에서 이미 설명했다. 이 방법으로 근력을 검사할 때 마음속에 부정적인 생각들을 품고 있으면 근력이 약해진다. 근력이 약해진다는 것은 몸의 다양한 기관들과 연결되어 있는 경혈체계에 장애가 생겼다는 의미다. 또 세포들의 화학작용과 재생 패턴에 변화가 발생했다는 신호이기도 하다.

어떤 병이든 치유의 유일한 기회는 부정적인 에너지 장에서 벗어나 긍정적인 에너지 장으로 이동하는 데에 있다. 에너지 장이 더욱 긍정적이고 고차원적일수록 치유력은 증가한다. 현대의학이 치유하지 못한 병들에 대체의학이 효력을 발하는 것은 이러한 이유 때문이다. 이런 발견의 덕을 보지 못했다면 나는 아마 몇 년 전에 치명적인 소화기 질환으로 죽고 말았을 것이다. 다행히 죽음 직전에 이 병이 호전되기 시작했지만 말이다.

특히 암 같은 심각한 질환에서 회복되려면 반드시 죄책감을 내려놓아야 한다. 죄책감과 자존감의 결여, 자기혐오와 두려움이 암에 무엇보다도 강력한 영향을 미치기 때문이다. 이런 사실을 이해하는 것은 매우 중요하다.

죄책감 다음에는 가망 없음과 절망을 동반하는 무감정(50)의 에너지 장이 있다. 이 단계의 사람들은 세상을 가망 없는 곳으로 보고 자기연민과 가망 없음에 압도당한다. 암의 진행을 부채질하는 부정적인 에너지 장의 희생자가 되는 것이다.

무감정이라는 에너지 장 위에는 슬픔의 에너지 장이 있다. 특히 젊은 나이에 처음으로 암 진단을 받은 사람들은 흔히 "왜 나야?" 하고 묻는다. 그러고는 후회와 상실감, 낙담 속으로 빠져든다. 세상과 삶을 슬프게 바라보면서 이 에너지 장의 희생자가 된다. '에너지 장'을 되풀이하는 이유는 암이라는 문제에서 우리 자신의 순진무구함을 이해하는 것이 중요하기 때문이다. 이 에너지 장에 지배당하도록 스스로를 허용하는 것은 이 순진무구함 때문이다.

슬픔 다음에는 두려움의 에너지 장이 있다. 두려움의 에너지 장도 암 환자들에게서 흔히 나타난다. 두려움은 아주 부정적인 에너지지만 100의 에너지 장에 있기 때문에 힘은 더욱 강하다. 이 장에 있는 사람은 세상과 삶을 두려운 곳으로 보고, 신도 징벌을 일삼는 존재로 인식한다. 그렇지 않고서는 암에 걸리게 할 리가 없다고 생각하는 것이다. 생명의 과정도 위축되는 느낌이 든다. 그러면 기가 꺾이고 에너지를 상실하면서 파괴적인 힘에 굴복해서 병의 진전을 무의식적으로 허용하게 된다.

그러나 희생자가 되지 않고 자신을 위해 더 나은 무언가를 욕망할 수 있는 선택권이 우리에게는 있다. 내가 아는 사람들 중에 심각한 질병에서 회복된 이들은 전부 희생자로 주저앉기를 거부했다. 모두 자신을 위해 더 나은 무언가를 갈망하기 시작했다. 틀림없이 더 좋은 방법이 있을 거라고 생각했다. 그래서 조사를 시작하고 기존의 일반적인 의술 이외의 방법들도 살펴보기 시작했다. 그러면서 이렇게 다그치기도 했다. "저, 선생님. 해 주실 수 있는 게 이게 전부인가요? 병을 치유하려면 더 많은 게 필요할 것 같은데요." 또 열망과 분노의 마음에서 이렇게 묻기 시작했다. "저를 치유해 줄 뭔가 다른 방법이 있나요?" 이런 태도는 이런 감정들의 에너지 장을 발전적으로 활용할 수 있음을 보여 준다. 이런 질문에 대한 대답은 물론 "있다."다.

이런 사람들은 이제 자부심을 가지면서 아주 결정적인 용기의 장으로 올라간다. 용기의 장(200)은 두려움의 장보다 몇 배는 더 많은 에너지를 갖고 있다. 그러나 더 중요한 것은 에너지 장의 방향이 부정적인 방향에서 중립적인 방향으로 변했다는 점이다.

인체를 둘러싸고 있는 에너지 장은 안테나와 같다. 부정적인 것에 맞춰지면 이 안테나는 파괴적인 것들을 끌어당긴다. 그리고 이런 부정적인 에너지 장의 경로 가운데에 있는 몸은 이 에너지에 손상을 당한다. 부정성과 파괴적인 힘이 몸에 손상을 가하고, 암이라는 형태로 몸을 통해 힘을 표출하는 것이다. 그러면 우리는 비로소 무언가 잘못됐다는 사실을 인식한다. 그리고 문제가 어디에 있는지 살펴보아야겠다는 생각을 갖기 시작한다. 아마도 문제는 삶을 바라보는 우리의 시각과 믿음체계, 자신을 받아들이는 방식에 있을 것이다.

용기의 단계에서는 마음을 열기 시작한다. 세상에 대한 시각이 바뀌면서 문들이 열리기 시작하는 기회의 세상으로 올라간다. 이전까지는 답을 안다는 착각에 마음을 닫아 두고 있었는데 말이다. 그러나 일단 용기를 가지면 마음은 문을 열고 이렇게 말하기 시작한다. "내가 모르는 답들이 분명히 있을 거야. 사실 나는 필요한 질문이 무엇인지도 정확히 모르잖아." 이렇게 자신을 여는 순간 힘을 얻고 마음을 열 용기를 갖는다. 이처럼 200의 단계에서는 진실을 직시할 능력을 얻고 진실을 위해 책임을 지기 시작한다.

그러나 희생자라는 생각을 갖고 있으면 책임을 지는 대신 이렇게 말한다. "음, 너도 알다시피 내가 이 병에 걸린 건 박테리아 때문이야.", "내가 이 병에 걸린 건 바이러스 때문이야.", "내가 이 병에 걸린 건 암세포들 때문이야." 언제나 자신과 의식의 외부에 있는 어떤 것 때문에 병의 희생자가 되었다고 생각하는 것이다. 그러나 마음을 열면 병과 우리 사이에 어떤 관계가 있음을, 삶에서 일어나는 것들이 흔히 우리 무의식 속의 어떤 것과 연관되어 있음을 인정하게 된다.

용기 바로 위에는 중립의 에너지 장이 있다. 이 단계에서는 화살표가 위를 향하며 에너지 장도 250으로 비약한다. 초연 혹은 무심이라는 감정 상태가 동반된다. 또 아주 심각한 상황에서도 더욱 크고 새로운 자유와 삶의 긍정성을 경험한다. 어떤 사건이 일어나든 내면의 진실을 직시하고 숙명론을 포함해 그 사건에 대한 자신의 입장을 확인할 필요를 느끼기 때문이다.

숙명론은 제2차 세계대전 중 병영에서 총알에 대해 가졌던 생각과 같다. 총알이 우리를 향한 것이라면 그 위에 우리의 이름이 새겨져 있을 것이므로 총알을 두려워해 봤자 아무 의미가 없다는 것이다. 총알에 우리의 이름이 새겨져 있지 않다면, 어차피 총알은 우리를 맞히지 않을 것이기 때문이다. 총알은 '카르마'로 표현할 수도 있다. 무슨 일이 일어나든 다 운명인 것이다. 일어나기로 되어 있는 방식이 카르마이므로 운명론적인 태도는 어느 정도 마음의 평화를 가져다주고 그 덕분에 우리는 초연해질 수 있다. 암 환자가 이런 상태에 이르면 흔히 이렇게 말한다. "음, 봐. 살 운명이면 사는 거고 아니면 아닌 거야. 내 말 무슨 의미인지 알지? 난 최선을 다하고 있어. 병이 나을 운명이면 낫고 아니면 아닌 거야. 난 어느 쪽이든 따를 준비가 돼 있어." 다시 말해 흙에서 나와 흙으로 돌아갈 때까지 신의 뜻을 받아들이겠다는 것이다. 우리의 원형질이 본질적으로 일시적이라는 사실을 인정하는 것이다.

이것은 슬픔에 빠져 있거나 자기연민과 분노, 오만, 부정에 사로잡혀 있는 것보다는 확실히 훨씬 편안한 상태다. 자신이 암에 걸렸다는 사실을 부인할 수도 있고, 실제로 치유를 위해 아무 일도 하지 않으면서 암이 치유된다고 생각할 수도 있기 때문이다. 물론 이것도 다소 허황된 생각이지만 말이다.

중립의 단계를 넘어 자발성의 단계로 이동하면, 세상을 호의적인 곳으로 보고 삶도 도전의식을 불러일으키는 희망적인 것으로 받아들인다. 그리고 이런 사실을 발견한다. "그래, 해결책이 있어. 맞아, 암 같은 온갖 치명적이고 가망 없는 불치병을 안고도 멀쩡하게 돌아다니는 사람들이 많잖아."

이런 상황에서 우리는 자신의 힘을 창조하고 증명하겠다는 목적을 갖는다. 그리고 이 병을 내려놓을 수 있으며, 치유의 방법들이 있다는 사실을 받아들인다. 그러고 나면 이 세상은 조화로운 곳으로 보이고, 이런 세상에서는 암에서 회복된 사람들이 아주 즐겁게 자신이 되찾은 진실을 타인들과 공유한다. 신이 자애로운 존재임을 경험했기 때문이다.

의식 지도 아랫부분에 있는 에너지 장에서는 흔히 징벌을 일삼는 존재로 신을 인식하거나, 신 대신 이런저런 형태의 자기징벌이나 통증, 고통을 믿는다. 그러나 자신이 적합한 존재라는 느낌을 받고 해결책이 있다는 확신을 가지면 의식 속에서 변화가 시작된다. 자발성의 단계로 올라간 후 사랑이라는 에너지 장에 들어가는 것이다.

이것은 결정적인 단계다. 사랑의 에너지 장에서 비로소 치유가 일어나기 때문이다. 믿음에 기초한 회복 그룹인 기적수업 모임이나 익명의 알코올 중독자협회처럼 치유 능력으로 유명한 모든 조직들이 이것을 입증해 보이고 있다.

이 에너지 장에서는 거의 모든 진행성 질환과 만성 질환, 가망 없는 불치병이 저절로 호전되거나 낫기도 한다. 의학적으로 치유책이 없거나 의료진도 그렇다고 인정을 했어도 이런 일이 일어난다. 알코올 중독증만 놓고 봐도, 이 병에서 완전히 벗어나 멀쩡하게 활보하고 다니는 사람들이 무수히 많다. 고통을 더욱 성숙한 의식과 자각에 이르는 도약대로, 사랑을 위한 헌신 속으로 들어가는 길로 이용한 결과 실제로 이들의 삶은 변화했다.

이것은 모두 사랑의 에너지 장이 지닌 본질이 '이런저런 것을 해주면 너를 사랑할 거야.' 하는 식의 조건적인 사랑이 아니라 무조건적인 사랑에 있기 때문이다. 이렇게 무조건적인 사랑 속으로 들어가면 드러남의 과정이 시작되고 정신과 두뇌 안에서 엔도르핀이라는 화학물질이 분비된다.

이 모든 에너지 장들에 따라 두뇌 안에서는 효소들의 변화가 일어난다. 신경전달물질들이 변화하며 온 신경세포들이 열리고 방출된다. 그러므로 치유의 힘을 지닌 사랑의 에너지 장 속으로 들어가면 부정적인 감정 상태에 있는 사람과는 달리 무수한 뉴런들을 그들의 마음대로 활용하게 된다.(1장에 나오는 '두뇌의 기능과 생리학적 지표'를 참고한다.) 이것들을 자산처럼 운용하는 것이다. 이로 인해 무조건적인 사랑의 에너지 장 속으로 들어가면 치유의 과정이 시작된다. 실제로 우리는 540가량 되는 가슴의 에너지 장에서 치유가 일어남을 발견했다.

그럼 자기치유를 불러오는 방법은 무엇일까? 여러 가지 것들을 내려놓아야 하는데, 그 가운데서도 가장 먼저 버려야 할 것이 무의식적인 죄책감이다. 자신이 무엇에 죄책감을 느끼는지 밝혀내는 방법을 찾아야 하며, 그러려면 자기성찰의 과정을 거쳐야 한다. 물론 이런 작업을 할 때는 두려움이 일어난다. 그래서 이렇게 말하는 사람들도 있다. "음, 판도라의 상자를 열기 시작하면 평생 의식 밖으로 밀쳐 두고 억압하고 눌러 두었던 온갖 부정성과 죄책감에 압도당해 버리고 말 거야."

모종의 도구는 분명히 필요하다. 이것들이 들고일어날 때 처리할 수 있는 실제적인 방법이 필요한 것이다. 우선 모든 행위의 밑바탕에 깔려 있던 것들을 파악하는 자기성찰의 과정에서 위로 떠오르는 것들을 해석하는 나름의 방식과 맥락이 있어야 한다. 위로 떠오르는 것들을 해석할 수 있는 적절한 맥락이 있으면 고차원적인 이해 덕에 자신과 타인을 용서하게 되고 그러면 죄책감도 저절로 사라져 버린다.

또 평생 정확히 하나의 '죄'를 저질러 왔으며 이 '죄'를 계속 되풀이하고 있음을 깨달아야 한다. 이 '죄'는 바로 우리의 의도와 목적에 따라 행동하면 행복을 얻으리라는 순진하고 안이한 생각에 따라 이제까지 모든 일을 해 왔다는 것이다. 이런 사실을 깨닫고, 당시에는 생존에 필요하며 생존을 해야 행복도 얻을 수 있다는 생각에 그렇게 행동했음을 인식하는 것은 중요한 일이다.

행복에 대한 갈망은 인간이 지닌 모든 감정의 기본이다. 그렇지 않은가? 실제로 기본적인 전제, 가장 본원적이고 근본적인 착각은 몸이 행복의 원천이라는 것이다. 그러므로 죽음에 대한 두려움의 바탕에는 사실 이런 생각이 깔려 있다. "몸을 잃어버리면 행복의 원천을 잃고 말 거야. 의식 자체를 잃어버리고 말 거야."

그러나 영적으로 깨어 있는 사람들은 자신의 실재를 더 이상 신체적인 몸과 동일시하지 않는다. 몸과 마음 안에서 일어나는 일들을 알게 해 주는 자각, 의식 자체가 우리라면, 몸은 사다리의 맨 아래에 있는 다리와 같기 때문이다.

부정적인 감정들을 내려놓고 이것들을 억누르거나 억압하지 말아야 한다. 그 도구는 이런 감정들이 의식 위로 떠오를 때마다 이것들에 대한 저항을 내려놓는 것이다. 우리의 의식 자체가 기본적으로 순진무구하다는 사실에 주의를 기울이는 것도 중요하다. 아이와 같은 순진무구함이 의식의 본질이다. 그런데 나이가 들면서는 자신이 한 일들을 어떻게 믿게 되었을까? 아이들을 보면 그들이 얼마나 순진무구하고 잘 믿는지 알 수 있다. 교활함이라고는 전혀 찾아볼 수 없다. 적어도 우리가 이해하는 순수함의 기준으로 볼 때 아이들의 동기는 아주 순수하다.

이 근본적인 순진무구함은 나이가 들면서 어른과 같은 의식으로 변해 간다. 아이들의 본질적인 순진무구함으로 인해 어릴 때의 의식 속에 프로그램들이 깔렸기 때문이다. 순진무구하고 잘 믿기 때문에 후에 암을 만들어 내는 온갖 생각들, 자기비난과 두려움과 연관 있는 생각들, 인간성의 한계들을 다양하게 표출해 버려 자신을 거부하게 만드는 온갖 생각들을 받아들이고 믿기 시작한 것이다.

암을 치유하려면 더욱 커다랗고 고차원적인 큰나에서 생겨나는 연민의 마음으로 스스로를 치유하겠다는 자발적인 의지를 가져야 한다. 인간의 모든 나약함은 순진무구함으로 인해 받아들인 믿음 체계에서 생겨나는 것이다. 그리고 이 믿음체계들은 무언가를 소유하거나 행동하면 행복을 얻을 수 있다는 생각의 형태로 매일의 삶에서 나타난다.

슬픔이나 상실감이 우리에게 영향을 미칠 수 있는 이유는 외부의 무언가가 행복의 원천이 되리라고 생각하고, 그 원천을 아쉬워하기 때문이다. 그리고 분노를 느끼는 이유는 우리의 목적과 갈망, 우리가 행복의 원천이라고 여기는 것과 우리 사이에 어떤 장애물이 버티고 있기 때문이다. 이런 분노는 더욱 깊은 죄책감을 불러일으킨다.

다시 의식 지도를 살펴보면서 이렇게 자문해 보아야 한다. "내 의식 속의 어떤 착각이 지금 암의 형태로 나타나고 있는 것일까?" 용기 미만의 모든 단계들은 암을 키우는 부정적인 에너지 장을 만들어 낸다. 그리고 암을 만들어 내는 착각은 바로 행복의 원천이 자기 외부에 있다는, 외부의 무언가가 자신을 행복하게 만들어 줄 수 있다는 생각이다. 그러나 이처럼 자신의 힘을 외부의 무언가에 내주고 투사시키는 순간 부정적인 에너지 장에 떨어져 어리석게도 자신을 희생자로 만들어 버린다.

에고의 무의식적인 목적은 자신이 희생자임을 입증하는 것이다. 그리고 세상의 많은 사람들이 그렇듯 우리가 계속 이런 생각을 받아들이고 동의할지의 여부를 암으로 시험하려 한다. 우리의 생명을 앗아 가는 한이 있더라도, 자신이 순진무구한 희생자이며 외부의 무언가가 가해자라는 견해(이것이 희생자적인 태도의 전형적이고 핵심적인 생각이다.)를 포기하느니 차라리 이렇게 시험을 하는 편이 에고에게는 더 나을 것이다.

그러나 자신의 진정한 순진무구함을 이해하고 인정하면, 거짓된 순진무구함에서 비롯된 희생자적인 태도는 필요 없어진다. 희생자 자체가 애초에 없는 것이기 때문이다. 애초부터 있던 것은 우리가 순진무구함으로 받아들인 믿음체계뿐이기 때문이다.

가장 악명 높은 믿음체계의 예를 들자면 아마 성공이 행복을 가져다준다는 생각일 것이다. 성공한 중년의 많은 사업가들이 알고 있는 것처럼, 그들이 성공을 통해 얻은 것은 일상적인 두통과 탈진, 많은 소송, 탐욕, 동료들의 질시다. 자연히 그들은 이렇게 한탄한다. "성공을 거두면 행복을 얻을 줄 알았는데 도대체 행복은 어디 있는 거야? 하긴 덕분에 멋진 차에 비싼 옷을 즐기고, 좋은 동네에서 근사한 집에 살기는 하지만 말이야." 하지만 이런 것들은 행복이 아니다. 세속적인 성공이 행복을 가져다주지는 않는다. 어느 순간 자신과 자신에 대한 진실을 버렸다는 느낌으로 인해 죄책감과 환멸에 빠질 뿐이다.

암을 포함한 질병에서 벗어나려면 자신의 본질적인 순진무구함과 연결되고, 삶의 온갖 사건들에도 전혀 영향 받지 않는 이 내적인 순진무구함의 실재를 다시 확인해야 한다. 모든 세속적 성공을 넘어서 있는 큰나를 분명하게 자각해야 한다. 삶의 경험 속에서 무슨 일이 일어나건 내면의 무언가는 여전히 그대로 남아 있다. 변함없이 그대로 존재하는 것이다. 아침에 우리가 누구이고 오늘이 며칠인지 혹은 오늘 할 일이 무엇인지를 인식하기도 전, 처음의 것에 눈뜨도록 만들어 주는 것이 바로 이 내면의 무엇이다.

깨어나 자각의 상태에 들어가면 고차원적인 큰나의 진실에 더욱 가까이 다가간다. 그러면 이것이 전혀 영향 받지 않은 채로 삶의 온갖 사건들을 넘어서 있음을 깨닫는다. 그러다 의식이 구체적인 생각의 세계 속으로 내려왔을 때에만 비로소 "오, 그래, 오늘 월요일이지." 혹은 "오, 맞아. 얼른 가야 해."라고 말한다. 이로써 우리는 모든 것을 넘어서 있는 큰나의 진실에 가까이 다가가 있던 상태에서 멀어진다. 그러나 삶의 사건들과 극도의 압박감을 불러일으키는 온갖 일들에 대해서 어떤 입장을 취할지를 결정할 능력을 우리는 되찾을 수 있다. 이것들의 희생자가 되거나 이것들을 초월의 도약대로 받아들일 수 있는 것이다.

가장 먼저 내려놓아야 할 것은 무의식적인 죄책감이다. 기적수업 모임에서는 두려움을 내려놓는 법과 사랑, 용서를 가르친다. 내가 아는 사람들 중에 실제로 많은 사람들이 기적수업 모임이나 이와 유사한 과정들에서 가르치는 대로 실천한 덕분에 암이나 다발성 경화증처럼 심신을 쇠약하게 만드는 많은 질병들에서 회복되었다. 기적수업 모임과 같은 모든 과정들이 관점을 바꾸고, 자신과 타인에 대한 비난과 죄책감, 두려움을 내려놓고 자발적인 의지를 통해 사랑과 용서, 자비의 상태로 들어가는 법을 가르쳐 주기 위해 만들어진 것들이기 때문이다.

자발적인 의지에서 이해하고 싶은 욕망도 생겨난다. 그러므로 자신을 치유할 때는 두 팔로 자신을 안아 주며 연민의 마음을 가져야 한다. 누구나 내면에 치유자를 갖고 있기 때문이다. 그러면 이제 자신의 인간적인 약점들도 치유하기 시작하게 된다. 그렇다면 에고를 사라지게 만드는 방법은 무엇일까? 에고를 공격하거나 적대적인 위치에 서서 적으로 만들지 않고, 스스로 사라질 때까지 에고를 사랑해 주어야 한다. 연민과 사랑, 이해를 통해서만 에고를 진실로 녹여 낼 수 있기 때문이다.

내면을 성찰하다 보면 평생 우리가 저질러 온 실수들이 사실은 모두 순진무구함 때문이었음을 이해한다. 이 순진무구함에 대한 이해를 주요 목표로 삼으면 연민의 마음으로 인해 치유가 이루어진다. 타인들에 대해서도 이런 태도를 갖고 자신과 타인을 판단하려는 욕망을 내려놓으면, 우리의 에너지 장은 긍정적인 방향으로 움직이기 시작한다. 그리고 암은 부정적인 에너지 장에서만 자라날 수 있을 뿐 긍정적인 에너지 장에서는 성장하지 못한다.

의식 지도를 보면 500의 단계에 있는 사랑의 에너지 장에 누구나 이를 수 있음을 알 수 있다. 이 장에서는 무조건적인 사랑에 헌신할 수 있다. 그런데 무조건적인 사랑이란 과연 어떤 사랑을 말하는 것일까? 할리우드 영화에 나오는 것 같은 감정주의나 감상주의, 집착, 의존, 서로를 통제하기 위한 밀고 당기기는 물론 아니다. 무조건적인 사랑은 어떤 형태를 취하고 있건 모든 생명을 보살피고 지지해 주는 일에 자신을 헌신하겠다는 의도, 가장 정확하게는 사랑하기lovingness라고 표현할 수 있다.

생명은 성인에게든 범죄자에게든 똑같이 균등하게 흘러든다. 생명과 진실, 내면의 신은 결코 판단하지 않는다. 생명은 모든 존재들에게 똑같이 흘러든다. 성경에 나와 있는 것처럼 비는 모두의 위로 똑같이 떨어져 내린다. 이 말에서 우리는 자기중심적 판단에서 벗어나야 한다는 교훈을 얻을 수 있다. 생명은 모든 존재들 속으로 똑같이 흘러들므로, 우리도 자신을 포함한 모든 사람들의 진실을 지지해 주는 데 무조건적인 사랑을 보내야 한다.

자신을 치유하는 능력은 "신의 도움을 받으면서 필요한 내면의 작업을 통해 이 병을 치유하겠다고 결심할 수 있는 힘이 내게 있음"을 인정하는 데 달려 있다. 처리와 치료, 치유 사이에는 차이가 있다. 처리는 단순히 증상들을 완화시키는 것이고, 치료는 병을 이겨 내는 것이지만, 치유는 인간 전체를 포용한다.

우리의 목적은 마음의 평화를 얻는 데 있다. 이것이 치유의 궁극적 결과이기 때문이다. 내면의 고요가, 몸에 대한 무관심이 아닌 초월이 궁극의 결과다. 그러면 더 이상 몸을 자신과 동일시하지 않게 된다. 자신이 신체적인 몸 이상의 존재임을 알기 때문에, 몸을 우리에게 속한 것으로, 우리의 일부분으로, 우리의 권한 안에 있는 것으로 받아들인다.

암 치유는 자신이 신체적인 몸 이상의 존재이며 내면의 치유자를 불러내 이제까지 제시한 의식의 기법들을 활용할 힘이 자신의 의식 속에 있음을 깨닫는 데 달려 있다. 그러므로 자신에게 물어보아야 한다. "나는 치유를 허용할 수 있는가? 이 병이 치유될 수 있을까? 내 안에서 치유되어야 할 것은 무엇인가?" 물론 특별한 경우에는 치유해야 할 것이 무엇인지 발견하지 못할 수도 있다.

몇 년 동안 나는 재발성 중증 게실염으로 고통 받은 적이 있다. 그때 결국은 병원에 입원해서 응급수혈을 받아야만 했다. 병원에 마지막으로 입원했을 때는 거의 죽기 직전이었다. 그러나 앞서 얘기한 일반적인 원칙들을 지킨 덕분에 병이 호전되었다. 그 후로 몇 년간은 재발이 되지 않았다. 그런데 삶에 중요한 일이 터지면서 갑자기 병이 재발했다. 이번에는 증세가 그 어느 때보다도 심각했다. 숨 막히는 통증에 경련과 출혈 등 온갖 증상들이 더욱 강도 높게 다시 나타났다.

나는 "이런 증상들이 전하려는 메시지는 뭐지? 왜 그런 걸까?"라고 자문하며 내면을 성찰하기 시작했다. 그러자 기법 하나가 떠올랐고, 이 기법을 통해 다시 뒤를 더듬고 더듬어서 이 특정한 질병 속에 숨어 있는 정확한 의미를 정확하게 찾아냈다. 내 속에 부정적인 감정들을 품고 있다는 사실에 대한 죄책감으로 부정적인 감정들을 억압하고 있었다는 점을 깨달은 것이다.

대부분은 치유의 일반적인 법칙들을 따르기만 해도 병으로부터 충분히 회복될 수 있다. 그러나 일부의 사람들은 주어진 병으로부터 아주 특별한 메시지 혹은 가르침을 얻는다. 병이 호전돼도 무언가가 계속 남아서 병이 재발될 수 있다는 것이다. 재발의 이유는 우리가 놓쳐 버린 특정한 메시지가 숨어 있으며, 우리에게 아직 더 배울 것, 카르마의 패턴이 낳은 결과가 있음을 자각하게 만들기 위해서다.

우리 모두를 위한 메시지는, 삶의 주요한 난관들이 중요한 변화와 눈에 보이지 않는 영적인 배움을 가져다준다는 것이다. 신체적인 몸은 덧없는 것이지만 영혼은 시간에 구애받지 않는다. 이런 사실을 받아들이면 더욱 깊은 자각에 이른다. 회복을 획득으로 보는 시각을 초월하게 되는 것이다. 처음에는 이런 말이 모순적으로 들릴 것이다. 흔히 회복에 대한 희망이 영적인 성장 과정의 기폭제가 되기 때문이다.

병이 영적인 성장의 동기를 부여해 줄 때, 영적인 성장은 흔히 두려움의 단계부터 시작되어 분노와 죄책감, 후회까지 포함한다. 그리고 순응과 수용으로 인해 이런 감정들은 줄어들기 시작하고, 영적인 성장 자체를 가치 있게 여기게 된다. 그러다 드디어 더욱 깊이 순응하는 시기가 오면 병에 대한 저항을 내려놓고 회복을 신에게 내맡긴다. 이런 단계에서 카르마의 본질도 이해하고 자각하게 된다.

카르마의 본질은 그 자체로 아주 미묘한 연구 과제다. 실제적인 관점에서 '카르마'라는 말은 무엇을 의미할까? 그저 하나의 이론에 불과한 것일까? 아니면 입증 가능한 실제일까? 가장 포괄적이고 일반적인 의미에서 볼 때 카르마는 개인이 신체적으로나 정신적·영적으로 물려받은 유산 전체를 가리킨다. 또 전체적인 영향과 유전적 성향, 물려받은 인간성 자체의 맥락적 의미도 나타낸다.

의식에 대한 연구 결과, 생명 자체는 소멸되는 것이 아니라 신체적인 것에서 순전한 에너지 형태로 변화할 뿐임을 확신하게 되었다.(이런 주장은 수치가 1000이 나왔다.) 그러므로 인간의 삶은 부정적인 카르마를 확실하게 해체하고 긍정적인 카르마를 획득하여 얻는 이득을 통해 한계를 초월하는 귀중한 기회라고 할 수 있다. 물론 선택의 자유가 있다는 점에서 한계를 성향으로 표현하기도 한다. 그러나 개인적 의지를 깊이 놓아 버리면 종국에는 신체적인 죽음 자체에 대한 두려움도 사라져 버린다.

우리 안의 암에 축복을 건네고 "나의 의식을 변화시키고 인식을 확장시킬 기회를 줘서 고마워."라고 말하면 나중에는 정말로 감사한 마음이 들 것이다. 실제로 암에서 회복된 많은 사람들은 과거를 돌아보며 이렇게 말한다. "제 생에서 그 병을 앓은 게 얼마나 감사한지 몰라요. 암이 제게는 영적인 자각의 도약대가 돼 주었거든요."

생명을 위협하는 병이 가져다주는 또 다른 혜택은 인간의 유한성에 대한 부정을 무너뜨려 준다는 것이다. 이것은 진지한 영적 작업을 시작하는 데 꼭 필요한 일이기도 하다. 이런 부정을 거치지 않으면, 거의 모든 사람들이 삶의 일상적인 문제들에 정신을 빼앗겨 내면의 탐구를 시작도 못 할 것이기 때문이다.

죽음과 죽음의 과정

죽음과 죽음의 과정은 몸에 작별인사를 보내는 것이라고 할 수 있다. 이 장의 끝부분에 이르러서는 이 과정을 평소보다 한결 가벼운 마음으로 바라보게 되길 바란다. 이제부터는 임상 경험과 연구, 개인적인 경험을 통해 배운 것들을 전과는 다른 방식으로 이야기해 주겠다. 더불어 죽음과 죽음의 과정에 대해서 내가 경험하고 자각한 것들도 알려 주겠다.

내 강연을 들으러 온 청중은 그것이 가능하지 않을 거라고 말했다. 사람들의 지적인 수준이 그렇게 높지 않으므로 이해를 못 할 것이라고 했다. 그러나 실상은 정반대였다. 영적인 작업에 몰두하는 사람들은 내가 말하는 내용을 즉각 이해하고 조금도 어렵게 받아들이지 않았다.

설명 과정에서 다시 의식 지도를 언급할 것이다. 죽음과 죽음의 과정을 논하는 과정에서, 사람들이 정말로 두려워하는 두 가지와 의식에 대해 이야기할 것이기 때문이다. 사람들이 두려워하는 두 가지 가운데 하나는 죽음의 신체적인 경험 자체이고, 다른 하나는 죽음과 함께 맞이할 것이라고 상상하는 자각 능력과 의식, 존재에 대한 의식의 상실이다.

의식 지도에 나타나 있는 의식의 단계들을 다시 이야기하겠다. 이 지도는 인간의 에고, 즉 흔히 '나'나 '나 자신'이라고 말할 때 소문자 s로 표현하는 작은 나$_{self}$를 나타낸다. 지도의 중간에는 용기의 단계가 있다. 용기의 단계 아래에서는 감정 상태를 드러내 주는 모든 화살표들이 부정적인 방향을 향한다. 이 상태들의 상대적인 힘과 에너지들이 수치로 표현되어 있는데, 무감정은 두려움(100)보다 훨씬 적은 에너지를 갖고 있다. 또 죄책감은 30의 단계에, 무감정이나 절망은 50에, 슬픔과 후회는 70, 걱정과 불안의 형태로 나타나는 두려움은 100, 갈망과 결핍감을 동반하는 욕망은 125, 분노는 150, 자부심은 175의 단계에 있다.

생명은 오로지 생명으로부터만 생겨난다는 진실(이것은 매우 중요한 주장이다.)을 말하면 우리는 진실과 거짓을 구분할 수 있는 200의 단계에 이른다. 죽음에 대한 두려움의 대부분은 생명은 생명으로부터만 생겨난다는 이 주장이 부정할 수 없는 진실임을 제대로 이해하고 깨닫지 못해 생겨난다. 물질이나 에너지처럼 생명은 오로지 그 구현 형태만 변화할 뿐이다.

진실을 말하면 부정적인 에너지 장은 위의 긍정적인 방향을 향하게 된다. 생명 자체의 근원에 대한 의식적 자각을 향해 올라가면 사랑과 기쁨이라는 높은 단계들 속으로 들어간다. 그리고 600의 단계에 이르면 이제까지와는 다른 새로운 패러다임 속으로 들어가 존재를 다르게 경험한다. 더 이상 자신을 별개의 개인적이고 신체적인 몸과 동일시하지 않는 것이다. 또 큰나의 본래 모습을 깨닫기 시작하고, 의식의 확장으로 개인적인 작은 나를 넘어선다.

의식의 단계들 오른편에는 각 단계들에 동반되는 감정들이 표시되어 있다. 지도의 아랫부분에 있는 죄책감의 단계에서는 수치심과 자기혐오가 나타난다. 의식 속에서 진행되는 과정도 부정적인 방향을 향한다. 무감정은 가망 없음 및 절망과 연관되어 있으며, 에너지의 상실 과정이 진행된다. 슬픔의 단계는 후회와 상실감, 낙담과 연관이 있고, 의식 속에서는 낙담의 과정이 일어난다. 두려움의 단계에는 걱정 및 불안과 연관이 있다. 두려움은 미래와 관련되어 있으며 위축의 과정을 불러일으킨다.

죽음을 생각할 때 일반적으로 사람들은 슬픔과 두려움을 떠올린다. 한결 높은 분노의 단계로 이동하기도 하는데 그 이유는 죽음의 전체 경험에 대해서 분노를 느끼고 나중에는 불만까지 갖기 때문이다.

자부심의 단계(175)로 올라가면 낮은 단계에 있을 때보다 훨씬 기분이 좋아진다. 그러나 불행하게도 자부심의 단계에서는 부정이 따라붙는다. 이 부정을 이겨 내는 법을 배워야 한다. 부정은 두려움에서 생겨나므로 일단 두려움을 이해하면 부정의 태도는 사라져 버린다. 그러면 더욱 많은 에너지를 지닌 용기의 단계(200)

로 올라간다.

용기의 에너지 장에서는 삶의 사건들을 직면하고 이겨 내고 다룰 수 있는 정서적 능력을 보여 준다. 무언가에 대해 진실을 말하면 힘을 갖게 되기 때문이다. 한결같은 긍정적 태도로 자발성의 단계로(310)로 올라가면 이런 식으로 말하게 된다. "그 일 자체를 위해 그 일에 대한 진실을 알고 싶어." 그러면 에너지 장은 더욱 강력해진다. 목적을 더욱 잘 파악하겠다는 의도가 투입되고, 그것을 둘러싼 지배적인 조건들을 받아들일 능력도 있기 때문이다.

200 미만의 단계들에서는 스스로 힘을 포기하므로 의심이 커지고 자신감이 결여된다. 그러나 문제를 들여다보려는 자발적인 의지를 가지면 마음이 열리면서 수용의 단계(350)로 올라간다. 수용은 죽음의 가능성을 다루는 데 중요한 능력이다. 이 단계에서는 다시 자신의 힘을 회복하고, 스스로 적합한 존재하고 느끼며 자신감을 얻는다. 의식 속에서 변화가 일어나기 시작하는 것이다. 또 "내 행복의 원천이 바로 나, 나 자신이며, 내게는 스스로 진실을 발견할 능력이 있다."라는 자각도 일어난다.

드디어 사랑의 에너지 장(500)으로 올라가면 생명을 지지하고 보살피는 능력으로 이 일에 헌신하게 된다. 또 용서에 대한 자발적인 의지도 생겨난다. 이로 인해 치유 그리고 감사와 연관이 있는 기쁨(540)의 에너지 장이 드러난다. 기쁨의 에너지 장은 내면의 평화를 가져다주며, 타인들의 마음에 공감하는 능력인 연민을 특징으로 한다. 또 사랑에 대한 자발적인 의지도 생겨나며 어떤 형태의 생명에 대해서도 판단하지 않게 된다.

이렇게 고요히 변화가 일어나면 평화의 단계(600)로 올라간다. 이 신성한 평화의 단계에서 드디어 지복을 경험하며 점진적인 빛 비춤의 과정이 일어난다. 그러면 마치 빛이 우리를 둘러싸고 있는 듯한 느낌이 든다. 이 형언할 수 없는 상태는 너무나 아름다워서 설명하기가 힘들다. 또 몸의 중요성이 사라져 버리면서 몸이 나와 아무 관련이 없는 것처럼 여겨진다. 몸은 개인적이고 개별적이며 제한적인 작은 나와의 동일시와 연관되어 있기 때문에 쉽게 잊어 버리게 된다.

더욱 깨우친 상태에서는 의식이 절묘하게 확장되면서 몸과 자신을 동일시하지 않게 되고, 개인적인 작은 나도 사라져 버린다. 600 이상의 에너지 장들에서는 완전함과 전체성, 모든 생명과의 일체성, 신과의 합일을 느낀다.

겸양은 마음을 열어 준다. 그리고 마음이 열리면 처음으로 이렇게 말하게 된다. "진실이란 무엇일까? 신이여, 부디 제 마음이 열려서 제 의식 안의 진실을 스스로 알게 해 주소서."

죽음을 받아들이는 태도는 신성의 본질에 대한 우리의 생각을 반영한다. 중립의 단계(250)에 있는 사람은 세상을 문제없는 곳으로 본다. 그래서 죽음을 포함한 모든 경험도 문제없는 것으로 받아들이고, 신도 자유의 존재로 인식한다. 그러나 이보다 더 낮은 단계들에서는 신을 두려워하고 죄책감을 느끼며 신을 강력한 응징자로 인식한다. 이 단계들에서는 질투와 미움이 널리 퍼져 있기 때문이다. 지도의 거의 맨 밑바닥에서는 증오를 일삼는 존재가 신이라고 여기고, 인간과 인간성을 증오하는 실체가 신이라고 생각한다. 우리를 창조한 존재가 신이라면, 이 모든 생각은 모순이 아닐 수 없다.

진실의 단계로 올라가면, 삶과 세상, 죽음을 포함한 모든 것들을 경험하고 이것들을 긍정적인 것으로 받아들인다. 신도 이제는 믿음을 주는 희망적인 존재로 인식한다. 이로 인해 죽음도 해방을 통해 의식이 훨씬 폭넓게 확장되는 것으로, 천국이라는 자각의 상태 속으로 들어가는 것으로 인식하고 기대한다.(의식에 대한 연구 결과, 천상의 영역은 다양한 것으로 밝혀졌다.)

인식의 힘을 되찾아 수용의 단계를 넘어서면 용서와 이해로 충만한 사랑의 상태로 들어간다. 이 상태에서는 드러남의 과정이 시작되고 모든 생명을 사랑스러운 존재로 경험하기 시작한다. 그러면 모든 곳에서 사랑을 보고 무조건적인 사랑을 나타내는 자애로운 신에게 더욱 가까이 다가간다. 사랑이 근본적인 실제임을 깨닫고 기쁨의 내적 상태에 이른다. 이로 인해 연민이 생겨나고, 의식의 변화를 통해 모든 창조물이 완전함을 깨닫는다. 모든 생명의 일체성을 깨달아 기쁨의 상태에 이르고 빛비춤과 깨어남의 상태 속에서 일체성과 합일을 경험한다.

600의 단계에서는 일상적인 의식의 에너지 장에서 벗어나 비선형적인 에너지 장 속으로 들어간다. 600대 중간의 에너지 장에서는 '깨어남'과 '빛비춤'이라는 한층 진화된 의식 상태와 자각을 경험한다.

앞서 말한 내용이 철학적이거나 이론적인 것으로 들릴 수도 있다. 이런 분들을 위해 오랜 임상 경험과 개인적인 경험을 통해 깨달은 점들을 이야기해 주도록 하겠다. 이 이야기들을 통해서 죽음의 경험이 실제로 무엇을 불러일으키는지에 대한 한층 실제적인 참조의 장을 확보하게 될 것이다. 그렇다면 이제 내게 일어났던 몇 가지 일들과 이 일들이 그 후의 사건들과 어떤 상관관계가 있었는지를 이야기하기 위해 어린 시절로 돌아가 보겠다.

열두 살 때 나는 북부 위스콘신에서 신문 배달원 일을 했다. 어느 날 밤 기온이 영하로 내려가면서 정말로 얼어 죽을 것처럼 추웠다. 나는 커다란 눈 더미 한 면에 작은 방 모양으로 구덩이를 파고 그 안으로 기어 들어갔다. 고속도로 옆에 눈이 6미터 높이로 쌓여 있었지만 맹렬하게 불어오는 매서운 바람을 피하기 위해 이 피난처 안으로 기어 들어간 것이다.

그러자 몇 초도 안 돼 심신이 노곤해지면서 엄청난 온기가 내 몸을 뒤덮었다. 이루 말할 수 없는 기쁨 속에서 나는 몸을 잊어버리기 시작했다. 몸은 더 이상 존재하지 않는 것처럼 여겨지고, 믿을 수 없는 기쁨과 평화가 나를 압도했다. 그리고 빛이 나를 에워쌌다. 감싸고 녹여 주는 무한한 사랑의 의식으로 나를 어루만지며 함께 있어 주는 듯한 빛이었다. 나는 이 무한한 장과 하나가 되었다. 이 장은 시작도, 끝도, 한계도 없이 시간의 밖에 존재하는 것이었다.

이 큰나의 상태가 억겁의 시간 동안 영원히 계속되는 것 같았다. 이 경험은 완전하고 완벽했으며, 시간을 초월해 매 순간 모든 것을 포용하고 평온했다. 부족한 것도, 놓쳐 버린 것도, 더 이상 이루어야 할 것도 전혀 없었다. 형언할 수 없는 심오한 사랑과 평화의 상태, 완전한 상태였다.

처음에는 안도감이 일더니 곧이어 고요한 기쁨과 황홀경이 뒤따르고 이어서 이 황홀경도 넘어섰다. 기쁨을 넘어, 일상적 의식 저 너머의 영원하고 무한한 상태에 이르렀다. 그런데 흥미롭게도 큰나는 에고, 즉 작은 나보다 진정으로 훨씬 사적이었다.

얼마 후 아버지가 나를 발견했다. 그는 혼란과 걱정이 가득한 얼굴로 나를 흔들어 깨우며 소리쳤다. "다시는 이런 짓 하지 마라! 얼어 죽을 수도 있다는 거 몰라?"

당시에는 이 경험을 해석할 배경 지식이 전혀 없었고 이런 경험을 뭐라 불러야 할지도 몰랐다. 말할 수 없이 강렬한 경험이었지만 사춘기 소년의 정신으로는 할 수 있는 말이 아무것도 없었다. 아버지에게도 말 한마디 꺼낼 수 없었다. 그에게도 이 경험을 해석할 길이 전혀 없을 것이었기 때문이다. 게다가 당시 아버지는 크게 놀란 상태였다. 결국 우리 둘 다 이 경험이 무엇을 의미하고 가리키는지 모르는 채 지나갔다.

당시에는 '임사체험'에 대한 책도 구할 수 없었다. 영화 「부활」도 지난 10년 사이에 나왔다.(임상학적으로 이 영화는 임사체험을 정확하게 묘사하고 있다.) 임사체험을 경험한 사람들은 모두 영화 속의 여자가 경험한 내용이 진실임을 입증한다. 영화 속에서 여자는 자동차 사고로 죽음을 맞이한다. 수술대에서 사망 확진을 받은 여자는 몸을 벗어나 내가 방금 묘사한 것과 똑같은 믿을 수 없는 무한의 상태를 경험한다.

아버지와 내게는 이 경험을 해석하거나 이해할 맥락이 없었다.

내가 간단하게 이 경험을 이야기해 줘도 아버지는 잘 이해하지 못했다. 게다가 당시 아버지가 너무 충격을 받아서 다시는 이 이야기를 꺼내지 않았다. 결국 훨씬 어른이 되기까지 난 이 경험을 이해하지 못했다.

삼십 대에 들어선 후 심각한 진행성 질환으로 죽을 뻔한 일이 있었다. 빈사의 위중한 상태로 병상에 누워 있는데 갑자기 놀랍게도 '내'가 몸에서 3미터 위로 붕 떠올랐다. 공중에서 나는 투명하고 가벼운 완벽한 상태의 몸을 하고 있었다. 중력도 느껴지지 않았지만, 몸과 정신의 능력들은 모두 멀쩡했다. 생각하고 추론하고 보고 듣는 것들 모두가 가능했다.

약 2미터에서 3미터 아래 병상에 누워 있는 내 몸을 내려다보니 금방이라도 숨을 거둘 듯했다. 그러나 몸을 벗어난 나는 그 몸을 내려다보면서 진정한 나는 신체적인 몸과 다른 무엇이라는 점을 인식하고 있었다.(당시에는 유체이탈에 대해서 들어 본 적도 없었다.)

이처럼 중병을 앓는 동안 나는 몸을 완전히 벗어나 있었다. 그러나 아직 떠날 때가 아니었기 때문에 나중에 다시 몸속으로 들어갔다. 이후 나는 이 특별한 병에서 회복돼 계속 살아가게 되었다. 그런데 후에 이 병이 재발해 악화되었다. 이번에는 상태가 몹시 위독해서 죽음의 문턱까지 가 있었다. 나는 깊은 절망 상태에, 지옥과도 같은 완전하고 절대적인 무기력과 가망 없음의 상태에 놓여 있었다. 몇 초만 지나면 다시 몸을 떠날 것 같았다.

당시 나는 20년간 무신론자로 있었다. 몸이 아닌 무언가로 존재하는 믿기지 않는 경험들을 했어도 여전히 이 경험을 해석할 맥락이 없었기 때문이다. 그래서 나는 여전히 무신론적인 생각을 지닌 채 죽어 가고 있었다. 그런데 갑자기 내 입에서 이런 말이 튀어나왔다. "신이 계신다면 제발 절 도와주세요." 그러고는 바로 의식을 잃어버렸다.

다시 의식을 되찾았을 때 나는 전체적으로 완전히 달라져 있었다. 나는 더 이상 나의 신체적인 몸과 나를 동일시하지 않게 되었다. 또 온갖 해야 할 일들을 처리하며 돌아다녔지만 언제나 무한한 에너지 장 속에 서 있었다. 이 장의 힘과 크기는 설명이 불가능할 정도였다. 이 장은 나를 절대적으로 안전하게 지지해 주었다. 마치 바위 같았다. 동시에 말할 수 없이 부드럽고 온화하기도 했다. 이런 더없는 부드러움과 온화함으로 무한한 사랑이 나를 안아 주고 있는 것 같았다.

또 개인적인 의지나 정신, 개인적인 나 같은 실체가 없었기 때문에 내 몸이 자발적으로 움직였다. 이런 상태로 나는 몇 달간을 돌아다녔다. 그러나 이 느낌을 이해할 맥락은 여전히 없었다. 이런 느낌을 뭐라고 설명할 길이 없었기 때문에 누구에게도 이야기를 꺼내지 않았다. 마치 절대적인 어둠 속에서 신과 완전히 단절된 것 같은 느낌을 받다가 나와 신 사이의 장애물이 사라지면서 무한한 현존 속에 서 있게 된 것 같았다.

임사체험이 비교적 일반적으로 알려진 것은 불과 최근 몇십 년 사이의 일이다. 빅토리아 시대에 쓰인 고전적인 이야기들도 한정된 소수의 사람들에게만 알려져 있을 뿐이었다. 그러나 이제는 이 문제를 다룬 책들이 많이 나와 있다. 조사 결과 약 65퍼센트의 사람들이 임사체험이나 유체이탈의 기억을 갖고 있는 것으로 나타났다.

나중에 나는 이것이 마음대로 터득할 수 있는 하나의 기법임을 알았다. 저절로 혹은 의지를 갖고 자신의 몸을 벗어날 수 있는 사람들이 많이 있었다. 이런 재능을 갖고 태어나는 사람들이 있는가 하면 명상을 하기 위해 자리에 앉았다가 즉각 이런 경험을 하는 이들도 있었다.

임상의학자에 과학자로서 이 현상에 관심을 갖다가 나는 이것을 연구하는 과학 지향적인 단체를 발견했다. 그리고 로버트 먼로가 지은 『몸을 벗어난 여행Journeys out of the Body』을 읽고 먼로 연구소를 찾아가 열흘간의 훈련에 참가했다. 그들은 마음대로 몸을 벗어날 수 있게 두뇌를 변성된 의식 상태로 만들어 주는 진동수를 지닌 오디오테이프를 갖고 있었다. 나는 이런 상태에 이르는 능력을 타고나지 않은 사람들이나 저절로 이런 능력이 개발되지 않은 사람들도 이것을 터득할 수 있음을 알았다.

이 훈련의 목적은 우리가 단순한 몸 이상의 존재임을, 신체적인 몸보다는 더욱 위대한 존재임을, 신체적인 몸이 우리에게 속해 있지만 우리는 몸에 제한되지 않음을 깨닫는 데 있었다.

죽음과 죽어 감의 문제를 다룬 것으로 가장 널리 알려져 있는 책은 엘리자베스 퀴블러 로스의 저서들이다. 실제로 그녀의 저서 『죽음의 순간』은 이전까지 금기시하던 주제를 논의하고 친숙해질 수 있게 처음으로 죽음이라는 주제를 공론화했다. 덕분에 그녀가

요약한 네 단계는 이제 비교적 널리 알려지게 되었다.

물론 충격에 대한 첫 반응은 부정이 지배적이다. 신체적인 죽음은 일반적으로 지각 있는 존재 누구에게나 생물학적 두려움을 불러일으키는 주된 요인이기 때문이다. 그래서 수천 년 동안 죽음을 회피하고, 하나의 개체로서 계속 살아남을 수 있는 방법들을 무수하게 고안해 왔다. 더불어 생물학적 지성의 기능이 학습과 기억으로 표출되면서 생존 기술들도 진화했다. 덕분에 더욱 작은 형태의 생명체들이 생물학적으로 원형질의 죽음을 당하는 동안, 오로지 인류만이 선견지명으로 죽음을 의식적으로 예견하게 되었다.

부정은 자신을 두려움으로부터 보호하기 위한 에고의 기본적인 기제 중 하나다. 그러나 부정을 내려놓으면 에고를 위해 존재하던 소멸에의 두려움은 인식되지 않는다. 이런 두려움은 몸과 자신을 동일시한 데서 생겨나는 것이기 때문이다.

'협상'의 단계에서는 에고/마음이 불가피한 것을 지연시키려 한다. 또 신을 인식하고 신에게 에고를 위해 중재에 나서 달라고 간청하기도 한다. 에고의 자기애적인 핵심과의 대치와 통제의 상실로 인해 분노가 분출되기도 한다. 어린아이 같은 면이 들고일어나 극복할 수 없는 장애물과 맞서지만 자기 마음대로 하지는 못한다. 이처럼 어린아이 같은 바람이 좌절되고 거부당하면 불공평하다는 느낌을 갖는다. 따라서 미래에도 자신의 존재가 영원히 계속되리라는 기대가 꺾이면서 슬픔과 비탄에 빠진다.

앞에서 말한 모든 반응의 바탕에는 자신과 자신의 존재를 신체적인 몸과 동일시하고, 몸을 존재의 근원으로 보는 생각이 자리 잡고 있다. 몸에 이런 식으로 의미를 부여한 탓에 몸이 소멸되리라는 예상에 저항감이 일어나는 것이다. 신체적인 죽음에 대한 예상은 잊힘, 의식과 자각력의 소멸, 이것의 유일한 특성인 경험의 상실에 대한 두려움을 불러일으킨다.

영적인 감응과 자각은 이런 신체적인 단계들을 훨씬 쉽게 밟아나가도록 해 준다. 그래서 신과의 관계와 이런 문제에 서서히 관심의 초점을 맞추게 된다. 희망과 믿음 그리고 순응으로 인해 점진적으로 영적인 가르침들에 대한 확고한 신뢰가 생기고 평화를 불러오는 더욱 고차원적인 단계들로 의식이 변화된다. 죽음의 과정이 지금은 물론 과거에도 모든 살아 있는 존재들에게 일어났던 보편적인 것이라는 인식으로 인해 죽음을 수용하게 된다. 그리고 여전히 살아 있거나 살았던 모든 존재들의 공통적인 경험을 공유한다는 점에서 안도감을 느끼기도 한다. 죽음의 보편성으로 인해 죽음의 과정 자체에 확실한 믿음을 갖게 되는 것이다.

상실의 고통을 없애려면 에고가 살아생전에 가졌던 많은 애착들, 특히 사랑하는 사람에 대한 애착을 버려야 한다. 시간이 지나면 그들도 죽음의 과정에 직면하고 똑같은 운명에 처하리라는 사실을 인식하면 이런 애착에서 벗어날 수 있다. 그러면 사랑도 실재에 대한 에고의 제한된 시각을 초월해서, 사랑 자체인 영원히 진화하는 신성의 실재와 하나가 될 수 있는 도구가 되어 준다. 이로 인해 타인들을 사랑하면 할수록 상실감은 더욱 적어진다. 타인들의 유일한 가치가 사랑에 있음을 알기 때문이다. 요컨대 작은 나는 나누지만 큰나는 통합한다. 이로써 죽음은 빛비춤의 상태로 나아가는 받침대가 되어 준다.

살아생전 영적인 작업을 많이 할수록 죽음을 예감하는 순간에 해야 할 일은 적어진다. 의식이 진화된 사람은 언제든 몸을 떠날 수 있음을 알아도 마음이 편안하다. 영적인 진보를 가속화시키는 하나의 방법은 궁극적인 죽음의 가능성을 즐겁게 받아들이고 죽음의 순간에 일어날 수도 있는 모든 애착과 환영들을 처리하는 것이다. 역설적으로 이런 훈련은 삶에 대한 두려움을 크게 감소시켜 준다.

한때 호흡을 포함해서 의식의 연구를 위한 대안적 방법들을 공부한 적이 있다. 이때 나의 몸을 벗어나 더 이상 몸을 경험하지 않게 되었던 이전의 그 부드럽고도 온화했던 상태를 똑같이 경험했다. 열두 살 때 눈 더미 속에서 경험했던 그 상태 속으로 되풀이해서 되돌아가곤 한 것이다. 다시 그런 상태 속으로 들어가 내 몸의 존재를 잊어버렸다.

몸에서 벗어나면 몸에서 일어나던 모든 현상들을 몇 초도 안 돼 잊는다. 그래서 평생 몸에서 일어났던 일이나 몸의 이름에 대한 기억도 사라져 버린다. 몸의 모든 것들이 아무 관계도, 의미도 없어지고 실체성도 사라진다. 대신에 시간과 공간을 벗어나 있는 그 믿기지 않는 평화와 사랑을 느끼면서 본래의 큰나를 경험하기 시작한다. 순수한 의식만 남으면서 무한한 존재로서 현존하는 실재를 예민하게 자각한다.

다시 의식 지도로 돌아가 보면, 지도의 아랫부분에서는 소유에 엄청난 관심을 기울이고 소유를 토대로 사람을 평가한다. 그러나 용기와 능력, 역량이 있는 더욱 강력한 단계들로 올라가면, 행함에 관심을 기울인다. 여기서 다시 지도의 맨 윗부분을 향해 올라가면 오로지 자각 상태에만 관심을 기울이고 우리가 변화하는 모습과 본질에 가치를 부여한다. 누구도 우리의 소유나 행함에 더 이상 관심을 기울이지 않는다.

몸을 벗어날 때 우리가 가져가는 것은 본래의 우리다. 우리가 경험하는 것도 자신에 대해 기꺼이 알고 인정하고자 했던 것들이다. 자신에 대한 진실, 자기 본래의 모습은 경험하지만, 소유했던 것들은 모두 잊어버린다. 돈이나 소유물, 권력에 대한 기억은 사라지고 우리가 했던 모든 일들도 망각 속으로 사라져 버린다.

이런 상태에 있을 때 자신이 곧 몸이라고 생각하며 세상에서 했던 일들이 무엇이냐는 질문을 받는다면, 아무런 기억도 안 날 것이다. 하지만 자신의 본질에 대한 기억은 아주 강력할 것이다.

열두 살 이후 또 한 번 아주 흥미로운 경험을 했다. 어머니와 나는 사이가 별로 가깝지 않았다. 어머니는 플로리다에, 나는 뉴욕에 사는 터라 자주 만나러 갈 수 없었기 때문이다. 그런데 어느 날 뉴욕의 숲 속에 있는데 플로리다로 가야만 한다는 생각이 본능적으로 들었다. 어머니가 죽어 가고 있다는 사실을 불현듯 직감한 것이다. 마치 무언가가 "당장 이리로 와."라고 부르는 것 같았다.

나는 곧장 집으로 돌아가 다음 날 아침에 출발하는 첫 비행기를 예약했다. 예약을 마친 뒤 어머니의 집으로 전화를 걸었더니 어머니가 입원 중이라고 했다. 난 어머니가 돌아가시리라는 걸 알았다.

병원으로 들어서는 순간 커다란 안도감이 밀려왔다. 갑자기 엄청난 긴장에서 해방된 것 같은 느낌이었다. 어머니의 병실에 들어서니 의료진들이 병실 가득 들어차 있었다. 이 작은 병원의 의료진들에게 나는 뉴욕에서 온 '저명한 전문가'였다. 그래서 아무것도 잘못한 것이 없으며 모든 조처를 취했다는 것을 확실하게 보여 주고 싶었던 것이다. 실제로 병실 안에는 의료진 전원이 모여 있었다.

어머니는 온몸에 온갖 종류의 튜브와 산소 탱크, 심장을 멈추지 않게 해 주는 전자 기계와 측정기를 부착한 채로 병상에 누워 있었다. 그러나 병실에 들어서는 바로 그 순간 나는 갑자기 그녀가 몸을 떠났다는 것을 알았다. 죽음의 순간에 어머니가 느꼈던 그 절대의 황홀경이 내게도 그대로 느껴졌다.

어머니는 몸을 벗어나게 된 걸 즐거워했다. 마치 무한한 기쁨과 황홀경의 상태에 있는 것 같았다. 나는 어머니와 마치 한 몸처럼 이것을 경험했다. 어머니가 느끼는 것이 내게도 그대로 전해졌다. 그녀는 몸을 벗기 위해 내가 도착할 때까지 기다리고 있었고 우리 둘의 의지가 하나로 어우러져 죽음의 순간을 함께 느꼈다.

어머니는 내가 임종의 순간을 당신과 함께 경험하기를 바랐다. 덕분에 어머니가 영원히 확장되는 무한의 그 절대적인 황홀경 속으로 들어가는 순간 나도 똑같은 상태를 경험할 수 있었다. 어머니는 몸에서 벗어나는 걸 그 누구보다도 행복해했다. 몇 년 전부터 몸을 떠나고 싶었던 터라, 그 순간이 오자 정말로 말할 수 없이 행복했던 것이다.

물론 의료진들은 어머니가 떠났다는 걸 아직 알아차리지 못했다. 그래서 나는 텔레파시와 같은 것으로 심장전문의에게 '그녀가 세상을 떠났으니 이제 기계를 끄세요.'라고 말해 주었다. 그러자 그는 갑자기 어머니의 죽음을 알아차리고 기계를 끄려고 했다. 어머니의 심장을 뛰게 만들어 주던 기계가 꺼지자 의사가 청진기를 어머니의 가슴에 대 보며 말했다. "오, 사망하셨습니다."

그러자 의료진들이 일제히 내 쪽으로 시선을 돌렸다. 마치 내가 비탄에 빠지리라고 예상한 듯했다. 하지만 나는 그러지 않았다. 나는 어머니와 똑같이 황홀경의 상태 속에서 어머니와 함께 있었다. 그런데 슬퍼할 것이 도대체 뭐란 말인가? 어머니는 삶에서 이보다 더 행복했던 적이 없었다.

그러나 보조간호사 한 명은 이것을 알고 있었다. 그녀는 나를 바라보고 활짝 웃어 보이며 말했다. "아, 선생님의 어머니는 늘 행복하셨어요." "당신도 아는군요. 물론이죠!" 나는 이렇게 대답했다. 우리 둘은 서로를 바라보면서 씨익 웃었다. 다른 사람들은 이해하지 못했지만 우리 둘만은 어머니에게 무슨 일이 벌어지고 있는지 정확히 알고 있었기 때문이다.

사람들은 아마 내가 어머니를 사랑하지 않거나 막대한 유산을 물려받게 되어 있어서 어머니의 죽음을 반긴다고 생각했을 것이다. 그들이 속으로 어떻게 생각했는지는 신만이 아실 것이다. 그러나 그 간호보조사와 나는 어머니에게 무슨 일이 벌어졌는지를 아는 터라 기쁨의 상태 속으로 들어갈 수 있었다.

몸과의 이별에 대한 나의 경험과 기억, 회상들은 두 종류로 나뉜다. 하나는 내가 여러 번 경험했던 것처럼 무한한 사랑을 느꼈던 것이고, 다른 하나는 몸을 벗어나 아무것도 경험하지 못한 것이다. 어느 쪽이든 신체적 죽음은 경험하지 않는다. 그러나 아무것도 경험하지 않아도, 다른 몸을 받고 태어났을 때 기억이 되살아나기도 한다.

이 생에서 세 살이었을 때 나는 갑자기 망각에서 벗어나 이 몸을 인식했다. 아주 어렸던 시절을 되돌아보면 "내가 있다. 내가 존재한다."라는 것을 인식했던 그 순간이 기억난다. 앞에서 마음속에 품은 것들이 세상에서의 경험을 결정짓는다는 이야기를 했는데 신에 대한 경험도 마찬가지다. 많은 사람들이 죽으면 몸에서 벗어나 망각 속으로 들어간다는 생각을 품고 있다. 그러나 나는 무한한 현존을 경험했다. 거의 천사 같은 무한한 존재들이었다.

그날 죽어 가는 사람들과 함께 '다른 세상'에 있던 기억이 되살아났다. 처음에 떠오른 것은 전쟁터에서의 경험이었다. 나는 죽어 가는 사람들의 고통과 두려움, 신체적인 고통을 바라보면서 그들과 함께 있었다. 그런데 갑자기 죽어 가는 사람과 함께하는 그 무한한 사랑, 무한한 상태가 찾아왔다. 바로 내 눈앞에서 사람들이 변화했다. 그들이 몸을 벗어나자 모든 상처들이 치유되었다. 마치 나의 가슴을 신에게 바친 것처럼 나의 사랑도 신의 사랑과 하나가 되었다. 그러자 절대적인 사랑인 천사 같은 존재들의 에너지 장이 쏟아져 들어왔다. 그러나 나의 의식은 죽어 가는 사람과 여전히 거기 있었다.

이 에너지 장의 강렬한 사랑이 모든 상처와 두려움을 치유해 주었는데 내게도 그 두려움이 보였다. 죽어 가는 사람의 두 눈이 다시 활짝 열리는 순간, 나는 그들을 바라보면서 그들이 이 경험과 함께 녹아들고 있음을 알았다. 모든 공포와 두려움, 죄책감, 분리감이 녹아 버리자, 그들이 감사하다는 듯 나를 바라보았다. 그 순간 그들에게 신성하거나 중요한 무언가를 그들이 보고 있음을, 나 자신을 형체가 없는 존재로 보고 있음을 알 수 있었다. 이와 똑같은 경험은 이 생에서도 일어났다.

더 이상 신체적인 몸이 없는 고차원적인 의식 상태 속으로 들어가면, 사람들은 자신이 투사하는 것들을 본다. 그래서 죽어 가는 사람들이 눈을 뜬 순간 그들은 우리를 그들에게 가장 의미 있는 존재로, 어떤 형체도 없는 존재로 본다. 때로는 우리를 그들의 어머니나 연인처럼 그들이 깊이 사랑했던 존재들로 보기도 한다. 혹은 신성한 존재를 보기도 하는데 이런 일은 의식의 현상 안에서 일어난다. 사실 이 모든 것이 의식의 현상이다. 요컨대 죽어 가는 사람들은 그들에게 가장 큰 치유를 주는 존재를 본다.

이제 죽음의 두려움을 극복하는 방법을 생각해 보겠다. 그 방법은 자신과 죽어 가는 사람들에게 그것이 되어 보는 것이다. 죽음에 대한 우리 자신의 두려움을 이기는 방법은 마치 응급실 같은 세상 저편에 자신이 있다고 그려 보는 것이다. 가슴을 열고 천사 같은 존재들과 연결되어 그들과 하나가 되게 해 달라고 간청한다. 이제 죽어 가는 사람들에게로 다가가는 자신의 모습을 떠올린다. 이때 우리는 여전히 신체적인 몸을 갖고 있으며 연민의 에너지를 그들에게 보내 준다.

의식 자체는 몸에 제한받지 않는다. 몸은 에고 및 에고의 제한된 시각과 관련 있는 것이다. 이제 상상 속에서 연민의 에너지 장을 뿜어내는 자신을 그려 본다. 누구에게든 상상 속에서 이런 일을 해 볼 수 있다. 지구상에는 언제나 60억 이상의 사람들이 존재하기 때문이다. 매 시간 그들 가운데 수많은 사람이 죽어 가고 있다. 이 중에서 유아용 침대에 누워 있는 아기든, 방금 자동차에 치인 십 대 청소년이든, 전장에서 총탄을 맞은 누군가든, 분만 중인 산모든, 자살을 시도 중인 사람이든, 사랑을 가장 많이 쏟아부어 줄 수 있을 것 같은 사람을 선택한다.

그런 다음 연민의 마음을 가장 많이 불러일으키는 그 사람을 그리면서 상상 속에서 그에게로 달려가 무한한 사랑을 부어 준다. 어느 면에서는 이런 순간이 그 어느 때보다 외로울 수 있다. 하지만 그렇지 않을 수도 있다. 평생 쌓아 두었던 사랑과 부드러움을 한껏 표현할 수 있기 때문이다. 이런 순간이야말로 사랑과 부드러움을 쏟아부어 주면서 그 사람과 함께할 수 있는 좋은 기회다.

너무나 많은 사람들이 두려움과 고통을 느끼고 있다는 생각이 들면 그들에게로 가서 치유해 주기 시작한다. 두 팔에 그들을 안고, 가슴을 통해 그들 속으로 사랑을 쏟아붓는 자신을 상상하는 것이다. 이 사랑은 고차원적인 존재로부터 우리의 가슴을 통해 뿜어져 나와, 그 사람을 가득 채워 준다. 그러면 서로의 두려움이 녹아 버리는 것이 보이기 시작한다.

죽음에 대해 어떤 두려움을 안고 있었건 대부분의 사람들은 죽음의 순간에 깊은 평온 속으로 들어간다. 마치 위대한 존재들에게서 흘러나온 연민의 에너지가 그들이 가장 필요로 하는 순간에 그들에게 닿는 것 같다.

죽어 가는 사람이 "오, 신이여. 도와주소서."라고 말하면, 문이 열리면서 우리를 포함한 많은 사람들이 보내 주는 이 연민의 마음이 흘러들게 된다. 이 세상은 자유의지가 영향을 미치는 곳이기 때문이다. 그러면 이제 죽어 가는 사람의 옆으로 다가가 가능한 모든 방법으로 그를 보살피고 치유해 준다. 손을 뻗어 그를 몸에서 벗어나게 들어 올려 주는 것이다.

그러면 이제 그는 안전하다. 고향으로 돌아가 보살핌을 받고 신에게 크나큰 사랑을 받는다. 이로써 그는 진실을 내적으로 경험하기 시작한다. 이때 우리는 개인적인 작은 나를 옆으로 밀어 놓아야 한다. 이때는 작은 나가 필요 없기 때문이다. 호불호나 혐오감, 매력을 지닌 개성도 필요 없다. 오로지 가슴을 통해 흐르는 그 에너지로 존재하기만 하면 된다.

치유의 에너지는 우리의 자발적인 의지를 통해 우리에게서 타인들의 존재 속으로 흘러든다. 그러면 우리는 눈앞에서 죽어 가는 사람의 변화를 목격하게 된다. 실제로 그것을 느끼게 된다. 두려움이 죽어 가는 사람의 눈을 떠나고 고통스러운 긴장이 그의 몸에서 사라지는 것을 보면서 우리도 고통이 그의 몸을 떠나는 것을 경험한다. 그러면 그는 생명과 사랑의 에너지에 둘러싸인 채 무한한 평화의 상태 속으로 들어간다. 자신이 완전하고 완벽한 존재임을 느끼며 치유된다. 두려움이나 분리감, 죄책감, 불안은 더 이상 없다. 그러면 그와 우리는 함께 곧장 몸 밖으로 들어 올려진다.

부주의하게도 원형 톱날에 엄지손가락이 잘려 나갔을 때 나도 비슷한 경험을 했다. 처음에는 물론 충격에 사로잡혔다. 그런데 이 충격 속에서 갑자기 내 안에서 합창 소리 같은 게 들려왔다. 마치 천사 같은 존재들이 나를 에워싼 채 성가를 불러 주는 것 같았다. 내가 가사를 잊어버리기라도 한 듯 그들은 계속 이렇게 읊조려 주었다. "그대는 몸이 아니야. 그대는 완벽하게 자유로워. 그대는 몸이 아니야. 그대는 완벽하게 자유로워." 병원으로 실려 가는 내내 이 노랫소리가 떠나질 않았다.

병원에서 나는 절단 수술을 받아야만 했다. 하지만 나는 어떤 마취제나 진통제도 받아들일 수 없었다. 그래서 의사들은 결국 마취제나 진통제를 투여하지 않고 수술을 할 수밖에 없었다. 의사가 걱정을 하기에 나는 이렇게 말해 주었다. "음, 통증을 다스리는 법은 제가 알아요. 그러니 어서 수술을 진행하세요." 그런 다음 나는 다시 누워 통증에 깊이 순응하기 시작했다. 통증에 저항하거나 딱지를 붙이지 않은 것이다. 이 순응은 개인적인 의지와 관련된 것이었다.

순응의 순간 전과 똑같은 엄청난 경험이 시작되었다. 천사 같은 존재들이 나를 붙잡고 깃털조차도 거칠게 느껴질 만큼 아주 가볍고 부드럽게 나를 몸에서 들어 올려주는 것 같았다. 그러자 내 몸은 여전히 거기 있었지만, 나는 더 이상 몸을 경험하지 않게 되었다. 대신에 어떻게도 설명할 수 없는 무한하고 깊은 평화의 상태 속으로 들어갔다. 형용할 수 없는, 무한한 내면의 행복과 기쁨의 상태였다.

나는 다른 차원에서 나의 엄지손가락 혹은 그것의 재현물 같은 것에 시선을 고정시킨 채 엄지손가락이 절단되는 과정을 행복하게 지켜보았다. 내게 엄지손가락은 제거하고 싶었던 무언가를 상징하는 것이었기 때문이다. 덕분에 참기 어려울 만큼 고통스러웠을 경험이 황홀하게 다가왔으며 무한한 평화가 나를 감싸고 있다는 느낌이 강렬하게 들었다. 우주의 사랑이, 신의 사랑이, 신성의 광휘가 나를 한없이 보호해 주고 있었다.

죽어 감의 경험을 돌아보면 그것이 결국 순응과 내려놓음의 경험이었음을 알게 된다. 자발적으로 가슴을 열어 타인들에게 사랑이 되어 주는 경험이 바로 죽어 감의 경험이다. 죽어 감의 문제를 묵상하면서 내가 이제까지 이야기한 것들을 실천하고 있다면 아침에 눈을 뜨자마자 신을 향해서 이렇게 말한다. "죽어 가는 사람들을 위해 저의 의식을, 저의 사랑을, 그들과 하나가 되려는 저의 자발적인 의지를 보냅니다." 그러면 우주의 힘들이 우리 의식의 힘을 이용해서 이런 마음을 죽어 가는 사람들에게 실제로 전해 줄 것이다.

처음에는 이런 일이 우리의 상상에 불과한 것처럼 여겨질 것이다. 또 우리 자신이 이런 일을 하고 있는 것처럼 보이기도 할 것이다. 그러나 몇 번 이렇게 하다 보면 이 일을 하는 것이 더 이상 우리 자신이 아님을, 우리를 통해 이 일이 행해지도록 우리가 허용하고 있는 것뿐임을 불현듯 깨닫게 된다. 실제로 이런 일은 우리를 통해 행해지며, 이로 인해 우리는 고차원적인 기쁨과 황홀경의 상태 속으로 들어가게 되기 때문이다.

신체적인 몸이 우리를 떠나고 있다는 사실은 더 이상 중요하지 않다. 자동차 사고를 당한 사람들이 이런 상태 속에 있을 때, 나는 실제로 신성한 에너지가 나를 관통해 들어와 나의 가슴 부분에서 그들에게로 흘러드는 것을 느낀 적이 있다. 강렬한 에너지가 나를 관통해 가슴을 통해서 흘러나가는 것을 느낀 것이다. 이 강력한 사랑의 에너지는 개인적인 나를 뛰어넘어 고속도로를 따라 1.6킬 로미터가량이나 흘러갔다.

고속도로의 커브 부분을 달릴 때였다. 이 에너지가 어디로 흘러 가는 것일까 궁금해졌다. 그 순간 뒤집혀 있는 자동차 한 대가 눈에 들어왔다. 방금 사고를 당했는지 바퀴가 여전히 돌아가고 있었다. 탑승하고 있던 사람들이 심각한 부상을 입었는지, 그들이 신을 향해 절규하는 소리가 들려왔다. 그 순간 이동 중인 안테나 같은 나를 무전탑 삼아서 신이 사랑의 에너지를 보내주고 있는 것 같은 느낌이 들었다.

신기하게도 같은 날 여기서 약 8킬로미터 떨어진 고속도로에서 다시 똑같은 경험을 했다. 이번에도 강력한 에너지가 나를 통해 흘러나가서 자발적으로 도로 앞쪽을 비추었다. 그리고 커브 부분 에 이른 순간 나는 두 번째 교통사고 현장을 목격했다. 다른 차 한 대가 또 전복돼 있었던 것이다. 이번에는 경찰차 한 대도 현장에 있었다. 그런데 그곳을 지나치는 순간 이 에너지가 계속 교통사고 현장을 향해 뒤로 흘러갔다. 한참을 가도 이 현상이 계속되었다. 그러다가 서서히 멈추었다. 사고를 당한 사람이 더욱 무한한 에너 지 장과 연결된 것 같았다. 이런 일이 다른 장소와 다른 환경 속에 서도 거듭 일어났다.

이런 경험을 하는 동안 나는 내게 몸이 있다는 것을 잊어버렸다. 이 경험이 주는 기쁨이 너무도 압도적이었기 때문에 살아 있는지 죽어 가고 있는지는 아무 상관이 없었다. 신의 종복이 되어 개인적인 나를 잊고, 천사와 같은 존재들이 나의 의식과 에너지를 이용하게 하고 싶다는 자발적인 의지만 있을 뿐이었다.

가장 중요한 것은 우리의 무한한 큰나다. 이것은 천상의 영역과도 연결되어 있다. 우리 안의 천사와 같은 상태를 인정할 때, 긍정의 자발적인 의지를 통해 이 상태와 결합할 수 있는 능력이 우리에게 있음을 인정할 때, 이 에너지에 자신을 맡기고 죽은 자들과 죽어 가는 자들에게 다가갈 수 있는 능력이 우리에게 있음을 인정할 때 실제적인 죽음이나 죽어 감 같은 것은 없음을 깨닫게 된다.

몸을 내려놓고 몸에 작별을 고하는 문제에 대해 이야기한 이유도 여기에 있다. 생명은 생명을 향해 흐르며, 결코 멈추지 않는다. 생명이 몸을 떠날 때도 우리는 거의 알아차리지 못한다. 다른 존재들과 함께하는 것에 너무 정신이 없어서, 신체적인 몸이 더 이상 존재하지 않는다는 것도 거의 깨닫지 못한다. 이렇게 신체적인 몸의 경험을 넘어서면 설명하기 힘든 경험들이 다가온다. 이 표현할 수 없는 아름다움과 평화의 경험을 위해 우리도 스스로 준비를 해야 할 것이다.

HEALING AND RECOVERY

부록

의식 지도

신에 대한 관점	자기에 대한 관점	수준	측정기록	감정	과정
큰나	존재	깨달음	700~1,000	형언할 수 없는	순수의식
전존재	완벽한	평화	600	지복	빛비춤
하나	완전한	기쁨	540	평온	변모
사랑하는	온건한	사랑	500	경외	드러남
현명한	의미 있는	이성	400	이해	추상
자비로운	조화로운	수용	350	용서	초월
영감을 주는	희망적인	자발성	310	낙관주의	의도
할 수 있게 해 주는	만족스러운	중립	250	신뢰	풀려남
허락하는	실행할 수 있는	용기	200	긍정	힘의 부여
▲ ▼					
무관심한	요구가 많은	자부심	175	경멸	팽창
복수심을 품은	적대적인	분노	150	미움	공격
부정하는	실망스러운	욕망	125	갈망	노예화
벌하는	겁나는	두려움	100	불안	위축
냉담한	비극적인	슬픔	75	후회	낙담
선고하는	희망 없는	무감정 증오	50	절망	포기
보복하는	악	죄책감	30	비난	파괴
멸시하는	가증스러운	수치심	20	치욕	제거

| 부록 B |

근육 테스트 절차

일반 정보

의식의 에너지 장은 크기가 무한하다. 그중 특정 수준의 장은 인간의 의식과 상관관계가 있으며, 1에서 1000까지 눈금을 붙일 수 있다.(부록 A의 '의식 지도'를 보라.) 이 에너지 장들은 인간의 의식을 나타내고 지배한다.

우주의 만물은 각기 특정 주파수로 극미한 에너지 장을 방출하는데, 이것이 의식의 장에 영구히 남는다. 따라서 지금까지 살았던 모든 사람과 모든 존재는 사건이나 생각, 행위, 감정, 마음가짐 등 관련된 모든 사항과 함께 영원히 기록되며, 현재와 미래 어느 때나 그 정보를 불러올 수 있다.

기법

근육 테스트 반응은 특정 자극에 대해 단순하게 '그렇다'나 '그렇지 않다(아니다)'로 결과가 나오는 반응이다. 테스트 방법은 보통, 피시험자가 팔을 옆으로 뻗쳐 들고 있으면 뻗친 팔의 손목을 시험자가 두 손가락으로 가볍게 누르는 것이다. 대개 피시험자는 다른 손으로 테스트 물질을 쥐고 명치 위에 댄다. 시험자는 피시험자에게 "저항하세요."라고 말하는데, 이때 테스트 물질이 피시험자에게 이로운 것이면 팔의 힘이 강하게 유지된다. 이롭지 않거나 불리한 효과가 있는 것이면 팔 힘이 약해진다.

중요한 주의 사항이 있다. 정확한 반응을 얻으려면 시험자와 피시험자의 의식 수준이 둘 다 200 이상으로 측정되어야 할 뿐 아니라 테스트 의도도 200 이상으로 측정되어야 한다.

온라인 스터디 그룹들의 경험담을 보면 측정 결과가 부정확한 사람들이 많다. 추가 연구 결과에 의하면 의식 수준이 200일 때 측정 시 오류 가능성은 30퍼센트다. 테스트 팀의 의식 수준이 높을수록 측정 결과도 더 정확하다.

마음가짐은 냉담하고 객관적으로 갖는 것이 가장 좋고, 측정할 진술 앞에 말머리를 붙여 "최고선의 이름으로 (   )은 진실로 측정된다. 100 이상, 200 이상."과 같이 진술한다. '최고선'이라는 맥락에 놓고 진술하면 정확도가 올라간다. 그렇게 함으로써 자기 이익만 생각하는 개인적 관심과 동기를 넘어서기 때문이다.

근육 테스트는 오랫동안 신체의 경락 체계나 면역 체계가 일으키는 국소적 반응으로 여겨졌다. 그러나 이후의 연구에서 근육 테스트 반응은 신체 자극에 대한 국소적 반응이 전혀 아니며, 물질이나 진술의 에너지에 대해 의식 자체가 일으키는 전반적 반응이라는 사실이 밝혀졌다. 참되고, 이롭고, 생명에 도움이 되는 것에 대해서는 살아 있는 모든 사람 속에 비개인적으로 존재하는 의식의 장에서 긍정 반응이 생겨난다. 이 긍정 반응이 신체의 근육계가 강해지는 것으로 나타난다. 또한 (거짓에 대해 확장하고 진실에 대해 수축하는) 동공 반응이 따르며, 자기 영상술로 밝혀졌듯이 뇌의 작용에도 변화가 생긴다.(편의상 반응을 보여 줄 근육으로 어깨의 삼각근을 이용하는 경우가 가장 많지만 원래는 신체의 어떤 근육을 이용해도 된다.)

(진술의 형태로) 질문을 제시하기 전에 먼저 허락을 받아야 한다. 즉 "마음에 품고 있는 것에 대해 질문을 허락받았습니다." 또는 "이 측정은 최고선에 기여합니다."라고 진술하고, 그렇다 혹은 아니다의 결과를 얻는다.

진술이 거짓이거나 물질이 해로운 것일 때는 "저항하세요."라고 명령받으면 근육이 빠르게 약해진다. 이 반응이 보여 주는 것은 진술이나 물질이 주는 자극이 부정적이거나, 진실이 아니거나, 생명에 좋지 않은 것이거나, 질문에 대한 답이 "아니오."라는 사실이다. 그런 다음 근육은 재빠르게 회복해 정상 강도를 되찾는다.

테스트 방법은 세 가지가 있다. 연구에서 사용하며 일반적으로도 가장 많이 사용하는 방법은 시험자와 피시험자 두 사람이 필요하다. 조용한 환경에서 하는 것이 좋고, 음악이 들리면 안 된다. 피시험자는 눈을 감는다. *시험자는 질문을 **평서문**의 형태로 해야 한다.* 그러면 진술에 대해 근육 반응으로 "그렇다" 또는 "아니다"의 답을 얻을 수 있다. 틀린 형태의 예를 들면 "이 말은 건강한가?"와 같은 의문문이 있다. 맞는 형태는 "이 말은 건강하다." 또는 "이 말은 아프다."라고 진술하는 것이다.

진술 직후에 시험자는 바닥과 수평으로 팔을 뻗치고 있는 피시험자에게 "저항하세요."라고 말한다. 그러면서 뻗친 팔의 손목을 두 손가락으로 가볍고 빠르게 내리누른다. 그러면 피험자의 팔이 강하게 유지되어 '그렇다'를 나타내거나 약해져서 '그렇지 않다 (아니다)'를 나타낸다. 반응은 즉각적으로 짧게 일어난다.

두 번째 방법은 오링법으로, 혼자 할 수 있는 것이다. 한 손의 엄지와 중지 끝을 단단히 붙여 알파벳 O자 모양의 고리를 만들고, 거기에 다른 손의 검지를 걸고 잡아당겨서 고리를 벌리려고 한다. '그렇다' 반응인지 '아니다' 반응인지에 따라 고리의 힘이 눈에 띄게 달라진다.

세 번째 방법은 가장 간단한 것이지만 다른 방법과 마찬가지로 어느 정도 연습이 필요하다. 큰 사전이나 벽돌 두어 장 같은 무거운 물체를 허리 높이 정도의 탁자에서 들어올리기만 하면 된다. 먼저 참인 진술을 마음에 품고 물체를 들어올린다. 그런 다음 대조를 위해 거짓인 진술을 마음에 품고 다시 들어올린다. 진실을 마음에 품을 때 들어가는 작은 힘과 (참이 아니고) 거짓일 때 물체를 드는 데 필요한 큰 힘의 느낌을 각기 새겨 둔다. 이 결과를 앞서의 두 방법을 사용해 검증할 수도 있다.

특정 수준 측정하기

긍정과 부정 사이, 참과 거짓 사이, 건설적인 것과 파괴적인 것 사이의 임계점이 측정 수준 200에 존재한다.(부록 A의 지도를 보라.) 무엇이든 200 이상인 것, 즉 진실인 것에 대해서는 피시험자의 근육이 강하게 유지되고, 무엇이든 200 이하인 것, 즉 거짓인 것에 대해서는 팔이 약해진다.

이미지나 진술, 역사적 사건, 저명인사를 포함해 과거나 현재의 어떤 것에 대해서도 측정할 수 있다. 반드시 입 밖에 내서 진술할 필요는 없다.

수치 측정

예) "라마나 마하리시의 가르침은 700 이상이다."(그렇다/아니다) "히틀러는 200 이상이었다."(그렇다/아니다) "히틀러가 200 이상이었던 것은 20대 이후다."(그렇다/아니다) "30대 이후다."(그렇다/아니다) "40대 이후다."(그렇다/아니다) "죽을 때다."(그렇다/아니다)

적용

근육 테스트는 미래를 예언하는 데 사용할 수 없다. 그 외의 질문에는 제한이 없다. 의식은 시간이나 공간상의 제약이 없다. 그러나 질문이 허락되지 않을 수는 있다. 현재의 사건이나 역사적 사건 전부에 대해 질문할 수 있다. 답은 비개인적인 것으로 시험자나 피시험자의 신념 체계에 따라 결정되는 것이 아니다. 예를 들어 유해한 자극을 가하면 세포의 원형질은 움츠러들고 피부에서는 피가 난다. 이런 반응은 테스트 물질의 특성을 나타내는 것이며 시험자 개인과는 무관하다. 의식은 사실 진실만을 안다. 진실만이 실제로 존재하기 때문이다. 의식은 거짓에 반응하지 않는다. 거짓은 '현실' 속에서 존재를 갖지 않기 때문이다. 또한 의식은 진실하지 않거나 이기적인 질문에 대해서는 반응이 정확하지 않다.

정확히 말해 테스트 반응은 '켜져 있음' 반응이거나 '켜져 있지 않음' 반응이다. 우리는 전기 스위치에 대해 전기가 "켜져 있다.", "꺼져 있다."는 말을 쓸 때는 전기가 존재하지 않음을 뜻한다. 꺼져 있음 같은 것은 현실에 존재하지 않는다. 이는 미묘한 진술이지만 의식의 본성을 이해하는 데는 중대한 것이다. 의식은 '진실'만을 알아볼 수 있다. 의식은 거짓에 대해서는 반응을 못 한다. 이와 흡사하게 거울은 반사할 물체가 있어야 그 이미지를 반사한다. 거울 앞에 아무런 물체가 없으면 반사된 이미지도 없다.

의식 수준 측정하기

의식 수준의 눈금은 기준이 되는 척도에 따라 상대적으로 정해진다. 부록 A의 표에 눈금을 일치시키려면, 표에 준해 기준을 잡기 위해 다음과 같이 진술해야 한다. "1에서 1000까지며 600이 깨달음인 인간의 의식 척도에서, 이 (   )은 (숫자) 이상이다." 또는 "200이 진실의 수준이고 500이 사랑의 수준인 의식의 척도에서, 이 진술은 (숫자) 이상으로 측정된다."라고 진술한다.

일반 정보

사람들은 대체로 진실과 거짓을 밝히기를 원한다. 그러므로 진술은 아주 구체적이어야 한다. 지원하기에 좋은 일자리 같은 모호한 표현은 피한다. 어떻게 좋은 것인가? 급여 수준이 좋은가? 근무 여건이 좋은가? 승진 기회가 좋은가? 상사가 공정한 사람이라 좋은가?

숙련된 솜씨

테스트에 익숙해지면서 점차 솜씨가 숙련된다. 무엇을 질문할지 바로바로 떠오르기 시작하면서 진술 자체가 기이할 정도로 정확할 수도 있다. 같은 시험자와 피시험자가 일정 기간 동안 같이 테스트하면, 그중 한 사람이나 두 사람 모두가 구체적으로 무슨 질문을 할지 놀랄 만큼 정확하게 콕 집어내는 능력을 계발하게 된다. 두 사람 다 테스트 대상에 대해 전혀 모를 때도 그렇다. 예를 들어 시험자가 물건을 잃어버리고 이렇게 진술하기 시작한다. "나는 그것을 사무실에 두고 왔다."(답 : 아니다.) "나는 그것을 차에 두고 왔다."(답 : 아니다.) 피시험자가 그 물건이 보이기라도 한 양별안간 "화장실 문 뒤라고 물어봐요."라고 해서 시험자가 그렇게 진술한다. "그 물건은 화장실 문 뒤에 걸려 있다."(답 : 그렇다.) 이 실제 사례에서 피시험자는 시험자가 주유소에 들렀으며 거기서 웃옷을 화장실에 놓고 왔다는 사실을 알지도 못했다.

현재와 과거의 시간과 공간에서 어디에 있는 무엇이든 그에 대해 무슨 정보든 얻을 수 있지만 사전 허락을 받아야 한다.(때로는 허락 여부를 묻는 진술에 "아니다."가 나온다. 카르마나 기타 알 수 없는 이유 때문일 수 있다.) 참 · 거짓이 바뀌도록 진술을 뒤집어 대조 측정을 하면 측정의 정확성을 쉽게 확인할 수 있다. 기법을 익힌 사람이라면 누구나 세계의 모든 컴퓨터와 도서관에서 보유할 수 있는 것보다 많은 정보를 즉각 이용할 수 있다. 따라서 그 가능성에는 분명 한계가 없으며, 전망은 숨이 턱 막힐 정도로 놀라운 것이다.

제약

시험자와 피시험자, 테스트 활용 의도가 모두 진실해 200 이상으로 측정되어야만 정확한 테스트를 할 수 있다. 주관적 의견보다는 사심 없는 객관성으로 진실을 지지해야 한다. 그래서 어떤 주장을 증명하려면 정확성이 없어져 버린다. 인구의 약 10퍼센트는 아직 알 수 없는 이유로 신체운동학 테스트 기법을 사용할 수가 없다. 때로는 결혼한 커플도 아직 밝혀지지 않은 이유로 서로를 피시험자로 삼을 수가 없어, 테스트 파트너로 제3자를 알아보아야 할 수도 있다.

피시험자로 적합한 사람은 사랑하는 사람이나 기타 사랑하는 것을 마음에 품으면 팔이 강해지고 (공포, 증오, 죄책감 같은) 부정적인 것을 마음에 품으면 팔이 약해지는 사람이다.(예를 들어 윈스턴 처칠을 떠올리면 강해지고, 오사마 빈 라덴을 떠올리면 약해진다.)

가끔은 적합한 피시험자에게서도 모순되는 반응이 나온다. 이럴 때는 대개 흉선 치기로 해결할 수 있다.(사랑하는 사람이나 기타 사랑하는 것을 마음속에 그리며 미소를 띤 채로 주먹 쥔 손으로 목 아래의 가슴뼈 윗부분을 세 번 치면서 칠 때마다 "하, 하, 하!" 하고 말한다.) 이렇게 하면 일시적 불균형이 사라진다.

최근까지 부정적인 사람들과 함께 있었거나, 헤비메탈 음악을 들었거나, 폭력적인 텔레비전 프로그램을 보았거나, 폭력적인 비디오 게임을 한 결과로 불균형이 생길 수 있다. 부정적 음악의 에너지는 음악을 끈 뒤에도 최대 30분까지 신체의 에너지 체계에 해로운 영향을 미친다. 텔레비전에 나오는 광고나 배경음도 부정적 에너지의 근원으로 흔한 것이다.

앞에서 알아보았듯이 이 방법으로 진실과 거짓을 파악하고 진실의 수준을 측정하려면 엄격한 요건을 만족시켜야 한다. 그러한 제약이 있기에 『진실 대 거짓』에서는 즉석에서 참조할 수 있는 다양한 측정치를 제공한다.

설명

근육 강도 테스트에서는 의식의 장이 개인적인 의견이나 신념에 영향 받지 않고 비개인적으로 반응한다. 자극에 대한 원형질의 반응이 비개인적인 것과 같다. 진술을 입 밖에 내든 말없이 마음에 품든 테스트 반응은 동일하다는 관찰 결과로 테스트의 비개인성이 입증된다. 피시험자가 질문에 영향 받지 않는다는 것은 질문이 무엇인지 몰라도 되기 때문이다. 이 점을 입증하려면 다음과 같이 해 본다.

피시험자가 모르는 어떤 이미지를 마음에 품고 시험자가 이렇게 진술한다. "내가 마음에 품고 있는 이미지는 긍정적이다."(또는 "……진실이다" 또는 "……200 이상으로 측정된다." 등) 지시에 따라 피시험자는 손목을 누르는 압력에 저항한다. 시험자가 (에이브러햄 링컨, 예수, 마더 테레사 같은) 긍정적 이미지를 마음에 품으면 피시험자의 팔 근육이 강해진다. 시험자가 거짓 진술이나 (빈 라덴, 히틀러 같은) 부정적 이미지를 마음에 품으면 팔은 약해진다. 피시험자는 시험자가 무엇을 마음에 품고 있는지를 모르기 때문에 테스트 결과는 개인적 신념에 영향 받지 않는다는 점을 알 수 있다.

실격

무신론과 아울러 (측정치가 160인) 회의론, 냉소주의 등이 200 미만으로 측정되는 것은 부정적 속단을 나타내기 때문이다. 이에 반해 진정으로 질의하려면 지적 허세가 없는 열린 마음과 정직성이 필요하다. 근육 테스트 방법론에 대해 부정적 결과를 내놓은 연구들은 모두 200 미만으로 측정되며(대개 160), 그 연구자들도 마찬가지다.

유명한 교수조차 200 미만으로 측정될 수 있으며 실제로 그렇게 측정되는 사람이 있다는 사실은 일반인에게 놀라운 사실일 수도 있다. 그렇듯이 부정적 연구 결과는 부정적 편견이 낳은 결과다. 예를 들어 DNA 이중나선 패턴 발견을 가져온 프랜시스 크릭의 연구 설계는 440으로 측정되었다. 크릭의 마지막 연구 설계는 의식이 뉴런 활동의 산물일 뿐임을 증명하려는 의도였는데 겨우 135로 측정되었다.(크릭은 무신론자였다.)

연구자 자신이 200 미만으로 측정되거나(대개 160), 설계가 잘못된 연구의 실패 사례로부터 오히려 그들이 틀린 것이라 주장하는 방법론의 진실이 확인된다. 그들은 부정적 결과를 얻어야만 하고 그래서 그런 결과를 얻고 있다. 그 덕분에 역설적으로 편견 없는 진실성과 비진실성 간의 차이를 검출하는 테스트의 정확성이 증명된다.

뭐든 새로운 발견은 기존 판을 뒤엎을 수도 있어서 지배적 신념체계가 보여 주는 현황에 위협이 된다고 볼 수도 있다. 의식 연구에 의해 영적 '현실'이 입증된다는 사실 때문에 저항이 일게 될 것이다. 에고는 본디 주제넘고 독선적인데, 의식 연구는 에고의 자기 도취적 핵심이 지닌 지배 권한에 사실상 직접 맞서는 것이기 때문이다.

의식 수준이 200 미만이면 '낮은 마음'에 지배되는 탓에 이해력에 한계가 있다. 낮은 마음은 사실을 인지할 수는 있지만 진실이라는 말이 무엇을 의미하는지 아직 완전히 이해하지는 못하며(내면의 가설과 외부의 실상을 혼동한다), 진실은 생리적으로도 거짓과는 다른 것을 수반한다. 아울러 진실을 직감하게끔 입증하는 데쓰는 방법에는 음성 분석과 몸짓 언어 연구, 동공 반응, 뇌전도 변화, 호흡수와 혈압의 오르내림, 피부상 전류 발생 반응, 다우징 막대로 수맥 찾기는 물론 몸에서 방출되는 오라의 길이를 측정하는 후나 기법까지 있다. 어떤 사람들은 추처럼 서 있는 물체를 활용하는 아주 간단한 기법을 사용한다.(진실이면 물체가 앞으로 기울고, 거짓이면 뒤로 기운다.)

보다 진보된 맥락에 놓고 볼 때 테스트를 지배하는 원리는 어둠을 가지고 빛이 틀렸다고 입증할 수 없듯이 거짓을 가지고 '진실'이 틀렸다고 입증할 수는 없다는 것에 있다. 비선형은 선형의 한계에 영향 받지 않는다. 진리는 논리와 패러다임이 다르며 그래서 증명이 불가능하다. 증명 가능한 것은 기껏해야 400대로 측정되기 때문이다. 의식 연구 방법론은 600의 수준에서 기능하며, 600은 선형적 차원과 비선형적 차원이 만나는 접점이다.

불일치

다양한 이유로 측정 시간이 다르거나 질의자가 다르면 측정치도 다르게 나올 수 있다.

1. 상황과 사람, 정치, 정책, 마음가짐은 시간에 따라 바뀐다.
2. 사람마다 어떤 것을 마음에 품을 때 시각이나 촉각, 청각, 느낌 등의 감각 양식을 달리 적용하기 쉽다. 그래서 사람에 따라 어머니를 모습이나 느낌, 목소리 등으로 제각기 품을 수 있다. 헨리 포드를 아버지나 기업가로서 측정할 수도 있고, 미국에 미친 영향이나 그의 반유대주의에 대해 측정할 수도 있다.
3. 의식의 수준에 따라 정확성이 올라간다.(400 이상이 가장 정확하다.) 질의자는 맥락을 명시하고 지배적 감각 양식을 고수하는 것이 좋다. 같은 팀이 같은 기법을 계속 사용하는 경우가 내적으로 일관된 결과를 얻는다. 연습을 하면서 솜씨가 숙련된다. 그러나 과학적이고 사심 없는 자세와 객관적 입장을 취할 수 없는 사람들이 있는데, 그들에게는 테스트 결과가 부정확하다. 진실에 헌신하려는 의도를 '옳다'고 증명하려는 개인 의견의 의도보다 우선해야 한다.

유의 사항

200 미만으로 측정되는 사람들은 기법을 사용할 수 없다는 사실이 이미 발견되었지만, 테스트하는 사람이 무신론자면 기법이 말을 듣지 않는다는 사실이 추가로 발견된 것은 비교적 최근의 일

이다. 이는 단지 무신론은 200 미만으로 측정된다는 사실과 증오가 사랑을 부인하듯 진실이나 (모든 것을 아는) '신성'을 부인한 사람은 카르마적으로 자격을 잃는다는 사실의 귀결일 수 있다.

참고 문헌

A Course in Miracles. (1975) 1996. Mill Valley, Calif.: Foundation for Inner Peace.

Benoit, H. 1990. *Zen and the Psychology of Transformation: The Supreme Doctrine.* Rochester, Vermont.: Inner Traditions.

Berne, E. 1964. *Games People play.* New York: Grove Press

Bristow, D., G. Rees, et al. 2005. "Brain Suppresses Awareness of Blinking." University College, London, Institute of Neurology, published in *Current Biology,* 25 July.

Diamond, J. 1979. *Behavioral Kinesiology.* New York: Harper & Rowe.

——. 1979. Your Body Doesn't Lie. New York: Warner Books.

Duffy, William. 1986. *Sugar Blues.* New York: Grand Central Publishing Co.

Great Books of the Western World, The. 1952. Hutching, R. and M. Alden, Eds. Chicago: Encyclopedia Britannica.

Hawkins, D. R. 2008a. *Reality, Sprituality, and Modern Man.* Sedona, AZ: Veritas Publishing.

——. 2008b. *In the World but not of It: living Spiritually in the Modern World.*(Six CD set) Niles, IL:Nightingale-Conant

——. 2008c. "Advancing Spiritual Awareness" Lecture Series. Sedona, AZ: Veritas Publishing.(Six 5-hour CD/DVDs.) *Spirituality, Reason, and Faith*(Jan.); *Clear Pathway to Enlightenment*(Mar.); *Belief, Trust, and Credibility*(June.); *Overcoming Doubt, Skepticism and Disbelief*(Aug.); *Practical Sprituality*(Oct.); and, *Freedom: Morality and Ethics*(Nov.)

——. 2007a. *Discovery of the Presence of God: Devotional Nonduality.* Sedona.AZ: Veritas Publishing

——. 2007b. *The Discovery: Revealing the Presence of God in Your Life.*(Six CD set) Niles, IL: Nightingale-Conant.

——. 2007c. "Sprutual Reality and Modern Man." Lecture Series. Sedona, AZ: Veritas Publishing.(Nine 5-hour CD/DVDs.) *God vs. Science: Limits of the Mind*(Feb.); *Relativism vs. Reality*(April.); *What is "Real"?*(June.); *What is "Truth"?*(July.); *The Human Dilemma*(Aug.); *Review of the Work*(Aug.); *Creation vs. Evolution*(Oct.); *Spiritual Survival: Realization of Reality*(Nov.); and, *Experoential Reality: The Mystic*(Dec)

——. 2006a. Tanscending the Level of Conciousness. Sedona, AZ: Veritas Publishing.

——. 2006b. "Tanscending the Level of Conciousness" Lecture Series.. Sedona, AZ: Veritas Publishing. (Six 5-hour CD/DVDs.) *Experiential Reality*(Feb.); *Perception vs. Essence*(April.); *Spiritual Truth vs. Spiritual fantasy*(June.); *Reason vs. Truth*(Aug.); *Spiritual Practice and Daily Life*(Oct.); and, *Is the Miraculous Real?*(Dec)

——. 2006c. *Truth vs. Falsehood.*(Sx CD Set.) Niles, IL:Nightingale-Conant.

——. 2006d. "Paradigm Blindness: Academic vs. Clinical Medicine." *Journal of Orthomolecular Medicine,* 21:4, 4 November.

———. 2005a. *Truth vs. Falsehood: How to Tell the Difference.* Toronto: Axial Publishing.

———. 2005b. *The Highest Level of Enlightenment.*(Six CD Set.) Niles, IL: Nightingale-Conant Corp.

———. 2005c. "Devotional Nonduality" Lecture Series. Sedona, AZ: Veritas Publishing. (Eleven 5-hours CD/DVDs.) *Vision*(Feb.); *Alignment*(April); *Intention*(May); *Transcending Barriers*(June); *Conviction*(July); *Serenity*(Aug.); *Transcending Obstacles*(Sept.); *Spiritual Traps*(Oct.); *Valid Teachers/ Teachings*(Nov.); *God, Religion & Spirituality*(Dec.)

———. 2004a. "The Science of Peace." *Awakened World,* J.A.G.N.T., 6:3.

———. 2004b. *"Nonduality: Consciousness Research and the Truth of the Buddha."* Rourkee, India: Indian Institute of Technology.

———. 2004c. "The Impact of Spontaneous Spiritual Experiences in the Life of 'Ordinary' Person." *Watkins Review,* 7.

———. 2004d. "Transcending the Mind" Lecture Series. Sedona, AZ: Veritas Publishing. (Six 5-hour CD or DVDs.) *Thought and Ideation*(Feb.); *Emotions and Sensations*(April); *Perception and Positionality*(June); *Identification and Illusion*(Aug.); *Witnessing and Observing*(Oct.); and *The Ego and the Self*(Dec.).

———. 2003a. I:Reality and Subjectivity. Sedona, AZ: Veritas Publishing

———. 2003b. "Devotional Nonduality" Lecture Series. Sedona, AZ: Veritas Publishing. (Six 5-hours CD/DVDs) *Integration of Spirituality and Personal Life*(Feb.): *Spirituality and World*(April); *Spiritual Community*(June); *Enlightenment*(August); *Realizationof the Self as the "I"*(Nov.);and, *Dialogue, Questions and Answer*(Dec.).

———. 2002a. *Power vs. Force: An Anatomy of Consciousness.* (Rev.). Carlsbad, CA; Brighton-le-Sands, Australia: Hay House.

———. 2002b. "The Pathway to God" Lecture Series. Sedona, AZ: Veritas Publishing. (Twelve 5-hour CD or DVDs) 1. *Causality: The Ego's Foundation;* 2. *Radical Subjectivity: The I of Self;* 3. *Level of Consciousness: Subjective and Social Consequences;* 4. *Positionality and Duality: Transcending the Opposites;* 5. *Perception and Illusion: The Distortions of Reality;* 6. *Realizing the Root of Consciousness: Meditative and Contemplative Techniques;* 7. *The Nature of Divinity: Undoing Religious Fallacies;* 8. *Advaita: The Way to God Through the Mind;* 9. *Devotion: The Way to Good Through the Heart;* 10. *Karma and the Afterlife;* 11. *God Transcendent and Immanent; and,* 12. *Realization of the Self: The Final Moments.*

———. 2001. *The Eye of the I: From Which Nothing Is Hidden.* Sedona, AZ: Veritas Publishing.

———. 2000a. *Consciousness Wokshop.* Prescott, AZ Sedona, AZ: Veritas Publishing.(CD/DVD)

———. 2000b. Consciousness and A Course in Miracles.(California.), Sedona, AZ: Veritas Publishing. (CD)

———. 2000c. *Consciousness and A Spiritual Inquiry: Address to the Tao Fellowship.* Sedona, AZ: Veritas Publishing.(CD)

———. 1997. *Research on the Nature of Consciousness.* Sedona, AZ: Veritas Publishing.(The Landsberg 1997 Lecture. University of California School of Medicine, San Francisco, CA)

———. 1996. "Realization of the Presence of God." *Concepts.* July 1996, 17-18

———. 1995. *Power vs. Force: An Anatomy of Consciousness.* Sedona, AZ: Veritas Publishing.

———. 1995. *Quantitative and Qualitative Analysis and Calibration of the Levels of Human Consciousness.* Ann Arbor, Mich.: VMI, Bell and Howell Col.; republished 1996 by Veritas Publishing, Sedona, AZ

——. 1995. *Power vs Force; Consciousness and Addiction; Advanced States of Consciousness: How to Tell the Truth About Anything, and Undoing the Barrier to Spiritual Progress.* Sedona, AZ: Veritas Publishing. (CDs/DVDs.)

——. 1987. Sedona Lecture Series: *Drug Addiction and Alcoholism; A Map of Consciousness; Cancer; AIDS; and Death and Dying.* Sedona, AZ: Veritas Publishing (CD/DVDs.)

——. 1986. *Office Series: Stress; Health; Spiritual First Aid; Sexuality; The Aging Process; Handling Major Crisis; Worry, Fear and Anxiety; Pain and Suffering; Losing Weight; Depression; Illness and Self-Healing; and Alcoholism.* Sedona, AZ: Veritas Publishing. (CDs/DVDs.)

——. 1985. "Consciousness and Addiction" in *Beyond Addictions, Beyond Boundaries.* S. Burton and L. Kiley. San Mateo, CA: Brookridge Institute.

Hawkins, D. R., and L.Pauling 1973. *Orthomolecular Psychiatry.* New York: W.H.Freeman and Co.

Kubler-Rose, E. 1997. *On Death and Dying,* New York; Scribner.

Libet, B., et al. 1999. Article in *Brain* 106, 623-42.

Sadlier, S. 2000. *Looking for God: A Searcher's Guide to Religious and Spiritual Groups of the World.* New York: Perigee Trade.

Stapp, H. 2007. *Mindful Universe: Quantum Mechanics and the Participating Observer.* New York: Springer-Verlag Publishing.

Warren, R. 2002. *The Purpose Driven Life; What on Earth Am I Here For?* Grand Rapids, Mich.: Zondervan.

| 저자에 대하여 |

전기적 기록과 자전적 기록

데이비드 호킨스 박사는 세계적으로 저명한 영적 스승이자 저술가, 강연자로, 그가 다루는 주제는 영적으로 성장한 상태와 의식 탐구, 나아가 큰나로서 현존하는 신을 깨닫는 일을 망라한다.

그의 책들과 강의 기록들은 유일무이한 것으로 널리 인정받고 있다. 과학적으로나 임상학적으로나 배경이 다른 사람들이 이것들 덕분에 영적으로 상당히 진보된 자각 상태를 경험했기 때문이다. 이들은 나중에 이 특이한 현상을 분명하고도 이해하기 쉽게 말로 설명해 주기도 했다.

호킨스 박사는 평범한 에고 상태의 마음으로 출발해 현존으로 인해 마음이 없어지는 데 이르는 과정을 『의식 혁명』(1995), 『나의 눈』(2001), 『호모 스피리투스』(2003)의 3부작에서 서술했다. 모두 세계의 주요 언어로 번역되었고, 『의식 혁명』은 마더 테레사가 찬사를 보내기까지 했다. 호킨스 박사는 계속해서 『진실 대 거짓』(2005), 『의식 수준을 넘어서』(2006), 『내 안의 참나를 만나다』(2007), 『실재와 영성 그리고 현대인』(2008)을 통해 에고가 표출되는 양상과 에고의 내재적 한계, 그러한 한계를 초월하는 법을 파고들었다.

위 3부작에 앞서 의식의 본성에 대한 연구 결과를 박사학위 논문으로 출간한 것이 「인간의 의식 수준에 대한 질적, 양적 분석과 계량화」(1995)로, 이 논문에서 과학과 영성이라는 겉보기에는 전혀 다른 두 영역이 만난다. 이 만남은 중대한 기법을 발견함으로써 이루어진 것으로, 그 기법에 제시된 방법으로 인류 역사상 최초로 진실과 거짓을 식별하는 일이 가능해졌다.

이 첫 작품의 중요성을 인식하고 《뇌-마음 회보Brain-Mind Bulletin》에서는 매우 호의적인 논평을 내놓았고, '과학과 의식에 관한 국제 회의'와 같은 발표 현장에서도 인정받았다. 미국 내의 다양한 단체와 영성 콘퍼런스, 교회 모임, 수녀, 수도사 등을 대상으로 발표가 이루어졌고, 영국의 옥스퍼드 포럼을 비롯한 해외에서도 발표되었다. 극동 아시아에서는 호킨스 박사를 '깨달음에 이르는 길을 가르치는 스승太靈先覺道士'으로 인정하고 있다. 설명이 부족한 탓에 오랜 세월 동안 수많은 영적 진실이 오해받아 온 현실을 관찰한 호킨스 박사는 이러한 현실을 타개하기 위해 매월 세미나를 개최하고 책의 형식으로 정리하기에는 길만큼 자세한 설명을 제공했다. 현재는 그 강연 녹화물을 접할 수 있는데, 강연 말미마다 문답 시간을 통해 추가 설명을 제공하는 것을 알 수 있다.

호킨스 박사의 일생에 걸친 저작에 담긴 전체 의도는, 인간의 경험을 의식의 진화라는 새로운 맥락에서 보게 하고, 마음과 영혼은 둘 다 타고난 '신성'의 표출임을 이해하도록 그 둘의 이해를 통합시키는 것이다. 신성은 생명과 '존재'가 솟아나는 바탕이자 지속적 원천이기 때문이다. 이러한 헌신은 "오, 주님, 모든 영광은 당신께 있습니다!"라는 진술에 나타나 있는 것으로, 호킨스 박사의 저서는 이 진술로 시작하고 끝난다.

전기 요약

데이비드 호킨스 박사는 1952년부터 정신과 의사로 재직했고 미국정신의학회를 비롯한 수많은 전문가 조직의 종신 회원으로 활동했다. 그가 출연한 텔레비전 프로그램은 「맥닐 러헤어 뉴스 아워」, 「바바라 월터스 쇼」, 「투데이 쇼」, 과학 다큐멘터리 등 다양하다. 또한 오프라 윈프리와도 인터뷰를 가졌다.

또한 호킨스 박사는 수많은 과학적, 영성 출판물과 저서, CD, DVD, 강연 시리즈를 저술했다. 노벨상 수상자인 라이너스 폴링과 공동으로 편저한 『분자교정 정신의학』은 해당 분야의 획기적 저술로 꼽힌다. 또한 호킨스 박사는 감독교회, 가톨릭, 수도회 및 기타 종교 조직에서 다년간 상담가로 종사했다.

호킨스 박사는 옥스포드 포럼, 웨스트민스터 사원, 아르헨티나의 대학교, 노트르담 대학교, 미시간 대학교, 포드햄 대학교, 하버드 대학교 등 많은 곳에서 강연했다. 샌프란시스코의 캘리포니아 주립 의과대학교에서는 연례 랜즈버그 강연에서 연설했다. 그는 또한 외국 정부들의 국제 외교 문제 상담가로서 세계 평화를 크게 위협한 오랜 갈등을 해결하는 데 중요한 역할을 했다.

또한 호킨스 박사는 1995년에 인류에 대한 공헌을 인정받아 1077년에 창설된 예루살렘의 성 요한 호스피털 기사단의 기사가 됐다.

자전적 기록

이 책에서 전한 진실은 과학적으로 얻어 낸 결과를 객관적으로 정리한 것이지만, 모든 진실이 그렇듯 개인적으로 먼저 경험한 것입니다. 어린 나이에 시작되어 평생 동안 이어진 강렬한 자각 상태로부터 주관적 깨달음의 과정이 우선 열정을 얻고 그런 다음에는 방향을 얻더니 마침내는 이렇게 차례로 책을 써내는 형태로 나타났습니다.

세 살 때 불현듯, 존재를 완전하게 의식했습니다. "나는 존재한다."의 의미를 비언어적으로 완전하게 이해했습니다. 곧이어 '나'가 아예 존재하게 되지 못할 수도 있었음을 깨닫고 겁에 질렸습니다. 의식이 없는 상태에서 의식이 있는 자각 상태로 한순간에 깨어난 것이었습니다. 그 순간에 개인적 자아가 탄생했고, '있다'와 '있지 않다'의 이원성을 주관적으로 자각했습니다.

어린 시절부터 사춘기 초기까지 존재의 역설과 자아의 참모습에 대해 내내 관심이 갔습니다. 개인적 자아는 때로 더욱 큰 비개인적 큰나 속으로 미끄러져 들어갔고, 그러면 비존재에 대한 최초 공포, 즉 무에 대한 근본적 공포가 되살아나곤 했습니다.

1939년에 저는 위스콘신 주의 시골에서 자전거로 27킬로미터를 돌며 신문 배달을 하던 소년이었습니다. 그러던 어느 컴컴한 겨울밤에 집에서 멀리 떨어진 곳에서 영하 20도의 눈보라에 갇혔습니다. 자전거가 얼음판에서 구르자, 사나운 바람에 신문이 핸들 바구니에서 날아가 얼음과 눈으로 덮인 들판으로 흩어졌습니다. 좌절하고 탈진해서 눈물이 났고, 옷은 얼어서 뻣뻣했습니다. 바람을 피하려고 높이 쌓인 눈 더미의 얼어붙은 표면을 뚫고 눈을 퍼내서 공간을 만들고 그 속으로 기어 들어갔습니다. 덜덜 떨리던 것이 곧 가라앉고 너무나 기분 좋은 온기가 느껴지면서 이루 말할 수 없는 평화 상태가 찾아왔습니다. 그와 더불어 빛이 퍼져 나가고 무한한 사랑이 존재했습니다. 그 사랑은 시작도 끝도 없었고 제 자신의 정수와도 구분이 되지 않았습니다. 모든 곳에 존재하는 이 광명 상태와 저의 자각 상태가 융합하면서 육체와 그 주변도 점차 사라졌습니다. 마음이 입을 닫았습니다. 생각이 완전히 그쳤습니다. 시간과 묘사를 초월해 어떤 무한한 '현존'만이 있거나 있을 수 있었습니다.

그렇게 시간을 벗어난 상태가 있은 뒤에 누군가 제 무릎을 흔들고 있음을 알아차렸습니다. 얼굴에 걱정이 가득한 아버지가 보였습니다. 몸으로 돌아가거나 몸이 있으면 따르기 마련인 여러 가지 일로 돌아가는 것이 도무지 내키지 않았지만, 아버지의 사랑과 애절함 때문에 '영'이 몸을 보살펴 다시 움직였습니다. 죽음을 겁내는 아버지에게 연민을 느끼는 동시에, 죽음이라는 개념이 우스꽝스러워 보이기도 했습니다.

이 주관적 경험에 대해 누구와도 상의하지 않았습니다. 어떤 맥락이 닿아야 경험을 설명할 텐데 그럴만한 맥락이 없었습니다. 성자의 삶을 전하는 이야기 외에는 영적 경험에 대해 들어볼 일이 별로 없었습니다. 그러나 그 경험 이후로는 세상의 현실이라 믿던 것들이 그저 얼마 못 갈 것들로 보이기 시작했습니다. 종교의 전통적 가르침이 의미를 잃으면서 역설적으로 저는 불가지론자가 되었습니다. 모든 존재를 비추던 신성의 광명에 비교하면 전통 종교의 신은 그 빛이 흐릿하기 이를 데 없었고, 그렇게 해서 영성이 종교와 자리를 바꾸었습니다.

제2차 세계대전 중에는 바다에서 기뢰를 제거하는 소해정에서 위험한 임무를 수행하다 죽을 뻔한 적도 많았지만 아무런 공포가 없었습니다. 마치 죽음이란 것이 진짜로 있을 수가 없는 일인 듯했습니다. 전쟁이 끝난 뒤 마음의 복잡성에 매료된 저는 정신의학을 배우고자 고학으로 의대에 다녔습니다. 수련 과정을 지도한 정신 분석가는 컬럼비아 대학교 교수로, 저와 같은 불가지론자였습니다. 그래서 둘 다 종교를 별로 좋게 보지 않았습니다. 분석 수련은 잘되었고, 직장 생활도 순조로웠으며, 성공이 뒤따랐습니다.

그러나 저는 전문직 종사자로 안주하지 못했습니다. 어떤 치료로도 호전되지 않는 치명적 진행성 질환으로 고통 받게 되었습니다. 38세도 안 돼 죽을 고비에 처했고, 곧 숨을 거두게 될 것임을 알았습니다. 몸은 어떻게 되든 상관없었지만, 저의 영혼은 극심한 고통과 절망에 빠진 상태였습니다. 마지막 순간이 다가오자 이런 생각이 스쳤습니다. "신이 존재한다면 앞으로 어떻게 될까?" 그래서 저는 기도 속에서 이렇게 외쳤습니다. "신이 존재한다면 지금 도와주실 것을 청합니다." 어떤 신이 되었든, 존재할 수도 있는 그 신에 내맡기고 저는 의식을 잃었습니다. 다시 깨어나자 너무나 엄청난 변화가 일어나 있어서, 경외감으로 말문이 막혔습니다.

이전까지의 저라는 사람은 더 이상 존재하지 않았습니다. 개인적 자아나 에고는 없고 힘이 무한정한 '무한한 현존'만 있어서, 존재하는 모든 것이 그것이었습니다. 이전까지 '나'였던 것은 이 현존으로 대체되었고, 육체와 그 움직임은 오로지 현존의 '무한한 의지'가 통제하는 것이었습니다. 무한히 아름답고 완벽하게 만물로 표출되는 '무한한 일체성'이 명료하게 세상을 비췄습니다.

삶이 계속되면서도 이 움직임 없는 상태가 지속되었습니다. 개인적 의지는 존재하지 않았습니다. 무한히 강력하면서도 섬세하고 온화한 '현존의 의지'가 인도하는 대로 육체는 제 할 일을 바쁘게 해 나갔습니다. 이러한 상태에서는 아무것도 생각할 필요가 없었습니다. 모든 진실이 자명하게 드러나서 아무런 개념을 가질 필요가 없었고 가질 수도 없었습니다. 동시에 몸에서 신경계가 지극히 혹사당하는 느낌이었습니다. 마치 애초에 고안된 회로 용량에 비해 훨씬 큰 에너지가 신경계에 흐르는 것 같았습니다.

세상에서 효과적으로 제구실을 할 수가 없었습니다. 삶의 일상적 동기가 공포나 불안과 함께 모두 사라졌습니다. 모든 것이 완벽하기에 추구할 것이라고는 아무것도 없었습니다. 명성과 성공, 돈이 무의미했습니다. 친구들은 진료 업무에 복귀하라고 충고했지만, 그렇게 할 일상적 동기를 전혀 느끼지 못했습니다.

이제는 개인성 이면의 현실을 지각할 수 있는 능력이 있었습니다. 감정 질환은 *나의 개인성이 곧 나*라는 신념에서 생기는 것이었습니다. 이윽고 마치 저절로 그렇게 된 양 진료 업무가 재개되더니, 결국에는 일의 규모가 엄청나게 커졌습니다. 미국 전역에서 환자가 왔습니다. 2000명의 외래 환자를 보자니 50명이 넘는 심리 치료사와 기타 직원, 25개의 진료실, 연구실, 뇌파 실험실이 필요했습니다. 1년에 1000명씩 환자가 늘었습니다. 게다가 앞서 언급했듯이 라디오와 텔레비전에도 출연했습니다. 1973년에는 그 동안의 임상 연구를 『분자교정 정신의학』이라는 책에 전통 양식을 빌려 기록했습니다. 이 책은 시대를 10년은 앞선 저작이어서 상당한 파장을 일으켰습니다.

신경계의 전반적 상태가 서서히 나아지더니 다른 현상이 시작되었습니다. 감미롭고 기분 좋은 에너지 가닥이 연달아 척추를 타고 올라가 뇌로 들어가면서 거기서 강렬하고 끊임없는 쾌감을 일으켰습니다.

만사가 동시 발생적으로 벌어져 완벽하고 조화롭게 전개되었습니다. 기적적인 일이 예사로 일어났습니다. 세상에서 기적이라 부르는 것의 근원은 현존이지 개인적 자아가 아니었습니다. 개인적 '나'로 남아 있는 것은 그러한 현상의 목격자일 뿐이었습니다. 이전의 자아나 생각보다 깊고 더욱 큰 '나'가 벌어지는 모든 일을 결정했습니다.

이러한 상태가 존재한다는 것을 알린 사람들이 역사 속에 있었기에 영적 가르침을 조사하기에 이르렀습니다. 부처, 깨달은 현자들, 황벽 선사, 또는 라마나 마하리시나 니사르가다타 마하라지 같은 최근 스승들의 가르침을 살펴보았습니다. 그렇게 해서 위에 서술한 경험들이 유일무이한 것이 아님을 확인했습니다. 『바가바드 기타』가 완벽하게 이해됐습니다. 때로는 스리 라마크리슈나나 기독교의 성인들이 전한 것과 똑같은 영적 황홀경에 빠지기도 했습니다.

세상의 만물과 만인이 빛을 발하며 지극히 아름다웠습니다. 살아 있는 존재 전체가 '광명'을 내뿜었습니다. 움직임 없는 상태와

웅장한 아름다움 속에서 그 '광명'을 드러냈습니다. 인류가 모두 내면의 사랑에서 동기를 얻는 것이 사실인데, 다만 자각하지 못하게 된 것이 분명했습니다. 대부분의 사람이 마치 잠이 안 깬 자신이 누구인지를 자각 못 하는 사람처럼 삶을 살아갑니다. 주변 사람들이 마치 잠들어 있는 듯이 보였고 믿기지 않을 만큼 아름다웠습니다. 모든 사람과 사랑에 빠진 듯했습니다.

아침과 저녁 식사 전에 한 시간씩 명상 수행을 하던 일상을 중단해야 했습니다. 명상을 하면 지복이 너무나 강해져 때로 삶에서 제구실을 할 수가 없었기 때문입니다. 어렸을 때 눈 더미 속에서 일어난 것과 비슷한 경험이 다시 일어나곤 했고, 그 상태를 벗어나 세상으로 되돌아오기가 갈수록 힘들어졌습니다. 만물이 그 완벽한 상태 속에서 믿기지 않을 만큼 아름답게 빛을 발했고, 세상에서 추하게 보는 곳에도 시간을 벗어난 아름다움만이 존재했습니다. 이 영적 사랑이 지각 전체로 번져 나가 이곳과 저곳 또는 그때와 지금 사이의 모든 경계선이 사라졌습니다. 분리가 사라졌습니다.

내면의 침묵 속에서 세월이 가는 동안 현존의 강도가 커졌습니다. 삶은 더 이상 개인적인 것이 아니었습니다. 개인적 의지는 더이상 존재하지 않았습니다. 개인적 '나'는 '무한한 현존'의 매개체가 되어 현존이 의도한 대로 계속 바쁘게 움직였습니다. 사람들은 현존의 오라 속에서 범상치 않은 평화를 느꼈습니다. 영적 추구자들이 질문에 답해줄 것을 청했지만, 데이비드와 같은 개인은 더이상 존재하지 않았기에 그들은 사실 자신의 큰나로부터 솜씨 좋게 답을 얻어 내는 셈이었고, 그 큰나는 저의 큰나와 다른 것이 아니었습니다. 동일한 큰나가 각자에게서 눈을 통해 빛을 비추었습니다.

상식적으로 이해가 안 되는 기적들이 일어났습니다. 육체적으로 오랫동안 시달린 수많은 고질병이 사라졌습니다. 시력이 저절로 정상으로 돌아와 평생 착용한 이중 초점 안경이 더 이상 필요 없어졌습니다.

가끔 강렬한 지복에 찬 에너지 내지 '무한한 사랑'이 어떤 재난 현장을 향해 갑자기 가슴에서 내뿜어지곤 하였습니다. 한번은 고속도로를 지나고 있었는데, 그 강렬한 에너지가 가슴에서 방출되기 시작했습니다. 차가 길이 굽은 곳을 지나자 자동차 사고가 일어난 곳이 나왔습니다. 뒤집힌 차에서 바퀴가 아직도 돌고 있었습니다. 에너지가 대단한 강도로 차에 타고 있던 사람들에게 흘러들더니 제 스스로 멈췄습니다. 또 한 번은 어느 낯선 도시에서 거리를 걷고 있었는데, 에너지가 앞 블럭 쪽으로 흘러가더니 갱들이 막 싸우기 시작한 현장에 다다랐습니다. 그러자 싸움꾼들이 뒤로 물러나 웃음을 터트렸고 에너지는 도로 멎었습니다.

희한한 상황에서 예고도 없이 지각이 심원한 변화를 일으켰습니다. 롱 아일랜드 섬의 로스먼 식당에서 혼자 식사하던 중에 갑자기 현존이 강렬해지더니 급기야 보통 때의 지각으로는 분리되어 나타나던 만물과 만인이 시간을 벗어난 보편성과 일체성 속으로 녹아들었습니다. 그 움직이지 않는 '침묵' 속에서 '사건'이나 '사물'은 존재하지 않는 것이며 실제로는 아무 일도 '발생'하지 않는다는 점이 분명해졌습니다. 과거와 현재, 미래가 지각이 빚어낸 인공물이듯 생사를 거듭하는 분리된 '나'라는 환상도 마찬가지이기 때문입니다. 제약받는 가짜 자아가 그 진짜 근원인 보편적 큰 나에 녹아들자 모든 고통에서 벗어나 절대적 평화와 안도의 상태로 귀향했다는, 말로 표현할 수 없는 느낌이 들었습니다. 모든 고통의 유일한 근원은 개별성의 환상입니다. 나는 모든 것을 포함하는 우주이며 '존재하는 모든 것'과 끝없이 영원히 하나임을 깨달을 때 더 이상의 고통은 있을 수 없습니다.

세상의 모든 나라에서 환자가 왔고, 일부는 더 이상 절망적일 수 없는 최악의 상태였습니다. 많이 진행된 정신병과 불치의 심각한 정신 이상을 치료받을 수 있을까 싶은 마음에 온몸을 비트는 기괴한 사람들이 이동을 위해 둘러싸놓은 시트를 적시며 먼 곳의 병원에서 왔습니다. 일부는 긴장증으로 제대로 움직이지 못했고, 수년간 말을 못 한 사람도 많았습니다. 그러나 환자들은 각기 그 불구가 된 모습의 이면에 사랑과 아름다움의 정수가 빛나고 있었는데, 평범한 시각으로는 그 빛을 보기 어렵다보니 세상에서 전혀 사랑받지 못하게 된 것이었습니다.

하루는 말을 못 하는 긴장증 환자가 구속복에 제압된 채 병원으로 이송돼 왔습니다. 심각한 신경 장애가 있어서 서 있지도 못했습니다. 환자는 바닥에서 꿈틀대다 경련을 일으키기 시작했고 눈도 돌아갔습니다. 머리칼은 떡이 져 엉겨 붙어 있었습니다. 옷도 죄다 찢었고, 귀에 거슬리는 소리로 웅얼거렸습니다. 환자는 집안이 상당히 부유했습니다. 덕분에 다년간 세계 도처에서 수없이 많은 의사와 유명한 전문가들에게 진찰을 받았습니다. 갖은 치료를 다 받아보았지만, 의료계에서는 가망 없는 것으로 보고 포기한 상태였습니다.

비언어적 질문이 짧게 떠올랐습니다. "신이시여, 이 여성에게 어떻게 하기를 바라십니까?" 그러자 여자는 사랑받을 필요가 있을 뿐이며 그것이면 된다는 점을 깨닫게 되었습니다. 여자 내면의 자아가 눈을 통해 빛났고, 큰나가 그 자애로운 정수와 연결되었습니다. 그 순간 여자는 자신이 진정 누구인지를 스스로 알아봄으로써 치유되었습니다. 마음이나 몸에 일어났던 일은 더 이상 여자에게 중요하지 않았습니다.

본질적으로 같은 일이 수없이 많은 환자에게 일어났습니다. 통상적 기준으로 볼 때 일부는 회복했고 일부는 회복하지 못했지만, 임상적으로도 회복되었는지는 그 환자들에게 중요한 것이 아니었습니다. 그들의 내면에서 분노가 그쳤습니다. 사랑받고 있음을 느끼고 내면에서 평화를 느꼈을 때 고통이 그쳤습니다. 이런 현상은 '현존의 연민'에 의해 각 환자의 현실이 새로운 맥락에 놓인 덕에 세상과 세상의 겉모습을 초월한 수준에서 치유를 경험했다는 말로만 설명할 수 있습니다. 내면에서 큰나가 주는 평화가 시간과 정체성을 초월해 우리를 에워싸고 있었습니다.

아픔과 괴로움은 오직 에고에서 생기며 신에게서 생기는 것이 아님이 분명했습니다. 이 진실이 환자의 마음에 말없이 전해졌습니다. 다년간 말이 없었던 또 다른 긴장증 환자의 경우도 그 점이 정신적 장애물이었습니다. 큰나가 남자에게 마음을 통해 말했습니다. "당신은 당신의 에고가 당신에게 한 일에 대해 신을 원망하고 있습니다." 남자는 바닥에서 벌떡 일어나더니 말하기 시작했고 이 일을 목격한 간호사는 놀라움을 금치 못했습니다.

일이 갈수록 버거워지더니 결국에는 수습이 되지 않을 정도가 됐습니다. 병원 측에서는 환자를 수용할 병동을 증축하기도 했지만, 병상이 나기를 기다리는 환자들이 여전히 줄을 이었습니다. 한 번에 한 명의 환자를 보는 것으로 인간의 고통에 대응할 수밖에 없다는 사실에 크나큰 좌절을 느꼈습니다. 마치 바닷물을 퍼내는 일과도 같았습니다. 영적 고뇌와 인간적 고통이 끝없이 쏟아진다는, 이 공통 난제의 원인을 다룰 수 있는 무언가 다른 방법이 있어야 했습니다.

이에 따라 다양한 자극에 대한 신체운동학적 반응(근육 테스트)을 연구하게 되었고, 그 결과 정말 놀라운 사실이 밝혀졌습니다. 근육 반응은 물리적 세계라는 우주와 마음과 영혼의 세계라는 우주 사이의 '웜홀', 즉 다른 차원 간의 인터페이스였습니다. 자신의 근원을 잊고 잠자는 이들로 가득한 세상에서 상위 현실과의 끊어진 연결을 복구해 모두가 알 수 있게끔 보여 줄 수단이 거기에 있었습니다. 그리하여 생각해 낼 수 있는 모든 물질과 생각, 개념을 테스트하기에 이르렀습니다. 여러 제자와 조수의 도움을 받아 연구에 매진했습니다. 이때 중대한 발견을 했습니다. 형광등 불빛이나 살충제, 인공감미료 같은 부정적 자극을 받은 모든 피시험자가 근육 약화 반응을 보였지만, 영적 수련을 함으로써 자각의 수준이 진보한 사람들은 일반 사람들처럼 약해지지 않았습니다. 그들의 의식 속에서 결정적으로 중요한 무언가가 바뀌었습니다.

나는 세상에 휘둘리는 것이 아니라 내 마음이 믿는 바에만 영향받는 것이라는 점을 깨달을 때 그런 현상이 일어나는 것이 분명했습니다. 아마도 깨달음으로 가는 과정 자체가 질병을 포함해 존재가 겪는 우여곡절에 인간이 저항할 수 있게끔 능력을 키워 주는 것임을 보여 줄 수도 있을 것입니다.

세상일을 마음속에 그리는 것만으로 세상일을 바꾸어 놓는 능력이 큰 나에게 있었습니다. 사랑이 사랑 아닌 것을 대체할 때마다 사랑에 의해 세상이 바뀌었습니다. 이런 사랑의 능력을 매우 구체적으로 어떤 점에 집중하면 문명의 체계 전체가 심원한 변화를 일으킬 수 있었습니다. 이런 일이 일어날 때마다 역사는 새로운 갈림길에 이르렀습니다.

이제 이 같은 중대한 통찰을 세상에 전할 수 있을 뿐만 아니라 눈으로 보여 줘 반박의 여지가 없도록 입증할 수도 있을 것 같았습니다. 인간의 삶에서 엄청난 비극은 언제나, 인간의 정신이 너무 쉽게 기만된다는 점에서 비롯하는 듯했습니다.

불화와 갈등은 인류에게 참과 거짓을 구별할 능력이 없는 데 따르는 불가피한 귀결이었습니다. 그러나 이제 이 근본적 딜레마에 대한 답이 있었습니다. 의식의 본성을 새로운 맥락에서 이해할 수 있게 해주고, 다른 방법으로는 추론만 가능한 문제도 풀어서 설명해줄 수 있는 방법이 있었습니다.

더 중요한 어떤 일을 위해 뉴욕 생활을 접고 시내의 아파트와 롱아일랜드의 집을 떠날 때가 되었습니다. 저 자신을 도구로 완성해야 했습니다. 그러자면 뉴욕과 그곳의 모든 일을 떠나 작은 마을에서 은둔하는 삶을 살아야 했기에, 그곳에서 이후 7년을 명상과 연구를 하며 지냈습니다.

아주 강한 지복의 상태가 구하지 않는데도 되돌아와서 결국에는 '신의 현존' 상태로 있는 채 세상에서 제구실하는 법을 익힐 필요가 있었습니다. 세상에서 전체적으로 어떤 일이 일어나고 있는지를 마음이 자꾸 놓쳤습니다. 연구와 저술을 하려면 영적 수행을 모두 중단하고 형상의 세계에 초점을 맞출 필요가 있었습니다. 신문을 읽고 텔레비전을 보면 누가 누구고, 주요 사건으로는 어떤 것이 있으며, 이 시대의 사회적 담론의 본질은 어떤지 등 그동안 놓친 이야기를 따라잡는 데 도움이 되었습니다.

진실에 대한 비범하고도 주관적인 경험은 집단 무의식에 영적 에너지를 보내 인류 전체에 영향을 미치는 신비가의 소관이지만, 그러한 경험은 인류 중 다수에게 이해되지 않는 것이어서 영적 추구자들에게는 큰 의미가 있지만 그외 사람들에게는 한정된 의미만 있습니다. 그래서 평범해지려고 노력하게 되었습니다. 그냥 평범한 것도 그 자체로 '신성'의 표현이기 때문입니다. 진정한 자아의 참모습은 일상생활의 노정을 통해서 발견할 수 있는 것이기 때문입니다. 주위를 보살피고 친절을 베풀며 사는 것으로 충분합니다. 나머지는 때가 되면 알게 됩니다. 흔한 일상과 신은 분간되지 않습니다.

그리하여 멀리 한 바퀴 돌아오는 영혼의 여정 끝에 가장 중요한 일로 복귀하였습니다. 그 일은 되도록 많은 동료 존재들이 현존을 조금이라도 더 잘 파악할 수 있게 하는 것이었습니다.

현존은 말없이 평화의 상태를 전달합니다. 평화의 상태는 공간이며, 모든 것이 공간 속에서 공간에 의해 존재와 경험을 갖습니다. 현존은 한없이 온화하지만 바위처럼 든든하기도 합니다. 현존과 더불어 모든 공포가 사라집니다. 조용한 수준의 불가해한 황홀경으로서 영적 환희가 일어납니다. 더 이상 시간을 경험하지 않으므로 미래를 우려하거나 과거를 후회하지 않고, 지난 일로 고통받거나 다가올 일을 기대하지 않습니다. 또한 환희의 근원은 종료되는 일 없이 항상 존재합니다. 시작도 결말도 없기에 상실이나 비탄, 욕망이 없습니다. 아무런 할 일이 없습니다. 모든 것은 이미 완벽하고 완전합니다.

시간이 멈추면 모든 문제가 사라집니다. 문제란 어느 시점의 지각이 빚어낸 인공물에 불과합니다. 현존이 세를 이루면 몸이나 마음과 동일시하는 일은 더 이상 없습니다. 마음에 말이 없어지면 '나는 존재한다'는 생각 또한 사라지고 '순수한 자각'이 빛을 발하면서 모든 세상과 모든 우주를 넘어, 시간을 넘어, 시작도 끝도 없이, 나인 그것이자 나였던 그것이고 언제나 나일 그것에 광명을 비춥니다.

사람들은 "어떻게 그러한 자각의 상태에 도달하는 것인지"를 궁금해하지만, 그 단계를 밟는 사람은 드뭅니다. 단계가 너무 간단하기 때문입니다. 우선 그런 상태에 도달하려는 욕망이 강렬했습니다. 그러고는 예외 없이 거듭 누구나 용서하고 온화하게 대하는 행동 훈련을 시작했습니다. 자신의 자아와 생각을 포함해 모든 것에 연민을 가져야 합니다. 그런 다음에는 욕망을 정지시킨 채로 매순간 개인 의지를 내맡기려는 자발성이 생겼습니다. 각각의 생각이나 감정, 욕망, 행위를 신께 내맡기자 마음은 갈수록 말이 없어졌습니다. 처음에는 모든 이야기와 구절이, 다음에는 발상과 개념이 마음에서 떨어져 나갔습니다. 그런 생각을 가지려는 바람을 놓아 버리면, 더 이상 생각이 구체화되지 않고 절반도 형성되기 전에 산산이 부서지기 시작합니다. 마침내는 생각 이면의 에너지가 채 생각이 되기도 전에, 에너지를 다른 데로 돌릴 수 있게 되었습니다.

명상 상태에서 한 순간도 주의를 돌리는 일 없이 끊임없고 흔들림 없이 초점을 고정시키는 과제를 일상 활동을 하는 동안에도 계속해 나갔습니다. 처음에는 매우 힘든 것 같더니, 시간이 가며 습관이 되고 자동적으로 되면서 힘이 점점 덜 들어갔고, 마침내는 하나도 힘들지 않게 되었습니다. 이 과정은 로켓이 지구를 떠나는 것과 비슷합니다. 처음에는 막대한 힘이 필요하다가 지구 중력장을 벗어나면서 힘이 점점 덜 들고, 마침내는 자체의 탄력만으로 우주 공간을 날아가는 것입니다.

돌연 예고도 없이 자각의 변화가 일어나면서 오해의 여지가 없으며 모든 것을 아우르는 현존이 들어섰습니다. 자아가 죽을 때 잠시 우려하는 순간이 있었고, 이어 현존의 절대성에 경외감이 솟구쳤습니다. 이 중대 발견은 실로 극적이었고 이전의 어떤 것보다도 강렬했습니다. 일상의 경험에는 이에 견줄 만한 것이 없습니다. 그 심원한 충격이 현존과 공존하는 사랑에 완화되었습니다. 그 사랑이 지지하고 보호해 주지 않았으면 이 사람은 완전히 파괴되었을 것입니다.

에고가 무無로 되는 것을 두려워하며 자기 존재에 매달리면서 공포에 떠는 순간이 왔습니다. 대신, 에고가 죽으며 에고는 '만유'로서의 큰나, '모두'로 대체되었습니다. 그 '모두' 속에서 모든 것이 인지되며 그 각각의 본질이 완벽하게 표출되어 뚜렷이 드러나 있습니다. 비국소성과 함께 나는 존재한 적 있거나 존재할 수 있는 모든 것이라는 자각이 들었습니다. 이 사람은 전체적이고 완전해 정체성과 성별, 인간이라는 상태조차 넘어서 있습니다. 결코 다시는 괴로움과 죽음을 두려워할 필요가 없습니다. 그 시점부터는 몸에 일어날 일은 중요하지 않습니다. 영적 자각이 어떤 수준에 이르면 몸의 병은 치유되거나 저절로 사라집니다. 그러나 절대적 상태 속에서는 그런 점도 고려 사항이 못 됩니다. 몸이 알아서 예견된 경과를 거쳤다가 출발점으로 되돌아오게 됩니다. 그런 일은 하나도 중요하지 않습니다. 이 사람은 영향 받지 않습니다. 몸이 '나'라기보다 '그것'인 것 같이 됩니다. 물건 같이, 방 안의 가구 같이 됩니다. 그 몸이 개인인 '나'인 양 사람들이 뭐라고 부르는 광경이 우스워 보일 수도 있지만, 그런 자각 상태를 자각 못 하는 이들에게 설명할 방법은 없습니다. 그냥 자기 일 이야기를 계속하면서 '섭리'로 하여금 사회 적응을 다루게 하는 것이 최선입니다.

그러나 지복에 도달하면 그 강렬한 황홀경을 감추기가 매우 어렵습니다. 세상 사람들이 눈부셔 하기도 하고, 지복에 수반되는 오라 속에 있고자 도처에서 사람들이 찾아오기도 합니다. 영적 추구자들과 영적 호기심이 있는 사람들이나 중병을 앓아 기적을 구하는 이들을 끌어들이기도 합니다. 그들에게 자석이자 환희의 근원이 되기도 합니다. 대개 그 지점에서는 모두의 혜택을 위해 그런 상태를 타인과 공유해 활용하려는 욕망이 있습니다.

그런 상태에 수반되는 황홀경은 처음에는 전적으로 불안정합니다. 크나큰 고통이 따를 때도 있습니다. 가장 극심한 고통이 일어나는 것은 상태가 변동을 거듭하다 뚜렷한 이유 없이 별안간 그칠 때입니다. 그런 때 현존으로부터 버림받았다는 극심한 절망과 공포가 생기기 시작합니다. 이런 하락기로 인해 길 가기가 몹시 힘들어지므로 이런 좌절을 극복하려면 크나큰 의지가 요구됩니다. 이 수준을 초월해야 하며 그렇지 않으면 심히 괴로운 '은총에서의 하강'으로 거듭 고통 받아야 한다는 점이 결국에는 명확하게 느껴집니다. 그러니 서로 반대되는 모든 것과 그것들이 상충되게 잡아당기는 것을 넘어설 때까지 이원성을 초월하는 고된 과업을 시작할 때면, 황홀경의 영광은 포기해야 합니다. 그러나 에고의 쇠사슬을 기쁘게 포기하는 것과 황홀한 환희의 금 사슬을 포기하는 것은 아주 별개의 일입니다. 마치 신을 포기하는 것처럼 느껴지고 전에는 결코 예상 못 한 새로운 수준의 공포가 생깁니다. 이것이 절대 고독이 주는 최후의 공포입니다.

에고에게 비존재의 공포는 어마어마한 것이었고, 그래서 에고는 그 공포가 다가온다 싶으면 되풀이해서 물러섰습니다. 고통의 목적, 영혼의 어두운 밤의 목적이 이제 명백해졌습니다. 너무나 견디기 힘든 것이라 그 격렬한 고통 때문에 스스로 고통을 극복하는

데 필요한 극도의 노력에 박차를 가하게 되는 것입니다. 천국과 지옥 사이를 자꾸 오가는 일을 참을 수 없게 되면, 존재하려는 욕망 자체를 내맡겨야 합니다. 그렇게 했을 때만 마침내 '모두인 상태' 대 무無, 존재 대 비존재라는 이원성 너머로 나아갈 수 있습니다.

내면 수행에서는 이 정점이 가장 힘든 단계, 즉 궁극의 분수령이며, 이 단계에서 사람은 존재의 환상을 초월하고 나면 되돌릴 수가 없음을 완전하게 자각합니다. 이 단계에서는 되돌아올 수가 없으며, 그래서 그 비가역성의 유령 때문에 이 마지막 장애가 모든 선택 중에서 가장 공포스러운 선택처럼 보입니다.

그러나 사실 이렇게 최종적으로 자아가 종말을 맞이하면서 존재 대 비존재라는 유일하게 남아 있는 이원성, 즉 정체성 자체를 해소하는 일은 '보편적 신성' 속으로 녹아서 사라지고, 어떤 선택을 할 개인적 의식이 남아 있지 않습니다. 그때 그 마지막 걸음은 신께서 내딛는 것입니다.

— 데이비드 R. 호킨스

옮긴이 | 박윤정

1970년 원주에서 태어났다. 한림대학교 영어영문과를 졸업하고 동 대학원에서 석사 학위를 받아, 현재 전문 번역가로 활동 중이다. 옮긴 책으로 『모던 마임과 포스트모던 마임』, 『그렇다고 생각하면 진짜 그렇게 된다』, 『사람은 왜 사랑 없이 살 수 없을까』, 『디오니소스』, 『병을 부르는 말 건강을 부르는 말』, 『달라이 라마의 자비명상법』, 『틱낫한 스님이 읽어 주는 법화경』, 『식물의 잃어버린 언어』, 『생활의 기술』, 『헨리 데이비드 소로우의 산책』, 『생각의 오류』, 『유모차를 사랑한 남자』, 『만약에 말이지』, 『스스로 행복한 사람』, 『영혼들의 기억』, 『식물은 위대한 화학자』 등이 있다.

치유와 회복

1판 1쇄 펴냄 2016년 1월 25일
1판 11쇄 펴냄 2023년 11월 28일

지은이 | 데이비드 호킨스
옮긴이 | 박윤정
발행인 | 박근섭
책임편집 | 강성봉
펴낸곳 | 판미동

출판등록 | 2009. 10. 8 (제2009-000273호)
주소 | 06027 서울 강남구 도산대로 1길 62 강남출판문화센터 5층
전화 | 영업부 515-2000 편집부 3446-8774 팩시밀리 515-2007
홈페이지 | panmidong.minumsa.com

도서 파본 등의 이유로 반송이 필요할 경우에는 구매처에서 교환하시고
출판사 교환이 필요할 경우에는 아래 주소로 반송 사유를 적어 도서와 함께 보내주세요.
06027 서울 강남구 도산대로 1길 62 강남출판문화센터 6층 민음인 마케팅부